龙潜海角恐惊天，飞腾六合定坤乾。
等待风云齐聚会，暂且偷闲跃在渊。

李洁非 ——著

天国之痒

人民文学出版社

图书在版编目(CIP)数据

天国之痒/李洁非著. —北京:人民文学出版社,2019(2024.7重印)
ISBN 978-7-02-015032-8

Ⅰ.①天… Ⅱ.①李… Ⅲ.①太平天国革命—研究 Ⅳ.①K254.07

中国版本图书馆CIP数据核字(2019)第029617号

选题策划	刘　稚
责任编辑	黄彦博
装帧设计	刘　静
责任校对	杨益民
责任印制	张　娜

出版发行	人民文学出版社
社　　址	北京市朝内大街166号
邮政编码	100705
印　　刷	三河市宏盛印务有限公司
经　　销	全国新华书店等
字　　数	582千字
开　　本	710毫米×1000毫米　1/16
印　　张	37.5　插页19
印　　数	20001—23000
版　　次	2019年3月北京第1版
印　　次	2024年7月第2次印刷
书　　号	978-7-02-015032-8
定　　价	78.00元

如有印装质量问题,请与本社图书销售中心调换。电话:010-65233595

天国之痒

目录

卷首语___1
释"痒"___3
凡例___5
主要人物一览___7

卷一 本末

官禄㘵___3
1840年以来的清帝国___10
《劝世良言》和梁发___20
就试·发狂___27
"洪秀全"的得名及梦境解析___32
神迹成立___40
拜上帝会___45
天父天兄下凡___54
粤西乱象___65
起事___72
官军进剿___89
永安城___99

洪大泉悬疑___109
出广西___116
湘江大地___124
武昌___148
江宁变天京___167
天京的日常情景___180
张继庚内应事件___200
给配令___210
杖责天王风波___218
丙辰惊变___224

卷二 场景

庐州___249
苏州___271
绍兴___284
平湖___290
天京上流社会___300

卷三 观念和制度

国家___315
财经___350
罪与罚___366
男女___376
文教___386

卷四 困局演进

曾国藩系统___401
第二次鸦片战争___415
教士与洋商___431
上海的意义___439
华尔：洋枪队一期___446
李鸿章任苏抚___460
隐身的天王___466
歧见与猜忌___477
戈登：洋枪队二期___481
诱叛___492
大结局___501

卷五 余音遗绪

反清___517
民族主义___524
理想国___530

卷六 人物榷论

洪秀全其人___539
冯云山其人___546
杨秀清其人___553
洪仁玕其人___559
李秀成其人___565

附：时间简表___574

卷首语

从整个中国史看,太平天国有两个无可替代的历史地位。第一,它是最后一次全国性农民起义;此一历史,若开端于秦末陈胜、吴广,那么,终点即为太平天国。第二,它是鸦片战争之后的新历史背景下,近代中国社会内部所发生的第一个重大事件。

这两点结合,赋予太平天国一些异乎寻常的意义。它既可以说代表着旧式农民起义的最高阶段,同时,又因新的历史因素加入,使此一传统现象出现了前所未有的取向和维度,从而标示中国历史的一种类似于分水岭性质的改变。径而言之,太平天国已不再单纯是传统中国旧社会矛盾导致的结果,而直接承载和演绎着"千年变局"的主题,乃是异质文明冲击下中国在整个社会层面的第一个回声。这种新旧交织的情形既十分尖锐,也极复杂,于是构成太平天国历史纷披难解的面目,从中既能回望中国的沉重因袭,又能前瞻未来数十年乃至上百年社会变革线条及文明冲突的要点,乃至于各种令我们困扰不堪的症结。总之,对于重返并探究中国新旧历史分野原点,几乎没有比太平天国更好的素材。

但太平天国的研究,在种种原因下,却未达到与其历史价值相当的高度和丰满度。应该说,太平天国研究的基础甚好。民国以来,几代学者付以辛劳,在史料搜罗整理、史实辨订等方面,成就极著。另外,由于太平天国事件发生在一个相对较为开放的时代,锁国之态已被打破,因此尽管清朝当局颇尽毁禁之能事,仍有大量一手文献由洋人携出,保存于国外各种机构。这是为什么太平天国研究在国外亦有相当开展的原因,其中美、英、日等国尤为突出。不过,从总体看,一个显而易见以至是致命的缺陷,是始终不能有效克服情感化、情绪化偏向。这并不仅见于"革命意识形态"指引下的研究,也包括一些洋人著作例如英人呤唎著名的《太平天国革命亲历记》一书,乃至"文革"之后出版的一些旨在非议或贬损太平天国的著作。它们也许观点相左、臧否各异,所犯毛病却如出一辙。可以说,迄今为止,太平天国研究万事皆备,惟独缺少置于理性目光和中华历史整体观视野下的观照。

本书旨在完成一次对太平天国摈弃主观、不预设立场和倾向的精密梳理、还原描述、忠实考察和辩证解析,俾使此一有其深邃内涵的历史事件,经过我们细心的擦拭,真正焕发它所有亮点。作者将循如下路径,来实现上述目的:一、坚守"历史应如镜,勿使惹尘埃"之原则;二、慎察的实证考释;三、全景式多层面描摹和微小细节并呈互见;四、专题性深度研究;五、知人论世的史学襟怀。作者指望于此基础上,《天国之痒》可以成为对太平天国既有研究及认识的一番总结。

释"痒"

书名《天国之痒》。

想到使用"痒"字，起初是直觉。两年写、改稿过程中，书名始终在斟酌，随时考虑有无另外更合适的字眼。终于，还是惟它方可。

在太平天国这件事情上，某些字眼或更易想到，例如痛、悲、殇之类，表面看来它们更浅显，更晓切，但我一再忖之，终觉无以道出事情深处所给予我的复杂难言之感。

痒，是身体一种体感；就根本言，出于病态。《说文解字》："痒，疡也。"段玉裁注："《小雅》：瘉忧以痒。《传》曰：瘉、痒，皆病也。《释诂》亦曰：痒，病也。"

这种病态引起的体感，不像疼、酸、胀等指向那么直接、明确，有些隔膜，有些游移，抑且莫名其状、不明所在。次而，尤其它并非只是致人苦楚，而往往在为之扰乱的同时，夹杂快感，竟可以反成一种诱惑。

所以在汉语中，"痒"字引申出来的含义，颇为微妙。

原初它是一种病态无疑，故有忧扰之意。《淮南子》："无不惮悇痒心而悦其色矣。"高诱注："痒心，烦闷也。"《毛诗故训传》："痒痒然忧，不知所定。"郑玄笺之："念我思此二子，心为之忧，痒痒然。"近人高亨释"痒痒"二字："借为恙，忧也。"痒即忧。范成大句："痒疴酸辛，谁觉谁识？"亦为苦病之意。以痒来形容的病态，一般皆非突如其来之暴病，而是沉疴日久、缠绵不除、沉沦难脱的顽疾旧症。

然而，久痒之病，一面不至使人殂殁，一面还于漫漫相伴中带来奇异的感受。比如我们知道，伤创将愈，痛将转痒；疥癣在身，也是其痒难禁。痒，可能表示伤创穷途末路，愈到这时，痒则愈甚；但也许，什么都不表示，只是一种挥之不去的病症。关键是,这类似病非病之痒,并不只作为烦忧,而也能于苦扰之中给我们近乎愉悦的刺激。所以中国对不少难以自抑的欲望,是用"痒"作比喻的。陆游:"窗下兴阑初掩卷,花前技痒又成诗。"以"技痒"形容赋诗的冲动。唐顺之:"不雄心于长矛战斗,则痒技于猃歇射猎。"以"痒技"形容跃跃欲试。民间口语,常将心内受用之状称为"痒酥酥""痒兮兮";成语则以"心痒难熬""隔靴搔痒"表示渴求抑或渴求的不能如愿。

　　凡此种种,都令我想到太平天国。太平天国是中国之痒。痒了千百年,而尤于鸦片战争之后发作更厉害。"天国"与"痒"相搭,应谓绝配。至于痒在何处,书中应该都能看见。

凡例

一、出于尊、讳、迷信、仇恨诸因,太平天囯造字改字颇多。本书对此处理是,引原文时照录,而以夹注示其正确字形;非涉原文,则一律服从目前汉字规范。例如"国"之一字,太平天囯时期造为新字"囯",过去的太平天国研究家出于尊褒,在著述中每将"太平天国"书作"太平天囯",本书不从。

二、正文及引文中,凡本书作者所添释文,以夹注方式处理,不加括号,用小号楷体排出。

三、引用材料,以脚注备其出处。于首次详列作者、书名、出版社、出版时间及页数;之后重引该书,仅具作者、书名及页数;若连续引用,简为"同上,页某",若页数亦同,简为"同上";若书同而篇目不同,则连带篇名注为"同上书,页某"。

四、本书于中国旧式纪年之年、月、日、时,均书汉字,公历则用阿拉伯数字,以此相别。

主要人物一览

马礼逊 英国来华新教传教士,《圣经》中文首译者,还曾编写第一部英汉字典。其将耶和华译为"爷火华"的译法;对太平天国信仰与禁忌造成诸多影响。

梁　发 马礼逊弟子,第一位中国本土的基督教宣教士,所著《劝世良言》直接启梦于洪秀全。

洪秀全 太平天国缔造者、天王。自云上帝耶和华之子,基督耶稣之弟。

李敬芳 洪秀全所施洗首徒。他偶从洪氏行囊中检出《劝世良言》,而唤醒后者业已遗忘之梦境。

冯云山 洪秀全少年时代朋友,拜上帝教最早信徒之一,后封南王。太平天国实干家,拜上帝会的建立者,太平天国制度主要制订人。

洪仁玕 洪秀全堂弟,拜上帝教最早信徒之一,后至天京,封干王。所著《资政新篇》睁眼看世界。

罗孝全 美国传教士,在广州设礼拜堂,洪秀全曾来修习,欲从之受洗。后被揽至天京,任命为"外务裁判官"。

杨秀清 拜上帝会"天父"代言人,封东王,称九千岁,太平天国军队的实际指挥者。

萧朝贵 拜上帝会"天兄"代言人，封西王。

韦昌辉 太平天国北王，丙辰之变天王假彼之手，血洗东王势力。

石达开 太平天国翼王，为人公谨。丙辰之变后一度为第二号人物，旋遭忌，引部出走。

赛尚阿 满洲亲贵，继林则徐（未到任，中途病故）及短暂任事的李星沅、周天爵之后出任钦差大臣，而成为太平军在广西阶段的主要对垒者。

向　荣 新任广西提督，永安、桂林、长沙、武昌诸战役清方主要将领。武昌失陷后接任钦差大臣，建江南大营，为曾国藩之前的清军统帅。

乌兰泰 满洲名将，正红旗人，广西时期太平军之劲敌，殁于桂林。

江忠源 湖南举人，对曾国藩执弟子礼。率乡勇赴广西剿堵，系湘军与太平军作战第一人。后任安徽巡抚，庐州殉职。

洪大泉 湖南天地会首领，自云乃"天德王"，与洪秀全互认兄弟、同称"万岁"。永安被俘后解京就戮。

程矞采 湖广总督，接替赛尚阿任钦差大臣，自衡州潜逃回省，臭名昭著。

徐广缙 原两广总督，程矞采革职后任湖广总督、钦差大臣，畏葸迁延，致洪杨逸出洞庭、进入长江，武昌失守。

张继庚 江宁诸生，城陷后潜伏，为向荣大营输送情报，组织营救难民，策反太平军将士，数度试图发动内应未果。

肯　能　爱尔兰裔冒险者，曾混迹太平天国控制区，亲睹1856年丙辰之变，为世人述于《镇江与南京》。

李秀成　太平天国后期军事领袖，封忠王。其在苏福省的统治，开辟了新气象。生平极富英雄悲剧色彩。

周邦福　安徽庐州府平民，米商，癸丑年末亲历庐州从被围至告破，滞城内，入太平军男馆四十八日得脱。

鲁叔容　浙江绍兴府平民，辛酉年九月郡城骤陷，未及出，匿身屋顶两阅月，后为亲戚救接出城。

顾　深　江苏松江府金山县钱家圩人，学者顾观光长子，辛酉年十月被太平军掳至浙江平湖，历约四月，伺机逃回。

曾国藩　咸丰十年授两江总督，命为钦差大臣、督办江南军务，次年清廷以之"统辖江苏、安徽、江西三省并浙江全省军务，所有四省巡抚提镇以下各官悉归节制"，赋予对太平天国正面战场的领导权。

叶名琛　接徐广缙任两广总督，他在广州的作为，招祸第二次鸦片战争，英法联军由此侵华并驻军，转令清朝在清天战争中因此得利。

额尔金　英国贵族，第二次鸦片战争期间英女王高级专员和全权大使。

吴　煦　上海道台，于薛焕任苏抚期间组建洋枪队。

杨　坊　上海巨商，洋枪队主要出资者，华尔之岳父。

华　尔　美国冒险家、雇佣军人，洋枪队首任首领。

白齐文　美国冒险家，华尔得力助手，后因与中国官吏反目而加入太平军。

李鸿章　丁未进士，曾国藩弟子，咸丰十一年经曾国藩举荐，署江苏巡抚，组建淮军赴沪，寻实授，苏南战局为之改观。

洪天贵福　天王长子，称幼天王，太平天国十一年，天王颁旨命其理政。

何　伯　英国海军提督，负责租界防卫，后亦于上海周边与太平军作战。

戈　登　英国现役军官，少校，后期洋枪队统领，改造洋枪队，使之脱胎换骨。

郜永宽　太平军将领，忠王左右手，封纳王，与苏州诸王联手杀慕王谭绍光降清，遭李鸿章背信杀害。

曾国荃　曾国藩胞弟，湘军主要将领之一，围天京三载，终破之。

朱洪章　清军总兵，率部成功开掘地道爆破太平门城墙，并受命组敢死队首先登城。

卷一
本末

官禄㘵

历史时有奇谲之事。以一时人物地脉来论，十九世纪后五十年，广州为坐标，南北上下各数十公里，如此窄短的地带，竟次第出现了三位耸动全华以至将她彻底改变了的人物。

一位乃康有为氏，世称"康南海"。所谓"南海"，便即大清广州府南海县，其地紧邻广州城西南角。秦代已以南海为名，后或郡或县。降至当代，1992年由县改市，又十年撤市改区，便是今之佛山市南海区。这康有为，乃南海县丹灶苏村人，光绪二十一年1895在京师发动"公车上书"，旋受德宗信用着手戊戌变法，百日而败，入民国以保皇党领袖立足政治，直至谢世。

又一位姓孙讳文、号逸仙，后来化名"中山樵"。不料这化名流传更广，久之世人鲜称本名，都习惯叫他"孙中山"。孙文的出生地翠亨村，在今中山市，原名香山县。康有为以地望称"康南海"，孙文反令故乡因之以名，足见地位崇隆更胜一筹。至于原因，那是妇孺皆知——他乃中华民国的创立者，被尊"国父"。

遥想当日，上世纪头二十年主中国沉浮的革命党、保皇党也称孙党、康党两大政治势力，其首屈一指的巨擘，居然来自相距仅数十公里的蕞尔之地，岂不让人称奇？

这且不说，还有一位天字号人物，也与康、孙是近邻。

今广州市花都区新华街建有广州北站，来广州的旅客可能在此下车抑或经停其处，但人们未必知道，所履之地曾经出过一位地动山摇的人物。溯之1993年以前，此地尚名花县，建置三百余年以来，多半时间仅堪以平淡形容，不想清朝道咸之间，平空降下一位泰坦巨灵。那情形与《水浒传》楔子所写，恍若重现：

> 只见穴内刮剌剌一声响亮，那响非同小可。响亮过处，只见一道黑气，从穴里滚将起来，掀塌了半个殿角。那道黑气，直冲到半天里，空中散作百十道金光，望四面八方去了。[1]

另一段则道：

> 此殿内镇锁着三十六员天罡星，七十二座地煞星，共是一百单八个魔君在里面，上立石碣，凿着龙章凤篆姓名，镇住在此，若还放他出世，必恼下方生灵。[2]

六百年前施耐庵先生述此"魔王下界"故事，说石碣背面刻着"四个真书大字"：遇洪而开。巧的是，眼下我们所叙，恰也与一个"洪"字相关。

却说花都区西北方，有地名曰官禄布。"布"，本应为"埗"，一个偏僻之字，即收字颇全的《康熙字典》亦不见，但广东一带地名颇常用，康熙《花县志》就载有鹤栖埗、大东埗、小埗村、八坊埗等名。缘音推之，或与"堡"形异而音义相同。"堡"的读音，有的地方念如"补"，有的地方念如"铺"，意皆筑有围墙之村镇。起初，自然为抵御兵匪之扰而设，后来转而只是寻常村落。官禄埗又有写作"官禄埠"的，"埠"乃"埠"的异体字，指码头或者有码头之城镇，而官禄埗也确实紧邻一条小河，故而"埗"亦有可能通"埠"。究竟如何，留给小学家们去考释罢。

当年，官禄埗居民约四百，住有洪、凌、冯、温诸姓，而洪为大族，照洪仁玕1852年在香港对瑞典传教士韩山文之所亲述："大多数为洪姓族人。"[3] 族中有洪镜扬一房，此人膝下三子二女，其中那小儿子，乳名"火秀"，长大后按宗谱伦辈得名"仁坤"，但后来他却自作主张，替自己取了一个新的名字：秀全。

---

[1] 金圣叹评点《第五才子书施耐庵水浒传》，中州古籍出版社，1985，页37。
[2] 同上，页38。
[3] 韩山文《太平天国起义记》，《中国近代史资料丛刊·太平天国（六）》，上海人民出版社，1957，页837。

洪火秀抑或洪仁坤易名洪秀全之日，便是一场大狂涛起于青蘋之末的时刻。

他不是别人，正是亲自创立太平天国也亲手毁了它，并令至少二千万人[1]在不到十五年时间里或战或饿而死的那个人。此时放眼再看，自北而南，以官禄㘵为起点，次而南海丹灶苏村，次而香山翠亨村，这上下百公里、三点一线排开的三座广东小村庄，于五十年之间，先后触发了中国近代史最重要的三大机楔。所谓历史风云际会，大抵没有比这更加诡巧的例子。

依其族谱，官禄㘵洪氏之祖乃是洪皓。洪皓，进士出身，身历两宋，《宋史》有传，曾衔高宗之命为"大金通问使"前往议和。[2]对我们今人，洪皓之子洪迈显然更加有名，他就是《容斋随笔》的那位作者。此书为史学掌故考据名作，据说是毛泽东长年喜读之书。这支洪氏随宋室南渡，最终落足广东——始居潮州，后迁嘉应州，康熙间再迁花县。

现之官禄布，建有洪秀全故居，颇具规模。院落外广场矗立现代化之纪念馆一座，以及洪秀全按剑直立塑像一尊。院内则园林化，古木摩天、绿草如茵，祠堂、古井、水塘、宅屋俱全。但说是"故居"，与原貌究竟有何关系，大概成疑。单单那几排宅屋，虽墙体以土坯砖砌就、努力营其"旧状"，混凝土的房基却幽然露出了马脚。尤其那片水塘，水面开阔，清波荡漾，秀色宜人，似乎最为失真。依洪仁玕所述，真实的官禄㘵应是这样：

> 村之前面只得房屋六间，其后则有房屋两排，中隔小巷。在第三排之西边则为洪秀全父母所居之小宅也。在村中房屋之前有小塘，满贮泥水。

---

[1] 美国传教士哈巴安德1880年称，中国在太平天国战争及云南陕甘回乱和北方五省大饥荒中人口损失达六千一百万，三年后，他修正说人口损失应该达到八千三百万，其中太平天国战争所造成的约为五千万。美驻华公使柔克义则估计太平天国战争致死二千万。国内学者中，曹树基研究指出，太平天国战争中，主要战场江苏等七省致死七千三百三十万，如加上广东、山东、陕西等受波及省份，则更多。1991年，葛剑雄《中国人口发展史》称，太平天国战前与战后，中国总人口减少一亿一千二百万，但这个数字是单纯的人口下降统计，作者并未明言由太平天国战争直接造成的死亡占其中多少。1999年，葛剑雄则与侯杨方、张根福一起经推算明确指出，太平天国时期，在主要战场湖北、江西、安徽、江苏、浙江，人口损失数约为八千七百万。以上数字，主要见2007年社会科学文献出版社《晚清国家与社会》所载华强、蔡宏俊论文《太平天国时期中国人口损失问题》的介绍。据以来看，太平天国导致的死亡数量，最保守估计为二千万人以上。

[2]《宋史》卷三百七十三，中华书局，2011，页11557—11565。

全村之污水粪溺被雨水冲动均流入此处，而成为全村灌溉禾田之肥料池。但秽气四播，凡不熟习中国农村经济者均不能堪也。在村之左边，靠水塘之旁，有一书塾，此为村童上学念书，预备科举考试之处。[1]

洪镜扬家境平平，不甚穷，然亦难称富足。这从洪火秀幼年能够入塾读书、十六岁却又辍学，务农事以助家用，而大概推知。也许整个村子普遍来讲并无特别优越的人家，故洪镜扬家境平平，仍在族中享有地位，充当族内纷争的裁决者，若须与外族交涉，亦由他代表出面。[2] 在旧时乡村社会，此类角色通常由望族承担。

洪火秀生于嘉庆十八年十二月初十日 1814年1月1日。到他出生时，花县诞生也才不过一百三十年。这是个新县，不见诸过去版图，康熙二十一年始有地方官员动议，二十三年得到来粤主持科考的某京官响应，奏以特疏，遂于二十四年降谕旨：

> 二十五年 1686 析南海、番禺二县地，创立花邑。[3]

花县一半疆域原属南海，以是观之，洪秀全与康有为倒有半个同乡之谊。为何一再行创建花县之议？原来，这片区域旧时与番禺、清远、从化、南海、三水、英德数县接壤，地缘复杂，兼以山深谷窈，历称"三不治之地"。远的不说，单论前明弘治年间迄今，久有匪寇啸聚，谭观福、唐亚六、钟国让、钟国相、苏凤宇、练复宁、吴万雄等辈先后为乱，旋灭旋起[4]，"百十年来议剿无功，议抚无效，民靡有宁宇焉"[5]。正因此，康熙十二年，番禺县令王之麟于剿匪途中，仰见群峰，瞬间省悟："惟有设邑建城，可握喉吭。"[6] 此见渐成共识，经反复奏请，终使花县诞生。

这个新县，其境东西横一百二十九里，南北纵一百零一里，距北京

---

[1] 韩山文《太平天国起义记》，《中国近代史资料丛刊·太平天国（六）》，页837。
[2] 同上，页836。
[3] 康熙《花县志》，王永名《花县志序》，同治五年重刊本，页八。
[4] 同上，卷之一建置，页十二。
[5] 同上，王永名《花县志序》，页三。
[6] 同上，黄士龙《花县志序》，页二。

四千八百六十五里[1]。康熙二十五年当时，田地山塘总面积二千六百四十八顷_{其中由南海县割拨而来约一千一百二十一顷，由番禺县割拨而来约一千五百二十七顷}[2]；治下居民，男丁七千七百四十三人，妇女六千七百七十五口，总人口不足万五[3]；阖县人丁、田土、岁派及各项杂费所纳，一年"通共银一万零五百一十二两二钱一分九厘六毫六丝二忽"[4]。无论从人口、田亩和赋税看，均属小县、穷县。又，康熙《花县志》载其四境村落凡一百九十一座[5]，内中却未见官禄㘵之名，似乎是以后形成的新村庄。关于民风，县志说："花邑割自南、番，其间肥硗殊地，秀顽异民；招徕之众，服习未驯。"人民因生活状况不同，面目迥然，"大都食租衣税者，犹可为善"，"若佃耕之甿，积惰而饕，牛种灰粪悉贷于豪黠，比及收获，折算殆尽，已复称贷，力诎负重，罄室以逃，由素无余蓄故轻去其乡也。"平时，民间纠纷不断，易于相仇，"如女适于人，一闻瘟忽_{突然}死亡，动称非命，率族抄抢，甚则听唆嚣讼；又或男殁媳寡，不为存恤，弃之外家。"对此，地方官所设想的对策是："以人材为本，所责于士者綦_{通'极'}重"，"肃风教者在乎权，砥颓俗者贵乎学。"[6]到了洪秀全这儿，可谓明验其说破产，因为这位有清一代最大的"反贼"，即便尚未跻身"士"阶层，却实实在在是自幼于寒窗下苦读圣贤书的学子。

然而洪火秀的出生地，或非官禄㘵。这一点，是上世纪六七十年代经民间调查提出的。调查者走访当地农民数十人，多数指称洪秀全出生地为另一个村子福源水：

> 我自小听老人说，洪秀全是出生于福源水的，洪秀全在此地的住屋向南，有一厅五房。洪秀全就出生于上屋中间的一间里。
>
> （花山公社福源水大队钟昌深［男62岁］述）

---

[1]康熙《花县志》，王永名《花县志序》，同治五年重刊本，卷之一疆域，页十六。
[2]同上，卷之二赋役，页二十六——三十。
[3]同上，卷之二赋役，页二十五。
[4]同上，卷之二赋役，页四十一——四十一。
[5]同上，卷之一乡党，页十九——二十二。
[6]同上，卷之一风俗，页三十六。

> 洪秀全是在福源水出生的。我家原来的福源水住屋的房基，就是以前洪秀全家原来的房基。
>
> （花山公社福源水大队洪南利［男 58 岁］述）
>
> 洪秀全出生于福源水，因为家穷及福源水田少的原因，在洪秀全几岁时迁居官禄布。
>
> （新华公社官禄布村洪宽［男 64 岁］述）
>
> 据传说，洪秀全一家迁到官禄布是因为福源水祠堂小，官禄布人多兴旺、祠堂大，才迁到官禄布来的。
>
> （花山公社福源水大队钟天贵［男 62 岁］述）

花山公社农民洪南利所述最具体：一、洪秀全长至七八岁，始由福源水迁官禄埗；二、洪镜扬与兄弟分家后，兄弟先搬到官禄埗，之后见兄弟一家在官禄埗日子颇兴旺，洪镜扬遂决定也迁往彼地；三、福源水的洪姓，人不多，常受外族欺压，官禄埗洪姓较繁庶，这也是搬家的原因之一。不过亦有不同意见，认为洪秀全就是生在官禄埗。[1]

洪火秀七岁入学，一点没耽搁，且迄乎十六之龄，基本只管念书[2]。此甚足表示乃父于他所寄的厚望。在他上面，仁发、仁达两位兄长，无一人知书，悉目不识丁，从父耕田为业。这自然反映着家庭经济能力："秀全之两兄助父耕田，又种些少瓜菜，全家食粮由此供给。其家经济不裕，只得耕牛一二头，另养猪狗鸡等。"[3]洪家拥有田亩具体数目不详，据"耕牛一二头"来看，当属有限。村民回忆，"比贫农好一点，和现在比，大约属中农水平。"[4]以此家底又兼仰食者众多，而要坚持不懈供一人读书，诚非易事，这也看得出洪镜扬对于幼子钟爱独加。

---

[1]《洪秀全的家世及其在花县活动的调查资料》，《洪秀全集》附录，广东人民出版社，1985，页 231—235。
[2] 读书之余，也替家中看牛、养猪、拾粪。见上书，页 236、237。
[3] 韩山文《太平天国起义记》，《中国近代史资料丛刊·太平天国（六）》，页 838。
[4]《洪秀全的家世及其在花县活动的调查资料》，《洪秀全集》附录，页 235。

照洪仁玕的说法，那是因为洪火秀聪颖过人。开蒙以后，"五六年间，即能熟诵四书、五经、孝经，及古文多篇，其后更自读中国历史及奇异书籍，均能一目了然"。老父为之心花怒放，甚感自豪，"每与人谈话，最喜谈及幼子之聪颖可爱。每闻人称赞秀全，辄眉飞色舞。凡有说及其幼子一句好话者，即足令此老邀请其人回家饮茶或食饭而继续细谈此老所爱谈之题目矣。"[1]

洪仁玕所谓饱学之誉，或有虚夸；洪镜扬逢人矜耀却尽出肺腑无疑。当然，这种矜耀既发乎父爱常情，亦源出于文化程度不高、三个儿子有两个是文盲的家庭眼光。七八百年沧海桑田，洪皓洪迈之苗裔，早已不是书香门第。洪秀全腹笥如何，我们虽不以其童子试屡不中为衡镜——科举埋没人才，是众所周知的——但他所撰诗文尚存，我们径可读而鉴之，包括他的手迹也在，睹之似难称工[2]，此或可考鉴他在为学上的功底及态度。

但无疑地，洪火秀若能成长为一个知书达礼之人，不单洪镜扬待望已甚，对于官禄㘵整个洪氏宗族也都有其特殊意义。他学业及前途的有成，似乎已被视为全村的共同财富。十六岁那年，当家中不堪重负，导致他短暂地中断书斋生涯、"助理家中农事，或到山野放牛"时，竟引起了全村的不安。"其族人及友人均以其文学长才，埋没于粗工之中为大可惜"，大家商议共凑资费，"聘其任本村之塾师，由是复得机会静中自行继续研究文学而且修养其人格"。[3] 且不说当事人，即我辈作为读者，读此亦不能不感到任重难荷。洪火秀终于不必作为农夫，整日蹚在泥水中，于田间饱受烈日的炙灼，这固可谓命运之神的眷顾，然而同时又意味着精神上何等沉重的压力！这一点，当其日后在府试考场屡试屡败、屡败屡试，以致活生生触发了"范进中举"式癫狂时，我们将能感受得格外清楚。

---

[1]《洪秀全的家世及其在花县活动的调查资料》，《洪秀全集》附录，页235。

[2] 清代，书法为科考卷面第一印象，直接影响取弃，乾隆后更是如此。《郎潜纪闻》："嘉、道以后，殿廷考试尤重字体。"《冷庐杂识》则记乾隆间嘉定秦某，会试前其师谓之曰："子字仅可三甲，速学焉，或可望二甲耳。"旧时读书人书法通常可观，原因在此。

[3] 韩山文《太平天国起义记》，《中国近代史资料丛刊·太平天国（六）》，页838。

1840年以来的清帝国

当洪火秀蜗居在广州以北一座普通小村庄，默默背负诸父老典型的中国式梦想，清帝国却面临亘古未有之变局。

道光十九年，西历1839年，正月二十五日，钦差大臣林则徐抵于广州。其之所来，乃是责负宣宗圣旨禁绝鸦片贸易。一周后，他正式谕令洋商无条件将鸦片存货"尽数缴官"，并人人留下书面保证，声明今后再不将此物携至中国。此时的洋商与侨民，全都居住在广州城墙外西南之一隅，"从东走到西是二百七十步，从北到南距离更短"[1]，拢共十三排房舍，是所谓"十三洋行"。林则徐封锁海岸线，兵围"十三洋行"，将洋人困在其中，迫其就范。这时一位英国人登场，此人名叫义律，具有英吉利首席商业监督之官方身份。他出面下令，所有英商将手中鸦片交至彼处，由他开具收据，之后再一并移交中国地方当局。此举的含意，正如蒋廷黻先生所说："一转手之间，英商的鸦片变为大英帝国的鸦片。"[2] 职是之故，所缴鸦片数量倒也有案可稽，计二万零八百二十箱，重逾二百数十万斤。林则徐遂于虎门海滩设销烟池，以石灰尽毁之，前后历二十三日云。

至此，仿佛未费吹灰之力，清帝国禁烟之举大获成功。但义律虽乖乖交出鸦片，却坚拒另一要求，即所有英商具结保证于此贩卖鸦片之事洗手不干。同时，他紧锣密鼓撰写报告，将发生的情况汇报给伦敦的外交大臣巴麦尊。在1839年4月3日报告中，义律已经提出了动用武力以迫使中国赔款、割地、开放口岸的

---

[1] 史景迁《太平天国》，广西师范大学出版社，2014，页013。
[2] 蒋廷黻《中国近代史》，岳麓书社，2012，页16。

建议。[1]在当时条件下，这种文牍往还历时颇久，比如4月3日这份报告，8月末方抵伦敦。迁延之中，又有一些新的事态发生。鉴于英人拒不签署书面保证，8月12日，林则徐"命令所有的中国仆役离开英吉利人，断绝一切粮水供应。这个命令受到严格的遵从"。当英国商人从"十三洋行"撤出，转而寄依葡萄牙殖民地澳门后，林则徐进而要求葡方将他们驱逐，"8月21日我们在澳门就得不到新鲜食物了。葡萄牙人受到警告，如果他们敢于给英吉利人任何支援，则他们的供应也将同样地被断绝。我们又接到命令，限三天内离开澳门。"[2]之后，双方遂发生数次小规模炮战，由于英方武力有限，似乎并未占得便宜。但危机不可能到此为止，它势必朝着真正严重的局面演进。

翌年2月20日，英外相巴麦尊从伦敦发出机密件，以海军上将乔治·懿律（此人与商业监督义律的姓氏均是Elliot）为"在华全权代表"，命其在新加坡集结海陆军部队，准备开赴中国，并详细规定了远征军所须执行的各项指令、所要达成的各个目标，甚至备好了对华条约草案。[3]方案既明，其之实施，惟待英国议会批准而已。4月，下院经辩论后表决通过对华军事报复。6月，舰队到达中国海域。根据巴麦尊的布置，英军在粤闽一带只是建立封锁线、必要性地扣留中国船只，"不必进行任何陆上的军事行动"，"广州距离北京太远了，所以那儿的任何行动都没有决定性意义；有效的打击应该打到接近首都的地方去。"[4]因此，在完成对粤闽的封锁后，懿律率主力舰队北上，在浙江定海（今舟山）和天津大沽展开实质性军事行动。定海失守后，宣宗震恐。而在大沽，琦善则成为首位直接见识英国军事实力的封疆大吏：

> 是时在天津主持交涉者是直隶总督琦善。他下了一番知己知彼的工夫。他派人到英国船上假交涉之名去调查英国军备，觉得英人的船坚炮利远在中国之上。他国的汽船，"无风无潮，顺水逆水，皆能飞渡"。他们的炮位

---

[1]《义律致巴麦尊》，严中平辑译《英国鸦片贩子策划鸦片战争的幕后活动》，《近代史资料文库》第四卷，上海书店，2009，页68。

[2]《亚当·艾姆斯里（Adam Elmslie）致威廉·艾姆斯里（William Elmslie）》，同上书，页124。

[3]《巴麦尊致海军部》，同上书，页128—135。

[4]同上，页128。

之下，"设有石磨盘，中具机轴，只须移转磨盘，炮即随其所向"。回想中国的设备，他觉得可笑极了。[1]

自英军由粤北上，宣宗一改先前对林则徐禁烟功勋的褒扬，转而怨其"生出许多波澜"，眼下则应英人之请将他革职，由琦善代为钦差大臣，到广州去谈判。对英军来说，逼近京师，目的本在炫耀武力，他们是带着一整套既定方案前来，事情发展正合其所谋划好的步骤，因此并不坚持逗留天津，而返棹南下。

到林则徐被革职，危机迈出第一阶段，而来到第二阶段。道光二十年十一月六日，琦善到达广州。琦善内心是一意主和的，因他摸过敌方底细，知道中国没有战而胜之的机会。但北京的态度并非如此。皇帝和一班夸夸其谈的大臣觉得，与此等"蕞尔小夷"未战即和大失体统。琦善在广州只好以拖延术寻求转圜。一个月后，上谕仍然"不许琦善割尺寸地，赔分毫钱，只教他'乘机攻剿，毋得示弱'"。[2] 在此期间，琦善对英方副代表义律的软磨硬泡实已颇具成效：对于被收缴销毁的鸦片，定损为六百万元，分五年交付；对于割让香港，琦善坚拒，义律业已松口可以添开两处通商口岸作为交换。[3] 较诸后来《南京条约》所造成的损失，相距何啻道里！但进展如此，琦善情知北京仍不会接受，于是继续与义律周旋，冀能讨得更多便宜。然而十二月十四日，被泡得失去耐心的英国人，愤然宣布交涉无果，将于翌日展开攻击。十五日，英军果然行动，在虎门攻陷大角、沙角两处炮台，清军大败。经此失利，二十七日琦善被迫与英方签了《穿鼻草约》，基本内容有四：一、中国割让香港，但留有在香港设关收税之权力；二、赔款六百万元，五年付讫；三、两国平等交往；四、一俟广州复市，英方即归还定海。奇怪的是，此草约两国无一乐见。宣宗朱批大骂琦善"胆敢背朕谕旨，仍然接递逆书，代逆恳求，实出情理之外，是何肺腑"。英国那边，巴麦尊对义律也是一通饬斥。[4] 至于原因，琦善是在上谕明言不许"割尺寸地、赔分毫钱"的情况下，与洋人订了这样的条款；义律则是在英国对华作战大胜的情况下，换来如许的

---

[1] 蒋廷黻《中国近代史》，页18。
[2] 同上，页167。
[3] 同上。
[4] 同上，页168。

成果。为了鉴其得失，我们不妨将二年后所订《南京条约》与眼下《穿鼻草约》逐条对比。《南京条约》主要内容六项，除两国平等交往一项与此前完全相同，其余五项较《穿鼻草约》则或改或增：

　　一、赔款从六百万元增至二千一百万元。
　　二、彻底出让香港所有主权《穿鼻草约》规定中国在香港得保留财税之权。
　　三、《穿鼻草约》仍只设广州一处通商口岸此点对大清帝国十分重要，详后，《南京条约》增至五处即广州、厦门、福州、宁波、上海。
　　四、海关税则详细载于条约，非经两国协商，以后中国不能单方面更改。
　　五、凡英人在华，将只受英国法律和英国法庭约束，即享有治外法权。

显然，从战前琦善与义律口头商约的不割地、赔六百万、增两处口岸，到虎门战败所签《穿鼻草约》的割香港但保留财税之权、赔六百万、维持一处口岸，再到《南京条约》赔二千一百万、香港主权全失、五口通商、海关税则仰人鼻息以及治外法权确立，中国可谓损之又损。这就像股市不利时，不知道止损操作恰为自保之策。

　　既然《穿鼻草约》双方均指无效，争端继续，战火乃由广州北延，厦门、宁波等次第而下。道光二十二年夏，英军打到中国经济命脉所在的长江流域，连克吴淞、上海、镇江，眼看就要进占南京。此时，宣宗才委耆英为钦差大臣与英人谈判琦善因擅签《穿鼻草约》已被拿问，英方亦撤义律之职、改派璞鼎查为代表，双方最终所签即中国与列强之间第一个不平等条约《南京条约》。

　　这场既改变了中国命运也改变了中国历史走向的战争，我们称"鸦片战争"，英国人却叫它"通商战争"。为鸦片贸易而战，其不名誉不光彩，英国人心知肚明，当时在其国内，亦争议颇大。例如几位英国当事人在给巴麦尊的信中就曾承认，对于他们所经营的"这行生意"，世间广有"谣言谰语和严重的非难"，常闻"责难憎恶之词"。[1] 此即何以对华动武提案，在议会仅以微弱多数勉强通过。英国硬着头皮也要打一场势令其丢脸蒙羞、留下污点的战争，有难言之隐，或正如

---

[1]《拉本德、斯密斯、克劳复致巴麦尊》，严中平辑译《英国鸦片贩子策划鸦片战争的幕后活动》，《近代史资料文库》第四卷，页100—101。

蒋廷黻先生所云："就世界大势论，那次的战争是不能避免的。"[1]

当时中国，挟千余年来经济领先之余威，在贸易中占尽优势。内中我们握有两大法宝，一个是生丝，一个是茶叶。这两样物产，均为中国特有，举世仰赖于我。生丝之辉煌无逾多言，纪元初它已造就东西方贸易大动脉"丝绸之路"。而在十九世纪当时，对英国人来说更要紧的是茶叶。此物不单为中国人所发现，且直至鸦片战争前，惟中国知其种植与加工技术。过去欧洲人在未接触茶叶咖啡之前，彼之饮品除了水，便只有酒。如今英国民间何以特重茶饮，有诸如"下午茶"之类的讲究，可以说就是拜这场鸦片战争所赐。茶叶大约在中世纪之后传到欧洲，他们因而知道世上还有此一不含酒精却能致人精神焕发的妙物。但长期以来，一因输送路途之遥远，一因生产尽为中国所垄断，茶在欧洲价格极昂。即便鸦片战争后不久的1840年代末，香港第二任英国总督德庇时于所撰报告中仍然说："茶叶由于税高而价高，下层社会的人们喝不起它，这对他们的道德上的影响也是很坏的。高价的茶事实上严重地阻碍了戒饮烈性酒的风尚的形成。"[2]英国人强烈地喜爱上了茶叶，需求剧增。根据一份资料，1837年7月1日到1838年6月30日，此一年中，广州的对英出口总额为一千二百五十八万余元，茶叶份额为九百五十余万，生丝为二百余万元，两者所占比例高达百分之九十二。[3]茶叶成了中国的财富之源，因为它，全球白银滚滚而来，有如被巨大的漩涡吸入中国，使中国对外贸易简直立于不败之地。当时还有另外一个例子，即沙皇俄国。沙俄因与中国接壤，自康熙以来得以与中国在恰克图进行易货贸易，其之大宗就是茶叶。从俄国输入的货品主要是鸦片 往中国贩卖鸦片绝非英国人之"专利"，各国商人普遍如此 和棉布，有一种厚蓝布，"其售价低得难以支付原成本费用"[4]，俄国人所以做此亏本买卖，是因为他们可凭茶叶的高额利润，轻松补上亏空而有余。沙皇政府就此实行一种"以进口贸易进行补偿"的政策：

---

[1]蒋廷黻《中国近代史》，页14。
[2]德庇时《战时和缔约后的中国》，《太平天国史译丛》第二辑，中华书局，1983，页243。
[3]《拉本德、斯密斯、克劳复致巴麦尊》，严中平辑译《英国鸦片贩子策划鸦片战争的幕后活动》，《近代史资料文库》第四卷，页101。
[4]德庇时《战时和缔约后的中国》，《太平天国史译丛》第二辑，页236。

一笔账目表明，1839年他们在恰克图以7,000,000元买进的茶叶在尼契哥罗得（Nischegorod）交易会上就获利18,000,000元。亚洲西部所有的游牧部落通常饮用大量的茶砖，并且经常以此作为进行交易的媒介（通货）。由于获此重利，可以说是俄国人垄断了茶叶，从而便有了在出口上招致损失予以补偿的准备。[1]

俄国人从中国买进茶叶，仅一转手，即获利2.5倍之多，诚暴利矣。由此可知茶叶之于中国曾不啻为摇钱树，这我所独有的物产，令中国若干世纪以来对外贸易维持其巨大顺差，直至鸦片战争后，这种单方面的优势方始涣失，用德庇时的话来说，"我们的贸易从一个被征收成本价格百分之二百的税而有广大世界市场的茶叶造成的沉重负担中得到解放，在道义上也有利于贫困者（喝不起高价茶的下层社会平民）"。[2] 其眼前利益是令茶叶价格成本税费及运输费用等直线降低；而更深远的获利则在于随着中国的开放，洋人得以从中国获取茶的种植加工技术，及雇聘中国技师、茶工，在中国以外自产茶叶，例如英国人在其印度殖民地所建茶园，以致后来印度红茶竟颇饮誉于世界。总之，由于鸦片战争，茶才得以成为欧洲普众之日常饮品，走入寻常百姓家。单就这一点而言，鸦片战争未尝不可称为茶叶战争。

以上是自中国方面来说。"就世界大势论，那次的战争是不能避免的"，此语还含另一面，也是更重要的一面——当时英国早已崛起，它对华贸易的不利，有相当的人为因素。

《南京条约》签订前整整五十年，1792年乾隆五十七年女王政府在伦敦组建使团，任命乔治·马戛尔尼男爵为正使，以贺高宗皇帝八十寿辰名义来华。此时英国，盖已完成工业革命，空前的生产力造成大量产品需要寻找出路。所谓贺寿，当然仅借为由头，真实诉求乃是"通商"。使团携来七项请求，主要内容与五十年后大同小异：开放口岸、许英商在华有居住与仓贮之地、中国海关公开及固定

---

[1] 德庇时《战时和缔约后的中国》，《太平天国史译丛》第二辑，页237。
[2] 同上，页244。

税则等。所有请求均被驳回，清帝国对英国根本不视为平等之国，有关马戛尔尼觐见时拒行跪拜之礼的争执，竟然成为中西方之间首次国与国正式交往事件中最著名的花絮。事后，使团一位成员这样总结他们全部的经历：

> 我们的整个故事只有三句话：我们进入北京时像乞丐；在那里居留时像囚犯；离开时则像小偷。[1]

"乞丐"谓被当作施舍对象，"囚犯"与"小偷"则皆谓被待如不轨之徒。清帝国不知道人类世界的生产力，已经发展到势必要求"通"和"互动"的地步。客观上这是大势，需要顺势而为。

自马戛尔尼使团败兴而归，半世纪以来，中英政治、文化交往格局几无变化，经贸关系进展缓慢。英国的大量工业产品，能输中国者甚少。以战争爆发前的1838年为例，英商输华物品主要有三类：一、鸦片 价值三百三十余万镑；二、棉花 价值一百六十余万镑；三、制造业和冶金业产品 价值六十余万镑。[2] 面此清单，不难想象英国人的尴尬、郁闷和焦虑——他们引以为骄傲且产能最旺的工业品，只能占个零头。虽然棉类商品 包括棉纱和棉织品 对华出口增长显著，据商人约翰·莫克维卡对巴麦尊的报告，"仅仅几年以内，这两种货物的输出，约摸增加了十倍"，"中国每年约从印度输入棉花25万包"。[3] 从而成为英国对华贸易清单中道德方面拿得出手、可以有效回收资金的惟一品种，但跟声名狼藉的鸦片相比，依然小巫见大巫。

客观而言，事情另一面便是：世界头号工业国英国非无优势商品，却苦于中国为市场所设种种障碍，而打起鸦片的主意，想靠当毒贩子来扭转贸易不平衡和白银单向性滚滚流入中国的局面。

鸦片所以是利器，乃因它在中国是"刚需"。清中期以来，吸食之风愈演愈烈，遍及各省和各阶层。[4] 马戛尔尼使团于1792年年末启程，翌年6月抵澳门，然

---

[1] 佩雷菲特《停滞的帝国——两个世界的撞击》，三联书店，1995，页340。
[2] 《拉本德、斯密斯、克劳复致巴麦尊》，严中平辑译《英国鸦片贩子策划鸦片战争的幕后活动》，《近代史资料文库》第四卷，页101。
[3] 《约翰·莫克维卡致巴麦尊》，同上书，页136。
[4] 参阅中国第一历史档案馆编《鸦片战争档案史料》和萧致治、李少军整理《鸦片战争前禁烟档案史料补辑》等所载清朝嘉庆、道光间奏稿、谕旨。

后北上，复于1794年南返广州由此回国；一来一去，两度纵穿中国腹地。使团中，有个名叫威廉·亚历山大的年轻制图员，沿途将所睹中国风土民物等状绘于丹青，总数可有二千多幅，皆以写实风格绘成，精细不逊后世照片。近年，收集家赵省伟先生等，将亚历山大这些画作在国内译印，其中一本题为《中国衣冠举止图解》，作为《西洋镜》的一种出版。自亚历山大笔下可见，早在乾隆时期，中国无论南北，也无论官吏、平民以至妇人，只要出现在画中，近乎人手一支长烟枪。当然，所吸食的不一定都是鸦片。在《西洋镜》另一本《清代风俗人物图鉴》中，英国人梅森就一幅中国商人肖像细节评论说："他身体的另一边还挂着个装烟草、鸦片或槟榔的袋子，不知道他喜好哪一种，又买得起哪一种。"[1] 这三样东西，当时中国人皆用来吸食，具体视乎个人经济能力。无论如何，清中期以来，抽大烟之流行，在中国确已到了家常便饭的地步。

依大清律例，种植、贩卖、吸食鸦片俱属非法。但吏治日益腐败，禁令形如废纸。如果乾隆年间，英国人所见中国民间"吸烟"已然成风，又过几十年，到道光的时候，可知此风益不能抑。一边是需求旺盛、市场巨大，一边是内外贿通、边关虚设，鸦片便成了中国实际进口量高居第一的货品。以至于战争前，英国竟然因此扭转了对华贸易之不利，反令中国处于逆差："这项逆差，主要地由中国向英属印度输送白银去支付，而白银则又是靠鸦片吸收来的。"[2] 鸦片贸易的收入，"几乎已抵得上印度全部收入的十分之一"[3]，而印度是英国殖民地，此收入自然也就是英国的收入，"不管过去一个国家的政府_{指英印殖民当局}从事这么一种物品的贸易该受多大的责难，像现在这样，不列颠帝国从那上面所获取的巨大利益这一点，说句公道话（对那些经过他们之手从而让他们也有所得利的人们而言），总是不该视而不见的。"[4] 当时现实是，英国一方面必须为从中国进口茶叶支付大量白银，一方面却除了鸦片而没有别的可能去弥补这种支出。如何"买到现在那么大量的茶叶而不需向中国送出大量的白银"[5]，是摆在英国面前的一大

[1] 乔治·亨利·梅森等《清代风俗人物图鉴》，台海出版社，2017，页032。
[2]《拉本德、斯密斯、克劳复致巴麦尊》，严中平辑译《英国鸦片贩子策划鸦片战争的幕后活动》，《近代史资料文库》第四卷，页101。
[3]《孟买商会致大不列颠各地东印度与中国协会书》，同上书，页75。
[4] 同上。
[5] 同上。

难题，眼下中国禁烟，更使它作为危机凸显出来——"一劳永逸地把我们对中国的商务关系安置在稳固而荣誉的基础之上"[1]，成为危机发生后英国朝野上下以及本土／殖民地各处的强烈呼声。

从马戛尔尼使团访华寻求通商，时间已经过去五十年。五十年间，英国人总结出他们通往中国之路"似乎只有两条，一条是屈辱的道路，另一条是用足够的武力为后盾要求某种特权的道路"。[2] 也就是说，要么一直以走私犯的面目去干贩卖鸦片这种非法和不道德的勾当，要么用武力强行撬开中国紧闭的大门、然后向中国合法输出堂堂正正的产品。

中国称"鸦片战争"而英国称"通商战争"，其语意重心各在于：前者指英国为了鸦片伤天害理地攻打中国，后者则强调是利用鸦片事件"一劳永逸"地解决英华商务过往所有问题。这些问题包括：增加通商口岸——当时清朝在全国仅许远离经济腹地的最南端之广州一地通商，从而因运输成本和税费迭加造成丝茶价格高昂；海关税则不透明、不规范、不固定；外商没有合法居住权、居住地以及货品存放地——要求割让香港与此有关，英商被从"十三洋行"驱逐后，复被勒令离开澳门，故于战后索取香港存身 _{不一定是香港，实际上英国也曾考虑过舟山}，后来诸强在各地纷纷建立租界亦缘乎此；由于两国立法原则不同，大清与英国法律体系之间有着明显的时代性差异，据此英人要求在华只受英国法律和法庭约束即享有治外法权。

类乎这些争端，以今视之皆可通过对外谈判、对内改革来解决。比如中国世贸协议就曾议定，到2004年农业产品进口关税将平均降至17%、工业品平均降至9.4%、汽车行业2006年关税由原来的100%或80%降至25%……[3] 但彼时清帝国不具谈判思维，不以对方为对等之国，亦根本无意对内改革。此路不通，问题却又积累起来，便导致诉诸武力。一俟到了武力阶段，事情便从有商有量、互惠互利变成强权暴力，惟强者胜出。所以蒋廷黻先生还有一句评论："在鸦片战争以前，我们不肯给外国平等待遇；在以后，他们不肯给我们平等待遇。"[4] 英

---

[1]《孟买商会致大不列颠各地东印度与中国协会书》，《近代史资料文库》第四卷，页76。
[2]《拉本德、斯密斯、克劳复致巴麦尊》，同上书，页102。
[3]《中美世贸双边协议文本摘要》，《企业管理》2000年第9期。
[4] 蒋廷黻《中国近代史》，页10。

中国涉洋船队

马戛尔尼使团访华曾雇用以上数种船只,大船载人,小船装运行李,舢板则供往返滩岸之用。

马戛尔尼觐见乾隆皇帝

　　英使随员所绘。令人费解的是，单膝跪地的英使被刻意画得瘦小委琐。或许绘者正借以暗示："我们的整个故事只有三句话：我们进入北京时像乞丐；在那里居留时像囚犯；离开时则像小偷。"

烟具贩子

一个走乡串村、专卖烟具的小贩,身上密集的烟枪形象说明嗜烟在中国的流行。这是洪秀全极为厌恶的一种状态。

洋人眼中的大清淑女

　　此女服饰华美，姿容秀丽以至性感。但真正出彩处在于指尖之雀、缠足，还有纤手所握烟杆。背景据说为北京西城。

国人尽遂所愿，中国则赔个精光。

鸦片战争有如楬桩，标识中国"千年变局"发端，也向中国社会注入全新元素，以致以后各种故事都变换了幕布背景而上演，包括最为老套、千百年似乎一成不变的农民起义故事。

《劝世良言》和梁发

官禄㘵与广州虽咫尺之遥，战争却未牵起它丝毫涟漪。现存洪秀全资料中，找不到与之直接相关的蛛丝马迹。不过，时代深层逻辑仍凭借貌似偶然的际遇，耐人寻味地显现出来。

道光十六年 1836，洪火秀到广州应府试。

府试，乃童生三试的第二关，凡通过县试即县级考试者有此资格；倘过此关，则可参加由省学政或学道主持的院试；三关皆过，录为生员，也就是俗称的"秀才"。府试每年一次，一般在四月。

一日，他在布政司衙门前看见一群人，当中围着两人。此二人，一个"身穿明朝服装，长袍阔袖，结髻于顶"，嘴里发出的并非中国语言；另一位则是他的中国翻译：

> 在一大群人环绕之中，其人对众讲话，谓可满足众人之愿望，不俟人发问，即便侃侃而谈。秀全此时他实际上尚未改其"火秀"原名行近其间，意欲问自己功名前程。其人亦不俟其发言，即云："汝将得最高的功名，但勿忧悲令汝生病。我为汝有德之父道喜了。"

第二天，复在龙藏街遇这两个怪人，"其一手持小书一部共九本，名《劝世良言》，其人将全书赠与秀全。秀全考毕即携之回乡间，稍一涉猎其目录，即便置之书柜中；其时并不重视之。"[1]

---

[1] 韩山文《太平天国起义记》，《中国近代史资料丛刊·太平天国（六）》，页840。

以上是《太平天国起义记》中的记载,而这记载悉出洪仁玕口述。蹊跷的是,后来洪仁玕被捕后写给沈葆桢的亲述,具体细节却颇有出入,其云:"丁酉年圣寿二十五岁,在广州领卷考试,由学院前街转至龙藏街,偶遇一长发道袍者,另有一人随侍,手持书一部九卷,未号书名……我主持回试馆,当与众友谈论场内诗文,无暇观览。"[1]《亲笔文书》写于1864年,对韩山文的口述则在1852年,中间相隔十二年,而说法之不同凡三处。一是事情的时间,《太平天国起义记》记为"1836年",即道光十六年,岁在丙申,《亲笔文书》则云"丁酉年",即道光十七年,相差一年。二是前者明确指出了书名《劝世良言》,后者却说"未号书名"。三是得书后可曾阅读,《太平天国起义记》"涉猎其目录",亦即有所翻阅,《亲笔文书》则为"无暇观览",亦即根本没看。两样说法均出一人,而舍此我们别无途径可以勘校,所以并不能断其正误,好在基本事实无伤,惟不知洪仁玕于不同时间地点、面对不同对象,因何作此不同陈述。

"长发道袍者",无疑是个外国人。史景迁认为"种种迹象说明这洋人就是史蒂文斯"[2],一位出身耶鲁学院的美国传教士。此人究竟是谁很难确考,但无关紧要,重要的是,一个自幼诵读"子曰诗云"的中国乡下青年,闲来无事在广州街头随便一逛,就遇到了高鼻深目、传播福音的洋鬼子,此一场景才是意味深长的。

当天的邂逅,留有一个可靠物证,那就是韩山文明确提到的《劝世良言》。虽然洪仁玕后来对沈葆桢避提其书名,但此书的存在确凿无疑,且直到今天我们仍然有幸读到。1979年中华书局将其编入《近代史资料(总39号)》排印出版,上市二万一千册,后虽未闻再印,存世量仍当不少。

此书原刻于道光十二年 1832,内容大部分集《圣经》章节而成,基本上是一部《圣经故事集》兼基督教通俗讲义,付梓前曾由英国著名传教士马礼逊审订,宗教方面的正宗性不成问题,但作者却非洋人,而是一位地地道道的中国人。

梁发,号学善,别署学善居士,乾隆五十四年 1789 生于肇庆府高明县 今佛山市高明区 三洲古劳乡。幼年无考,惟据十一岁始入塾读书推断,当出身贫苦之家。

---

[1]《干王洪仁玕亲笔文书》,王庆成主编《影印太平天国文献十二种》,中华书局,2004,页473。
[2]史景迁《太平天国》,页48。

只读了四年，年甫十五，只身离家谋生，来广州当学徒。初学制笔，旋改习雕版，成为一名印刷工匠，恰是这，使他与基督教结缘。传教士将宗教书籍译为中文，需要在中国刻印出版。当时梁发供职的工坊位于"十三洋行"附近，他因此与传教士打交道，马礼逊就是一位。麦沾恩牧师所写梁发传记说："在一八一一和一八一二年的两年中，马礼逊先生把《路加福音》和《新约》书信之大半付印，而此等书籍之雕刻及印刷多出自梁发之手。"[1]此事要冒很大风险，清帝谕旨凡信传洋教、为洋人刻印书籍，触令者视情形分处立斩、斩监候、充军，量刑犹在吸食贩卖鸦片之上。显然虑及安全问题，不久，马礼逊雇用数名中国工匠去马六甲，在那里印刷教典，梁发也在其中。正是这次南洋之行，让他最终皈依了基督教。他们是1815年4月动身去马六甲，一年多后，1816年11月，梁发由米怜牧师为他洗礼，正式成为基督徒。这时他三十三岁，仍然独身。三年后，梁发回到故乡高明县，结婚娶妻，而妻子也与他志同道合，据说"她是中国第一个信奉改正教[2]的妇人"[3]。从马六甲归来，梁发已以传播福音为使命。1823年，鉴于梁发信教七年来道心颇坚的表现，马礼逊正式任命他为传教士，梁发曾述其情景："马礼逊先生以手按我，封我往四处各方向宣扬福音真理。"[4]此后，他的薪水即由伦敦布道会支发，直到逝世。

中国人信奉基督教非自梁发始，但以本土居民而为传教士的，梁发则是不折不扣第一人。

梁发意味着基督教传华史打开了新的一页。首先，布道者从原来清一色"外来和尚"，现出了本土华人的身影；其次，梁发成为传教士，还带动了基督教在华真正开始本地化，从语言和文化上与中国相融合。此人不单对信仰抱极高热忱，且十分好学。研读教籍以外，努力提高自身文学修养，渐渐地，以仅有四年村塾学历之基础，而能够熟练流畅地写作。这使他的传教不止于照本宣科，进而

[1] 麦沾恩《中华最早的布道者梁发》，《近代史资料（总39号）》，中华书局，1979，页147。
[2] Protestant，指新教，亦即宗教改革后的教派，又称改正宗、更正教等。在中国，基督教通常指新教，而称之前的基督教为天主教。简又文《太平天国典制通考》："改正宗（Protestant），现在普通称为基督教，于嘉庆十二年（一八〇七）由英国传教士劳博·马礼逊（Robert Morrison）到广州开基。"
[3] 麦沾恩《中华最早的布道者梁发》，《近代史资料（总39号）》，页157。
[4] 同上，页159。

也借著述展示一种原创性贡献。以往西方传教士在翻译方面固然付出很大努力，可是中文毕竟非其母语，运用难尽奥妙。梁发就不一样了。1819年，他牛刀小试，完成《救世录撮要略解》，小册子虽仅三十七页，却是"第一本用中文写成的改正教布道书"。[1]他把原稿带给马礼逊看，后者亟表称赞，从而使他深受鼓舞，于是就将此书镌刻成帙，分赠亲友。不久他因这件事被告发，连人带书版一并解官，被打三十大板，血流及踵，然后收监。经马礼逊营救，输金具结，才保出狱外。类似险遇后来还有几次，他未尝稍悔。及至1832年，又一本新作《劝世良言》_{最初署名"学善者"}[2]刊成，这第一位中国本土宣教士，终于在历史上留下了不可磨灭的印记。

《劝世良言》的独特意义显而易见。设若它不是出自一个地道中国人笔下，就算花县考生洪火秀在广州街头的经历原封不动地上演，而能否引出那种种的后续故事，也许成疑。因为就像梁发所拟书名所显示的，此书用词、话语是十足中国的，充满中国味道，散发出浓郁的中国泥土气息，而非一望即为舶自异域的洋玩意儿。除了《劝世良言》的名目，梁发还曾将其改题《拣选劝世要言》《求福免祸要论》等，出过另外几版，从中都可看出他颇注意为基督教思想披上中国化外衣，尽可能激发中国民众的广泛兴趣。在具体写作上，书中语言和叙述方式也结合中国元素的妆点而重新打造。姑从其开篇处引一小段：

> 夫神爷火华所造田野各兽，其蛇为尤狡。且邪神变为蛇魔对该女人曰："'尔必不可食园内知恶树之果'这一句话，实是神爷火华所言乎？"该女人答蛇魔曰："园内各树之果，我们可以食之。惟园中一根恶树之果，神爷火华乃命我们曰：'尔不可扪之，不可食之，不然，尔则必死矣。'"蛇魔对该女人曰："尔未必死矣。盖神知尔食之之日，尔目则启，且尔为似神知善恶也。"该女人既见树为好看，必好食，乃欲可以使得智之树，遂摘其果而食之。又以之给其夫，且他亦食也。其两人之目则启，而知其赤身，即缝连无花果树之叶，而做遮自己半围之身。[3]

[1] 麦沾恩《中华最早的布道者梁发》，《近代史资料（总39号）》，页155。
[2] 简又文《太平天国典制通考》，香港简氏猛进书屋，1958，页1665。
[3] 梁发《劝世良言》卷一真传救世文，《近代史资料（总39号）》，页1。

此即《创世记》里的亚当、夏娃故事，而中国人读之，会恍然如读《山海经》《博物志》《搜神记》，格调节奏与中国说部十分近迩。在内容上，作者也不止于对基督教事义单纯复述，还结合中国生活和习俗，夹以评论，来帮助读者理解。如针对偶像崇拜：

> 或说修庙宇，或说神像出游，遂往各处铺户人家签题银钱，或叫道士开坛建醮演戏，或摆设头锣执事，装扮些女色，鼓乐喧天，抬此神像往各处街道游玩，以为这神像经游过之地，人民俱获平安，六畜兴旺，添丁发财，五谷丰登之意。则各人欢喜之致安乐之极，众人都说道，破些小财，必获神恩庇祐发大财也。因各人先有私意贪图，然后才起拜求各神像之心，或安立家内朝夕敬奉，或去到庙堂里面拜求，亦非无意凭空拜的。因私意一萌，遂致无所不为，徒求热闹，害民伤财，费时失业，莫此为甚。殊不知世上之人，所有凶吉祸福之事，亦是自作善恶而招祸福。所以《易》云："作善之百祥，作不善降之百殃。"[1]

又如对儒家的批评：

> 即儒教亦有偏向虚妄也。所以把文昌、魁星二像，立为神而敬之，欲求其保庇睿智广开，快进才智，考试联捷高中之意。然中国之人，大率为儒教读书者，亦必立此二像奉拜之，各人亦都求其保佑中举，中进士，点翰林出身做官治民矣。何故各人都系同拜此两像，而有些自少年读书考试，乃至七十、八十岁，尚不能进黉门为秀才呢，还讲什么高中乎。[2]

凡此笔触，不一而足，皆系梁发以所素知的中国现实及传统，添入的原创性内容，

---

[1] 梁发《劝世良言》卷一真传救世文，《近代史资料（总39号）》，页7。
[2] 同上，页3—4。

是"外来和尚"所难道或不能道者。因此他的述教，更足叩问中国人心扉，独中鹄的。以上面引的两段为例，我们在日后洪秀全思想中，都明显看见了来自于此的渊源。

梁发传教，既不以撰述为满足，亦非视付梓而了事。写就刊出，他还携着自己著作，亲自送到民间，放到更多人的手上。"三四年以来，我常在广州城附近乡村及其他各地派送圣经日课，人人皆欢喜接受，拒绝不受者人数却甚少也。今年指1834年适为三年一次之乡试，各县秀才皆齐集省城应试，于是我遂想从速将布道小书派送于彼等。因此八月二十日，我遂约同吴亚清（以下人名皆译名）周亚生及梁亚新将书籍携往派送。是日共派出圣经日课一千份（共五千本），而所有士子皆欢喜接受，并无任何滋扰；我侪皆甚为快慰。"[1]他所描述的这次派发，与童试生洪火秀无关，因为当时所逢乃是乡试，洪火秀必不在其中。而1836年那一次派发，梁发却身在新加坡，所以洪火秀不论从何人之手领得《劝世良言》，都一定不是梁发本人。换言之，梁发与其毕生传教最大成果之间失之交臂，彼此未曾谋面。但这一点也不妨碍他的成就震古烁今。你固然可以说，没有梁发，洪秀全和太平天国之事仍将演于历史，但无疑更可以说，若非梁发，中国十九世纪这一幕颠倒众生的大剧兴许还找不到火种。我们无数次发现，历史所谓"必然"如何寄托于"偶然"的因素，从梁发信教到他写作《劝世良言》，再到洪火秀1836年得到此书，再到后者读之而从洪火秀变为洪秀全，当中有一系列"偶然"，但也正是这些"偶然"，将鸦片战争前中国历史与社会种种裂变连缀成线，最终神奇地引爆了一场轰然的崩坍。

值得一提的是，梁发有子进德，在鸦片战争期间和之后一些重大事件中，可见其身影。林则徐抵粤后，梁进德即受聘为英文翻译。耆英主粤，进德是顾问，"对于耆英的对付外国和基督教的态度很有影响"，还曾参与中美《望厦条约》的谈判事务。[2]

梁发卒于咸丰五年1855，其时洪秀全已建都金陵，洪仁玕口述亦经韩山文整理发表1854，故梁发死前应有可能了解"天王"陛下与自己之间的因果。况且还

---

[1] 麦沾恩《中华最早的布道者梁发》，《近代史资料（总39号）》，页186。
[2] 同上，页198—203。

曾发生一件更加切近的事情——1854年,梁进德曾陪同美国公使到访天京[1]。然而,梁发却未有关于太平天国的只言片语。作为后人,吾辈对此自然有种种好奇。

---

[1]麦沾恩《中华最早的布道者梁发》,《近代史资料(总39号)》,页215。

就试·发狂

从十几岁到二十多岁，洪火秀的日子几乎只是一部应试史，生命在年复一年、苦不出头的考试中捱过。《太平天国起义记》称"秀全年方弱冠，约在十六岁，即赴广州应试"[1]，洪仁玕《亲书自述》则说，"十二三岁经史诗文无不博览。自此时至三十一岁，每场榜名高列，惟道试不售，多有抱恨。"[2] 他在花县范围内尚称优秀，能够脱颖而出，但到府试层面，总是折翼铩羽。时人形容科考艰难惨烈云："邑聚千数百童生，擢十数人为生员；省聚万数千生员，而拔数十人为举人；天下聚数千举人，而拔百数十人为进士。"[3] 内中最难的便是从童生到生员这阶段："县考难，府考难，院考尤难，四十二年才入泮；乡试易，会试易，殿试尤易，一十五月已登赢"[4]，此对联感叹有人耗费四十二年始成秀才，之后从乡试而会试再殿试，斩关夺隘登进士，却仅用了十五个月。

洪火秀究竟参加过多少次府试，大概已不能知之，因为没有留下完整记载。[5] 我们现在知道的，是其中发生了特别故事的几次，例如上一次他在广州街边邂逅传教士并携回梁发的《劝世良言》。第二年，亦即道光十七年，他又来到广州。根据《太平天国起义记》，此番势头不错，"初考时其名高列榜上"；只可惜府试

---

[1] 韩山文《太平天国起义记》，《中国近代史资料丛刊·太平天国（六）》，页839。

[2]《干王洪仁玕亲笔文书》，王庆成主编《太平天国文献十二种》，页473。

[3] 梁启超等《公车上书请变通科举折》，舒新城主编《近代中国教育史资料》，人民教育出版社，1985，页39。

[4] 钟毓龙《科场回忆录》，浙江古籍出版社，1987，页21。

[5] 简又文《太平天国典制通考》称洪秀全总共四次就府试，并说所据为《太平天国起义记》；实则《太平天国起义记》只是提及了这四次就试，并未明指仅此四次。

要考三场，头场帖经、次场辞章、末场策论，分验经籍记诵、文采、政见，洪火秀头场虽过，"覆考则又落第"。兴许头场的顺利使他希望陡增，兴许多次失利的煎熬已令他达到极限而心力交瘁，总之洪火秀承受不起，竟至体不能支，"雇一肩舆，用精壮轿夫二人抬之回乡。"[1] 途中吟诗一首，尽显胸中不平：

龙潜海角恐惊天，暂且偷闲跃在渊。等待风云齐聚会，飞腾六合定坤乾。[2]

以措词窥之，作者很是自命不凡。他说有条龙悄悄潜在海角，担心藏得不深而被人惊觉，毕竟"飞腾"的时机还没到，所以还是一定要"暂且偷闲"深藏不露为好——这是他对自己科场蹉跎的解释和抚慰。这些语意实亦老套，无非是《易》乾卦中"潜龙勿用""或跃在渊""飞龙在天"那些意思。意思虽老套，作者把它安在自己身上，却透露了"胸有异志"。当年宋江在浔阳江口也乘酒兴题过反诗："他时若遂凌云志，敢笑黄巢不丈夫。"由这首诗，洪火秀初次显示出向宋江过渡的节奏，此后他笔下开始不断出现暴露异志的诗篇。

口中吟着"定坤乾"、被轿夫从广州城抬回官禄㘵的洪火秀，病入膏肓。表现是"不省人事"，整个人迷迷糊糊、满嘴胡言、卧床不起。三月初一那天，他觉着自己不行了，将父亲、继母、两个哥哥和妻子赖氏叫到床前，"垂泪云：今予必不久人世，有负父母兄长教育大恩矣。"[3] 并专门叮嘱赖氏"不可嫁"，"尔身怀娠，未知男女，男欤依兄勿嫁，女欤亦然"，不论生男生女，将来都依两位兄长过活，总之不得改嫁。[4] 他是躺在床上、倚于两个哥哥怀中发表这番"临终遗言"的，"言毕即闭目，全身无气力，不能自主。在场各人均以其不久即去世，两兄乃安放彼于床上。秀全一时竟失去知觉，不知身外各人言动如何，五官失去作用，其身宛如死人。"[5]

其实是虚惊一场。洪火秀性命丝毫无忧。他只不过急火攻心、精神颠错，

[1] 韩山文《太平天国起义记》，《中国近代史资料丛刊·太平天国（六）》，页840。
[2]《干王洪仁玕亲笔文书》，王庆成主编《太平天国文献十二种》，页473。
[3] 同上。
[4]《太平天日》，《中国近代史资料丛刊·太平天国（二）》，页632。
[5] 韩山文《太平天国起义记》，《中国近代史资料丛刊·太平天国（六）》，页840。

以致深度昏迷而已。在洪火秀故事发生前数十年，小说《儒林外史》写过老童生范进因意外中举疯掉，被他岳丈胡屠户诧异于"难道这等没福"而一耳刮打醒。所不同者，一为小说家所虚构，一为现实中真人真事，以及范进是因喜极而癫，洪火秀却因失利错乱，同时也没有一位能够镇得住他、给以当头棒喝的老丈人。但洪火秀与范进两个故事之间，还是让人感到很神奇，因为他俩实际上可以说是同乡——小说写道："第三场是南海、番禺两县童生。周学道坐在堂上，见那些童生纷纷进来……"[1]我们知道花县正是从南海、番禺析分而来，这真应了"无巧不成书"那句话！作者吴敬梓本康乾间安徽全椒人，平生足迹似未涉广东，他却将范进故事置诸"南海、番禺两县"，如有先见之明或诡异的历史感应，提前为我们预言洪火秀之事。

洪火秀一病四十余日，昏睡不已，出入梦境，说胡话、赋歪诗。三月初一那回，他从重度昏迷中醒来，"自觉头发直竖""怒从心起"，遂穿衣下地，走到洪镜扬跟前，宣布说："天上至尊的老人，已令全世之人归向我了，世间万宝皆归我有的了。"老父见他醒来，复闻其言如此，不知以喜，不知以惧。他在梦中发出呓语，比如不知呼何人为"长兄"，或在室内走动跳跃"如兵士战斗状"，疾呼"斩妖，斩妖，斩呀！斩呀！"嘴里嘟囔着"这里有一只，那里有一只，没有一只可以挡我的宝剑一斫的"。洪镜扬被吓着了，却并不知儿子如何中的邪，只好依乡间通常的办法，请法师到家中驱鬼。孰料这益发刺激了洪火秀，使他幻象勃发，"在幻想中彼追赶鬼妖。鬼妖形影似是变化无穷，有时如飞鸟，有时如猛狮……彼之幻想又觉追奔逐北直至天涯海角。所到之处，必与群妖战而无不毁灭之。每有成功，即便欢笑曰：'他们挡不住我。'"他把家人延请法师驱鬼，看作与鬼妖一伙来和自己作对，乃痛哭流涕伤心道："你们没有心肝，你们同妖魔相好；真的，真的，你们没有心肝，没有良心。"他闹得实在太凶了，两位兄长只好将他锁于屋内，严防死守，不让逸出，任他独自在里面跳跃歌唱，直至困倦睡去。而他一旦睡着，便有许多村邻趴窗觑户，挤着偷看——他醒着的时候，人们是不敢前来的，那一定会惹他暴怒，引起攻击的行为。总之，全村都知道洪镜扬的小儿子中邪疯掉了。然而，每当听到外面有人喊他"疯子"，他都反唇相讥："你

---

[1] 吴敬梓《儒林外史》，人民文学出版社，2015，页31。

才是真的疯狂了,还叫我疯子吗?"其间,又作了一些诗,不时吟诵:

> 手握乾坤杀伐权,斩邪留正解民悬。眼通西北江山外,声震东南日月边。展爪似嫌云路小,腾身何怕汉程偏。风雷鼓舞三千浪,易象飞龙定在天。

> 鸟向飞兮必如我,我今为王事事可。身照金乌灾尽消,龙虎将军都辅佐。

词句都很悖妄,与回乡途中轿上所吟相仿,然而闻者并不往心里去,因为这明显是个疯掉之人。非但不往心里去,有人还开玩笑,顺着他,"戏称之皇帝",凡是时,他就很开心,"色然喜"。后来有一天,他的父兄从他的门缝处发现一张塞在那里的纸条,展开一看,"上有朱色字云'天王大道君王全'",当时无人解得七字何意。[1]

太平天国庚申十年 1860,洪秀全曾命哥哥洪仁发、洪仁达将曩年于其病中所闻见记诸文字,是即《王长次兄亲目亲耳共证福音书》又名《福音敬录》。这个东西,是出于"见证神迹"搞的,自然免不了穿凿附会,但剔除那些内容,仍不失为了解洪火秀病中行状的一手材料,因为述录人当时逐日监守在侧,许多细节只有他们能见。

里面说,洪火秀不省人事的昏厥 文中谓 "转天" 即上天堂共两次,第一次即三月初一日,昏迷两日 "越有两日下凡" 亦即两天后醒来,醒来不久再度昏迷 "复于初三四我主又转高天"。头一次昏迷后,开口对洪镜扬等声称:"天下万郭人民归朕管,天下钱粮归朕食,朕乃天父上帝真命天子。"第二次昏迷表现狂躁,"大战妖魔,诛妖时连喊亚哥帮手。此时喊亚哥,是太兄也。有时喊杨家将,有时唱赵玄郎。"亚哥即"阿哥",指耶稣,梦主梦中与妖战斗,"爷在哥后,哥在朕后",自己一马当先,身后依次有耶稣、耶和华坐镇,"统两傍天将天兵赶逐妖魔"。除这两次以外,没有别的昏迷记录,大概起居已如常人,但睡中仍是呓语不断,即便睁眼未睡时,也处"白日梦"状态。例如"见有正大叔侄到来则喜,见有邪人来则恶之,即大声骂也",瞅见亲戚中所喜欢的就高兴,不喜欢的便破口大骂;或说些莫名

---

[1] 韩山文《太平天国起义记》,《中国近代史资料丛刊·太平天国(六)》,页840—843。

其妙的话，什么"东边一条大路透上天"，什么"将军打马转天堂"，什么"洪家天子杨家将，尔知么"，什么"左手拿日头，右手拿月亮"，什么"亚爷肚腹咁大，不知几多得够食，尔众人有食拿来敬别人"，什么"头打三十三天，脚下十八重地狱，一打天边，二打地狱，三打人常生，四打鬼灭亡"，什么"朕睡紧都坐得江山，左脚踏银，右脚踏金"，什么"不怕世人不识真，有日饿死尔，有日无路可走"；有时则吟唱词语鄙俚怪诞、旁人不解难通的歌谣，如"一个牛蹄有百五，人眼看见酒中壶；看尔面上八十丈，有等处所实在孤"，"堂堂天母朕亲妈，天子定然识得他；劝谕尔们信我讲，云中雪莫惹来加"，"笛子出在玉堂中，扇子不拔自有风；山头白云风吹散，真心敬天不愁穷"……

据洪仁发、洪仁达讲，病者有时讲"本话"，有时讲"天话"。所谓"本话"盖为正常的人话，所谓"天话"想即疯子的胡言乱语。当他讲"天话"时，"十句中愚兄不过得知三四句"，所以文中记录下来的，是尚能听清辨明的语句，至于那些根本颠错的谈吐，都无由知之了。[1]

这样过了四十余日，终于，洪火秀从癫病中脱身，恢复平静，回到了"谨慎""和蔼"的常态。只是人们暂时还不知道，这"醒"来之人，已经不再是"洪火秀"。

---

[1]《王长次兄亲目亲耳共证福音书》，《中国近代史资料丛刊·太平天国（二）》，页509—516。

"洪秀全"的得名及梦境解析

此四十余天最重要之情节,就是洪火秀的"幻游仙境"。此梦不但彻底扭转了事主自己的人生轨迹,也决定了未来中国数千万人命运。梦境内容,《太平天国起义记》与洪仁玕《亲笔文书》均有涉及,但不如另一份文件详尽。其曰《太平天日》,它经洪秀全亲自审定后刊出,具体时间未详,据文内出现"干王洪仁玕"字样,推知当刻行于洪仁玕抵达天京、被封干王亦即1859年以后。

入梦之前,洪氏以为将死,而作别家人如前述。时在三月初一日子时,亦即半夜十一时至一时之间。

言罢,他看见无数天使自天降下,说来接他升天,其中却有身着黄袍之孩童,长相像雄鸡。他是被轿子抬着前往天堂,坐在轿中,心里还有些过意不去。到了天堂大门口,他见无数"娇娥美女"在那里相迎,不禁为之屏息、目不斜视;继而见无数"穿龙袍角帽者"拥来,传旨命其"剖腹""出旧换新",似乎是另换一副肚肠之意。又展示许多文字,环绕排开让他读,他一一读过。这时,有"天母"出而迎曰:"我子!尔下凡身秽,待为母洁尔于河,然后可去见尔爷爷。"

浴毕,"天母"便导他去见"天父上主皇上帝",亦即刚才所称的"爷爷"。后者高坐在上,十分威严。一见面,这位上帝便亟斥凡间人类之非,"谁非朕所生所养?谁非食朕食?谁非衣朕衣?谁非享朕福?天地万物皆朕造成,一切衣食皆朕赐降,如何凡间人享朕福,多瞒本心,竟无半点心敬畏朕?甚为妖魔迷惑,耗费朕所赐之物,以之敬妖魔",并指点凡间妖魔种种害人情状给他看。

接着,上帝为他推勘妖魔"作怪之由",说:"总要追究孔丘教人之书多错。"意思是,上帝认为归结起来错尽出于孔子。上帝告诉他,宇宙间有三种书。一种,乃上帝自己先前"下凡显迹设诫所遗传之书",就是《圣经》的《旧约》；一种是基督"下凡显神迹捐命赎罪及行为所遗传之书",就是《圣经》的《新约》——此二书,都是真书,"无有差错"；还有第三种书,"孔丘所遗传之书","即是尔在凡间所读之书,此书甚多差谬,连尔读之,亦被其书教坏了"。

上帝一面说,一面转而责咎孔子道："尔因何这样教人糊涂了事,致凡人不识朕,尔声名反大过于朕乎？"据说孔子闻言,"始则强辩,终则默想无辞"。上帝责毕,基督也跟着骂他"尔造出这样书教人,连朕胞弟读尔书亦被尔书教坏了！"基督说完,众天使纷纷附和,群斥孔子。梦主见状,也立刻起而掊击之："尔作出这样书教人,尔这样会作书乎？"孔子见大家群起批判之,便私逃下天,"欲与妖魔头偕走"。上帝即命梦主与天使前去追赶,"将孔丘捆绑解见天父上主皇上帝"：

> 天父上主皇上帝怒甚,命天使鞭挞他。孔丘跪在天兄基督面前再三讨饶,鞭挞甚多,孔丘哀求不已,天父上主皇上帝仍念他功可补过,准他在天享福,永不准他下凡。

惩处完孔子,上帝便命梦主"战逐妖魔"。赐他金玺一、"云中雪"[1]一,"三十三天逐层战下","妖魔虽诡计百出,总一一被主文内称耶和华'天父上主',称洪秀全'主'破尽"：

> 主与妖魔战时,天父上主皇上帝在其后,天兄基督亦在其后执金玺照妖,妖不能害主,且妖不敢见金玺,见金玺即走。其妖头甚作怪多变,有时打倒地,倏变为大蛇矣；又将大蛇打倒,倏又变为别样矣,能变得十七八变,虽狗虱之小亦能变焉。

"天母及众小妹"亦出力相助,参加战斗。

---

[1] 即刀。本为天地会暗语,洪秀全与太平军沿用之。具体解释见史式《太平天国词语汇释》,《史式文集》第一卷,广西师范大学出版社,2015,页136。

大获全胜，回归高天。上帝十分欢喜，特赐封褒：

> 乃封主为"太平天王大道君王全"。天父上主皇上帝命主曰："尔名为'全'矣，尔从前凡间名头一字犯朕本名，当除去。尔下去凡间，时或称洪秀，时或称洪全，时或称洪秀全。"

"一字犯朕本名"，指"洪火秀"中的"火"字。梁发著《劝世良言》的头一句"夫神爷火华所造田野各兽……"，将耶和华称"爷火华"，此译名承自乃师马礼逊所译《旧约》。

按：此细节实际上揭示了洪氏所以甫读《劝世良言》，当即大为倾心、怦然有动于衷的秘密。中国迷信风俗，对姓名中的字眼极敏感，每目为命数之所寄。从皇帝到平民，都非常讲究名讳择字，算命先生亦有从测字入手剖解人生的一派。被这种独特的姓名宗教学浸泡大的洪火秀，一经接触《劝世良言》，立刻被颇为怪异的"神爷火华"四字吸引住，并注意到自己乳名中间也有一个"火"字。这必使他激动不已、萦绕再三，否则，不至于病中昏沉之际，梦见上帝对他说"尔从前凡间名头一字犯朕本名"。与上帝"共名"，此一意识或潜意识，对促使他接受、信奉基督教，一定起到相当重要的作用。后来在太平天国，这个"火"字被神圣化，不单洪氏本人易名、避讳不用，举国不得触染，一切涉"火"字之处，不论书面和口头，都被改换为"燒"读如"亮"。事实上，除提及耶和华这一个场合，"火"字在太平天国形同废除。

里面还有个小插曲，即洪秀全对"神爷火华"这四字词组的理解是错误的，他读成"神爷—火华"，实际上是"神—爷火华"。简又文先生说："抑有进者，梁书引用马氏译本'神爷火华'之名，洪氏称上帝曰'爷'，当本乎此……在自读自解的洪氏看来，却误以为'神爷'是尊上帝的崇号，与'天父'同一意义，而'火华'则其专名也。"[1] 当然，这跟马礼逊译法的误导也有关系，他把"神耶和华"翻译成"神爷火华"，确有暗借中国民俗敬称导人尊崇上帝的意思。

中国传统，凡君上与至尊者名讳，避书其本字，易以同音他字。所以太平

---

[1] 简又文《太平天国典制通考》，页1697。

天国规定，爷、火、华三字为上帝耶和华专属，一律避讳。遇"爷"多以"爹"代之，"火"另造新字"煷"，"华"另造新字"華"。

总之，洪氏在梦中试图解决本名"火秀"与上帝相冲犯这一问题。具体如何改动，当时尚有沉吟，"时或称洪秀，时或称洪全，时或称洪秀全"。最后，则如我们知道的，他的新名字固定下来：洪秀全。就此，活到二十五岁时，洪火秀消失，一个新人洪秀全取而代之。他对这新名字极重视，围绕它做了许多文章。"全"字拆开，就是"人王"。以之为名，深意在此。"时或称洪全，时或称洪秀全"，其本来的寓意便是，"那个洪姓人间之王"或者"那个叫洪秀的人间之王"。故而，这绝不只是简单换个名字，而将于未来决定中国祸福。

梦境还在延续，因为梦主的幻游长达四十余天。战罢妖魔，梦主在天堂住下，乐不思蜀。上帝教他唱诗，天兄基督教他读字。这就是为什么家人与村邻每每听见他长歌不已或喃喃自语。基督的脾气令他感觉不甚好，时时对他"发怒"。而天堂中的女性则无不贴心，他对她们留下了最美好的记忆。每当基督对他发怒，基督的妻子、他所称的"天嫂"，总是"劝止其天兄"，令他觉得"天嫂甚思量他，可称长嫂当母"。天母也"甚慈爱他，洵称娇贵之极焉"。他在天堂的配偶，唤作"正月宫"，她"事主甚恭谨"。他还有"高天众小妹"陪伴，彼此"琴箫鼓乐，快活无穷"。

日子这样快活，使他不愿回归人间，然上帝不允。上帝说："尔若不下凡，凡间人何能得醒得升天堂乎？"每催促，他不得已顺从，但是"既下几重天，仍然退回"，半道中又折返天堂。上帝真的不高兴了，"烈怒"，大发雷霆。梦主只好惜别"正月宫"，由上帝、基督及众天使护送，返于人间。路上，上帝将人间诸般妖风指点他看，有"剃头"<small>即满人以其风俗在中国强制推行的薙发</small>"饮酒""食烟"<small>包括吸食鸦片与烟草，二者后来均为太平天国所禁止</small>和"淫邪"。分手之际，梦主再度面露"难色"，上帝说："尔勿惧，尔放胆为之，凡有烦难，有朕作主；左来左顶，右来右顶，随便来，随便顶，尔何惧焉！"[1]

以上是洪秀全梦中所历详情。为研讨此一现象之性质，1953年，太平天国史研究名家简又文特问教于香港精神病院院长叶宝明，请他"以专门学识协助

---

[1]《太平天日》，《中国近代史资料丛刊·太平天国（二）》，页632—640。

我解答"。叶医生"毕业于英国剑桥大学及伦敦大学医科,而且是专门研究精神病与心理学的,对于精神病之诊断与治疗,学识甚富"。他受到邀请后,对问题发生了浓厚兴趣,利用简氏所提供的一切有关史料,并自行搜寻其他资料,苦心研究,最终就洪氏病症写出长篇论文,发表在英文《远东季刊》Far Eastern Quarterly 1954 年 5 月号。[1] 原文我们无缘拜览,不过,简又文于《太平天国典制通考》中颇有摘译,兹引关于洪氏病状基本结论于下:

> 这种"谵语寓言"(delirium fable)或"梦醒状态"(twilight—state)是属于典型的出神(魂游天外)的一种。其内容是由中国的与基督教的观念综合构成,而其意义则是完全满足其所不能实现的欲望而征服了一切个人的挫败、失意。他创造了自己的整个世界,即如在白昼做梦一般,但他自己亦躬亲实行参预此梦中经验于一个真实的世界中。[2]

叶医生确认洪秀全乃一精神病患者:"从科学的精神病学之诊断,这是一种精神病无疑"。[3] 此系资深专业人士从医学角度所给结论,非同于一般文史作者的臆测妄断。

由此诊断,我们进而细参其梦境,找寻焦虑致病的根由,从中发现两个实质性内容。

其一,一再落第失望过甚,刺激剧烈,以致内心痛苦、精神崩裂。整个梦境中,为梦主所厌恶或让他感受着压迫力量的具体形象,只有两个:一是"东海龙妖",他在梦中称之"妖魔头""阎罗妖",但这个形象虽被明确指认,却一闪而过,没有更多的描述;二是孔子,这是梦境中惟一有言、有行、有态、有场景,并以完整段落加以呈现的反面形象。梦主对他的描画是妖魔头的帮凶、同伙"欲与妖魔头偕走",并把"妖魔作怪之由"归诸孔子"教人之书",尤其借上帝、基督之口,指责孔子是将梦主"教坏了"的罪魁祸首,复假梦境去做想做而实际做不到的事——捆绑、鞭打孔子,让其下跪,"哀求不已",以抒发积郁已久的忿恨、

---

[1] 简又文《太平天国典制通考》,页 1625。
[2] 同上,页 1627—1628。
[3] 同上,页 1646。

畅其心怀。另一方面，梦主恨之入骨的同时，仍对孔子有所敬惮，他前面把孔子形容得一无是处、委琐不堪，分明一身罪过而无寸功可表，末了却说上帝"念他功可补过，准他在天享福"，十分突兀；这所谓的"功"，应当是梦主心中所潴留的自古以来世间对孔子的崇隆尊高，他难以与这种崇隆相抗衡，因而有所屈从，为孔子安排了一个仍可在天堂居住的发落。

其二，对女性之依恋。梦境主要情节除詈孔、逐妖之外，剩下的便是梦主对天堂生活的恋恋不舍，而这不舍的实质，如他所述尽在女儿之国、温柔之乡。内中出现了两个散发母性光辉的形象，天母和天嫂，她们对彼极尽呵护、宠溺，天母待之"洵称娇贵之极焉"，天嫂则"甚思量他"，遇斥责逼迫为之挡身在前、劝止回护，故"可称长嫂当母焉"。可见梦主情感天地中母爱的缺失，以及他对于母性的强烈饥渴。洪秀全生母王氏早失，眼下洪镜扬之妻李氏乃是继室，其幼年以来的家庭情状我们不握有具体材料，从梦中看，此必于其心灵刻下深重伤痕。但梦主对女性之依恋，不独限于有关母爱的萦想；与此同时，亦伴随其他想象，此即所梦见的入天国之初"天门两旁，无数娇娥美女迎接"，和后来"众小妹"环绕，"陪主读诗书，琴箫鼓乐，快活无穷，主此时不愿下凡矣"等。

以上两点实质内容，揭示了梦主隐秘内心深处的所不欲和所欲、逃避与向往。前者是压抑、焦虑所在，后者则为缺失、渴念之物。他是被这两样东西夹击，在走投无路和苦不能得双重压迫下错乱的。从梦中看，梦境虽使他逃离了现实，但并未解决他的焦虑——上帝给他压上了担子："尔仍要下凡也。尔若不下凡，凡间人何能得醒得上天堂乎？"此语表明，即使梦境中，他仍意识到无法摆脱现实的纠缠。那是一种比屡试不第更加深刻的男性角色困境，他是抗拒的，至少想逃脱，但社会久已将此意识深深植入其心灵，以至于到了上帝那儿他仍被逼去承担相应使命梦中两个正面男性形象上帝与基督都对他施加这种逼迫。在这儿，表现出其人格在本质上是消极的、厌世的，他极力想要卸去男性角色与责任，却发现即便在天堂亦不能得。可以说，他是带着恐惧、抵触、嫌厌的情绪从梦境回到现实，虽然貌似回来时肩负上帝所赋使命，但从内心，他一点也不以此为崇高和光荣，以昂扬热忱抱持献身精神，相反充满负面情绪含着敌视心态面对人间。此一基本心理状况，为未来发生的事情敷设了底色。正像我们将要看到的，他不是建设者，不是积极、努力、坚韧、刻苦改进现实，为之除恶臻善的理性的社会革新家，却是一味毁坏的厌世者。

精神病症无法自愈。终其一世，他都没能将它克服，虽然再也不曾以道光十七年的形态显现，实则是借助现实得到转移而已。这在后来有许许多多的表现，诸如他日常一些极端而怪异的行为，他对后宫的沉溺以及高度敏感乃至歇斯底里，他建都天京后明显的自闭倾向，他对治国担当的回避和严重耽于空想，包括最后时刻面对危机、满城军民断粮，他竟不负责任地让大家以所谓天降"甜露"野草充饥而拒不思索切实有效的办法……

最后，与此梦相关还有一重要问题：梦中幻象究系洪秀全自得，抑或有其来源？照《太平天日》里的说法，此梦纯乃梦主天成，别无凭借。它在叙述梦境之后，专门有这么一段：

> 年三十一岁，在癸荣即癸卯，1843，《钦定敬避字样》："卯改用荣字。"六月……时主适看《劝世良言》一书……将此书所说反复细勘，因想起天酉年即丁酉年，1837，《钦定敬避字样》："天酉，单是真圣主上天之年，称之以志天恩也，余仍用丁酉字样。"升天及下天所见所为之情，一一与此书所说互相印证若合符节。[1]

说洪秀全梦后六年，直到三十一岁，始读《劝世良言》，矢口否认之前读过，而前引洪仁玕《亲笔文书》亦称，得书后"无暇观览"。这肯定不是事实。他1836年得书，一年后发病；得书于前，发病在后，此一时间因果逻辑明甚，而无可否认。有位外国学者福士德，曾就此作过专门研究，"查出书中指《劝世良言》所载许多圣经句语，是与洪氏病中梦境所历、所行、所闻、所见互相符合者"。[2] 尤为直接的证据，是洪秀全梦中称耶和华为"爷"并梦其形象"满口金须，拖在腹尚即上，避'上帝'之名而易"，明显是读"神爷火华"四字误会所致；而"一字犯朕本名"，更清楚地显示此上帝之名必据《劝世良言》。据此，我们不特断言洪氏得书后即读《劝世良言》，且断言必不止于"稍为涉猎"，而是再三读过，并有种种思绪、印象氤氲在怀，而于病发时尽皆入梦，生出那些幻象。那么，他

---

[1]《太平天日》，《中国近代史资料丛刊·太平天国（二）》，页641—642。
[2] 简又文《太平天国典制通考》，页1639。

又出于何故坚称梦后六年始读此书？可能的原因有二。一、最易想到的，是出于自我神化之目的，这在中国自古所谓"成大事者"中间，盖不鲜见。假如洪氏之梦非因读《劝世良言》而诱发，却是自成其梦、之后被《劝世良言》所恰证，无疑事情看起来更像神迹。事实上，洪秀全后亦的确利用"与此书所说互相印证若合符节"从中获利。然而，以洪氏精神病患者人格的事实，却并不宜于认为他有能力心思缜密地出于权谋来制造一段神话。二、平心而论，我们更相信他是在梦的前后经历严重"记忆中断"，亦即失忆，而根本忘记曾经读过《劝世良言》。《太平天日》所述证实，洪氏病后六年，都只是保持"常人"状态，于梦中之事一概失忆，直到1843年，偶然重读《劝世良言》，才重新唤起对丁酉梦境的回忆。

换言之，他声称事先未读《劝世良言》、意外发现书与梦奇相巧合、书证梦境，并非故意骗人，而是自己真诚相信如此。总之，洪氏梦境所得与所见，都有直接的现实来源，实无灵异可言。只不过他因严重失忆，彻底忘掉了自己先前读过《劝世良言》，将次序颠倒，以为得梦于先、读书于后。他的梦境，除去宗教内容<small>上帝、基督、天堂、洁身于河等</small>源于《劝世良言》，其他枝节则是其个人生活际遇、情状以及历来杂读之混合。例如，"天父上主皇上帝，头戴高边帽，身穿黑龙袍，满口金须"之形貌，正如简又文所指出的，乃是取之于广州街头所遇外国传教士[1]；捆打孔子情节，当由科考苦闷迁化而来；所谓的"正月宫"有姬，乃是当时妻子赖氏正好有孕在身的折射；至于与妖魔缠斗，后者忽变大蛇忽变别样、"能变得十七八变，虽狗虱之小亦能变"的想象，就显然是《西游记》天兵天将捉拿妖猴情节的移植了。

---

[1] 简又文《太平天国典制通考》，页1637。

神迹成立

　　1837 年的梦魇昙花一现。清醒后，洪秀全记忆尽失，而回归原态，混同常人足有六年。洪仁玕和《太平天日》试图对此加以修饰。洪仁玕告诉韩山文："秀全之健康，既已恢复，其人格与外表，均日渐改变。"[1]《太平天日》亦云："主自是志度恢宏，与前迥不相同。"[2] 皆称经此病梦，洪氏由内及表，已经变成一个新人。但这说法并无事实的支撑，清醒后的洪秀全，只是回到了正常人状态，安安静静，如常度日。在长达六年中，他的真实情状，其实是《太平天日》里梦中上帝所说一语："尔下去凡间，还有几年不醒。"[3] 此处"几年"，正是指 1837—1843 六年，"不醒"则恰谓洪秀全其间完全和任何人一样，照常生活。此一笔触无形中透露，所谓洪秀全经此一梦已蜕变为"新人"，有"人格与外表""迥不相同"的质变，是站不住脚的。

　　所以非澄清这一点不可，系因关系到事主心灵的一个枢要，也即简又文强调的他梦中所得的"天王意识"。[4] 这个意识骇人听闻，且病中曾以丧心病狂的方式表现出来，以致遭父亲洪镜扬斥叱时，他曾绝情还以"朕不是尔之子，尔骂得朕么？"[5] 设若梦魇醒来，他仍葆有此意识，则断不可能安宁守常如普通人般生活达六年之久。故而，病程甫毕，"天王意识"已被忘得无影无踪，才是正

---

[1] 韩山文《太平天国起义记》，《中国近代史资料丛刊·太平天国（六）》，页 843。

[2]《太平天日》，《中国近代史资料丛刊·太平天国（二）》，页 641。

[3] 同上，页 642。

[4] 简又文《太平天国典制通考》，页 1649。

[5] 韩山文《太平天国起义记》，《中国近代史资料丛刊·太平天国（六）》，页 841。

确的解释。而"天王意识"遗忘一空的有力证明,莫过于直到1843年他仍作为学子老老实实跑到广州投考。其间此举必并不止此一回,只是没有资料一一述及罢了。要之,此适足揭橥这时盘桓他心中的,仍是"科举梦"而非"天王梦"。其次,从他循规蹈矩回到应考轨道来看,当初在梦中对孔子的斥骂鞭打、对儒家"差谬"之书的憎恨,显然也一点想不起来,而是一心一意继续做孔家店的诵习之徒。

就此言,到现在为止似乎还应称他"洪火秀"——"洪秀全"虽已得名,他却一时还不曾与之有切实的联系。五六年间,他都过着安静平常的日子,一面继续教书授徒,一面备考,以至时间一划而过,没有人想得起来留下过稍微特别的故事。直到1843年,府试又尝失利,亲戚忆说,"回家之后,怒火不熄,气愤填膺,怨恨谩骂,掷书地上,破唇大叫曰:'等我自己来开科取天下士罢!'"[1] 然这次好在仅此而已,逞一逞口舌之快,未像六年前那样触发癫狂,恨过骂毕,依旧拾起教鞭,操执塾业,好像彼之一生就将这样作为乡塾先生延续下去。

但教书地点有些变化,从本村移到莲花塘李家设帐。简又文先生认为,那应该是其继母李氏的娘家。时在初夏,距广州落败约二三个月。不久,发生了这样一件事:

> 其中表李敬芳到塾访之,偶于其书笥中,捡出其曩年得自广州传教士之《劝世良言》一帙,乃借去阅读,大有所得。归还是书时,语秀全云:"此书内容奇极,大异于寻常中国经书。"秀全于此书久已置之脑后,几忘却了,至是新的兴味忽被引起,遂潜心细读之。[2]

事情又包含一连串偶然。之前洪秀全对于梁发那套《劝世良言》,已全然忘在脑后。设若不到莲花塘教书,设若未尝将《劝世良言》无意识夹在所携书籍中,设若亲戚中没有一个李敬芳,设若虽有这个李敬芳但未曾造访其于塾中,又设若纵然造访却并未从书中独独翻出《劝世良言》借走,再设若李还书之际不曾

[1] 简又文《太平天国典制通考》,页1649。
[2] 同上,页1650。

发其激赏之论从而引起洪秀全注意……总之，若非这许许多多的"设若"，洪秀全的"天王意识"都会仍然封存在已平息枯死六年之久的心井深处，无从唤醒，无从复活，而一场吞噬中国几千万人身家性命的烈焰也就无从点燃。

李敬芳其人，全然属于历史所谓"匆匆过客"。除了将《劝世良言》翻出借走并向洪秀全谈其感受，他在中国历史上没有留下一丁点儿痕迹。不过，此时此地，他是决定性的。《太平天日》写道：

> 时主适看《劝世良言》一书，看见其书说有一位造天造地造万物大主宰之上帝，人人皆当敬畏他……将此书所说反复细勘，因想起天酉年升天及下天所见所为之情，一一与此书所说互相印证，若合符节。主乃悟当日临下凡时天父上主皇上帝曾吩咐曰："尔下去凡间，还有几年不醒，但不醒亦不怕，后有一部书畀尔，对朔即'明'，太平天国自造字此情，既对朔此情，尔即照这一部书行，则无差矣。"即此一部书也。主此时如梦初觉，乃作感悟悔罪诗曰："吾侪罪恶是滔天，幸赖基督代保荃。克胜邪魔遵圣诫，钦崇上帝正心田。天堂荣显人宜慕，地狱幽沉朕亦怜。及早回头归正果，敢将方寸俗情牵。"[1]

丁酉一梦突然失而复得，赋予洪氏自我神奇之感。在他因果倒错的脑海里，当年之事非如本来面目是因书成梦，反而变成梦在书前，乃至认为书由梦生。到了这儿，本已从"谵语寓言"脱身六年的洪秀全，瞬间又被施了魔法，重新陷入妄想狂境地。此番较诸前回，更加不可救药，因为他不是在谵妄而是在清醒状态下走入神话，就像《太平天日》所说，"主此时如梦初觉"，对疯魔的忘却被视为"不醒"，再陷疯魔反倒被视为"梦觉"。他就此溺于这白日之梦，以迄其终。

洪秀全记忆颠错所带来的因果颠错，不但使他自己对神迹笃信甚坚，亦转而成为慑服他人的利器。他把整个事情，依先得梦后读书的顺序，讲给李敬芳听，后者立即陷入膜拜敬惶，洪氏遂"首与莲花塘李敬芳在天父上主皇上帝面前悔罪"[2]，得到他第一个信徒。又讲给家里人听，"主家人初不信，乃将升天时叱其

---

[1]《太平天日》，《中国近代史资料丛刊·太平天国（二）》，页641—642。
[2] 同上，页642—643。

父兄等语晓其家人曰：'朕升天时所语老亚公，即是天父上主皇上帝；所话有些食同别人饮了食了，就是敬邪魔；所话尔们无本心丢却老亚公同别人较好，就是不敬天父上主皇上帝，反敬邪魔。'历历互证一番，其家人方醒。"[1]家人怎能不信？当初洪秀全梦呓之语，俱为彼等亲耳所闻；眼下，他们瞬间变成神迹的最好证人。又讲给洪仁玕听，"主有族弟干王洪仁玕，颇有信德见识，主将此情对他说明，他即醒悟"，[2]这是洪仁玕在《太平天日》叙事中首次露面，清楚显示他此时才获闻其事，换言之，六年前的事情他并不知详，《亲笔文书》"无暇观览"的说法非为亲见，而只是1843年由洪秀全根据其错误记忆所告诉他的。

归结起来，神话是这样成立的：六年前洪秀全读《劝世良言》入梦，并在梦中发出来自此书的诸多呓语，然而除他本人，没有一个人知道他曾读过此书；六年后李敬芳偶然翻出此书，此时洪秀全却已全然忘记自己读过，重读后忆起梦中种种，遂自我引为神奇而道与诸人，"历历互证一番"，这时，六年前曾亲睹且认他为疯癫的亲友，反而成了所谓奇迹的有力证人。

饶为讽刺的是，洪秀全神迹虽以"丢却一切邪魔"[3]面目出现，其所成立，却恰恰得力于神魔迷信甚多。中国南方，自先秦楚国起便神巫文化盛行，后一直持此传统，尤以两粤突出。清代笔记《咫闻录》，慵讷居士撰，作者是浙江人氏，游幕各处而久居羊城，里面载述不少广东一带的神鬼之俗，其自序云作于"道光癸卯岁"亦即1843年，刚好是洪秀全重读《劝世良言》那一年，对我们了解背景民风，颇具实录之效，权引其一小片段：

> 从化县，在广东省北，地僻山深。有某布客过之，至更许，欲止宿，苦无旅店。忽见林薄中，灯火荧煌，有人衣绯衣，戴金幞，仪仗鲜明，前呼后拥，队伍整齐，鲍舆而出。客讶不知是何官。客惧不敢行，伏于林中。比晓，问诸土人，皆曰："山中虎神也。欲食人，则脱衣变为斑虎，大声哮吼而前。行旅戒途，子其幸免！"[4]

[1]《太平天日》，《中国近代史资料丛刊·太平天国（二）》，页643。
[2]同上。
[3]同上。
[4]慵讷居士《咫闻录》卷一，内蒙古人民出版社，2003，页11。

客人自非真的夜遇虎神,只是正好撞见一次村社神戏。可以想象,类似的装神扮鬼活动,在广东城乡十分普遍、无奇不有。同是广东人的简又文先生,深有体会地说:"谚云:'南人信鬼'。由来,粤人事鬼神与尚迷信之颓风陋俗最盛。多神教浸透社会里的各层。"[1] 所奉神明五花八门,祖宗灵位、玉帝天官、观音菩萨、财神门神、土地灶君、散仙祖师……不胜枚举,自然界举凡风电云雪、山川湖海,莫无神祇,而在日常生活中,亦为谶纬卜兆所充斥,如看相、求签、问卜、占卦、堪舆、驱邪、捉鬼、放生、禳灾……不一而足。"结果:人人一举一动、一言一行、一想一念,以至凡百事为,如婚姻、丧葬、生子、出行、谋事、建屋、动工……以至种切（疑为'种'）日用细行,无一不受超自然界之宰治,无时而不受超自然力的恐吓与威迫。"[2]

所以我们所述之事,截于眼下,可以说是神巫文化的大杂烩。洪氏的托梦与梦启,既为浓厚迷信氛围所诱发,亦非一颗深受愚弄的灵魂所不能至,至于仗剑逐妖以及阎罗妖、东海龙妖、"四方头红眼睛之妖魔"、大蛇、"虽狗虱之小亦能变焉""三十三重天""十八重地狱"、赵玄郎、下凡等观念形象,一一有其民俗来源和典例。从洪秀全本人到他的诸位亲友,所谓觉醒或信仰其实和基督教毫无关系,而是借了上帝、基督名头将古老神巫思维转化于一种新的个体神迹。他们心里的崇拜情绪,与所发誓攘除的"敬邪魔"实出一辙。此一神巫文化的性质或本质,贯穿太平天国宗教视野始终,不曾稍稍跳出,太平天国之所以"未得到基督教仁爱、同情、宽大、忍耐、克己、牺牲、服务……崇高伟大的精神道德"[3],洵非偶然;不但如此,太平天国事业成功的基石,即是"事鬼神与尚迷信之颓风陋俗",其具体体现,俟后结合杨秀清、萧朝贵的天父天兄附体,我们再作剖析。

[1] 简又文《太平天国典制通考》,页1571。
[2] 同上,页1573。
[3] 同上,页1661。

拜上帝会

梦魇六年之后,洪秀全二读《劝世良言》,终于决定从此成为"基督徒"。将基督徒打上引号,一来因为严格讲他并未皈依我们所称的基督教这样一种宗教,他的信仰无论从内容到方式均与后者有很大差别,二来因为他本人也从不认为是基督教内的存在,接受其规范和约束,相反他单独创立了一种宗教,称之"拜上帝",自己充当教主。然而,他又引用了基督教的办法,比如施洗和悔罪。他在莲花塘和李敬芳一起自行洗礼,收下了第一位信徒。

这是奇特而怪异、似乎惟中国才发生的情形。洪式"拜上帝"与基督教之间,始终保持着似是而非、不伦不类的关系。一方面它来自基督教,另一方面,又从不打算认真地理清彼此。从头至尾,凡西方教会人士来访,太平天国都示以"一家亲"的感情,视如兄弟手足,但同时它坚定拿出独立王国姿态,甚至高高在上,要求整个基督教世界统一和服从于天王的权威,绝不允许以基督教的信仰与思想准则制约、动摇和损害"拜上帝"的意识形态。这种非驴非马的情形,有时会招致疑虑。例如"拜上帝"首徒李敬芳,此人年齿颇高,当时已有一孙年约十岁,名叫李正高;过了十年,"洪氏于一八五三年克南京后,尝命正高在乡间招兵往助,事卒不成,正高乃独自前往。至上海时,得闻秀全昔年病中升天所见之上帝,系身衣黑袍者,乃疑其所见者非真上帝而实为魔鬼王,盖以上帝应衣白袍,遂折回香港"[1],后来,李正高留在香港,做了一位真正的教会牧师。故事虽小,却可窥见"拜上帝"之于基督教古怪关系之一二。

---

[1] 简又文《太平天国典制通考》,页 1659。

基督教东传产生了《劝世良言》，洪秀全因《劝世良言》始创"拜上帝"，"拜上帝"则带来一个太平天国。事情就是一步一步变成这样，每一步都伴随着关键信息的变形、丢失与置换，最后到"拜上帝"普通徒众那儿，一切已与别物无关，只剩下个"太平天王大道君王全"。

这其实极有利于"拜上帝"的壮大。设想洪秀全果真以传播基督教福音为使命，则追随者势必寥寥。盖中国的民众并不需要上帝，对于上帝究系何等神圣亦难有兴趣，他们需要的只是可以尽快改变自己现状与命运的力量，而"太平天王大道君王全"听上去就是这样一种力量。

1843年6月阴历五月洪秀全得其首徒后，从莲花塘返回官禄㘵，途经一村，访其彭姓友人。那时，他又处在完全亢奋状态，逢人就说他的梦启与觉悟，在彭家也"侃侃而谈，滔滔不绝"，对方姑妄听之，心里却怀疑他"旧病复发"，遂"遣一可靠之人护送其回家使得安全"，以免"中途或者失足落水致遭溺毙"。[1]然《太平天日》说法不同："七月十四日，主到五马岭，将此情对彭参平、彭昌珥、彭寿伯等诏溯，他们亦在天父上主皇上帝面前悔罪。"[2]也许后来从官禄㘵回莲花塘时，二过彭家，又做工作，而这一次彭家数人信从了他。

在官禄㘵，他不放过任何机会宣讲他的悟道，并得到两个重要收获，那就是堂弟洪仁玕和同村的冯云山。据洪仁玕《洪秀全来历》：

> 余自道光二十二年壬寅岁1842，按：洪仁玕此时间记忆有误，洪秀全再读《劝世良言》乃是1843年府试失利后到莲花塘设塾并遇李敬芳所致，蒙兄洪秀全在丙申年所得《劝世良言》，将书内所言道理一一指示；上帝之权能，耶稣之神迹，妖魔之迷惑，从始至终，对余讲了一遍；以及自己病时魂游天堂所见之事，又对余讲了一遍。余乃如梦初觉，如醉初醒，一觉泫然出涕。[3]

洪仁玕、冯云山的皈依都颇正式，作了悔罪并由洪秀全施以洗礼，"同往石角潭浸洗"；他也顺利地说服了家人，"同在天父上主皇上帝面前悔罪，丢却一

---

[1] 韩山文《太平天国起义记》，《中国近代史资料丛刊·太平天国（六）》，页847。
[2]《太平天日》，《中国近代史资料丛刊·太平天国（二）》，页643。
[3] 洪仁玕《洪秀全来历》，《中国近代史资料丛刊·太平天国（二）》，页690。

切邪魔，遵守天条"，只是没有提到行洗礼的事情。[1]

至此，"拜上帝"信徒由一人发展到一批。洪秀全颇受鼓舞，益发积极地开展活动。据说他将本村一个温姓秀才列为重要目标，专门拜访，"与其谈及此书《劝世良言》及其所载之真道"。对方既为秀才，显然是村中身份较高者，若能说动他信从，影响就不比寻常。然而"温秀才不信其言，并谓：'请把原书给我看，我将为你改正其言，庶可纠正你的错谬。'"洪秀全闻言大怒，虽然对方以礼相待、为置鸡酒，他竟拂袖而去。[2]

冯云山、洪仁玕作为得力帮手，也在各自亲友间发展徒众，"其中有闻而即信者，有闻而执拗者，有闻而知其为真不敢遵守者，有始而不信而后悟其真而始遵守者"[3]，总体来说阻力较大。以洪仁玕为例，他当时年方二十二岁，尚未独立成家，一切仍受父兄管束；他追随洪秀全，将书塾中孔子牌位去除后，"被其兄棍殴，撕破衣服，复被逐出家门"。第二年洪秀全与冯云山云游传教，洪仁玕没有从行，亦是因为父兄严禁。[4]

洪秀全有些落寞，于是暂回莲花塘继续做教书匠。他和李敬芳定制了宝剑两口，镌以"斩妖剑"三字，各佩其一，并为之赋诗曰：

> 手持三尺定山河，四海为家共饮和。擒尽妖邪投地网，收残奸宄落天罗。
> 东南西北靓皇极，日月星辰奏凯歌。虎啸龙吟光世界，太平一统乐如何。[5]

又是一首反诗，和以前一样志向远大，隐约以汉高祖"吾以布衣提三尺剑取天下"为影射。但较诸诗中抱负，现实却很骨感。除了铸成此剑，这年剩下的时间里，其所雄心勃勃的事业毫无起色。年末在官禄𡂿，复与本村父老起冲突——为志贺新春，父老如同往常嘱其制写诗文、对联等，洪秀全以此类文字必涉"歌颂偶像"而断然拒绝，彼此陷于龃龉。在宗族关系至上的乡间，这不啻是自绝于众。

---

[1]《太平天日》，《中国近代史资料丛刊·太平天国（二）》，页643。
[2] 韩山文《太平天国起义记》，《中国近代史资料丛刊·太平天国（六）》，页848。
[3] 洪仁玕《洪秀全来历》，《中国近代史资料丛刊·太平天国（二）》，页690。
[4] 韩山文《太平天国起义记》，《中国近代史资料丛刊·太平天国（六）》，页850—851。
[5] 同上，页850。

洪秀全在家乡颇有待不下去之感，一不做、二不休，索性离家外游。二月十五日，洪秀全偕冯云山以及冯氏宗亲冯瑞嵩、冯瑞珍，一行四人从官禄㘵出发，去广州、顺德、南海、番禺、增城、从化、清远、英德、函江等地宣传"拜上帝"。过了一个月，兴许是难耐辛苦，兴许是收获甚微，冯瑞嵩和冯瑞珍打了退堂鼓；冯云山则坚定留下来，"愿与主遍游天下，艰苦甘心"。[1] 两人合计，不如舍汉人村落去瑶族聚居区尝试，洪秀全因想起广西浔州贵县赐谷村有一房远亲，遂定为目标。四月初五日，洪、冯抵于该村，投在洪秀全表兄王盛均家中。

《太平天日》说洪秀全住在王家，"时写劝人拜天父上主皇帝诏传送人"，但未提效果如何，多半是无人理会。又提到一件事，当地有"六窠妖庙"，里面供奉着一男一女两位神祇，"甚灵"。洪秀全问这两人是不是夫妻，答曰不是，说他二人生前在此对山歌，以歌传情，最后"苟合而死"，而土人认为两人其实是"得道升天"，故而立像祭祀。洪秀全闻言，诧愕且怒，说这等"淫奔苟合"，"天所必诛"，竟然反被看作"得道"，岂非咄咄怪事了！他觉得就此找着了广西民风淫乱、"禽兽不如"的由头，"故作诗以斥云：'举笔题诗斥六窠，该诛该灭两妖魔。满珊即"山"，避冯云山讳而改人类归禽类，到处男歌和女歌。坏道竟然传得道，龟婆无怪作家婆。一朝霹雳遭雷打，天不容时可若何！'"据传，这对和歌殉情的男女，就是著名的刘三姐及其相好。此传说始自唐代、见载于南宋，之后一直盛于两粤，过去多称刘三妹、刘仙姑等，惟自歌剧和电影《刘三姐》以来，方以刘三姐名义传遍天下。洪秀全根据自己的教义，将刘三姐定为邪魔人物，意欲荡除之。但刘三姐故事在当地土人心中根深蒂固，他写了那样一首凶狠的诗辱骂咒诅，必不得人心，此事料招怨不少，具体处境《太平天日》虽未言，但字里行间仍看出花县客人不受欢迎：

七月时候，主见表兄家苦，甚难过意，适与南王到田寮，语言有拂逆，主即回赐谷村，与南王云山、洪仁球、恤王洪仁正等后两位洪氏亲戚是先于洪、冯因事来此议回东。主欲连夜到林桥，待翌早他三人赶来也。洪仁球曰："尔连夜私走，

---

[1]《太平天日》，《中国近代史资料丛刊·太平天国（二）》，页643。

人有猜疑焉。"乃溯早诏表兄黄盛均本为王姓，因避"王"而改"黄"曰："朕欲回东矣。"黄盛均曰："他三人回得，臣子黄维正现未放出，主回不得。不若他三人先回去罢，待臣子出来，然后送主回东未迟也。"主决意要回，黄盛均泣曰："主若回东，我亦不留命矣。"南王云山三人并劝主勿回。

洪、冯口角不知出于何故，反正洪秀全觉得在此很不称心如意，待不下去，竟要"连夜"独自离开。同样从花县来的洪仁球说，你这样不好，像是逃跑似的，会让别人怀疑。洪秀全这才稳住。他想是感到无望无助，来此数月，所获甚少[1]，留之无益。但王盛均却因另一缘故不肯放他走，此即上文"臣子黄维正现未放出"一语所说，他儿子王维正吃了官司，被押在县牢，他觉得洪秀全识文断字，写个诉状之类用得着，故而苦留以助一臂之力。七月二十三日，冯云山和两位洪氏先行离去，洪秀全一个人被留下。谁料到事情反因而有了转机。他对王盛均说，倘若你拜上帝，王维正就能被释放。王盛均走投无路，何妨一试，就从了洪秀全。不久，王维正果真放归。回家后，洪秀全同样劝服王维正拜上帝。王氏父子又成了他的义务宣传员，于是，"此处兼有人信从真道"，他这次广西行总算没有落个空手而归。[2]

但相较于艰辛的付出，成绩微不足道。十月初，洪秀全带着寡淡的心情，离开赐谷村。与在官禄㘵时一样，他对于前景仍然看不到什么。十月二十一日阳历11月30日，他孤家寡人回到官禄㘵，时已1844年末矣。之后，1845、1846整整两年，他裹足家中，不再尝试四处收徒传教，好像变得消沉。虽然《太平天国起义记》有一笔"秀全继续在本乡及邻乡宣传新教，凡皈信上帝耶稣真道者皆施以洗礼"[3]，但仅此一句空文，没能举例说明其实绩。《太平天日》则对这两年的传教活动只字未提，只说其间作有《原道觉世诏》《原道醒世训》两文。他在村里日子更加难挨。当时彼与冯云山等远游后，家人风闻一行人途中遇难，提心吊胆，"时时纳闷"，妻子赖氏"时时啼哭"，直到洪仁球、洪

[1]《太平天国起义记》云"皈依受洗礼者逾百人"，存疑。太平天国官方审定的《太平天日》无此记载，而是说"此处兼有人信从真道"，语气明显信从者不多。
[2]《太平天日》，《中国近代史资料丛刊·太平天国（二）》，页644—645。
[3] 韩山文《太平天国起义记》，《中国近代史资料丛刊·太平天国（六）》，页853。

仁正从广西带回确切消息，大家始才放心。[1]如今，他独自安然归来，冯云山却下落不明，冯家很有意见，"彼等满以为可从秀全处得知云山消息，但秀全偕其同出共履险途，而不与同归，又不知其概况，乃大为不悦。"[2]乡邻白眼非议日多，料可知也。关键是，他的生计成了大问题。《太平天国起义记》说"一八四五、一八四六两年，秀全留在家中，仍执教鞭为业"[3]，此语似难落到实处，考其行迹，去年起已与儒教切割，撤孔子牌位，拒传儒学，他还如何设塾授徒？又有谁家肯让子弟奉其教席？只有一种可能，就是仿照洪仁玕的办法，"许其学徒拜事孔子，惟其自己则不拜而已"[4]，但《太平天国起义记》只说洪仁玕这么做，没有说洪秀全也这么做。所以实际如何，无从得知。从稍后再赴广西寻找冯云山时，洪秀全囊空如洗的情状看，没有任何积蓄，应该是失去了所有生活来源。

丁未年 1847 正月刚过，洪秀全再次从官禄㙟出走，赴广州造访美国传教士罗孝全的礼拜堂。洪仁玕陪同前来，来后就作别回去，只留下洪秀全一个人。洪秀全访罗孝全，习问基督教显系目的之一，但应不止于此，也是想谋一点生计。来后不久，他即"央罗孝全准备给他作正式领洗"，讵谱随之即起：

> 他们知道罗孝全讨厌那些嘴上说要受洗，实则是想找份差使，或从传教士那里拿钱的人，他们也担心罗孝全会雇洪秀全，这么一来，有人就会丢了饭碗，于是他们要洪秀全去跟罗孝全要求金钱上的保证，洪秀全不明就里就照做了，结果坏了罗孝全对他的信任和支持。这说法听起来有点牵强附会，不过，对广州城一带的人来说，不管有没有读过书，生活确是很艰难，而罗孝全是出了名的火暴脾气，对洗礼又是极为看重。这件事罗孝全只提了一次，说在他"未得吾人满意于其合格之先"，洪秀全就决定离开了。[5]

[1]《太平天日》，《中国近代史资料丛刊·太平天国（二）》，页645。
[2]韩山文《太平天国起义记》，《中国近代史资料丛刊·太平天国（六）》，页853。
[3]同上。
[4]同上。
[5]史景迁《太平天国》，页126。

清朝军官

英使马戛尔尼随员所绘。绘者介绍此人王姓,曾参与平藏战斗,其时为清廷所遣全程担任英使团扈从,着装想必体现着这种使命,以盛仪容。

清朝文臣

从服色看,此为三品文官,冠顶蓝宝石、补服绣孔雀。与任职督抚的正二品、从二品,惟冠顶宝石及补服绣禽相异,借之可以想见叶名琛等封疆大吏的情形。

咸丰皇帝

道光皇帝第四子。即位后焦头烂额，内有叛乱，外罹夷祸。英法联军逼近时，狩于热河而崩。该画作出自意大利画家之手。

道光皇帝

清朝入关后第六位清朝皇帝,在位三十年,遭遇"千年变局",被迫先后承受鸦片战争、太平天国两大乱。此像由中国最早的油画家之一关乔昌作,刊登于 1850 年 5 月 25 日法文《画报》。

简而言之,洪秀全提出受洗与谋职任差有关。依上述引文,这好像是他被人怂恿、构陷,不明就里对罗孝全提出的要求。其实,考虑到洪秀全此时生计无着,来到罗孝全教堂,问教同时找一份工作,既合情合理,也堪称至佳之选。果能如此,何乐不为?所以关键并不在于旁人如何出馊主意,而在于他确实盼望经济上有一份来源,否则没有必要对罗孝全言及钱上要求。这令罗孝全疑其动机不纯,假装信教而别揣动机的人,他见得太多。失去信任的洪秀全就此离开,他在教堂前后待了约摸五个月。与罗孝全接触,是他头一次也是惟一一次和洋教士直接打交道,他对此经历念念不忘,后来设法将罗孝全延揽至天京,又生一段故事——此是后话。

离开罗孝全礼拜堂,洪秀全茫然不知所之。友人朱道兴劝他,"如不留于广州即当回乡",但两点他都不愿采纳,原因实则一也——无论在广州或官禄㘵,生活均无着落。末了,他自己的决定是再赴广西,"寻其友冯云山"。此时,他其实对冯云山下落一无所知,彼此处在完全失联状态,就连冯究竟是否人在广西,也不清楚。所谓"寻其友冯云山",应该是先投广西再说,俟至彼处再设法打听其踪迹。不然又如何?他别无去处,只剩下去找冯云山这一条路。见他身无分文,朱道兴"赠以铜钱百文"。揣着这一点可怜的旅费,未来的天王,登上二次入桂之程。[1]

因为钱太少,他不敢坐船,全程步行[2]。那百枚铜钱用来吃饭都远远不够,以致日仅一餐[3]。行至半途,在梅子汛遭遇强梁,剩下的铜钱及"所带一剑盒尚上凿有全字者"[4],被掠一空。"秀全此时困穷交迫,既无亲友,又无路费,进退两难"[5],陷入绝境。此情此景,不由人不动摇幻灭,《太平天日》以"心颇烦"三字描述洪氏内心。路人见之,颇为同情,有以"舡到滩头水路开"劝慰者,更有好心的江西客人李相肇等四人,慷慨解囊,赠数百文,救他于困厄中。但在洪秀全,

[1] 韩山文《太平天国起义记》,《中国近代史资料丛刊·太平天国(六)》,页856。
[2] 同上。
[3]《太平天日》,《中国近代史资料丛刊·太平天国(二)》,页647。
[4] 同上,页646。
[5] 韩山文《太平天国起义记》,《中国近代史资料丛刊·太平天国(六)》,页856。

这并未令他感念世有善心，而是目为"上帝怜救"显灵，"暗谢天父上主皇上帝"。[1]颠沛月余，终于抵于赐谷村。刚到赐谷村，悬着的心就彻底放下来，因为马上得知了冯云山的确切消息——"旧岁八月，南王同曾沄正由紫荆珊来探黄盛均，故黄盛均等知南王在紫荆珊也。"[2]

此时距甲辰年1844七月两人分手，已整整三年。这三年，洪秀全自己除在赐谷村说服了王盛均父子等一小批信众，几无建树。当他近乎走投无路，孑然一身、蓬头垢面回到赐谷村时，却听到了不可思议的事情——三年间，冯云山经过坚忍苦行，竟使信众发展到"逾二千之多"[3]！那年七月，冯云山和洪仁球、洪仁正从赐谷村别过洪秀全，内心其实不愿离开广西，于是中途打发洪氏二人自回花县，但他并未折回去找洪秀全，而是就此单独在广西开始一番征程。他简直像是流浪一般，靠做苦力甚至拾粪，漫无目的游走，结交各色人物，宣传"拜上帝"。来到紫荆山，终于谋得落脚点——"听而倾心皈服者约有工人十名。彼等则报告于主人曾某，以冯氏之到此及其为人诚实才具优异等语。曾某果与云山相见，晤谈之下，询及其身世职业，即延聘其为家塾老师，未几，亲受洗礼。"[4]慢慢地，以紫荆山为中心，"拜上帝"向四方辐射，"及于广西数县地方，如象州、浔州、郁州及平南、武宣、贵县、博白等县属"，徒众"数且日增"，其中杨秀清、萧朝贵、石达开、韦昌辉、胡以晃诸书不一，亦有作"晄""洸"者，都是冯云山一手招入。[5]除了使队伍初具规模、开辟紫荆山为"根据地"，冯氏还有一大贡献，亦即创设"拜上帝会"之名目；先前，洪秀全只是教导人们"拜上帝"，并无组织方面的设想与规划，若论有其"组织起来"的意识与实践，则自冯云山始。

由是观之，冯云山对太平天国事业的草创，岂止功不可没，抑且允称第一。何以他能取得如此煌煌硕果，而洪秀全却苦无建树，惨淡到自身难保？回看三年前两人曾"语言有拂逆"、洪秀全命冯云山回东、冯云山实不愿回、中途留下却又并不折回见洪而另辟一途……种种迹象表明他们对诸多问题，必有分

---

[1]《太平天日》，《中国近代史资料丛刊·太平天国（二）》，页647。
[2] 同上。
[3] 韩山文《太平天国起义记》，《中国近代史资料丛刊·太平天国（六）》，页857。
[4] 同上，页863。
[5] 同上，页857—858。

歧。另外，两人在性情、格调、品节上，对比也很鲜明。洪秀全总其一生来看，耽于空想而又刚愎峻急、躁忌褊忮；冯云山却待人以诚、身体力行、敬让不争，是典型的埋头苦干人格。然而，此种实干家通常得不到恰当尊重，冯云山也不例外。这三年，他近乎只手为洪秀全崛起奠定坚实基础，但《太平天日》对此一段的叙述，却含糊其辞、语焉不详，连轻描淡写都算不上，很让人怀疑是出于南王事迹可能冲淡、掩盖天王光辉之忌媢。到后来，太平天国正式排座次，天王以下，冯云山竟列杨秀清、萧朝贵之后，仅居第三。

尽管《太平天日》刻意弱化冯云山成就，大好局面却显然使洪秀全惊喜之余愁容尽扫，精神抖擞。史景迁评论道："洪秀全似乎并没有因着旅程的艰苦困厄而感沮丧疲惫，反而感到前所未有的胜利。"[1] 他迫不及待想和冯云山会合。"主甫到数日，便欲到紫荆珊山。"紫荆山在桂平县北，距赐谷村百余里。七月十五日，洪秀全由王维正陪送，经勒马、东乡赴紫荆山。在东乡路遇一庙《太平天日》称之"九妖庙"，好吟诗的洪秀全诗兴又发，"命觐王黄维正捧砚，主举笔题诗在壁"。[2] 诗云：

朕在高天作天王，尔等在地为妖怪。迷惑上帝子女心，觍然敢受人崇拜。上帝差朕降凡间，妖魔诡计今何在。朕统天军不容情，尔等妖魔须走快。[3]

史景迁考证，"这是他第一次不用'吾'这个字，而自称'朕'。"[4] 拥众二千多的事实，让他内心发生奇妙变化，"天王意识"不但强烈骚动，且从来没有这样接近成真，所以笔端油然出现"朕统天军"四个字。那不再是道光十七年癫狂梦境里的幻象，却已经是扎扎实实的现实存在。

[1] 史景迁《太平天国》，页128。
[2]《太平天日》，《中国近代史资料丛刊·太平天国（二）》，页647。
[3] 同上。
[4] 史景迁《太平天国》，页128。

天父天兄下凡

"拜上帝"事业在紫荆山一天天红火起来。各种情节中,有件事对以后影响最深刻,乃至注定了太平天国的命运。

洪秀全到紫荆山半年后,戊申年 1848 初,冯云山因乡民告发被捕,羁押在桂平县监狱。为此,洪秀全离开紫荆山,回广东省城运作施救。当此洪、冯都不在之际,有一个人从广大会众当中脱颖而出。

他就是杨秀清。

杨家赤贫。"贫者莫如东王,至苦者亦莫如东王;生长深山之中,五岁失怙,九岁失恃。"[1] 无父为失怙,无母曰失恃。杨秀清五岁时死了父亲,九岁继而丧母,是十足的孤儿,赖叔父抚大。长成,烧炭种山为业。入拜上帝会,初无异常,只是普通会众。《天情道理书》载:

> 戊申岁三月天父大开天恩,亲身下凡,出头作主,托东王金口,教导兄弟姊妹乃龛太平天国自造字天下万郭人民,此乃天父义怒,固已差天王降生为天下万郭真主,救世人之陷溺。世人尚不知敬拜天父,并不知真主所在,仍然叛逆天父,理宜大降瘟疫,病死天下之人。而天父又大发仁慈,不忍凡间人民尽遭病死,故特差东王下凡,代世人赎之。东王赎病之时,寝不安枕,食不甘味,不辞劳苦,艰苦备尝;甚至口哑耳聋,以一己之身,赎众人之病,以一身之苦,代世人之命。[2]

---

[1]《天情道理书》,《中国近代史资料丛刊·太平天国(一)》,页370。
[2] 同上,页365—366。

若谓独杨秀清有此异能，非也。洪、冯不在时，紫荆山此类奇事出了不少，每每上演：

> 缘当众人下跪祈祷时，忽有人跌在地上不省人事，全身出汗。在此昏迷情状之下，其人似乎有神附体，口出劝诫，或责骂，或预说未来之事。其言常是模糊，听不清楚，或则为韵语。[1]

每个人都声称自己代上帝下凡，争执不下，以至"因而在兄弟中生出纠纷及有分裂之象"。等洪、冯回来，已经乱成一锅粥，"兄弟等有记录其较重要之辞句者，至是尽以呈秀全鉴察"；于是洪秀全亲自"判辨各人之孰真孰假"，分别认定"此等辞句一部分是由上帝而来，一部分是从魔鬼而来的"，其中杨秀清的天父附体下凡的身份，得到承认。[2]

前曾讲南方神巫文化盛行，尤以两粤突出。具体到紫荆山一带，《桂平县志》载其风俗云，此地鬼神观念极重，巫术形形色色。例如，"以役鬼驱邪为事。其始传者属妇人，故传其教者行法时必扮女装，其始必受戒一次，如踏刀梯、行火坑、捉火链、含火药、摩热油锅之属"，又如"人有病，间不服药，延道士拜斗禳星，或召巫插花舞剑"，或"邑人家有孕妇，禁犯六甲，凡土木兴作，以至疏沟渠、扫尘土、钉屋壁、开室户、更床褥，偶有触犯，损胎如神，故俗多相戒，不敢妄动"，以及"女巫名鬼婆，或名仙婆，谓能知人疾病及家室坟墓休咎，或招亡魂附其体，絮絮与人语"[3]……可见杨秀清或其他会众的表演，在当地习以为常，屡见不鲜。

若单论神明附体之一技，有个专门名词，叫"降僮"，是很古老的法术。许地山先生曾作过一番概括：

> 宋人名这方法为"秽迹金刚法"（见《夷坚志》[甲]卷十九），是神灵附在人体上使他成为灵媒。有时附身者不一定是善神，恶神也一样可以降

---

[1] 韩山文《太平天国起义记》，《中国近代史资料丛刊·太平天国（六）》，页866。

[2] 同上。

[3]《桂平县志》，民国九年铅印本，中国方志丛书第一三一号，成文出版社影印，1968，页1094—1096。

僮。僮子在神附上身体底时候，身体底动作渐改常态，全身颤动，有时双眼紧闭，口流白沫，或以刀剑砍身，针锥穿舌，而不流血（参看庸讷居士《咫闻录》卷十"北虎青卫"条）。蒙古与西伯利亚底通古斯人名这种人为"萨曼"，粤人称他为"僮子"或"僮魃"，迎神赛会时每每看见他站在神舆后面。僮魃会说预言，能治病，和解答疑难问题，所以也是占卜底一种。[1]

"会说预言，能治病，和解答疑难问题"，杨秀清化身为上帝，就基本是照这样子行事的。

诸如此类的迷信旧俗，本与基督教信仰格格不入，邪渎意味并不在各种偶像崇拜之下，恰应坚决摈排。按基督教原义，上帝是至高无上、抽象无形的存在，所以不立偶像，正是因了宇宙间一切有形之状均无法载其广大无限的实质——"不可以天上地下或水里的任何形象为偶像"[2]——奈何竟能设想上帝形象转托于一介烧炭种山之夫躯壳？

洪秀全却不但接受，且从"上帝之子"的角度，亲自确认杨秀清的天父附体为真实。他的斟酌过程，史无明文，我们居旁为之推测和分析出来三条原因：第一，杨秀清等人的做法，在当地民间十分普遍，禁止不可能，反对也不实际，处理不当或将致出乱子 参照韩山文"兄弟中生出纠纷及有分裂之象"的说法，不如顺水推舟从中指定某人为真，而将别的"降僮"予以制止；第二，此时洪秀全对基督教或者仅知皮毛，并未意识到上帝附体于人类的想法，根本是大忌；第三，他对杨秀清诡称天父下凡以及"降僮"这方式，另有所悟，从中发觉了有益传教、聚众的重大利用价值。此三者，最关键的当数末一条。"拜上帝"，本身是"夷鬼"玩意儿，其于中国文化之隔膜，必有种种水土不服，况且拜上帝会会众，九成九以上乃是杨秀清这种目不识丁、头脑灵魂深受乡土文化束缚的底层民众，真正能够齐其心、导其行的，并非"神爷火华""耶稣基督"等不知所云之话语，仍数降僮、显灵、请乩、召仙、感应、巫蛊之类可行好使；反过来说，对这些有着深厚群众基础的习俗因势利导，则很堪借重、利用，以羽翼自己的"天王"

[1] 许地山《扶箕迷信底研究》，岳麓书社，2011，页3。
[2] 冯象译注《摩西五经》，出埃及记20：4，三联书店，2013，页150。

神话。

中国权术发达，早在唐开元间，就有一隐士名赵蕤者，"撰《长短经》十卷，王霸之道，见行于世"。这部书，因特重从反面搜集政治谋略，又称《反经》。作者总结权力争胜之道曰："夫霸者，驳道也。盖白黑杂合，不纯用德焉。期于有成，不问所以。"意谓，政治不能死守道德，想要成功，须不择手段。[1] 在它搜罗的成千上万招法中，有这么一条：

> 裴子野曰："夫左道怪民，幻挟罔诞，足以动众，而未足以济功。"今以谚观之，左道可以动众者，信矣！故王者禁焉。[2]

就是说，"幻挟罔诞"之术，适合动员群众。这经验是被历史证明了的。当然，此类手段对于起事阶段很有用，等真正成了事、稳坐江山时，它将反利为害，故又说"王者禁焉"。相关的范例，如陈胜、吴广起义：

> 乃行卜。卜者知其指意，曰："足下事皆成，有功。然足下卜之鬼乎！"陈胜、吴广喜，念鬼，曰："此教我先威众耳。"乃丹书帛曰"陈胜王"，置人所罾鱼腹中。卒买鱼烹食，得鱼腹中书，固以怪之矣。又间令吴广之次所旁丛祠中，夜篝火，狐鸣呼曰"大楚兴，陈胜王"。卒皆夜惊恐，旦日，卒中往往语，皆指目陈胜。[3]

装神弄鬼以"威众"，是陈、吴的法宝。过了二千年，洪、杨祭出的仍然如此。道理何在？民俗学家为我们指出，因为"巫蛊信仰"有着"社会控制的功能"[4]。当尚未形成和掌握权力机器而又需要对群体施展某种控制时，可以指望于它，它在其漫长传播过程中，早已预置了一种慑服人心的力量，而我们所须做的，只是使这种力量指向我们自己。陈胜、吴广的手法就是这么简单：一幅貌似神

[1] 赵蕤《长短经》，序，岳麓书社，1999，页1。
[2] 同上书，卷七惧诫第二十，页806。
[3] 司马迁《史记》，陈涉世家第十八，上海古籍出版社，1997，页1524。
[4] 洪涵《巫蛊信仰与社会控制》，《云南大学学报法学版》，2009年第9期。

秘出现在活鱼腹中、写有字迹的布条，一声夜间穿过闪烁篝火传来的野狐鸣叫，即令"卒皆夜惊恐，且曰，卒中往往语，皆指目陈胜"。杨秀清之于洪秀全的角色，与吴广之于陈胜一模一样，若有差别，无非吴广扮演了一只中国巫觋传说的野狐，杨秀清则扮演了洋教中上帝之化身。

但无论如何，承认某人上帝附体或有权径与上帝对话，是十分冒险的决定。它对最高权威之分散分流显而易见。这里面，主动或被动的成分各占几许，我们不能确切言之，惟在初期，洪秀全事业借此收效甚佳，却一目了然。其于拜上帝会的裨益，至少见诸如下几点：

一、以赎病消灾吸聚广众。杨秀清的天父附体，是以有病之身显现的，"口哑耳聋，眼内流水，苦楚殆甚"，而这被解释成"代弟妹赎病之劳"[1]，将所有会众之病灾汇聚一身，由他一人的受苦疏散而空。换言之，信从上帝、加入拜上帝会，即可以免于病魔灾祸袭扰，如所周知这对于缺医少药、多灾多难的贫苦大众极具魅诱性。举例而言，后来位居忠王、身为天国干城的李秀成，回忆自己所以加入拜上帝会时就着重提到："肯拜上帝者无灾无难，不拜上帝者，蛇虎伤人。"[2]又描述当时的心理："自拜上帝之后，秋毫不敢有犯，一味虔信，总怕蛇虎伤人。"[3]这都证明杨秀清所演神迹，对百姓与会众施加了深刻影响。

二、恐吓威压，收拾人心。杨秀清"代上帝传言"，每每"严厉肃穆责人之罪恶，常指个人而宣传其丑行"[4]，此当涉及个人讳莫如深之隐私，虽然本人以为匿之甚深、无人知晓，"天父"却借杨秀清之口，无情揭露。这必是杨秀清费尽心机、密设耳目发掘而来，然而隐其来源，诡称神灵天眼所见，从而令私丑被抖露于世之人，在无地自容的同时，慑服于"天父"无所不在、无所不知、无所不察，旁观者亦暗中惇惇以天不可欺为训。当时作为年轻的普通会众，李秀成目睹杨秀清为天父附体后的奇特功能，就不禁惊愕敬畏："至东王杨秀清，住在桂平县，住住山名叫做平隘山即'平在山'，有时被简称'平山'，在家种山烧炭为业，并不知机，自拜上帝之后，件件可悉，不知天意如何化作此人？

---

[1]《天情道理书》，《中国近代史资料丛刊·太平天国（一）》，页366。
[2]《李秀成亲供手迹》，岳麓书社，2014，排印文，页01—02。
[3] 同上，页06。
[4] 韩山文《太平天国起义记》，《中国近代史资料丛刊·太平天国（六）》，页866。

其实不知。"[1]

三、巩固洪秀全天命地位,进一步推动男女会众对他绝对服从。杨秀清以及稍后扮演"天兄"基督附体的萧朝贵所传之言,有大量围绕此内容,如"头一炼炼正,第二遵旨"[2],"遵旨得救逆旨难,天王旨令最紧关"[3],"不使得性,不逆得他,逆就是逆我天父,逆天兄也"[4],"天父在东乡下凡圣旨:天父曰:'众小尔们要一心扶主,不得大胆。我差尔主下凡作天王,他出一言是旨是天命,尔们要遵,一个不顾王顾主都难。'"[5]神化不特着眼政治伦理,亦涉家庭琐事。洪秀全入紫荆山以来,渐渐形成"后宫",口角颇多,亦有对洪氏本人嫌厌失敬者,"天父""天兄"屡屡降旨,或平息蛾妒,或严禁忽怠:"天父在石头脚下凡圣旨:天父上主皇上帝曰:'众小媳,他说尔这样就这样,说尔那样就那样。'"[6]"天父曰:'众小媳,不是同尔校笑,尔们炼炼得好好他不不衍字知几好笑也。'"[7]"众小媳,孝顺尔丈夫,服事尔二姊国母指正妻赖氏,洪秀全有天兄天嫂,故称赖氏'二姊国母'也一样。"[8]"兄耶稣在石头脚下凡圣旨:天兄曰:'咁多小婶有半点嫌弃怠慢我胞弟,云中雪飞。'"[9]"自今以后,各小婶有半点嫌朕胞弟,云中雪飞。有半点怠慢朕胞弟,云中雪飞。"[10]"云中雪飞"犹言处死:"'云中雪'为'刀'的隐语,'云中雪飞'即'刀在飞舞',犹言'要杀人'。"[11]

四、发奸究究。拜上帝会乃半秘密会社性质的组织,防止内奸、叛徒及各种离心活动,一直是重中之重,而天父天兄下凡则为解决此类问题提供了极有利的方式,发展到后来,杨、萧手上应该掌握着太平天国一个高效的特务系统,多次在关键时刻粉碎阴谋,帮助太平天国渡过危机,其最著名者,如初期的张钊叛投清军和周锡能潜伏作奸两案。前者发生在金田起义后不久,《天情道理书》

[1]《李秀成亲供手迹》,排印文,页03。
[2]《天父诗》,《中国近代史资料丛刊·太平天国(二)》,页434。
[3]同上,页436。
[4]同上,页449。
[5]同上。
[6]同上。
[7]同上。
[8]同上。
[9]同上,页450。
[10]《天兄圣旨》,王庆成主编《影印太平天国文献十二种》,中华书局,2004,页69。
[11]史式《太平天国词语汇释》,《史式文集》第一卷,广西师范大学出版社,2015,页136。

云"时有大头妖在江口,全无一点真心……","大头妖"即张钊,本系天地会头目,江湖绰号"大头羊",因他后来拉走一批人马降清,故称他为"妖"。张钊是在大湟江与天地会另两位头领罗大纲、田芳率众加入太平军的。起义之初,条件艰难,粮草短少,张钊和田芳很快便后悔,起意降清,被侦知,于是"天兄下凡,唤醒弟妹,指出大头妖乃是贼匪,实非真心敬拜上帝之人,我们若随其徒,必致中其计,受其惑,遭其荼毒,入其网罗,那时悔之将何及乎?于是众兄弟聆天兄圣旨,憣然醒,恍然悟,因之不敢前往"。张钊和田芳叛逃事虽未能完全阻止,但损失有限,罗大纲部留了下来;其次是来得及补救,在内部清查其徒,"旋将妖党概行剿灭"。所以《天情道理书》欢呼说:"其时若非天兄大显权能,化醒兄弟,焉有今日之威风快活乎?"[1]周锡能案发生在辛亥年 1851,太平天国称"辛开年"十月太平军驻扎永安期间,先是五月间,有博白会众周锡能说可以返乡招收人马,得准前往,但他九月在回来途中被清军拿获,叛变后与其他三人被派遣潜伏,以为内应。杨秀清经月余暗查,掌握了这一奸情,遂于十月二十九日夜审周锡能,周抵死不承,这时杨便祭出"下凡"大法,"是夜即蒙天父劳心下凡,指出周锡能阳为团接兄弟,阴为投入妖营,串同谋反",将侦缉来的情节,转托天父之口一一道来,"毫发不爽",不论周锡能自己,还是其他人,都目瞪口呆,思忖"夫以周锡能之奸谋如此诡谲,如此隐秘,若非天父指出,而谁知之?其谁发之?"而纷纷认为"鉴观在上,天眼恢恢",举营震怖。[2] 除以上两个典范,《天情道理书》还载有陈先进、李裕松等其他案例,也都是以"天命诛之",以示"人苟有妄心邪心,变妖通妖,纵使隐其事匿其迹,秘其谋,天父鉴观赫赫,终莫得而掩饰也"。[3]

继杨秀清之后,同一年戊申,1848 九月,又有萧朝贵代天兄耶稣下凡。萧朝贵"与杨秀清比邻"[4],自幼相随,亦贫,不识字,然家境似稍好,"自耕而食,自蚕而衣"[5],大约尚有几亩薄田。耶稣第一次下凡的情形是:

---

[1]《天情道理书》,《中国近代史资料丛刊·太平天国(一)》,页 367—368。
[2] 同上,页 376—378。
[3] 同上,页 380。
[4]《桂平县志》,页 1895。
[5]《天情道理书》,《中国近代史资料丛刊·太平天国(一)》,页 371。

> 戊申年九月间，天兄劳心下凡，垂怜救世，时在平山，因萧朝隆有罪当责等事，欲一一明示天王，爰降托西王金口云："朕是耶稣……"[1]

洪秀全考虑后，决定接受他的这个身份：

> 十月二十四日，平山时，天兄基督谕天王云："洪秀全弟，尔认得朕么？"天王曰："小弟认得。"[2]

天兄始下凡后二月，又有天嫂即所谓耶稣之妻下凡：

> 戊申年十一月下旬，天兄劳心下凡，时在平山。天兄带天王正东宫与天王相会，并天嫂亦降与天王相见。
>
> 时天兄基督之妻亦下降云："叔叔尔认得我么？"天王曰："是天嫂否？"天嫂曰："是也。叔叔下凡几十年还不回朝到几时？尔妻及尔子时时挂望也。"天王曰："天嫂放心，为叔做毕爷事，自然早早回朝也。"天王曰："天嫂，我记得当时升高天时，天兄或有怒我，天嫂即劝止天兄，真真难得这等思量我也。"天嫂曰："我实是思量叔叔也。叔叔，尔好早早回朝矣，我打马上天矣。"天王曰："天嫂放心，为叔自然早早回朝也。"[3]

事载《天兄圣旨》。似乎萧朝贵这次施"降僮"术，同时扮演了三个角色：天兄、正月宫和天嫂；但并不排除他携两位妇人一道完成此过程——如果是这样，就不能不提到萧的妻子杨宣娇，并让人怀疑此次"降僮"主要是为她安排的。

杨宣娇即后被讹传为"洪宣娇"的那个"太平名女人"。她也很有魔幻色彩，善于自我神化，曾宣称"在丁酉年间，彼曾患大病，卧床如死去，其灵魂升天，即闻一老人对其言曰：'十年以后，将有一人来自东方，教汝如何拜上帝，汝当

---

[1]《天兄圣旨》，王庆成主编《影印太平天国文献十二种》，页28。
[2] 同上。
[3] 同上，页32—33。

真心顺从。'"[1]丁酉年即1837年，其时洪秀全刚刚因考试失利在官禄埗发狂病，杨宣娇却说上帝第一时间托梦于她。除了她，我们没有听见第二个人敢说如此大话，连杨秀清、萧朝贵亦未尝声称自己"觉悟"如此之早，足见她心存高远，非一般妇人。她在加入拜上帝会后，成了萧朝贵妻子，活跃异常，"在女教徒中至为著名，当时各教友有成语云：'男学冯云山，女学杨云娇。'"指的就是她，因为洪仁玕得之传闻，对韩山文讲述时把她名字误为"杨云娇"。当然，她姓名的情形，本身确实也存在不少混乱。她实不姓杨，《天兄圣旨》云："杨宣娇肉父黄权政……"[2]肉父即生父，可见原姓黄或王_{在太平天国，王姓因避"王"讳被改姓黄}。为何改姓杨，却是因为这样的缘故：

> 杨秀清……尝与西贼妻宣娇私，睡未醒，贼伙至不及避，乃假作天父下凡状，谓贼伙曰：宣娇我第六女，秀清同胞妹，当易姓杨，萧朝贵为贵妹夫，我命秀清卧为天下兄弟赎病也，命宣娇同卧，为天下姊妹赎病也，同胞兄妹，同卧毋害，众勿疑。[3]

简而言之，杨秀清与宣娇私通，被人撞破，情急中捏出如上谎言，而命宣娇从此改姓杨，并给她上帝"第六女"的身份。此即萧朝贵在太平天国"神天小家庭"独为"贵妹夫"，而别人则为兄弟的由来，也是杨宣娇后被讹传为"洪宣娇"的原因，以为她是洪秀全之妹。正解则是：她是"上帝之女"，与洪、杨、冯等皆为兄妹关系。

《金陵癸甲纪事略》写于天京时期，作者谢炳_{介鹤}又是站在清方立场上，故多有人指其此段记述是污蔑。然而，精于太平天国史事考证且一贯竭力维护太平天国的罗尔纲，却断言可信。他说：

> 谢炳（号介鹤）是个反革命分子，于太平天国癸好三年春被俘，在天京粮馆中工作，到第二年秋天后始逃出。他曾得见太平天国这部史书_{指太平天}

---

[1] 韩山文《太平天国起义记》，《中国近代史资料丛刊·太平天国（六）》，页857—858。
[2]《天兄圣旨》，王庆成主编《影印太平天国文献十二种》，页31。
[3] 谢介鹤《金陵癸甲纪事略》，《中国近代史资料丛刊·太平天国（四）》，页667。

> 国一部接《太平天日》记事,起清道光二十八年戊申迄太平天国癸好三年二月攻克南京止的史书,太平天国称为《诏书》……他记杨宣娇事及洪秀全等所称神天家庭事,当据自此书……《金陵癸甲纪事略》所记却是可以补充《天兄圣旨》的。[1]

亦即谢炳所述并非出乎杜撰,而以太平天国官方材料为来源。

杨秀清偷情事,当发生在他取得天父代言人身份之后,这一点,由故事中彼诡称天父下凡而脱窘可证;又必发生在萧朝贵取得天兄代言人身份之前,因为《天兄圣旨》伊始他已被称"贵妹夫"。换言之,事情约在戊申年三月至九月之间。此事对于萧朝贵继杨秀清后脱颖而出,迅速揽得拜上帝会部分重要权力的具体作用,尚难知详,但肯定不无关系,至少杨秀清借上帝名义封他"贵妹夫",从而使他跻身"神天小家庭"的事实摆在那里。此后,杨、萧形成政治结盟,联手削堕冯云山地位,萧朝贵不久又被确认为天兄化身,这些趋势走向,其草蛇灰线都只能追溯于杨宣娇红杏出墙。

回头再说杨宣娇,从捏造十年前上帝托梦之事看,她是不甘寂寞和平庸的女人,眼下又在杨、萧间充当纽带,起到那样的作用,萧朝贵跃起之后,她必不肯安之如故。十月,洪秀全刚刚正式承认萧朝贵为天兄下凡,十一月就有了"天嫂亦降与天王相见"一幕,且整个过程主角明显是"天嫂",一多半的答话,都在洪秀全与"天嫂"之间,"下凡"明显是为"天嫂"而设,而这个"天嫂"如果有人充之,则只能是杨宣娇。然而,"天嫂下凡"后来终未能如天父、天兄下凡那样成为常态。那次"天嫂下凡",有可能是对杨宣娇促成杨萧同盟的一点酬谢,不料她就此过分跋扈和膨胀,大逾拜上帝会严奉厉行之妇德妇道。到了第二年己酉,1849十二月,天父和天兄,亦即与其有特殊关系的两个男人,联起手来制裁她。先是斥责:"天兄恐西王娘即杨宣娇等未能遵正,以享永福,爰降圣旨谕曰:'尔为朕胞妹,总要錬妹得好好,替尔天上爷爷、妈妈、哥哥、嫂嫂争面光,又要替尔秀全兄、云山兄、秀清兄、韦正等争面光也。"[2]"天父在平在山教导先娇即宣娇,客家话'先''宣'音近姑:天父开言清口讲,发令易飞木儿房,先说天

---
[1] 罗尔纲《重考"洪宣娇"从何而来》,《历史研究》1987年第5期。
[2] 《天兄圣旨》,王庆成主编《影印太平天国文献十二种》,页40。

花娇为贵，因何无仅或为'谨'字之误逞高张。"[1] 次而警告："天父发令为一女，不遵天令乱言题，若是不遵天命者，任从全洪清杨贵萧杖尔。"[2] 继续不肯收敛，果然用了刑罚："奉天诏命尽势打，乱言听者不留情。"[3] 杨宣娇受杖六十以上，凡听她妄言而不知回避者，也受杖六十："乱言讲者六十起，听者亦杖六十尔。"[4] 受杖后，太平天国官书有关杨宣娇的记载到此为止。

"下凡"的纷扰尘埃落定。一番明来暗去，最终杨、萧互为掎角，洪秀全则图其所利予以认可，拜上帝会悄然诞生了权力新三角。初，冯云山位次仍居杨、萧之前，戊申年九月天兄第一次下凡，曾这样对洪秀全说："天兄曰：'冯云山、杨秀清、萧朝贵俱是军师也。洪秀全胞弟，日头是尔，月亮是尔妻子。冯云山有三个星出身，杨秀清亦有三个星，萧朝贵有二个星。'"但紧接着又说："杨秀清、萧朝贵他二人是双凤朝阳也。"[5] 此乃伏笔，提前预告未来教内核心，将是一个"太阳"配"双凤朝阳"，冯云山则被挤出第一层级。果然，永安封王之时，杨秀清襃封东王正军师，萧朝贵襃封西王又正军师，冯云山襃封北王副军师，地位较杨、萧已降一格。

对洪秀全而言，冯云山的利用值下降，而杨、萧二人，则无论其"降僮术"，还是作为本地人的渊源人脉，包括两人种种言行，对巩固、提高自己天命地位的作用、好处，都开始超过冯云山。他对杨、萧在会内特殊地位的承认，可能有被迫的因素，也可能出于主动、顺势而为，抑或被动、主动兼而有之。然而水可载舟亦可覆舟，世间祸福总是相倚。洪秀全贪一时之利而畀杨、萧非常权柄，将来势须偿其所欠。无论如何，他居然分别赋予两人天父、天兄附体的特权，长远来看何啻乎作茧自缚？仅此一条，太平天国祚运就觇之难远。更何况，权力三角中的萧朝贵不久战死，仅有的平衡打破，三足之鼎变作跛足残鬲，怎能不倾覆倒圮？但归根结蒂，关键并不在于萧朝贵死活，而在于这种权力结构注定具有内耗的特质。萧早死使洪、杨冲突与分裂加剧，若不早死，洪、杨间虽有缓冲，但内耗也可能换作更复杂、更难解的方式释放出来。

[1]《天父诗》，《中国近代史资料丛刊·太平天国（二）》，页448。
[2] 同上。
[3] 同上。
[4] 同上，页449。
[5]《天兄圣旨》，王庆成主编《影印太平天国文献十二种》，页29。

粤西乱象

道光末年，两粤作乱不已，广西尤甚。

道光三十年新年刚过，正月十四日 1850年2月25日，旻宁崩。四子奕詝立为皇太子，旋即位，诏明年改元咸丰，是为咸丰皇帝。五月初六上谕说：

> 广西向多会匪，近因楚匪窜入境内，各府匪徒乘间四起，地方官不能兼顾，以致蔓延为患。[1]

五月十九日再发上谕：

> 广西自去年贼首张家祥滋事，官兵不能捕获而强为招安，余党四散勾结。庆远则张家福、钟亚春，柳州则陈东兴、陈亚贵、陈亚分、陈山猪羊，武宣则梁亚九、刘官生，象州则区振祖，浔州则谢江殿，平乐则紫金山一伙，皆分股肆扰，而陈亚贵一股为尤甚。[2]

此处，"会匪"所指并非拜上帝会。明清两代，民间秘密会社发展迅猛，尤以两湖、川、闽、两粤等南方诸省为盛，往往以会、堂自名，如白莲会、天地会、三合会、哥老会等。其组织之大概，"聚百人或数百人，定期拜会结盟，推一人为首，称曰大哥，次一人曰老晚，其余群相称兄弟。凡入会者，必自言明无

---

[1] 中国第一历史档案馆《金田起义前后清政府档案史料》之《谕郑祖琛查拿广西举事各股》,《太平天国文献史料集》,知识产权出版社，2013，页44。

[2]《谕郑祖琛上紧缉捕陈亚贵等》，同上。

父母妻子，惟结盟之兄弟是亲，惟大哥之令是听。"[1] 此乃中国近世作乱的主要形式，官府称其"会匪"。拜上帝会实际上是缘此形式附以洋教内容而来。后来清末革命党，起初亦脱胎于此，之所以称"兴中会""光复会"等，即是对民间秘密会社的借鉴。道光二十九年至三十年上半年，广西会匪为祸彰著者，非拜上帝会，而是五月十九日上谕中开列的各家，其中"平乐则紫金山一伙"一句，粗心者或误认为即指洪、杨，实则此紫金山非桂平紫荆山，平乐县在桂平以北约二百公里。从这道上谕来看，截至当时，拜上帝会的名头尚未为北京所知。

清宫旧档中，有三十年八月二十九日经左都御史花沙纳上奏的广西乡绅就地方乱象的呈诉状。其中，宣化举人李宜用等诉说，乱象从二十九年四月间萌生，一年内蔓延至数十县，"所到之处焚劫村庄，掠夺财物，淫污妇女，杀毙良民"，甚至发展到围攻府城柳州、南宁。[2] 庆远府举人莫子升等人诉状，着重描述了当时省内大盗陈亚贵亦有写作"陈亚溃""陈亚癸"者一股的情形，言其"伪称大王，拥匪数千，头包红巾，旗建'顺天行道'字样，坐轿骑马，大炮、鸟枪、弓箭、藤牌军器齐备"。又反映"贵县桥墟菲头张亚珍""来宾县匪首文亚英"，规模实力亦至相埒。[3] 宣化生员何可元，则具禀其家两月间四次遭劫之亲身经历：二十九年十一月初三，"突来千有余叛匪，公然竖逆旗十二面，各持军器大炮抄掠生家"；"越十二日，该匪重回生家，烧祖房二间、新屋二间、稻谷五万余斤"；"除夕三更复至生家，劫去耕牛十只，家物一空。生胞弟何可亨身受重伤，登时毙命"；三十年"正月初八，该匪复来劫堂弟何可久家，烧屋四间，牵牛六只"。根据他统计，在此期间，宣化县境内"被劫者二百余村，被杀者二百余命，妇女被劫者百余人"，且风闻"浔、梧、柳、庆、思、平、郁、乐各府俱有逆匪盘踞各要道"。[4]

情况进一步恶化。一份发现于日本的史料，提及当时广西的形势，这样概括道："道光三十年，广东、广西众叛贼盘据于两省交界之地，初时仅劫掠民财，

---

[1] 郭廷以《太平天国史事日志》，上海书店，1986，页52。

[2] 中国第一历史档案馆《金田起义前后清政府档案史料》之《都察院奏广西举人李宜用鸣立呈控情形折（附原呈三件）·附件一：李宜用等呈》，《太平天国文献史料集》，页51。

[3] 同上之《都察院奏广西举人李宜用鸣立呈控情形折（附原呈三件）·附件二：莫子升等呈》，《太平天国文献史料集》，页52。

[4] 同上之《都察院奏广西举人李宜用鸣立呈控情形折（附原呈三件）·附件三：何可元原呈》，《太平天国文献史料集》，页53—54。

继则与官军为敌,后竟攻城夺县,出没聚散无常。"[1] 八月间,广西抚臣郑祖琛驰奏,"盗匪拥入修仁县城,并窜近荔浦县城"。[2] 月底,两广总督徐广缙奏闻,继修仁县城失守后,荔浦县城亦为叛众攻陷。[3] 迭陷二城,清廷震恐,命令徐广缙"带兵筹饷",亲赴广西镇压。

作乱之由,简又文《太平军广西首义史》归纳了六条:

道光晚年,广西遍地患匪,此实为太平军乘时起义之主要背景之一端,亟当详察。其时,全省盗贼蜂起,堂号纷立,拜会结党,四出劫掠。推原盗风炽盛之故,概有六端:(一)伏莽山间,时出劫掠之土匪,诸郡原已不少。(二)广东鸦片战争役事定后,壮丁与义民失业者多,又不愿归农,多流为水陆大盗,及被官兵击败,乃乘桂省政治腐化官兵怯弱之机,率党拦入,滋扰水陆,更与游勇及桂匪勾结,而势力滋长。(三)文武官吏,畏忌纵容,剿办不力,匪风愈炽;政治的放任主义实为厉阶,而郑祖琛之佞佛戒杀姑息养奸为害尤烈。(四)湘南天地会乘时入桂发展,招人结盟拜会,企图起事,亦有由湘率党入桂劫掠者,渐成流寇。(五)道光廿九、三十年,广西饥荒,米价腾贵,更有富人高抬米价乘危渔利者,饥民益愤,渐有聚众强索钱米之举,而官吏又助富人加以压迫,甚且有格杀勿论之令,因是迫于生计挺(应为"铤"字之误)而走险者愈多;亦有以"劫富济贫"为号召者……(六)其后,亦有团练劣绅流而为匪者,人民更为苦痛矣。[4]

又有研究者指出,道光二十九年的清查州县钱粮积欠政策,是激发动乱的重要原因。"穆彰阿、耆英等限定各省必须在八个月内清查完毕,即从道光二十九年二月开始,至十月结束,不许展缓期限。嗣后,由各省督抚监督,藩司具体负责,由府州县官具体实施,逐县逐库盘查,全国大范围清查活动开

---

[1] 小岛晋治《日本发现的太平天国新史料》之《道光咸丰内地骚乱纪实》,《太平天国文献史料集》,页38。
[2] 中国第一历史档案馆《金田起义前后清政府档案史料》之《乔用迁奏毗连广西各属已协力巡防折》,《太平天国文献史料集》,页48。
[3]《谕徐广缙等协力会剿并查办呈控案件》,同上书,页49。
[4] 简又文《太平军广西首义史》,商务印书馆,民国三十五年,页173。

始。""清查州县钱粮亏空，进一步助长了州县官吏追钱逐利之风……为了完成差使保住自己的顶戴，也为了尽可能多地从中捞取油水，州县官勒索民财招数可谓繁多"。"道光二十九年，清政府国库收入为 3719 万两，支出为 3644 万两。当年的财政节余为 75 万两。但是，第二年，太平天国就正式成立了。如果说道光帝、穆彰阿、耆英等拿 75 万两银子换来一个太平天国，诚不为过。"[1]

世上之事，一个结果往往是多因所致，或远或近、或深或浅、或表或里。而道光末广西致乱之因，就其浅近和显而易见者论，巡抚郑祖琛实在脱不了干系。简又文称此人"佞佛戒杀姑息养奸""实为厉阶"，语颇简略，兹据他书稍予补充。

《中兴别记》卷一：

> 祖琛，字梦白，浙江湖州人。喜谈时艺，暗于吏治军政。时有小人，语以盗会诸匪当谋解散，勿轻以兵事劳宸虑。祖琛惑之，且溺佛，以杀人为不慈，于是文武益承指涂饰。[2]

"时艺"即时文、八股文，郑祖琛大抵是此中高手。嘉庆十年 1805 中进士，生年不详，依徐广缙 1850 年复奏所称"抚臣年老多病，文武皆不畏服"[3] 姑断其翌年病逝时年逾七旬，则其进士及第，年约二十出头，称得上年少得意，故彼于"时艺"的津津乐道，诚可谓发乎由衷。这是一位典型的由八股取士造就的废物，一生做官，由知县、知府、道台、布政使而巡抚，平步青云，却碌碌无所建树。所仰仗者，惟熟娴为官之道而已。所谓"时有小人"，应指其属下幕僚，这类人也是专门研究为官之道的，须在本官需要时，提供万全之策。面对广西日形猖獗的盗匪态势，他们给予郑祖琛的建议是，以柔性"解散"为要，毋动武强力铲除。此并非出乎仁爱怀民，而是"勿轻以兵事劳宸虑"。"宸虑"者，皇上之忧也。换言之，对此类事，尽量息事宁人，不要闹大，以致传到北京，影响将来升迁。郑祖琛"惑之"，以为高妙。实际上，他并非是今天始奉此道，早在道光十二年，

---

[1] 刘海峰《道光二十九年清查州县钱粮积欠与太平天国运动的爆发》，《河南师范大学学报（哲学社会科学版）》，2008 年第 6 期。

[2] 李滨《中兴别记》卷一，《太平天国资料汇编》第二册上，中华书局，1979，页 5。

[3] 杜文澜《平定粤寇纪略》卷一，《太平天国资料汇编》第一册，中华书局，1980，页 3。

其在广西布政使任上，即曾伙同"南宁府同知庆吉禀获私盐，擅给价免究，并不明白指斥"，捣糨糊，大事化小，为此被奏劾，降四级留任。[1]可以想见，近五十年宦途中，像这样因此栽了小跟头只是意外，更多的时候他都受益得利。然而，此番广西之乱非比曩昔，行之有效一辈子的官场秘诀，终于也要失灵了。除开为官之道，郑祖琛还有另一爱好，即所谓"佞佛""溺佛"。佛戒杀，而郑祖琛竟以此羼入政治。他被革职后，新任广西巡抚周天爵向北京报告说："已革职抚臣郑祖琛每逢决囚，必为之经醮祈福，或将行决之犯擅行释回，其势非酿成大祸而不已。"[2]那时候，广西、广东先后有两位类似的活宝，且名讳中都有一个"琛"字。广东那位，就是第二次鸦片战争期间的粤督叶名琛。"二琛"如有差别，仅在于各有所佞、各有所溺。郑祖琛是"佛"，叶名琛是"道"。后者对于道教的迷信骇人听闻，以致将军政大事委之扶乩，为此丧权辱国，本人也被捉到孟加拉、客死他乡——他的故事，我们以后再详叙。眼下郑祖琛佞佛溺佛，因他有此情态，广西官僚系统上下皆知，人人揣其心思顺而为之，"文武益承指涂饰"，凡事姑息，避免激化，治安就此一点点走向失控。别的不说，单单洪杨壮大过程中，地方及省府就多次错过破获、扑灭良机。如道光二十七年十月，临桂县知县王淑元抓到"匪谍李嘉瑞"，据说与杨秀清有牵连，讯出情报，"请兵出缚匪党多人，巡抚郑祖琛不欲究叛，惧穷治激变，饬以盗具狱"[3]，亦即只准按普通治安案件处置，不准深挖背后的反叛图谋，事遂寝。二十八年年初，冯云山被桂平县生员王作新告发，逮系县监狱，"桂平知县以其书内载敬天地，戒淫欲诸款，类于劝善，无叛逆情，遣解云山回广东花县原籍。"[4]冯云山和整个拜上帝会，都躲过一劫。二十九年八月，平南县生员胡某揭发韦昌辉不轨，该县上报于州，浔州知府命桂平县知县把韦昌辉抓起来，但不久，"既有结保者，遂释"。[5]自郑祖琛掌广西以来，该省即在捣糨糊方式中使星星之火渐至燎原，到道光三十年秋，"匪徒蹂躏之区，已近十分

---

[1]《清史列传》卷四十三，郑祖琛，中华书局，1987，页3416。
[2] 中国第一历史档案馆《金田起义前后清政府档案史料》之《周天爵奏广西情形及韦源玠起事缘由折》，《太平天国文献史料集》，页77。
[3] 李滨《中兴别记》卷一，《太平天国资料汇编》第二册上，页6。
[4] 郭廷以《太平天国史事日志》，页64。
[5] 李滨《中兴别记》卷一，《太平天国资料汇编》第二册上，页8。

之七"，九月间，广西诸府不约而同有绅民"航海叩阍匍匐阙下"[1]，不远万里自费进京告御状，即前引李宜用、莫子升、何可元等人经左都御史花沙纳所转诉呈。朝廷这才对郑祖琛问题和广西"通省糜烂"引起重视。经言官弹劾，郑祖琛先遭革职，翌年谕令"发往新疆效力赎罪"，好在他"旋在籍病故"，比叶名琛幸运，不必遭更多的罪。[2]

郑祖琛的忽怠被追究，为时晚矣。此时广西局面，已如满缸葫芦，摁下这个却浮起那个。与郑祖琛被纠劾同时，清廷做出一个重要安排："召起前任云贵总督侯官林则徐为钦差大臣，赴广西剿匪。"[3]林则徐退休后，在福建老家养病。他的威望，满朝少有能比。诏之复起，一是显示北京对广西事态的真正重视，二是鉴于郑祖琛已不堪信用，三是东西两粤均不太平，总督徐广缙不能兼顾。因此，特简林则徐为钦差大臣，以中央代表身份专掌广西平叛。此项任命于道光三十年九月十三日下达，过了一个月，郑祖琛革职，复降旨林则徐以钦差大臣暂署广西巡抚之职。

起为钦差大臣的圣旨，林则徐九月二十九日见到。此前道光皇帝已几次宣召他来京晋见，都因病体难支，不曾如命，"数月以来，服药不下百余剂，近时疼胀之疾幸觉稍轻。据医者云，应将提气扶元之药再服月余，才可放心就道。"但对这次钦差大臣的任命，他决心为国分忧，抱病登程，回奏说："定于十月初二日由福州本籍力疾起身。"[4]二十天后，行至广东普宁，逝于途中。郑祖琛革职后，朝廷追加他暂署广西巡抚，旨意到时，他已去世五日。

林公死于赴广西途中，是清廷的一大损失，或许也左右了中国近代史的进程。当时，其以钦差大臣赴广西的消息已经传开，在广西各地引起很大反响。"贼徒曾言，若林公到此，必迅速解围，投降于林公麾下。"[5]虽然咸丰皇帝派他前来，并非对付洪、杨，当时金田的动向朝廷并不知道，但他若能顺利抵达广西行使

---

[1] 李滨《中兴别记》卷一，《太平天国资料汇编》第二册上，页14。

[2]《清史列传》卷四十三，郑祖琛，页3420。

[3] 李滨《中兴别记》卷一，《太平天国资料汇编》第二册上，页14。

[4] 中国第一历史档案馆《金田起义前后清政府档案史料》之《林则徐奏力疾驰赴广西折》，《太平天国文献史料集》，页59。

[5] 小岛晋治《日本发现的太平天国新史料》之《道光咸丰内地骚乱纪实》，同上书，页38。

其责，却正好赶上金田起义的初期；如此，则洪、杨前途如何，至少是难以逆料。

历史确实在冥冥中充满巧合，而当时各种巧合，都有利于洪、杨。清廷在广西乱象滋彰之后，不可谓没有明断、有力的安排。事实上，除了起用林则徐为钦差大臣，清廷还做出决定，调湖南提督向荣为广西提督，并起用前任云南提督张必禄赴广西会同剿捕。

张必禄，四川巴州人。嘉庆元年即以乡勇随军平乱，叙功，给六品顶戴。几十年来，身历百战，积功由守备、都司、参将、副将升至总兵、提督，曾于鸦片战争期间在广东、江苏两地与英军作战，川人目为"四川抗英第一人"。道光二十六年，"年力衰迈，命原品休致"，不久朝廷因其"屡著劳绩"，特"赏食全俸，以养余年"。他乃嘉道间名将，军功卓著，而品节端正，为职业军人之典型。道光三十年早些时候，张氏来京觐见，道光皇帝"见其精力尚健"，当时就留了个心眼儿，"暂准回籍，以备召用"。眼下广西乱炽，新登基的奕詝同样想起这员老将，觉得可倚为干城，命以提督衔即赴广西。[1] 看得出来，起用张必禄与起用林则徐，用意相同——俱系借重口碑素佳、久经考验而经验丰富的干才，而两人一武一文，委林统军，委张作战，是相辅相成的两手棋。张必禄得旨，果然以他历来作风，立即启行，仅仅带着约三十位老部下，及胞侄张由甫一位亲属，一路兼程而来。据郑祖琛等奏折，"甫抵粤境，因沿途感冒，尚能力疾督兵，由柳赴浔，不意病情增剧，遽尔溘逝"，并说他"弥留之际，尚呼进剿，其忠勇之气，迥越寻常"。[2]

继林则徐十月二十日薨逝普宁，张必禄也在十一月初七日殁于浔州。清廷就广西事态采取的三项人事步骤，两项化为泡影，仅向荣一人到位，履其剿寇使命。我们从向荣后来在与太平军作战时发挥的作用推想，假若林、张不死，此三人联手治之，局势诚难言孰利孰不利。

---

[1]《清史列传》卷三十九，张必禄，页3076—3081。

[2] 中国第一历史档案馆《金田起义前后清政府档案史料》之《郑祖琛等奏郁林等股前往金田并张必禄病故折》，《太平天国文献史料集》，页64—65。

起事

广西乱象为洪、杨起事提供了有利条件，金田起义乃于年内爆发。

起义月日，说法混杂。陈徽言《武昌纪事》记为九月初三，谢介鹤《金陵癸甲纪事略》谓十一月初十，张德坚《贼情汇纂》指在十月，《武宣县志》、江忠源《致彭晓杭书》同作八月，夏燮《粤氛纪事》书为"是年冬"，《李秀成亲供手迹》则称六月，杜文澜《平定粤寇纪略》从之，李滨《中兴别记》亦采此说，光绪《浔州府志》、民国《贵县志》乃至记述为"四月，洪秀全、冯云山、石达开起兵于桂平金田"。

郭廷以在引上述诸说后认为："所谓六月举兵，愈为可信。"并引五月十九日上谕"平乐则紫金山一伙"之句为证，认为"平乐"即"桂平"之误，"紫金山"即"紫荆山"之误，而把此语解释为正是指洪、杨。[1] 这显然臆测成分大。咸丰上谕是据地方大吏贼情汇报做出，当时吏治虽腐败，但尚不至玩忽如此，以致连"平乐""桂平"不分。事实上，平乐盗匪之乱，当时十分突出，郑祖琛等十一月五日奏折，报告平定钟亚春诸股消息，几次专门提到平乐战事，如"统计斩擒匪党，连平乐各属，不下五千余人"，"查平乐各属均已肃清"[2]——可知平乐即平乐，绝非"桂平"之误。

待及罗尔纲作《太平天国史》，这一日期则被写成："震惊一世的太平天国革命，于一八五一年一月十一日（清道光三十年十二月初十日）在广西桂平县

---

[1] 郭廷以《太平天国史事日志》，页80。
[2] 中国第一历史档案馆《金田起义前后清政府档案史料》之《郑祖琛等奏捕获钟亚春并进剿金田等处折》，《太平天国文献史料集》，页63。

金田村宣布起义。"[1] 最早持此说的是简又文先生，据他讲，罗尔纲是在他的影响下接受了此说。[2] 不过，罗氏就此日期的考证，似较简又文清晰，尤其是他从《天父诗》里发现了一条直接证据，即当时洪秀全写给其后妃的一首诗：

凡间最好是何日？今年夫主生诞日。天父天兄开基日，人得见太平天日。

"天父天兄开基"，显然就是"天父天兄之国"亦即太平天国之创立，而这个日子，被定在所谓"今年夫主生诞日"亦即洪秀全的生日，据而可知，正式起义日期必为道光三十年十二月初十日，洪秀全三十八岁生日当天。[3] 这个考证，落实了洪仁玕供状里的叙述：

此时天王在花州洲胡豫光以冕家驻跸，乃大会各队，齐到花州迎接圣驾，合到金田，恭祝万寿起义，正号太平天国元年，封立幼主。[4]

"恭祝万寿起义"，即与祝寿同时宣布起义，也可以理解为以起义作为贺寿大礼。此说以及罗尔纲所提出的证据，看来很充分。金田起义的准确日期，似乎廓清无疑了。然而，话题并未打上句号。诸多线索中，"李秀成自述"因作者的特殊身份，兼出其亲笔，本是最宜征信的材料，研究者却出现很大分歧。从之者用它来支持己说，例如郭廷以主张"六月起义说"，即视李秀成自述为一大依凭；[5] 而否定者同样花费不少笔墨，去排除李秀成记述的可靠性，例如简又文的《太平军广西首义史》和罗尔纲的《金田起义考》。分歧如此之大的原因暂且不表，我们先来看李秀成究竟是怎么说的——无论1946年出版的郭廷以《太平天国史事日志》、简又文《太平军广西首义史》，还是收在1954年初版、1979年重版的罗尔纲《太平天国史事考》中的《金田起义考》，它们所引的李秀成原话都是：

[1]罗尔纲《太平天国史》卷一，中华书局，1991，页12。
[2]简又文《太平军广西首义史》，页205。
[3]罗尔纲《金田起义考》，《太平天国史事考》，三联书店，1979，页14。
[4]《干王洪仁玕亲笔文书》，王庆成主编《影印太平天国文献十二种》，页477。
[5]郭廷以《太平天国史事日志》，页79。

> 道光三十年六月，金田、花洲、陆川、博白、白沙同日起义。

问题就出在这儿。所以，当时采不采信李说，实际上是认不认同起义发生在"六月"——郭廷以表示同意，简、罗二人则不能接受。而是、否双方，相持的焦点都集中到李秀成当时身份是否权威以及记忆是否有误，郭廷以说："按秀成虽未身与金田起义，但……即以时令季候观念来论，亦无误记三四个月，即一季之理。且秀成当国执政时间颇久，对于太平天国历史当有相当认识，举义时间，理应明瞭。"简、罗二人自然是在同一点上，给予反方向的讨论，简又文说："何以忠王之言如此？岂因其于起义后大军过藤县时始行入伍为'圣兵'，故始终不知其确凿日期乎？"[1] 罗尔纲说："李秀成因为在家……他家在六月得到命令，他不明白这是总动员 指团营 的命令，到了这一年十二月初十日洪秀全生日，才在金田宣布起义，当时他没有去参加，所以他后来撰自传时便误会以为他得到总动员命令之日，就是金田起义的日子"。[2]

但是，有一个现象，却令笔者大惑不解。近年，岳麓书社以宣纸线装彩色水印精制的《李秀成亲供手迹》出版，笔者购得其2014年第2版第2次印刷之一册。核相关段落，见李秀成亲笔写道：

> 道光卅年，十月，金田、花洲、六陆川、博白、白沙，不约同日起义。[3]

笔迹十分清晰，"十月"而非"六月"，毫无涂漶；另外，"不约同日起义"与上述诸人所引"同日起义"相差两字。这显然是版本不同。据岳麓社出版《前言》，此手迹原稿为"湘乡曾八本堂藏"，曾国藩杀李秀成后——

> 将李秀成所写供词删改，命人抄写二份，一份送清廷军机处，另一份则交其子曾纪泽保存，并于安庆刻板付梓曰《李秀成供》，此即世所称《九

---

[1] 简又文《太平军广西首义史》，页203。
[2] 罗尔纲《金田起义考》，《太平天国史事考》，页14。
[3]《李秀成亲供手迹》，影印原件，页四。

如堂本》，而李氏供词手迹原稿则秘不示人。直到一九六二年七月，曾国藩之曾孙曾约农将李秀成供词手迹交台湾世界书局影印，名《李秀成亲供手迹》，至此"湘乡曾八本堂藏"原稿始公布于世。[1]

借此我们断定，郭、简、罗所据均为《九如堂本》，而后者系抄件，误将"十月"抄作"六月"，导致了一番关于金田起义月日的歧见。真迹原本，直到1962年才于台湾首次面世，不必说1946年出版的郭、简之书无从据之，连1979年重版的罗书，可能也因无缘见到台湾所出真迹原貌，而继续维持其错误。但是，真正奇怪的是，罗尔纲在《金田起义考》中声称：

> 这时候，广西通志馆在湘乡曾家摄影及钞录《忠王李秀成自传原稿》回来，请我考证此稿。我参加了纪念堂落成典礼，就去桂林，得见了《忠王自传原稿》，原来他记金田起义原文是这样的：
> 道光三十年六月，金田、花洲、陆川、博白、白沙同日起义……[2]

广西通志馆来人见过亲供手迹原稿，这件事是真实的，岳麓社《前言》有提及，时在1944年，来人是吕集义先生，称吕"用《九如堂》刻本对勘，抄补五千六百余家，并摄供词手迹照片十五帧"。[3]但从罗尔纲氏的引用情况来看，吕集义一是所摄照片似乎仅为原稿一部分以十五帧照片而将原稿摄全，应不可能，二是他的"对勘"工作很不细致。像上述相关片断，原文为"道光卅年"非"道光三十年"，"十月"非"六月"，"六川"非"陆川"，"不约同日起义"非"同日起义"……都没有对勘出来或被误抄，区区二十来字，错误竟有四处之多。通过与真正的手迹对比，我们乃知罗尔纲声称的"得见了《忠王自传原稿》"，并不真实；他仅是"得见了"少量照片中的原稿，加上吕集义留有大量错误的"对勘"件。

李秀成手迹明指起义月日为"道光卅年十月"，那么这会不会是误记？回答

[1] 杨小洲《前言》，《李秀成亲供手迹》，影印原件，页一。
[2] 罗尔纲《金田起义考》，《太平天国史事考》，页13。
[3] 杨小洲《前言》，《李秀成亲供手迹》，影印原件，页一。

是否定的，因为我们找到了一条有力旁证，其即杨秀清主持修撰的太平天国官书《天情道理书》如下记载：

> 时维十月初一日，天父大显权能，使东王忽然复开金口，耳聪目明，心灵性敏，掌理天国军务，乃夆天下弟妹。[1]

杨秀清稍早前四月间忽然大病袭身，"口哑耳聋，耳孔出脓，眼内流水，苦楚殆甚"[2]，《天情道理书》称："……世人尚不知敬拜天父，并不知真主所在，仍然叛逆天父，理宜大降瘟疫，病死天下之人。而天父又大发仁慈，不忍凡间人民尽遭病死，故特差东王下凡，代世人赎之。"[3]意即，杨秀清大病并非自己健康出问题所致，而是以己之身，代所有加入、跟随拜上帝会起义之人赎罪。这是一次精心安排并付出艰辛努力的大型表演。杨秀清的装神弄鬼，业已成为拜上帝会一大利器，他所有这类表演，背后都有具体的政治动机。这次所谓"大病"，必非偶然，是预先策划的政治谋略，用"病赎"诱招、聚集会众弃家"团营"。他从四月间一直病到十月初，病程刚好与拜上帝会起义动员相咬合，而"病体"之痊愈，也一定是根据情势精心选择的日期——这就是：条件成熟，可以发动起义；文中所谓"乃夆天下弟妹"，此夆字为太平天国自造，有同为某事、共襄某举之意，在这里，具体应即"举行起义"，也就是说，杨秀清宣布"病愈"之后，在金田向拜上帝会各处会众发出了在十月初的某天"不约同日起义"的指令。

郭廷以曾经注意到《天情道理书》这笔记载，并对李秀成所述与之不一感到困惑。[4] 现在，经李氏真实的正确手迹的验证，这困惑可以打消——两者完全一致，都说起义始于道光三十年十月。

同时，考十月以来多种迹象，尤其是巡抚郑祖琛两件最早报告洪、杨作乱的奏折，也清楚显示起义已在十月中旬以前展开，断非到十二月初十以后方始举行。郑祖琛十一月初五日奏闻：

[1]《天情道理书》，《中国近代史资料丛刊·太平天国（一）》，页367。
[2] 同上，页366。
[3] 同上。
[4] 郭廷以《太平天国史事日志》，页79。

> 查桂平县属之金田村、白沙、大洋，并平南县属之鹏化、花洲一带及郁林州属，现据该州县禀报，均有匪徒纠众，人数众多。[1]

这是清官方第一份直接反映太平军活动的情报。桂平金田村，即杨秀清、韦昌辉一伙，平南花洲即洪秀全、冯云山一伙_{当时洪、冯居于花洲山人村胡以晃家}。如果说这份十一月初五日的奏报未具情报日期，那么八天后亦即十一月十三日另一份奏稿，则比较具体地写明何时得到情报：

> 窃查浔州府属之桂平、平南及郁林州属，均有匪徒纠聚拜会，人数众多……查桂平之大洋墟与郁林之蒲塘墟紧相毗连。·十·月·十·八·日，接据探报：该匪由郁林窜至大洋，欲从石嘴过渡，串合金田之匪……金田之匪即乘夜窜至北岸，欲图接应，与兵勇交相攻击。[2]_{着重号为引者加}。

换言之，拜上帝会公开采取行动，只会早于十月十八日。这跟李秀成"道光卅年，十月，金田、花洲、六_陆川、博白、白沙，不约同日起义"，《天情道理书》"时维十月初一日……乃佥天下弟妹"的记述，相互契合。

因此，综合分析，"金田起义"的实际发生，应为道光三十年十月上旬的某一天。

那么为什么简又文、罗尔纲又能考证出"十二月初十日"这个日期，并且颇为言之成理呢？显然，这里发生了"仪式化日期"与"实际日期"并存的现象。这种现象，史不少见。"文革"中，关于解放军建军之起点，一度亦曾隐约有以"秋收起义"替换"南昌起义"的舆情，原因是此一起点的确定，关系到"谁"创建了这支军队。金田起义实际开始于道光三十年十月，但不久为了凸显天王洪秀全的权威，确确实实又举行了一个正式活动，将起义起始日定在十二月初十日即洪的诞辰日。玩味洪秀全诗句"凡间最好是何日？今年夫主生诞日。

---

[1] 中国第一历史档案馆《金田起义前后清政府档案史料》之《郑祖琛等奏捕获钟亚春并进剿金田等处折》，《太平天国文献史料集》，页63。

[2]《郑祖琛等奏郁林等股前往金田并张必禄病故折》，同上书，页64。

天父天兄开基日,人得见太平天日",可以明显地体会出这种重新认定的仪式化气息,"最好是何日",重心在于"最好"这一情感逻辑,而与"事实如何"不同,"开基日"字眼更是突出指向了象征与纪念的意义。

至此,我们将金田起义月日的纷扰,算是梳理清爽。进而检讨,之前说法那样繁多、杂乱,盖有三个原因:一、洪、杨初起时,外界极缺乏了解,道听途说,口耳相传,讹误甚多;二、拜上帝会非常重视保密,对各种消息严格封锁,不少事情休说外人,即便其内部普通会众,也难以知其周详;三、起义本身,其整个事情经历了不同阶段,而不明底细者,却将不同阶段混为一谈,从而生出各种说法。

以上三者,第三点最关键。盖洪、杨起事,与普通倡乱最大不同在于,它不像后者那般出乎随机、偶然,而经过周密策划、精心准备,有分阶段、按步骤实施的缜慎预案。制订人可能是洪秀全,可能是拜上帝会核心骨干集体,而笔者更倾向于冯云山是主要捉刀者。

这仅属分析,史料并未道及。冯之于拜上帝会,很像梁山泊里的吴用。他有文化,又是一个组织天才,拜上帝会是他一手搞起来。洪秀全虽为最高精神领袖,但在实干与策略方面碌碌无为。拜上帝会的"军师"之位,原来就是为冯而备,只不过后来杨秀清、萧朝贵借权力斗争,才挤到他的前面,当了"正军师""又正军师",把冯云山降为"副军师"。可是最初的起义计划构思、制订阶段,我们相信冯才有能力去做它的主要创想人。

根据史料中的迹象,我们推求出起义计划的谋成和起义决心的敲定,约在道光三十年一月和二月之间。这具体见于洪秀全一首七言诗:

近世烟氛大不同,知天有意启英雄。神州被陷从难陷,上帝当崇毕竟崇。明主敲诗曾咏菊,汉皇置酒尚歌风。古来事业由人做,黑雾收残一鉴中![1]

"明主敲诗曾咏菊,汉皇置酒尚歌风",此句是诗眼。"明主"指朱元璋,传其有诗:"百花发时我不发,我一发时都吓杀。要与西风战一场,满身披就黄金甲。"

[1] 韩山文《太平天国起义记》,《中国近代史资料丛刊·太平天国(六)》,页869。

系借黄巢"我花开时百花杀"语意发挥之，无待多言，但究竟是否朱元璋所作，并不可考，历来都这么传而已。朱元璋能诗倒也不假，《明史·艺文志》载有《《明太祖文集》五十卷、《诗集》五卷》[1]的目录，只是书本身已亡佚。"汉皇"则指刘邦，彼有《大风歌》对其伟业自我崇隆。洪秀全在此，引明、汉两皇之诗抒怀，表示他的抱负绝不止步于黄巢、李自成辈，而是剑指帝王之业。这样，也就把起义的终极目标揭示出来，随后"古来事业由人做"一句，更是强调起义乃是要成就一番"事业"。

此诗撰写的确切时间不明，只知道作于道光三十年。但从若干线索分析，其吟成可能在二月，不会更晚。首先，"近世烟氛大不同，知天有意启英雄"，这一句应该是指二十九年下半年以来的省内形势，亦即我们上文所叙广西风起云涌的乱象，诗句的意思是，形势的发展令起事时机逼近成熟，上天已安排好了机遇以供"英雄"们有所作为。其次，研究者发现，"1850 年 2 月"即道光三十年正月以后，"拜上帝会军事组织的形制似乎有所不同"，出现明显的发育迹象。[2] 此类异动与诗中透露的决心，可相互参合，对写作时间形成旁证。最后，我们还有很明确的凭据，亦即《天兄圣旨》"庚戌年即道光三十年二月二十三日"一条记载：

> 天兄劳心下凡，时在平山。天兄欲天王暂行避吉、众等坚耐灵变。爰降圣诏，谕天王曰："秀全，尔穿起黄袍么？"天王对曰："然也。"天兄曰："要避吉，不可令外小见，根机不可被人识透也。"天王对曰："遵天兄命。"[3]

此笔记述，日期相当具体，明指道光三十年二月间洪秀全耐不住性子，背地里悄悄"黄袍加身"，这与诗中不加掩讳、直言将效朱元璋和刘邦，如出一辙；故而，倘若说偷穿黄袍与此诗之作系在同时，谅无不合理处。

这首诗的写作，不会是洪秀全一时心血来潮，背后必定发生了什么。全诗八句，每一句都可作为拜上帝会高层会商讨论的观点和结论来读。不妨循着这

[1]《明史》卷九十九，中华书局，2013，页 2459。
[2] 史景迁《太平天国》，广西师范大学出版社，2014，页 157。
[3]《天兄圣旨》，王庆成主编《影印太平天国文献十二种》，页 48。

样的思路，替它翻译如下：

> 近来两粤民间反抗，逐渐发展到高潮，斗争形势十分有利，显露了苍天鼓励英雄出世的意志。神州大地沦陷已久，但神州不会永远沉沦，上帝逐妖灭妖的召唤必须遵奉。明太祖曾以咏菊之诗展其抱负，汉高祖《大风》之歌慷慨豪迈，这都是历史上的英雄榜样。自古事在人为，有雄心有壮志就一定能够扫除黑雾、铸就伟业！

如果说赋诗之前，拜上帝会领袖们曾举行过某次会议，诗内所吟，实即会上一致形成的共识或决议之类，此一情形恐不尽出乎我们想象。

以后种种事态表明，拜上帝会明显开始循着精心制订的预案，稳步推进起义过程——

一、二月二十七日，萧朝贵在平在山对部下说："太平事是定，但要谨口，根机不可被人识透也。"[1] 与劝洪秀全暂时勿着黄袍所讲一模一样，惟此处多了"太平事是定"一语，兹可明证起义计划是在二月确定下来。

二、起义步骤将相机行事，密切注意形势发展，静观其变，目前以蛰伏为要。四月二十二日，萧朝贵以天兄下凡，命人转谕洪秀全："现要避吉，待等妖对妖相杀尽惫，然后天父及天兄自然有圣旨，分发做事也。"[2] 罗尔纲认为这是指"待清军与天地会作战尽惫时然后起义"[3]，亦即等待两粤各处乱象进一步消耗清军实力。这显然是二月会商所议定的方针之一。故二月迄于四月，拜上帝会保持安静，严禁妄动。其间还发生了可能是严惩违反决议言行的事——二月二十八日，"天兄"命洪秀全痛责一位名叫谢享礼的会众，此人似乎是洪秀全贴身近侍，他的惟一罪过，仅为"大胆乱言"。洪秀全"发令打一千焉"，"打毕仍令跪石至旦"，还差点被砍头，直到冯云山出面求情担保，始才饶过。过了好几天，三月初四日，"天兄"仍然没有忘记这件事，"恐乱言之徒妖心未化"，再次降旨洪秀全督察："秀全，陈仕刚、谢享礼二人安静么？"洪秀全答曰："他二人今无事矣。"所谓"乱

---

[1]《天兄圣旨》，王庆成主编《影印太平天国文献十二种》，页49。
[2] 同上，页51。
[3] 罗尔纲《太平天国史》卷二，页99。

言",必定与走失消息有关。想必那谢享礼,因是洪秀全贴身之人,得知即将举事,未免沾沾得意、喜不自禁,而不知在何场合对人扬言如何如何,犯了大忌;而萧朝贵大概对于此类言行专负维纪之责,故欲严惩。由此可见,保密乃是这一阶段拜上帝会的重中之重,"安静"是他们的头等大事。

三、五月,"洪秀全遣黄盛爵、侯昌伯往广东花县接其眷属赴广西。"[1] 此乃重要信号,同时亦是起义计划所预定的一着。它表明拜上帝会即将开始动作。洪秀全全家,除其父洪镜扬已于前年末去世外,包括继母李氏、两个哥哥全家、妻子赖氏及子女三人,乃至堂兄弟姊妹等近亲,悉数迎至广西。前文曾述,大约同时,冯云山亦托人诓其弟挈全家来金田"耕田",因未道明真情,致使一干人行至佛山中途折回。原因大概是冯家一直反对云山与洪秀全厮混,不得不隐其真相,借故别事相招,终于还是没有成功。

四、洪秀全于搬取家眷之同时,通过舆论制造恐慌:"在道光三十年(1850年)我将遣大灾降世,凡信仰坚定不移者将得救,其不信者将有瘟疫。过了八月之后,有田不能耕,有屋没人住,因此之故,当召汝之家人及亲戚至此。"[2] 此即末世论,仿基督教末日审判说,为旧世界立一终点,为新世界启一开端,凡不觉悟者,必随旧世界沉沦、毁灭,觉悟者则得救有福。此一宣传策略,李秀成自述亦予佐证:"云若世人肯拜上帝者无灾无难,不拜上帝者,蛇虎伤人……为世民者,具俱是怕死之人,云蛇虎伤人,何人不怕?故而从之。"[3] 李秀成还说:"临行营之时,凡是拜过上帝之人,房屋具俱要放火烧之。"[4] "当召汝之家人及亲戚至此"一语,实即为将要开始的"团营"下达动员令。另外,杨秀清邪病袭身,明显是配合洪秀全末日论的一着,意在以这样一种可怕形象诱骗世人:随同起义者将可免灾,因为东王已"以一己之身,赎众人之病,以一身之苦,代世人之命"[5],若不来投奔,则同样病灾必降其身。

---

[1] 郭廷以《太平天国史事日志》,页76。前去执行迎接任务的人选,他书记载不同,韩山文书除黄、侯两人外,还有一个叫作江隆昌的;史景迁书则记为秦日纲、陈承榕、黄七妹。

[2] 韩山文《太平天国起义记》,《中国近代史资料丛刊·太平天国(六)》,页867。

[3] 《李秀成亲供手迹》,排印文,页01。

[4] 同上,页03。

[5] 《天情道理书》,页367。

五、六月，发布"金田团营令"。团营，就是集合、集中会众，命各路人马齐赴金田。这是正式起义前一个重要步骤。金田乃桂平县一村庄。之所以团营于金田而非他处，主要是因为这个村庄有韦昌辉。韦昌辉即韦正，早期清方记述中，他多半以后面这个名字出现。韦家乃是富豪，"占有水田二百六十亩，其中在金田村范围外的约一百六十亩，在金田村范围内的约一百亩，雇长工自耕，农忙时雇短工，把一部分土地出租，并放债……每年可收入稻谷约六万斤，再加上高利贷，小生意，或季节性榨油和牛贩等等，每年的收入是富裕的。"[1] 韦昌辉约在道光二十八年杪、二十九年初加入拜上帝会，二十九年八月，被洪秀全认作"同胞"，跻身拜上帝会核心层，起义后封北王。韦昌辉的经历和团营金田的计划说明，拜上帝会的事业同样需要以钱财为保障。团营的目的，一是使人马聚集，便于采取一致行动、实行统一指挥；二是通过团营，使会众从此脱离"小家"，完全融于会党集体，实行军事化公有制，彻底改变其归属感；三是予以组织、管理、训练，以增加纪律性、提高战斗力；四是从物资上做各种准备，包括粮草集纳、变卖田屋以充军资、武器的制造等。《太平天国起义记》云：

　　　　是时秀全立即通告各县之拜上帝会教徒集中于一处。前此各教徒已感觉有联合一体共御公敌之必要。彼等已将田产屋宇变卖，易为现金，而将一切所有缴纳于公库，全体衣食俱由公款开支，一律平均。[2]

　　其具体定则，见于《太平条规》，内有"定营"和"行营"亦即驻扎和行军规定各十条。其中，"要熟识天条赞美朝晚礼拜感谢规矩及所颁行诏谕"，旨在思想控制；"要炼练好心肠，不得吹烟、饮酒，公正和摊，毋得包弊狥徇情，顺下逆上"，旨在强化队伍道德素质；不得"匿金银器饰"，旨在严禁私有观念；"要别男营女营，不得授受相亲"，旨在消除会众之家庭观念和一般社会意识，而无条件成为军事组织之一员；"内外强健将兵不得僭分干名，坐轿骑马，及乱拿外小"，旨在严格等级、尊卑；"内外官兵，各回避道旁呼万岁、万福、千岁，不得杂入

---

[1] 罗尔纲《太平天国史》卷四十六，页1796。
[2] 韩山文《太平天国起义记》，《中国近代史资料丛刊·太平天国（六）》，页870。

戎装

此为清军临阵作战之戎装。

手持火绳枪的清兵

　　洋枪洋炮输入前清军非无火器,但仍为原始落后的火绳枪,洋人颇为之惊讶。

老兄弟

自其长发拢束之状可知,这是一名太平军"老兄弟"。

新兄弟

太平军中有"新兄弟""老兄弟"之称。"老兄弟"以前指两广起事之初者,后来也包括湖广阶段加入者。"新兄弟"则为建都天京以来之人。明显的区别主要看头发长短,"新兄弟"剪辫未久、发短。图中就是一名"新兄弟"。

御舆宫妃马轿中间"，旨在隆化领袖权威、培育敬忌畏伏之心；其余诸条，各关乎军纪不等。[1]个中最值得瞩目的，就是"公有化"和"男女之别"：

> 一到金田，人人须将所有私财珍宝献出，缴交总"圣库"，其后每日大家共食，不虞缺乏，旋即编入大军，分配军械，被服，旗帜等……

> 尤为重要者，则全家入伍者，夫妻男女，即予分隔，妇女尽入女馆，编制亦如男营。夫妻不得相会……男女之防最严，犯者杀无赦。[2]

这两条，为以往农民军所未闻，是洪、杨独有的"制度创新"。以前农民起义，基本冲动就在"子女玉帛"，打家劫舍，为的是以结伙方式掠取财物、女人，洪、杨则掐断了部属这一农民起义传统念想，令他们以清教徒般无私寡欲之心投身军营。其所仰仗者，无非在于拜上帝教所灌输的理想主义幻想，尽管这种力量不可能支撑太久，定都天京后，尤其是后期太平军，以上禁忌都名存实亡，劫财奸淫之事屡见不鲜，但在起义之初，这种"制度创新"确实是洪、杨组织方面的少有特色，也对起义的严整有力发动，起到关键作用。

六、练兵。团营的这方面意义，需要单独讲一讲。太平军战斗力超强，除了"宗教"思想的魅惑，与其经过严格训练密不可分。太平军绝非普通盗匪那种乌合之众，其之作战，亦不凭借匹夫之勇，而是拥有优良的技能和纪律，完全不亚于正规军队。后来官军与之交手，不要说地方上的杂牌部队根本不是对手，即便久经战阵之良将与精锐之师，亦屡遭挫败。像向荣、乌兰泰各为猛将，但在初期，因为轻敌和始料不及，都溃不成军；纵然端正认识之后，慎重对待，亦仅能与太平军互有胜负、大致打成平手，绝无力量战而胜之。这都是团营四五个月强化训练的结果。太平军兵员，全部来自农民、苦力和矿工，毫无行伍阅历，但在严格训练之后，迅速实现由民到军的转化。包括对后续投入太平军的各种武装，也一律予以严厉改造，去其流寇习气。像金田起义后率众归附的大头羊张钊、

---

[1]《太平条规》，《中国近代史资料丛刊·太平天国（一）》，页155—156。
[2] 简又文《太平军广西首义史》，页189。

大鲤鱼田芳及罗大纲等，拜上帝会专门派出老兄弟十六人"分往各部"，以"军律之严及其治军之教理"予以培训。[1] 结果，这些习惯了流寇作风的归附者大多忍受不了太平军的严格训练，哗变出走，投降清军，惟罗大纲所部留下来，而这支部队经过太平军改造后来也成为能征善战的雄师。

综上可见，金田起义实现，是一项缜密计划的结果，制订人周详研究过形势、时机、手段和步骤，然后分阶段实施。自陈胜、吴广以来二千年，中国大大小小千百次农民起义，未有做到如此精细者。所以，洪、杨作为中国旧式农民起义之绝唱，其有集大成的性质与意义，洵非虚誉。

前面推定，这完美起义计划的主要制订人是冯云山。说到这，还引出一个花絮，即简又文先生曾分析起义计划实施过程中，拜上帝会高层涌动过"暗潮"。《太平军广西首义史》就此写道：

> 于此期间，洪冯等在一方面仍努力于完成准备工作，使求完善，而在他方面则努力于内部人事之调整，盖其时内部已发生暗潮，殊足为起义之大障碍者，二人不得不殚精竭智以谋完满解决之方案。

> 事件维何？即杨秀清突然患奇病是也。……以余观之，是乃拜上帝会最高干部中争权夺位之暗潮也。盖当六人金兰结义，齿序已定，且推定元首之后，一切准备行将就绪而剋期动员起事之际，于是各个人的职权问题以时发生。天王之下，有"正军师"，即全军定谋决策发号司令之最高统帅——此第二把交椅将谁属？夫冯云山首从秀全倡义，手创全会基业，为立国置制之谋主，又为秀全之表亲，且人格纯正，操行忠诚，才德兼优，智勇俱备；依理依情，论功论德，此一职位，非其莫属，此必然之势，当亦为洪氏之表示也。惟杨秀清则夙具野心，领袖欲与支配欲并炽，早已藉天父降身之怪事，夺得教权在手，又结私党萧朝贵及号召紫荆山民为羽翼，自然不甘居人下，而其所以拥戴洪氏实非得已。一人之下，乃欲自居第二位，掌握军权，以便操纵一切……骤然宣告患病，表示消极，不理会务，实则实行怠工，为要挟计耳。[2]

---

[1] 韩山文《太平天国起义记》，《中国近代史资料丛刊·太平天国（六）》，页872。
[2] 简又文《太平军广西首义史》，页184—185。

将杨秀清的"病",完全解释为争权之策,未必妥洽。杨秀清非真病,简氏此见不差,然若径取如上解释,则无形中取消了这场"病"的一项实质性功用。事实上,杨这次"患病",如同他平时的"天父附体",不过是又一次巫觋表演,以达到魅惑和恐吓会众弃家团营的目的。这在拜上帝会高层内部,显然不是秘密,毋宁说是他们商量好的把戏,来为发动、准备起义作社会动员。对此,太平天国官书的叙述,间接承认了这种内幕。《天情道理书》所谓"天父又大发仁慈,不忍凡间人民尽遭病死,故特差东王下凡,代世人赎之"即是,包括日后所封杨秀清的尊号中"劝慰师"[1]一语,也是对他这次"大病"功勋的褒扬。故而杨突然"患病",绝不是他自己为了争夺个人利益,要挟洪冯,擅自搞的小动作,而是组织上安排他这么做。

但简又文的分析,在某一点上是对的,亦即杨在此次表演中,塞进了私货。什么私货?那便是在权力攫取上的要求。考察拜上帝会的权力班序,可以清楚地看到,经过赎病这一幕,领导人座次发生了重大变化——杨秀清与冯云山排序已经颠倒。

以前排位,冯云山始终紧随洪秀全,居第二,但赎病后,杨秀清却挤到了冯的前头。《天兄圣旨》是太平天国较原始、较真实的史料,其他史料后来多少有所篡改,《天兄圣旨》因是所谓耶稣真言,比较"神圣",不宜擅动,而得以大体保持原汁原味。我们将其中"发病"前后的段落,篦梳一遍,可以发现很微妙的情形。

杨的"发病",起自四月,到十月初一日那天,诸病顿消,神奇复元。对应这一时间,我们来看《天兄圣旨》对会内核心人物班序的叙述。之前,洪秀全第一、冯云山第二,杨秀清、萧朝贵居三、四,这顺序是很明确的。庚戌年_{道光三十年}正月十一日:

> 天兄谕唤众小到来……天兄曰:"众小弟,识得三星禾王_{即洪秀全}、云开

---

[1] 全称"天父天兄天王太平天国传天父上主皇上帝真神真圣旨圣神上帝之风雷劝慰师后师左辅正军师顶天扶朝纲东王杨秀清",见《天王诏旨》,《太平天国文献史料集》,页6。

山顶即冯云山、双星脚起即杨秀清、月婿即萧朝贵等么？"[1]

正月十七日：

天兄曰："众小弟，识得秀全、云山、秀清、朝贵等，便见天父及我天兄也。"[2]

在核心层或所谓"神天小家庭"内部，关系同样明确：洪秀全称"二哥"、冯云山称"三哥"、杨秀清称"四哥"：

庚戌年六月十九日……天兄曰："众小弟，朕问尔先，三星禾王、云开山顶是谁？"众奏曰："三星禾王是二哥，云开山顶是三哥也。"[3]

庚戌年七月二十九日……西王又吩咐东王曰："四哥，尔回去先，小弟现停几日，制服这处妖魔先，然后归也。"[4]

如此称呼，系因"上帝诸子"里，耶稣居长，是大哥，洪、冯、杨遂依次为二哥、三哥、四哥。

"神天小家庭"的异样，现于何日呢？就是七月二十九日那天。是日，"天兄"与"天王"之间有这样一番对话：

天王奏曰："天下万郭都靠秀清、朝贵二人，岂有不做得事。"天兄曰："他二人又不识得多字墨，云山、韦正方扶得尔也，况天下万郭又有几多帮手，又有珠堂扶得尔也。"天王奏曰："这边帮手不是十分帮手，秀清、朝贵乃真十分帮手，至珠堂有好多人未醒，何能帮得手也。"天兄叹曰："秀全，

---

[1]《天兄圣旨》，王庆成主编《影印太平天国文献十二种》，页45。
[2] 同上，页46。
[3] 同上，页52。
[4] 同上，页62。

朕天父天兄若不是差秀清、朝贵二人下来扶尔，尔实难矣。"天王奏曰："小弟知得天父天兄看顾扶持小弟之恩矣。"……天兄曰："秀全，朝贵有大过么？"天王奏曰："无也。秀清朝贵天父天兄降在他二人身，他二人分外晓得道理，朕从前曾对兄弟说曰，他人是学成炼_炼成，秀清、朝贵是天生自然也。"

对话有"逼宫"意味。内中明显可见：一、杨、萧有怨气，对于文化人冯云山、韦昌辉等更受信任不满；二、以杨、萧为代表的紫荆山本土派，欲与洪秀全嫡系_{即所谓"珠堂"，"珠堂"指洪秀全表兄赐谷王家，是拜上帝会最早入会的成员}争锋；三、杨、萧明确地借"天父""天兄"代言人身份钳制洪秀全，而洪秀全则对此表示服软；四、萧朝贵与杨秀清乃是利益同盟，两人联手争取更大话语权。

杨秀清四月"发病"，七月二十九日正处"病中"，他和萧朝贵于此时发难，很可能正是利用"病"为武器，迫洪秀全就范。盖因杨"生病"虽是照计而行，但何时"病"好，却由不得别人；他可以在情况令人满意时宣布"痊愈"，也可以因不满意而一直"病"下去；而"病"好与不好，直接关系着起义能否如期举行。洪、冯在制订这计划时，显然没有料到杨、萧会就此留上一手。从洪秀全"小弟知得天父天兄看顾扶持小弟之恩矣"的答话来看，他尽显委曲乞怜之色，明显有受制于人的尴尬，而"他人是学成炼_炼成，秀清、朝贵是天生自然也"这样的话，更近乎吹捧和讨好杨、萧了。

尽管如此，杨秀清之"病"却仍然拖到十月初一日方告解消。当时，藏身于平南花洲山人村胡以晃家的洪、冯，被本县官军包围，情势危殆，再不起义，洪、冯恐不免为阶下囚矣。虽然史料上不着一字，根据前情推想，杨、萧必是借此绝境，最终换得洪对其地位抬升的承认，一尝所愿，而随即宣布"病愈"。《天情道理书》的叙述是："时维十月初一日，天父大显权能，使东王忽然复开金口，耳聪目明，心灵性敏，掌理天国军务"，玩味其字句，寓意深焉，"忽然复开金口"与"掌理天国军务"相映成趣，"病情"的忽去与夺权的成功，盖在同时。此在《天兄圣旨》里亦有明证，待及起义发动后，"十一月初旬"，"天兄"开言如是说：

尔众小既知有错，自今以后，总要遵尔主天王暨东王命令，即是遵天父命令。[1]

　　相较先前"众小弟,识得秀全、云山、秀清、朝贵等,便见天父及我天兄也",几乎相同的两句话,此时杨秀清地位迥异,已在洪秀全之下、众人之上。逮翌年三月十八日,"天兄"于训话中称:"秀清、朝贵、云山、韦正、达开、日纲……"[2] 这是"暗潮"之后,拜上帝会新的座次名单首次披露,冯云山从二号人物跌至第四位,不但杨秀清,连萧朝贵都排到了他前头。到壬子年 1852 正月二十七日,永安封王,杨、萧、冯、韦、石遂依以上座次,分封东、西、南、北、翼王。[3]

　　以此度之,金田起义的实际日期,很可能比预定计划有所推延——比如原定八月,但却拖到十月举行——原因就是杨、萧出于个人目的,利用赎病之事讨价还价。此事所留下的后遗症,应该还包括"天京之变"。当时,参与争权夺势的五位主要当事人,萧朝贵、冯云山已死,只剩下洪秀全、杨秀清、韦昌辉,另加相对置身外围的石达开,而洪、韦利用杨秀清的孤立,携手殄灭之;事成,洪牺牲韦昌辉,诿罪于彼,石达开则心灰意冷,携部远走。

[1]《天兄圣旨》,王庆成主编《影印太平天国文献十二种》,页69。
[2] 同上,页73。
[3]《天命诏旨书》,《中国近代史资料丛刊·太平天国(一)》,页68。

官军进剿

拜上帝会"根机不可被人识透""待等妖对妖相杀尽惫"之"避吉"策略,相当精明。十月,去年以来大扰境内的几股悍匪,经官军以九牛二虎之力围剿,巨首陈亚贵、钟亚春次第就擒,郑祖琛等方捷闻于朝,拜上帝会便乘隙而作。

策略精明外,运气亦复不错。先是林则徐即将行至省内之前,病逝于普宁,继而提督张必禄甫至浔州,也一命呜呼。诏起张必禄本是剿讨旧匪,而于途中接报:旧匪已平,新匪继起。巡抚郑祖琛"飞咨该提督,亲行统带,驰赴浔州,相机督剿"[1],此处"浔州",指的就是洪、杨。换言之,此时张必禄的任务,业改为专门镇压金田,但人刚到位便即暴卒。

敌我犹未对垒,一方帅、将俱损,吉凶立判。

关键在于林、张均系能吏。后来官军迄至南京失守,屡战屡败、望风披靡,直接原因正是文武疆吏失策无能、畏葸塞责。其危害性,尤以起义初起时突出,彼时叛众人少、规模小、物资匮乏、没有据点,从扑灭角度说难度最低。错过这样的时机,待及太平军攻占永安,明显迎来一个转折点,后围攻省城桂林,虽不克,太平军却借此表明其已不再是在山坳中东躲西藏之流寇,摇身一变,成为可与官军正面作战的强大军团,旋突出广西、挺进湘鄂,局面遂一泻千里、不可收拾。而纵观广西阶段官军的作为,可以概括为十二个字:主帅平庸、将弁怯懦、内耗严重。其中,主帅一端尤为根本,倘若林则徐不死而履其职任,

---

[1]中国第一历史档案馆《金田起义前后清政府档案史料》之《郑祖琛等奏郁林等股前往金田并张必禄病故折》,《太平天国文献史料集》,页64。

时势或将不同。此种可能性，由日后清廷以曾国藩"统辖江苏、安徽、江西三省并浙江全省军务，所有四省巡抚提镇以下各官悉归节制"[1]而终于平定太平天国，得到证明。

在林则徐死后继任钦差大臣者，始终未得佳选。

第一个是前任两江总督李星沅。他十一月二十日从长沙启程赴任，二十八日入广西境内，十二月初抵桂林就职。十一月二十九日，李星沅前脚刚踏上广西土地，洪、杨就给他一个下马威，在金田痛击总兵周凤岐部，阵毙副将伊克坦布等。此事虽与他指挥调度无关，但毕竟令他到广西的开局糟糕至极。而他就职后，也的确处处显得束手无策。新任巡抚周天爵到任前，据后来赛尚阿给咸丰皇帝的报告中评论："从前李星沅到粤，于前任巡抚未免有所回护，不肯和盘托出，以致蔓延弥甚。"[2]谓其对已经革职的郑祖琛，仍然有所依赖，遇事不能明断。周天爵到任后，与向荣每每意见相左，似此巡抚、提督间的矛盾，本来正该由钦差大臣抉择，而"星沅调和之，仍不协，军事多牵掣"[3]，可见其为人含混，少魄力。随着局势毫无起色、每况愈下，北京终于不掩失望，"诏斥其推诿"[4]。其实这也难怪，当时李星沅身体已非常不好，荷此重任，有心无力。翌年四月十一日，他奏请将钦差大臣关防交周天爵护理，第二天[5]便死在武宣军营。这是连续第三位为广西剿匪而病故任上的大臣，由此可见清廷的用人窘境，所用或能用的人，居然都是年老多病之辈。而李星沅虽死于任上，较诸林则徐、张必禄，却不能说是"鞠躬尽瘁"，因为他是用失败来为生命画上句号；他在遗疏中说："贼不能平，不忠；养不能终，不孝。"[6]满心愧赧。

[1]《钦定剿平粤寇方略·七》卷二百七十六，续修四库全书·四〇九·史部·纪事本末类，上海古籍出版社，2001，页484。按：该上谕发表日期为咸丰十一年十月癸酉，亦即1861年11月20日，而著述者多有误者，例如罗尔纲、谭其骧为顾问，郭毅生主编的地图出版社1989年版《太平天国历史地图集》作："1862年1月30日，清王朝命曾国藩为协办大学士，统辖江苏、安徽、江西、浙江四省军务。"（页141）不知所据为何。

[2]中国第一历史档案馆《金田起义前后清政府档案史料》之《赛尚阿奏报抵粤日期折》，《太平天国文献史料集》，页161。

[3]《清史稿》卷三百九十三，列传一百八十，中华书局，2014，页11753。

[4]同上。

[5]《中兴别记》卷二："戊辰，钦差大臣李星沅卒。"页22。

[6]《清史稿》卷三百九十三，列传一百八十，页11753。

此前，见李星沅办事不力，朝廷动了换人之念，准备让赛尚阿来接替，调李星沅回湖南"防堵"。眼下，李星沅既死，赛尚阿犹在途中，乃命巡抚周天爵"暂署"其职，这就是第二位钦差大臣。

周天爵名气很大，但这名气，不来自才干，而来自品德。"天爵少以坚苦自立，笃信王守仁之学。及为令，尽心民事，廉介绝俗"，上司评价他："爱民如子，嫉恶如仇，古良吏也"，已故宣宗皇帝也曾发话："不避嫌怨之员，最为难得，小过可宥之。"[1] 得到皇上御口嘉励，周天爵更陶醉于如上姿态。彼为官之道就是直来直去，敢得罪人，"多怨者"，到处与人不愉快。朝廷任李星沅为钦差大臣的同时，革原巡抚郑祖琛的职，派他来当广西巡抚，与新任广西提督向荣分别为该省军政首脑。这个安排很有意思，撤掉一位官场老油条，换上一位直肠子，明显是有针对的换人，但又有些矫枉过正。因为周天爵不只是正直，多年来他在仕途仗此扬名立万，弄得有点刻意抑或钻牛角尖，凡事不以合作为要，总想着抬杠。所以他来了以后，与向荣老说不到一块儿去、文武不和，李星沅居上又不能驾驭。后李星沅死，他暂署钦差大臣，问题依旧。两广总督徐广缙咸丰元年五月二十九日奏折批评他："至周天爵来咨，颇觉老羞变怒，不愿人之过问。查武宣东乡会匪，既不与战，又不能守，久在圣明洞鉴之中……乃于二月一挫之后，至今四月有余，坐待迁延，毫无办法，不知是诚何心？"[2] 四月中旬，太平军从紫荆山成功突走，窜往象州。朝廷闻讯，于五月初二日革去周天爵总督衔，"饬回桂林暂署广西巡抚，毋庸专办军务"[3]，收了他的兵权，降了他的职，这距其"暂署"钦差大臣不过二十天。朝廷在给赛尚阿的谕旨中，这样概括周天爵自到广西以来的作为："周天爵勇于任事而不能用人，不但失秦定三之心，亦不能与向荣和衷办事。览其陈奏，概行参劾，并无拊循激励之法。赛尚阿到粤尚需时日，此时若照周天爵所奏全予罢斥治罪，此数十日中，军务延误，将谁责乎？"[4] 周但能挑人毛病，"览其陈奏，概行参劾"，别人在他眼里，没有好只有差，

---

[1]《清史稿》卷三百九十三，列传一百八十，页11753。

[2] 中国第一历史档案馆《金田起义前后清政府档案史料》之《徐广缙等奏复两广剿办各股情形折》，《太平天国文献史料集》，页160。

[3]《谕赛尚阿速赴广西筹办围剿》，同上书，页116。

[4] 同上。

依其所奏，简直无一例外都该就地免职，这岂非咄咄怪事？可见他只是一位批评家，而非想方设法、积极谋事之人。

第三位在广西任钦差大臣的，乃文华殿大学士赛尚阿。李星沅到任而无功后，咸丰皇帝派他前来。这个任命，一是出于广西战事升级，故而提高规格，以大学士出任钦差大臣，示以重视；二是回到"自家人牢靠"思路，认为关键时候还是要用满洲亲贵，"以赛尚阿亲信大臣，命为钦差大臣"，[1]特赐遏必隆刀_{可先斩后奏}、给库帑二百万两为军饷，由副都统巴清德、达洪阿率京军随行，显然是出"重拳"了。

跟李星沅抵粤时一样，太平军也给了赛尚阿一个下马威。当时太平军被官军包围在象州，有点瓮中之鳖的样子。六月二十日上谕指示赛尚阿，要他完成两个任务：第一"严防北窜"，因为象州距桂林不远，要确保祸水不波及省城；第二，"断不可再令窜回旧巢"，以致倦鸟归林。[2]结果"北窜"虽然防住，"窜回旧巢"却未能阻止。洪、杨还是成功突围，从象州撤回紫荆山。赛尚阿六月初四抵桂林，恰在这一天，太平军开始动作。赛尚阿奏称："奴才于初四日赶赴桂林省垣，讵贼早已探知奴才到省日期。"[3]可见太平军谍报之出色。由于赛尚阿带来新增官军万余，一旦到位，太平军处境更险，遂趁彼刚到桂林采取行动，经过十天战斗，成功突围。这件事，赛尚阿只好干瞪眼，徒呼奈何，其实无责。然而账到底要记在他的头上。当然，太平军退回紫荆山，本身也并不明智，官军再成围困之势，又要关门打狗。初时情势极利，连获几个胜仗，把前后门堵死，就等着破门而入聚歼洪、杨。连北京闻讯，亦觉得此番志在必得："此时贼匪失其负嵎之固，我兵据险临高，势若建瓴，事机极为得手"，热望赛尚阿"时不可失"。[4]岂知末了又功亏一篑，被太平军闯出绝地，逃之夭夭，继而攻陷永安州，迎来发展壮大的转折点。"赛尚阿坐失机，降四级留任。"[5]

---

[1]《清史稿》卷三百九十二，列传一百七十九，页11746。

[2] 中国第一历史档案馆《金田起义前后清政府档案史料》之《谕赛尚阿严防象州大股复回东乡》，《太平天国文献史料集》，页174。

[3]《赛尚阿奏洪秀全股从象州中坪突围回东乡新墟一带折》，同上书，页181。

[4]《谕赛尚阿等前后围攻新墟严防奔逸》，同上书，页227。

[5]《清史稿》卷三百九十二，列传一百七十九，页11746。

从道光三十年底迄咸丰元年底，走马灯也似来了三位钦差大臣，结果太平军愈挫愈勇，从幼嫩弱苗长成挺秀新树。清廷国中无人的窘状一目了然。其实，这三位钦差，樗栎材质固已明验，但比起太平军出广西后所遇到的程矞采、徐广缙、陆建瀛辈，尚非瓸楮之尤。他们各有各的问题。李星沅驾驭力弱，本身又年迈体衰；周天爵不善团结、水至清无鱼；赛尚阿八旗贵胄，最无能，他本来运气不坏，有望鼎定战局，最终却因无能功败于垂成。然而除了自身缺陷，他们真正的共同问题是，所面对的对手非等闲草寇。

这是一群有能力打江山并几乎做到了改朝换代的人。换作打家劫舍、大秤分金银的寻常土寇，李、周、赛固然庸碌，想亦不难荡平。不幸的是，太平军达到了中国农民起义的最高水准。拿明末李自成相比，洪、杨方方面面都在其上，广西阶段对此最有验证意义。出广西后，从湘楚而皖苏，太平军一路摧枯拉朽，极易使人误会它的成功纯属清廷过于腐烂所致；然而看看广西阶段，自能断定太平天国崛起绝非占了清廷朽衰的便宜，而是自身确有遒劲强大处，官军在广西战绩虽谈不上骄人，却还不像后来那样一触即溃，大致还能与太平军抗衡一番，有时局面甚至占优，纵然如此，太平军仍数度绝处逢生，反获大捷。

总之，官军进剿以来一再功亏一篑，掌事者平庸仅为问题一方面；在另一面，太平军能征善战是更加主要的。清方朝野诸记，述太平天国事，每每从"承平日久"的感慨开始，如《辛壬寇记》所谓"二百年来安居乐业，久沐升平德泽矣"[1]，《金陵杂记·小叙》所谓"躬际隆平之世，耳不闻钲鼙，目不睹干矛"[2]，仿佛洪、杨逞凶，乃是宇内晏然、武备不修所致。其实，稽诸史册，无论《实录》、方志，有清以来地方上并不靖宁，各种叛乱匪患不绝如缕，而官军对于弹压剿抚也是阅历颇丰，绝非久疏战阵。惟一区别，仅仅是此番非前度，金田起义不是普通作乱的低水平重复。

如果说太平军的分量起初未被认知，那么，几次交手后，官军即已领教。新任广西提督向荣的经历最具代表性。他算得上一位名将，历征青海、回疆，很能打。入广西前，还刚刚在湖南擒悍匪李沅发。广西乱炽，朝廷临时将他从固原提督

[1] 叶蒸云《辛壬寇记》，《近代史资料文库》第五卷，页826。
[2] 知非子《金陵杂记·小叙》，《中国近代史资料丛刊·太平天国（四）》，页609。

改任广西提督，寄予厚望。遇到太平军前，他在广西一路凯歌，战无不胜，"从柳州、庆远转战横州、宾州一带，索潭、陶旺等处连获胜仗，陈亚溃、张家盛、覃香晚等，迭就歼擒，贼势稍平。"[1] 这样一员战将，若目为窝囊废，显然说不过去。然而一遇太平军，立遭败绩。其实交手前，向荣足够慎重。他非莽撞武夫、骄横军头，颇能审时度势。贵州署总兵周凤岐在金田惨败，致副将伊克坦布等阵亡，他心里已敲响警钟。周天爵致赛尚阿信透露："渠一闻会匪，即信致石梧 李星沅表字，邪教非盗贼可比，商石梧不可大题小做。"[2] 周天爵所记的这个"不可大题小做"之说，获证于后来咸丰皇帝给予向荣"随时奏报"权力时，向荣的亲自奏稿："起事之初，当事者轻于视贼，少调兵而多募勇，以致不能得力……当时即请钦差大臣李星沅奏调大兵围剿，故有大题小做之说。"[3] 在此，向荣基本判断是：洪、杨非一般土匪，不打无准备之仗，要多调集正规军，而不是以团练一类乌合之众进剿。但李星沅听不进去，催促即战，致书向荣，"浔州平南兵勇万余，相持已数十日，日用数万，若再延未扫荡，'何以上纾宸念，五中焦灼，如坐针毡。'"[4] 作为文官统帅，既不知兵，又害怕担责，同时还轻敌，就乱发号施令。这很不合向荣脾性，我们观察后来一系列战事可知，他的风格是稳扎稳打、步步为营，属于老成持重一类。眼下钦差催战，不能拒命，向荣得书翌日，率云南临元镇总兵李能臣、署贵州镇远镇总兵周凤岐，分三路进攻牛排岭，结果被太平军用地雷阵伏击，损兵折将。此即太平军牛排岭之捷，也是向荣到广西后的首败。战败之因，验证了向荣之前的预感：太平军"非盗贼可比"，战法与手段有正规军之况。与这种敌人交手，不在摸清敌情前提下妥为制订方案，难免吃大亏。牛排岭蒙羞后，向荣硬着头皮作战，互有胜负，稍稍扳回数局。太平军弃牛排岭，入紫荆山，西行武宣东乡以突围。二月十七日，在东岭村，太平军再惩向军，围其大营，向荣本人幸为知府张敬修援军救出。三月二日复战于台村、东岭、三里墟等处，再败。四月十六日，太平军主力成功逸出，引军象州。

---

[1] 中国第一历史档案馆《金田起义前后清政府档案史料》之《杜受田奏两广各地举事情形单》，《太平天国文献史料集》，页85。

[2]《附件:周天爵致赛尚阿》，同上书，页119。

[3]《向荣奏稿》卷一《覆奏武昌失守筹备堵剿情形折》，《中国近代史资料丛刊·太平天国（七）》，页16。

[4] 郭廷以《太平天国史事日志》，页103。

至此，数月对峙，向荣以无功收场。

北京闻报，将向荣和总兵秦定三"均拔去花翎"，降三级留用。[1] 北京最感困惑的，是常胜将军向荣为何状态陡然至此："向荣非不能办贼之人……何以坐拥重兵，任贼远飏？"[2] 为此，曾令乌兰泰"密奏"实情。[3] 以"将之杰者"，对付不了"蕞猥丑类"，的确令人百思不解。为了这诧愕，人们欲探究竟。命乌兰泰"密奏"实情是一种方式，也有另外的方式——揣度向荣必有"猫腻"，以至暗藏奸诈。例如，简又文引当时吴文镕、张亮基的劾状说：

> 向荣老于军务，尤善于夸张战功及讳饰败绩以邀赏固位者。试阅咸丰二年五月云贵督抚吴文镕、张亮基会衔严劾向氏之奏疏，可知此语非苟。其言曰："滇黔边境，多与粤邻，防堵不容刻懈，因时差人赴粤西大营一带，侦探贼情。臣等细加访察，似系提督向荣，夸诈冒功，饰智欺人，以致军心不能帖服奋兴……乃向荣徒为大言，一无实际，屡屡自表军令严明，将士用命，并未破一贼营，擒一贼目，而我军损兵折将，不一而足。伊所禀报，非曰轰毙贼匪多名，即曰夺获贼械多件，此虚拟而绝无实数也……似有此虚名而无实用之人，谅未足办贼。"[4]

吴、张持论，很迎合我们对于晚清腐烂透顶的定见，因此把向荣的表现归结于此，好像文从字顺。然而，一纸劾奏，其实不说明任何问题。王朝时代的中国官场，彼此参劾全不稀奇，一辈子不曾被人纠弹的官员，实际一个也找不出来，如果一纸劾奏即足断论，也许什么事情都没法求真相了。官场弹劾，固有铁证如山的，但捕风捉影、夸大其辞抑或出于朋党原因的攻讦，往往有之。事实上，与吴、张会衔严劾同时，关于向荣在进剿中的实际能力与作用，还有其他更多

---

[1] 中国第一历史档案馆《金田起义前后清政府档案史料》之《谕周天爵等责成乌兰泰向荣速图进剿》，《太平天国文献史料集》，页117。

[2] 同上。

[3]《乌兰泰密奏周三爵向荣秦定三等不和情由折》，同上书，页142。

[4] 简又文《太平军广西首义史》，页225。

官员表示过意见，而这些人，与吴、张得之"访闻"[1]不同，都置身广西前线与现场，其看法来自亲眼的直击。例如周天爵，作为广西巡抚暂署钦差大臣，众所周知他与向荣不无矛盾，但在给赛尚阿的信中他这样谈论向荣："缘向荣才气本为诸镇将之巨擘……此等识见，直出徐仲升 即两广总督徐广缙，仲升其表字之上，而石梧力拒之。"[2] 认为向荣的军事识见，在两广文武大吏中无出其右。至于实际的战功，周天爵说："是武宣之不失，省城之不危，向一人之力也。"[3] 又如中途调至广西前线的广州副都统乌兰泰，他与向荣战略战术有分歧，带兵作战也互不服气，但当皇帝命他以监视者身份密奏时，他据实言道：

> 提臣向荣久历戎行，勇敢有为，屡著战功。惟此次统带楚兵，始而攻剿流匪，屡战屡捷，因之或有大意，未能严制其兵。后遇金田会匪，较流匪伎俩凶悍，屡次打仗未能得手，即欲制兵，兵心已骄。又因向继雄不知避嫌，以致楚兵借口，情亦不免。更因周天爵精神不及，未能设法调处。向荣知楚兵心离，自挽无术，是以战之恐复不利，不战则恐误事机，故有诿卸之处。然久历戎行，熟悉战阵，现在军营镇将各员以及奴才，均有不及向荣者。若大学士赛尚阿到时，必能激励劝勉，或更易其兵，则向荣必知感奋，仍可立功。奴才冒昧陈言，悚惶之至。[4]

我们考核向荣方方面面，觉得乌兰泰所言最允；既未掩其能，也不讳其过。向荣治军存在不少问题，自利之心时有，但把他说成靠冒功骗饭吃、"虚名而无实用""未足办贼"的人，却不负责任。我们知道乌兰泰自己以善战著称，但他仍坦承向荣出己之上。须知此乃密奏，乌兰泰不必有何顾忌，况且他与向荣并无交情，自无回护之心。而赛尚阿到任后，也这样汇报："向荣节节追击，屡有斩获，

---

[1] 吴、张奏章收录在《清政府镇压太平天国档案史料》第三册，题《吴文镕奏陈访闻向荣夸诈冒功并请给劳崇光乌兰泰以事权片》。

[2] 中国第一历史档案馆《金田起义前后清政府档案史料》之《附件：周天爵致赛尚阿》，《太平天国文献史料集》，页119。

[3] 同上，页120。

[4]《乌兰泰奏向荣久历戎行仍可立功片》，同上书，页170。

继复奋勇冲锋,身先士卒,实为壮往可嘉。"[1]这些都是第一线的在场者,他们所见所闻难道不及吴文镕、张亮基的隔省"访闻"来得真切?

向荣有不少心眼儿。他不像乌兰泰那样勇往直前,时常打一点小算盘。乌兰泰密奏中"向继雄不知避嫌",指的就是他让儿子向继雄在军中干预,目的是使他早日积功提升,引起了部众不满。此人非不忠诚,只是惯于计较得失、妥为自保。后来官村失利,以及桂林解围后,两次消极托病,都是在耍手腕。应该说,他不属于那种血性军人,而是富于心机的老兵油子,但这不表示他无德无能,不表示他是饭桶,更不表示他浪得虚名。对向荣作为良将与老兵油子的两面,赛尚阿体会最深——既深深倚赖之,又时时叫苦不迭。桂林解围后,向荣顿兵不前,赛尚阿窝了一肚皮火,一改先前竭力替他说好话、以利驱策的态度,终于奏他"诿卸""掣肘""能胜不能败"。然而也就在这道奏章中,赛尚阿仍明确肯定向荣:"到粤以来,剿贼功绩最多,粤人称颂,舆论翕然。"[2]

所以,对向荣其人,若不能看到同时作为良将与老兵油子的两面,不能中鹄,只言其一而忽视另一面,皆非事实。到曾国藩、李鸿章以及湘军淮军起来之前,从广西而江宁,向荣基本上一直是清方主将乃至主帅_{桂林之后、长沙之前数月除外},其间官军虽落下风,但向荣勉力支撑,致局面未往太平军一方完全倾倒,殊为不易。应该说,在太平天国保持上升势头的前半期,向荣仍不失为清朝军事上惟一挑得起大梁的人物。

认明此点,始能对太平军实力有正确评估。正如亲尝厉害的乌兰泰所指出,"金田会匪"完全不同于"流匪","伎俩凶悍",战法出色,打仗极有一套。这才是官军难以匹敌的主要原因。且不说官军整体上深陷腐败、老化以及制度陈旧等困扰,即以其最强战斗力,例如向荣、乌兰泰那样的精兵,与太平军交手,也仅有支撑的份儿,毫无战而胜之的把握。从纯军事角度言,太平军之强劲相当惊人,包括后来洋人介入,以最先进兵器装备、按西式操典训练组成雇佣军_{洋枪队},乃至英法正规军直接参战,太平军也未落下风。实际上,太平军真正败覆,不是军事原因,而是其自身发生各种变异。这一点,在天京之变以前,尚无从谈起。

[1]《赛尚阿奏洪秀全股从象州中坪突围回东乡新墟一带折》,《太平天国文献史料集》,页183。
[2]《赛尚阿奏报邹鸣鹤向荣掣肘难取并添兵追剿自桂林北窜之敌折》,《清政府镇压太平天国档案史料》第三册,社会科学文献出版社,1992,页16。

假使客观认识双方实际战斗力，则官军广西阶段的进剿，已达其能力极限，并无寄予更高期待的余地。赛尚阿抵粤后，消除了之前周天爵暂署钦差大臣时将帅不和因素周不单跟向荣、与乌兰泰、秦定三等均不相协，明确了向荣、乌兰泰"节制镇将以下"[1]的权责，虽未采用六月十一日上谕"向荣籍隶四川，现调四川兵有四千余名，或即酌拨数千交向荣管带"[2]的建议以解决原先其所部湖南兵不服号令的问题，但关系似已理顺。以向荣、乌兰泰为两大支柱，攻剿事宜取得显著进展。六月末，乌兰泰约会各路进攻新墟获胜，向荣同时率部攻紫荆山后路，并于七月十五日得手，夺获双髻山顶要口。至此，紫荆山前后门径俱为官军所扼，胜利在望，以致北京已经畅想"务获韦正洪秀全等"，谕曰："赛尚阿奏新墟前路进剿情形，并后路攻破风门坳，屡战屡胜一折，览奏实深欣慰……贼首韦正、洪秀泉、杨秀清、冯云山、胡以洸等此时均在新墟各村围困之中，一经大军攻破，必须按名擒获，或临阵歼毙亦须确切认明，毋令兔脱。"[3]然此等愿望，实超所能。八月中旬，洪、杨大股乘夜翻山逸出，成功脱险。

[1]《清史稿》卷四百一，列传一百八十八，页11840。
[2] 中国第一历史档案馆《金田起义前后清政府档案史料》之《谕赛尚阿查明威宁镇官兵溃败情由》，《太平天国文献史料集》，页170。
[3]《谕赛尚阿攻破新墟各村务获韦正洪秀全等》，同上书，页241—242。

永安城

李秀成述洪、杨逸出之大概：

> 屯扎数月，当被清朝之兵四困，后偷由山小路而出隘关，出到思旺、思回，逢着清朝向提台官军扎营数十座，经西王、南王打破，然后出关，由八峒峒水而到大旺圩，分水旱上永安州。[1]

永安即今蒙山县，明置为州，清缘之，民国改为县。简又文陈其沿革及地理：

> 永安州在清代为州治。以西有蒙山，山下有蒙水，且其间多姓蒙氏人聚族而居，故唐称蒙州。民国改为蒙山县。州城甚小，作长方形，南北长，东西狭，人口不大多，地方亦不繁荣，盖山城也。其地，东、北、西三面皆崇山峻岭，惟往北有大路，穿山而去，直通桂林。[2]

太平军乘夜翻山出紫荆，向荣、乌兰泰及其他各将率兵追击。地形复杂，道险路阻，太平军神出鬼没，"倏遇倏失"，加上天气也时常作梗，追击不利。八月二十日，向荣与巴清德部好不容易在平南官村遇见太平军主力，却又遭到对方夹攻西王、南王，己方则火药尽被雨水淋湿，枪炮俱不能用，被痛殴，军仗锅

---

[1]《李秀成亲供手迹》，排印文，页02。
[2] 简又文《太平军广西首义史》，页225。

帐尽失,"几不能军",落荒退回平南。自从洪、杨以瓮中之鳖溜之大吉,向荣已然郁闷非常,眼下又被人以逃亡之师打得全无还手之力,真是叫作心灰意冷。他退到平南,便屯众于此,称病不前。只有乌兰泰,自将一军尾于后,奋行三百里,越岭赶赴永安。

正因此,永安之不保已成定局。以太平军的战斗力,之前官军精锐云集,而勉强维持均势,当时像武宣、象州,若非向荣、乌兰泰拚死力,岂能得全?眼下永安,本乃小城,"城墙矮而窄,以砖建造"[1],守兵仅平乐协副将阿尔精阿麾下少量弱旅,对太平军而言不啻为螳臂当车。八月二十八日,太平军薄城下,守军以兵寡不敌退入城中固守。闰八月初一日,正式攻城,一夕即下。守军还算英勇,城破后,与敌巷战,死者枕藉,"事后兵勇遗骸丛葬郊外,至冢今犹有'万人'之称"[2],文武官员自知州吴江、副将阿尔精阿以下,皆殉职。

乌兰泰部初二日赶到,因孤军前来,未敢轻动,加上闻知州城已经失守,遂营于佛子岭,监视而已,偶事骚扰。此时洪秀全实际犹驻城外。初七日,城内肃清整饬毕,洪秀全不慌不忙,坐轿入城,据《洪大泉自述》:入住"州衙门正屋,称为'朝门'"。[3]

永安,系洪、杨军兴以来,所攻占第一城。城虽小,却富于象征意义。自此往后,太平军俨然从草寇启其开疆拓土、建政立国航程。从实际角度,永安前后凡六月起咸丰元年闰八月上旬至咸丰二年二月中旬的经历,亦有种种作用。盖城之空间,涵纳有社会、政治、经济、文化诸多意味,且表现着这些内容。春秋时,城外为"野",人称"野人"。孟子说:"无君子莫治野人,无野人莫养君子。请野九一而助,国中什一使自赋。"其中的"野"都是指城外,"国"则指城内,即朱熹所谓"郊门之内"。[4]很多讲究,在尚处"野"的状态时,是无从讲起的,进了城,才有讲的条件与必要。太平天国也是如此。

太平天国等级观念极重,而首次明确于制度即在永安。最有名的就是封王之举:

---

[1] 简又文《太平军广西首义史》,页225。
[2] 同上。
[3]《洪大泉自述》,《中国近代史资料丛刊·太平天国(二)》,页778。
[4] 朱熹《四书章句集注》,中华书局,2012,页259。

> 今特褒封左辅正军师为东王，管治东方各国；褒封右弼又正军师为西王，管治西方各国；褒封前导副军师为南王，管治南方各国；褒封后护又副军师为北王，管治北方各国；又褒封达胞为翼王，羽翼天朝。[1]

这些名号本来早有，先前《天兄圣旨》已屡现"东王""南王"等称，此次再封，应该有一种正式仪注的意义，作为制度昭告天下。同一诏旨还规定：

> 另诏后宫称娘娘，贵妃称王娘。[2]

对于诸王以下人等，亦以爵秩许愿为约定：

> 今诏封从前及后一概打仗升天功臣职同总制世袭，掌打大旗升天功臣职同将军侍卫世袭。现封及者袍帽遵依官制，未封及者风帽一概尽与两司马同，既封及者一体，未封及者一样。上到小天堂，凡一概同打江山功勋等臣，大则封丞相检点指挥将军侍卫，至小亦军帅职，累代世袭，龙袍角带在天朝。[3]

此为太平天国官制之初订。

在《天父下凡诏书一》对周锡能案处理过程记录中，洪秀全、杨秀清所居处称"殿"，诸王居处称"各王府"。很可能也是在永安开始使用的名词，以城中屋宇规制可以支持此类概念的缘故，正如洪大泉述洪秀全所居州衙被命名为"朝门"那样；而所有这类称呼，均意在彰显正规的"朝廷"意识。

又据简又文，太平天国自制历法以及冠服等礼制之创，也开展于永安期间。他说："此时又颁行新历书"，复于注释中解释："考太平天历虽于两年前由冯云山首创（时在桂平狱中），然而于金田起义时只改正朔为'太平天国元年'。直

---

[1]《天命诏旨书》，《中国近代史资料丛刊·太平天国（一）》，页68。
[2] 同上。
[3] 同上，页66。

至辛亥攻克永安前后全年中尚未实行也……至是年冬始印行壬子二年新历法。"[1] 意谓"天历"早已研撰但未施用，直至在永安迎来新年之际方始行之。郭廷以则倾向于两可之间，亦即认为可能占永安后便即启用"天历"，而未必等到新年来临之际，故其《太平天国史事日志》，于永安诸事日期每附以"如某日为太平天历，则当公历某日"字样为说明。

又一特别迹象，是"小天堂"的提出。

"天堂"易解，乃基督教里终极完美之彼岸世界，也即洪秀全屡所梦见的"高天"。拜上帝信徒灵魂经"铼炼正"，死后可以适彼乐土。"小天堂"字眼，初见于《天命诏旨书》"七月十九日 时在茶地"条："每行营匝扎营，各军各营宜间勾连络，首尾相应，努力护持老幼男女病伤，总要个个保齐，同见小天堂威风。"[2] 此时"小天堂"含义还不清楚，尤其尚未显其与"天堂"相对应的那种意思，当时洪秀全谕讲未来仍然以"上天堂"为鼓动："朕实情谕尔，眼前不贪生怕死，后来上天堂，便长生不死。尔若贪生便不生，怕死便会死，又眼前不贪安怕苦，后来上天堂，便永安无苦。"[3] 但到了永安，提出"上到小天堂，凡一概同打江山功勋等臣……"在这里，"小天堂"的含义明白而具体，就是太平天国未来改朝换代的定都之地。这一点，从太平军内部有"天王一到小天堂，便要登基"[4] 的说法，可以证实。然而，郭廷以先生直接断言"小天堂"即南京[5]，却有些马虎。应该说，"天京"置于何处有几种意见，一直在争议，且随形势发展而变化，最后选定南京是攻占武昌之后根据当时形势与条件并由杨秀清力主所致。因此，回到永安当时，"小天堂"尚不等于南京，而是指未来被选为国都的任何地方。

"小天堂"缘何而来？除了改朝换代、定鼎择都这层通常的意义，它还意味着太平天国就其革命目标做出了调整或妥协。依其原始教义，"太平天国"喻指一种非世俗理想，徒众用奉献、牺牲、吃苦，换取升入"天堂""上高天"，从而长生不死、永安无苦。但这样的目标，过于抽象，也过于遥远、虚茫。同时，

---

[1] 简又文《太平军广西首义史》，页259—260。

[2] 《天命诏旨书》，《中国近代史资料丛刊·太平天国（一）》，页64。

[3] 同上，页65。

[4] 张汝南《金陵省难纪略》，《中国近代史资料丛刊·太平天国（四）》，页699。

[5] 郭廷以《太平天国史事日志》，页189。

以前所设"天堂"门槛太高，完全杜绝人之常情，广大徒众在有生之年与人的基本欲望无缘，没有女人、没有财产、没有家庭，更遑言中国人自古以来光宗耀祖、夫贵妻荣的人生追求。不仅如此，太平天国内部现实又并非上下平等、同甘共苦，有些人鲜衣怒马、食精饫肥、妻妾成群，却一味勒束旁人无私敛欲、克己清心，一年半载犹可，时间一长，怎么可能服众？太平天国领袖们意识到，单靠"天堂"诱惑难以支撑事业发展，甚至不能维持纪律，因而需要树立一个可以指望并逐渐拥有的现实美好前景。于是，在"天堂"之外，又提出存在"小天堂"，它将随着定都之日而呈现于广大徒众面前，并令后者在有生之年切实享受其中快乐。这就是为什么天王诏旨就此许下的愿景，与"天堂"虚无缥缈的内容不同，全都关乎荣华富贵、升官发财一类世俗欲望。当然，"天堂"理想并不因而取消，而是在此基础上保证，只要足够忠荩和奋勇，每个人在进入未知"天堂"以前，都可以实实在在尝一尝"小天堂"的美妙滋味。

永安半载，想必还用了不少时间作权力消长之角逐。权力角逐虽然随时皆可展开，但毕竟有其最为适宜的空间。戎马倥偬之际，彼此或能以小黠小慧方式折冲，若想真正摆开架势论一论长短，却有待条件比较齐备充足的时候。而城市正是最适宜表现权力消长的场所。太平军进驻永安后，这方面的记述突然增多起来。除了十月封王、规定后宫贵妇称谓外，还有另外一些迹象。

十月二十五日，诏命：

> 天父天兄才是圣也。继自今，众兵将呼称朕为主则止，不宜称圣，致冒犯天父天兄。[1]

这是对洪秀全头上光环的削减。虽然理由极充分，但其名誉略为降格乃是事实。反观另一头面人物杨秀清，势焰却在上涨。封王诏旨规定：

> 以上所封各王，俱受东王节制。[2]

---

［1］《天命诏旨书》，《中国近代史资料丛刊·太平天国（一）》，页67。
［2］同上，页68。

杨从排名老三变成老二，是金田起义前夕的事；现在，他又更进一步，被明确宣布"东王"并非与西、南、北、翼各王平行，而是更高的王，其余各王均为其部属。所以，审理周锡能案的记述中出现了"九千岁"的称呼：

> 天父回天后，小臣曾天芳、蒙得天与七千岁、六千岁、五千岁，将天父圣旨回禀东王九千岁。[1]

通篇如此。此前"九千岁"之称，史仅一见，即明天启年间权宦魏忠贤。然而，魏忠贤"九千岁"，乃是阉党私相谀奉之辞，非正式爵名。杨秀清"九千岁"，可是明白载于官书、堂皇呼于朝堂的正式称谓。也就是说，永安诞生了二千年帝制史上独一无二的"九千岁"。在独夫本质的君主制内，此事之骇人听闻，怎样形容都不过分。个中含意，以及那位"天王大道君王全"对此作何感想，皆不难于揣见。事实上，"九千岁"之所载指，必乃"万岁"，后来到天京，杨秀清果然对"九千岁"不满足，求封"万岁"，洪、杨终于火并。

周锡能事，为永安时期要案。事情本身，仅关图谋叛变、颠覆，但杨秀清的处置过程，宜别有深意。从道光三十年四月至十月金田团营到眼下，"天父"未现其身，业已年余，此时却突然下凡。盖周锡能一案，说小不小，说大亦不大，串通未遂，奸细实止三人周锡能、朱八、陈五，破获后明正典刑即可，未必值得东王大驾亲自出马，大费周章，乃至闹出"天父下凡"这般动静。杨秀清如此重视，必视其有显著的利用价值。首先可想见的是"立威"——既欲为全军立军威，同时亦借此事彰东王个人之威。此一用心，一望可知。然细味之，并不仅此而已。"天父圣旨"是太平天国官书，均经"旨准颁行"始得问世，相当于"中央文件"；而迄今为止，只发现有两个时期的"天父圣旨"，除了天京时期外，便是这件处理永安周锡能案的《天父下凡诏书一》。从这一点来看，对周锡能案的处理绝不仅是一桩孤立的案件而已，而是对于太平天国的历史有其特殊意味。考虑到天京时期的"天父圣旨"笔笔牵及洪、杨角力，这份永安"天

---

[1]《天父下凡诏书一》，《中国近代史资料丛刊·太平天国（一）》，页8。

父诏书"的背后，很可能也暗藏权力斗争话语。

细读《天父下凡诏书一》，审案缘起及全部过程，由杨秀清一手握定和主导，对洪秀全只是奏闻而已。杨秀清利用该案，调动冯、韦、石殿前听命未提及萧朝贵，或病中，大弄权柄，威福并用，甚至借"天父"之名，呼洪秀全前来质问：

> 天父吩咐天王曰："秀全，今日是我天父做事，若是凡人做事难矣。今有周锡能反心，昨日串同妖人回朝，欲做好大的事，尔知么？"天王对曰："清胞等亦既说知。今日做事，幸赖天父权能，不然难矣。"[1]

指洪秀全"凡人"，暗抬己为神明，洪秀全被迫诺诺。周锡能等三人，曾找监军朱锡琨、巡查黄文安策反，后者皆未放在心上。杨秀清提审朱、黄，先后问了同样的话："尔知此情，缘何不即刻禀报尔千岁？"[2]朱、黄当时隶于哪位"千岁"麾下，已不可考，但从《天父下凡诏书一》所述，案定后"天父命北王出东王殿晓谕兵将"[3]，不知韦昌辉是否有其干系？无论究竟是谁，杨的追问，谅座中诸"千岁"都会不安于席，以此一语而收敲山震虎之效，是肯定的。

由此可见，亲审周锡能，一石数鸟，难怪杨秀清会把这样一件事推至"天父下凡"的极致，倾情演绎，载诸史册。如果我们说，永安虽小，天京之变实预演焉，应不得谓之捕风捉影。

与太平军在城内预演"小天堂"场景的同时，官军在城外把永安团团围住。继最早赶来的乌兰泰之后，都统巴清德、署提督刘长清、总兵长瑞、董先甲、邵鹤龄、李能臣等亦各自提兵到位。十一月中旬，心灰意冷、称病桂林的向荣，也终于出现在永安。"各省兵勇，不下四万有奇。"[4]

平南官村大败，纵太平军远飏，向荣羞赧难当，意态消沉，赛尚阿说他"官村一挫之后，判若两人"[5]，加上被一撸到底，索性躲在省城装病。他这一撂挑子，

---

[1]《天父下凡诏书一》，《中国近代史资料丛刊·太平天国（一）》，页9。
[2] 同上，页16。
[3] 同上，页17。
[4] 李滨《中兴别记》卷三，《太平天国资料汇编》第二册上，页38。
[5]《赛尚阿奏报出省日期并特参因病诿卸怯退之提督向荣等折》，《清政府镇压太平天国档案史料》第二册，光明日报出版社，1990，页375。

北京反倒吃不消，降旨诘询赛尚阿："何以仍令其闲处？岂以官村挫败之后，竟不堪再用耶？著该大臣酌量派委，责令分带兵勇，勉力自效，以赎前愆。"[1] 一闻向荣重整旗鼓，进军永安，赶紧追加旨意，"著赏三品顶戴"。[2] 很快，微有薄功，"著即开复广西提督原官，并赏还花翎"。[3] 毕竟向荣是"关键先生"，朝廷深所倚重。但其他将领未免对此心怀醋意，而赛尚阿身为主帅，颟顸糊涂，不能细予拿捏，以服众心，反而对向荣近乎讨好。不久军中贺岁，将帅群宴，"赛尚阿引荣并坐，侧居乌兰泰，意不能堪，归语江忠源，愤欲弹向荣短"。奏闻功劳时，亦特意突出向荣，赞他"顿改前非，奋勇出众"。赛之所为，显系老官僚恶习，揣摩上意，以为向荣乃皇上爱将，故曲与回护。但这种做法，对本就"积不相能"的军中诸部，不啻火上浇油。时在乌兰泰帐下的江忠源，于致友人书中透露："我军兵与勇不相得，兵与将不相习，将与将又各不相下。"[4]

江忠源，湖南新宁人，举人出身，对曾国藩执弟子礼，时系在籍知县。赛尚阿督师广西，他应调以所练乡勇五百人赴粤，隶乌兰泰。这是湖南团练地方武装即后之所谓"湘军"，最早现身对太平天国作战。

攻守两方，大小战斗不断，但充其量隔靴搔痒。双方军心截然不同，当时在广西按察使姚莹处充幕僚的叶某，述其亲眼所见：

> 予在姚廉访幕中，一日闻巴都统清德率兵攻永安城，予偕幕中数人往视。未至永安十余里，见我兵数千施放枪炮，距永安城盖三四里也，贼伴不知。日既晡，知我兵饥，又火药将尽，自城上竖红旗，令数十人出城发炮，我兵惊退，群相践踏，而巴都统已早退矣。其时诸将惟乌公与贼血战，其余大抵皆巴公耳。[5]

巴清德等于放了一天空枪。这样的军队，能打什么仗？而永安虽小，太平军却

---

[1]《寄谕赛尚阿酌派向荣带兵自效并著饬劳崇光率属分剿南太一带各股众》，《清政府镇压太平天国档案史料》第二册，页480。
[2]《谕内阁著赏给向荣三品顶戴饬令迅速进剿并著赛尚阿尽力搜捕勿任窜逸》，同上书，页556。
[3]《谕内阁著即开复向荣广西提督原官并著赛尚阿饬各路兵勇乘胜迅速扫穴擒渠》，同上书，页574。
[4] 李滨《中兴别记》卷三，《太平天国资料汇编》第二册上，页37—39。
[5] 戴钧衡《草茅一得（上卷）》，《太平天国文献史料集》，页326。

于城外各村扼据要角，或筑土墙或掘深壕，据说"形成了三道坚固的防线"[1]，江忠源也描述太平军防御"俱得地势，深沟高垒，守备完固"。[2] 官军知强攻无望，遂决定以围城之法克之。围城，实质就是消耗战，比谁更耗得起。被围的一方，四面封锁，悬于孤城，与世隔绝，军资、粮草日损一日，直至枯竭。1948年，长春即以围城战摧毁。永安既成围城之势，清军对于围城战术上却有分歧。乌兰泰根据江忠源建议，提出"锁围法"，亦即水桶阵；向荣却说"围城缺一，乃相传古法"。[3] 两个方案，各有道理，区别是留活路或不留活路——留活路，促敌军心浮动，不留活路，易使敌抱必死之志，类似韩信"背水一战"，己方置之死地反而后生：

> 姚公力劝向提军自黄村进兵，与乌公夹攻水窦，向不肯意从，欲放水窦一路纵贼他窜。姚公言于大经略赛公，严饬温谕，向皆不听。[4]

姚莹也支持乌兰泰方案，向荣固执己见，而赛尚阿"仁懦，不肯以军法治之"[5]，"忠源与乌兰泰力争，卒不能得。"[6] 其实，考虑到清军整体实际战斗力，"锁围"也罢，"缺一"也罢，都是纸上谈兵。太平军无所谓，无论如何，它肯定能够打破官军。

围城战的各种残酷，永安城样样不缺，而太平军于弹尽粮绝中的表现，实堪惊人。围城末期，赛尚阿向北京报告战况，在详叙攻守双方种种艰难困苦之后，写道：

> 伏思该逆虽屡出屡败，而狡猾凶猛，且复固结镇静，毫无溃怯之状。即北路贼墙，每乘天雨之际，时时修整。我以大炮击之，即中毙数人，而余者依然不肯奔入。及至队伍甫出，则从容避去。奴才在营门炮台望之，

---

[1] 郭毅生主编《太平天国历史地图集》，页42。
[2] 李滨《中兴别记》卷三，《太平天国资料汇编》第二册上，页38。
[3] 同上，页39。
[4] 戴钧衡《草茅一得（上卷）》，《太平天国文献史料集》，页326。
[5] 同上。
[6] 李滨《中兴别记》卷三，《太平天国资料汇编》第二册上，页39。

历历在目，实堪发指。[1]

这段字字对太平军赞赏有加的描述，竟然出于清方统帅之手。彼军心军风若此，难怪啃不动。不过，虽然官军畏敌如虎、时有丑态，但他们所吃的苦，也着实不少：

> 北军向荣部负责封镇永安北面扎营俱在稻田，虽开有水道，而壁垒每多蛰圮。兵勇人等日则工作于泥淖之中，夜则偎伏于漏潮之地。单层布帐，风雨飘摇，衣被皆泾。泥灶生柴，炊烟难起。奴才见此苦况，辄为泣下。[2]

洪秀全似乎很享受永安城的时光，就这样在重围下待着，直至咸丰二年春季。彼时城内弹尽粮绝，炮轰之下处处瓦砾，"衙门房屋及外间各处都被炮子打烂，不能安居"，"四路接济不通，米粮火药也不足用"。[3] 到了这般光景，太平军始"窜志已萌"，打算离开。正月间，太平军频频出击，意在试探敌方包围圈各处情形，来确定突破口。当时，连旬暴雨，殊为罕见，赛尚阿奏称"平地水深尺许""并无片刻晴霁"。二月十七日凌晨三更，趁大雨，太平军弃城从东面轻松突围。次日乌兰泰、向荣在古苏冲追上太平军后队秦日纲部，歼其众二千余，捕获"天德王"洪大泉。向荣旋回师永安，收复其城。乌兰泰引兵继续追击，却遭太平军大队伏击反攻，天津镇长瑞、凉州镇长寿、河北镇董先甲、郧阳镇邵鹤龄四大总兵，及成林、田学韬两员参将，纷纷毙命，丧师逾四千，乌兰泰本人亦坠涧伤退，损失之惨为进剿以来之最。

太平军从容而去。对这一幕，我们似习以为常。其以奔命之残师，反戈一击、重创官军，至此起码已是第三次。

---

[1]《赛尚阿奏报连次轰击永安并连日阴雨情形折》，《清政府镇压太平天国档案史料》第三册，页16。
[2] 同上，页13。
[3]《赛尚阿奏报收复永安生擒洪大全因雨受挫现分投堵击情形折》附录洪大全供词单，同上书，页60。

洪大泉悬疑

围困永安半年，官军惟一收获就是洪大泉。

最早以此事报告北京的，系广西巡抚邹鸣鹤咸丰二年二月二十六日奏折。内言："十七日丑刻，冒雨突围，由东路奔窜，大兵跟踪追剿，歼毙数千人，并擒获逆首洪大全一名。"[1] 邹鸣鹤坐镇桂林，人并不在现场，其所奏报应据前线传回消息。前线统帅赛尚阿的奏折，晚于邹鸣鹤一天，叙述远为详细。关于洪大泉被擒的部分是：

> 十八日，乘天未明……并有南路楚滇黔兵、博白潮勇及北路湖南兵等十余人，追及乘轿贼目。前后悍贼数人，正与兵勇相持格斗。尽先守备全玉贵向前将贼目擒获，审系贼中大头目，自称天德王洪大泉，与洪秀泉为兄弟，贼中呼为万岁，所有运谋画策俱伊一人执掌，而洪秀泉坐享其成。[2]

而某些清方私撰，添油加醋，构设出小说般情节，如《发逆初记》：

> 行不十里而至大峒，有湖南镇筸镇标官军，见一少艾，趋欲挽之，妇正色而指曰："你不拿杨秀清，要我做什么？"遂舍妇追杀轿夫而擒此逆……全玉贵解擒逆至帅营，问其"是杨秀清么？"答曰："杨秀清是我臣崽。"

---

[1]《邹鸣鹤奏报收复永安生擒洪大全并派员分路堵截突围会众折》，《清政府镇压太平天国档案史料》第三册，页50。

[2]《赛尚阿奏报收复永安生擒洪大全因雨受挫现分投堵击情形折》，同上书，页52—53。

又问你是何人？曰："我是天德王。"即击掌曰："这就是洪秀全矣。"逆见合营甚是欣骇，即狡曰："我非洪秀全。"更欺诈云："洪秀全是我兄弟，我名洪大全，我好饮，弟好色，我肯屈膝，弟则不能，我项上缚有铁索，弟兄不睦可知。"[1]

赛尚阿随奏附上洪大泉审讯供词。供词为口语，应系记录稿，非洪大泉手撰。其供称：湖南衡州衡山县人，现年三十。"本姓实不姓洪，因与洪秀泉认为兄弟，就改为洪大泉的。"父母俱亡，独子，无兄弟，也没有结婚。自幼读书，曾多次应考，无望出家当和尚，嗣又还俗。还俗后再考一次，仍旧失利，"我心中忿恨，遂饱看兵书，欲图大事。"几年前游荡到广东，在花县与洪秀全、冯云山结识，三人经历相似，很谈得来。后往来湖南、两广之间，"结拜无赖等辈，设立天地会名目"。洪、冯则在广西搞拜上帝会。"我是道光三十年十二月间，等他们势子已大，我才来广西会洪秀泉的。""我来到广西，洪秀泉就叫为贤弟，尊我为天德王，一切用兵之法请教于我。""我叫洪秀泉为大哥，其余所有手下的人皆称我同洪秀泉为万岁，我叫冯云山等皆呼名字。""因我不以王位自居，都叫人不必称我万岁，我自居先生之位，其实我的志愿安邦定土，比他高多了。"永安撤退分三拨，韦昌辉先行，杨秀清、冯云山拥洪秀全为中队，"第三起是我同萧潮溃_{朝贵}带有一千多人，五更时走的。"[2]

上谕遂命妥善押送来京。当洪大泉犹在槛解途中，有人就郑重提出怀疑。礼科给事中陈坛三月二十九日奏道：

> 今闻洪大全不过供贼驱策，并非著名渠魁。从前查奏逆首姓名，亦并无此人。嗣因贼众窜出永安，于无可奈何之时，不得不张皇装点，藉壮国威，并以稍掩己过。臣愚以为，京师之耳目易掩，而天下之耳目难_{原书作"虽"，应系误植欺}。此端一开，恐将来获贼者均不免张大其词，希图冒赏，且恐该逆匪等闻而窃笑，愈以长其玩侮之心。[3]

[1] 明心道人《发逆初记》，《中国近代史资料丛刊·太平天国（四）》，页454—455。
[2]《附录洪大全供词单》，《清政府镇压太平天国档案史料》第三册，页58—61。
[3]《陈坛奏请将洪大全就地正法以符国体片》，同上书，页134。

直言赛尚阿造假。嗣后，1922年，梁启超在所作《中国历史研究法》里表示："吾侪乃甚疑此人为子虚乌有，恐是当时疆吏冒功、影射洪秀全之名以捏造耳。"[1] 后更有罗尔纲，于三十年代至五十年代，连续写作《贼情汇纂订误》《洪大全考》《洪大全补考》，对洪大泉的真实性给予"否定"。

当时，在陈坛提出质疑后，上谕的答复是：

> 洪大全籍隶衡州，系从贼伙党，原非首要之匪，现既槛送在途，仍著解至京师，以凭讯究。[2]

这个处理是对的。是真是假，先押解来京审理核实再说。四月十五日，洪大泉押至北京，刑部十七日开始讯问，二十六日讯毕，有司将经过具奏，同时附呈洪大泉提供的太平军首领名单、湖南天地会首领名单及所书《上咸丰皇帝表文》等三份文件，当天即奉上谕"洪大全著即凌迟处死枭示"。洪大泉案到此结束。

此事确实疑云颇多，撮而述之，计有以下：

一、洪大泉姓名。所谓"洪大全"抑或"洪大泉"，系出人犯本人之口，舍此之外，无论太平天国官书，还是之前清方情报、奏折，从未出现。而据其本人云，原不姓洪，因与洪秀全互认兄弟改为此姓；所谓"大全"之名，亦系拜洪秀全为大哥，遂从之以名。这个说法颇无稽，盖拜上帝会名义上人人互称兄弟，包括普通会众，例如称湖广阶段以前从军的为"老兄弟"、之后的为"新兄弟"。至于"神天小家庭"，虽有此特殊阶层并序齿排行，但我们知道绝非以洪秀全为"大哥"，更不可能随洪而姓——"神天小家庭"由上帝耶和华诸子组成，大哥乃是耶稣，洪秀全仅称二哥。尤其该人自称与洪秀全亲近改名"大全"，最为荒唐。洪秀全的"秀""全"二字，得之梦中天启，含意深刻而神圣，《太平天日》记上帝之言曰："尔下去凡间，时或称洪秀，时或称洪全，时或称洪秀全，尔细

---

[1] 梁启超《中国历史研究法》，华东师范大学出版社，1995，页124。
[2]《谕内阁著再申谕赛尚阿等勿蹈故辙并将洪大全仍著解京师讯究》，《清政府镇压太平天国档案史料》第三册，页135。

弟之名与尔名有意义焉。"[1] 上帝且唱诗一首释之:"有个千字少一笔,在尔身尚上说话装" 此即"秀"字,"有个介字顶尚顶,财宝来装就成王" 此即"全"字。[2] "秀"后常被拆为"禾乃",整个太平天国只有洪、杨两人与之相关 杨秀清据以尊称"禾乃师",而"全"字实寓"人王"之意,所谓"天王大道君王全"。总之,旁人断无可能在其名讳中使用"全"字,试想连冯云山的"山"平时都列为避讳之字而易作"珊",何况有着特殊出处及含意的"全"字?所以,虽然涉事材料里"洪大全""洪大泉"混用,笔者本书却一律写为"洪大泉",盖以其绝不可能获许使用"全"字为名。至于"洪大泉"三个字,出其自称,极可能是捏造,但我们并不知其真名实姓[3],这里姑妄从之而已。

二、封"天德王"、称"万岁"。先说"万岁",此说岂特荒谬,抑且令人捧腹。天无二日,民无二主。且不说从古至今绝无两位"万岁"并立之事,单论太平天国,对此名分更是锱铢必较,杨秀清费尽心机才争得"九千岁"之称,洪大泉何德何能,居然能称"万岁"?且不说洪秀全乐意与否,他恐怕先得问问能否过得了杨秀清这一关。试看后来为着"万岁"二字,天京城内血流成河,即知所谓"我叫洪秀泉为大哥,其余所有手下的人皆称我同洪秀泉为万岁"纯属痴人说梦。至于"天德王"之封,太平军永安城封王大典诚然有之,但是天王诏书载之甚明,里面根本没有一个所谓"天德王"。据官书而否定其说,已为铁证,更何况里面还有一个逻辑问题——太平天国永安封王,封号非凭空随意而来,而是服从于一个统一话语;洪秀全称"天王",即"天国"之总王,杨秀清封东王,是"管治东方各国"之王,萧朝贵封西王、冯云山封南王、韦昌辉封北王亦为相应方位之王,包括石达开封"翼王",取"羽翼天朝"之意,诸王封号内在寓意相承,怎么会有"天德王"这样一个不伦不类的称呼?考其来源,"天德"原系反清复明组织天地会所用名号或年号,有关它的记载,可以早至康熙四十八年正月丁酉刑部奏,而大大小小叛乱多有冒用"天德王"名义者,例如与洪、杨起事同时期的柳州,就曾出现过《天德王贴柳州告示》[4],是当时起义者易于想到的

---

[1]《太平天日》,《中国近代史资料丛刊·太平天国(二)》,页638。

[2] 同上,页640。

[3] 多有人例如罗尔纲等考证,洪大泉真名为"焦三"或"焦亮",此一线索本书置之不论。

[4]《天德王贴柳州告示》,《中国近代史资料丛刊·太平天国(二)》,页891—892。

旗帜。同样，社会上一闻叛乱，亦每每以"天德王"相讹传。包括太平天国革命，在其攻占南京前的消息较混乱的早期，中外报道也多有称洪秀全本人为"天德王"者，例如现存最早西人描写太平天国起义的伊凡和加勒利合著的《中国之叛乱》，所附"洪秀全像"，下方就写着"天德"二字[1]。再由洪大泉久在江湖并有湖南天地会背景来看，彼于"天德王"名号必耳熟能详，随口说一句"尊我为天德王"，毫无难度。综此种种，太平天国绝不可能采用"天德王"封号，但洪大泉所谓"尊我为天德王"却不难于信口拈来。

三、前后供词矛盾，情节出入大。其在赛尚阿营中所录口供，说在花县时，即与洪秀全、冯云山相见结识。及于刑部大狱内亲书《上咸丰皇帝表文》，则作："因此往李星源沅营中效用，意图灭贼以立功名，奈李星源辱骂不肯收用，臣往山中自缢，遇贼将胡以晃，见而解脱，引臣见太平王，贼深奇臣才，号臣为赛诸葛，封天德王。"[2]而先前口供自"数年前，游方到广东"至"等他们势子已大，我才来广西会洪秀泉的"之间数百字情节，在表文中消失不见，可谓出尔反尔，全无准信。又一重要情节：

> 臣愤曰：鼠子不足与谋，我死无日矣。遂私自夜遁，欲往峨嵋山修行，为贼追兵所获，锁入空室，严兵防守。[3]

只见诸表文，而口供未及。按理，这样重要的情节，不应遗漏，为何口供只字不提？表文中还窜出一个新情节，道是彼手中握有奇秘兵书，洪秀全想骗到手而不得，"终不肯杀臣者，欲得臣兵书故也。"[4]其余还有斥洪秀全为"秦政"始皇嬴政、讽洪好色、有人劝彼"杀太平王而代之"诸细节，也是表文新添。

问题是，这些是否足以断言洪大泉其人为"子虚乌有"、为"捏造"？赛尚阿致敌脱逸，捕获洪大泉以为奇货可居、借以塞责，此种心态一定会有，然而若谓他敢为此制造一个假货送京邀功，未免过于胆肥。就算他有这个

---

[1]《天德像》，《中国近代史资料丛刊·太平天国（一）》，图片一。
[2]《附件一：洪大全上咸丰皇帝表文》，《清政府镇压太平天国档案史料》第三册，页240。
[3] 同上，页241。
[4] 同上。

胆量，人犯却须押送北京，有司严鞫之下，如何做到不露馅儿，难似登天。若又说此不单单是赛尚阿有造假需求，皇帝也急需一项"辉煌战果"向国人交代，亦即上下联手造假，可能性也有；但我们看见朝廷并没有大事渲染，相反洪大泉仍在押解途中上谕即明确了"系从贼伙党，原非首要之匪"的判断，冷却降温，不目为多么重要的收获，后来解送到京，也无非走走程序，过堂讯问后即简单处死，没有加以利用。实际上，朝廷的处置才是不避真相的，如果照给事中陈坛的建议，洪大泉不解京讯问，而就地处死，反将利于流言滋生。

经过刑部审讯，证实了以下数点：一、洪大泉这个人乃真实存在，非赛尚阿凭空捏造；二、他前后所供，有出尔反尔之处，但亦有相互吻合一致者，而知非诱供、骗供或买通串通之词；三、人犯语虽时有谵妄，但对于太平军内情确属知情，绝不是假冒伪劣货色所能冒充者。

狱中，洪大泉供出一份《盗营逆匪名单》，开列太平军要人自洪秀全以下计十六名。名单中，除洪秀全的"全"写为"泉"、萧朝贵写为"萧潮溃"、石达开与秦日昌排位顺序颠倒外，其余全部准确，包括每个人的年龄、隶籍、封爵、官职，几无错误——像韦正"年二十五岁"的供述，不但非常准确，且在当时是惟一道及者，包括秦日昌在永安仍为原名永安后避韦昌辉讳始改名秦日纲这一点，也完全准确。[1] 截于眼下，此为清廷首次获悉太平军领导集团的确切情况。此前，由于太平军保密甚严，加上上下相隔、严禁窥言上层之事，同时被俘者惑于天堂之说，往往视死如归、铁嘴钢牙，清方一直弄不清其头面人物之详情。迟至太平军已占永安期间，赛尚阿所能奏报的仍是：

> 惟金田逆匪自称太平天国，确有历次所获犯供及伪示、伪印可凭。其匪首确系称太平王，惟其伪太平王究系韦正，抑系洪秀全，供词往往不一。臣等各处密发侦探，适有报称匪首洪秀全以下八人，称二哥至九哥。其大哥即贼所妄称为上帝，又曰天父者……至称为太平王，多有指为洪秀全者。缘此会匪本出洪秀全、冯云山煽惑，韦正倾家起衅，始推韦正为首，后仍

---

[1]《附件二：洪大全供太平军首领名单》，《清政府镇压太平天国档案史料》第三册，页243—244。

推洪秀全为首。而洪秀全又一姓朱,则向有此说。[1]

错谬百出。反观洪大泉供出的名单,足证他确实亲知太平军内情,从而说明试图以"子虚乌有""捏造"来否定其人其事,站不住脚。

然前面指出,洪大泉事迹之中夸诞内容亦复不少,显非事实。此又何故?我们推测,问题乃在"洪大泉"自身。此人极可能是一"疯僧",至少处于半疯癫状态。正如其所供称,自幼经历坎坷,失意人间,同时显而易见,又自命不凡,自视乃是干大事的人,但却怀才不遇。这样的人,在命运挫伤之下陷于癫狂,略无稀奇。不要忘记,与之经历和人格相似的洪秀全,就是一位精神病患者。这种疯癫,可以维持在清醒与谵妄的边缘处,一面如正常人一般生存,一面却在自我认知上扭曲变形,暗中活在一个幻想世界。如洪大泉者,我们观其所述,凡夸饰部分无一不合于"妄想狂症",如所谓同称万岁、杨秀清是我臣崽、倚为军师一切用兵之法请教于我、面斥洪秀全"大类秦政"、欲得兵书不敢杀我……诸如此类,疯言疯语之相十足。可能正因其狂悖,洪、杨才将他锁拿在监_{他被俘时,的确项戴锁链},又觉得此人只是牛皮烘烘、胡言乱语,并无大害,而未杀之。他也许在湖南颇有人脉,或至少自己声称若此,而洪、杨一时难辨真假,以为将来或有利用价值,据赛尚阿克复永安捷报描述,"及被获后,又有贼众千余拼命索夺"[2],说明太平军对他仍颇重视。

[1]《赛尚阿等奏覆遵查广西未有李丹朱九涛等人并报洪秀全等及剿办东西两省各股情形折》,《清政府镇压太平天国档案史料》第二册,页407。

[2]《赛尚阿奏报收复永安生擒洪大全因雨受挫现分投堵击情形折》,《清政府镇压太平天国档案史料》第三册,页57。

出广西

太平军永安突围，官军目之溃逃，太平军自己决不这么看——哪有溃逃之军不抱头鼠窜，反而直扑省城的？"东王传令，不行招昭平、平乐，由小路过牛角猺瑶山，出马岭，上六塘、高田，围困桂林。"[1]此乃太平军的既定计划，它一直在找寻"小天堂"所在，于永安城算是略尝滋味，但城太小不足以承载"小天堂威风"。种种迹象表明，太平军觉得起码是一座省城，始相般配。它离开永安即扑桂林，桂林不克、继奔长沙，之后伐武昌、下江宁，一路而来，都是物色和确定"小天堂"的最佳之选。

桂林乃距离最近的大城，且防卫空虚。如果将其攻下，当时太平军很可能会以之为"小天堂"安放处。太平军谍报是很厉害的，桂林虚实早已探个明白。它守军不足，其次，重炮都被拆卸运永安用于攻城。那么，官军为何却对省城掉以轻心？首先，确系捉襟见肘，莫可奈何，赛尚阿累迭请求增援，而一切现有优质兵力、军资，都调集永安，指望以围困战毕其功于一役，有点赌徒押宝的心理。其次，一定程度的轻视也有，无论怎么说，太平军乃是"贼寇"，岂有胆量和胃口吞噬省城？

然而，这些似乎是"急急若丧家之犬"的突围者，根本不像官军所预计的，"窜"往昭平、平乐方向，而是引师长袭，径取省城。有个材料，证明太平军夺桂林是突围前就敲定的目标，换言之，官军眼中的"突围""逃窜"，其实是主动进发省城。巡抚邹鸣鹤二月十七日奏折提到：

---

[1]《李秀成亲供手迹》，排印文，页03。

> 至省城为根本重地，防范尤应加严。现据防堵永福县堡里一带委员彭正楷等督同团练盘获奸细李玉洸、罗挺选二名，就近解省委审，供认俱系占踞永安州逆匪党伙，曾与官兵打仗。贼目派令潜行来省，探听虚实，中途被获。[1]

二月十七日，太平军刚从永安突围。由此而知，两位密探早已先期从永安派出，足证进攻桂林非临时起意，而是在突围前业已明确的方案。

邹鸣鹤上奏此事时，连永安克复的消息都还不知道他是十天之后获悉并具本奏京，虽曰"省城为根本重地，防范尤应加严"，内心实际重视程度如何，似乎成疑。根据后来赛尚阿参劾邹鸣鹤所指责的，太平军兵临桂林，"当时城中慌乱已极，毫无布置，若使向荣带兵已到数时，则贼先至城下，城守殆不可闻"。[2] 而太平军也是诡计多端，故布疑阵，以诸多小股骚扰昭平等地，刻意造成"纷窜"印象，让官军感到"踪迹靡常"。[3]

彼时大军在外，桂林确有千钧一发之危。但坊刻所叙，未免神乎其神。说太平军乘桂林空虚，效孔明取南郡故伎，由罗大纲率众数百，着向荣部号衣，以赚开城门，而抢先一步入城的向荣却现身城上。《中兴别记》云：

> 向荣自六塘率六骑驰入省城，以定人心，贼旋满城下。是夜，贼有冒荣呼门者曰提督至矣，荣于城上大呼杀贼，以炮创之。[4]

这情节恐怕是仿《三国演义》的虚构。借邹鸣鹤奏章，我们知道事实乃是另外的样子：

> 旋据各处禀报，贼众由偏僻小路翻山越岭……二十六日窜入阳朔之马

---

[1]《邹鸣鹤奏报审明续获情重股众及永安敌探李玉洸罗挺选正法折》，《清政府镇压太平天国档案史料》第三册，页42。

[2]《赛尚阿奏报邹鸣鹤向荣掣肘难驭并添兵追剿自桂林北窜之敌折》，同上书，页178。

[3]《邹鸣鹤奏报敌渐近省城向荣带兵回省堵御并调湖南官兵协剿折》，同上书，页66。

[4] 李滨《中兴别记》卷三，《太平天国资料汇编》第二册上，页42。

岭、高田一带。经提臣向荣带兵追剿，臣复飞催各该文武加紧堵御。二十七日又据谍报，有贼数千人已由山路越至临桂县境之六塘地方，该处距省仅只六十余里，贼氛逼近，民迁避纷纷，人心大为震动……提臣向荣尚未接咨之先，探悉贼由北窜，亟须保卫省城，立即会同署提督四川川北镇总兵刘长清、湖南绥靖镇总兵和春，带领兵壮一千余名，由间道疾趋，一昼夜遄行二百余里，于二十八日辰刻冒雨抵省。[1]

第一，太平军大部队进至临桂县六塘一带，桂林已知其"逼近"，因此无所谓突袭，"赚城"更不必谈。第二，向荣入城，带有"兵壮一千余名"，并非"六骑驰入"。第三，向荣抵省在辰时，即上午八时许；如此，则坊刻所谓太平军夜间仍以"冒荣呼门者曰提督至矣"，岂不愚骏？

向荣以"六骑驰入"的情节，尚有另一版本。那是桂林解围后他称病不前，徐广缙接旨复奏时不知从哪儿听来的传闻。徐说："该提臣带领亲兵数十人，由间道先行驰入省城，大兵随后赶到。"[2]这不是替向荣奏功，而意在抹黑，说他率先逃入省城避敌。朝廷命严查，因此赛尚阿以专折澄清："原奏内称带残兵数十名，躲入省城，自系传闻之误。"并保证说："以上情节，皆系奴才考核确切，或身亲目睹，只有据实陈明，不敢一字虚饰。"[3]

向荣对于保住桂林，确实立了大功。当时，官军不知敌方主力动向，是向荣最先侦知其暗地奔袭省垣，赛尚阿"连接向荣驰禀，二十五日逆贼由荔浦县属之新村过河，大队直趋马岭"[4]，并在未获上级命令情况下亦即邹奏所说"尚未接咨之先"，果断以精兵抄小道、星夜急行军，抢在太平军前头奋力赶到桂林。"救兵忽至，民心一时顿慰"，上上下下悬着的心落地，又利用抢来的几个时辰，"加紧严防，实力固守"。[5]另据邹鸣鹤两天后续奏，"是日发折后，已被窜至城下，

---

[1]《邹鸣鹤奏报敌渐近省城向荣带兵回省堵御并调湖南官兵协剿折》，《清政府镇压太平天国档案史料》第三册，页66—67。

[2]《徐广缙奏覆遵查向荣有过有功尚可弃瑕录用请饬勉图报效折》，同上书，页385。

[3]《赛尚阿奏报查明提督向荣被参各款折》，同上书，页416。

[4]《赛尚阿奏报敌间道奔突省城危急已饬向荣带兵趋救折》，同上书，页62。

[5]《邹鸣鹤奏报敌渐近省城向荣带兵回省堵御并调湖南官兵协剿折》，同上书，页67。

环向南门、文昌门、西门，攻打两昼夜，势甚猖獗"[1]，可见向荣但若晚来一步，桂林必然难保。

太平军二月二十八日围桂林，四月初二日凌晨二更至四更之间撤围他去[2]，共计三十二天。这是继克永安后，太平军征战史又一重大标志。至此，它从被剿者一变而为围城者，乃至有足够实力围困一座省会大城经月之久，从方方面面说，都意味着巨大提升。

三十二天攻城战，十分激烈。太平军终未得手，原因颇多。首先，初次尝试省会级大城攻坚，经验不足。其次，向荣领衔的官军较顽强，也是不可掩却的方面，尤其与后来武昌、南京守军的怯懦比，更显出这一点。再有，官军后续增援不断赶到，包括乌兰泰部、临时从湖南调来的余万清部以及王锦绣、秦定三、江忠源、李孟群等，使桂林内外力量对比逐渐改变。又据说，桂林特殊地质构造，令太平军所擅"穴地法"挖地道难以施展，"桂林城根多坚石，贼攻文昌门时，掘之累旬不能入。"[3] 但以上诸因大概都属次要，最主要的，应是此时太平军的物资，还不能胜任攻陷省会级大城的任务。例如爆破和炮轰所需要的火药，永安突围时，李秀成强调："姑苏古苏冲是清朝寿春兵在此把守，经罗大纲带领人马前去打破，方得小路出关，得火药十余担，方有军资，不然上尚不能得出此关。困在永安，并未有斤两之火药，实得姑苏冲寿春兵火药十余担之助，方可出关。"[4] 突围之后，即奔桂林，中途并无机会大量缴获补充物资，故火药匮乏的状况仍当如故，这对攻城来说不能不是巧妇难为无米之炊。

一个来月，桂林屹立不倒，全身而退，颇可自矜。但官军却在另一方面遭受沉重损失，此即猛将乌兰泰的战殁。

据赛尚阿奏报，乌兰泰于三月初一日率兵赶到桂林，在南门外将军桥地方与敌接战，被炮弹击中左膝，伤重坠马，旋送阳朔赛尚阿大营治疗。其伤，膝盖粉碎，弹片难以取出，很快严重感染，"伤处溃裂，血满衣裤"，昏迷不醒，延至三月二十日身故。赛尚阿莅粤督师以来，对向荣、乌兰泰倚为左膀右臂。

[1]《邹鸣鹤奏报桂林被围刻望援兵速到并官兵守御情形折》，《清政府镇压太平天国档案史料》第三册，页68。
[2]《赛尚阿奏报攻桂林之敌分窜去向片》，同上书，页151。
[3] 陈徽言《武昌纪事》，《中国近代史资料丛刊·太平天国（四）》，页601。
[4]《李秀成亲供手迹》，排印文，页03。

两者之间，向荣虽勇心颇圆滑，惟独乌兰泰秉性诚剀、不辞所任。他带兵"赏罚分明，纪律严整"，部队经他接手训练数日，"立见转弱为强"。作战时，"每战必相度地势，身冒矢石，亲自指挥，虽崎岖之中，布置处处周密，常能攻贼之瑕，以少胜多"。一年多来，大小战斗九十余次，虽屡尝败绩，但官军所打的胜仗，却也每隶其名下，"贼每受其创，甚畏恨之"，确为太平军一大威胁和强劲对手。[1] 他的战殁，对清朝而言并不亚于丢失一座大城。此后迄于南京，支撑局面惟赖向荣；设乌兰泰尚在，官军处境应有不同。武昌溃败后，江忠源在营中触景生情，借着为陈徽言《武昌纪事》作序，深切缅怀乌兰泰：

> 忆余曩随乌帅剿贼粤西，见公旦昼督战，指授诸将方略，凡所举动，夜必秉烛一一书之，历时既久，篇帙繁富，余尝手为校定，诸朋好见之，辄叹公临事绰有余裕，用心缜密为不可及。是时贼初启衅，众皆倚公为长城，谓"边围烽燧可旦夕定"。无何，公中炮病殁，后来踵事无复有如公者。贼遂罕所顾忌，猖獗日甚，流毒至今，益肿决溃烂四出矣。暇阅此卷，感触旧怀，岂独使我有西州之恸哉？[2]

江忠源微讽向荣，情绪中仍有永安围城分歧的余憾，而对乌兰泰的由衷服膺则清晰可见。

太平军悻悻而去，向荣按兵不动，并不追击。他利用邹鸣鹤的惧怕心理，让后者出面，奏请把自己留在省城。理由一是连月守城，向荣积劳成疾，需要休养——这是故伎了；二是省城重地，万一太平军去而复返，非向荣不足恃。这样，赛尚阿被晾在一边，在既无乌兰泰又无向荣的局面下，履行"进剿"使命。赛恨恨不已，奏本严参。咸丰皇帝甚是恼怒，竟将邹鸣鹤革职，对向荣则比较慎重，仅予呵斥，暂未认真治其罪。向荣托病，不一定完全虚假。一个来月高强度攻防，目不交睫，疲倦可想而知，即便铁打的汉子也得喘口气，何况他年届六旬。更深刻的原因，当是经过一年多交手，向荣完全明白战胜无望，太平

---

[1]《赛尚阿奏报乌兰泰因伤身故请简广州副都统员缺折》，《清政府镇压太平天国档案史料》第三册，页129—130。

[2] 江忠源《序》，《武昌纪事》，《中国近代史资料丛刊·太平天国（四）》，页579。

军引去，追与不追，结果并无不同。

撤围桂林，下一步将之何方？《盾鼻随闻录》说太平军领袖出现分歧："洪秀全会集群贼商议，欲回窜广东；杨秀清原籍湖南，熟悉楚省情形，力劝赴楚。"[1] 等到攻永州时，又说："洪逆欲退回广西，秀清以湖南鱼米之乡，连年丰稔，可以到处抢掠，持议未决。"[2] 从太平军战略来讲，上述分歧应予排除。洪、杨目标已定，找寻和确立"小天堂"乃当务之急；桂林既未得手，下一猎物理应是距离较近的另一省城，而太平军犹在攻打全州时，湖广总督程矞采已获情报：

> 昨闻该逆伪示大张，称欲直扑长沙省会……并据黄沙河官兵盘获骑马奸细二名，臣在衡州亦拿获一名，均供有围扑长沙之语。[3]

可见撤围桂林、一路北上的目标，就是长沙。

四月初二日离桂林，初四日便军抵桂林以北的兴安县城。当时赛尚阿奏报，"贼系全股""贼至兴安，已皆全伙北向"，确系全体而来。兴安小城，初四当天即克，"入城焚掠，即出城至高上田屯扎"，未据其内。翌日继续北进。初六日围全州。[4] 全州乃桂湘边境处广西最后一座州城，过此，前面即为湖南。

兴安之下，兵未血刃，太平军也因之恪守了不烧杀的纪律。邹鸣鹤事后核实："逆匪前于四月初四日窜入兴安县城，饬臬司姚莹查覆，城内居民未遭蹂躏，无庸查办抚恤，仓厂监狱亦无损坏。"[5] 故赛尚阿"入城焚掠"之说不实。

全州则不同。全州组织了殊死抵抗。知州曹燮培等地方官，以城内二百兵壮登陴分守，并令绅民家出一丁，投入守城，另外加上湖南宝庆协都司武昌显所领四百湘兵路过该城，被曹燮培挽留在此。就是以这样的兵力，全州抵抗十一昼夜，药铅渐尽，死伤惨重，太平军久攻不下。到四月十六日，太平军"先由城下开挖地道，用炮轰发，裂城丈许，复用云梯扑上城楼"。是为太平军以"穴

---

[1] 汪堃《盾鼻随闻录》卷一，《中国近代史资料丛刊·太平天国（四）》，页359。
[2] 同上，页362。
[3]《程矞采奏报全州失守敌逼近楚疆饬属竭力堵御折》，《清政府镇压太平天国档案史料》第三册，页216。
[4]《赛尚阿奏报敌窜兴全境现饬诸军进剿并请委和春劳崇光督率折》，同上书，页168—172。
[5]《邹鸣鹤奏报加意防守省城并挚土匪并安抚兴安全州一带情形折》，同上书，页282。

地法"所陷第一城,一来此时太平军军资较前已得充裕,二来州城城垣毕竟规制偏小、易于轰坍。城破后,守军复与巷战,"贼恨城中严守,继加屠杀",后来有"全州屠城"的风传。但据赛尚阿讲,"城中百姓经曹燮培于城围紧迫时先期放出,逃活颇多",居民大部逃出。"其在城未逃者尽遭杀戮,婴妇鲜遗",最后清点的数字是:"官民兵壮等尸合计一千三百余具。"同时纵火,全州化为灰烬:"城内外衙署、民居、寺观、铺户房屋悉被焚烧,所余无几。"[1]

全州之失,清方两位高级将领刘长清、余万清,咎不可辞。此二人,前者是署广西提督向荣官村之败革职后由他代理此职,后者系前任湖南提督,均为省军区司令级别的角色。向荣托病逗留桂林,他们便是负责追击的领军者,但无一例外,都畏敌如虎。虽然"带兵追剿,逐日进攻,尚无失机",表面文章做得有模有样,却远远扎营,不敢靠近,用一些隔靴搔痒的小战斗维持其进剿假象。太平军围攻旬日,他们"数日之间未能绕出贼前",显然逗留观望。守军顽强而待援无望,遂陷绝境。刘长清尤其可耻,"以统兵大员维时署理本省提督,于州城被陷不能救全,必当严加惩办"[2],广西乃其辖区,全州是其境内州城,守土有责,却将绅民安危置之不理,"尔俸尔禄,民脂民膏",这种人真可谓天良尽泯。至于余万清,他不久在湖南道州守城期间表现还要恶劣。

官军的攻势,俟总兵和春赶到以后才有所显示。和春隶于向荣,向荣被邹鸣鹤留在桂林后,经赛尚阿"连日催饬",和春率部赶往全州,及其抵达已是十四日晚间,距全州失陷不足两天。他到后,余万清应命回湖南布防,将所带湖南兵交和春指挥。赛尚阿说:"该总兵赶紧亲往踏勘地势,拟将各营移近安寨,先行设法轰开北路,期与城内声势相通,兼可扼截下游贼窜之路。"可惜太晚。"十六日正在移营及分兵出队,行至七里桥",遇见从城内逃出的都司武昌显部下,告知全城已陷。和春决定立刻进攻。全州地处湘江北岸,太平军血洗全州后并不打算踞停,攻城期间,已在东门外备船两百余艘,拟顺流挂帆,直下湘楚。江忠源侦知此情,连夜在离州城十五里的水塘湾较浅处,督勇数百砍取大树,密桩拦江,"入地出水,各皆三尺有余,纵遇大水,贼船亦难偷越"。和春攻击

---

[1]《赛尚阿奏报查明全州殉难文武员弁请旨议恤并严参援剿不力之总兵刘长清折》,《清政府镇压太平天国档案史料》第三册,页310—313。

[2]同上。

与江忠源截江同时展开，太平军顿时不利。四月十九日，太平军船队且战且走行至水塘湾附近的蓑衣渡，发现去路已断。两军遂在此激烈炮战。[1] 太平军伤亡惨重，南王冯云山被江忠源所部以炮击中，当即身亡。

当时，清军以为被击毙的是萧朝贵。赛尚阿奏曰：

> 讯据犯供，十九日对仗时，贼伪四王杨秀清、萧潮溃、冯云山、韦正俱出督战，被官兵击毙数百名，内伪西王被炮子打伤甚重，登时毙命，伪南王亦被炮子打入肚腹，炮子未经取出。又贼中伪称罗大人即亚旺 罗大纲，亦受炮伤，打入左乳，炮子用刀取出。其伪西王尸埋在蓑衣渡西沙坡，因此惊惶逃走。等语。该总兵 和春 立遣弁兵往蓑衣渡西沙坡，刨出贼尸，系用红绫包裹，当经 此字疑衍 即戮尸，将其首级并获犯周永兴解赴省城。[2]

所获太平军俘虏周永兴应该级别不高，加上乱中消息纷纭，故将冯云山说成萧朝贵。萧朝贵确曾负重伤，但那是数月前在永安，眼下当接近伤愈。周永兴大抵得之耳闻，胡乱供出，张冠李戴。至于罗大纲在蓑衣渡有无受伤，史料盖不可考。

蓑衣渡，是太平军出广西前最后一战。虽然官军已经丑态毕露，但以这样一个太平军受挫的结果为收束，对于广西阶段战事，还算公允。总的来说，太平军在广西，从起事到抵挡到出击，走出明显的上升线条；官军方面，屡屡功亏一篑，愈来愈力不从心，但尚未处于被碾压态势，焦头烂额中偶能反噬一口，省城未失，永安、全州两座州城的表现亦属英勇。

出广西后，情势就一泻千里。人们一再用"纵虎出柙"形容之，极形象。太平军无疑是虎，如果广西是笼槛，神州大地便是庭院。虎出笼槛，后果可想而知。

---

[1]《赛尚阿奏报敌陷全州被击势将他窜仍设法赶紧奋力攻剿情形折》，《清政府镇压太平天国档案史料》第三册，页219—226。

[2]《赛尚阿奏报于全州击毙萧朝贵敌复窜道州一路现督饬诸军追剿情形折》，同上书，页273。

湘江大地

在湖南的故事中，一江一湖最为紧要。江即湘江，源出广西兴安县海阳山，入楚省，向东北斜穿全境。湖乃洞庭湖，在省东北部，湘江最后注入此湖，湖南、湖北之得名，即因一在湖之南、一在湖之北。

太平军夺全州、备战船，想从全州走湘江水路顺流而下，既迅捷又舒适。但江忠源在水塘湾截住江流，使这计划落空。太平军烧掉了那两百多艘船，改行陆路。全州与湖南永州相距七十余公里，太平军行军三天，于四月二十二日卯时_{晨六时许}到达。永州亦畔湘江，奔永州而来，目标仍是湘江，意在绕过官军所截那一段，重经水路北进。永州是湖南守军设防首关，总兵孙应照把守，提督鲍起豹坐镇，拆桥藏船，早有准备。州城在北岸，太平军由南岸伐木为筏，抢渡、攻城，被炮火击退。如是者三日，不克，弃而南行，改走道州。

湖南防卫重心置于湘江。鲍起豹在永州为第一防线，总督程矞采在衡州_{即衡阳}为第二防线。这也确系太平军原拟的进军路线，如今敌既有备，便像在蓑衣渡一样，临时改道，不走水路，穿行丘陵，走道州、嘉禾、桂阳、郴州。有道是"失之东隅，收之桑榆"，路线的改变也有意外收获，就是沿途依附者甚众，自道州起大量扩军。驻道州期间，得众"足有贰万之敷数"[1]；在郴州，亦收二三万之多[2]，其中有相当一批挖煤工，据以正式设立全新兵种"土营"，类似现代工兵，专事"穴地战"、修筑土墙、埋设陷阱竹签等；萧朝贵领兵袭长沙途中，又得众

[1]《李秀成亲供手迹》，排印文，页03。
[2] 同上。

数千[1]。《贼情汇纂》云：

> 贼初入湖南，先踞道州，则以所掳道州之人为新贼之首，缘洪逆踞其地两月，整顿军容，补益卒伍，故尽掳州人并妇孺而行，除即时逃回不计外，尚余男妇三万余人。由江华、永州而至郴州、桂阳，更得挖煤矿徒刘代伟之党，已倍前数，沿途裹胁而至长沙，竟得十余万之众。[2]

"十余万"之数或含水分，且不宜理解为全部是作战力量，因为投太平军者都是焚屋毁家、扶老携幼而来，其中有些并无战斗力。但太平军在湘南得到巨大扩充，是不争事实。江忠源说"土匪之迎贼，会匪之入党，日以千计"[3]，盖极言其盛况空前也，湖南民众的响应程度，大大超出广西。赛尚阿累次报告："各处土匪附从及遥为勾应者，转较粤西为多"[4]、"所过州县土匪附从之众，每处率添一二千人"[5]、"土匪蠭起附从，日益众多，各属地方并有潜匿会匪，处处勾结"[6]，例如江华县之失"各探报俱称该县城破，实土匪接应"[7]。原因很简单，在这南岭北麓，历来不安宁，匪盗滋旺，剿之不绝，太平军到来，对他们正好比久旱禾苗逢甘霖。

道州还出了一个故事，有关余万清。

先前，我们知道他与刘长清在全州逡巡不进，见死不救，终将全州葬送。等到和春赶来，余万清即应程矞采之调回楚境，任务就是防守道州。如果鲍起豹封住永州，余万清封住道州，太平军则入楚无门。眼下，永州做到了这一点，太平军遂奔道州而来。余万清十九日抵州，领兵二百来人，州中原有兵勇八百，合计一千，力量是单薄了点儿，而蓑衣渡之后，太平军人马也不多，还没有发展壮大，用代理知州王揆一的话讲，"虽不能战，尚可以守"。二十三、四日，传来消息，受阻于永州的太平军已窜往这个方向。二十五日再报，"贼至庄水塘，距州四十余

---

[1]《李秀成亲供手迹》，排印文，页03。
[2] 张德坚《贼情汇纂》卷十一，《中国近代史资料丛刊·太平天国（三）》，页296。
[3] 江忠源《答刘霞仙书》，李圭《金陵兵事汇略》卷一，光绪十三年刻本，页十三。
[4]《赛尚阿等奏报敌入陷江华自请议处折》，《清政府镇压太平天国档案史料》第三册，页419。
[5]《赛尚阿等奏报敌占郴州分窜永兴等处现于攸县醴陵地方派兵进剿等情折》，同上书，页491。
[6]《赛尚阿等奏报敌陷嘉禾桂阳旋即收复又陷郴州现督兵进剿折》，同上书，页452。
[7]《赛尚阿等奏报敌入陷江华自请议处折》，同上书，页419。

里"。这时候，王揆一追着余万清脚后跟，"屡行催促该提督登城"，却被后者支开，"令该署州亲查四门"，王揆一不得不照办。就在他巡查的当口，太平军已驰近城外，王赶紧回头去找余万清催他登城，行至西门，却见城门大开，王的家丁"手执钥匙，哭诉提督已经出城，并将防守西门之城守营官兵带去"。王揆一命即闭城，已经来不及，冲进来几个太平兵，一击将王左臂打断，王与差役、家丁各自逃散；"追出城后，回视城头已有贼旗，该署州情急投河，经地方百姓捞救，抬至对岸山中。"[1]

以上为王揆一所述，事后余万清也打了一份报告。据他讲，他到后察看地形，发现城西、城北高度不够，命王揆一"堵塞加高"，而"该州全未理会，木石亦不购办"，原因是王揆一以"该提臣为丁忧大员，有职无权"，不把他放在眼里。又说，"嗣闻贼踪窜近，即带亲随之兵赶赴距城十余里之蛇皮渡，隔河堵截。讵甫行数里，该匪大股业已渡河，我兵众寡难支，致被冲散。该提臣无力回救。"[2]总之：第一，守城不力的责任在王揆一；第二，彼非逃跑，而是主动率兵出城堵截。

余万清所辩，一望即知自相矛盾。前面刚刚诉说兵力太单，随后却称带兵出城乃是主动迎堵——以此微不足道兵力，不依托城垒稳守，反而以卵击石出击堵截，这种鬼话谁信？而他厚诬的王揆一，很快便由道州绅民联名请愿，澄清了名誉：

> 据衡永郴桂道张其仁、永州知府徐嘉瑞禀称：窃道州知州王揆一，署任多年，官声甚好。此次州城失守，实因提臣余万清带兵先行，该署州出城追挽，一时仓卒，致被匪窜入，并［非］弃而潜逃。现据地方绅民联名吁禀，情愿赶团壮勇，随同该署州剿贼立功，代为赎罪。[3]

想必余万清心里还会暗暗怨恨程矞采。洪、杨起事之际，他恰好丁忧，本可以去职守丧、躲过此劫，谁知程矞采硬行奏留，不让他回籍守制而仍留防所[4]，因

---

[1]《赛尚阿奏请将因临时引避致道州失陷之提督余万清查办折》，《清政府镇压太平天国档案史料》第三册，页313—314。

[2]《程矞采参将弃城失守之前提督余万清等革职拏问折》，同上书，页301—302。

[3]《程矞采奏报绅民请留道州知州王揆一随营效力片》，同上书，页303。

[4]《程矞采奏请暂留丁忧提督余万清办理防堵事宜折》，《清政府镇压太平天国档案史料》第二册，页334—335。

而陷入泥潭。余万清随即被下旨拿问，九月解至刑部。以他的罪行，最后要么杀头要么遣戍。《清史稿》及《清史列传》里都没有为他立传，这结局我们也并不知详。

然而，余万清不过是开了一个封疆大吏竞相献丑的头而已。打他这儿起，清朝高官丑态便呈争奇斗妍之势。

余万清在道州开溜没几天，另一位因在全州表现畏葸而被严参的前署广西提督刘长清，也在营救江华、永明两县过程中，上演逃遁好戏。太平军占据道州后，分兵取江华、永明。刘长清领兵救援，未到江华，闻县城已被陷，刘长清非但不"即时乘势进攻，以图克复"，反而"绕赴邻县地方，不能进剿，转于远处扎营"。永明告急，经和春饬催，刘长清带兵前往，"行近县城，刘长清按兵不肯冒险入城"，再一次不进反退、远离县城，到了半夜，索性"拔营避匿他处，不知去向"。[1] 他和余万清一样，被赛尚阿奏请逮捕，当年九月与余万清一起解往刑部。

这且不说，丑行迅速传染到总督、钦差大臣那样的层面。那位不久前曾义正辞严请治余万清之罪的湖广总督程矞采，自己深陷"惏怯"指责。七月二十日，江南道监察御史黎吉云具疏揭发程矞采。黎是湖南湘潭人，他的揭发内容，直接来自家乡父老的反映，主要是两个方面：一、程矞采对于湖南的防卫极为敷衍不力，"驻衡州几及一年，全无筹策，全无准备"，"臣入都后，屡接家乡信函，众口一律，均言该督驻衡为时甚久，如结寨、筑堡、守险、设伏诸法，都未讲求。"二、上面父老反映的情况，程某可能尚有自辩余地，以下情节则极坚实，无可遁言：

> 迨至警信频闻，该督乃于四月二十五日微服乘小渔船弃衡州而下，城中官民泣留不得。行至二三十里外，始书硃片饬发兵二百名护送，并饬均坐渔船赶来。该督身无衣冠，至二十六日行至衡州、湘潭两县交界之朱亭地方，两岸居民突见渔船纷纷驶至，疑为贼来，即用鸟枪旁击。该督令戈什哈二人上岸晓谕，始免。朱亭驿丞飞禀至湘潭县城，请备衣冠来迎。是

---

[1]《赛尚阿奏报永明失守请将已革总兵刘长清等挐问片》，《清政府镇压太平天国档案史料》第三册，页422—424。

日署湘潭知县曹源下乡相验,惟典史王延麟在城,购就衣物来迎,然有袍靴而无翎顶。至二十八日黎明,即抵省城,坐二人小轿,入居抚署侧又一村内。城中官民知之,均为骇愕,众议沸腾。该督见此人情汹汹,殊不自安。又适接到永州打有胜仗之折,遂于五月初四日复往衡州。[1]

太平军攻打永州系四月二十二日开始,程矞采二十五日即从衡州微服遁避。大体上,一得到敌人的消息,便脚底抹油。逃跑不说,起码装模作样、来点掩饰,竟逃得全无体统、颜面尽失。何谓"微服"、"身无衣冠"?堂堂总督,国家重臣,其之出行,仪表必备,如冕服、车马、护弁、卤簿……这些并非只用来逞威风、显派头,也是身份、职守的标识。古时所以孜孜讲究,因为里面含有权力的体面。贤良臣子,死节尽忠,每每袍笏齐备,表示尽职以亡。如明末扬州知府任民育,"戎服守镇淮门,城破驰归,易绯衣坐堂上曰:'此吾土也,当死此。'"[2]"绯衣"者,知府服色也。任民育在城头战斗时原着戎装,及败,特意回衙换上官服,坐大堂,与城偕亡。程矞采"微服"、"乘小渔船",用通常话讲,就是丢盔弃甲,落荒而逃。他调二百名士兵护送,却让他们也坐渔船不坐官船,同时必然未着号衣,换了民装,以致百姓以为"贼来",而予以枪击。直至溜到湘潭,这才命地方官代购山寨版官服充数,岂知市面上只能买到袍靴,买不到翎顶,搞得不伦不类。以其品秩,应该八抬大轿,但因为想悄悄混进长沙,竟乘二人小轿。入城后,又不敢回衙,私住民舍,凡此种种,都严重违制。也不知他怎么想的,其实哪里瞒得住?外界早已沸沸扬扬。恰这时,闻永州转危为安,他又悄然无声,偷偷折返衡州。

程矞采原因不明地短暂离衡回省,此事是确实的,赛尚阿在奏章中曾经提到。但赛尚阿并不知道那些背后情形。黎吉云说,程的逃遁造成了恶劣的影响:

惊闻制军逃走,均疑永州已破,居民相率奔窜,数日不止,老弱妇女投河死者不计其数。湘潭县向设有不忍堂,系邑民捐为捞瘗河尸之局。四

---

[1]《黎吉云奏参程矞采临敌由衡退避省城举动乖方大为民害折》,《清政府镇压太平天国档案史料》第三册,页473。

[2] 孟森《任民育》,《明清史论著集刊》上,中华书局,2007,页181。

月二十七、八、九等日，适遇水涨，该堂打捞上游落水之尸身至三百余具，载在册籍。而老弱拖毙及土匪乘间抢掠之事，所在皆是。外间有诗云：粤西贼匪尚天涯，走尽湖南十万家；莫怪湘民俱胆落，制军先已下长沙。盖纪实也。[1]

奏上，咸丰皇帝下旨徐广缙据实以闻，但我们却没有见到徐的回奏。原因很可能是，徐广缙迟迟不到位莅任，自然无法"据实以闻"。

九月初，因太平军围长沙，赛尚阿革职拿问，命时在桂林的徐广缙接任钦差大臣之职。

大概到徐广缙这儿，咸丰皇帝才亲自见识他的臣工不可救药到什么程度。自九月初二日任命发表那一刻，徐广缙就尽其拖延不进之能事。九月二十二日，上谕追问："前曾谕令徐广缙抵楚后扼要驻扎，现在贼众全在长沙城外，情形万分吃紧，何以至今尚未见该大臣奏报抵楚日期？"[2]此时赛尚阿和程矞采已经解职，官军与两湖军政无首，关防印信都在等待交割。又过了十天，北京仍未接到消息，致上谕竟然只能猜测："徐广缙此时谅已带兵驰抵长沙省城，接受钦差大臣关防及湖广总督印信，所有军营及地方文武统归节制，责无旁贷。"[3]实际上，徐广缙根本还没到长沙，而是刚刚抵于衡州。他嘴上说得漂亮，"焦灼万分，难安寝食"[4]，行动却极缓慢，沿途观望。继于十月十二日抵湘潭，借口"湘潭地面距省城九十里，距贼营五十余里，实为衡、宝等属扼要之地……于西南一带可资镇压，且于大营呼吸相通，亦可随时调度"[5]，不再前进，扎营于此。他一路磨磨蹭蹭，实际上是随时打探战况，来决定自己行止。等他到湘潭时，长沙之围已近尾声，第七天太平军撤离，"徐广缙闻贼退，始至长沙"[6]。很快，太平军克

---

[1]《黎吉云奏参程矞采临敌由衡退避省城举动乖方大为民害折》，《清政府镇压太平天国档案史料》第三册，页473。

[2]《寄谕徐广缙著该督迅赴长沙与罗绕典等乘敌伙聚集合力攻剿毋再迟延》，《清政府镇压太平天国档案史料》第四册，页11。

[3]《寄谕徐广缙著申明纪律督饬文武围歼长沙之敌先将河西分股赶紧剿灭》，同上书，页24。

[4]《徐广缙奏报于十月初一日行抵衡州制备炮船并筹办堵剿折》，同上书，页25。

[5]《徐广缙奏覆驰抵湘潭驻扎及现在筹办情形折》，同上书，页47。

[6] 王定安《湘军记》，岳麓书社，1983，页9。

岳州，徐广缙又迟迟不动，十一月十二日上谕催之"速赴岳州"、"断不可稍延时日"[1]，过了三天仍未接报，再催："徐广缙著即速遵前旨迅统大兵，间道驰赴岳州迤北一带督剿，毋得再有迟滞。"[2] 咸丰皇帝明显感到了寒心，以至于说："徐广缙到楚以来，军营并未有起色，朕用汝，朕自知愧，第问汝于心何忍何安？"[3] 话说到这份儿上，徐广缙却以死猪不怕开水烫心态，不为所动。他稍稍向前挪动几步，从长沙移湘阴，却死活不肯到岳州，而此时太平军已兵临武汉三镇，北京的催促亦从命他去岳州改为奔赴武昌："该大臣务当统带官兵，星速北来，并飞催统领官兵之向荣及各带兵大员，带领兵勇，兼程前进，救援武昌，万不可稍有耽延，再误事机。"[4] 徐广缙却自湘阴奏曰，岳州"残破之余，文武尚未知下落，设或更滋他变，所关非细"[5]；又称，该处有其他土匪，"必须将此股剿灭，南北方可无梗"[6]，"因岳州、巴陵一带土匪蜂起，劫掠粮饷，阻绝文报，必须派兵剿洗，南北方可通行"[7]。如此明目张胆地推诿，都已顾不上掩饰，因为就在同一道奏折，他汇报麾下接替向荣任广西提督的福兴"以搜捕余匪为名，落后一日，嗣后即不能赶上"[8]，这与其本人行迹，不是如出一辙么？不过，他另有一套诡辞："臣现在暂住湘阴，探明贼匪如由汉阳北窜，即须由荆州上流驰往督办，又无庸即赴武昌。"[9] 意思是，万一洪、杨北窜，从湘阴经荆州赶去剿办较为方便，眼下就不必去岳州、武昌一线了——居然用尚未发生的假想情形来推托当前职责。其实，徐广缙接到钦差大臣任命即已打定主意：不计后果、坚决保命！他无非是赌一把，两害相权取其轻——与太平军相搏，十有八九要输，输则必治罪，弄不好还直接殒命疆场；至于逃避作战，虽也将被治罪，但以多年宦海阅历看，

[1]《寄谕徐广缙著统兵速赴岳州并派兵分赴武昌荆州协防及严查汉口地方》，《清政府镇压太平天国档案史料》第四册，页91。
[2]《寄谕徐广缙等即赴岳州迤北督剿并查明追剿不力及岳州失事各员分别拟罪具奏》，同上书，页101。
[3] 同上，页102。
[4]《寄谕徐广缙等著星速统兵救援武昌并饬令在城文武士绅固守待援速办口粮炮船等情》，同上书，页124。
[5]《徐广缙奏覆岳州文武先期逃散及汉阳失守现在追剿情形折》，同上书，页129。
[6] 同上。
[7]《徐广缙奏覆镇将不遵调遣请简重臣督办并查明阵亡纪冠军请恤折》，同上书，页143。
[8] 同上，页144。
[9]《徐广缙奏覆岳州文武先期逃散及汉阳失守现在追剿情形折》，同上书，页130。

即便如此也有转圜机会。果不其然，武昌失守后徐广缙"褫职逮问，籍其家，论大辟"，大辟即死刑，判决已下；但是第二年夏太平军北伐，河南吃紧，朝中无人，徐广缙果被放出，"交巡抚陆应谷差遣，责令带罪自效"，咸丰八年甚至重新得官，"予四品卿衔，留凤阳从袁甲三剿捻匪。未几，卒。"[1]他赌对了，为自己赌来一个善终。

类似程矞采、徐广缙的表现，基本已成家常便饭，乃至一蟹不如一蟹。后面湖北提督博勒恭武、两江总督陆建瀛等，各有精彩展示，我们届时再叙。于兹回看广西阶段，从李星沅到赛尚阿，虽庸碌无能、纵虎为患，却还不至于土崩瓦解，包括州县一级，永安、全州等处甚至不失英勇。比及湖南，城池之破，却每每"并非贼匪攻陷，实由地方官弃城而逃"[2]。

太平军在道州停留两月，休整同时，兼充实兵力和物资。自永安突围以来，连续作战、行军六十余天，理当小憩。官军重兵随之赶到，将道州围住。但是道州之太平军已非永安之太平军，表面看起来是围困，实则太平军在里面快活度日，于城外大兵视若无物。高兴时，便派千把人出城攻打邻县，先后下江华、永明，招收会众，然后毛发无伤地回来。据说洪大泉之弟焦三、妻许氏即为永明、江华一带匪首[3]，太平军前去攻打该处，而携归甚众，或与此有关。

六月二十五日，太平军弃道州东去，总兵和春、常禄，副将邓绍良、瞿腾龙追之。太平军相继取嘉禾、蓝山、桂阳州。即取即弃，均未停留，官军则尾随在后不断"收复"。这已是永安以来之惯例。七月初三日克郴州，"旬日之间，狂奔至数百里"[4]的太平军，这才止步。

郴州地接广东，赛尚阿言其形势：

>　　该处地颇丰腴，市廛屯聚，为广东过岭入湖南要口，离州四十里河面

---

[1]《清史稿》卷三百九十四，列传一百八十一，页11763。

[2]《寄谕徐广缙等著星速统兵救援武昌并饬令在城文武士绅固守待援速办口粮炮船等情》，《清政府镇压太平天国档案史料》第四册，页124。

[3] 简又文《太平军广西首义史》，页275。

[4]《赛尚阿等奏报敌陷嘉禾桂阳旋即收复又陷郴州现督兵进剿折》，《清政府镇压太平天国档案史料》第三册，页452。

船只甚多，一以资贼，贻害不浅。查该处下游永兴、耒阳皆为泊船处所，臣程矞采已预饬地方官，将船只尽行撤去。该州水路自永耒而下，直出耒阳河口，即达衡州，下游逼近长沙，陆路由永兴可走安仁、攸县等属，更可直达长沙省城。[1]

"可直达长沙省城"，无形中将太平军永州不克后改行道州的意图道破——剑指长沙，正是此来的战略目标。然而出人意料的是，太平军从郴州兵进长沙，采取了一种奇特的方式。

七月十二日，进驻郴州第十天，右弼又正军师西王萧朝贵率曾水源、林凤祥、李开芳部，约仅千人，往攻长沙。

此时太平军兵强马壮，而长沙乃全省都会，夺取这样一座大城，不倾巢而出，仅派区区千人，情理难解。对这一事态，历来议论纷纭。其中有个说法，涉及太平军内部分歧：

> 朝贵不耐，夜叩秀清营告曰："顷得谍报，长沙方圻治城垣，尚无备，可袭而取也。弟愿以所部，袭长沙。"天王、秀清皆不许。朝贵不听，径率死士数千，绕山道东北行，破安仁、攸县，由醴陵趋长沙。[2]

又一段：

> 朝贵知不能得志，疏请大营趋长沙。天王欲拔队。秀清曰："西王刚愎，不稍挫之，后不听命。俟其自归可也。"天王曰："设有不测奈何？"秀清曰："西王勇悍，纵有小挫，清妖不敢逼，必能自脱。"[3]

---

[1]《赛尚阿等奏报敌陷嘉禾桂阳旋即收复又陷郴州现督兵进剿折》，《清政府镇压太平天国档案史料》第三册，页452。

[2] 王文濡《太平野史》卷之十二，江苏广陵古籍刻印社，1997，页317。按：该书编者实为凌善清，广陵古籍刻印社误属为王文濡，王仅为此书作序一篇而已。该书原为抄本《洪杨纪事》，作者佚名，由凌善清整理。书前有凌氏自序及王文濡序各一篇，王序明言："姻好桂青凌君，博疋习史辞，愿告奋勇，编次此书。"不知影印者因何误作王文濡编。

[3] 同上，页317—318。

头一段交代得清楚，萧朝贵此法，叫作"袭而取"，意在出奇制胜，非强攻——从而解释了为何以分股出征。另一段说萧朝贵与杨秀清有矛盾，萧"不得志"，急欲建功以扬眉，杨秀清则沮抑之，并且希望利用此事煞一煞萧的刚愎之气，洪秀全本欲催动全军跟进，被杨秀清制止。

此情节孤家记叙，真伪莫辨，但其中有合理成分。轻兵突进的想法，以当时长沙城墙整治未备、兵员也较空虚官军重兵被布于衡州堵御，未尝不是妙计。其次，所述萧朝贵言行很合他的性格，读来可信，杨秀清的大权独揽与强硬、冷酷作风，亦与本人丝丝入扣。

考诸其他方面，郴州水路颇畅，惟船只尽被程矞采先期撤去。可以想象，太平军原计划，就是到郴州后改行水路上长沙。陆路虽亦可达，但太平军拖家带口，目下人口已超十万，大队陆行速度远不如水路。为此，不得不在郴州逗留些许时日，来作船只方面的准备。洪、杨之入楚省，对一江一湖的地理形势念念不忘。从全州起，他们就有走水路顺流远行的强烈意识，全州、永州、郴州，一再受阻而一再找寻，后来终在岳州遂此愿，然后下武昌、江宁，都是扬帆进发。藉是观之，他们对舟船的需求，确有相当的依赖性。

大概在入郴州后的那几天中，萧朝贵经探子确报，忽生偷袭之计。长沙空虚，机不可失；大队难以成行，盍不轻兵突进？萧朝贵与杨秀清的分歧，一定在此。应该说，萧朝贵计上心头，与官军不堪一击助长了太平军骄心不无关系，使他觉得轻兵简从加上出其不意，拿下长沙不是什么难事，毕竟千人夺城之举，太平军以往屡试不爽。然而，此番目标乃一座省城，目标之大，岂是州、县可比？在杨秀清看来，萧朝贵未免有些"个人英雄主义"。

去年十月在永安，萧朝贵负伤[1]，从此寂然，言行太平天国官书少有记载。他伤势很重，恢复迟徐，似乎直到四月中旬蓑衣渡之战，仍处伤号状态，以致官军所录太平军俘虏口供，将其与冯云山弄混，并由赛尚阿奏称死于蓑衣渡。当时，那个俘虏显然知道冯、萧二人都受了伤，却把伤重而死者搞错了，张冠李戴。死者自然是冯云山，萧朝贵则旧伤在身犹未痊愈；他应该是在道州那两个月休整期，

[1] 详《天兄圣旨》，王庆成主编《影印太平天国文献十二种》，页77—79。

完全康复。眼下,体健如初,正思奋作,袭取长沙或被他视为重振雄风的一个良机。

萧置洪、杨劝阻于不顾,强点劲卒,半月左右,狂突五六百里,七月二十八日逼抵长沙。其间,连克永兴、安仁、茶陵、攸县、醴陵诸城,且曾在永兴、攸县各停留五日,其军进之迅猛,确称神速,当时长沙城内清方大员罗绕典、骆秉章奏闻此事,均用了"猝至省城"[1]一类字眼。实际上,太平军本可更快,他们有些分心,沿途聚纳钱粮军资、扩充队伍,用去不少时间,及至长沙,"粮有十万余,油盐足用"、"得无数军资红粉太平军土语,即火药"[2],兵力则从千余扩至万人。这与"奇袭"初衷颇相扞格,但一来萧朝贵难禁人、物大增之诱惑,二来他内心实在存着对"清妖"的轻视,觉得纵稍有耽搁,以那些狗官的一贯德性,事情不会有何太大不同。他的轻视有些道理。太平军耽滞若此,长沙仍浑然不觉。为什么?首先,诸吏所称"道路阻梗"不尽为托辞,当时赛尚阿主力被留守永兴的太平军拦截和拖住,对萧朝贵所率之军的动向不掌握,同时与长沙包括北京的音信不能相通,这从朝中曾有半月未得奏报[3]可以看出。其次,州县长官志气已摧,闻风丧胆,根本不再履行起码的责任。太平军已过醴陵,哨探有报,长沙政界却怀疑是否为真——"疑醴陵令无公牍",因为按理说,哨探所得消息,醴陵地方上也应有公文呈报;对此,一位名叫黄冕的在籍知府说:"贼至,令不死即走,奚暇牍也,宜急为备。"[4]说那醴陵县令即便不死,也是逃命要紧,哪里顾得上写什么公文?情形的确如此,太平军下安仁,"知县走避"[5]。下攸县,"知县郭世闻先数日走,贼至,城空无人焉"[6]。在醴陵,"知县栗国华怀印徒步走长沙告急"[7],也借口溜号。所以"文报中绝,贼行五六百里无一兵一勇与之面者"[8],

---

[1]《罗绕典等奏报敌逼省城形势危急并现筹防剿缘由折》,《清政府镇压太平天国档案史料》第三册,页482。
[2]《曾水源、林凤祥、李开芳为西王有难禀东王等》,《太平天国文献史料集》,页9。
[3]"何以半月以来,并无奏章报到?"见《谕内阁著赛尚阿程矞采摘去顶戴拔去花翎速带官兵驰援长沙》,《清政府镇压太平天国档案史料》第三册,页523。
[4]王定安《湘军记》,页7。
[5]佚名《粤匪犯湖南纪略》,《中国近代史资料丛刊续编·太平天国(一)》,广西师范大学出版社,2004,页6。
[6]同上。
[7]杨奕清、唐增烈等编《湖南地方志中的太平军史料》,岳麓书社,2010,页275。《粤匪犯湖南纪略》写作:"署醴陵拔贡知县栗国善亦闻风早避之省,贼至醴陵,醴亦无人。"
[8]佚名《粤匪犯湖南纪略》,《中国近代史资料丛刊续编·太平天国(一)》,页6。

十几天内,"贼连犯安、攸诸城,衡防、省中皆无奏报"[1]。

所以萧朝贵虽有轻敌之心,却还不能算犯了错误,早来几日、晚来几日,并不会让清军占到便宜。然而,"奇袭"之计终未奏效,那又是何原因呢?原因并非途中耽搁,而是在长沙城外二十余里石马铺地方,恰好遭遇一支守军部队。这支部队是新调来的西安镇总兵福诚所带陕西兵,约二千人,七月二十八日晨遽遭攻击,几全军覆没:

> 幸一弁血身只靴飞骑入报城中,在事文武始知贼至,匆促闭城。罗文僖<small>绕典</small>方外勘土城,急转大西门入……使无是军,城已被袭矣。[2]

这个"血身只靴"的士兵,有点像希波战争中那个从马拉松奔回雅典报信的菲迪皮茨;惟所不同,后者携归的乃是得胜喜讯,他却传回强寇扑来的噩耗。

长沙于最后时刻闻知太平军杀到,立刻戒严。当时城内仅有四川兵一千四百名、江西兵一千名,湖广总督程矞采驻衡州不在,湖南巡抚骆秉章革职暂留,新任巡抚张亮基尚在途中、甫至常德,湖南提督鲍起豹在城,另外还有在籍的前湖北巡抚罗绕典<small>湖南安化人</small>,他刚被委派在湖南"帮办军务"。

既经戒严,"奇袭"显然谈不上了,萧朝贵不得不转入阵地战。但以长沙之大,他虽经扩军,拥众万人,攻城仍觉不够,只能攻其一面,亦即长沙南城。这一来,官军防守也就相对容易。

糟糕的是,第二天,七月二十九日,萧朝贵就意外中炮身亡。当时具体情形难以考知,惟一直接的材料是曾水源、林凤祥、李开芳三人就萧朝贵凶信所发回的密报,其中写:

> 廿九日,□等欲往进攻,回禀西王,带牌刀手往各门进攻。不料妖兵放炮,打着西王胸膛乳上穿身,十分危急,口眼俱呆。[3]

---

[1]李濱《中兴别记》卷四,《太平天国资料汇编》第二册上,页54。
[2]杨奕清、唐增烈等编《湖南地方志中的太平军史料》,页157。
[3]《曾水源、林凤祥、李开芳为西王有难禀东王等》,《太平天国文献史料集》,页9。

只说被炮打中,地点与环境未交代。从"欲往进攻,回禀西王"来看,似乎是当日进攻展开前,萧朝贵于帐中发布命令时,并非置身前线。后来,洪仁玕有"敌楼窥伺""装束异常"说,清方有"出探地势""执旗督阵"说,都是想象、猜测、追补之辞。查罗绕典所奏二十九日战况,有云:

> 二十九日该匪复于妙高峰上,对城开放枪炮,如雷如雨,兵勇幸未损伤,臣等指挥弁兵于城上用枪炮击毙数十人。该匪挑土肩石,蚁聚蜂上,意欲建筑炮台。臣鲍起豹督饬将弁一面严防,一面用大炮连向轰击,伤毙数十人,哄然四散。[1]

这是该日城上远距离炮击的惟一记录,余皆为近距离枪战或格斗,萧朝贵中弹,应即含在"大炮连向轰击,伤毙数十人"这一行字中间,惟当时清军完全不知此"数十人"里包括萧朝贵,也未发现其中有任何"装束异常"或明显是大头目的人。

总的来说,萧朝贵中弹是一场意外。然而意外成为现实,是萧的性格使然。他脾气暴躁、爱逞匹夫之勇,经常发怒、骂人、打人,此类记录在《天兄圣旨》里比比皆是。杨秀清就不一样。杨虽狠,但富于心机、饶智谋。曾国藩幕僚赵烈文尝闻于湖南耆宿吴敏树号南屏:

> 南老言,壬子 1852,即咸丰二年七月,贼至长沙,江忠烈忠源以绅士带勇助守。贼先锋二千人至,忠烈率众出城与争地,遂据浏阳门外之天星阁扎营。越数日,贼首杨秀清至,以不得此地欲诛先至者,复引兵绕吾营后,来争小吴门外之教场坪。忠烈苦战,使不得前,贼竟不能逞。长沙不陷,实赖此也。[2]

浏阳门前即为蔡公坟。彼时长沙城,紧倚湘江,西面完全为江水,蔡公坟扼南城墙与东城墙之要道,控制蔡公坟,则封住由南往东、往北的去路。江忠源与杨秀清对何为战略要地,英雄所见略同,萧朝贵则见不到此;杨秀清"以不得

---

[1]《罗绕典等奏报敌攻逼长沙官兵伤亡情形危急望救援折》,《清政府镇压太平天国档案史料》第三册,页499。

[2] 赵烈文《能静居日记》,岳麓书社,2015,页440。

此地欲诛先至者",可以说是在间接咎责萧朝贵。萧引兵"奇袭"长沙,想法不错,韬略失诸粗率,错过先机后,蛮力强攻。他中弹身亡虽属意外,但性情不够谨慎警敏,是潜在诱因。

萧朝贵手下曾、林、李三人,于当天下午四时许[1]派人去郴州,将坏消息禀报太平军总部。洪、杨接报,八月十一、十二日倾巢赴长沙,二十二日赶到[2]。这二十来天,在长沙居民可谓宝贵之极。倘使当初太平军不搞小股奇袭、全军径扑长沙,以该城之空虚,多半将被拿下。现在,萧朝贵阵亡,不但奇袭计划完全泡汤,连正常的攻城也因群龙无首得不到有力组织,直到主力赶来前,萧军在城外看起来只是打打"酱油"而已。而且就趁此期间,官军强援纷至沓来、依次到位。和春、秦定三、开隆阿等部于十五日以前到达。八月十八日,向荣亦驰至长沙[3],早于洪、杨大队四天。守军孱弱局面已经改变,兵力数倍于敌[4]。

向荣的复出,颇有情节。他桂林解围称病,咸丰皇帝曾给赛尚阿旨意:"朕方念其勤劳,倚以破贼,乃当匪众全数北窜,亟须迫剿,辄又称病不出,与巡抚株守省城,借绅民恳留为词,岂素号勇敢者固如是耶?著该大臣传知该提督,一俟病痊,即督兵驰往剿贼。朕以诚待人,功罪惟所自取,但看其天良何如耳。"[5]语气已极不悦,好在赛尚阿比较与人为善,"饬刘长清赴楚剿贼,向荣回提督本任"[6],调当时署广西提督的刘长清到湖南作战,而让向荣留桂林,并以此奏闻。不料没多久,云贵督抚吴文镕、张亮基联名具参向荣夸诈冒功,咸丰皇帝的火气又被唆起,下旨徐广缙、赛尚阿认真核实以闻。徐广缙老奸巨猾,一面揣摩上意说了一通坏话,一面又说向荣"驰援桂林捍卫保障之功,亦自不可掩",还说"现在向荣在省养病,臣在高州,询之总兵福兴,向在直隶知其素有气痛之症,

---

[1] 其密件落款处写"壬子二年八月初九日申刻",此系太平天历,换算为阴历即七月二十九日,罗尔纲《太平天国史》卷二:"八月初九日(夏历七月二十九日)。"

[2] 王定安《湘军记》:"时洪秀全、杨秀清尚踞郴,闻朝贵死,悉党突至,庚子攻城。"庚子日即八月二十二日。

[3] 杨奕清、唐增烈等编《湖南地方志中的太平军史料》,页158。

[4] 八月二十九日上谕:"长沙城外贼匪总计不过三四千人,我兵勇多至数倍。"《清政府镇压太平天国档案史料》第三册,页577。

[5]《寄谕赛尚阿传知向荣病痊后好行进剿与湖南合击并知照广东湖南严擎洪大全供出各股》,同上书,页248。

[6]《寄谕赛尚阿迅统大兵驰赴湖南扼要驻扎是否须向荣前往酌度办理》,同上书,页292。

想因守城积劳,旧病复发,似尚非托故迁延"[1],不痛不痒。赛尚阿的回奏则建议说:"如驭劣马,驯稳其性,冀其复出,尚可有用。"[2]毕竟用人之际,咸丰皇帝想想也就算了。随着形势吃紧,朝廷越发觉得将这样一员宿将闲置乃是浪费,乃有旨,让徐广缙将提督印务发还向荣,又告诉赛尚阿:"如永州一带现在情形紧急,有须该提督带兵协剿之处,著赛尚阿酌量札调。"[3]没想到向荣此番托病,真正动机是打退堂鼓、彻底辞职!徐广缙七月十四日奏道,两天前,向荣派人拿着正式辞呈和私人信函来见,称"惟因病难速痊,求臣代为奏请开缺,俾得安心调理"[4]。咸丰皇帝览奏大怒,八月初一日降旨,痛斥向荣"丧心昧良,胆大貌玩,至于此极",决定"著即革职,发往新疆效力赎罪,以为辜恩巧避者戒"。[5]向荣显然事后猛省,必将恼翻帝君,而大惧大悔,于八月初二日紧急上奏,表示立刻启程赴湖南援剿。此时他应该还不知道,将其发配新疆的圣旨刚刚出京;亏得他及早改弦易辙,而朝廷又确倚赖之,事情犹可挽回。他在奏章中说:"奴才受恩深重,心非木石,岂不知感激思奋。实因奴才率师三载,遍历粤疆,并无一息之停,而风餐露宿,瘴雨蛮烟,久为湿气所侵。去秋攻克双髻山,登高涉险,感受暑湿泻痢之症,元气已亏……"[6]极力打动宸心,乃至自称"奴才",此本惟满大员用语,汉族官员称"臣"而已,但他诚惶诚恐,顾不得了。照理说"君无戏言",但此时萧朝贵兵临长沙,向荣既跃马向前,咸丰皇帝也并无底气治其罪。于是,除八月十六日有旨于钦差大臣徐广缙,命其"察看"向荣表现,便听凭后者在长沙厮杀,除九月二十二日所发谕旨曾提及其名一次,便是长沙解围后十一月初六日曾说:"向荣系已革发遣戴罪自效之员","如果追剿得力,据实具奏,倘始终不能奋勉,一并严参,重治其罪"。[7]又过了半个月,终于表示:"向荣久于行阵,

---

[1]《徐广缙奏覆遵查向荣有过有功尚可弃瑕录用请严饬勉图报效折》,《清政府镇压太平天国档案史料》第三册,页385。
[2]《赛尚阿奏报查明提督向荣被参各款折》,同上书,页417。
[3]《寄谕赛尚阿等著饬属于水陆要隘严密堵截如需向荣协剿著酌量札调》,同上书,页440。
[4]《徐广缙参将提督向荣革职发往新疆折》,同上书,页454。
[5]《谕内阁著将藉病规避之广西提督向荣即行革职发往新疆效力赎罪》,同上书,页485—486。
[6]《向荣奏报自桂林起程前赴湖南援剿折》,同上书,页496。
[7]《谕内阁著徐广缙知照广西湖北一体严防并将福兴交部议处向荣存记》,《清政府镇压太平天国档案史料》第四册,页79。

朕看其屡次举动，尚非无用之才。此时武昌戒严，正伊奋激图报之日。如能迅速剿贼，不但可赎前愆，并可重邀恩眷。"[1] 至此，发配新疆的处置可以视为取消了。

既说到向荣，就顺带说说另两个有关联的人物的故事。

一位是和吴文镕联名参奏向荣的张亮基。七月初，骆秉章因永明等失守，部议革职，张亮基调任湖南巡抚。七月二十七日行抵常德，当天他在奏折中表示"拟于八月初三日抵省接印"，这是正常行程。但他话锋一转，说常德"无兵无饷，防守甚为单薄"，提出"于此城暂行驻扎，既可豫备防堵，又可催集兵练，为省城援应"，还说"长沙兵练数已逾万，防守似可无虞"。总之，想赖在常德。怎么回事呢？原来，他在常德已经接报，"探悉贼匪已由攸县、醴陵北窜，直扑长沙"，遂灵机一动，借口防守常德，不再前进。[2] 这委实滑稽得紧，一省长官，省城告急不赴，反称某座府城防守为要，傻子亦知是本末倒置。八月十三日上谕给予断然否定，"明降谕旨，令该抚带兵迅赴长沙接应"，"迅解省城之围，万不可株守一隅，致误事机"。[3] 八月十四、十五、十七日又连发三令再催，"著即迅带调到各兵，赴省救援"[4]，"该抚自当星驰前赴长沙地方……迅解省城之围，以固根本。若留守常德一带，专待远兵，何以救目前之急"[5]，"著张亮基带所调官兵速抵省城，内外夹攻，务将扑城各匪悉数歼除，毋稍观望延缓，致误事机"[6]。八月十九日，罗绕典、鲍起豹、骆秉章仍于同署的奏折中，对"现在省城危急万分"，张亮基"暂留常德"导致"兵分则单"，表示不满。[7] 不过就在当天晚些时候，张亮基"缒城入"[8]，终于到位。张亮基以曲折、扭捏的赴任，反讽了自己当初疏劾别人时的义形于色，也呼应了向荣萌生退意的内心。

另一位，是湖北巡抚龚裕。这老先生乃淮安清河县人氏，嘉庆丁丑 1817 进士，

[1]《寄谕徐广缙等著密饬地方官严密盘查奸细不可疏忽并命向荣奋激图报》，《清政府镇压太平天国档案史料》第四册，页140。
[2]《张亮基奏报途次闻警赶调兵练筹援长沙折》，《清政府镇压太平天国档案史料》第三册，页500—501。
[3]《寄谕张亮基著赶调官兵迅解省城之围再赴郴州一带督剿勿负委任》，同上书，页532。
[4]《寄谕赛尚阿等飞催援兵速赴长沙并著张亮基迅赴省城救援严扼北窜之路》，同上书，页535。
[5]《寄谕张亮基省城紧要自当驰赴长沙不可专待远兵所请添兵筹饷已分别饬令备办》，同上书，页547。
[6]《谕内阁著罗绕典迅催未到官兵合剿并著张亮基督带官兵速抵省城毋稍观望延缓》，同上书，页548。
[7]《钦定剿平粤匪方略·一》卷一七，页333。
[8] 王定安《湘军记》，页8。《续修宁乡县志》卷三十三则记其八月二十四日始入城，见《湖南地方志中的太平军史料》，页159。

道光二十九年十一月由山西巡抚调任湖北,在任已近三年。正当太平军驰骋湖南时,五月初四日,他忽上陈情之表,以"不谙军旅"和"患病"的缘由,请求开缺:

> 伏念臣服官以来,从未经历军务。前此粤匪溃窜,臣日与藩臬两司筹商防备事宜,昼夜焦虑,寝食难安,以致旧患肝气痛胀不时复发,每每目弦眩头晕,其形委顿。臣本常年服药,日来医治迄无功效,虽尚勉力支持,究虞措置不能周到。[1]

咸丰皇帝自然气愤,命"严加议处"。[2]五月十四日,部议不准开缺,以革职处置。[3]但有人认为处分太轻,袁甲三翌日具疏,请求皇上在吏部所议基础上,"酌量治罪,以为丧心昧良自耽安逸者戒"。[4]龚裕最后如何论罪,《钦定剿平粤匪方略》及中国第一历史档案馆所编《清政府镇压太平天国档案史料》都查不到,而在《光绪丙子清河县志》里看见:"奉严旨戍。力疾就道,行至西安,卒。"县志且说,龚"仕宦三十年,家无余财。归葬之日,人无不怜其清节者"。[5]可能他并不是一个黩吏,亦可能县志对于本县人物难免以褒扬为主。不过,假如他确实在发配途中因病而亡,那么请求开缺时所持患病理由,倒并非欺罔。龚裕的典型意义在于,当时清朝大小官员想要辞职者颇多,除了已知向荣有此想法,咸丰上谕还处理过其他一些类似情况。再有,由龚裕辞职还引出另一个人物,即其继任者常大淳;此人的故事,我们到武昌段落时再讲。

洪、杨虽亲自赶到,然时过境迁,长沙不再是好欺负的对象。现在它兵多将广,坚如磐石。漫长的攻守,你来我往,互有胜负,没有什么特别的故事。值得一叙者,或即太平军仰为法宝的"穴地战"。在大炮尚未有万钧之力以及飞机轰炸尚未发明以前,对付中国古典式的城垣,穴地之法最能抉其根本。这并非太平军始创与独擅,二百年前李自成攻开封即已用之,近期则官军剿湖南会匪李沅发、

---

[1]《龚裕奏报不谙军旅现复患病请准开缺折》,《清政府镇压太平天国档案史料》第三册,页265。
[2]《谕内阁龚裕恳请开缺著交部严议新抚常大淳未到以前仍责成戴罪筹办防堵事宜》,同上书,页296。
[3]《谕内阁著龚裕照部议革职仍遵前旨带罪筹办湖北防堵事宜》,同上书,页319。
[4]《袁甲三奏请将湖北巡抚龚裕于部议时酌量治罪并严定失守城池罪名片》,同上书,页321。
[5]《光绪丙子清河县志》卷二十一,成文出版社影印,1983,页208。

克复为其所据县城时亦如此,"团丁穴地道,实火药轰城,城圮"[1]。不过,太平军的确将它发挥到极致,武昌、南京两大名城因之落入彼手,令人丧胆。那么,眼下长沙将如何?

前曾说,太平军以此法取桂林未果,重要原因是火药严重不足。这个问题,在长沙完全不存在。曾、林、李禀文言之极明:"得无数军资红粉",非常充足,更不必说洪、杨大队赶来以后必又大量补充。其次我们知道,太平军在郴州新设全新兵种"土营",专业从事挖地道和爆破,无论能力和技术手段都达到鼎盛状态。此部队若未随萧朝贵前来,那么,眼下显然已经抵于长沙。故而,从所有方面看,太平军在长沙穴地攻城,没有任何阻碍。正因此,太平军丢开了其他手段,不像攻桂林时运用吕公车、云梯等物,"贼专以隧道为务"[2],对"穴地法"拥有完全自信,志在必得。

随着"土营"到来,"穴地战"即至高潮:

> 贼连日夜于魁星楼城外金鸡桥挨城一带攻凿地道,城内穴地埋大缸瓮,令瞽者伏听,于闻锄镢声处迎掘冲破,灌以秽水,熏以毒烟。但虑防不胜防,向军门复派邓副将所辖镇篁兵、瞿登腾龙所带兵勇入城游巡,以备不虞。[3]

办法很奏效。穴地攻城,前提是不被觉察。守方在地下埋缸,利用回声和盲人超灵敏听觉,捕捉异响;然后循声反挖,达敌所穴,其自然不能在此填置炸药。地面上防备也很周到,有专人用于游巡,细密观察动静。"土营"的作业,往往无功。

纵如此,亦有两度接近得手:

> 九月二十九日各营收队未久,贼于南城西边暗放地雷,城墙切近贼巢之处砖石飞跃,城身蛰陷四丈有余。贼巢中吹海螺甚急,该匪约二三千人乘势呐喊,蜂拥向前。臣等前已预调副将邓绍良带领镇篁兵丁八百名,入城作

[1] 杨奕清、唐增烈等编《湖南地方志中的太平军史料》,页30。
[2] 同上,页393。
[3] 同上,页159。

> 为游兵,以资策应。届时副将邓绍良大呼,蹿出缺口,手刃数贼,右膊被炮子穿过,尚屹立不退……余贼纷纷败退,伏匿不出。我兵收队,即在缺口防守。和春见邓绍良被伤,即飞速上城,在缺口代其守御。臣等立饬署长沙知府仓景恬、善化县知县王葆生督同绅士黄冕等,即夜将缺口补砌。[1]

当时,官军主力驻城外作战,城中留有邓绍良部八百人。事实证明,这一手很关键。太平军的爆破时机是经过精心挑选的,选在午间城外官军主力归营之后。其情形之危殆,《续修宁乡县志》所书更具体形象:

> 地道直通城内天妃宫前,暗埋地雷火药于城根。二十九日未刻,地震南城,砖石飞腾,倾塌墙垛五丈有奇。贼众蜂拥扑城,呼声震天。城内居民尽向北城图缒而出,妇女坠井投缳,势如鼎沸。时各处兵勇亦脱号褂,亦望北城奔走。幸镇篁兵适营于南城府文庙侧,邓副将迅率所部登城,手刃上城悍贼,复投药桶薪油,以断贼路。邓副将炮洞右臂,肩中矛伤,犹下城率部勇,与其弟守备绍英,大呼后退即斩。时贼营炮弹如雨,邓踔厉自若。由是和总兵、张副将各带兵奔救,逾时贼退……是役也,非邓副将身先士卒拼效死力,则省城数十万生民岌岌殆矣。[2]

第二次为十月初二日:

> 十月初二日未刻,我军正在南月城外加挖壕沟,忽该处地雷轰发,离城根丈许,土石迸裂,尘雾迷漫,兵夫多被压毙。贼匪误谓南城已被地雷轰塌,突出二三千人,蜂拥直前,枪炮齐向城头轰击。和春挥弁兵迅由本营横冲而出,携亲兵二人上城,躬临垛口,指挥杀贼。[3]

---

[1]《罗绕典等奏报剿败连扑长沙之敌并请将出力文武奖叙折》,《清政府镇压太平天国档案史料》第四册,页31。

[2] 杨奕清、唐增烈等编《湖南地方志中的太平军史料》,页160—161。

[3]《罗绕典等奏报剿败连扑长沙之敌并请将出力文武奖叙折》,《清政府镇压太平天国档案史料》第四册,页31。

时间也选在未刻，但地道精度不够，爆破点离城尚丈许，城未塌，进攻者也未冲至城上。

长沙的例子说明，"穴地法"可以防——只要肯想办法、积极应对，再就是持续保持注意力、不懈怠。

《左传》说："夫战，勇气也。一鼓作气；再而衰；三而竭。"事情总是这样。几番不能得手，即便太平军，也会沮丧。十月十八日，"五更，复有多贼暗用长梯数十架于南城魁星楼侧抢攻，被镇筸兵勇钩夺长梯，争抢旗帜，贼势更沮。"[1] 重新捡起云梯，说明太平军对"土营"奏功已然绝望，但又不甘心撤围，所以最后强行登城，聊为一试而已。败回翌日，"我军正拟会剿，至夜三更忽闻城外海螺四起，大河东西两岸火光烛天。而城外官兵探报，贼大股全数已由河西小路潜遁矣。"[2]

起自七月二十八日迄乎十月十九日 1852年9月11日至11月30日，长沙"危城八十一日获保安全"。双方投入一二十万兵力，规模乃金田以来之最，军备亦相伯仲，完全可称一场"会战"。它有几个关键点：一、太平军分股起兵奇袭之策未能奏效，"陕兵飞骑警报"，长沙侥幸避免了"直窜之害"。二、江忠源及时控制了战略要地，迫使太平军始终只能从南城一侧攻城。三、向荣到达后，"以久历戎行，得其部署调遣之功"，城内城外布置妥当周全。四、太平军策略失衡，顾头不顾尾，以仓猝自陷被动。在同意萧朝贵临时提出奔袭长沙方案后，未对可能的各种情况预加准备；及萧重伤，急起救援需尽快赶到，而尽量减轻辎重，造成军资之外其他物资较少携带。据李秀成回忆："天朝官兵有粮，无有油盐可食，官兵心庄壯而力不登，是以攻城未就。"[3] 赛尚阿九月间同样奏报："连日侦探并获贼供，贼众被剿，米盐缺乏。"[4] 其时太平军非昔可比，全部战斗和非战斗人员相加数逾十万，日需品消耗巨大，然而却周遭受敌，难以获取补给。太平军这样虑事不周，背后的深刻原因是轻敌。盖自道州以来，一路速战速决，让他们觉

---

[1] 杨奕清、唐增烈等编《湖南地方志中的太平军史料》，页161。

[2] 同上。

[3]《李秀成亲供手迹》，排印文，页03。

[4]《赛尚阿等奏报长沙连日战守并各路进攻获胜等情折》，《清政府镇压太平天国档案史料》第四册，页2。

得荡平官军直如砍瓜切菜，长沙亦必一鼓而下，没有想到会被拖入拉锯战。

另外，长沙舆论普遍认为，还有两个人物做出了独特贡献，一是骆秉章，一是邓绍良。骆秉章"虚怀下士，得有绅宦一气之助"，很好地联络和疏通了士绅阶层，并通过他们引导社会，从凝聚力方面提升着民气民心。邓绍良在省垣袭陷的关键时刻，振臂一呼、挽狂澜于既倒，"争胜于呼吸之间"。总之，历经八十一天，长沙渡过劫波，被目作了不起的成就。事后湘人感慨："武昌、金陵相继失陷，几贻南朝无人之讥，岂真悍贼之不可制欤？卒之南勇_{指湘军}所至，克复建功，亦可见朝廷养士之报，流泽孔长矣。"[1] 言语间对湖南满是自豪。

可是湖南的故事尚未完。取长沙不遂，太平军本来很是落魄。李秀成说："攻城不下，计及移营，欲由益阳县欲靠洞庭湖边而到常德，欲取河_湖南为家。"[2] 此处"湖南"，泛指洞庭湖南岸区域，总之是打算到常德在它南边找块地方栖身。可见连续第二个省城攻伐失利，太平军"小天堂"的选址标准有些改变，未必非省会不可。益阳在长沙西方，故撤退后，太平军是往西而去的。官军追击方向并不错，"至北窜常德，惟益阳最为扼要，已飞饬向荣由宁乡设法抄前堵截……驰往长沙西北一带拦截"。[3]

岂知天无绝人之路。正在这时，忽现转机："到益阳，忽抢得民舟数千，后而改作顺流而下，过林子口_{临资口}而出洞廷_庭、到岳州，分水旱而下湖北。"[4] 这是从天而降的惊喜，以致杨秀清以诡词粉饰的方式赞美道：

> 由郴州至长沙，攻破城垣数次而又不遽进城者，此亦由天父默中使然而然也。若进长沙驻扎日久，则益阳等处江河船户不免为妖魔哄吓，远遁他方，我百万雄师何由得舟楫之便而沿流以破武玱_昌乎？此可见天父默中使成之权能也。[5]

---

[1] 杨奕清、唐增烈等编《湖南地方志中的太平军史料》，页162。

[2]《李秀成亲供手迹》，排印文，页04。

[3]《徐广缙奏报致由西路窜逸官兵截击获胜并派兵赶紧追剿折》，《清政府镇压太平天国档案史料》第四册，页56。

[4]《李秀成亲供手迹》，排印文，页04。

[5]《天情道理书》，《中国近代史资料丛刊·太平天国（一）》，页368—369。

把不能攻克长沙及益阳得舟,都说成"天意"。从杨秀清的激动口吻,我们可以想见意外得舟对于他们简直还有一番神秘的精神慰藉意义。早在出广西前,他们便一路求舟而不得,被迫靠两条腿行此千里之遥,不承想,这处境突然在益阳烟消云散了。

折往岳州,实由这一偶然,否则太平军原是要沿湖岸陆行常德一带的。这个意外,也完全打破了官军的预判。进剿至今,官军基本都是尾随、"蹑其后"方式,而不能"绕其前",这让咸丰皇帝无法理解、跳脚大骂。其实,这一次本来恰恰是"绕其前",然而却扑空:

> 十月下旬,贼解围北下。时不知贼欲何往,忠烈江忠源遂西南至湘乡驻守,防其南窜,向忠武向荣扎益阳,御常、澧,而独置北道不问者,以北抚常文节名大淳已设守于岳州,为其可恃也……贼先至皆陆师,无舟。长沙不利,使江、向或守宝星塘,贼无舟可得,则祸不至下游。或断其北道,贼尤不能直下。故楚士至今以不守宝星罪向忠武。独南老之言,以忠烈时舍要隘而西南守闲地,以为有顾己乡之见,不当独罪忠武,其言殆甚平允。[1]

官军审讯所获俘虏,"有称欲往常德者,有称欲往宝庆今邵阳市者"[2],这是太平军落寞退却时原本的去向,江忠源引师湘乡在益阳以南,向荣奔益阳、常德,与上述情报相符。然而太平军在益阳意外得舟,"顺流而下",反向去了西北方的岳州。

这时,湖南地理要势里一江一湖的那个湖,被凸显出来。

岳州今名岳阳,古称巴陵,范仲淹《岳阳楼记》"滕子京谪守巴陵郡"即指此地,文中说:"予观夫巴陵胜状,在洞庭一湖。衔远山,吞长江,浩浩汤汤,横无际涯;朝晖夕阴,气象万千",又说它"北通巫峡,南极潇湘",将其地理上的方位与衔接,讲得很明白。作为两湖门户,岳州的意义无待多言,湖北新抚常大淳甫上任,即前往查勘,奏报:"洞庭湖直接长沙府所属之湘阴县,顺风扬帆,半日可达郡城,

---

[1] 赵烈文《能静居日记》,页440。
[2]《徐广缙奏报敌由西路窜逸官兵截击获胜并派兵赶紧追剿折》,《清政府镇压太平天国档案史料》第四册,页56。

必应筹备严密。"[1] 后不幸言中。岳州地属湖南,但当时南省兵力集中于长沙会战,遂协商将岳州防务交付北省提督博勒恭武,由后者与武昌道王东槐二人带兵驻守。前引《能静居日记》所云"以北抚常文节已设守于岳州,为其可恃也"即此,还有人参劾"湖南督抚大员并不以岳州为意,且以湖北提督驻守岳州为多事"[2],可见有关岳州的防卫实有淆紊之处。

十一月初三日午时,太平军进抵岳州,发现是空城——"城门大开,无人把守"[3]。这可不是诸葛先生在玩空城计,实实在在就是一座空城。换言之,岳州不可谓之"失守",而是压根儿无守。事后查知,"岳州官员于初二日先已出城,初三日早,知县亦即出城"。[4] 接手该城军务的湖北提督博勒恭武是个大草包,他声称:"初三日未刻,探悉贼匪离城三十里,当带调到防兵八百余名,赴前途五里排地方,遇贼约二千人。我兵排列开放枪炮,打毙贼匪不计其余,官兵亦有损折。不料东门火起,复有贼匪马步齐出,从后抄尾,我兵腹背受敌,不能抵御,以致溃散。因马被枪伤,致该提督跌地,腰胯受伤。此时官兵营盘尽被烧毁,不能安扎,应撤回省。"[5] 满嘴谎言,就连远在北京的咸丰皇帝也一眼看破,朱批:"博勒恭武受伤,是否虚捏?朕未深信。"[6] 根据同城官员证词,"初二日未刻,探报贼匪已至青冈,距府城六十里,博提督即时出城"[7],而不是"初三日未刻"。

岳州到手,对于太平军,洞庭湖真的就像它字面那样:天穹洞开,如置广庭。武汉三镇以及整个长江中下游,业已为之敞开怀抱。

除了尽得地利之势,岳州还随带附赠两样大礼。一是船只数千。岳州乃渔乡,渔船无尽,之前常大淳曾来此布置将渔民组成团练,称"渔勇",徒有其名,眼下全部被太平军笑纳。这样,继益阳后,太平军舟楫再次暴增,从苦不得舟,

---

[1]《常大淳奏报查勘岳州要隘筹务渔船团练并请调邻省精兵折》,《清政府镇压太平天国档案史料》第三册,页465。

[2]《寄谕徐广缙著统兵速赴岳州并派兵分赴武昌荆州协防及严查汉口地方》,《清政府镇压太平天国档案史料》第四册,页91。

[3]《徐广缙等奏报岳州失守急派堵剿折》,同上书,页85。

[4] 同上。

[5]《常大淳等奏报岳州失守湖北情形危急折》,同上书,页80。

[6] 同上。

[7]《徐文缙奏覆岳州文武先期逃散及汉阳失守现在追剿情形折》,同上书,页129。

旬日变为"舟只万千"[1]，这对其后续行动影响深远，包括进军、定都南京，实植根于此。二是"得吴三桂之器械"。一百七十年前，吴三桂侄吴应期，在此屯重兵与清相抗，前后五年，兵败城破，留下大量军火一直封存岳州，至是乃为太平军所得。徐广缙奏称"城内有火药、大炮及饷鞘一切均已资贼"[2]，李秀成口供也专门提到"破岳州，得吴三桂之器械，盘运下舟"[3]，又据岳州通判郑德基禀称："以城中有饷鞘、火药等件，恐资敌用，设法将饷银一百五十六鞘、火药等多件搬运下船……取道解送省城，幸无失悮误"[4]，细读其文，是饷银全部救走，军火则仅有少量搬出。

两样大礼，相辅相成；"舟只万千"，正好用来载运辎重。而浩渺洞庭和滚滚长江，则为他们铺就通衢大道。从长沙而岳州，太平军际遇之奇匪夷所思，"失之东隅，收之桑榆""踏破铁鞋无觅处，得来全不费工夫""山重水复疑无路，柳暗花明又一村"……诸如此类表示高幸运指数的词汇，于他们无不适合。

极目水天，名城武昌望之在即。

---

[1]《李秀成亲供手迹》，排印文，页04。
[2]《徐广缙等奏报岳州失守急派堵剿折》，《清政府镇压太平天国档案史料》第四册，页85。
[3]《李秀成亲供手迹》，排印文，页04。
[4]《徐文缙奏覆岳州文武先期逃散及汉阳失守现在追剿情形折》，《清政府镇压太平天国档案史料》第四册，页129。

武昌

　　十九世纪五十年代,"大武汉"尚无踪影。武汉三镇虽有之,汉阳及汉口还较小。尤其汉口,当时连个城垣都没有,十年后洋人于此辟租界,才一跃至于繁华都会。武昌则自古名城,元、明、清俱系省治。武昌的重要,缘于地理。秦汉以还,神州一统,南北概念逐渐凸显,武昌的津要意义随之俱增,这在春秋以前是不具备的。武昌承北启南,瞻西望东,四通八达。进而言之,其地缘上的意义,特别表现于与长江和南京的关系。中古中国,北方边患恶化,蛮族侵害不断加重,汉家王朝很仰赖长江的庇护,长江在历史上发挥的作用,颇有"长城第二"之实。而随着文明重心南移,江南日益繁富,长江下游尤为财赋渊薮,于是烘托出南京的历史地位。历史上,凡以南京为都,武昌都将变得举足轻重,例如三国吴政权都建业,命周瑜为江夏太守驻此地,借赤壁之战击退曹魏、奠定鼎足三分之势,明末总兵左良玉也是从武昌起兵赴南京"清君侧",从而造成弘光朝崩解。原因在于武昌高踞南京上游,滚滚东流水有如源源不断输出的动力,驱动一切。在古代,进攻者一旦扼有此地,长三角岂仅由其"窥觑",盖亦衣不蔽体矣。

　　前述湖北巡抚龚裕以不谙军务和久病求开缺,遭革职,而调浙江巡抚常大淳继此任。自避祸角度言,常大淳运气差到极点。他从相对平安的浙江顶到危急之地不说,数月后本已有旨改调山西,可未及动身,太平军已杀至城下。常大淳是六月十二三日莅任的,不久,提督博勒恭武被派驻岳州,这时正好新授江南提督双福赴任过境,常大淳"以防堵需人,疏乞留楚助防"[1],得到批准。事

---

[1] 陈徽言《武昌纪事》,《中国近代史资料丛刊·太平天国(四)》,页583。

后看，常大淳等于临死拉了个垫背的。

从武昌起，材料变得丰赡，我们的叙事将能触及一些比较细腻的情形。过去太平军自视密勿、与世相隔，而裹挟之众多目不识丁，所克州县亦非繁华市廛，文化不甚发达，因此相关经过惟见诸数量极少的太平天国官书，以及清廷奏谕文牍、方志等，出自个人目击者的载记几乎没有<small>很多以个人名义编纂的桂湘阶段史述，都是后来集道听途说以成，非当事人亲历</small>。武昌以后，太平军挺进富足昌茂、文采蕴厚的长江流域腹地，自身行止也愈益从秘密团体、流匪而转向社会化，使神秘面纱一点点揭去，大量丰富多样的细节，尤其是战争以外的情形，开始被描述流传开来。例如武昌第一次被克期间，有陈徽言《武昌纪事》、佚名《武昌兵燹纪略》二记，以及江夏无锥子《鄂城纪事诗》那样的叙事组诗，作者都置身现场，亲历围城、城破及太平军离去之全过程。其中《武昌纪事》作者陈徽言，云南诸生，官宦子弟，当时侍父由京扶病归乡，途经武昌，因父病重寻亡于是滞留，正好赶上武昌危变，直到后来太平军允许城内居民出城购物，始乘间脱身，《武昌纪事》得诸目阅亲闻，江忠源读其稿，手为之序，凡此均足证其真实可信。类似《武昌纪事》的著述，以后在皖、苏、浙、赣以及上海，将越来越多。

岳州失陷消息迅速传到武昌，常大淳、双福下令立即闭城。此时，武昌兵单，闭城固守犹合情理。然而十一日那天，向荣所派绕道急援的常禄、王锦绣部二千余人，抢在太平军的前一天赶到，常、双却仍然决定把援兵弄到城里来，湖北按察使瑞元对此有不同意见：

> 大淳与双福议城中兵寡，盍如入之。瑞元以为宜饬二总兵，分营厂红桥、双凤山为犄角势，战则夹攻，可以得志，守则相为声援……双福曰："贼新破州县，其锋方锐，弃之城外，以卒予敌耳。不若坚壁固守，待其敝而后击之，比向子欣<small>向荣</small>兵至，内外夹攻，可得志也。"大淳曰："提督议是。"遂内二总兵。[1]

明清两代，军队由一群"高考学霸"、进士出身的文职督抚节制，问题很大。文

---

[1] 佚名《武昌兵燹纪略》，《中国近代史资料丛刊·太平天国（四）》，页568。

官不知兵，临事心中无底，常大淳所以硬留双福在身边就是缘此。眼下他视双福为靠山，言听计从。偏偏双福又是一个废物将军，表面说得头头是道，内里其实是胆怯自私；从保命角度，他觉得城内之兵多多益善，哪管什么用兵之道？

不过，常、双有一点却做得对。初六日，他们下令毁城外民房。起初是拆毁，被拆居民"搬运器物、砖瓦、木石者接踵于道"。两天后，"二鼓余，闻贼至簰洲……以城外民房不及尽毁，下令'先自平湖门外举火焚之'"，武昌城四周遂成火海，余火一直持续到十四日未绝。为何说这是正确措施？因为来自长沙的前车之鉴。和平时期，繁华之都绕城周边，都会形成市井。当时，长沙没有未雨绸缪，敌人突至，城墙外屋舍都被利用，作为攻城依托，给守方造成很大麻烦与威胁。常大淳所出告示晓以利害：

> 城外民房，非离江岸不远，即距城根较近，兵法以清野为先，若不早为毁除，非特有碍炮路，且广西湖南等省皆因民房毁除未尽，致贼藏身，潜掘地道，前车可鉴。

但家产一旦付诸火海，民众情绪可想而知，"群情汹汹"且谣言四起，风传包括"城内近城房屋，及汉阳、汉口亦将烧毁"。告示明确辟谣："毁除城外民房，系为清野而设，何至无故毁及城内并汉阳、汉口民房？"提醒居民，谣言所起，很可能是奸细所为，"为煽惑人心之计"。官府既把话讲明，"于是浮言浸息，民乃安堵"。[1]

被吸纳的长沙经验，还有防地道之术：

> 十七日，九门近城隙地掘坑，深四尺许，上覆巨瓴，使瞽者更番卧其中，以瓦缶就地枕之，缶身埋入土，其口枕耳，可闻贼声。[2]

当局又曾紧急购米油盐等物，以贡院为粮台贮之。从种种情形看，武昌守城准

---

[1] 陈徽言《武昌纪事》，《中国近代史资料丛刊·太平天国（四）》，页585—586。
[2] 同上，页587。

备较长沙远为充分，城垣亦完好坚固，不像后者那样存在失修状况。论理，长沙未破，武昌更应守住。然而最终结果却非如此。问题出在哪儿呢？出在两个方面：一、外围态势不同；二、城内组织不善。我们分别述之。

太平军于十二日、十三日由水旱两路先后到达，而追击之向荣大队"于十四日赶到离省十余里之白木岭"[1]。向荣为什么留在武昌十几里之外，没有前进？因为他被阻截于此。太平军利用早到一二天，在追兵前来方向，分兵扎营，修筑工事，"外筑长墙一道"，顽强防守，力阻向荣攻至城下。这时我们便明白常、双不纳瑞元建议是何等愚蠢。岳州失守那一刻，向荣当机立断，速派常禄、王锦绣间道驰奔武昌，成功赶在太平军前一天到位。这是官军惟一一次实现"绕于敌前"，咸丰皇帝闻讯，至为欣慰，谕旨表扬向荣"见事尚属机警"[2]，对他重示眷隆。但这步好棋，经双福之手完全下臭。太平军拨其部分兵力挡住向荣，放手攻城，无复他忧。武昌实际上成为孤城，竟至于向荣与城内消息不通，完全隔绝。向荣十四日到，常大淳却直至二十六日"始确知向统大军于十三日此误，据《向荣奏稿》应为十四日至李家桥"[3]。这个消息由一位名叫张鳞甲的侦卒，以遍体鳞伤的代价携回：

> 先是，鳞甲偕一目兵奉令侦探，而贼于水陆诸要泾皆置竹钉，既泅水偷渡，其人为竹钉中伤要害，旋死，鳞甲四肢刺伤，比抵大营，血污衣袴，见者莫不壮而悯之。[4]

太平军封锁之严，手段之狠，借以略窥。向荣费尽九牛二虎之力试图撕开防线，而苦无进展，"屡次打仗不下"[5]。显然，较诸长沙，武昌城外枢机已归太平军掌握。长沙时，官军抢占蔡公坟，扼此要地，整个会战居于主动；眼下武昌颠倒过来，

---

[1]《覆奏武昌失守筹备堵剿情形折》，《向荣奏稿》卷一，《中国近代史资料丛刊·太平天国（七）》，页16。

[2]《寄谕徐广缙等著密饬地方官严密盘查奸细不可疏忽并命向荣奋激图报》，《清政府镇压太平天国档案史料》第四册，页140。

[3] 陈徽言《武昌纪事》，《中国近代史资料丛刊·太平天国（四）》，页589。

[4] 同上。

[5]《覆奏武昌失守筹备堵剿情形折》，《向荣奏稿》卷一，《中国近代史资料丛刊·太平天国（七）》，页16。

太平军扼得要地，官军像被点了穴位，寸步难移。

至于城内情形，虽说城垣完固，又有坚壁清野、备下粮盐、监听地道等措施，貌似有模有样，但有一点却和长沙迥异：领导者的心气。

"大淳性仁柔"[1]，这是从正面说；从反面说则是软懦，自己没有主心骨。太平军逼近以来，他的表现让下级很不屑，按察使瑞元竟当面顶撞说："吾初不谓读书人至是。误国家事，必若曹也。"然后"拂衣径出"。十六日那天，"贼用梯冲攻城，势急"，危情之下，城上将士的抵抗本能也被激发出来，"乃列陈阵城上，前短兵，后长矛，左飞石，右弓弩"，浴血厮杀，太平军伤亡惨重，"枪炮毙者无算，尸枕藉城下"；此时将领驰报常、双，要求乘胜出击，"可大歼也"，而常、双"闻已克捷，皆幸，不欲再举恐失利"，据说他们由此役得出判断，"谓贼易与耳，计益疏懈，惟日饮酒谈𠲿，待向荣至矣"。[2] 这说法有夸张和丑化的成分，常大淳不至于有心情"饮酒谈𠲿"，然而，"待向荣至"四字则的确是他各种行迹的注脚。据当时从武昌逃出的人反映，"朝夕号令数更，大小各官、绅纷纷聚议，无一事见行，知其必不能保。"[3] 反观长沙，当时罗绕典、骆秉章两人，一个是临时派来"帮办军务"，一个是已革巡抚，地位、权责都有些特别，却勇于任事、机敏干练，将工作组织得有条不紊。前面曾说，长沙解围后，舆论公认骆秉章较好发挥了凝聚力作用，而北京也对他的守城之功给予认可，撤消了先前处分，此后直至任四川总督与石达开角力，终将其擒获，都显示他在长沙的出彩非属偶然。常大淳自己没有主心骨已很堪忧，而他找来的那个"靠山"双福，比他还要不堪。我们并不因双福乃"八旗子弟"而卑视之，即便中晚清，"八旗子弟"仍有像乌兰泰那样的好汉，但眼前这位官至从一品的提督大人双福，却只是表现出"八旗子弟"一词中所含有的贬义。他是七月下旬途经武昌被常大淳留住，在此待了还不到四个月，我们从他在这么短时间里所形成的交游，可清楚了解其为人品性：

> 独与奸商萧裕宝亲善。裕宝者字秉吾，失其名，裕宝其设肆称也……

---

[1]《清史稿》卷三百九十五，列传一百八十二，页11772。
[2] 佚名《武昌兵燹纪略》，《中国近代史资料丛刊·太平天国（四）》，页568—569。
[3] 黄辅辰《戴经堂日钞（节录）》，《太平天国资料》，知识出版社，2013，页40。

以娼起家小封同"丰",因往来粤东,贩珠宝西洋技巧之器物,累资钜万。双福常负裕宝债,以故相友厚,情如弟兄,出入闺阃中,共饮酒食。[1]

这就是一个玩主,声色犬马之徒,京城所谓"大爷"是也。这样一个人带兵,心里所想的自非如何取胜,而是如何自保。双福对于武昌的安排,每一着都如此,继把向荣部下常禄、王锦绣弄进城之后,又命人"多制木匣实以土,将以为内城",城内再筑一城,以便城破还有地方龟缩,市民讥之:"贼之入武昌,恐不待汝内城成也。"[2] 所以,武昌守城貌似井井有方,却处处透着两个字:消极,跟长沙以严守站稳阵脚、守中求反击的心气判然不同。

这样的情形,一直持续到十一月二十八日。此时,武昌被围已经半个月,被挡在十几里外的向荣,焦虑万状。他决心拼全力一搏:

> 奴才急欲攻至城下,以解倒悬,当饬各营认真挑选敢战者,共得奋勇兵壮三千五百余名,多方激励,晓以大义,约以赏罚,先行酌赏银两,即于二十八日一仗大获全胜,连夺洪山贼营十五座,杀毙二千余人。我兵即从洪山一带扎营,立望城围可解。因长春观、双峰山、小龟山、阴骘阁、田家园尚有贼营八九座环列城外,能攻开一路,即可直至城下。[3]

从所有士兵里挑出三千五百名最勇敢的,组成精锐之师,加以激励、动员:

> 荣陈师慷慨言曰:"荣与诸君自粤西湖南,崎岖百战,以至于此,今逆匪围武昌急,荣奉天子命,率师援武昌。武昌为天下重镇,如逆匪破之,北窥荆州则蜀豫震动;顺流以东窜,则芜皖金陵非朝廷有也。荣受重恩,以死报国,妻子利禄非所恋,顾诸君何如耳?"皆曰:"愿以死报将军。"[4]

---

[1] 佚名《武昌兵燹纪略》,页569。
[2] 同上书,页571。
[3]《覆奏武昌失守筹备堵剿情形折》,《向荣奏稿》卷一,《中国近代史资料丛刊·太平天国(七)》,页16—17。
[4] 佚名《武昌兵燹纪略》,《中国近代史资料丛刊·太平天国(四)》,页570。

这一支向师精华，战斗力果然提升，大胜，一日攻下敌营十五座，推进到离武昌很近、可以彼此相望的地方。这一幕，城上军民亲眼得见，陈徽言记曰：

> 二十八日。黎明，提督向荣自卓刀泉分兵十队，攻夺洪山贼营，进剿小龟山、紫荆山贼……城中士民登城黄鹄山观者如堵，望见我兵骁悍，驱贼赴水如群鸭，鼓噪笑呼，欢声动地。[1]

此战若能善始善终，历史将被改写。然而，正当大胜之际，攻势化于无形：

> 前队方陷陈阵摧坚，奋迅逐北，而后队利贼财物，掳掠不进，前队退相仿效，比荣自临督阵，而部伍已乱，荣恐贼乘之，遂收军。是役也，破贼营十数，斩首二千余，获被掳男妇百余口。议者谓缓须臾收军，必至城下，城可勿破，乃乱起行间，用至大功不遂，惜哉！[2]

王朝衰落，则官军纪律差，"杀掠甚于流贼"，这是中国的老大难问题，历代没有例外，眼下也是如此。

这口气泄了以后，虽向荣连日催兵猛攻，太平军却已经缓过劲来。当时，向军条件也确实艰苦，"东村富民张氏家有积谷，知提督向荣粮运未至，军不宿饱，乃尽出以献"[3]，饿着肚子打仗，士气很难高昂。

二十九日起，气象恶化，"朔风烈烈"，连降数日大雪。随后是浓雾，其状甚奇，向荣称"对面视物不明"，语颇朴素，《武昌兵燹纪略》形容则是："自城上下视，积气白如绵絮，远近悉不可辨。"[4] 就在这种天气掩护下，十二月初四日，武昌突然被破：

> 初四日。黎旦，黑雾中闻大声震动，文昌门城颓二十余丈，盖贼于地

---

[1] 陈徽言《武昌纪事》，《中国近代史资料丛刊·太平天国（四）》，页589—590。
[2] 佚名《武昌兵燹纪略》，同上书，页570。
[3] 陈徽言《武昌纪事》，同上书，页590。
[4] 佚名《武昌兵燹纪略》，同上书，页571。

道以置盛火药轰烈裂也。时守城兵勇有入帐就睡者,有下城买菜物者,贼八人扬旗先登,见垛口疏落,招飐大呼,逆党继之,复四围乘梯攻入,兵勇纷纷走避,城遂陷。[1]

这是太平军所克第一座省城,亦是清初三藩之乱以来为叛军所陷的第一座省城,于彼此意义均属重大。从爆破规模看,城颓二十余丈,远超长沙时的数丈至十余丈,说明两点:一、攻方军火非常充足,可以支撑这样大的工程,岳州所获吴三桂物资发挥了作用;二、所挖地道必然巨大,才足以装填适当的药量,故必非一日二日之功,而如此既大且久之动静,伏瓮瞽者竟未察觉,可知城内许多貌似做到的事,形同虚设。

武昌惨遭杀戮。《武昌兵燹纪略》:

贼觇睹兵乱,数十人先登,见无御,以蛮弧招之,一军蜂拥而上。遂分兵追杀兵勇,突街市,市妇遇之者死。杀戮者以八千计,自死者几十万也。[2]

"几十万",非白话"数十万"之意,而是指自杀者"接近十万"。《鄂城纪事诗》则吟:"黄旗到处人头落,血染长街一片红",复注曰:"贼手执黄旗,逢人便杀,血满通衢,横尸无数,此日被杀者十万余人。"[3]陈徽言亦云:"杀人盈街,太阳惨黯无色。"[4]造成杀戮的原因有二。一是拜上帝教以"杀妖"为己任,洪秀全曩于梦中就专做此事,他被"神爷火华"遣回人世,使命亦正在于此。那么,"妖"之谓何?凡属满人以及一切为清廷做官、当兵者,包括他们的家属,均在此列,对这些人是见一个杀一个。其次,城破之初处在攻击状态,不下"止杀令",为确保不受到暗算、袭击,基本上"逢人便杀",亦即只要撞见即格杀勿论,并不区分"妖"与百姓。其中又有一些奇特的情形。例如《武昌兵燹纪略》说:"晋豫蜀滇黔兵

---

[1] 陈徽言《武昌纪事》,《中国近代史资料丛刊·太平天国(四)》,页590。
[2] 佚名《武昌兵燹纪略》,同上书,页571。
[3] 江夏无锥子《鄂城纪事诗》,《太平天国资料》,页32。
[4] 陈徽言《武昌纪事》,《中国近代史资料丛刊·太平天国(四)》,页592。

死者十八九，武昌兵匿私宅中，贼渠魁入城皆迎降，以故死者仅十二三也。"[1] 外地调来的清军大多被杀，而本地兵被杀的却不到三成；显然，后者操当地口音，容易混迹于市民，因此捡回性命。《鄂城纪事诗》所记尤奇：

爆竹喧阗满市廛，香炉高捧跪门前；愚民枉作贪生计，怕死谁知死在先。

注云："破城之时，爆竹之声，满城不绝，又有手执香炉，跪接门前者；贼最恶焚香放炮，因之被杀受伤者不可胜计，惟闭门不出可免。"[2] 此话怎讲？原来，有市民以为主动归顺可保平安，于是燃炮顶香以迎，不料犯了大忌——太平军视"偶像崇拜"为邪恶，而燃炮焚香则是与鬼神迷信如影随形的习俗，故凡这么做的，均刀剑相加。想要安全，实际上也很简单：闭门不出便是。说来也该武昌市民倒霉，因为武昌乃太平军所克第一座大城，对于应如何与之打交道，武昌人没有什么可资借鉴，他们等于为以后其他城市蹚了蹚路子，所以等到太平军克安庆、南京、杭州，就没有听说发生这种有些黑色幽默的事。

武昌陷，《清史稿》说"大淳死之"[3]，未言如何死。据《武昌兵燹纪略》，他是自缢身亡，并说他先微服逃到百夫长杨某[4]私宅，被杨某劝之"有死而已，义不辱也"，大淳"犹踟蹰"，经杨某敦促"乃自缢"，杨某同时自缢——及至太平军离武昌，人们从杨宅发现了两人尸体。[5] 提督双福，在文昌门被杀[6]。其余如按察使瑞元、布政使梁星源、学政冯培元、武昌知府明善、江夏知县绣麟、前盐道王东槐就是与博勒恭武一道弃岳州逃跑的那位等等，或遇害或自尽。向荣派来的总兵王锦绣、常禄死于城头或巷战。

杀戮持续一天，翌日，杨秀清下"止杀令"。"初五日清晨，街上鸣锣，言东王有令：不准枉杀百姓，衣物银钱，俱要进贡。此令出时，城中老少男女，

---

[1] 佚名《武昌兵燹纪略》，《中国近代史资料丛刊·太平天国（四）》，页571。
[2] 江夏无锥子《鄂城纪事诗》，《太平天国资料》，页34。
[3] 《清史稿》卷三百九十五，列传一百八十二，页11772。
[4] 《鄂城纪事诗》记之为"巡捕杨文先"。
[5] 佚名《武昌兵燹纪略》，《中国近代史资料丛刊·太平天国（四）》，页572—573。
[6] 同上，页573。《鄂城纪事诗》云："双军门城陷之时，带兵千余，辟匿督宪署中，贼入署牵出斩之。"

已死大半矣。"[1]《武昌纪事》则说初五仍杀戮,"初六日……伪东王杨秀清传令'止杀'",命令具体为:"官兵不留,百姓勿伤。"[2]太平军号令严明,尤其杨秀清未死以前,令如山倒,人莫敢犯。故此后杀戮确应中止。又据《武昌兵燹纪略》:"贼于萌隶虽肆杀戮,犹有纵舍;于官吏则杀不纵也。"[3]萌隶是指官府里普通当差的,对这些人有时会放过,但是凡有一定官阶者,都不放过。初七日,"伪东王传令:'使民间收拾积尸,洁净街衢,违者斩',于是多舁至汉阳门外投之江。城上被戕官弁兵勇,贼皆抛掷城下,积柴焚毁,秽气熏天。"[4]

杀戮虽止,劫财继起。"贼三五为群,入人家搜刮,加刃于颈,逼索金宝,如是者累日。"[5]《鄂城纪事诗》形容:"入门先问妖何在,伸手要输买命金";"劈户穿房气太雄,随身利刃疾如风;倾囊倒箧搜寻徧,百万家赀片刻穷。"作者释之:

> 贼三五成群,见高门大户,闯然而入,衣物银钱,器具粮食,席卷一空。前贼既去,后贼复来,初五、初六、初七三日,民家劫掠或十余次,或数十次,居民纵善藏匿,亦所存无几,况无从藏匿乎?

又说所搜刮的财物,以粮、钱、金银、衣物、药材等实用品为对象,其余贵重珍玩等物,毁坏而已,并不掳走:"贼掠取民家衣物珠玉钟表古玩之类,弃掷抛毁,不可胜计,琉璃玻璃之属尽行打碎。"[6]需要指出,这种劫掠并不违纪,不得视之为太平军军纪败坏;事实上,这是有组织的统一行动,兵卒并非中饱私囊、为个人劫掠,所抢来一针一线,均须上缴"圣库"。所以太平军终其全部历史,每下一城,照例劫掠,从不例外,惟后期军纪渐涣,所掠财物才往往被将士匿瞒归己。

事实上,派兵群出搜刮之前,曾张告示,令居民主动献财。江夏无锥子讽刺说:

---

[1]江夏无锥子《鄂城纪事诗》,《太平天国资料》,页34。
[2]陈徽言《武昌纪事》,同上书,页593、592。
[3]佚名《武昌兵燹纪略》,同上书,页572。
[4]陈徽言《武昌纪事》,同上书,页593。
[5]同上,页592。
[6]江夏无锥子《鄂城纪事诗》,《太平天国资料》,页35。

"哄传贼示贴街前,不是安民止要钱。"[1]江夏无锥子名张汉,字良臣,道光末诸生,在武昌教书为业;依照他的儒家观念,如果是仁义之师,应该贴安民告示,而不是要钱告示。太平军所贴告示称:"武昌乃富饶之地,金银财宝,参桂鹿茸,绫罗缎疋,积聚秘多……若隐藏不献,全家斩首。"[2]告示所获响应不佳,于是派兵挨户去搜。

献财谓之"进贡",这活动在太平军所到之处都有展开,后来苏州等地居民由于闻见颇多、较有经验,很多人以主动迎合方式来对待。但在武昌,人们尚存侥幸心理,不愿"进贡"。初十日,设"进贡公所",并出新告示,"凡金银、钱米、鸡鸭、茶叶,皆可充贡,且云'进贡者仍各归本业'……及是闻进贡仍得为民,皆不惜倾囷倒廪出之,至伪公所,次第挤入,数长发贼各以其汇收讫于一纸,上钤伪印,大书'进贡'二字,其贡金银者给伪执照。"[3]新政策改变了局面,使进贡者盈门。当时曾有这样一件事:

> 黄鹤楼道人李少伯,倡言无论男女,每名出银五两,男在军营,女在女馆,皆可调出回家,谓之圣民,贼去亦不同走,并给龙票为凭。有力者竭囊倾注,凑金银七千余两,尽被骗去。[4]

不知"进贡公所"之设及"进贡者仍各归本业"的政策,是否即得诸这位骗子的灵感?但最后太平军未兑诺言,武昌还是"全民皆兵","贼始谓'进贡者仍各归本业',至是皆挂兵字号布,乃知前言诈也。"[5]

不光骗子趁机行骗,又有地痞趁火打劫:

> 土著痞棍不良之人,既降贼,以红帕首,日持刀四出,恣意搜括,视长发贼弥凶而狡,虽穷巷甕牖䋫枢之家,亦莫不囊空餠瓶罄,寸物无遗,时因

---

[1]江夏无锥子《鄂城纪事诗》,《太平天国资料》,页37。
[2]同上。
[3]陈徽言《武昌纪事》,《中国近代史资料丛刊·太平天国(四)》,页594。
[4]江夏无锥子《鄂城纪事诗》,《太平天国资料》,页37。
[5]陈徽言《武昌纪事》,《中国近代史资料丛刊·太平天国(四)》,页594。

目之为"本地王爷",盖民畏长发贼,呼曰"王爷",故于若辈云然。[1]

这些本地流氓较易辨认,他们虽头扎红巾以示乃"圣兵"中人,但老"圣兵"都蓄发,他们却还前顶光秃。这些强盗还有一个特点,不问富穷,一概搜抢,连贫民窟也要光顾。

太平军最被称善的一点,是严禁奸淫妇女。自古以来,民间之于匪祸一大患在斯,太平军则防之极严,"禁止奸淫令屡申","各街俱有伪官巡查,如有犯者,听妇女喊禀,即时枭首示众",致其军人"不畏男人畏女人"。[2]而且禁令确实被严格执行:"二十一日,贼有闯入女馆欲行奸者,妇女号呼不从,贼目闻之,骈戮数贼,悬首汉阳门外。"[3]江夏无锥子承认:"贼据省城,将及一月,而妇女尚能保全,因有此暴中之一仁也。"[4]不过他所不知道的是,太平军禁淫并非基于"仁恻",而是奉行禁欲主义,禁淫民妇与军中男女分营、授受不亲,来自同一原则。

城破后第五日,十二月初九,诸王一行人始入武昌。他们要等城内靖宁、隐患俱已消除、积尸处理干净,才好进来。那天一大早,还专门征派市民扫雪,好让他们铺上红地毯、拥众而行。头一回有民间观察家亲见并描述洪秀全及"神天小家庭"各位之入城式,还有他们的仪仗模样:

俱是古时王者服装,笙箫鼓乐,侍从数百人,文武伪官乡袍戎服,前后奔走,由汉阳门进城,满街用红毡贴地。[5]

贼渠魁入城,皆以人八或四肩舆,黄缯伞一,旗二,铙吹前导。[6]

最引人注目的,是女眷及女官的队伍,江夏无锥子为之赋诗两首:

[1]陈徽言《武昌纪事》,《中国近代史资料丛刊·太平天国(四)》,页594。
[2]江夏无锥子《鄂城纪事诗》,《太平天国资料》,页35。
[3]陈徽言《武昌纪事》,《中国近代史资料丛刊·太平天国(四)》,页596。
[4]江夏无锥子《鄂城纪事诗》,《太平天国资料》,页35。
[5]同上,页36。
[6]佚名《武昌兵燹纪略》,《中国近代史资料丛刊·太平天国(四)》,页571。

> 稳坐官轿是女娘，轻盈体态半官装；手持便扇常遮面，仪卫依然列两行。
>
> 更有女官数十名，公然骑马任纵横；护随健妇持兵仗，一样鸣锣张盖行。

注说：

> 六王进城后，又有大小官轿数十乘，俱是女人。据云系伪王眷属，皆服官装，施脂粉，手持白扇，自遮其面。其中小脚多，大脚少。盖大脚乃伪王妻女，小脚即所掳掠妇女也。
>
> 贼有女官，不知是何名号，鸣锣张盖，骑马出游，前后左右，俱是大脚蛮婆，手持枪锚矛，护拥而行。[1]

其中的主体，应即洪秀全之"后宫"。"官轿数十乘"，尚不足百，里面还有东、西、南、北、翼各王的一些家眷。不过，这是刚到武昌时的规模；据陈徽言，武昌期间曾有"选妃"："二十五日……首逆僭称选妃，使民间女子往阅马厂听讲，至则选十余龄有殊色者六十人，即偪遥令入抚署时为天王府，从此沉溺狂澜，遂与父母永诀矣。"[2] 更不用说后到南京，又有扩充。我们需要留意的是大脚、小脚之辨，江夏无锥子以此区分"原配"与"掳掠"的两种女人，这是因为两粤客家习俗，妇女不缠足，故凡属大脚，必为客家土著无疑，小脚则为起义后沿途所获。"小脚多，大脚少"，反映了洪秀全后宫发展与变化的情形；女官一律大脚，则说明她们全部出身"老区"。关于太平天国女官的用途，除偶有置身战场的，主要干两样事情：一是管理女营、女馆，这一点下面很快会谈到；二是在天王府供役——不仅仅是服侍后宫娘娘，天王身边一切洒扫杂务均由女官充任，而不用男性——至其原因，暂卖个关子，俟后披解。

---

[1] 江夏无锥子《鄂城纪事诗》，《太平天国资料》，页36—37。
[2] 陈徽言《武昌纪事》，《中国近代史资料丛刊·太平天国（四）》，页597。

洪秀全与各王住处是："伪太平王居抚署，以黄纸贴大门首，硃书'天朝门'，大堂书'天朝殿'。伪东王居藩署，伪北王居臬署，伪翼王居学政署，亦以黄纸贴大门首，硃书'某王府'，大堂书'某王殿'。"[1]

在武昌，太平天国的重要活动与特色行为，第一次较完整、全面地展现于世，并形诸记载。内中关乎太平天国基本面目者，计四点：

一、"拜上"。拜上，即拜上帝，"贼示城内居民，俱要拜上"[2]，这是强制性的，不由分说，其治下各色人等均须服从这一思想标准。拜上分两种，一种直接入营当圣兵，"拜上者，拜上帝即投降也。贼有十军，前后左右中各二军，愿降者任其报名，每人给招子腰牌。招子，即衣上印记也。投军后，每军有司马，各领二十五人居一馆，无论士农工商皆作圣兵，听其调遣。"[3]另一种是通过"进贡"免于当兵，仍居家为民，"盖进贡与拜上异，拜上则为兵，进贡者依然为民也"[4]，这里拜上取其狭义，但在家为民不等于可以不拜上。在营者，每日早起餐前必须共同礼拜，"同馆人四面围坐，齐声诵赞美上帝咒语一遍，每七天还要在"夜半烹茶诵赞美一遍"。[5]对在家者，则经常性地举办名为"讲道理"的宣传和集体学习，来改造、统一其思想认识。"贼官每于旷野处，手持白扇讲论，集男女共听，谓之讲道理。女官亦偶为之。"[6]"讲道理者，如禅家说法之类，先期建高台，有戴红毡大帽贼，年四十许，面瘦削，系玻璃眼镜，手持白篦，俨然踞上座，旁一童子执刀侍，贼挥篦招人近台下，若相亲状，所言荒渺无稽，皆煽惑愚民之语。"[7]这种活动，说是"讲道理"，其实是没道理可讲的："如有非笑者，贼知之，即行斩首。"[8]"有壮者排众直前，抗论折之，贼怒甚，以五马缚其首与四肢，鞭马四驰，卒不能死，乃刃杀之。"[9]总之，拜上乃严格的全民思想尺度，只能接受。

---

[1] 陈徽言《武昌纪事》，《中国近代史资料丛刊·太平天国（四）》，页594。
[2] 江夏无锥子《鄂城纪事诗》，《太平天国资料》，页35。
[3] 同上。
[4] 陈徽言《武昌纪事》，《中国近代史资料丛刊·太平天国（四）》，页594。
[5] 江夏无锥子《鄂城纪事诗》，《太平天国资料》，页38。
[6] 同上。
[7] 陈徽言《武昌纪事》，《中国近代史资料丛刊·太平天国（四）》，页595。
[8] 江夏无锥子《鄂城纪事诗》，《太平天国资料》，页38。
[9] 陈徽言《武昌纪事》，《中国近代史资料丛刊·太平天国（四）》，页595。

二、全民皆兵、城市军营化。如前所说，最初武昌市民可因"进贡"免入营当兵，但很快知道这是暂时的，是出于敛财的权宜之计。十二月十三、十四日，政策改变，"贼始谓'进贡者仍各归本业'，至是皆挂兵字号布"。太平天国内没有"民"的存在，只有"兵"的概念，整个国家通体是一军事组织。如果说武昌时看得还不清楚，后在南京则一目了然。太平军首克武昌之后，在那里待了不足一月，有些事情尚可以"临时""特殊"释之；但在南京，其政权存在凡十一年，这么长的时间，从头至尾，南京百业俱废，阖城只有军人而没有任何操其他职业、依各自主业为生者。由此可知，武昌所谓"进贡者仍各归本业"确实仅为幌子，人民最终被尽驱入行伍，整个城市变为一座巨大军营，抑必然矣。

三、分馆。所谓分馆，是将城内居民驱离家庭，集体居住、统一管理，是全城军营化的直接体现。其中最主要的是男女隔离，分设男馆、女馆。不论老幼、夫妇、父女、母子、兄妹，所有人均依性别各归其馆。故不但防夫妻，连父与女、母与子、兄弟与姐妹之间，都禁止接触，即稚龄之男童女童，亦须与慈亲分别，"男与女不得谈及，子母不得并言"[1]，执行极严，"分男女各二十五人为一馆，彼此不相往来，或男至女馆，女至男馆，一经败露，即时斩首。"[2] 有诗叹之：

馆分男女泪汍澜，儿女夫妻见面难；任是金刚铁汉子，此时相对也心酸。[3]

在男馆女馆基础上，又分有"老疾馆"，专收高龄、病残之人："其老鳖聋瞽残疾者，分别设老疾馆处之。"[4] 这似乎有一丝"福利"气息，其实另有原因——所有分至普通男女馆的人，都负有繁重工作，男人练兵打仗，妇孺则被安排挖土运石、担水砍柴等重体力劳动及各种杂务，将高龄及身体残疾者剔除在外、单置一馆，是为了上述工作更便于组织和展开。例如女馆："担水析薪尽女娘，每因歧路久仿徨；逢人怕把衷情诉，低首无言泪两行。"[5] 她们的管理者，就是那些"大脚

---

[1]《李秀成亲供手迹》，排印文，页04。
[2] 江夏无锥子《鄂城纪事诗》，《太平天国资料》，页36。
[3] 同上。
[4] 陈徽言《武昌纪事》，《中国近代史资料丛刊·太平天国（四）》，页596。
[5] 江夏无锥子《鄂城纪事诗》，《太平天国资料》，页36。

蛮婆",十分凶悍,"饮食一切,俱派妇女服役,稍不如意,即遭鞭挞,虽名门贵族之女,无不受其辱骂"[1]。每一女馆,需要两名头目称司马,且必须由女性充之,这是太平天国形成独特的"女官"群体的主要缘由。透析分馆背后的意识形态,我们固从中看见太平天国以男女为大防的禁欲倾向,但更要进一步认识到其旨在摧毁、破坏社会之"家庭"细胞的根本诉求。和所有乌托邦理想一样,太平天国所谓"天国",也是通过打乱过往或惯常社会秩序,依主观人为的"新伦理"重新界定、规约社会关系,包括生产关系、政治关系、道德关系、法律关系等等,以图在人间建立合乎其臆想的新社会。为了实现这目标,因袭和延续着人类古老观念与历史的家庭单位、家庭形态,不能不作为顽固障碍予以拆除,然后始能将社会再构。此类尝试,太平天国的分馆制不过是式样之一,世界上不同地方和时间还曾出现过许许多多其他式样,而不论具体式样如何,对于"家庭"元素的毁坏和扬弃是其共通之处,而原因正在于家庭乃社会基本细胞、是旧历史的凝聚物。对此若不明了,可阅看恩格斯《家庭、私有制和国家的起源》,则原委自知。

四、烧寺毁书。"妖庙妖神纵火烧,僧尼无罪也难跳同'逃'"[2],"金身神像一时空"[3]。太平天国逢庙必焚拆,这是过去所知道的,武昌也是如此。但它的另一种敌意,则于武昌才首次被清晰、强烈地认知:这就是对于书籍的憎恶。"书卷飘零满路隅,行人来往共嗟吁;早知扫地斯文尽,悔不当年覆酱瓿":

> 贼入民家,寻取衣物,书卷抛掷满地,沟渠秽坑,无处不有。有人告以字纸当惜,不可践踏,贼言吾有天父看过,何暇畏此。[4]

从前所陷州县或偏或小,文化欠发达,没有太多机会来展现对字纸的鄙弃,眼下武昌,通衢都会,风流荟萃,其于诗书的贱蔑乃能集中宣泄,后在南京、苏州均如是。这是中国自秦始皇以来第二次有组织、大规模的毁书事件,嬴政烧

[1] 江夏无锥子《鄂城纪事诗》,《太平天国资料》,页36。
[2] 同上,页37。
[3] 同上,页38。
[4] 同上。

书是从政治专制角度,太平天国则几乎仅仅出自洪秀全个人原因——他因科举蹉跎积恨于心,在神启梦境里判孔子有助妖之罪,鞭挞其人、斥其所传之书"甚多差谬",而由于儒学在中国历史与典籍中的地位,遂连累了一切以字纸行世的物品。《太平天日》分天下之书为三种,一种是圣经《旧约》,一种是基督所传亦即《新约》,除与这两种相关的以外,都属于第三种,都在无价值之列。同时,太平军部众绝大多数是文盲,本身对文字一物毫无感觉与怜惜,况且经过灌输,他们心里普遍以为"吾有天父看过,何暇畏此",意思是我既已因天父知晓了一切,还有何可畏惧的?乃毁之践之,略无惭意。从文化政策来说,太平天国规定可读之书惟有经天王圣旨钦准颁行的太平官书,之外书籍一律禁绝,不可刻印,不可接触;其官书名单,渐次公布,每出一种,卷首都印着这些书单,未列其中,都是禁书。这种文化禁毁,不止为了愚民,抑且用以自愚,洪秀全之子幼天王洪天贵福被禁读旧书,"老子不准我看,老子自己看毕,总用火焚"[1]。

其余值得一提、较为独异的琐事,还有杨秀清"礼孔":

> 城内庙中神像尽烧毁,惟圣宫牌位,不敢毁伤,伪东王具衣冠谒圣,行三跪九叩礼。又将武昌府学,用红缎金书"天朝圣宫"四大字作匾额。[2]

这与满街书籍委弃于地的景象,彼此突撞。可以肯定,此乃杨秀清个人行为,与太平天国既定文化政策相矛盾。问题是他为何要做这种表示,以及又做给谁看?加以分析,可能的意蕴无非在于三者:其一,杨自己没文化,他或许通过这种行为,来表达内心对于文化的敬重;其二,他内心也谈不上什么敬重,但却认为这样做可以给自己树立较好的政治形象,有利于增加民望、人望;其三,特地做给洪秀全看,公然漠视后者众所周知的"非孔"姿态,借以宣示太平天国并非后者享有绝对权威,他也完全可以依自己意愿去做一些事。也许,完整的答案是以上三种意味相加。总之,这是信号,为以后"天京之变"埋下伏笔。又如避讳:

---

[1] 王庆成辑校《洪天贵福亲书自述、诗句》,《近代史资料文库》第五卷,上海书店,2009,页30。
[2] 江夏无锥子《鄂城纪事诗》,《太平天国资料》,页36。

> 贼不许民间姓王，凡姓王俱改姓黄；所刻书内，凡王字皆加反犬作狂，真不可解。[1]

避讳是太平天国文化一大特色，虽然避讳自古有之，但太平天国把它发挥到古怪的极致。引文里所说不许民间姓王、王姓一律改黄姓，是因"王"字业为洪秀全及"神天小家庭"成员专属，普天之下、万般事物都用不得，只有他们能用；那么过去典籍里出现的"王"字怎么办呢，一律加上反犬偏旁，使它变成"狂"。这个反犬旁起到丑化、否定的作用，意即"兽类"，太平天国还援此义造字，如咸丰之"丰"就被加上反犬旁，有点像后世"文革"大字报凡写"反动人物"姓名必然打叉。又娈童：

> 贼见小儿貌美者掳去，扎红巾，衣艳服，任其顽耍，谓之养子。城中失子者数千人。[2]

太平军此风始于何时不能考，总之是在武昌时见诸报道。能够这样做的，通常是中级以上军官，以勤务员名义随侍；普通士兵无资格，爵秩太高的视其兴趣而定，或者也纳于身边，或者觉得没必要，因为他们可以拥有女人。这样的报道，后来极为常见。既然严禁男女相处，娈童之癖就聊充补偿。

城外官军不时进攻，并于十二月二十一日、正月初一日打了两场胜仗。陈徽言说，军事失利使城内"震恐，遂有窜志"[3]。真正原因并非如此。不过，太平军确实从十二月二十七日起准备离开，开始将银粮、大炮等装船。二十九日传令"各营备一月粮，锄锹四具"[4]，《鄂城纪事诗》也说："贼二十九日下令，掳取民船一千七百余号，于初三日启行。"[5] 三十日，驱城内妇女出城登船。男人已

---

[1] 江夏无锥子《鄂城纪事诗》，《太平天国资料》，页38。
[2] 同上，页37。
[3] 陈徽言《武昌纪事》，《中国近代史资料丛刊·太平天国（四）》，页597。
[4] 同上。
[5] 江夏无锥子《鄂城纪事诗》，《太平天国资料》，页39。

自十二月十三日起调到城外入营:"蛮婆将女馆妇人,尽逐出城,手持竹杖,在后押行,有脚小步迟者,辄挞之。逐队成群,填街塞巷,涕泣之声,耳不忍闻。出城日暮,俱在江滨候船,通宵达旦,风露侵人,备极痛楚",至于老疾馆之人,则"去留听便"[1]。正月初二日,"是夜三更火起"[2],此时洪秀全等先已登舟,太平军弃城而去。起咸丰二年十二月初四日,迄咸丰三年一月初三日,太平军首克武昌,差一日满月而弃之。

---

[1] 江夏无锥子《鄂城纪事诗》,《太平天国资料》,页39。
[2] 佚名《武昌兵燹纪略》,《中国近代史资料丛刊·太平天国(四)》,页572。

江宁变天京

太平军弃武昌,断不是因为守不住,而是明确了"小天堂"目标所在——江宁。

江宁即南京。南京乃前明之称,朱元璋定都在此,后朱棣以靖难之役夺位,不安于兹,因迁北平,以之为都,称"北京",对原京师又不便遽降其格,遂行两京制,以金陵为"南京"。金陵称"南京"是不折不扣的明代地名,假使在别的朝代,比如辽代"南京"乃今之北京,金代"南京"却是开封。正因金陵称"南京"有着明显的明代印记,清代明兴,非变不可。顺治二年,"以国家定鼎,神京居北制,必不当如前并称都会,宜去京之名";于是,改南直隶为江南省,于金陵则撤其"应天府",援晋以来旧名,改还"江宁府"。康熙初,为进一步去明朝化,将江南省一析为二,置江苏、安徽两省,其中"江苏"省名集江宁、苏州而来,"安徽"省名集安庆、徽州而来。由此可知,在清朝,官方写法或正式称谓绝不可以是"南京";甚至我们耳熟能详的那个《中英南京条约》,本名也应是《江宁条约》。不过,民间习惯难改,都觉南京顺口,沿用不改,清廷却也无可奈何。略事说明如上,下面我们文从俗众,称南京不称江宁。

自从"小天堂"理论提出以来,它究竟在哪里,大抵是"摸着石头过河"。起义之初,事情能至何种地步,洪、杨也是心中没底。从永安的决定来看,占领广西省城在那里建立"小天堂",是当时的图景。桂林不克,被迫北上,取长沙亦含此意。等终于攻下第一座省城武昌,此愿可遂,然而这时太平军今非昔比,岳州以来急遽壮大,拥众数十万,船炮万千,就觉得武昌分量略嫌不够,"小天堂"的最佳之选因予另议。据信,择定南京之议正是在武昌形成的。

首先,洪秀全已正式颁诏:"诏曰:有功当封,有罪当贬。今朕既贬北燕地为妖穴，是因妖现秽其地。妖有罪，地亦因之有罪。故并贬直隶省为罪隶省。"[1]由此可知，太平天国虽以推翻清朝为目标，但成功后绝不会沿用北京为都，嫌它肮脏。这意味着，北京已从"小天堂"选址对象中剔除。

《李秀成亲供手迹》记打下南京后：

> 天王心欲结急徃同"往"河南，欲取得河南为业。后有一老年湖南水手，大声扬言，亲禀东王，不可徃河南，云："河南河水小而无粮，敌困不能救解。尔今得江南，有长江之殓险，又有舟只万千，又何必徃河南。南京乃帝王之家，城高池深，民富足余，上尚不立都，尔而徃河南何也？"他又云："河南虽是中洲州之地，足备稳殓险，其实不及江南，请东王思知之！"后东王复想见这老水手之言，固故而未徃。此水手是樑驾东王坐座舟之人。被该水手说白，故而改从，后即未徃，移天王驾入南京。[2]

这段记载很著名，凡谈定都天京事，必征引之。老水手的分析，头头是道，然而定都何处这等大事，不可能在打下南京临进城前，匆匆相商。占领南京，太平军仍将北伐是肯定的，但与择定都址无关。当时李秀成"尚未任事"，是太平军普通一员，对高层情节尚不知情，上述说法显然得之军中闲聊，并且把立都与北伐两件不同的事情搅在一起。老水手进言之事如若有之，也应是在武昌而非南京，像"有舟只万千，又何必徃河南"的说辞，惟立足于武昌来讲方显合理；同理，洪秀全亦不当舍近求远，在武昌时不说欲往河南，已到南京却才提出"取河南为业"。

《太平天国史事日志》所罗列史料中，确有人在武昌提出定都南京的建议，但此人不是某位老水手，而是一个名叫钱江的文化人：

> 钱江，浙江人也，素负胆略，博学多闻，林则徐总督两粤时，在幕府甚见器重……适闻洪氏倡义，已破武昌，乃投袂而起，不远千里赴见之，

---

[1]《贬妖穴为罪隶论》，太平天国癸好三年新刻，王庆成主编《影印太平天国文献十二种》，页280。
[2]《李秀成亲供手迹》，排印文，页04。

劝洪秀全舍西而东，上书论天下大势，共数千言。其书力言两川不足图……不若取金陵心腹之地，建为京都，乃图进取云云。[1]

此事载于《满清纪事》《太平天国轶闻》两种野史，可信度不明，情节似乎也与朱升进言明太祖相剿袭。不过"劝洪秀全舍西而东"这句话却有间接的旁证，向荣在进攻武昌期间发回的奏报提到："即据城内百姓逃出，声称'该逆将大炮纷纷搬入船内，从上游走荆州，并分股回窜长沙'之说。"[2] 陈徽言记述太平军于十二月初十日开始"许人出城买物"，"自是亡者甚众"[3]，则向荣所获情报当在此之后。无独有偶，十二月二十日，"上海美国副领事金能亨（E.Cunningham）致书美使马沙利（H.Marshall）报告太平军情况，谓其颇守纪律，各地农民助之，将攻取南京。"[4] 是西去、东下两种意见，均于十二月中旬出现和纷传于武昌城内，因可推知当时太平军正就以后去向举行磋商。主张取南京的理由，盖如前面两段引文所论列。而西进方案，大致是占据四川，分兵守两湖以为翼护；后来石达开出走、最终率部入川，不知是否是这次争论的余响？

又据说，定都于南京，有仿朱元璋的意思："先定江南，再图进取，如明初故事。"[5] 这很有可能。假如杨秀清借此以说服洪秀全，倒是最为有力。"明主敲诗曾咏菊，汉皇置酒尚歌风。"洪秀全颇以朱元璋、刘邦为英豪，援明初经验论证建都南京的合理性，一定可以打动他。

丢失武昌的责任，由徐广缙承担。咸丰皇帝将其革职拿问，命向荣接任钦差大臣。以武人充此，实属破例。这是刑科给事中张祥晋的建言，他在十二月二十六日奏曰："寻常督抚，本非将才，平日养尊处优，既不习劳，又未练胆。一旦寄以阃外，则张皇失措……伏乞皇上……特命向荣代为统帅……若狃于文臣统兵之见，事权必归督抚，而不属武臣，是舍勇而取怯也。"[6] 当天即获采纳。

[1] 郭廷以《太平天国史事日志》，页213—214。
[2]《武昌贼匪被击下窜率军追击折》，《向荣奏稿》卷一，《中国近代史资料丛刊·太平天国（七）》，页31。
[3] 陈徽言《武昌纪事》，《中国近代史资料丛刊·太平天国（四）》，页594。
[4] 郭廷以《太平天国史事日志》，页205。
[5] 张汝南《金陵省难纪略》，《中国近代史资料丛刊·太平天国（四）》，页719。
[6]《张祥晋奏陈军务用人之要以勇命将请命向荣为统帅折》，《清政府镇压太平天国档案史料》第四册，页303—304。

这时，清朝同时有三位钦差大臣——向荣统兵在前线与太平军作战，陆建瀛、琦善分别自南京下游与北面河南迎敌。

琦、陆均系懦夫，而陆身为两江总督，辖地苏、皖、赣三省，是太平军东来的正面去向，其猥行所致恶果更加直接。十一月二十七日，上谕命陆建瀛"带兵驰赴九江上游与徐广缙等合击"，此公迟不动身，"陆建瀛自十一月奉命，直至十二月杪始过安庆"[1]，南京人作诗讽之：

> 天语煌煌迎贼剿，大臣迟迟苦胆小。腊月上旬廷寄来，十四十五船未开。妾送江头抱头哭，哭罢焚香祭大蠹。阴风惨惨冰雹集，旌旗无光鼓鼙湿。[2]

他刚到九江，太平军已驱师东进，寿春镇总兵恩长败死，老鼠峡、下巢两处重要江隘，守将纷纷逃散。陆建瀛闻讯，当即乘小艇夜遁，随后九江文武各官一逃而空。陆从九江逃回，比之于程矞采由衡州逃长沙，情节还要恶劣。他自十二月二十八日奏报抵达安庆之后，竟似人间蒸发，满世界——无论朝廷与地方——二十天再无其任何消息；直到"正月十九日制军兵败回省，并未通知安庆，亦未通知本省，突进东门"[3]。亦有记载说："十六日，建瀛过安徽不登岸，命马军入城告巡抚蒋文庆、布政使李本仁，曰：贼已至矣，诸公善为计，某已奏明回金陵矣。十七日，贼遂陷安庆。"[4]

而安徽大员蒋文庆、李本仁等，也好不到哪儿去。蒋文庆除了不断吁请陆建瀛率军前来保护、抱怨援兵苦等不至，简直什么也没做——当然，只有一件事除外："该抚藩先将眷属搬移，以致民心惊惶，纷纷迁徙"[5]，陆建瀛十二月二十八日奏疏如是说。安庆被破经过如下：

---

[1] 戴钧衡《草茅一得（上卷）》，《太平天国文献史料集》，页329。
[2] 马寿龄《金陵癸甲新乐府》，《中国近代史资料丛刊·太平天国（四）》，页727。
[3] 《张继庚遗稿》，同上书，页757。
[4] 戴钧衡《草茅一得（上卷）》，《太平天国文献史料集》，页329。
[5] 《陆建瀛奏请拨兵防守东西梁山荻港及安徽抚藩先将眷属搬移人心惊惶片》，《清政府镇压太平天国档案史料》第四册，页316。

> 正月十七日巳刻，有贼船驶至江岸，该官兵开炮轰击，贼亦对攻，巡抚蒋文庆登城督阵，见南北官兵纷纷跳城，与城外官兵一同溃散，形势难支，赶急回署，谨具奏稿，未及缮清，闻报贼匪爬城，即将奏稿交家丁冯春等，随即出署登城。甫出西栅围墙巷口，即遇贼数十人，随行人役均已溃散，致被贼戕害。巡抚关防系交巡捕盛世忠捧赍，不期遗失。文武被戕者十四员，其余不知下落，兵壮、百姓被害自尽者，男妇约六百余名。[1]

阖城伤亡不甚重，除了军队作鸟兽散，亦因大僚事先移眷属离城，官民争效，"官员家属无一城居者，而居民已徙去十之七八矣"[2]。蒋文庆尸体经向荣查验，"头面受刀伤数处"[3]。至此，安庆紧随武昌，成为太平军所克第二座省城，其轻而易举，甚至有逾州县。据向荣报告，当时安庆"城上大炮有二千五百斤至数百斤，共一百八十九位"，有"藩库饷银三十余万两、总局饷银四万余两、制钱四万余千、府仓米一万余石、太湖仓米二万余石及常平仓谷"等[4]，武备不可谓孱弱，钱粮不可谓短缺，却全无还手之力，乃至连一个时辰都支撑不了。

陆建瀛潜逃回省的情形，据江宁将军祥厚、江南提督福珠洪阿、江宁布政使祁宿藻等联名奏参如下：

> 于十八日夜半只船抵省，十九日黎明进城，遂致阖城绅民一时惊扰，纷纷迁徙，虽经出示谕禁，力难阻止。复经奴才等函嘱督臣陆建瀛系钦差大臣，钦命驻扎上游防剿大臣，自应赶紧统带舟师，仍赴上游迎击，以顾门户而定人心。乃督臣晏坐衙斋三日，并无回信，焦灼实深。[5]

另据张继庚《致祁公子书》："此时城中鼎沸，及年伯_{即祁宿藻}禀见后，方知全军覆

---

[1]《向荣奏报安庆失守情形片》，《清政府镇压太平天国档案史料》第五册，页163。
[2] 戴钧衡《草茅一得（上卷）》，《太平天国文献史料集》，页329。
[3]《向荣奏报安庆失守情形片》，《清政府镇压太平天国档案史料》第五册，页164。
[4] 同上，页163—164。
[5]《祥厚等奏参督臣弃险擅自回省抚臣藉词出省请严议治罪折》，《清政府镇压太平天国档案史料》第四册，页546。

没，银饷俱失。"[1] 钦差阁下不耷光腚溜回南京。如奏参所陈，陆建瀛乃是明旨命驻上游迎击太平军的钦差大臣，岗位如此，未获旨意不得擅离，但他却私自折回；祥厚等以书信方式敦促他再返上游，是尽提醒规劝义务，岂知陆建瀛来一个闭门不答。与此同时，他却紧锣密鼓办一件事；兵科给事中吴廷溥奏：

> 臣闻陆建瀛遁回江宁，即将家口财货运送入都，以致合城人心摇惑，纷纷迁避，匪徒乘机抢掠，荼毒无算。是该督只知自顾身家，置人民、城池于不问。其眷属现于正月陆续至京，每日进城车数辆，十余日尚未到齐，雇有保镖十人，沿途护送。其辎重之富实，可想而知。[2]

陆从天而降，仓皇逃回，南京城已像炸开了锅，紧接着他又使出举家搬迁这一手，但凡有点家财的，谁还坐得住？"举城人心惶惶，莫知凶吉。访于随奔武弁，知某公遁后，贼大队尾追，东西梁山[3]不知如何矣。此言流布，大绅董连夜束装携其妻小，次早悄然遁去者，已过大半。"[4]

跑在头里的，有江苏巡抚杨文定。自顺治、康熙起，江宁、江苏巡抚均驻苏州而非南京，这在各省中是较为特别的情形，此由苏松一带乃财赋重地，故特简大员以专治。眼下，总督陆建瀛应命赴上游前线，杨文定就临时从苏州调至南京坐镇。杨、陆之间不和，是出了名的，这一点连皇帝都知道。杨文定来南京后，不断借奏事之机微刺陆建瀛。陆狼狈遁归，翌日，杨便即上奏，号称为"保守入苏门户"而"移驻镇江府城,赶办防堵"。他这叫一箭双雕，首先是自己保命，从南京溜之大吉；其次是将陆建瀛的军，把南京烂摊子扔给后者，以示决不替他顶缸，且凸显其私退之罪："今督臣陆建瀛因兵单不能进剿，奏明退回保守省城实则陆系私逃未尝奏明，杨故意这么写，已有专任大臣，更有将军、都统、提督足资防

---

[1]《张继庚遗稿》，《中国近代史资料丛刊·太平天国（四）》，页757。
[2]《吴廷溥奏报陆建瀛将家口财货送入都并请将其在京家产密速查封片》，《清政府镇压太平天国档案史料》第五册，页52。
[3] 即安徽当涂天门山，夹江对峙，李白有《望天门山》："天门中断楚江开，碧水东流至此回。两岸青山相对出，孤帆一片日边来。"实为南京门户。
[4] 张汝南《金陵省难纪略》，《中国近代史资料丛刊·太平天国（四）》，页689。

守。"[1]祥厚等人将他和陆建瀛一道奏参:"抚臣杨文定执意藉词移驻镇江,擅出省城,奴才等力为劝阻,至再至三,藩司臣祁宿藻等挽留之余,潜潜然泪下。抚臣杨文定仍于本月二十二日清晨,不顾国家安危防守重务,漠不关心,委之而去,民情加倍惊慌,更多迁徙。"[2]

南京情况一塌糊涂。兵力被陆建瀛在九江丧失殆尽,资金亦然,"先是藩库无银,适上海赍到,并挪借道库,方始办齐"[3],仍不足,想要劝捐,城中大户和道府以下官员一逃而空,无人可捐。当时祁宿藻亲口告诉张继庚南京之现状:"官不尽力,兵不用命,富者吝财,贫者吝力。"[4]纯属山穷水尽。

祁宿藻,山西寿阳人,道光十八年进士,大学士祁寯藻之弟,时任江宁布政使。张继庚,南京本地人,廪膳生,其父与祁宿藻旧交。守城时,城头相遇,叙家谊,而有一段最后时刻的交往。不久,祁宿藻忧愤交加,呕血而死。张继庚在城陷之后潜伏下来,秘密从事策反活动,造成天京一桩大案,这个故事后面我们专文叙述。

祁宿藻身患重病,但在城上日夜奔忙的只有他,陆建瀛却对他的布置时予作梗[5],张继庚述说:"制军自惭形秽,每事与年伯相反而行。"味此语意,当是由于祁与祥厚等联名参奏,陆嗛之于心,故意拆台,可见此人私心之重无以复加。一月二十八日,虽有太平军逼近的消息,然"城上未见贼一人,而大小炮叠放不止,日费火药数千斤。年伯亲上城,命兵必见贼而后放炮,兵不能遵"。士兵不听,显然另有命令。第二天,太平军数百名先头部队杀到南门外,城内兵因"某督恐有诈"被禁出战,张继庚受命招募"筲行人"一千余名,"皆系胆勇之众",城外迎战。"筲"是一种竹制容器,"筲行人"即运粮工,"南门外向为米船聚处,开有筲行,其赶骡运米者数千,号米把式"。他们要求给予军器,未能获准;又要求城上"勿开炮"。岂知,"正与贼战,兵在城上忽开大炮,将筲行

---

[1]《杨文定奏报移驻镇江赶办防堵折》,《清政府镇压太平天国档案史料》第四册,页516。
[2]《祥厚等奏参督臣弃险擅自回省抚臣藉词出省请严议治罪折》,同上书,页546。
[3]《张继庚遗稿》,《中国近代史资料丛刊·太平天国(四)》,页757。
[4]同上。
[5]《金陵省难纪略》页692:"仪凤门则将军督守,南门则某督及祁公督守",是南门城上共同负责的为陆建瀛、祁宿藻两人。

人轰毙五百余名"。祁宿藻见状，当场"呕血升余，抬回署中"。[1] 初一早间，祁宿藻强撑羸躯，"又上城去，城上仍放炮不止，突报火药已无，而制军提台皆未上城，年伯又复吐血升余。旋昏迷不省人事，抬回署后，遂吐碧水，犹云：'我死后，汝必竭力守城杀贼。'遂尔仙逝。"[2]

二月初三日，太平军全队驶至，"蔽江而来"。刻下太平军，盛极一时。南京之大仅次北京，城墙周围六十一二里民国时所测，合三十公里以上，与北京二环路长度相当，而"贼两日中已经合围"[3]，能将这样一座巨城，轻松围住。

此时连祁宿藻都已不在，城内惟有四字可以形容：无所作为。剩下的，无非是等候救援。然而援兵何在？踪影也无。自九江以后，向荣迁延不进，我们举其二月十七日奏报为例，这时南京已在七天前失陷，他却刚刚从芜湖起身，并装出一副尚不知南京失陷的样子。咸丰皇帝朱批："向荣于十五日即抵芜湖，距江宁不远，何以于十七日奏报尚不知江省失守之事？岂沿江一带，毫无侦探耶？殊不可解！"[4] 向荣如此，主客观各有其因。客观上，饷粮供应不继、舟楫筹办不及，都阻碍了进兵；主观上，老兵油子习性又在发作，环顾左右，周遭统帅、大吏俱行观望，消极自保，好像惟独赖彼一军厮杀，未免心有不甘。另外，手下部将卒众军心涣散，不能用命，也很头疼；九江以来，向荣迭奏潮勇作战乏力、徒縻军饷、不如裁撤，副将郑魁士、都司吴勇抗违军令、玩懈如故，均可从中觇知士气。所以，南京百姓虽日夜悬望，却并不知其实已经无望。二月初五日，忽然发生的一幕，令南京人一度欢喜：

> 午后，忽闻江中炮声骤发，居人登鸡笼山及清凉山眺望，见大船一只在下关江心，对贼停舟，旋转轰击，一船四面约有三四十炮，开完退下，复来一只，如是者三，知为艇船救应，人皆额庆。[5]

---

[1] 以上据《张继庚遗稿》页758、《金陵省难纪略》页689—690综述。
[2]《张继庚遗稿》，《中国近代史资料丛刊·太平天国（四）》，页758。
[3] 张汝南《金陵省难纪略》，同上书，页690。
[4]《由芜湖登陆驰救金陵折》，《向荣奏稿》卷一，《中国近代史资料丛刊·太平天国（七）》，页65。
[5] 张汝南《金陵省难纪略》，《中国近代史资料丛刊·太平天国（四）》，页690—691。

其时向荣连安庆都还没到，故而炮舰与他没有任何关系。可能是谁呢？可能是京口副都统(置江宁将军辖下)文艺所派，炮舰出现在城西北角仪凤门外的下关江面，也说明了这一点。但只来了三次，而且"炮距贼船里许，贼舟又多，轰击不能遍及，其及者并不至毁坏，少时俱退去不复来"[1]，只能说象征性地表示了一下。

城外无救兵，城内不出兵，南京城之被破必无疑；早破晚破，就看太平军本事了。南京也仿照长沙，用"地听法"侦伺对方挖地道动静。可据说此法在南京不大灵，"地听之法必城内外地势相平，于城内坎地埋缸，令瞽者坐缸中静听，可知城外所挖方向。若仪凤门依山造城，城外自女墙到地三丈许，城脚入地丈许，城内地高于城外将二丈，且城宽厚约一丈四五尺，置缸于内，隔城业已两丈，以高听下，相悬又两丈有余，地听似乎无益。"[2] 还有一个问题是，又赶上连日大雨，雨打之声颇大，使地听"便为虚设"。

太平军"土营"在毫无干扰的情况下，淡然"穴地"，这可能是他们历次攻城中工作最舒心的一次。一面挖地道，一面攻城。攻势集中在仪凤门和南门两个地点。仪凤门归将军祥厚把守，南门原由陆建瀛和祁宿藻负责，现只剩下陆建瀛自己。"初八、初九两日，贼攻城甚急。"[3] 这应该是明确信号，表示着"土营"的工作进度。初十日拂晓，仪凤门处，"贼之地道与炮并发，上下一震，狮山正面城垣，颓卸砖石数层，宽约两丈许，官绅兵勇皆骇散。"[4] 南京就此告破。

然若细论，仪凤门爆破并非南京真正失陷时刻。张继庚回忆，初九日他彻夜未眠，"四更始回宅，五更即闻仪凤城陷"，他的住处离仪凤门不远，立刻召集所募乡勇三百余人赶往彼处，并看到沿途有万余人都向那里跑去；及至，获悉包括堂弟张继辛在内的守城民兵"皆战死"，"城幸获全，贼已退出，城缺亦修被将成。"[5]《金陵省难纪略》记录相同，且更具体。说太平军抢入城内约数百人，为八旗兵阻击，并"呼居民助阵"，"近处街巷人，竹枪木棍，蜂拥齐来"，"山

---

[1] 张汝南《金陵省难纪略》，《中国近代史资料丛刊·太平天国（四）》，页691。
[2] 同上。
[3] 同上，页692。
[4] 同上。
[5]《张继庚遗稿》，《中国近代史资料丛刊·太平天国（四）》，页759。

后皆园户,各执耙锄助追逐":

> 不数刻,两股贼仍由塌卸处出城,满兵不敢深追,抵城而止。于是溃兵复集,领勇者渐招集逃勇,筹防局发麻袋,装土填卸处……自辰至午布置照常,金瓯缺而复全。[1]

然而,"不料南门西门兵勇,闻仪凤门破,皆弃号衣散去。贼见无人,遂蚁附而登,城遂陷。"[2] 亦即,实际上南京失守地点为南门、西门;南门居先,水西、汉西两门随后:"午后,南门贼探知城守无人,去云梯由南门之右名曰矮城,相牵而登,绕至水汉两门,招贼俱登。居民悉闭户。"[3] 所以如此,略为回顾,即知南门一带军心民心,早在祁宿藻未死以前已被陆建瀛搞垮。

陆建瀛很快被杀于街头。他的死,说法繁多。《金陵省难纪略》:

> 先是城卸时,报至督署,某督乘四人绿呢舆,武巡捕童某拊舆,壮勇数十名前导,行至小营,望见贼,壮勇即逃,舆夫亦置舆而去。童某扶某公出舆,将负而趋,贼奔至,杀某督,童赴水,贼就刺杀之。[4]

此乃为太平军击杀说。张继庚辄记其所闻:

> 探闻制军遁入满城,祥将军云:"我只能守内城,大人可速出去,招集百姓助战。"制军遂从小门出,行至小营,满兵尾其后,骂为汉奸,遂被杀。[5]

"探闻"二字似乎说明以上消息得诸张继庚所派出的探事者,照此说法,陆建瀛是被八旗兵私自刺杀。清朝在全国设有十三处旗兵将军府,各于城中筑构独立

---

[1] 张汝南《金陵省难纪略》,《中国近代史资料丛刊·太平天国(四)》,页692—693。
[2] 《张继庚遗稿》,同上书,页759。
[3] 张汝南《金陵省难纪略》,同上书,页693。
[4] 同上。
[5] 《张继庚遗稿》,同上书,页759。

的仅供八旗兵及眷属驻住的满人之城,又称内城。陆建瀛想躲入南京的满城,被将军祥厚拒绝,出来后,有八旗兵悄悄尾随,将其行刺。还有更离奇的说法:

> 大帅乘舆城下过,或言行至大中桥,舆夫卸肩受贼刀,或言湖广皆同调,已入贼营戴风帽。[1]

"湖广皆同调"是指当时传言湖北巡抚常大淳在武昌"降贼",而陆建瀛跟他一样。《草茅一得》就此道:

> 金陵既破,将军以下大小官殉难者甚多,陆建瀛亦为贼杀。金陵人恨之入骨,谓其缒城而逃,且谓其有通贼之意,此固恨者之诬言。[2]

此系谣言无疑,但在南京人而言,他们需要通过造谣、传谣来表达对陆建瀛的唾弃。先是,北京有旨将陆革职拿问、由祥厚接任钦差大臣,因被围,消息未能入城;待及陆建瀛死在城内,奉旨照总督例赐恤,"建祠方竣,申明其罪,请夺恤典,天下称快。"[3]

继湖北、安徽巡抚死于武昌、安庆,眼下在南京,清朝又出现第一位直接死于太平军的总督级地方长官。

《金陵省难纪略》所载的两句话,可代表太平军攻入南京后之大概;一句是:"贼既入城,大呼'百姓皆闭门,敢出者杀!'"[4]另一句是:"贼之入城也,大队奔满城。"[5]两句话合起来,则绘出了咸丰三年二月初十日午后南京城内景象:万户俱闭,街巷空不见人,同时却听见枪炮大作、杀声震天,整日不断。

一边是满人皆妖、格杀勿论,一边是死无退路、惟有顽抗。此前十余天枯坐等死的南京城,终在此刻突然陷入血战:

[1] 马寿龄《金陵癸甲新乐府》,《中国近代史资料丛刊·太平天国(四)》,页728—729。
[2] 戴钧衡《草茅一得(上卷)》,《太平天国文献史料集》,页330。
[3] 同上。
[4] 张汝南《金陵省难纪略》,《中国近代史资料丛刊·太平天国(四)》,页694。
[5] 同上,页697。

> 满城为故明内城,颇高固,满洲妇女亦娴枪箭,俱登城佐守。贼悉众攻城,死者无数,城下尸积渐高,贼四面藉尸而上。[1]

血雨腥风,神鬼共愁。就连对太平天国毫不吝惜赞美之辞的老一辈研究者钟文典,写到这一幕,也不禁叹息:"太平军攻克金陵城,取得了金田起义以来空前的大胜利!但也演出了空前惨酷的大屠杀!这是一出悲剧。"[2]《东华续录》载:"咸丰三年,粤匪窜扰江宁省城,前任江宁将军祥厚、副都统霍隆武及八旗协佐各官,或力竭捐躯,或临难自尽,同时阵亡殉难者,文武各官计三百余员,兵丁妇女不下三万余人。"[3]这是官方的正式统计,所以曾国藩同治三年奏折亦作:"昔岁贼陷江宁,旗营三万余人,几同一烬。"[4]全城满人一概被杀,鲜能逃命。《金陵省难纪略》作了令人窒息的描述:

> 后余满妇数千人,贼驱出朝阳门外,围而烧杀之。是日当指十一日自辰至午,日色惨淡,杀气弥天,外城居人皆无生色。贼破满城后,绝无动静。十二日,贼三三五五叩门入人家,名曰"搜妖",谓官兵、满人也。[5]

二百年前满人自关外起兵,多曾屠城。虽然1645年入南京时未行杀戮,此刻城中满人仍为其祖先所埋仇恨种子,偿还代价。

如同武昌一样,洪秀全并未立即入城。满人肃清、城中静宁,二月二十日,彼乃"由水西门坐黄轿入,护拥人甚众,令路人跪迎,不许仰视。女人艳妆骑马,纱帕蒙面随轿后,直入督署不复出"。[6]

南京历史翻开新的一页,继六朝、明之后,重新成为一国之都。太平天国

---

[1]张汝南《金陵省难纪略》,《中国近代史资料丛刊·太平天国(四)》,页694。
[2]钟文典《太平天国开国史》,广西人民出版社,1992,页360。
[3]王先谦《东华续录》,同治四一,续修四库全书·三八〇·史部·编年类,上海古籍出版社,2001,页91。
[4]《足本曾文正公全集》奏稿卷二十一,吉林人民出版社,1995,页1029。
[5]张汝南《金陵省难纪略》,《中国近代史资料丛刊·太平天国(四)》,页694。
[6]同上,页705。

何时正式公布"天京"之建，日期盖已不可考，诸多作者通常以洪秀全入城为标志。如今可以看到的太平天国官方文件《建天京于金陵论》，收录官员、文士三十七人就此事所写颂文，然皆未具时间，惟知是书于"癸好三年"_{亦即癸丑年，1853，《钦定敬避字样》："丑，改用好字。"}初刻，故改金陵为"天京"的决定，可能发表在癸丑年二月中旬以后的任何一天。另据其中周际瑺颂文："我天父天兄降凡作主，命我天王建京金陵。"[1] 则宣布为"天京"时，当采取有一定步骤和仪式，比如由杨秀清作法，用"天父下凡"给予认证。

---

[1]《建天京于金陵论》，王庆成主编《影印太平天国文献十二种》，页265。

天京的日常情景

中国各大古都，惟南京曾历如下奇特情景：

> 该城的大多数城门都关闭着，仅有那些被特地发给证章或通行证的中国人才可以进城。由于严禁一切商业活动，城内街道的外观显得十分荒凉。这一禁令执行得如此严厉，以至于除了几个药铺外，城里见不到一个店铺或摊点。这一条规的目的是为了确保杜绝混杂之人——即除了在严格军事统治下的阶层之外的任何其他人——进城。叛军采用这一举措恰恰进一步证明了他们在统治上的无能。如果他们不得不凭借根除民众来作为防护都城秩序及其自身安全的手段，那么，情形正好相反，这一条规在他们薄弱并且控制手段贫乏的地方几乎没有希望产生较好的效果。[1]

这是时任大英帝国驻广州领事的外交官巴夏礼，由海军提督何伯的军舰护送，访问南京时亲眼所见。需要强调，巴夏礼的造访并非在太平军初克南京之时，而是后者已将其改为"天京"八年之后，即1861年2月。换言之，整整八年时间，太平军在南京毫无作为，让它一直保持破败荒凉的面貌。要知道，这本是当时全中国首屈一指、最繁华的时尚之都。它的繁华史，自公元五、六世纪以来，始终蓬勃地递增，尤其宋明之后，随着物质和精神文明重心南移，"衣冠文物，盛于江南，文采风流，甲于海内"[2]，取代中古时的长安，各自演绎北南两段华茂，

---

[1]《巴夏礼的报告》，夏春涛译《西方关于太平天国的报道（选编）》，《近代史资料文库》第五卷，页154。
[2] 余怀《板桥杂记序》，周瘦鹃校阅《板桥杂记（全一册）》，上海大东书局，民国二十二年，页1。

"昌明隆盛之邦、诗礼簪缨之族、花柳繁华地、温柔富贵乡"[1]，这些字眼若在汉唐必属长安，而到曹雪芹时代，则非金陵不匹。

在作为天京的十一年间，古都南京香销玉殒。同治三年 1864，当其帷幕降落，曾国藩就上谕所询"江宁城内情形若何"，这样奏复：

> 查江宁省城贼踞最久，居民流亡殆尽，此次官军克城，群酋纵火焚烧，昔年巨室富家，改造伪府，微有幸存，此外民房极少，故克复几及两月，街市尚未复业。[2]

曾氏乃清方大臣，照今天有些人的习惯思维，他如此描述经太平军统治过的南京，或是故作诬蔑之词。为了排除这种可能，我们另引一段第三方叙述。美国海军助理军医法斯，1854 年亦即南京改为天京的翌年作为美驻华公使麦莲随员来访，5 月 30 日他偕同行者数人，在天京西门一带沿城信步，不久，经过一片很大的居住区：

> 该区已完全被毁坏，看上去，满目荒凉。每一座房子都遭到过抢劫，到处是墙倒屋塌，颓垣残壁，渺无人迹。碰巧也许会看到一个可怜的、衰弱的老人凝视着这块曾几何时还是美丽而繁华的城区，现在已经被内乱的无情战火夷为平地。[3]

细读太平军攻取南京时史料，除仪凤门曾经爆破而炸毁二丈多城墙段落以外，未闻该城他处曾遭重大破坏；其入城之后，只有满城发生过激烈战斗，以外街衢人踪俱灭，应未被战火祸及。之前，由于江督陆建瀛、苏抚杨文定等人玩怠、推诿，没有就守城做过任何像样的布置与组织，因而未尝有武昌那样的

---

[1] 曹雪芹《红楼梦》，人民文学出版社，1981，页2。
[2]《足本曾文正公全集》奏稿卷二十一，页 1028。
[3]《1854 年 6 月 1 日法斯就漫游天京大报恩寺琉璃塔给麦莲的报告》，茅家琦译，《南京大学学报丛书·太平天国史论丛第二辑》，南京大学学报编辑部、南京大学太平天国史研究室、江苏社会科学院历史研究室编印，1980，页 311。

焚烧民居、坚壁清野的举动。综上可知，南京落入太平军手里时，几乎算是一座完好的古城。那么，它如何变成了曾国藩或法斯所见的模样，我们渐次还其过程。

一、掘金银。

太平天国不事生产，而对资金需求巨大，其一毫一厘都取之于搜刮和聚敛。它规定所有财产充公入圣库、个人不得私匿财货，主要原因就是赖此支撑浩大军费及统治之运行。每下一城，无不竭力攫取金银，号召"进贡"，"进贡"不足则继以勒逼和搜挖。江南向称富庶，太平军对于此地冀望尤其殷深，而想象其户户藏富，故以掘地三尺姿态拚命找寻，甚至连停柩未葬的棺材和新起的坟头以其容易辨识都不放过：

贼屡破停柩获金银，遂至开挖新冢。[1]

更不必说民居所有被怀疑可以藏金银的角落：

贼间有于井中及花台得金银者，于是凡井中及花台、夹墙、仰板，悉开挖，或有或无，或但见一缸水者，而金陵房屋，靡不拆坏。[2]

据此，隐约可知法斯所述"每一座房子都遭到过抢劫，到处是墙倒屋塌，颓垣残壁"的因由。

二、造营。

天京城防，不完全仰仗城墙，以城墙为最后一道屏障，而将防线扩展到城外：

城外挖沟一道，沟外即筑营，营垣则拆人家庭柱，夹以窗槅，实土其中，厚三四尺，高丈余。向外门营门处加护垣一道，开门与内垣门少参差。门上楼如城楼，楼左右筑土堞，开炮眼，安炮于内，以板护其外营。[3]

---

[1] 谢介鹤《金陵癸甲纪事略》，《中国近代史资料丛刊·太平天国（四）》，页655。

[2] 同上，页655—656。

[3] 张汝南《金陵省难纪略》，《中国近代史资料丛刊·太平天国（四）》，页710。

这样巨大的防御工事，建材多取自民居，借以造营；包括营内营房：

> 营内亦即拆人家屋为营房，有极高大者。[1]

民房由此被毁，也不可胜数。

三、任意处置"空屋"。

太平军虽有禁令"毋许抽彻空屋板柱，犯者枷杖，然空屋每止賸同'剩'墙壁"。[2] 盖其所禁，是指擅自拆毁，而由上级下达命令的拆毁，则并不在此列，例如上面的拆民居建营防。另如：

> 贼不惜物力，但求一时济用，其于房屋亦然。每于一条街两边，比户打通，于相接之处皆开一窦，可行数里不见天日。[3]

亦即将沿街两旁民房墙壁全部凿通，形成长廊，避雨遮阳，以利通行。只要满足自己的实际需要，太平军并不顾惜百姓物产如何来之不易；加上阖城军营化，居民全部被驱离住所，客观上许多民居已经成了"无主"的"空屋"，这自然更方便他们任予处置。

四、出于意识形态的捣毁。

太平军视"神爷火华"之外一切崇拜为邪为妖，所至之处，疯狂捣毁。而南京恰恰自古香火极盛，"南朝四百八十寺，多少楼台烟雨中"，杜牧所咏犹然在目，至此遽遭浩劫。太平军统治天京期间，"严禁星相巫觋，尽毁庙宇神像"，"一见塑像立砍"[4]；马寿龄诗曰："拆妖庙，梁柱成山储木料"[5]，"无端忿恨到缁黄，殃及木雕与泥塑……汉唐之碑一时仆，齐梁之树一时锯，纵横榱桷当柴薪，昫

---

[1] 张汝南《金陵省难纪略》，《中国近代史资料丛刊·太平天国（四）》，页710。
[2] 同上，页715。
[3] 张德坚《贼情汇纂》卷十二，《中国近代史资料丛刊·太平天国（三）》，页326。
[4] 同上，页326。
[5] 马寿龄《金陵癸甲新乐府》，《中国近代史资料丛刊·太平天国（四）》，页735。

息庭阶走狐兔"[1],造成文物巨大破坏。有个细节,可以真实展现这种破坏的随心所欲:

> 将江宁各寺罗汉悉数置雨花台山上,夜间头上各置一灯,官兵遥认为贼,枪炮彻夜不息。[2]

而破坏中最令人发指者,则是大报恩寺从世间消失,此事稍后我们单拨一段叙之。破坏并不仅限于异教神设,也包括政治、文化方面的仇恨或敌视对象。江南贡院,是南京最有名的文化设施和秦淮风雅的象征,《板桥杂记》名句:"旧院与贡院相对,仅隔一河,原为才子佳人而设。"[3] 江宁克复,曾国藩专程"履勘一次",目睹其情形:

> 监临主考、房官、提调、监试、各屋誊录、对读、弥封、供给各所,片瓦无存,均须盖造。[4]

按:贡院建造布局分三部分,一是考生应试之号舍,二是外帘官员与其他考务人员办事区,三是内帘主考官、房考官即同考官评阅区。从曾国藩叙述看,号舍多数完好,而官员及科考役员所在的内帘、外帘"全数毁失",可见破坏行为是包含特定心理的。

五、起宫室。

对古都的各种破坏,以此为惨重。入城后,洪秀全居两江总督府,杨秀清先住江宁将军府,后迁汉西门黄泥岗何宅;其余显贵,各择高门大户安身。洪、杨二人不止是入住,各自开展了大规模改扩建工程:

> 洪秀全入城后,即深藏督署,周围加砌高墙,据称有二丈高四尺宽,

---

[1] 马寿龄《金陵癸甲新乐府》,《中国近代史资料丛刊·太平天国(四)》,页734。
[2] 张德坚《贼情汇纂》卷十二,《中国近代史资料丛刊·太平天国(三)》,页326。
[3] 余怀《板桥杂记》上卷,周瘦鹃校阅《板桥杂记(全一册)》,第6页。
[4] 《足本曾文正公全集》奏稿卷二十一,页1028。

墙头嵌满碎磁瓦锋，墙外令掳得城中妇女挑挖濠沟，东边黄家塘以至利济巷，西首由箭道绕至北首外，围墙民房全行拆毁，平地又挖成沟渠，南首民房由卫巷等处拆至大行宫长街。[1]

筑围墙厚三尺，高三丈，碎磁椀碗布墙头。复谓紫金城当十三道，遂毁左右屋廊之，役妇女担砖石，碑碣石刻碎为墙脚，砖则毁取满城城垣。[2]

以上天王府。

逆匪杨秀清入城后，即踞将军府节署花园内，起造五层高楼，可以瞭望城外营盘虚实。后围墙又复放宽，收入署外隙地，未久因朝阳门外大营炮子直贯军署，杨贼惧，移居大城。先定见同"现"搬于上江考棚，后通邢宅花园并为一气，甫经兴工改造，杨贼亲来一看，即令赶移别处。后遂觅定汉西门黄泥岗前山东运台何宅。杨贼搬后，凡黄泥岗一带并南首罗廊巷等处民房，皆被拆毁，悉为空地。[3]

金陵城破，初住皇城将军署，东门外大营炮子，辄落瓦上，大惊。满营鬼常夜哭，居不安，乃徙于汉西门虎贲仓前街长芦醝使何宅，亦毁民居拓益之，周围六七里。[4]

以上东王府。

洪、杨大兴土木，除了奢靡、安全诸考虑，似乎还有一层相互竞赛、暗中较劲的关系。天王府"周围几及十里"，东王府也不肯落后太多，"周围六七里"。[5]民间对此看在眼里，形容之：

[1] 涤浮道人《金陵杂记附续记》，《中国近代史资料丛刊·太平天国（四）》，页626—627。
[2] 张汝南《金陵省难纪略》，同上书，页706。
[3] 涤浮道人《金陵杂记附续记》，同上书，页628。
[4] 谢介鹤《金陵癸甲纪事略》，同上书，页667。
[5] 同上。

> 制军署作天王府,黄泥岗作东王府;东西对峙相抗衡,不辨谁臣又谁主。[1]

洪、杨营、改、扩宫室,毁大片民居只是一方面,更可悲的是,还伴随珍贵文物的巨大损失。"碑碣石刻碎为墙脚,砖则毁取满城城垣",天王府墙体内不知藏有多少千年古物,所谓"汉唐之碑一时仆,齐梁之树一时锯"。这里单独讲一讲"砖则毁取满城城垣"。满城即明洪武、建文两朝皇城,与北京紫禁城同。此城如今在南京不见踪影,惟余少量宫殿遗址,而十九世纪五十年代以前,南京紫禁城虽年久失修、颇显破敝,但整个城郭规制尚存,八旗用为满营驻扎其间即为明证。正是在作为天京的十二年间,皇城遭遇灭顶之灾,迨及太平天国覆灭,它已基本无存。皇城之砖硕大坚厚,品质超卓,不仅洪秀全拆取以营造天王府,从民间记述看,杨秀清起到的破坏作用尤有过之。彼二人不甘人后、竞起效尤、争相毁之,时人有《拆皇城》诗专门咏之:

> 虎踞龙蟠势飞舞,灵气乃钟明太祖。皇城既建又迁燕,三百余年总安堵。我朝定鼎移驻防,保障东南作门户。可恨庸臣自养虎,二百十年变焦土。贼来营造无巨砖,拆城作城众人苦。老人城上摇,旋向城下抛。女人城里拾,旋向城外挑。老人一失足,翻身身必坏。女人一失手,触头头必碎。皇城崔巍入云际,蹂躏经年便平地。潇潇雨打十三陵,石马无情尚流泪。[2]

从诗中看,拆城时,每拆一砖乃由城头抛下,下面有人徒手相接,且多为女流;砖体厚大,很难想象能够每次接稳,其间碎斋破损比例恐怕很高。巍峨古建竟是这样被荡为平地。

六、大报恩寺的毁灭。

大报恩寺为明成祖朱棣所造:

---

[1] 马寿龄《金陵癸甲新乐府》,《中国近代史资料丛刊·太平天国(四)》,页737。
[2] 同上,页739。

明永乐十年六月敕建，至宣德六年八月讫工，历十九年告成。其规制悉依大内图式，八面九级，外壁以白磁砖合甃而成，上下万亿金身……每层覆瓦五色琉璃，高二百七十六呎七吋，合中国木尺为三十二丈九尺四寸九分……规模雄丽，得未曾有，通共用过钱粮银二百四十八万五千四百八十四两。[1]

近二百五十万两白银，是何概念？《万历十五年》云："十七世纪末期的英国，人口为五百万，税收每年竟达七百万英镑，折合约银二千余万两，和人口为三十倍的中国大体相垺。"[2] 换言之，若以十七世纪末中国年财政收入算，这座瓷塔可值其十分之一以上；同时，十五世纪初明永乐岁入，应不及十七世纪末清康熙朝，也就是说，这笔钱当时占岁入比例，实际不止十分之一。其实，单像上面那样算账，仍远不完全反映事实；造大报恩寺先后征用十万役夫，是以加派方式无偿出工，未付任何费用，由此省下的巨额支出，并未计入大报恩寺的建造成本。

由此我们知道，一座大报恩寺该多么值钱。

在朱棣而言，这么一掷万金，是为讨个安心。这个工程，名义即"报恩"，报太祖皇帝和马皇后之恩。为什么要"报恩"呢？因为朱棣不安于南京，动了迁都北平之念。问题是，依礼法皇帝有责奉守祖陵，太祖和马皇后陵寝在南京，迁都何啻于将他们孤零零撇在远方。这大悖忠孝之道。所以朱棣不惜出此重资，建其所谓"报恩寺"，以塞天下之口。果然，大报恩寺动工五年后，北京营建新都的序幕也即开启。

如此奢华的造物，自然使人叹为观止。大报恩寺举世仰慕，其为中国瑰宝，名头不逊长城，乃至安徒生将它写到童话《天国花园》里。当时欧洲人所痴迷中国者，瓷器为一主要对象，而大报恩寺竟通体皆瓷，每片瓷皆官窑所出，张岱称之"永乐之大窑器"[3]，某种意义上可视为人类历史上最大的瓷质品。

[1] 张惠衣《金陵大报恩寺塔志》，中国佛寺史志丛刊第二辑第 13 册，台北明文书局，1980，页 15。
[2] 黄仁宇《自序》，《万历十五年》(增订纪念本)，中华书局，2006，页 2。
[3] 张岱《报恩塔》，《陶庵梦忆 西湖梦寻》，上海古籍出版社，1982，页 2。

真是无巧不成书，安徒生眼中"天国花园"里的瓷塔，偏偏就是经某"天国"之手，土崩瓦解。

从太平军杀抵南京至瓷塔消失，大报恩寺先后历有三劫。第一劫为攻城时，瓷塔被用为军事工事，安放炮位轰城。张汝南和张继庚对此都有记述：

> 又运仓圣庙中之炮，置报恩寺第三层，向城轰击；城上开炮对轰，砰礴之声，一日不绝。[1]

> 贼围城急，据守南城报恩寺塔，在塔上施炮击碎南门城楼。[2]

第二劫，则发生在攻占南京之后至1854年之间。据佚名《金陵纪事》：

> 迨二月初十日破城后，三月援兵始至，贼闻信即焚塔，焚城外七里街及居民各市廛，坚壁清野。[3]

指太平军为防官军效其攻城所为，以瓷塔为施炮之地而试图予以烧毁。李圭《金陵兵事汇略》亦载："先三年，贼举火焚之，空而不圮。"[4] 这期间发生的事，留诸记载的甚少，人心惶惶，逃亡者众，焚塔情节仅知其粗概。但瓷塔曾遭有目的之破坏，是一定的。除了军事角度的考虑以外，瓷塔本身"亿万金身"，也无疑是以铲除偶像崇拜为己任的太平军的捣毁对象。不过，瓷塔主体为砂石结构，火烧未能使它当即委地，直到1854年，塔体矗立原处，但内部及周边损坏极其严重——这一切，皆由美国人法斯亲见并详细描述给世人：

> 很快我们就走近了著名的琉璃塔。它矗立在城濠的外边，城墙的南边。它的四周是一块面积有几英亩大的方形空地。空地的外围建有高大的佛殿

---

[1] 张汝南《金陵省难纪略》，《中国近代史资料丛刊·太平天国（四）》，页690。
[2]《张继庚遗稿》，同上书，页758。
[3] 佚名《金陵纪事》，《太平天国史料丛编简辑》第二册，中华书局，1962，页45。
[4] 李圭《金陵兵事汇略》卷二，光绪十三年刻本，页十一。

和僧房，但现在都被毁坏，倒在地上了。巨人似的偶像被打成无数的碎片。琉璃塔立在一块八十英尺见方、十二英尺高的坚实的石台上。石台的四周有石阶梯，梯阶是很大的平滑的砂石石板，上面有精致的雕刻。塔本身是八边形的。它的主体结构是由精美的红色的砂石建成的；而外层和各不相同的九层塔身的突起部分的顶面都敷以绿色的琉璃砖。每一层的各个角上挂着一个铃，各个边上挂着用鱼胶做的灯笼。从圆顶的中心开始，向上竖起一个30到40英尺高的塔尖，塔尖的四周围绕着许多大铁圈，最顶端冠之以一个直径为14英尺的镀金的球。第一层的外表没有琉璃砖，但是，它完全是由一大块的砂石构成的，每边都有一个巨大的浮雕佛像，其形象栩栩如生，显示出熟练的雕刻技巧。这座八角琉璃塔的进口是四个高约八英尺、宽约六英尺的拱门。塔壁约有六七英尺厚。拱门的每一边都立着三座很美丽的浮雕大佛像，佛像上部还精心雕刻了各种图案。朝塔上望去，也能看到类似的拱门，但没有刻上第一层那样的图案了。不久以前，一个螺旋形楼梯一直上伸到塔顶，给观赏者以一个爬上塔顶去欣赏世界上所能看到的最精彩、最美丽的风景之一的机会。可是，现在它已躺在塔底下变成了一堆垃圾。破坏并不止于此。庄严的雕刻佛像，从头到脚都被破坏了。前代人通过金冠、灵杖以及其他的装饰赋予这些活生生的神以巨大的威力，而今，这些金冠、灵杖以及其他的装饰都被打得稀巴烂；这些佛像一度足以支配的菩萨崇拜者的迷信力量，现在不但不存在，反而变成了人们嘲笑的对象。面对这个巨大而壮丽的建筑物所遭到的毁灭和破坏，人们不免感到悲哀，虽然这塔依旧还静立在原地，无声地谴责内战的罪恶。[1]

法斯游大报恩寺的时间为5月30日，从而证明截至当时瓷塔犹存。这里，法斯为少量记载所说曾遭焚烧之事提供了旁证：中国塔建内部楼梯通常为木制，从其"躺在塔底下变成了一堆垃圾"来看，惟焚烧可以致此。他又证实，焚烧以外还发生过专门的毁佛举动，"庄严的雕刻佛像，从头到脚都被破坏了"，"金冠、

---

[1]《1854年6月1日法斯就漫游天京大报恩寺琉璃塔给麦莲的报告》，茅家琦译，《南京大学学报丛书·太平天国史论丛第二辑》，南京大学学报编辑部、南京大学太平天国史研究室、江苏社会科学院历史研究室编印，页312—313。此引文汉字数字与阿拉伯数字不统一，系原译文如此。

灵杖以及其他"表示崇拜的"装饰都被打得稀巴烂"。另外,"外围建有高大的佛殿和僧房,但现在都被毁坏,倒在地上了。巨人似的偶像被打成无数的碎片。"总之,除了瓷塔本身坚固莫奈其何外,一切能破坏的,都已破坏了。

第三劫,发生在1856年"天京之变"期间,此为瓷塔最终劫。美国传教士裨治文在为《北华捷报》所撰通讯报道中说:

> 驰名远方的古报恩寺磁塔,作为中国人引为自豪的宏丽建筑,也似乎同样被夷为平地。看来磁塔的被毁可能与杀戮北王的事件有关。据说,"磁塔是被炸毁的,因为里边放着几尊大炮。"[1]

裨治文的报道,来源实际上是名叫肯能的欧洲冒险者,后者当时与一位同伴混迹于太平天国控制区,并得以结交某些权能之士,亲历了"天京之变"。后来,肯能回到上海,向外国人讲他的奇历,并由雷诺兹录其口述,以《镇江与南京——原始的叙述》为题发表在1857年1月香港《中国之友》上。其中,关于大报恩寺之消失,肯能如是说:

> 此时因为怕他[即石达开]会由瓷塔方向进攻南京,并利用瓷塔的高位向城内射弹,就命令把它炸毁。我们离开的时候瓷塔还耸立着,但我们回来的时候,我却已站在它的废墟上。[2]

中国人也有记载,李圭《金陵兵事汇略》:

> 先三年,贼举火焚之,空而不圮。本年复深掘塔同"塔"基,埋火药轰之,霹雳一声,化为乌有。一时有"拆宝塔,自相杀"之谣,今果应。[3]

历经三劫,报恩寺塔毕竟粉身碎骨;彼已足够坚强,然而太平军必欲毁之

---

[1]《裨治文关于东王北王内讧的通讯报导》,《太平天国史译丛》,中华书局,1983,页77。
[2]《镇江与南京——原始的叙述》,《太平天国史译丛》,页66。
[3]李圭《金陵兵事汇略》卷二,光绪十三年刻本,页十一——十二。

的意志，更不可挠。三年当中，烧而不倒继以拆砸，拆砸不成再继以埋药炮轰。价值无匹的"永乐之大窑器"，终于从人间抹去。我们今人尝借电视画面见过塔利班炸毁世界文化遗产巴米扬大佛的恐惧一幕，而整整一百六十年前，南京报恩寺塔的轰然倒塌，其疯狂程度当不逊此。人类在极端思想鼓舞下的精神癫悖，不分古今。

民房毁拆、故宫板荡、名塔崩圮，天京十一年盖即如此。设若因战火而毁，犹曰情有可原，但南京的很多破坏，其实不在直接的战争行为之内，而发乎某种观念或日常行为的肆恣。总之，待一切尘埃落定，千年古都面目全非。

以上仅为城市外观之改变，天京十一年，这里的社会生活也天翻地覆。在作为基本制度的阖城军营化、男女分馆、取消家庭、禁私有财产等大的方面，与武昌相同，兹从略不赘。然而从具体细节上，天京日常生活又有诸多过去未闻未载的内容，分述于后。

张继庚在一份秘密情报中写道：

> 惟念江南未破城时，查户口清册，有二百六十余万之众，破城后死难者十之三，被贼杀者十之一，迫而为兵四出者十之五，逃散者十之一，此时所存三万余人。[1]

张继庚与前布政使祁宿藻密迩，他说户口清册载南京原人口二百六十余万，一定可靠，至于城破之后人口变化及各种比例，显然出于估计。不但张继庚出于估计，太平天国官方当时也没有做过统计。张继庚的同志谢介鹤说，咸丰四年二月他们计划暴露后，太平天国加强管理，这才清点天京人口，落实到名：

> 杀贼之谋未泄，人能私自过馆，其数尚难稽查。至是贼有门牌之设，以馆长出名，统其下，月送册于伪诏书，以核其数，调往他处及逃走者皆注明。其时男馆广西约千五百人，广东约二千九百人，湖南约万人，湖北约三万人，安徽约三千人，各省约二千人，金陵约五万人，镇江、扬州约

---

[1]《张继庚遗稿》，《中国近代史资料丛刊·太平天国（四）》，页773。

五千人。女馆广东、西约二千五百人，湖南约四百人，湖北约二万五千人，安庆约三千人，镇、扬约万人，金陵约十万人。此夏季人数。[1]

合计约二十四万五千三百人，不到先前南京人口十分之一。

其中，妇女占了一多半。诸多记载反映，在天京各种工程劳作中，主要劳动力为妇女，从而说明了这种人口构成。男性几乎全用于打仗，留在城中的，除近卫和守城之兵，俱系或老或幼或残，以及技匠等不能打仗或无须打仗之人。谢介鹤介绍了几种情形：

> 乃有机匠之招，言为匠做工，则不打仗。

> 贼议立"牌尾馆"，使残废者守馆，老病使扫街、拾字纸，亦不打仗。

> 使人种菜，亦不打仗。

> 贼不识字，传伪令凡读书识字者，悉赴伪诏书……使为诗及对，又试以伪示，合贼式者，分入各贼馆为书使，亦不打仗。[2]

不能不提到，内中相当一些是年幼男僮：

> 缘自洪逆以至伪旅帅，皆有幼童打扇，又自伪丞相以至伪卒长圣兵，凡粤楚真贼，均准掳带幼童以为义子义弟，总名为"带娃崽"。贼将娃崽眉目清秀者即为义子义弟为打扇，其次为之拉马执刑杖引导，再次即为其打伪执事，粗拙者即为之牧马，其丑陋有残疾者转可倖免不掳。初尚见面即带，继则挨馆搜求，凡城中所有之幼童，由十六七以至十一二岁者，无不被其掳尽矣。[3]

---

[1] 谢介鹤《金陵癸甲纪事略》，《中国近代史资料丛刊·太平天国（四）》，页654。
[2] 同上，页653—654。
[3] 涤浮道人《金陵杂记附续记》，同上书，页623。

谢介鹤专门强调，这些男僮是非战斗人员，专供服务、使唤及娱乐：

> 幼童则抢去为假子，或为打扇。打扇乃贼之小仆名，常持马鞭洋伞及扇随贼后。盖贼最爱童子，相与嬉戏而已，并无所谓"童子兵"也。[1]

他们处在不同层级，称呼亦有别：

> 其名不一。洪逆所用谓之"侍臣"，并分左右，约一二十人。杨、韦、石等逆所用，谓之"仆射"，左右约十余人。伪丞相、检点、指挥、将军、侍卫等贼所用，谓之伪"官使"。伪军帅以下等贼，谓之"打扇"。伪侍臣、仆射，广西幼童居多；伪官使打扇，则两湖安徽江南各处掳来幼童眉目端好者为之。[2]

为什么大量、普遍地需要和使用未成年男僮？个中实有难言之隐。在太平天国领袖人物那里，其日常服务毕竟不是全都适合女人充当，然府内女眷众多，使用成年男性多有不便，因此凡这种场合，都由男僮随身。而在其下，各级官长纷纷罗致男僮，除作为听差驭使之用，也暗中满足特殊需求。有个"典炮将军"叫李俊昌，将书吏宋某之幼子责打二百，宋某怀恨在心，"一日，有小僮逃出，宋见之问，以鸡奸难受故逃"，宋某检举于东王，李昌俊被逮下狱，但李的兄长很有权势，"威迫小僮供系宋姓指使"，宋某反而被杀。[3]

"贼呼江宁为小天堂"[4]，尽管眼下已到"小天堂"，当初在永安许下之愿却并未兑现，至少性的方面如此：

> 又有已为伪侯二贼，因男女私通犯奸，革去伪侯为奴。一系与其妻私通，

[1] 谢介鹤《金陵癸甲纪事略》，《中国近代史资料丛刊·太平天国（四）》，页651。
[2] 涤浮道人《金陵杂记附续记》，同上书，页620。
[3] 谢介鹤《金陵癸甲纪事略》，同上书，页681。
[4] 马寿龄《金陵癸甲新乐府》，同上书，页740。

致革伪侯。一本系伪秋官丞相陈宗扬，因与其妻私会，商同其妻之同馆伪东殿女承宣官即系杨逆之妹，用酒灌醉，将其奸淫，嗣经杨逆闻知，谎谓天父下凡，将陈宗扬夫妇杀害，又将其妹责二百板，以为虽系酒醉，究竟不应从也。[1]

其说不孤，《贼情汇纂》也有记载：

伪冬官副丞相陈宗扬竟因夫妇同宿，骈首就戮。[2]

此事笔者本以为是坊间谣诼，未敢实信。因为说是"伪侯二贼"，而当时太平天国封侯之人寥寥无几，地位极高，"虽功高如冬官正丞相罗大纲还不得与其选，故人都视为很光荣的大典"[3]。像这样有头有脸的人物，而陷身此等丑闻，似乎匪夷所思。尤其指名道姓提及的那位陈宗扬，我们确定他绝未封侯，其真实职位，罗尔纲《太平天国史》订为"冬官又正丞相"[4]。鉴此，起初我对上述故事保留疑问。然而，后见《天父圣旨》卷之三，却非常意外地发现这些私家记载相当可靠。《天父圣旨》卷之三藏于伦敦英国图书馆东方部，由王庆成先生于上世纪八十年代发现，2004年中华书局将其收入《影印太平天国文献十二种》出版。此件起始便记述"甲寅四年正月二十七日"杨秀清扮天父下凡处理几桩案件的经过，其中之一，就是两位高官与其妻"私合"案。这两员高官，一即陈宗扬，另一人名叫卢贤拔。经查，卢氏官居秋官又正丞相，而且封了侯，封号"镇国侯"。在《天父圣旨》中，杨秀清首先提审陈宗扬，命其坦白"与妻犯过天条否"，陈一番抵赖后承认"曾犯过四五次"；然而情节并不仅此而已：

天父怒极，大声指曰："尔与妻私合，又想瞒人耳目，故夫妇□□此二字漫漶不可识欲将那清白之人拉下染缸，以塞其口，互相为奸，方不至败露。幸

[1] 涤浮道人《金陵杂记附续记》，《中国近代史资料丛刊·太平天国（四）》，页639。
[2] 张德坚《贼情汇纂》卷十二，《中国近代史资料丛刊·太平天国（三）》，页313。
[3] 罗尔纲《太平天国史》卷六，页206。
[4] 同上书，页223。

亏那女官鍊炼正，是个贞洁之人，未遂奸谋，不然岂不又被尔陷一人于法网乎？尔自己变妖变怪，已属可恼，尔尚欲坑害别人……"

陈宗扬惟以"犹未成事"为辩。又审卢贤拔，后者承认"实与其妻犯过天条三四次"，没有其他情节。嗣后，陈宗扬夫妇斩首；关于卢贤拔的拟罪，女官出具意见认为，其人"前有微功"，应"革职带戴罪立功，免其枷号游营"，杨秀清觉得太轻："即卢贤拔位膺侯爵，法应减等，亦不能办至咁轻，若办至咁轻，不惟不足以服朝官，尤恐不足以服天下"。为严肃法纪，杨命女官"即杖东王五十板"。杖毕，杨称："须知犯着法律，俱是同罪。"[1] 之后对卢贤拔究竟作何处置，《天父圣旨》未见下文，但考上种种，"革去伪侯为奴"应是一个分量得当的结局。

卢、陈"私通案"绝不仅仅是一起桃色新闻，而有特殊的史料价值。它很明确地证实，起码截至1854年，太平天国必须位至王爵，方许夫妻聚首、拥有家庭生活；诸王以外，哪怕贵为列侯，都只过着单身生活，没有合法的夫妻关系。换言之，举国上下，能够享其男欢女爱之情者，拢共不超过八人[2]：

其各贼目之眷口悉充伪王府女官，皆隔别不令共处。倘私约就宿，则谓之犯天条，男女皆杀。[3]

各伪王盛置姬妾，而使群下绝人伦之源，且绐之曰：天下一日平定，方许完聚，未娶者方准婚配，功高者始准置妾。[4]

太平天国对广众行男女严防，令人费解。事关人性本能，如此严禁，存在发生各种事端的风险。历来的解释，有从洪秀全阴暗心理上求之者，有归结于特权与等级观念的，有认为是将性作为特殊手段，来更好地驭众："其意谓男女人之大欲也，以此诱之，实以此迫之也"，乃至有助于提高军队战斗力，"可保

---

[1]《天父圣旨》，王庆成主编《影印太平天国文献十二种》，页10—12。
[2] 截至当时，除天王洪秀全和永安所封东、南、西、北、翼五王，定都天京后又新封秦日纲为燕王、胡以晃为豫王。
[3] 张德坚《贼情汇纂》卷十二，《中国近代史资料丛刊·太平天国（三）》，页313。
[4] 同上。

人人精壮"[1]……这些解释，未为无理，然皆执乎末端。根本来说，太平天国实际上奉行军国主义。

《中国大百科全书》"军国主义"辞条说：

> 一种意识形态，核心主张是将国家军事化，以军事化的方式组织国家生活。军国主义既是一种思想观念，又是一种政治制度。[2]

衡诸太平天国，此辞条有如专门为它而写。在太平天国，不是一个国家拥有一支军队，而是一支军队拥有一个国家，这便是"将国家军事化"；其次，国中并无自务营生、各执其业的百姓，人人入营当圣兵，全民皆兵，分隶"男馆""女馆"，这叫"以军事化的方式组织国家生活"。而为了保障这种意识形态，再跟随以一系列制度设置，例如实行完全的供给制。男人男馆、女人女馆之后，国人不再有生活来源，他们执行着公家分派的任务——从打仗到各种劳务，饮食居住由公家包下来，"免费"供给，住则群居馆舍，食则按人头定量发放和领取：

> 逆匪等仓米，皆伪典出圣粮支放，或按月，或分旬给发。[3]

定量依劳动强度、性别和参加革命资历之不等，而有差：

> 每日发米数，男馆如泥水木匠一斤半，各伪衙一斤四两，各匠一斤，牌尾即年老残疾者半斤。女馆湖南以前，每名一斤，湖北以前每名六两。[4]

其他日用必需品也是如此，例如食油定量："十日一人两勺派。"[5] 这大约是很多

[1] 张德坚《贼情汇纂》卷十二，《中国近代史资料丛刊·太平天国（三）》，页313。
[2] 《中国大百科全书（第二版）》第12卷，中国大百科全书出版社，2009，页290。
[3] 涤浮道人《金陵杂记附续记》，《中国近代史资料丛刊·太平天国（四）》，页613。
[4] 谢介鹤《金陵癸甲纪事略》，同上书，页656。
[5] 马寿龄《金陵癸甲新乐府》，同上书，页733。

贫民自古憧憬的"有饭同吃"。但是,国家"免费"提供食宿听起来很不错,实际施行并不那么美好。太平天国排斥正常的国家生活,不开展生产,更不发展生产,物资主要依靠战争方式掠夺,供应很容易短缺。不久,供给制就难以为继,而发生减粮:

> 东贼连接湖南、北、安徽各贼回书,言所到之处,米谷俱无,乃改议发米数。男子牌面每日每名发米半斤,牌尾四两。女子每日每名,湖南以前,发米六两,湖北以下,发米三两,均以稻代。悉令人食粥,否则杀也。[1]

一是普遍减量,二是女馆以稻代米,三是下令以稀代干。这些限制,别家亦有记述,如:"每日男子发米一升,女子发米三合,后则谷半升。"[2]"米将不足减之少,少之又少继以稻。"[3]"若赍乏粮尽之时,或减半给发,或全不给发。如江宁城中一概吃粥,扬州城中煮皮箱充饥。"[4]面此困难局面,当局也不得不稍稍改变规定:"不领贼粮,免当贼差。"[5]祁宿藻的遗孀,由于祁家一位尤姓忠仆不断接济,将"米柴衣物"等设法送来,老太太得以享受不当差的待遇。

"以军事化的方式组织国家生活",最大好处,在于严密控制人的思想。分馆集中居住、饮食,是一种方式,借助它来达到驯化目的:

> 及早晚吃饭鸣锣集众,率众念赞美。念时置桌屋中,列肴馔,茶三盏,饭三碗,点烛而无香。馆人散坐于两旁,瞑目扬声,如僧讽诵。念毕,各向外跪,书手默念"小子某某女馆则小女跪在地下,仰求天父皇上帝亲爷大开天恩"等语,末句则高呼"杀尽妖魔"而起,然后吃饭。初扎营时有伪检点传令到营讲道理,搭棚如戏台,贼衣戏班中蟒袍,戴大红尖顶黄边风帽,赤足乘马而来,传齐圣兵,各执竹枪立台下,犬吠驴鸣三数语而止,无人能解。

[1] 谢介鹤《金陵癸甲纪事略》,《中国近代史资料丛刊·太平天国(四)》,页664。
[2] 《张继庚遗稿》,同上书,页760。
[3] 马寿龄《金陵癸甲新乐府》,同上书,页733。
[4] 张德坚《贼情汇纂》卷十,《中国近代史资料丛刊·太平天国(三)》,页278。
[5] 《张继庚遗稿》,《中国近代史资料丛刊·太平天国(四)》,页761。

屡问"是不是",呼"是"字音如"系",众答以"是",乃哄而散。[1]

总之,吃喝拉撒睡、饮食男女,这些本属"私生活"范围之内的事,全都管起来。洪氏"天国"中,百姓没有私生活。能拥有私生活的,整个国家就那么几个家庭。

一切与"私"字沾连的事物,都遭到禁抑。天京发起了中国第一次彻底扫荡私有制的运动,没有自由职业,不许个人执业,"伪示有云,天京乃定鼎之地,安能妄作生理,潜通商贾"[2],无论纺织、种菜、竹器制造、木匠、瓦工、印刷、制铁、医药……各行各业一律国家专营,委派官员组织和监控[3],按照国家需要和指令生产和经营,产品亦不作为商品流通,而是以调拨方式发用。他们有个理论,"贼谓凡物皆天父赐来,不须钱买"[4],以此为根柢,对商品经济愈加摈弃,乃至几乎废除货币,"贼有伪例,私藏至十文者即有罪"[5]。但这种政策难以维持长久,一是仅靠掳掠,物资供应并不能保证,"物又渐乏",二是并非所有需要之物都能抢来或城内自产,"所无者仍须添购"。因此城外开市,恢复贸易,"令老贼出城买物,设肆于北门桥,转卖之各馆",这些商行均属官营,"有杂货、玉玩、绸缎、布匹、米油、茶点、海味各店,其店皆有贼文凭,称'天朝某店',不准私卖"[6],据说总共有"五大行"[7]。与此同时,开炉铸钱,"轮廓大如洋钱,一面'天国'字,一面'圣宝'字",然而城外客商不认,"持出城交易不能行"[8]。其尴尬处,正如马寿龄诗句所讽:"城里无用人不争,出城与人互交易,依旧咸丰通宝行。"[9]

将人与私有物剥离,置之"无私"境地,此举奥秘并不在冠冕堂皇的道德方面,而在于限制自由,对自由釜底抽薪。试想,人如果囊中有钱不超过十文,他还能做什么?必是寸步难行,被死死束缚在一种无形牢笼之中。

[1] 谢介鹤《金陵癸甲纪事略》,《中国近代史资料丛刊·太平天国(四)》,页696。
[2] 马寿龄《金陵癸甲新乐府》,同上书,页738。
[3] 涤浮道人《金陵杂记附续记》,同上书,页616—617。
[4] 张汝南《金陵省难纪略》,同上书,页716。
[5] 涤浮道人《金陵杂记附续记》,同上书,页636。
[6] 张汝南《金陵省难纪略》,同上书,页716。
[7] 马寿龄《金陵癸甲新乐府》,同上书,页740。
[8] 张汝南《金陵省难纪略》,同上书,页716。
[9] 马寿龄《金陵癸甲新乐府》,同上书,页738。

以上南京改天京后的情形种种，叙述人基本都直接得之自己的亲身经历。例如，《金陵省难纪略》是张汝南经十余月从天京逃出、迁杭州之后所口述，其子女写道："是书成于咸丰六年，先君子馆于杭时之所述也。当癸丑二月城破之后，先君子两觅死不得，遂日谋所以脱身者，辗转至次年八月间，始得率眷属出重围"[1]；脱身后，张汝南日夜难忘所历，"爰即在城之日亲见之事纪为是编，藉以舒其愤懑"，他的态度很严肃，"惟东北贼递杀一节，系访闻确切得以附入，其他传说，惧有不实，概不之录"。[2] 马寿龄《金陵癸甲新乐府》亦然，其《自叙》云："情非真痛则易忘，事非亲历则不知"，表示自己是感于切肤，才去写那些叙事诗。他因老父年近八旬、患病、行动不便，没有逃离南京，之后"城门禁益厉，故谋之年余未能出"，其间他被投入"老年馆当差，锹锄不离手"，暗中参与张继庚的内应计划，第二年四月，终于伺机"奉家君出城"。他白天供役，夜晚归来，将闻见写成诗，"书悬肘后"，然后默记腹间，由此"篇成五十"。[3] 读这些幸存者笔下的天京，我们觉得张汝南好友、同样从天京逃出的姚天麟，为《金陵省难纪略》所作序中几句概括，能够勾画城内众生的基本处境：

多失业无依，转徙莫定，饥寒交迫，延颈待毙。[4]

---

[1]《金陵省难纪略·例言》，《中国近代史资料丛刊·太平天国（四）》，页686。
[2]《金陵省难纪略·序》，同上书，页685。
[3] 马寿龄《金陵癸甲新乐府》，同上书，页725。
[4]《金陵省难纪略·序》，同上书，页685。

张继庚内应事件

内应事件乃"天京之变"以前一桩大案,也是太平军占据南京后仅次于"天京之变"的重大流血事件。两个事件,一为"内讧",一为"敌特颠覆"。然与"天京之变"广为人知不同,内应之事后世渐忘,颇少提及。

这项计划,大致如参与者谢介鹤所简单概括的:

> 正月七日,贼以为元旦……金陵廪膳生张炳元,倡内应,与大营约,初七初八初九日乘贼应贺元节,不为备,出贼不意,进攻东门,伪守城官陈桂堂许斩关相应。[1]

这是计划的原始方案。炳元是张继庚的表字,但金树本写作"邴原"[2],张汝南写作"丙垣"[3],《淞南随笔》写作"炳垣"[4],皆音同而字异。正月七日,指咸丰四年正月初七。大营,即城外向荣大营。陈桂堂,官"丞相",金田起义的参加者,张继庚说他是广东人,亦有记为广西人的。

张继庚不是习见之书生,勇于任事。我们知道江宁守城期间他非常活跃,组织民团、协助祁宿藻做各种事。其实,之前他还在长沙以湖南布政使潘铎幕友的身份,参与抵御太平军,"谓贼不得志,必舍此图南下,江宁我父母邦,宜

---

[1] 谢介鹤《金陵癸甲纪事略》,《中国近代史资料丛刊·太平天国(四)》,页659。
[2] 金树本《张邴原金陵内应纪略》,《太平天国文献史料集》,页320。
[3] 张汝南《金陵省难纪略》,《中国近代史资料丛刊·太平天国(四)》,页700。
[4] 孙文川《淞南随笔》,《明清上海稀见文献五种》,人民文学出版社,2006,页704。

预为备,乃夜缒长沙城出,棹小舟,越路以行。"[1] 南京城破,张继庚企图自杀,"率全家跳入后门塘中,皆浮而不沉,为邻人陈姓者救出"。之后担起照顾祁宿藻遗孀的义务,送衣御寒,"或五日一去,或十日一去,定省慰劝",并曾运作将祁老夫人营救出城,未果。[2]

他拈动策反内应之念,起自咸丰三年端午节后:

> 至五月端午,始得亲赴年伯<small>指祁宿藻</small>坟茔展谒……谒墓后回忆年伯勉庚留为后用之训,因与长发结交,意欲令其自相涂炭。适逢贼伪水营与伪东府兵不和,庚遂倡伪东王待广西人厚湖南人薄之议以激之。湖南人果煽动结盟,思投大营。庚因托亲友金和、李钧祥、何师孟三人逃出,投马翼长处,马翼长疑不敢纳。

这是与官军最早的一次联络。马姓军官疑其有诈,未予理睬。这也看出清军人心很散。翼长级别不低,正三品[3],完全能和向荣说上话。即使如此,马某仍推诿了事,既不接纳,也未向上反映。张继庚说,金、李、何遭拒绝后,自己就近从乡下"招勇得五千人",但因为没有钱饷可发,"寻散去,而城中事亦泄",导致"被死者八百余人"。所幸张继庚结盟书上所签是化名,才没有被捕。[4]

这之后,暂无动作。到了九月初,终于与向荣大营取得联络,"大帅答书,令与宛、高、金三人谋。"宛是宛正龙,高是高鹤鸣,金是金树本。此三人与张继庚原非一拨,分别暗中与城外联系,通过宛正龙一位在官军当兵的表亲,借出城买菜之机见面,向官军传递情报,"凡三十六次"。至此,大营指示他们和张继庚合作,同谋内应之事。张继庚高鹤鸣有旧,一日,由高引荐,到金树本所在的太平军"舆台"<small>负责车轿服务的机构</small>相见。金树本回忆,"余熟视之,面黧黑,而英气逼人。"张握住金树本的手,开门见山道:"我三人幸一面,有一言当先白之。兹事非同志不可,然知者多,保无泄乎?泄,当一人自任,留未泄者继之,

[1]金树本《张邘原金陵内应纪略》,《太平天国文献史料集》,页320。
[2]《张继庚遗稿》,《中国近代史资料丛刊·太平天国(四)》,页761。
[3]《清史稿》卷一百十七,志九十二,职官四,页3378。
[4]《张继庚遗稿》,《中国近代史资料丛刊·太平天国(四)》,页761—762。

死无憾也。"[1]

经活动,说通了水西门太平军守军,策反一千多名,订下盟约,约定官军至时,"炮必空,钥必启,其门侧为水关,必引腹心舣船以待",并将方案细节绘制成图,送交向荣大营。三天后接回音,大营要求将接应地点改在朝阳门亦即东门。原因是官军驻扎的孝陵,在城东北方,"距水西门八十里,劳师袭远,将士所不堪"。[2]

水西门方案于是放弃。张继庚们一切回到零,从头开始。

叙至此,需要插入一段"天京辛德勒"的故事。话说南京有个商人叫吴伟堂[3],过去一直往来汉口做绸缎生意。太平军定都天京后,需要大量绸缎,但贸易中断,无以致之。这时,吴伟堂就通过一个广东籍烟贩叫叶秉权的,传话给太平军相关头目钟芳礼,声称可以组织丝绸生产,满足供应。钟芳礼大悦,请示杨秀清,得到批准,成立"织营",以吴伟堂为总制,编制与各营同,"人数多少不拘,其军帅卒长司马等,皆本城人为之",后来"又添设染坊并所谓杂行,如花粉绣线等类"。"贼颇以为便,而喜吴之能,给与关凭。关凭者,出城照验之物,以白绢尺许书贼首给某出入城字样,加贼印信。吴乃衣黄褂红绉衫,骑马,从人执旗荷大刀,出入各城无阻格。"吴伟堂凭此特权,暗中把织营等实际上变成庇护所,收留大批难民,"是时机匠杂行及运柴人不下数万,既免兵役之惨,又乘机可逸,皆德吴"。经他帮助,被偷偷送出城外逃生者,不可计数。起初禁妇女出城,故只能送出男子;后城内缺柴,"许妇女出西南门取薪,往往得逸去",但是当时妇女因为缠足,行动不便,"出城路甚遥,艰于步者,卒不得如愿",吴伟堂设法打通关节,获准使用船只装运柴火,"于是乃得载妇孺而逃"。[4]这故事,与二战时那位德国企业家奥斯卡·辛德勒,可谓如出一辙。

水西门方案被否后,张继庚们另起炉灶,因而想到了吴伟堂。他们有个同志,叫贾钟麟,隐身于吴伟堂手下机匠之中,经贾介绍,商之于吴,"得通其谋"。[5]

---

[1] 并见于金树本《张邴原金陵内应纪略》,《太平天国文献史料集》,页320—321;《张继庚遗稿》,《中国近代史资料丛刊·太平天国(四)》,页762。

[2] 金树本《张邴原金陵内应纪略》,《太平天国文献史料集》,页321。

[3]《金陵兵事汇略》有曰:"织营总制吴长松勾结外兵……"《金陵杂记》亦作:"伪织营中有吴长松者,诈投贼……"则其本名或系"长松","伟堂"是其表字。

[4] 张汝南《金陵省难纪略》,《中国近代史资料丛刊·太平天国(四)》,页699—700。

[5] 同上,页700。

大致是：在内部发展反叛者千余人，并借柴船运入部分官兵藏在馆内；待行动时，埋伏于神策、太平两门，同时派人假装出城购物，再让城外官兵伪装后混在购物者内入城，"会齐，伏众出，杀其司门贼，因即道_导兵入。"然而，新方案报至大营，"大帅答之如前"，坚持非朝阳门不可。[1] 神策、太平两门在城北部，分衔后湖_{即玄武湖}之首尾，距孝陵较水西门已不太远，但大营还是不愿考虑。至是，继水西门方案被否，神策、太平门方案又搁浅。

张继庚却有百折不挠的精神。不是非朝阳门不可吗？他就接受挑战，削尖脑袋去钻营，结果真的逮住一条大鱼。此人非他，正是太平军负责把守朝阳门的主将陈桂堂。《贼情汇纂》卷二对于其人有如下述评：

> 桂堂广西老贼，年约四十，身材瘦小，面白长方，有髭无髯，人甚奸诈。壬子七月封为中二军前营前旅帅。癸丑二月至江宁，升中四巡查。三月升后四军水四总制守朝阳门，屡与我兵抗。七月封恩赏丞相。甲寅三月升殿左四十九指挥，仍守朝阳门。桂堂矫捷机警，贼中号为能者，实罗大纲之流亚。黄再兴知石凤魁不足守武昌，曾奏请桂堂代之，未至而官军克复。再兴尝叹息语人曰："如桂堂来，武汉必不失。"是诚剧贼，尤当注意歼旄。[2]

可见陈桂堂在太平军颇具盛名。当时他势头正旺，连连晋职，七月刚刚加衔"丞相"。然而他却有一个弱点：嗜烟。"贼禁洋烟而陈嗜之。"[3] 此处仅称"洋烟"，未具体指明是鸦片抑或烟草，而无论何者，都是太平军严令禁止的，与淫同罪。张继庚设法找到陈桂堂的书手萧保安。书手即文书，太平军将士多不识字，每到各地都搜罗强迫读书人入伍充书手，萧保安便是这样一位南京人。他也嗜烟，与陈桂堂"为吸烟密友"，利用这一点，"萧有所挟，渐语以叶知发之谋"[4]。叶知发是张继庚的化名，他跟陈桂堂等打交道时，只用此名。

陈桂堂很狡猾，对萧保安所谈叶知发事，采取睁一只眼、闭一只眼的态度：

---

[1] 金树本《张邴原金陵内应纪略》，《太平天国文献史料集》，页321。

[2] 张德坚《贼情汇纂》卷二，《中国近代史资料丛刊·太平天国（三）》，页70。

[3] 金树本《张邴原金陵内应纪略》，《太平天国文献史料集》，页321。

[4] 同上。

"汝事我知之，汝自行之，不汝泄也。"[1] 不阻止、不报告、不泄露，但是，也不直接参与。意思是，事成有我一份，败露却与我没有干系。这实际上是开了绿灯。有他这种态度，萧保安便放心地开展工作，说动了陈的部将、湖南籍的张沛泽。张继庚将此重要进展密报大营："东道可通矣，特需筹空头告身六十张，以啖守门贼，门可得。"[2] 告身，即官职任命书；空头告身，就是空白的任命书，可以随便填写。不到三天，告身送至，"填五品衔者二、六品者十倍之"[3]，二份五品官衔，其余六品官衔，发给参与叛变的太平军大小头目。张继庚亲自持告身，去见张沛泽，敲定里应外合的日期——当然，是以叶知发的名义；但这次会面，还是给后来张继庚被捕埋下祸根。

不久出了意外。张沛泽办事不牢靠，串联时极不谨慎，致风声走泄，"事竟垂露"。萧保安见状，赶紧出主意，让张沛泽与自己一道，主动"检举"叶知发谋反事。这一招用于自保，还挺管用；太平军规定，"凡出首通外营者赏"；萧、张以此脱险，但内应之事暂时也就搁下，天京城到处张贴通缉令，"大索叶知发"。十天后，风浪稍平，张继庚忽接萧保安飞报，说张沛泽很快将调离，所任由他人代之，"如欲举事，无过三日"。然而受通缉令影响，此时内应策划者中间，意见分歧。张继庚等人认为机不可失、时不再来，另有人则认为"施措未周，恐误事，请易期"，两种意见各自陈书大营，"大营遂不报"，显然也倾向于时机不成熟。[4]

张继庚急了，对交通员宛正龙说："我有成谋，必面大帅始可行。"[5] 坚持亲自出城，到大营禀谈。于是"托买物出城，五里外，舆卒已来迓，蒙被疾驰，日落抵大营，见苏将军。纵论彻五夜……复见张军门，军门奇其才，折节订交"。[6] 苏将军，指署江宁将军苏布通阿，张军门即张国梁。张继庚这次亲赴大营，很有必要。之前官军对内应计划虽不拒绝，但明显欠热心，原因之一应是并不清

---

[1] 金树本《张䢿原金陵内应纪略》，《太平天国文献史料集》，页321。
[2] 同上。
[3] 同上。
[4] 同上。
[5] 同上。
[6] 同上。

楚城里那些谋划者的成色，怀疑究竟能把事情办成怎样，每每推托，"无如大营始约十月望日，不果，继约冬月朔日，又不果。或曰兵少，或曰兵怯，纷纷不一。"[1]这也是张继庚非亲至大营谈一次的原因。此番虽未得到面晤向荣的机会，但经苏布通阿和张国梁先后接谈，张继庚的个人魅力打消了不少顾虑。张国梁甚至想挽留张继庚为己所用："'予留此，佐我帷幄，何患不破贼耶。'君以老母陷贼辞。"[2] 毅然返回城内。

如今《张继庚遗稿》里保存着写给向荣的七封信。这些信，实际上都是秘密情报，事无巨细，十分详尽。包括太平军的武器装备、兵力分布及人数变化、资金状况、粮食储备、各门守备之严疏、各王府防卫情形、城内街巷路线与工事，甚至是"昨伪东王传令各男女馆，均要置柴三十石于门口……事一不谐，通城放火"，"伪永检点昨带六千人赴三岔河也"这一类随机的新动向。七封信，字字凝聚张继庚的心血和希望，读之即知无论如何他是不会放弃努力的。

朝阳门时机已失；经与苏布通阿、张国梁面议，方案重新回到神策门。可以看出官军并不是非东门不可，先前如此，其实是对内应者不信任，而借故为难。所制订的方案，大致仍然如前："先订师期，黎明集神策门内，约五百人，畀之刀矛<small>盖贼中买物，许携械出以防变</small>，君分五百人之半，散列近城栏栅间，为夺门计，自率半，俟开门接我师。"[3]

这时，日历已至咸丰四年正月。自最初计议此事，逶迤半载，至此终付之于践。具体日期，诸述皆未载，只知道是正月某日。万事俱备，天却忽然下起雨来，"衣发如沐"。金树本记曰："我兵乘雨临城，后骑鼓噪，城上贼闻之，吹角令勿启城。"[4] 鼓噪二字，言之未明；不知是马踏泥水出声，致守军惊觉，还是有其他动静。《金陵兵事汇略》说是："时日值雨，军营马甲汹汹有声，未及买卖街，贼已觉。"[5] 谢介鹤则说："至日适微雨，官兵大队掌号而来，未及买卖街，而城头炮发，同

---

[1]《张继庚遗稿》，《中国近代史资料丛刊·太平天国（四）》，页762。
[2] 金树本《张邤原金陵内应纪略》，《太平天国文献史料集》，页321。
[3] 同上，页321—322。
[4] 同上，页322。
[5] 李圭《金陵兵事汇略》卷一，光绪十三年刻本，页三十四。

志转至城门,门已闭矣。"[1] 倘若如他所说,官兵居然"掌号而来",岂非故意向守方发出预警?金、谢二人,都是行动参与者,我们无法辨其叙述的真假,但总之官军弄出不小的动静,使行动失败。张继庚受到了很大打击,"抚膺悼叹,泪与汗并"。[2] 这之后,又约期两次,"二次均为雪阻",归于流产。[3] 同样的事情,一次或系偶然,三次如彼,不能不令人怀疑官军的诚意。这应不是苏布通阿、张国梁那个层面发生问题,而是带兵将领捣鬼使坏,前面讲官军几次推托,"或曰兵少,或曰兵怯",大抵是真实士气的反映。经过两年与太平军作战,清军被摧折得畏敌如虎、军纪荡然。别人且不说,连在长沙保卫战创建奇功的邓绍良,此时在镇江已变成近乎土匪般的人物,部下溃不成军,惟能扰民。马寿龄《金陵癸甲新乐府》附有《金陵城外新乐府三十首》,主要表现城外官军情状,从烧民居、抢粮食到吸鸦片、看黄色图书、赌博、奸淫,无恶不作。阅此诗行,而揆诸与张继庚里应外合的官军,居然"掌号而来",便知他们那么做不是"失误",而是成心让敌人警觉,以避免作战。

至此,内应事件作为一场闹剧,结局业已注定。可怜张继庚仍不言弃,竟欲蛮干。一日召集同志,说:计谋屡不奏功,我愿孤注一掷,组成敢死队,径夺神策门。他让大家统计可入敢死队的人数,"众屈指计之,数不满三十"。张继庚极失望,"忿甚而散"。听说城门东侧周姓家族"有壮士二百余",遂去造访,"以忠义激劝之,咸受约"。就在回来的路上,出了事:

> 归途,至大英府街,适张沛泽乘马自后来,望见君,以为叶知发。张已任疏附职,无复内应志,卒然有害君意。马既近,以手拍君肩曰:"叶先生近日神策门之事如何?"君回首见张,若不相识然,曰:"子何人?我张继庚,非叶姓也。"张曰:"我不汝辩,但随我行。"至桨人衔,张下骑,索银铛环君项,遍搜君身,幸无物,曰:"汝非叶知发,当于黄丞相前自辩之。"牵行过淮清桥,入伪夏官丞相府,君自此殆矣。[4]

---

[1] 谢介鹤《金陵癸甲纪事略》,《中国近代史资料丛刊·太平天国(四)》,页660。
[2] 金树本《张邴原金陵内应纪略》,《太平天国文献史料集》,页322。
[3] 同上。
[4] 同上。

张一旦被捕,"诸同志惴惴焉,虑君之泄也"。连日派人打探消息。提审时,张继庚出监,见围观人群里有熟人,遂自言自语:"方寸未乱。"走着走着,又仰天说:"久雨即晴,我同衙高君当忙矣。"都是暗中传话。来人回述其语,诸同志集议,金树本说:大家不能这样束手无策,张君被捕已半月,至今没有吐露半个字,他在等待我们相救,救张君即是救我们自己,再迟半月,恐怕便无机会。乃决定最后一搏,组成敢死队,"得斩关者四十八人",同时与大营联络,官军派出以田玉梅为首八人,混入城中,参与行动,"届期歃血,同志凡五十七人",行动日期订在二月二十二日夜。[1]

"掌号而来"的赚门行动失败后,太平军加强各门防卫,包括工事构筑,"接门砌仄巷,容五尺,长丈余,两头设大木栅,以铁索绕匝矣"[2]。这次商议行动方案时,内中有个叫张丫头的人提出,"非巨斧斧之,栅不开,城门便不可启,是宜备",但主事者"恃司钥人已就约,漫答已备",没有做此准备。[3] 据孙文川《淞南随笔》:"张之义名丫头,吾友张炳垣舆人也。"[4] 亦即张继庚的轿夫。

是夜四鼓,五十七人杀奔神策门,果然受阻于大木栅。急呼司钥人开锁,岂知那人吓得魂飞魄散,"惶惧伏床下",动弹不得。"急不得匙",而"丫头索巨斧竟未备"。[5] 这时,城外官军由张国梁亲自带领,已"挟长木,越壕抵城下"。城门内,众人焦躁,"穷数十人之力拔栅,栅坚不能启",继而"掷火球入",欲烧而毁之,然而"中空不燃"。这时,"卧贼纷起","角声呜呜",别处太平军闻警,已向这里赶来。[6] 敢死队一行人,"各汹汹无计,而天已明,乃奔散",行动草草收场。[7]

最后一搏失败后,内应之事偃旗息鼓、不复再举,同志星散,死的死,逃的逃。整个过程看起来成功希望近乎零,未能上演真正惊心动魄的故事。然而,内有

---

[1] 金树本《张邲原金陵内应纪略》,《太平天国文献史料集》,页322。
[2] 谢介鹤《金陵癸甲纪事略》,《中国近代史资料丛刊·太平天国(四)》,页660。
[3] 张汝南《金陵省难纪略》,同上书,页702。
[4] 孙文川《淞南随笔》,《明清上海稀见文献五种》,页704。
[5] 张汝南《金陵省难纪略》,《中国近代史资料丛刊·太平天国(四)》,页702。
[6] 金树本《张邲原金陵内应纪略》,《太平天国文献史料集》,页322—323。
[7] 张汝南《金陵省难纪略》,《中国近代史资料丛刊·太平天国(四)》,页702。

两点值得一提。一是这是一群业余民间特工操办的计划，他们未经训练，很不专业，手法笨拙，并且没有得到任何像样的支持，而正因此，事件反而显示出一些异样的光彩。尤其张继庚其人，确可谓孤胆英雄，他尽着自己所能，想去办成一件不可能办成的事情。其余同志，虽勇怯有差，可是在关键时候都能顶着上，最后五十余人敢死队之所为，既异想天开，又赤诚可感。而且在他们身后，"吾道不孤"，从"天京辛德勒"吴伟堂到织营、机匠杂行的广大工人、菜农和役夫，都加入或支持此事。其二，内应事件对太平军亦属测试和考验，而过程显然说明，太平军并非想象的那样强。正如张继庚所刺探到的，太平军内部矛盾重重，"待广西人厚湖南人薄"，革命资历之深浅、参加革命之先后，从待遇和地位上显现出来，引发不满；湖南人尚且感到不舒畅，更遑言湖北人和更后来的江南人。以上，还是仅就一般部众互相比较而言，那些领袖和高级干部所享有的一切，与普通官兵之间更是天悬地殊。除随处可见的不平之心，张继庚们的活动还证实，太平军纪律状况和立场坚定性实际上都很差。像陈桂堂，"金田老贼"，太平骁将，应该说根正苗红，但他不仅私嗜洋烟、严重违纪，还脚踏两只船，对策反者姑息隐匿，意欲从中渔利。张沛泽也是鸦片吸食者，并同样左右逢源、见风使舵。李圭曾评论道："继庚志足尚，惜犹未熟虑也。此何等事，乃延逾半年，约众至数千，乌得不泄？"[1] 诚如是言，不过从相反角度看，张继庚以并不专业的方式，在水西门、东门、太平门、神策门等到处大肆活动，无往不利，先后策反数千人，里面除了一个特别势利的张沛泽，再无旁人走漏风声，足见太平军内离心倾向颇为严重。

山穷水尽，张继庚这才"招认"：

> 炳元自知必死，乃认通大营，但"我系江南人，非有老兄弟为首教我，我亦不敢"，遂罗织老长毛数十，贼尽杀之，而未吐同志一人。[2]

所谓招供，竟然仍乃一计。对此，金树本叙述更具体：

---

[1] 李圭《金陵兵事汇略》卷一，光绪十三年刻本，页三十三。
[2] 谢介鹤《金陵癸甲纪事略》，《中国近代史资料丛刊·太平天国（四）》，页660。

> 君以三十四人对，呼伪掌书记之，并言仍有其人，俟我忆及，即告尔……北贼以告东贼，传令骈斩，不使一人脱。[1]

出卖他的张沛泽，当然更被"供"出：

> 炳元言沛泽吸食鸦片，我前见而劝之，今挟嫌诬我。贼立搜其馆，得鸦片等具，先杀沛泽。[2]

张继庚三月初六日被杀：

> 继庚临刑作绝命词，有云：拔不去眼中钉，呕不尽心头血。吁嗟穷途穷，空抱烈士烈。杀贼苦无权，骂贼犹有舌。[3]

二月二十二日夜间，守城太平军依稀认出敢死队五十余人中"有若机匠、牌尾与菜园人，乃搜机匠、牌尾、菜园，果得钦差印三四张，遂锁禁数百人，又搜各馆得数百人，俱禁于贡院内"；本打算都杀掉，后传谕"如有广西人馆长取保"，可以释放，最终"计杀二百余人"。[4] 而由于张继庚至死"未吐同志一人"，内应计划核心成员如谢介鹤、金树本、马寿龄等，全都幸免于难，陆续逃离南京；其中谢介鹤我们知道他后来去了上海，同治二年 1863 八月三十日逝于嘉定。[5]

此事或是中国史上最大的一次"业余特工"行动，虽未果，其玄奇色彩仍足檀板轻敲，弦管讴之。

---

[1] 金树本《张郇原金陵内应纪略》，《太平天国文献史料集》，页 323。
[2] 谢介鹤《金陵癸甲纪事略》，《中国近代史资料丛刊·太平天国（四）》，页 660。
[3] 李圭《金陵兵事汇略》卷一，光绪十三年刻本，页三十五。
[4] 谢介鹤《金陵癸甲纪事略》，《中国近代史资料丛刊·太平天国（四）》，页 661。
[5] 孙文川《淞南随笔》，《明清上海稀见文献五种》，页 655。

给配令

将近一年后，素无活力、有如死水的天京，爆出一个激动人心的大新闻：

> 咸丰五年乙卯正月，东贼忽颁伪谕：大小酋目得娶妇。[1]

事情来得突然，全无迹象。起因据说如下：

> 先是，伪天官丞相曾水源以往芜湖误期，削伪职，其弟怨悔逸去，东贼怒疑水源使其弟通官军，而于中为主谋，以五马分其尸。

这段文字，略嫌交代不清，易致读者以为被五马分尸的是曾水源。据罗尔纲《太平天国史》，曾水源这次的确削职、下狱，但并未被杀，后曾"释放复职"，又过半年，才因另一件事被杨秀清"斩首示众"。[2] 李滨《中兴别记》叙同样情节之段落，文字几乎一样，但微弱差别却令语意判然：

> 其弟怨逃被获，杨逆疑水源使之通官军，刑以五马分尸。[3]

显然，被五马分尸的是曾水源之弟。行刑之后，杨秀清显得很沉痛，对手下说：

---

[1] 李圭《金陵兵事汇略》卷二，光绪十三年刻本，页一。
[2] 罗尔纲《太平天国史》卷五十三，页1952。
[3] 李滨《中兴别记》卷十八，《太平天国资料汇编》第二册上，页309。

"长毛"

太平军剪辫、不薙发，作为驱逐胡虏、光复华夏的表征。民间因而又以"长毛"俗称太平军。

天京太平军官兵

载于1853年英国画报。图中士兵一概赤足，惟首领有履，但只是草鞋而已。

苏州太平军某王府

　　太平天国后期滥封王爵，多以百计，这种王府比比皆是。

苏州降前的太平军营

　　已一片破败杂乱。

新兄弟逃走就罢了，现在，同起粤西的老兄弟也叛逃，难道是我杨秀清待诸位不厚么？众曰不然：

> 昔在金田永安时，天父曾许至金陵小天堂，男女团聚，乃至已三年，众仍无家，咸谓天父诳人，故皆思去，恐将来益不可遏耳。[1]

答案竟为男女之事。杨秀清闻言，当即说：汝辈真是不测天父高深，本来，这一日越晚到来，你们分到的女人就越多；既然等不及，想立刻要女人，那地位最高者只能分到十余人，往下则以次递减，大家休要嫌少！一番话，悄然改变了太平天国起事以来一直实行的"男女分营"政策。随后，杨假扮天父下凡，传天父圣旨：

> 谓蒙天父恩，许男女得配偶。设伪媒官男一女一。凡积贼为伪丞相者得配女十二人，伪国宗得配女八人，他伪官以次递减，无职者亦配一人。原有妇者许归其室。令伪巡查查女馆自十五岁以上至五十岁者，开列年貌，注册以候选择。[2]

是为"给配令"。此令之行，太平天国官书无明载，1979年研究界曾将"现存的太平天国文书"集为一书《太平天国文书汇编》，里面无其踪影。私家记述却多有所见，除《中兴别记》《金陵兵事汇略》外，还有《江南春梦庵笔记》：

> 金陵初破时，淫掠之禁甚严。自天逆、东逆、西逆、南逆、北逆、翼逆、赞逆外，不准私藏妇女。立女军五，有女军帅等辖之，旋又别为元女、妖女名目分隶之。乙卯岁给配令下，女馆遂空。[3]

作者沈懋良，武昌人，被掳入太平军，此著系同治三年六月天京陷落后他被官

---

[1] 李圭《金陵兵事汇略》卷二，光绪十三年刻本，页一。
[2] 同上。
[3] 沈懋良《江南春梦庵笔记》，《中国近代史资料丛刊·太平天国（四）》，页434。

军羁押期间所作,从书中称"咸丰十四年"而非"同治三年"^{亦即作者丝毫不知清廷帝位已易}来看,真实性颇高。沈懋良不仅记述了给配令的颁行,并且提到自己亲身受益:"蒙逆即蒙得恩即以卜姓女妻我,时女年仅十四,句容人。"[1]

经笔者搜求,在太平天国官书中找到给配令一处隐约的痕迹,即《天父圣旨》卷之三"乙荣五年三月十九日"以下字句:

> 今元勋功勋兄弟姊妹,俱皆团聚,天父概念前功,不忍久使鳏守……[2]

天历"乙荣"即阴历乙卯。上引之句,虽未明言给配令如何,从内容上却可以看出此语是立足于给配令来谈的,此可证乙卯正月忽颁给配令之事的确实。

性,是太平天国的一个烫手山芋;在此问题上,它一直左右为难,未获佳策,得过且过。它确曾于永安许诺,"上至小天堂"众人可以享受家庭生活、夫贵妻荣。然而来到南京,分营政策依旧,甚至更严苛,曾造成形形色色案件[3]。所以如此,是因性的掌控事关意识形态,并且有利可图。考诸欧洲,中世纪天主教会曾以修士修女献身天主而禁欲,但作为新教之基督教则并不禁欲,惟强调婚姻圣洁而已。洪秀全拜上帝教源于新教,本不应含禁欲主义元素,但却明确要求以男女为大防。洪秀全为传其教义所亲撰的《原道救世歌》径称:"第一不正淫为首,人变为妖天最瞋","淫人自淫同是怪","非礼四勿励精神"。[4]而钦定《天条书》之"第七天条"规定:"不好奸邪淫乱",其具体解释是:

> 天下多男人,尽是兄弟之辈;天下多女子,尽是姊妹之群。天堂子女,男有男行,女有女行,不得混杂。凡男人女人奸淫者,名为变怪。最大犯天条,即丢邪眼、起邪心向人,及吹洋烟、唱邪歌,皆是犯天条。

---

[1] 沈懋良《江南春梦庵笔记》,《中国近代史资料丛刊·太平天国(四)》,页444。

[2]《天父圣旨》,王庆成主编《影印太平天国文献十二种》,页14。

[3] 例如谢介鹤记载,曾从男馆"搜出大脚蛮婆扮男装者数十",搜女馆"又得男扮女装者数十,又搜得有孕者数十"。(《金陵癸甲纪事略》,《中国近代史资料丛刊·太平天国[四]》,页665)《江南春梦庵笔记》也有很多类似情节,而更离奇。

[4]《原道救世歌》,《中国近代史资料丛刊·太平天国(一)》,页88。

并附诗申咏之：

> 邪淫最是恶之魁，变怪成妖甚可哀。欲享天堂真实福，须从克己苦修来。[1]

可见在性问题上，洪秀全对徒众严格勒以禁欲主义。我们所以鉴定他意在推行禁欲思想，而非简单倡导一种高尚品德，根据在于其矛头不仅仅指向合法婚姻之外的不正当两性关系，而是在表述中有将"爱欲"根本视为邪恶的含义。例如眉目传情被丑作"丢邪眼"，男女心相欣悦被斥为"起邪心"。又如他声称，欲享"天堂"之福必须以禁欲、"克己苦修"来换取。在过去行为中，只因刘三姐敢于自由恋爱、为爱情献身，他便诅咒其淫荡，而将民间所祀刘三姐庙予以捣毁。他所创"天条"规定，天下无男女、只有兄弟姊妹_{兄弟姊妹之间而言"性"，岂非乱伦}；"天堂"中的景象是男女分行、"不得杂混"_{显然这是太平天国男女分营制度的直接来源}。洪氏禁欲思想与基督教无关，主要来自本土礼教和佛教影响，次则与其个人幽暗心理有关。然而我们对此事的认识，并不到此为止。事实上，禁欲、男女分营，对太平天国的军国主义统治至关紧要，惟此，方可根除家庭与私有观念的掣肘，令国人"无私"、全身心拜伏于领袖权威，从而造成整个国家彻底军营化。这一政治利益，才是太平天国禁欲主义的根源。然而另一面，"食色性也"，"饮食男女，人之大欲存焉"，吃饭性爱，乃人类与生俱来两大本能，纵相禁抑，实亦枉然。太平天国既没有实际上也不可能破解这个难题，它仅是用一些谎话暂时欺骗和笼络众心，得过且过。比如"上到小天堂"如何如何，就很典型。盖其当初，"小天堂"何在、能否"上到"，均属八字未见一撇，姑妄言之而已。不料革命一帆风顺，很快"小天堂"到手，这反而造成了被动。照着"天条"所言，男女分行隐约有"基本国策"性质，实际上不愿意改变，可永安期间作为激励人心的诱饵，又偏偏许诺"小天堂"宜有夫妇之伦。天京既建，一晃三载，对此始终装聋作哑，仍行男女分营，徒众继续在男女授受不亲中度日，此可谓大失信于国人。问题积攒越来越多、越来越严重，不仅滋生各种罪恶、丑行，还发展到

---

[1]《天条书》，《中国近代史资料丛刊·太平天国（一）》，页79。

动摇人心、泯灭忠诚的地步。

眼下，这项冒着众叛亲离风险仍坚持不弃的"基本国策"，竟在东王淡然一语之间，悄然寝息。

杨秀清这么做，似乎是迫于"老兄弟"们的巨大压力。曾水源弟明正典刑，"老兄弟"们议论此事，没想到答案在此："昔在金田永安时，天父曾许至金陵小天堂，男女团聚，乃至已三年，众仍无家……"无家，这至为朴素的两个字，昭彰了太平天国政策的巨大危机和根本困境。太平天国一面以"公天下"否定"家天下"，令众信徒以国为家，出离在寻常人伦之外。另一方面，它又与此同时，使中国式"家天下"来到一种登峰造极的地步。黄宗羲《明夷待访录》认为，"家天下"的本质，即在普天之下仅一姓有其家、有其私，而视万姓之民皆无其家、无其私。这一点，如果以往表现方式犹然遮遮掩掩、琵琶半抱，到了太平天国这儿，却变得明目张胆，以天悬地殊的巨大反差表现出来——截至乙卯年 1855 正月，太平天国举国上下，惟"神天小家庭"成员享有家庭，舍此数人之外，朗朗乾坤再也无人有其家室，每个人都只是供国家任意编程的符码、一种附庸和非独立存在。这与中国农民人有其田、人有其家的基本生存愿望，构成了尖锐矛盾。广大"兄弟姊妹"，从金田隐忍到永安，从永安隐忍到天京，又在天京隐忍了三年，终于忍不下去，将内心之声当面对东王明白陈说。杨秀清似乎被大家一席话所震撼或打动，顺应民情，断然废止分营制度。

这样解释，颇为合理。给配令之下，无疑有鉴乎群情、顺势而为的因素。不过，它又必然不那么简单和单纯。"男有男行，女有女行"，是天王圣旨，背后含有天王的立教精神，可以说是他思想的基本组成成分。这样一个重大问题，东王说改就改。他曾请示天王，寻求过他的首肯吗？并无记载提及，记载但言彼"佯作天父降其体状，谓蒙天父恩许配偶"[1]，显然是越过天王，直接以"天父"身份实即经他本人之口宣布了这一改革。我们也不难假设，天王对此意见必与东王相左，若予请示，多半不能获准。实际上，天王向左、东王右行的局面，不止一次显现。较突出之例，如天王早就宣布孔子"助妖"，东王却在武昌高调祭孔，"具衣冠谒圣，行三跪九叩礼"[2]；

---

[1] 李滨《中兴别记》卷十八，《太平天国资料汇编》第二册上，页310。
[2] 江夏无锥子《鄂城纪事诗》，《太平天国资料》，页38。

天王曾于梦游天堂时贬龙王为妖而禁用龙形,东王却设法解除此禁忌[1];还有书籍禁毁问题,事情发生在定都天京后不久:

> 贼本欲尽废六经四子书,故严禁不得诵读,教习者与之同罪。癸丑 1853 四月,杨秀清忽称天父下凡附体,云:"天命之谓性,率性之谓道,以及事父能竭其力,事君能致其身,此等尚非妖话,未便一概全废。"故令何震川、曾钊扬、卢贤拔等设书局删书,遍出伪示,云俟删定颁行,方准诵习。[2]

依罗尔纲的说法,当时"洪秀全正发动一场如火如荼的反孔运动,秀清不同意"[3],一个对旧书要"尽废",另一个主张"删后可诵"。貌似微小的差异,暴露彼此心腹迥然。须知洪秀全摈绝传统文化的态度,至死不变,包括对亲生儿子、幼天王洪天贵福:"干王在杭州献有古书万余卷,老子不准我看,老子自己看毕,总用火焚。"[4] 则他对杨秀清欲使旧书"删后可诵",内心抱何等恚恨,盖能想见。

眼下颁给配令,东王再度公然在重大问题上另搞一套。他曾释放过不少挑战的信号,此番事关"天条",力度无疑最大。"天条"乃天王手订之国法,象征后者的最高权威。东王竟一夕令下,说变就变。难道他只是为众多"老兄弟"陈情所动容,一时冲动遽行此举?我们从一贯行迹窥之,杨秀清虽胸无点墨,却足智多谋、天分颇高,从不是冲动莽撞之夫,他做每件事,都工于心计、饶有谋略。

我们来看下给配令能给他带来哪些利益。

第一,俘拢军心民心。"之子于归,宜其室家";夫妇之义,人之大伦。给配令彻底结束了军兴以来满营孤魂野鬼、无室无家的状况,男女团聚、琴瑟和鸣,是人之重新为人的一刻,对众生而言此功德有同新生,何啻再造?他们对降此隆恩的那人,内心之感戴,必无以言表。

第二,树立某种类似于改革者的新的个人形象。太平天国虽然一帆风顺、

---

[1] 张汝南《金陵省难纪略》,《中国近代史资料丛刊·太平天国(四)》,页 719—720。
[2] 张德坚《贼情汇纂》卷十二,《中国近代史资料丛刊·太平天国(三)》,页 327。
[3] 罗尔纲《太平天国史》卷四十四,页 1750。
[4]《幼天王洪天贵福亲书自述》,王庆成主编《影印太平天国文献十二种》,页 504。

所向披靡，但陋症顽疾实际比比皆是，很多方面，经实践证明已经成为继续前行的羁绊和障碍，改革以至变革的需求从客观的角度纷纷呈现、摆在桌面上，"男有男行，女有女行"仅系其中之一，余如经济、政治、法律向正常国家形态的转化，文化封闭政策的适当解禁，权力结构和权力运行方式的调整等，都有其迫切性。以往论者，站在"天王正统"立场，对杨秀清多斥以"个人野心家"。"野心"云云，杨氏诚然有之；然而就根本来说，"野心"得以滋长的温床，恰恰是捉襟见肘的现实。杨秀清对洪秀全政策的各种反弹，起因皆在于后者的误谬。因此客观上，杨秀清实际上是扮演着太平天国弊病改革者的角色。

第三，进一步削弱、贬抑天王权威。长期以来，杨秀清以军事指导者身份，奠定二号人物地位；现在他欲更上层楼，从治国角度展现能力。给配令明确挑战天王的治国理念，公然寓示国家照此理念治理不成，必行之不远。联系祭孔、欲将旧书"删后可诵"等其他动作，我们至少知道，杨秀清下给配令不是孤立现象，不是心血来潮，而是意在展现他对治国的独立思路与主张。其行动的果断与强硬，既缘自个性，同时也出于一种底气；亦即，自信采取这样的行动于国更为有利、合理，公众则将因此把他视为贤明仁睿的统治者而加以拥戴。

这时，距天京之变发生，仅有一年多时间。过去对此兄弟阋墙之祸，普遍觉得突然，好像没有苗头，平地陡起波涛。可是如果定睛凝视给配令的下达，细细品味种种内涵，即可倾听天京之变有力走来的跫跫足音。杨秀清绝非突然发难，他用给配令投石问路，做出有力试探。

以往的太平天国史论，对天京之变，一味解释为个人之间的权力争夺，一味归诸"野心家""阴谋家"自我膨胀。这大大遮蔽了真正构因。盖此历史事件的焦点，实不在杨秀清有无个人野心及个人品质如何，而在太平天国制度和社会现实本身处于何种状况、存在怎样的矛盾和危机。应该说，杨秀清不过是历史的一个音符，历史老人利用他将太平天国的兴衰际变表现出来。单独看取天京之变"逼封万岁"情节，我们或许确实只能见识"权力之争"和"个人野心"，如果视线延展到给配令以及更多，却势必注意到"权力之争"或"个人野心"后面太平天国由表及里的丛丛弊端。天京之变，实际上是太平天国各种矛盾相交集而借权力斗争方式诉诸表面的结果，也是谋求矛盾解决与克服的一番尝试。而事件之终更为可悲，证明太平天国甚至没有能力自我拯救。东王惨败、北王受死、翼王出走，显示此政权全不具备理性处理危机的素质。杨秀清以卵击石式的毁灭，在宣告太平天国仅有的一次变革机遇消失的同时，亦彰显了其惰性与顽疾的坚厚。从此它一直维持着此种情状，缓缓走向崩溃。

杖责天王风波

忽视太平天国的深层矛盾，过于突出杨秀清"个人野心"，会导致对史料扭曲性解读。例如"杖责天王"，几乎所有讨论天京之变的文章，都视之为极具分量的佐证，以坐实杨秀清刻意打压天王、有预谋地凌驾其上。而实际上，此事与天京之变可以说并无关系。

在那些论者笔下，因作为天京之变的一个背景材料来用，"杖责天王"被有意无意地模糊了发生时间，导致一般读者普遍误以为是天京之变前刚刚闹出的风波，其实，那是发生在定都天京后甫半年左右的一件旧事。

确切日期，是癸丑年 1853 十一月二十四日 "天历"为十一月二十日。是日乃礼拜天，北王与各官至东府议事，议毕回衙；然而，"不一时，天父下凡"，降旨于女官，随后各官重被召回听旨。圣旨内容关乎杨长妹、石汀兰两位"王姑"和朱九妹两姊妹等四位女官，她们都在天王府供役。杨长妹系东王宗亲，石汀兰则是翼王宗亲，圣旨谓之"情同国宗"，而朱姓姊妹则"亦有前功"。天父要求"准其一体休息，或在天朝或居东府安享天福"[1]。简而言之，就是解除这四位女官在天王府的劳作，放她们长假。我们未免纳闷，此区区小事，怎会有劳"天父"下凡，亲降旨意？盖彼时天王府方兴土木，且因禁用男劳动力，无论怎样的重体力活，概由妇女承担，苦不堪言，而天王性情暴躁、略无恤意、非打即骂："女官若有小过，暂且宽恕，即使教导，亦要悠然，使他无惊慌之心。譬如凿池挖塘而论，不比筑城作营，若遇天时雨雪霏霏，即令暂且休息，以待来日。现下雨雪寒冻，

---

[1]《天父下凡诏书二》，《中国近代史资料丛刊·太平天国（一）》，页26。

毋用紧挖。如此安慰，彼必宽意乐心，知恩感德，勇于从事，事必易成。"[1]天王驾前的女官，若非"情同国宗"的诸王女眷，起码是出身金田起义的"老姊妹"，她们犹且被如此对待，其他征调来的女性苦力，遭际之非人益足想见。这是此次"天父下凡"的大背景，至于要求解除四女官劳务、许她们离开天王府，具体情由我们虽不掌握，但从杨秀清所谏"宫城内有修整宫殿，挖地筑城，或打禁苑，必需女官操作其事"，洪秀全并不"降旨如何布置"而已，每每"御目常注，督其操作"[2]，以及他对后宫有孕在身但忤旨之"娘娘"，竟"用靴头踢击"，甚至施以"杖责"[3]等情形看，恐怕频频发生了严重虐待事件。此次"天父下凡"，应该就是有鉴于宫中这些恶性情形，欲加谏阻。天父所言由东府女官向折回的北王及各官宣旨毕，东王传令，众人随他"登朝启奏"，面见天王。到了天王府，天王出迎，东王忽又化作天父之身，立责："秀全，尔有过错，尔知么？"天王跪下，天父随即"大声曰：'尔知有错，即杖四十。'"北王与众官"一齐哭求天父开恩"，而"天父不准所求，仍令责杖"，天王"即俯伏受杖"。[4]

"杖责天王"风波原始经过，约略如上。

首先，此事已过去很久，杖责发生在癸丑年十一月，天京之变则演于丙辰年七月，间隔几乎三年，非说杨秀清此举是为篡权作铺垫，其乖于事理之处可谓显而易见。别的姑且不论，从洪秀全角度说，事情如真有上述含义，天王陛下在此三年中早就该伺机行动，拿下东王，何至于无所事事、坐以待毙？反过来说，若东王当时便具此意，他却早早暴露"野心"而三年按兵不动，这样的人，岂又配为"阴谋家"？其实，在我们看来"杖责天王"是了不得的犯上作乱，在太平天国则未必。无论事前事后，洪、杨双方对这场风波都并未给予过度解读。两人积怨可能又添一笔，但也只是个人积怨而已，并无理由解读到东王"政治野心"那样深刻的层面，否则类似猜嫌又岂自今日始？

其次，今人对太平天国"杖责"行为有认识偏差。在太平天国，"杖责"相当于家法，可说是家常便饭，不论何人、身居何位，但有错，随时领受杖责，《天

---

[1]《天父下凡诏书二》，《中国近代史资料丛刊·太平天国（一）》，页34。
[2]同上，页50。
[3]同上，页51。
[4]同上，页31。

父圣旨》《天兄圣旨》里这类记录极多。掌此号令的,先前多系萧朝贵,萧死后则出诸杨秀清,盖以此二人分别代言耶稣、上帝之故。包括萧、杨自身有失误,天兄、天父也会做出杖责处罚。前面讲,在处理卢贤拔、陈宗扬与妻"私合"案时,杨秀清便假天父之口下令自杖五十。同样,《天兄圣旨》"辛开元年三月十八日"条记述萧朝贵审讯陈来偷拾罗大纲亡妻金银首饰一案,坚持自杖:"天兄又下凡,叫南王、日纲、玉书等拿板子来打朝贵妹夫,十板都好。南王、日纲与众小求天兄曰:'天兄要打朝贵妹夫,情愿打我们众小就是了。'天兄不准,谓南王曰:'一人造事一人当,尔都无罪,打尔等岂不检得痛?'天兄即叫天兵天将翻转朝贵妹夫身,要打,若不打朝贵,睡到明天都不能起身矣。"[1]尽管杖责天王绝无仅有,但事情本身非如外人依其逻辑想象的那样,能扯上"谋逆"一类深意。既然"杖责"是代天兄、天父行其家法,天王作为天堂子弟一员,遇错亦须家法伺候,无非如此。所以癸丑年十一月天王受杖,内心嗛怨或有之,但就此怀疑东王图谋不轨,是万万谈不上的;反倒是后来一些"史家",因把天王放到"万乘之尊"的位置,而对这种现象有些心惊肉跳,目为"犯上作乱"。

第三,此次"杖责"构因何在?明辨此点,亦很要紧。"野心""阴谋"论者,完全从杨秀清私利、私欲的角度,归结为他为个人目的"打压"洪秀全。例如罗尔纲《太平天国史》"杨秀清传":

>……在经不起胜利的考验,和封建思想日益侵袭的秀清,便要取洪秀全的皇帝地位而代之。
>
>秀清为着要达到他的目的,首先就必须要使洪秀全屈服。因此,在建都天京后,他就利用天父传言的权力,假托天父下凡去压制洪秀全。

以此为论纲,罗氏将"杖责事件"核心,衍作"秀清要夺取在天朝宫殿服侍洪秀全的女师朱九妹两姊妹",一再渲染这个"可耻的目的",乃至不惜穿凿,称杨为夺朱姓二女,"说要石达开的姊妹石汀兰和他自己的姊妹杨长妹回到各人兄弟的王府去享福只是陪衬",并一反在著作中经常斥清方文人笔记"污蔑"太平

---

[1]《天兄圣旨》,王庆成主编《影印太平天国文献十二种》,页72—73。

天国领袖人物的态度，采信马寿龄《金陵癸甲新乐府》诗句"惊传天父来凡间，或言天王府中有巾帼，当予东王侍枕席，否则天王笞四百"，称"这几句诗，点明了这一出把戏的真正目的"。[1] 实则此事惟一原始材料《天父下凡诏书》里，只能看到准许杨、石、朱姓四女"或在天朝，或居东府安享天福"字样——"或居东府"之人，也许指杨九妹，也许指朱姓姊妹，字面上并不显出此语是针对后者而发。何况即便救朱姓姊妹去东府，又怎见得是"可耻的目的"？罗氏从哪里看出朱姓姊妹乃杨秀清所垂涎的美色？为什么她们就不可以是与杨秀清有一定亲属关系或其他渊源从而欲予保护的对象？更重要的是，通读《天父下凡诏书》全部叙述，但凡不预设立场，并不难于把握事件核心不在四位女官处境，而在于杨秀清反复强调的"君使臣以礼，臣事君以忠"。杖责既毕，杨秀清恢复原身，对洪秀全这样说：

　　前七月间，天父下凡，改前诫语，有曰："君使臣以礼，臣事君以忠。"二兄尚过高天，天情道理自然无所不晓。[2]

说明四个月前，天父曾就同样问题、同样道理警示过洪秀全一次，而女官处境只不过是相同现象的另一由头。同时，杨秀清并未因事情以天王允许四女官离开天王府了之，两天后，二十二日，他经过"回府后细思"，再次面见天王，继续进谏，苦口婆心，谈了很多。如幼天王的教育问题：

　　天父赐来宝物甚多，若是任其心性，把来故意戏弄破烂则不可。务要其体念物力维艰，为天下法则。成语云："节用而爱民。"由此而推，可至万世万万世，为慈父教其子，忠臣谏其君之法则也。[3]

如君臣之义：

[1] 罗尔纲《太平天国史》卷四十四，页1748—1750。
[2]《天父下凡诏书二》，《中国近代史资料丛刊·太平天国（一）》，页34。
[3] 同上，页47。

> 谚云："木从绳而得直，君从谏而得正。"是故君有未明，良臣启奏，君则当从；臣理君事，亦必先启奏始行。如此则君臣同德，上下一心，斟酌尽善，断无后悔，洵为万世良法也。[1]

又如怀下恤臣之心：

> 东王又启奏曰："语云：'君使臣以礼，臣事君以忠。'"凡臣下食天之禄，忠君之事，固分所当然。然臣既有功，则君即当优养体恤，怜悯下忱，常加恩典，以奖其功。即如令应系"今"之误天朝及弟等府之女官理天事者甚苦，且不是功臣忠臣之妻，即是功臣忠臣之母；或则有稚子，或则有立功之丈夫，彼为臣者既能舍家而顾国，国而忘家，公而忘私，则为君者自当体彼一念之忠忱，或准其一月而半归其家省视，或准其三十日或二十日归其家省视，或准其一二礼拜日排班轮流而归其家省视，以哺其稚子，以侍其衰姑，或以事其丈夫，使彼亦得尽其先顾国后顾家之谊。[2]

上述种种，显然皆系天王未尝考虑、未尝做到的。换言之，天王系因这些原因而受杖责，其情甚明，岂能云杨秀清为一己"可耻的目的"杖责天王？

进而发现，洪、杨之间分歧点乃是，一方不依儒家伦理为君，另一方却恰恰以儒家伦理来丈量其行为。杨秀清所谏内容及所讲道理，无论"君使臣以礼，臣事君以忠""体念物力维艰""节用而爱民""君有未明，良臣启奏，君则当从""臣下食天之禄，忠君之事，固分所当然。然臣既有功，则君当优养体恤，怜悯下忱"，句句合于宋明以来新儒家价值观。联系洪秀全"欲尽废六经四子书"，杨秀清却认为儒家某些道理"事父能竭其力，事君能致其身"，"未便一概全废"，我们知道了双方冲突的真正根源。事情借四位女官的遭际而发作，症结却在于两个人政治理念出现落差。从"彼为臣者既能舍家而顾国，国而忘家，公而忘私，则为君者自当体彼一念之忠忱……"一段剖白来看，杨秀清的治国思想路径是传

---

[1]《天父下凡诏书二》，《中国近代史资料丛刊·太平天国（一）》，页47—48。
[2] 同上，页49—50。

统的或者常态的，里面既有"国"的概念，亦有"家"的情怀，"国"与"家"应该相辅相成、互濡以沫，个人既要能够舍家而顾国，国家亦须体念个人欲有其家、欲致其身的苦衷。他表达得很朴素，但明显迥异于太平天国一直以来奉行的国家至上原则。他赞成"公而忘私"，但不赞成大公无私、公而灭私。由是可见，乙卯年正月杨秀清遽弃金田以来男女分营政策，貌似激于众多"老兄弟"一席陈情之言，其实由头颇深。

丙辰惊变

丙辰，即公元1856年。

曩者，论家每以天京之变为太平天国"由盛转衰"标志。例如，卜利民说"一八五六年九月的'天京事变'，是太平天国由盛转衰的关节点"[1]，杨华伟说"天京事变是太平天国由盛而衰的转折点"[2]，他们连词句都几乎重叠。

实际上，太平天国势运在定都天京那一刻达致顶点以后，已开始由盛转衰。至于天京之变，与其说是由盛转衰标志，不如说是由盛转衰趋向积累到一定程度，乏中思振，所激发的表现。但其结局，却进一步验明颓势根深蒂固、积重难返。

上述判断，取诸对定都天京三年来太平天国各项事业的考察。以攻克金陵为界，至为明确的事实是，此前太平天国一贯蹴跃前行的步伐停顿下来，内政外务无所进展建树，处在停滞状态。

内政方面，此时惟一算是牢固控制的实体城市天京，百废不兴，了无生机。不论置身其内的居民，抑或远道来访之宾客，对此地印象都只是一座硕大军营而已，社会化程度降至最低，鲜事生产，无工无商，物资多赖掳掠。作为一架统治机器，天国政权的低能低效，给人深刻印象。其间，虽颁布了《天朝田亩制度》，但从始至终停留在纸面，未尝付诸现实。社会管理无能，溯源究本，植根于立国思想的空谈与空想性质。天王所出机杼，用于动员、组织和发动起义可也，用于治国理政则多不可行，难掩空谈与空想的原形。"大同社会"理想，

---

[1] 卜利民《对"洪秀全密诏诛杨"的一点看法》，《南京师院学报（社会科学版）》1983年第4期。
[2] 杨华伟《杨秀清逼封万岁考辨》，《实事求是》1992年第1期。

古今多有憧憬，也曾出现各种理论，与洪秀全"天国论"的同时，西方亦有马克思主义对共产主义天堂的描述。但正如我们知道的，马、恩对共产主义天堂的描述含有缜密的历史理性，指出它不能凭空而至，而取决于社会生产力发展，必待生产力极大解放、物质极大繁荣，足以保障"各尽所能，按需分配"，共产主义始可变为现实。立足这样的逻辑，马克思主义提出一面大力发展生产力、一面破除阻碍生产力发展的旧生产关系的思路，来导引共产主义的奋斗方向。这两种"大同社会"理想，无待一一论其得失，单从理路上即可看出，一个是在尊重人类历史和现实的基础上，加以客观研究、严谨思考得来，另一个则全不作历史与现实的推究论证，随心所欲、徒循主观意愿、用想当然的方式虚构而来。从理性角度，洪秀全的"天国"，即使比之于马、恩所批判和唾弃的"空想社会主义"，都远愧弗如。后者尽管脱离社会整体现实与环境，犹且知道人为创设一定的封闭空间，假实验方式，亦即经社会实践来摸索路径。太平天国的认识却是，一旦国家建立、政权到手，"天堂"随即降临。这是典型的农民式认知，其对社会的理解，完全在"权力"得失，以为一切不平源乎无权，一切不平的消除亦均视乎有权，而不明白生产效率之提高、制度之推敲，包括权力运用与分配的改益，方为社会良好组织的真谛。这先天不足，从起义到一路杀奔"小天堂"的征途中，未及表现，可一旦"小天堂"在握，旧的目标消失、新的目标浮现，捉襟见肘的窘境便周身缠绕，问题纷至沓来，而又迟迟拿不出解决办法。比如男女分营制度不得人心、难以为继；比如粮食短缺、社会萧条；比如分配的不公、军民的逃亡……这些在天京之变前，都到了相当明显和严重的地步。

对外，军事上一改摧枯拉朽、无往不胜的局面，转而磕磕绊绊、跄踉困顿。甫建都，随即展开两项重要军事行动，一为北伐，一为西征。北伐，即捣毁"妖穴"、解放北京的行动，封李开芳定胡侯、林凤祥靖胡侯、吉文元平胡侯，派他们率兵于当年四月初渡江北进。西征行动较北伐略迟展开，沿长江溯流而上，对安徽、江西、湖北、湖南再征服。北伐最远曾攻至天津，而为僧格林沁击溃。西征则于安庆、庐州、南昌、九江、武昌、湘潭等地拉锯胶着，得而复失、失而复得，往还争夺。最终而言，两项行动均告无果，北伐更至于全军皆没。夏燮《粤氛纪事》曾如此论述太平军北伐失利的意义：

> 洪、杨两逆以草窃刑余之人，一旦入其所谓小天堂者，不但珠玉绮罗，充牣山积，即搜其橐藏，发其窖镪，亦以数百万计。方且拥秦淮妓女，置酒高会，日有富贵故乡之思。于是，遣林凤翔、李开芳等自皖、豫一带纠集捻匪，以图侥幸一决，藉以牵制南下之师。迨至两载丧师，只轮不返，然后知螳臂之怒不足以当大车，强弩之末不足以穿鲁缟，始绝其得陇望蜀之妄念。[1]

言下之意，北伐铩羽足证太平军锐利不再，已属强弩之末。这个判断，能扼全局，颇有见地。客观看，攻克金陵前后之太平军，确实判若二者。沿路杀奔"小天堂"时，它军心饱满、意气激昂，而"小天堂"既已在手，则仿佛迷失目标，不复有志在必得之气概。这种军事表现，深层原因应在于太平天国事业本身陷于迷茫，失去继续前进的动力，没有什么可以支撑和激励新的奋斗——随着抵达"小天堂"，一夜之间，太平军便即老去。

太平天国这一副年轻人脸上的苍老面容，很快被外国观察家所察觉。当其一路高歌挺进南京之时，近在咫尺的上海，许多洋人从不同角度感到好奇和骚动。有的在文化层面把它想象为老中国的变革势力，有的从功利立场揣度它是否将作为朝气蓬勃的新政权，取代腐朽清廷掌控中国。于是，传教士、冒险家、商人、外交官接踵而至。1853年4月，英国公使文翰率先来访；同年12月、翌年5月和6月，法国公使布尔布隆、美国公使麦莲、英国领事麦华陀及新任公使约翰·包令之子列温·包令，又先后来访。然而，亲至天京以及太平军其他控制区的见闻，驱散了列强使臣们事先的各种悬念，从各自提交的报告与载述来看，没有人做出太平天国具有宜须刮目相看潜质的判断。

以此情形，1856年的天京，实无哪个方面还与"盛"字沾边。它无所作为，维持着沉闷的空气，除开一年前突然宣布的给配令曾带来过片刻欢腾，这城市只有森严和寂静。然而，沉闷和碌碌无为，与它的困境不相称；天京渴望振作，也需要振作。当时，城内居民莫名地普遍感觉到，或有异变即将发生。《贼情汇纂》是一部由曾国藩组织，为调研太平军情况经广泛采访形成的实录，成书于咸丰

---

[1] 夏燮《粤氛纪事》，中华书局，2008，页92。

五年七月，即天京之变前整整一年。书中韦昌辉条下，出现这样一句话："似不久必有并吞之事"，并注明"江宁情形，程奉璜说"。[1]而在卷前所列撰写与采访对象名单里，可以找到这个程奉璜的出处："分纂六品军功江苏上元县文童生"[2]，乃附近当地人，显然他有渠道探知天京城内舆论，而将其写入报告。这大约是与天京之变有关的最早文字。可见沉闷中所夹杂的那丝不安气息，一般民众已然嗅到。

沉闷暂时没有打破，是因外部环境不允许。

与洪、杨建都天京同时，清钦差大臣向荣率部抵达。初结营于城东二十里之沙子冈，后逼近移至孝陵卫。之后形成北自石埠桥，沿栖霞、姚坊门、仙鹤门、黄马群、孝陵卫、高桥门、七桥瓮、秣陵关、溧水，南至东坝的防线。是为江南大营。向荣总兵员仅二三万，力不足以围困，但韧性颇足，时有进攻，通济门、朝阳门等处都曾告急。而太平军也拿它没办法，歼之不能、赶之不去，江南大营犹如一片硕大牛皮糖，黏黏糊糊，缠住天京。当时天京，好比居家之人，关起门犹能清净，一出门就要被冤家对头堵个正着，二三年来一直如此。有时候，门外讨债鬼甚至闯到院落里来滋事。比如天京家门口那条有名的"买卖街"，就曾经两次被清军捣毁。如果将天京比作一头狮子，周围数十座清军营垒，则好像一群鬣狗。独狮为鬣狗环伺，颇难安眠高卧。这种局面之所以维持三年，除了莫奈其何，亦是太平军的奇怪战略所致。定都天京后，北伐、西征相继展开，遣出之军不特数量巨大，且尽属精锐。当然，两项行动应是建都前的预定计划，但如此行事未免轻敌，对天京可能的形势估计不足。逮至1855年，北伐全军覆没，西征则逡巡胶着，清军却逐渐掌握了天京一带形势。西翼重镇太平府和芜湖，被向荣攻占，东侧镇江、扬州处境颇孤，天京至镇江的江段亦遭封锁。

这当中，太平天国决策层作何计议、有何商榷，我们分毫不知，因为它这方面向来很隐晦。我们知道的是，1856年伊始阴历则乙卯年十二月，太平军突现战略重大调整。先是西征军燕王秦日纲部陈玉成、李秀成等隶其下从皖省东西梁山、金柱关、庐州三河等处调回，兵分三路，"一由神策门至仙鹤门，一由南路扑殷巷秣陵关，

---

[1]张德坚《贼情汇纂》卷一，《中国近代史资料丛刊·太平天国（三）》，页48。
[2]同上，页35。

一由观音门沿江至栖霞援镇江"。[1]一个月后,再调翼王石达开部主力,从江西回援天京,仅留达开岳父黄玉昆代主江西军务。[2]如此,到了四月间,天京城外忽呈决战之态。

这是一件很蹊跷的事。后来,李秀成在供状中议说天京之变,感慨:

> 若向帅未败,仍扎孝陵卫,遇内乱之时,那时乘乱,京城久不能保矣。逢向帅败过而乱,此是天之所排,不由人之所算。[3]

他的意思,清廷运气不济,洪杨内讧偏偏发生在向荣死后,设若向荣仍在,岂不刚好趁乱破天京?那样一来,太平天国早就呜呼哀哉也。然而这番议论,似乎有些因果倒置——天京之变生于向荣死后,非向荣不走运,相反,恰是向荣一死才有天京之变。

关于丙辰四月起与清军的决战,李秀成还讲到一个关键情节:

> 东王令下,要我将孝陵卫向帅营寨攻破,方准入城。将我在镇江得胜之师,逼在燕子矶一带,明天屯扎,逼得无计,将兵怒骂。然后亲与陈玉成、涂镇兴、陈仕章入京,同东王计议,不欲攻打向营。我等回报,向营久扎营坚,不能速战进攻。东王义怒,不奉令者斩。不敢再求,即而行战。[4]

李秀成自述先前有不少道听途说、主观臆测的内容,那是他当时身份、地位不到所致,非出亲历。眼下情节则不然,这是他直接接受的命令,真实性无可置疑。当时,李、陈等部队从皖省调回后已连月作战,适于镇江大胜,十分疲惫,想入天京稍事休整,行至城外燕子矶,却闻杨秀清所下死命令:必须立即进攻向荣大营,不破大营,休想入城!如此严厉的命令异乎寻常地透露,对于正在发生的事情,杨秀清必有某种紧迫、不容打半点折扣的计划。作为疥癣之患,向

---

[1]郭廷以《太平天国史事日志》,页436。
[2]同上,页449。
[3]《李秀成亲供手迹》,排印文,页11。
[4]同上,页10。

荣江南大营伴随天京业已三年，太平军一直忍受而已，何以此时突然不欲再忍？略加推理，答案恐怕要从天京城内寻求，亦即城内某种形势的发展变化，需要拿久拖未决的江南大营开刀。从数月前突然将皖赣二省的西征精锐调回，到此时"将孝陵卫向帅营寨攻破，方准入城"的死命令，我们清楚地知道，整个行动皆出一人，他就是杨秀清。杨秀清突然坚决要求摘除江南大营这颗毒瘤，谜底很快就将揭晓。而揭晓之前，我们觉得亦有必要提示读者充分注意之前一年中发生的某些重大事件，例如给配令颁行、北伐军全军覆没等，把它们与杨秀清破解天京之围的行动联系起来，作为事态演进的一部分给以思考和认识。

江南大营崩溃于五月中旬：

> 甲戌，贼李秀成、陈玉成、石达开等陷江南大营，向荣、福兴、张国梁等由淳化镇退驻丹阳，苏、常震惊……时杨逆已豫调江皖悍酋石达开等与之会合，彼时贼势益壮，而大营兵勇先后出援皖南、北及三衢、南徐，实居大半，守垒者不足万人。诸酋各领死党，数道并进，福兴、张国梁等亲搏战，皆不敌，德安率石埠桥、栖霞屯军来援，亦挫败，贼别股逾山烧马队营，俄列营俱报火起，遂不支……向荣忧愤疾作，有进计退保苏常者，荣太息曰："行军之道，进难退易，数载心力，忍舍去乎？事既不济，以死报国，亦老臣分也。"至是犹欲卧以镇之，而国梁等趣左右已具舆卫之走，贼料断后必有精兵，不敢大迫，于是荣得与诸将屯丹阳，理军、治濠垒焉。[1]

一路溃至丹阳，才止住脚步。向荣忧愤疾作，卧帐不起。一个来月后，这位自道光三十年太平军举事之初，便与之为宿敌、一路缠斗而来的晚清名将，殁于丹阳营中。李滨述其晚景：

> 设立江南大营，使吴越完善之区，倚为长城，厥功伟矣。而旁郡邻疆，迭乞援师，若皖南北，若沪、若浙、若江北，朝闻夕发，喋血奔命，垒单灶灭，情势牵迫。夫顿兵坚城，并力料敌，至无取于人者，虽孙吴主军，亦不能

---

[1] 李滨《中兴别记》卷二十七，《太平天国资料汇编》第二册上，页442—443。

善其后矣。乃寇犯我障,退保丹阳,固犹非一蹶之不振者比也。惜乎廉颇老矣,旋以病逝。荣尝自镌私印佩之,文曰"誓灭此贼"。病革,以军事付张国梁,曰:"汝才足办贼,吾死何憾。"复跃起呼曰:"终负朝廷恩。"一恸而绝,时年七十余岁。论者谓贼之兴灭,亦似有数,成败利钝,讵能逆料,不见宗留守呼过河而赍志,诸葛公洒泪于五丈原乎?[1]

以宗泽、诸葛亮相比,评价可谓不低。

向荣卒于阴历七月九日[2],紧随其后,"逼封万岁"之事发作。

"逼封万岁"的确凿,一有核心层当事人石达开亲证,二有李秀成供状的描述。《石达开自述》过去见诸骆秉章奏稿,其中涉及天京之变的文句,语意模糊,未能尽显本来情节。上世纪七十年代末,从清代一本《三略汇编》的书中发现了新本《石达开自述》。经考证,断为可信:"新本应该是较原始的记录,《奏稿》本是根据这个记录加以修改的。"[3] 新本中,有如下明确情节:"洪秀全本欲杀杨,口中不肯,且故意加杨秀清为万岁。"[4] 从而证实天京之变导火索确系加封万岁之事。李秀成则将情节描述得更为具体:"因东王,天王实信,权托太重过度,要逼天王封其万岁。那时权柄皆在东王一人手上,不得不封,逼天王亲到东王府封其万岁。"[5] 点明了三点:一、封万岁出于东王的要求;二、天王不愿,系被逼;三、地点在东王府,天王亲自过府加封。

此描述之可信,后有一条关键证据——王庆成从英国发现的《天父圣旨》,于"丙辰六年七月初九日"记载:

> 天父劳心下凡,诏曰:秦日纲帮妖、陈承瑢帮妖,放烧烧朕城了矣,未有救矣。午时,天王御驾至九重天府,天父复劳心下凡,降圣旨云:朝

---

[1] 李滨《中兴别记》卷二十七,《太平天国资料汇编》第二册上,页457。
[2] 《中兴别记》页456:"甲子,钦差大臣已革湖北提督向荣卒于丹阳城外江南大营。"按,丙辰七月甲子日即七月初九日。
[3] 方诗铭《记新本〈石达开自述〉》,《中华文史论丛》,1979年第4辑,页201。
[4] 同上,页197。
[5] 《李秀成亲供手迹》,排印文,页04—05。

内诸臣不得力,未齐敬拜帝真神。诏毕,天父回天。[1]

"九重天府"即东王府,因杨秀清称"九千岁",故名。需要指出,此处时间乃是天历;天历与阴历的换算,既麻烦又颇有争议,我们不介入这问题,择一家说而从之——罗尔纲《天历与阴阳历日对照表》将本年七月初九日定为阴历七月十五日[2],亦即向荣病死后第六天。两件事时间刚好紧密衔接,可见绝非巧合。六天时间,足够向荣死讯从丹阳传至天京,并让杨秀清从容思考将要采取的行动。从《天父圣旨》看,洪秀全是被"天父下凡"诳至东王府的。天父指责秦日纲、陈承瑢"帮妖",并说他们"放火烧天京"。但此事查不到任何记载,罗尔纲认为,这些内容是洪秀全改窜编造的:"这一日天父下凡圣旨是洪秀全刊刻时写的。他之所以要写这些,是为他于杀韦昌辉后,并杀秦日纲、陈承瑢提出根据,断不是那一日天父下凡的圣旨。"[3]换言之,当日天父下凡其实另有所谈。所谈何事?应即封东王为万岁。李秀成说"逼天王亲到东王府封其万岁",遍索史册,天王驾临东王府的记录仅此一次,而时间恰在天京之变发作前,彼此可谓严丝合缝。至于后来洪秀全所以将当日天父下凡内容加以改窜,则实出"善后"之需——杨秀清虽然受死,但他作为太平天国一面旗帜,无论从现实抑或历史角度,都很难抹去,为了维持其形象或维系整个太平天国话语的连续性,便将杨氏"谋逆"的所有痕迹擦拭殆尽,包括七月初九日天父诏旨的真正内容。

天历七月初九日,天父下凡的真实诏旨应当是这样:

> 于七月间,假称天父下凡,传洪逆之子不至,洪自往焉。入东巢,杨逆踞坐不起,云"天父在此",洪逆即跪……杨逆假天父语问洪逆云:"尔打江山数载,多亏何人?"答云:"四弟。"杨云:"尔既知之,当以何报?"答以"愿即加封"。随出向众党云:"嗣后均宜称东王为万岁,其二子亦称万岁。"贼众诺。[4]

---

[1]《天父圣旨》,王庆成主编《影印太平天国文献十二种》,页23。
[2] 罗尔纲《天历考及天历与阴阳历日对照表》,三联书店,1955,页135。
[3] 罗尔纲《太平天国史》卷四十四,页1755。
[4] 涤浮道人《金陵杂记附续记》,《中国近代史资料丛刊·太平天国(四)》,页640。文中标点由引者重做,以利阅读。

上载《金陵续记》。《金陵省难纪略》略同：

> 一日，诡为天父下凡，召洪贼至，谓曰："尔与东王均为我子，东王有咁大功劳，何止称九千岁？"洪贼曰："东王打江山，亦当是万岁。"又曰："东世子岂止是千岁？"洪贼曰："东王既万岁，世子亦便是万岁，且世代皆万岁。"东贼伪为天父喜而曰："我回天矣。"[1]

它们的作者涤浮道人_{知非子}和张汝南都一度陷身南京，虽然天京之变发生时两人已经逃离，不过却于第一时间访得其闻。知非子专门说明："《金陵杂记》一书，某陷贼时所作"[2]，《金陵续记》则"此卷系近日情形，皆闻之于遇难播迁之人，及被掳脱逃之辈，方能知之最详，言之最确"[3]，《金陵省难纪略》序同样坦承所有记叙乃"在城之日亲见之事"，"惟东北贼递杀一节，系访闻确切得以附入"，并强调"其他传说，惧有不实，概不之录"。[4]他们的态度既颇审慎，且各自访来的情节和言谈，高度吻合，尤其皆在事变后不久便形诸文字，大不同于某些时过境迁摭缀杂说、汇集成文的笔记，故我们觉得所录应相当接近原始的事迹。

杨秀清自上年岁末调西征军两支主力回攻江南大营，再到五月中旬下达死命令，不捣毁向荣老巢不许入城，这一整套方案的底牌，至此亮出——天京之围三年多早不解除晚不解除，必于此时非破不可，实乃东王欲寻进身之阶也。这也就是天父"东王有咁大功劳"一语的注脚。待及向荣崩溃，逃往丹阳，"逼封万岁"的情节便随时可能上演，而向荣在丹阳死讯传来，则或许最后触发了此事。

重要的是如何解读杨秀清的意图。如果视天王为惟一正确的偶像，自有一种解读，例如罗尔纲所谓杨"存心要取洪秀全而代之"[5]，志在"一统江山"[6]。这

---

[1] 张汝南《金陵省难纪略》，《中国近代史资料丛刊·太平天国（四）》，页703。
[2] 涤浮道人《金陵杂记附续记》，同上书，页610。
[3] 同上，页640。
[4] 张汝南《金陵省难纪略》，同上书，页685。
[5] 罗尔纲《太平天国史》卷四十四，页1753。
[6] 同上，页1754。

是把"逼封万岁"理解为一场政变。事情究竟是否如此严重，有待分析。

杨秀清把洪秀全诓到东王府，借"主场"之利求封万岁，有裹挟意味，从这角度言之洪秀全的处境是措手不及、迫不得已，从而违心同意，这一切都含在那个"逼"字当中。不过，真正令洪秀全不得不从的，并非只身陷在东府这一危境，而是杨秀清假托天父身份发出的"圣旨"。凡天父所言，洪秀全必须无条件接受。杨秀清选择在自家王府宣示此意，与其说是为了裹挟洪秀全，毋如说主要出于自身安全的考虑；他必须防范在不够安全的地点谈论此事，可能招致不测。至于洪秀全，相反，其实是绝对安全的——就像整个事情的逻辑所显示的，杨秀清所作所为都建立在拜上帝教的话语体系之上，他利用这个话语体系而无法越过它来改变自身地位，这意味着，他行动的最终限度是可见的，即绝对排除有"取洪秀全而代之"的企图。《金陵兵事汇略》称，就杨秀清逼封万岁，洪秀全当时提出一个问题："顾将何以处我？"杨回答是："二哥当称万万岁。"[1]这个记载确凿与否姑置不论，它至少合乎拜上帝教的"法定"秩序，亦即洪秀全作为"二哥"、紧随耶稣之后的上帝第二子以及人间"天王"的地位，永世不可动摇，杨秀清若想改变这一点，除非他推翻和抛弃整个拜上帝教。就此而论，取代洪秀全、将太平天国"一统"于杨氏之手，此种前景杨秀清想都不会想。一直以来他所谋划的，不是我们通常理解的"政变"；否则，七月初九日当天，杨秀清无须以"天父下凡"方式寻求改变，而只须当场拿获并处死洪秀全——这一点，难道不是彰彰明甚么？

很多人对此事解不到点子上，大抵是惑于一点："杨秀清逼封万岁其目的是要夺取太平天国最高领导权，不然，其逼封万岁就没有任何意义。"[2]问题就在于，假定杨秀清目的并非夺取最高领导权，逼封万岁是否"没有任何意义"？

太平天国等级森严，以"官大一级压死人"形容之，分毫无过。1853年4月27日，英公使文翰的随行翻译官麦多士与海军上尉斯普拉特，在天京受命求见太平军领导者，得到北、翼二王共同接见。麦多士于所笔录的谈话情形中提到：

[1] 李圭《金陵兵事汇略》卷二，光绪十三年刻本，页九。
[2] 杨华伟《杨秀清逼封万岁考辨》，《实事求是》1992年第1期。

> 吾等就座后，遂得与北王长谈。北王阶级高于翼王，故后者只注视恭听，不与吾直接谈话。北王向其注视或扳谈时始开口，然亦不过寥寥一两句耳。[1]

翼王排序仅逊北王一位，却这般恭谨避让、不越雷池半步。北王在东王面前，那更唯唯诺诺，后者对之任意呵斥、如待家奴，用石达开的话说，"韦昌辉屡受其辱"[2]。

"千岁"之间犹且如此，"千岁"与"万岁"的悬殊可想而知。杨秀清称"九千岁"，身居"九重天"，与诸"千岁"原不在一个层级，不必与北、翼王等进一步拉开距离，这一点显而易见。其讨封万岁，惟一目的，是拉近与天王的距离，取得一种名义，使自己面对天王不那么束手束脚。彼心怀此意，可能出于两种动机。一种，纯属私心；另一种，则不尽如此。因为关乎争权夺势，过去人们极易以私心裁其是非，觉得杨秀清身为"九千岁"，已然一人之下万人之上，贵不可言，却还要求升格"万岁"，必是贪得无厌、阴抱异志无疑。坦白来讲，这种可能性笔者也无从排除，但如前面所推论，拜上帝教伦理决定了洪秀全在太平天国永远处在"第一位"，除非叛出教外、另起炉灶，杨秀清永远无法取消天王权威取而代之；即便升格"万岁"，洪也将是"万万岁"抑或别的什么，永远高他一头。所以单纯换个称呼，从"九千岁"而"万岁"，并不能给杨秀清带去特别重大根本的个人利益。既然如此，他仍这样处心积虑地去争，到底争什么？应该说，争的不是座次和虚荣，是名分和名分所意味着的实质性话语空间。

中国古代政治游戏，名分是很多事情的源头。孔子云："名不正，则言不顺；言不顺，则事不成；事不成，则礼乐不兴；礼乐不兴，则刑罚不中；刑罚不中，则民无所措手足。"释者谓之"事得其序之谓礼，物得其和之谓乐"。[3]"千岁"无法去做"万岁"的事，哪怕是"九千岁"；硬要做，难免落其"权奸"下场。杨秀清不肯成为"权奸"，不想"无序而不和"地做事，而欲名正言顺地做事。我们由诸多端倪已看出，东王在政见上与天王存在广泛分歧，有些还涉及太平

---

[1]《英国政府蓝皮书中之太平天国史料》，《中国近代史资料丛刊·太平天国（六）》，页902。
[2] 新本《石达开自述》，见方诗铭《记新本〈石达开自述〉》，《中华文史论丛》，1979年第4辑，页197。
[3] 朱熹《四书章句集注》论语集注卷七子路第十三，中华书局，2013，页143。

天国的基本意识形态。他显然希望革新现实，也曾做出有限尝试，但天王独大、无可置疑的话语权，令真正和透彻的变革难以施展。当我们把杨秀清在想象中描绘成一位自私自利的权力迷时，也许他的内心其实涌动着忧患情怀。在定都天京不久那次"杖责天王"的第三天，东王就杖责之由对天王推心置腹的谈话当中，忧患情怀溢乎言表，彰显两人在一二根本问题上奉持不同的理路和尺度。

借此以观，指责杨秀清"逼封万岁"目的乃是取天王以自代、实现个人野心，不能不说包含偏见。偏见的由来，一是以天王为绝对正确、不可质疑的尊神，不可违拗，不可亵渎，不可犯上作乱；二来或多或少是对东王低看三分，以为像他这种人，只有个人野心，没有高远之志，不可能为追求心中正确理念而去承担什么。实则杨秀清这个人，虽幼年低贱、缺乏教化，加之我们苦于材料匮乏，极少知其日常情形，但据言谈来看，他应该很是勤于学习。"杖责天王"后一席谈，明显包含了儒家思想的纯正阐述，以及对历史治乱之道的基本认识。能说出这样一番话，自非少学无知之人。从杖责之论、给配令下达到他与天王之间其他的政见分歧，我们若指东王对于治国理政有其自己的观点、诉求，应不得谓之无据。据此，为什么"逼封万岁"不能是为改善国事争取更大话语权，而一定是以个人私利为目的呢？换个角度看，所谓"逼封万岁其目的是要夺取太平天国最高领导权，不然，其逼封万岁就没有任何意义"，才是狃于偏见，刚好和实际相拧——如我们上面所分析，天王地位由教义规定、牢不可破，升格"万岁"，并不能夺取"太平天国最高领导权"，但又非"没有任何意义"，它确实能够扩大东王的话语空间，使他便于尝试各种改革。

归根结底，如何看"逼封万岁"和随之而来的天京之变，取决于是否承认太平天国许多方面需要改革。这种形势，是随从金田起义到定都天京，环境、格局一系列变化而客观提出的。可叹以往太平天国研究，因一味钻在杨秀清"谋逆""夺权""颠覆"的误区，竟置此一事实于不顾，从而不能抉其根本。

如果天京之变只止于剪除一个杨秀清，我们或尚可将此事罪魁祸首视为杨秀清，但实际上，天京之变真正结果，是起义之初"天王＋五王"统治结构彻底瓦解，上帝凡间六子、耶稣凡间六弟的神话消失，只剩下洪秀全一棵独苗，威权也完全向他个人集中。由是鉴之，悲剧责任明显不宜由杨秀清承担，反而更多体现和实现了天王意愿。

——继续梳理天京之变的踪迹。去年正月间颁给配令，是一重要触机。曾水源之弟被严刑处死，事情由来竟是众人一致怨谤的已明显不合时宜的旧规条。杨秀清虽将曾氏明正典刑，却不得不去思索此事所引发的人心向背的反应。此即曾案过后，他忽下给配令的原因。照《金陵兵事汇略》记载，给配令是以"天父下凡"方式下达。这也的确是杨秀清越过或突破洪秀全权威，直裁某事的仅有方式。但显然地，一来"天父下凡"兹事体大，宜乎慎用；二来杨秀清想要推行的己见，盖非少数，大大小小，这般那样，总不能皆赖"天父下凡"以行，势必需要取得更现实便捷的渠道。我们觉得，这大概是一种准君主的地位；就是说，虽非取天王而自代，却拥有类似天王那样言出如律的实权。

此种"准君主"的存在，中国过去没有先例，但我们可于别国找见，比如著名的古希腊城邦"僭主政治"。"僭主"不是君，由贵族阶级强势者踞之，其权力也没有法定传承性，不会根本改变权力归属；然而，作为事实上的统治者，僭主得以利用手中强权，来投放对社会有益的改革。考核太平天国方方面面，尤其是杨秀清的特定地位，我们推测"逼封万岁"之举的真正所图，多半就是造成一种"僭主政治"前景。杨自然不知道古希腊，他脑中萌生一种类乎僭主路线的东西，并非抄袭古希腊；实际上，太平天国前期政治格局，本身就有别于中国传统的君臣模式，从而先天含着向"僭主政治"发展的潜能。

假定他是在颁给配令之后，明确了类似"僭主政治"的想法，那么，他还有一年多的时间，来考虑和打磨其计划。终于，翌年亦即丙辰年春天，他拿出了这计划。此即：尽调西征军主力东回，严令四、五月之间解天京之围，驱逐向荣，不破顽敌不许收兵入城，借此为进身之阶、"逼封万岁"。

一切循序而进。战果甚至超过预想，清方主帅向荣一命呜呼。

杨秀清觉得，时机完全成熟。七月初九日，洪秀全被"天父"召至东王府，仓猝间遵"天父圣旨"，封杨"万岁"。

至此，僭主图谋似乎大功告成。但中国既非希腊，天王更非有名无实之王。当杨秀清以为得计，纵天王安然回府之时，一场血雨腥风却刚刚酝酿。

洪秀全佯允晋封杨秀清"万岁"，且诡称当于八月十七日杨生日那天举行正式典礼：

约期八月十七日晋封号。是日，为杨逆生日，杨逆不之疑。乃密召韦、石两逆，共谋诛之。[1]

杨"不之疑"，刚好说明他心中无鬼——假使"逼封万岁"意在谋篡，没有理由这样掉以轻心。然而，人无害虎意，虎有伤人心。杨秀清笃笃定定等候佳期时，洪秀全却紧锣密鼓筹措政变。是的，如果天京丙辰之变乃是一场政变，那么，发动者非杨秀清而是洪秀全，政变对象则非洪秀全而是杨秀清。七月初九日，杨秀清已经得到所想要的东西，悠然等待诺言兑现的那一天。反倒是洪秀全，既惊诧于东王眼下之跋扈，复切齿于东王由来已久的擅权，乃一不做二不休，横下心，借机扳倒这块巨石。而且双方采用的方式，一明一暗，也很分明。杨假"天父圣旨""逼封万岁"，实未逸出太平天国一贯的权力游戏规则；洪秀全则不然，通过暗下密诏，背地动用武力来解决内部权力纷争。

密诏之事，其说纷纭。有人主信，有人力辨其无。

自事实层面言，一百六十年来，并无一人亲见密诏一眼，包括从不怀疑它存在的人，实际也不能就其具体内容说出半个字。可若就此断言它子虚乌有，又无从解释当时立即疯传其事，且经中外不同人士之口，一致指陈。如知非子说，被杨逼封后，"洪随回入己穴，令群贼即于穴处所筑土城上密布枪炮，恐杨来暗算；一面遣其贼使至江西，调北贼韦昌辉回金陵。"[2]《金陵省难纪略》亦记洪秀全"急以潜使达北贼"。[3] 前面讲过，此二书所记天京之变情形，虽非作者直击，却都第一时间闻于天京城内逃出者。另一材料，来源更加直接，述者肯能一则本人当时就在天京，二来他一直有接触高端人物的机会。他说：

在丹阳的第七位[燕王秦日纲]被调往安徽。他在途中遇见第五位。第五位问他到哪儿去？他回答说：受第二位之命去安徽，第五位说：你得跟我一起回南京，因为我有天王信件，这是你所不知道的。在他们到达南京前，第七位一直不知道怎么回事。他们在城外停下，这时第五位告诉第七位，

---

[1] 李滨《中兴别记》卷二十八，《太平天国资料汇编》第二册上，页460。
[2] 涤浮道人《金陵杂记附续记》，《中国近代史资料丛刊·太平天国（四）》，页640。
[3] 张汝南《金陵省难纪略》，同上书，页703。

他得到第一位［即天王］的命令，要杀掉第二位。正在这时，第二位已经命令第一位的部队都出城去作战，但他们并没有去。他又召唤他的朋友第六位［即翼王石达开］的部队进京，然而在第五位和第七位的部队在午夜未被怀疑地进了城。官兵们说，如果第五位和第七位不进来的话，那么第二位就要杀第一位了。[1]

"我有天王信件"云云，是所有密诏传闻中最具体的一句话。知非子、张汝南均未作是言，只说洪秀全派人调韦昌辉回天京。肯能说法提供了一个形象，易使人以为密诏是一种可视有形之物，而后世的争讼，或即因此而起。实际上，密诏形式是纸面抑或口头的，不得而知。肯能叙述虽出现了"信件"字眼，但中间既经雷诺兹笔录，存在走形可能。叙述人原来所指究竟是"口信"，还是亲笔的字条，这一点是关键。需要注意的是，在肯能前后讲述中，韦昌辉始终未向秦日纲出示任何字面之物，都是以口头转达方式"告诉"后者如何如何。就此而言，密诏仅为口信的可能性极大。最最关键、权威的叙述，来自石达开；他讲述的经过，从头到尾也都只有"口口相传"的方式：

> 达开自江南带人到湖北，听闻洪秀全们在金陵彼此疑忌，韦昌辉请洪秀全杀杨秀清。洪秀全本欲杀杨，口中不肯，且故意加杨秀清为万岁，韦昌辉怼气，把杨秀清杀了。洪秀全又欲杀韦昌辉，达开闻信，回南京与他们排解。[2]

其间，充斥"听闻""口中""闻信"等字眼，概未落实于纸面，仅在口耳间铺展和互动，但信息源头与牵线操弄者乃洪秀全，此点昭然无疑。

根据石达开所述，我们试为复原其事：先前韦昌辉屡受辱于杨秀清，又见杨对洪秀全逞其威福，伺机曾劝洪杀杨；洪佯装不允，但语气必留有余地，至少并未因韦如是说而罪咎之。眼下杨逼封万岁，洪遂将此事作为"谋逆"信号

---

[1]《镇江与南京——原始的叙述》，《太平天国史译丛》，页61。
[2] 新本《石达开自述》，转引自方诗铭《记新本〈石达开自述〉》，《中华文史论丛》，1979年第4辑，页197。

知达韦昌辉，释放可以杀杨的信号。但洪秀全极为机敏，为避万一，不想落下把柄，没有采用书面形式，而是遣其心腹之人为密使，用口信方式召韦勤王。韦昌辉闻讯，立即勒兵回京杀杨。此时，洪秀全故伎重施，再次以口信方式召石达开："欲杀韦昌辉"。石达开自述里的"欲杀"二字，极堪玩味。显然，天王密使传给他的口信，颇为模棱两可，既露杀韦之意，话语却又不落言筌。总之，石达开得到了某种暗示，但很不确定，他本精细之人，况与韦昌辉之间并不像韦、杨之间那么"苦大仇深"，故而最初只是"闻信，回南京与他们排解"。然与石达开领兵回京同时，韦在天京却经默许以至挑唆，灭石满门，导致石达开必与韦昌辉火并。

这是我们所推演的洪秀全借"密诏"运作全部事情的经过。

联系罗尔纲认为洪秀全曾篡改七月初九日"天父圣旨"，以及在天京之变后维护杨秀清的正面形象、将韦昌辉作为替罪羊撤其爵秩，对石达开出走却装聋作哑、既不追究也不谴责，从此闭口不谈等诸多迹象，他明显是按自己的构思和布局，下完了一局棋，亦对后果甘苦自知。应该说，历来无人曾见"密诏"一眼，是必然的；盖因无从得见，一切流转于唇舌之间，有人证、无物证，而人证则可以灭口抹除。从一开始，洪秀全的机阱便是：除掉杨，但绝不背上殄灭"天父"化身的恶名，故而必须"借刀杀人"。其中关键一点是，他极有把握韦昌辉很乐意充当这把刀，稍稍启齿，后者便将以饿虎扑食之势一跃而起。而韦昌辉一旦出柙，后面之事全都水到渠成。

肯能和同伴见过杨秀清，并被要求演示射击技巧："我在瞄准的时候，第二位站在我的后面，我用武器的时候，他似乎有些不安。"[1] 他们由东王某个妹夫负责接待，安排住处。事变突发于某日凌晨四时许，肯能因为漂泊日久，时间模糊，未指明具体日期：

> 一天早上四点钟左右，我们被炮声惊醒，一颗炮弹落在我们的住房附近。我们立即起来要到街上去，却被排在街上的队伍挡住，不准离开房屋。黎明时我才出去，出乎我们的意料，满街都是尸体。我们发现这些都是第二

[1]《镇江与南京——原始的叙述》，《太平天国史译丛》，页59。

位的卫兵、官员、司乐、文书和家仆。我们也看到一具妇女尸体。这时有数千第五位、第七位甚至第二位的部队在东王府抢劫东西。[1]

"黎明",应指天色大亮,以夏末秋初论,约即五六时左右。一二个小时内,事变大功告成,东王府已被攻破,转入劫掠阶段。所有人都在抢,肯能也在其中,他以前听说东王极尽豪奢,"他的筷子、笔架、印玺和一些小东西是金制的,他的洗脸盆是银的",但此刻荡然如洗,"各个房间里并没有阔气的摆设",肯能和同伴只抢到了二匹马。与此同时,肯能发现,"城门都关闭着",出不去,进不来。[2]

第二天,肯能和同伴去找秦日纲,亦即口述中所称"第七位",结果看见这一幕:

> 他们就跟第五位一起跪在第一位的府门前,每人的脖子上带着锁链,头裹蓝巾。他们并不像犯人那样被禁束着。第一位的一个女宣诏使带出一块两码半长、半码宽的大黄绸,上面写满了红字,摆在他俩面前,他们看着,第二位的很多官员也挤上来看,看完之后就交出去贴在第一位官殿对面的墙上。第五位和第七位多次通过女宣诏使送信进去,这些都是比较好看的广州[即广东]妇女,她们以清脆坚强的声调传讯,在三十码之内都能听清。在传读间歇之际,第五位和第七位就退到一间小屋子里共同商量。最后两个女宣诏使宣布,第五位和第七位每个受刑五百。有人递出了五根棍棒,第五位和第七位被自己的军官拴在桩上。第五位就要某个军官来抽打他。打到三百下时,第五位拔出小刀来说,如果不打重一点,就要他的命,同时还装出哭的样子。[3]

这时,杨秀清已经被杀,割下的首级就悬在"第一位宫殿的大门""对面"。[4] 值得注意的是,韦昌辉、秦日纲领罚现场的围观人群中有不少东王府官员,说明

---

[1]《镇江与南京——原始的叙述》,《太平天国史译丛》,页61。
[2] 同上。
[3] 同上,页62。
[4] 同上,页63。

截至当时，对杨秀清部下的大屠杀尚未开始。

然而韦、秦受杖之后，当天夜里却已有"六千人"被扣押。肯能记述韦、秦连夜查看扣押场所，"在窗外偷听并谋划如何消灭这批人"。

> 第二天黎明，他们的关押室门窗打开，坚守出口，把若干炸药包扔到被押的人群中。他们的士兵进入其中的一个房间，被押者用墙上和隔墙上的砖拼死抵抗了六个多小时才被消灭。屠杀者除了用枪以外，还有装着葡萄弹的小炮。这些可怜鬼脱光了衣服，其中不少精疲力竭地倒下，最后第五位、第七位为了让他们的人与第二位的区别开来，就命令他们的部众将右臂从袖中抽出，然后冲进去将剩下的人全部杀光。不一会儿，我们就进去，我的天啊！这样的场面。有的地方尸体堆了五六层，有的自己吊死，有的在炸药包爆炸时受了严重的烧伤。尸体都被运到一片草地上，没有遮盖。[1]

这批六千人被杀，并非事件终点。屠杀持续了漫长的时间，在全城戒严情况下，不断搜捕，"如果发现第二位的人就得抓住。经过几个星期，这些被抓的人就五人一队，十人一队，数百数千的被带到刑场砍头。"[2]

清廷档案显示，何桂清于九月初六日汇集各路探报奏闻：

> 均称金陵贼首于七月二十二日起闭城自相戕害。首逆杨秀清已被韦逆杀毙，凡杨逆党与均多被杀，一月有余尚未开城等语。[3]

九月十三日上谕，引德兴阿所奏云：

> 八月二十五、六等日，有长发尸骸由观音门漂尚滿出江，内有结连捆缚及身穿黄衣黄褂者。探系金陵逆贼内乱，自相戕杀，首逆杨秀清已被杀死，

---

[1]《镇江与南京——原始的叙述》,《太平天国史译丛》, 页 63。

[2] 同上。

[3]《何桂清奏金陵内乱杨秀清被韦昌辉杀死片》, 中国第一历史档案馆《天京事变与石达开的出走》,《历史档案》1981 年第 1 期。

并杀杨逆党羽甚多等语。[1]

循此,可勾勒天京之变大致过程:起自七月下旬,闭城自相残杀一月有余,九月初犹未开城,八月下旬尸体从城中沿江流出,说明杀人过多,已不及掩埋和遮挡,而听任外界知之。

天京之变发生的确切日期,应为天历七月廿七日,洪秀全后来将它定为杨秀清"升天"之日:

> 东王死后,天王特定"东王升天节"以作纪念。太平天国己未玖年十月初十日诏:"七月二十七日是东王升天节,与正月十三日之太兄升天节,二月初二日之报爷节,二月二十一日之太兄及天王登极节,合为每年六节,注明天历"。同年同月十四日诏亦有"七月念七东升节,天国代代莫些忘"。[2]

既然杨秀清是在这一天"升天"亦即被杀,就说明它是天京之变的发生日。依罗尔纲《天历与阴阳历日对照表》,本年天历七月廿七日,即阴历八月初四日,公历则为1856年9月2日。[3]

政变第二日,洪秀全体罚韦昌辉、秦日纲的情景,耐人寻味。可以想见,诛杨密诏必是语意幽深、羚羊挂角,亦即石达开所说"本欲杀杨,口中不肯"那番况味。当着杨秀清已死,洪秀全演了一幕杖责北、燕二王,以示痛心。吊诡的却是,受责二王非但不收手,反于当夜再祭屠刀,狂杀六千人。这当中发生了什么,恐怕只有洪秀全、韦昌辉、秦日纲三人知道。肯能在现场看到,领责之前韦、秦与洪秀全往还奏答,两人甚至退至一间小屋密商,最后由女官传旨对北王、燕王各打五百了事。这五百板,究竟意味着惩处,还是宽宥,抑或暗中达成了某种默契,我们无从断之,我们只是看到,韦、秦一不做二不休,连夜对东王党羽斩草除根。

接着,当东王势力终被剿灭一尽,政变第二幕开启。这时,石达开在湖北

---

[1]《谕怡良等确探金陵内乱事》,同上。
[2] 郭廷以《太平天国史事日志》,页486—487。
[3] 罗尔纲《天历考及天历与阴阳历日对照表》,三联书店,1955,页135。

"闻信"天王"欲杀韦昌辉",乃"回南京与他们排解"。这里澄清一下,过去史家多称诛杨密诏同时达于韦昌辉和石达开,例如《中兴别记》说"密召韦、石两逆,共谋诛之",罗尔纲《太平天国史》说"天王密诏韦昌辉、达开回京诛杨秀清"[1]。以上均不确,应是除杨密诏只给了韦昌辉,石达开不在接受者之列。这一点,石达开自述言之极明,他是在天京之变已发生后,于武昌风闻其事而已。实则诛杨密诏付诸何人,洪秀全是经过精心甄别和抉择的,让石达开参与其事并不明智。

但当事情来到第二阶段,翼王的意义则凸显出来。翼王品行端正,是能够忍辱负重、顾全大局之人。细揣石达开自述,洪秀全先后当有两次"密诏"。七月"诛杨密诏"下达北王,八月"诛韦密诏"则送至武昌。借"闻信""欲杀韦昌辉"等不多的字句看,这道"诛韦密诏"一面将天京惨状告于翼王,一面对北王尖锐谴责,并露出后者可杀的口风。闻讯,翼王忧虑满怀,星夜还京,用他自己话说目的只是"与他们排解",结合他轻从而至《金陵省难纪略》说是"只身入",这一点应属实。石达开之抵天京,肯能凭记忆说距"第二位被杀后六个星期左右"[2],《太平天国史事日志》则记为九月初二日,但也仅是推论,并不确切[3];总之,是在杨秀清已死超过一个月之后。这段时间,韦昌辉大开杀戒,洪秀全则似乎抱着"多行不义必自毙,子姑待之"的态度,任他怙恶不悛。两人在其中的心理,十分堪玩。韦昌辉一旦上手,才发现背后仿佛有一股巨大惯性,根本刹不住车;洪秀全则很笃定地静观其事,由着韦昌辉大砍大杀,如是者月余,始召唤翼王还京。肯能有一笔记录,大约显现了石达开"回南京与他们排解"的情形——他和韦昌辉当着洪秀全的面,发生争执:

> 到了第一位那里,遇到第五位和第七位。他们给他看了他们的行动记录,第六位就说:"你们杀了第二位和他的主要将领还不满足吗?为什么还要杀这么多为我们打仗的长发弟兄?"第五位回答:"你是贼!"第六位答道:"你

---

[1] 罗尔纲《太平天国史》卷四十七,页1818。
[2] 《镇江与南京——原始的叙述》,《太平天国史译丛》,页63。
[3] 郭廷以《太平天国史事日志》,页495—496。

也是贼,既然我们为一个事业而斗争,那么我们两个都是贼。"[1]

达开所言,乃内心真实所痛。但韦昌辉不肯承认犯了错误,并对蹀躞而至的翼王充满戒忌,认为来者不善;"你是贼",这句话已经暗含杀机。这都是洪秀全想要的效果:首先,由一位像翼王这样强有力且正派的人物对韦昌辉提出指控,令其危害昭白天下,非常重要;其次,附带一个作用,把韦昌辉逼至死角,诱发他有进一步加重罪愆的举动。果然,韦昌辉严重不安之余决意杀石,"达开得悉,缒城而去"[2],而阖家老小"都在南京城内"未及逃出,"皆被韦昌辉所杀"。

随着翼王满门无辜被害,韦昌辉积恶也就达至顶点,天王除掉他的理由因之无比充足。十月末,"天王以北王韦正,'势逼太重','乱杀文武大小男女'……与'各众内外,合朝同心',共诛韦正,'人心大定'。即将其首级,解至宁国府,交达开验看。"[3] 韦昌辉死得甚惨,天王"尽杀其妻小",然"所属皆不问";韦独自匿某巷三天,全城严搜,被获:

> 缚送洪,令支解之,割其肉方二寸许,悬城中各栅,标曰:"北奸肉,只准看,不准取。"函其头启致翼贼。[4]

稍后,将秦日纲逮回,伏诛。[5]

韦、秦受死,翼王被迎回天京,秉政理乱,"众人欢悦"[6]。然而独有一人不悦,那就是洪秀全。他疑忌益重,不断作梗。从他自己角度看,这种疑忌大有道理。为什么?因为一场大乱、一场惨绝人寰的连环相杀之后,石达开成了最大受益者。他的忠正,他的忍让,他的牺牲,从内而外展示了光明的人格,威望急遽提升。李秀成说当他重返天京,群议"喜其义气,推为义王,石不肯受"[7],众人

---

[1]《镇江与南京——原始的叙述》,《太平天国史译丛》,页63—64。
[2] 郭廷以《太平天国史事日志》,页495。
[3] 同上,页504。
[4] 张汝南《金陵省难纪略》,《中国近代史资料丛刊·太平天国(四)》,页704。
[5] 罗尔纲《太平天国史》卷四十八,页1846。
[6]《李秀成亲供手迹》,排印文,页05。
[7]《李秀成自述别录》,《中国近代史资料丛刊·太平天国(二)》,页842。

感于达开前前后后的磊落正直，竟欲不经天王，仅据公论将他王号由"翼"改为"义"，一字之易，分量迥然，达开谦而未受；于是，再集廷堂，议决"合朝同举翼王提理政务"[1]。显然，石达开执掌朝纲之地位，非出天王恩旨，系满朝文武推举、请愿所致。天王方殄东、北、燕诸王，结果却面对更加众望所归的翼王的崛起。洪氏如坐针毡，为此做了一个违背太平天国伦理、有违人心的决定：宗亲封王。同时晋封长兄洪仁发安王、次兄洪仁达福王，来分翼王之权。何以说此事逆乎太平天国伦理？根据拜上帝教教旨，太平天国乃上帝诸子国度，非洪姓之国；从天王至东、西、南、北、翼各王，是依"神天小家庭"的渊源与资格封王。太平天国姓"天"不姓"洪"，此原为立命之本。眼下，大封洪姓为王，明摆着偷换了"天国"本初的属性，使它堕为洪姓私有之国。跟随这种倒行逆施，必然意味着对"异姓"者的压制乃至构害，石达开日觉险境逼人，用他的话说："重重生疑忌，一笔难尽陈"[2]，"有一并谋害之意"[3]。这断无夸大，李秀成居旁作证：

　　主有不乐之心，专用安、福两王。安王即王长兄洪仁发，福王即王次兄洪仁达。主用二人，朝中之人甚不欢说。此人又无才情，又无算计，一味古回执，认实天情，与我天王一样之意见不差，押压制翼王，是以翼王与安、福三人结怒怨。[4]

为避蹈杨、韦等覆辙，石率部从天京出走。

　　这是来年四月间的事。至此，共历九个月，天京之变才算彻底落幕。由这场大乱，太平天国"神天小家庭"完全解体，旧有诸王，除西王萧朝贵、南王冯云山早死，豫王胡以晃已革和病故外，东王杨秀清被害，北王韦昌辉、燕王秦日纲伏诛，翼王石达开出走，只剩下天王洪秀全这个孤家寡人。军事实力上，遭创尤为深巨。东王所部全部被杀，北王部下严重受忌，翼王出走不仅携去麾

[1]《李秀成亲供手迹》，排印文，页05。
[2]《石达开布告》，《中国近代史资料丛刊·太平天国（二）》，页694。
[3] 新本《石达开自述》，转引自方诗铭《记新本〈石达开自述〉》，《中华文史论丛》，1979年第4辑，页197。
[4]《李秀成亲供手迹》，排印文，页05。

下之众,更有许多其他部队"认为达开忠而见疑,受了迫逼,激于一时义愤,都带了队伍跟随他走",导致"太平天国的精兵良将都带走了"。[1] 惟秦日纲旧部后起之秀陈玉成、李秀成已崭露头角,天京之变后撑持大局者主要即此二人。

杨秀清"僭主"路线失败,政坛血腥洗牌,格局就此失去张力,如果原先尚存一定弹性或潜在可能,自兹则趋僵冷。之后,太平天国还曾续其八年国祚,但就内里言之,已属虚应故事。我们的观察和描写,亦将变换视角,不再追蹑太平天国履迹,转而挖掘、显现和探问它的某些侧面和各种隐微意韵。

---

[1] 罗尔纲《太平天国史》卷四十七,页 1820。

卷二 场景

庐州

览太平天国事，宜注意其中的一类史料。

这段历史留下的文档种类繁多，粗归纳有九大类。一曰档案，清、天双方的文告、谕旨、大臣奏稿、鞫讯记录或供状，西方外交官提交本国政府的正式报告等，可归此类。一曰情报，此系为搜集敌方信息而形成的材料，《贼情汇纂》乃其著名代表，余如《虏在目中》《张继庚遗稿》也具这种性质。一曰日记，不少身逢其世者通过私人日记逐日留下大量相关记述，如《荆花堂日记》《能静居日记》《己酉被水纪闻》《戴经堂日钞》《史密斯日记》《吴清卿太史日记》等。一曰方志，中国独有发达的地方志系统，于太平天国起义、所经之地及统治区域，均保存了不少信息和线索。一曰综述，太平天国戡定之后，陆续有一批梳理和统叙其经过的书籍编刻出版，如官方的《钦定剿平粤匪方略》，或私家所撰《中兴别记》《平定粤寇纪略》《粤氛纪事》《金陵兵事汇略》等。一曰报道，这一类材料为近代新闻产物，多由在华洋人撰写，发表于上海和香港两地报刊，尤以英商所办上海《北华捷报》登载为多，如《裨治文关于东王北王内讧的通讯报导》《小刀会占据上海目击记》《外国传教士访问苏州太平军》等。一曰尺牍，一些重要的历史当事人为处理公务的书信往还，像《曾文正公全集》中之书札三十三卷、李鸿章之《朋僚函稿》，以及《吴煦档案选编》等，太平天国将领之间也留有不少书信。一曰传记，麦沾恩的《中华最早的布道者梁发》、罗孝全揭秘洪秀全的《洪秀全革命之真相》《太平天国起义记》、兰杜尔的《"常胜军"建立者与首任领队华尔传》、亚朋德的《华尔传：有神自西方来》、安德鲁·威尔逊的《"常胜军"：戈登在华战绩和镇压太平天国叛乱史》，包括《清史稿》各本传、《清史列传》有关篇什，均在此列。一曰亲历录，多取自撰者本人的直接目击,其中又分两种,一种属于泛记,将一段时间某地社会见闻揽于笔下,如陈徽言《武昌纪事》、张汝南《金陵省难纪略》、谢介鹤《金陵癸甲纪事略》、涤浮道人《金陵杂记附续记》等,另一种则就个人一段险情或奇遇,专事专述,道其原委,如周邦福《蒙难述钞》、刀口余生《被掳纪略》、顾深《虎穴生还记》、鲁叔容《虎口日记》等。

丰富多样的史料,各有价值和意义,但从特定角度,我们更倾心于其中一种,亦即亲历录里后一种的专事专述文字。这类材料,几乎不含议说和意见,全是场景,全是画面,全是"镜头",读之恍若置身现场或仿佛在观看一部纪录影片、一次视频直播。相较乎某些史料,比如含官方视角与立场的史撰,抑或政客们自其角色出发,于公文、信函、日记里所载述之情形,这些内容,固然都不失研究的价值,然而究竟预存了一定倾向性,其中失真或不客观处,盖亦难免。专事专述的亲历录一般无此瑕玼,更接近如今严格意义上的纪实之作。许多写者当时形诸纸墨,根本并不为着发表,而仅出于难以忘怀、刻骨铭心,欲向亲友诉说,于是留下一份实录,以共唏嘘与牢记。因此,对相隔一百六十年而又想不受扰地冷眼鉴察那段历史本来面目的我们来说,这将是无可替代的依傍。为此择出数种,假以一览。

《蒙难述钞》,作者为庐州米商周邦福,讲述壬子年 1853 十一月,胡以晃首克庐州前后,至年底他从城中逃出为止,总共四十八天的经历。

庐州府,府治合肥。清初以其辖二州六县,二州乃无为、六安,六县则合肥、庐江、舒城、巢县、英山、霍山;雍正二年,六安升直辖州,并英山、霍山二县往属,庐州府遂变更为一州四县,以至清末。

咸丰三年正月,省城安庆失陷后,清廷命周天爵暂署安徽巡抚,他便是金田起义时接替郑祖琛任广西巡抚、后曾短暂代理钦差大臣的那位。安庆告急时,周天爵致信巡抚蒋文庆,劝其"带民迁徙庐州"[1]:"兄可联弟名入奏,一面札两司,带所有全饷迅趋庐州为大粮台,晓谕居民散走避难。"[2]隐约建议以庐州代安

---

[1]《周天爵奏陈庐州形势扼要请将省城迁往并报安庆失陷等情片》,《清政府镇压太平天国档案史料》第五册,页 57。

[2]《蒋文庆奏报敌情紧急援兵未齐省城粮饷军装变通办理折·附周天爵原信》,《清政府镇压太平天国档案史料》第四册,页 433。

庆，但蒋文庆没有动作，后来周天爵批评之："抚臣狃于故常，所有粮饷、军装并未运往庐州，城陷尽为贼有，实属可恨可惜。"[1] 其实，蒋文庆是将此奏呈北京了，清廷亦谕示照办[2]，惟不知因何无果。眼下提此旧话，乃在勾索安徽省会临时迁往庐州之源绪。清廷命周天爵暂署安徽巡抚后，他马上建议：

> 臣窃即安徽全局计之，惟庐州形势据巢湖上游，去江尚远，通河背岭，独占名胜，与正阳巨镇相为犄角，居重驭轻。若安庆，则居轻驭重矣。急应请简派新任抚臣迁省于此，安庆改作府城，驻扎总兵一员，以资水陆应御，伏乞圣裁。[3]

果成现实，后来同治元年 1862 省城虽由庐州回迁安庆，但这段插曲为皖省政治地理埋下伏笔；1949 年，中华人民共和国建立，省城定为合肥，垂今近七十年矣。

旧时，人们婚育甚早。周邦福时年四十五岁，却已有三个孙子。"家世业儒……至余则兼习商业。"[4] 他是个经商能手，家业在他手上扩大许多。道光末年从城外搬进城，在大东门大街白鹤观对面"买瓦宅一所，通后六路五厢，开张广顺周记砻坊"。段玉裁《说文解字注》："今俗谓磨谷取米曰砻"，砻坊即稻谷加工、销售一条龙的米店。几年后，又"移店于东岳庙巷上首，租戴姓住宅四所，内有花园，设书房为二子读书之所，家仍在大街居住，开店字号自移来时，又立为丰顺利记"，规模倍于前，至兵临城下，店内除他本人，有"朝奉"苏、浙、皖一带以此称店铺管事者一人，伙计六人，稻米合计一万一千担、杂粮豆类一千五百担、现钱四千吊。

正因为偌大家财，周邦福没舍得离开。这年正月太平军克安庆后，安全

---

[1]《周天爵奏陈庐州形势扼要请将省城迁往并报安庆失陷等情片》，《清政府镇压太平天国档案史料》第五册，页 57。

[2]《寄谕蒋文庆等仍当极力防守省城毋稍疏虞并宜防守巢湖陆路要隘》，《清政府镇压太平天国档案史料》第四册，页 527—528。

[3]《周天爵奏陈庐州形势扼要请将省城迁往并报安庆失陷等情片》，《清政府镇压太平天国档案史料》第五册，页 57。

[4] 周邦福《蒙难述钞》，《中国近代史资料丛刊·太平天国（五）》，页 45。为避冗烦，兹后所引，均出该书页 43—79，不复一一注明。

起见，他已送家眷离城，在郊外东乡一座叫作程马圩的村庄躲避，自己一个人留店照料。

九月中旬，清廷新授江忠源为安徽巡抚。之前，李嘉端接替暂署之周天爵任安徽巡抚，但"到任以来，毫无布置"，遭革职。[1] 当时，安徽情势十分紧迫，"皖省共八府五直隶州，而贼匪所至已历六府三州矣。"[2] 鉴此，京师决心简派得力者莅皖，主持大局。太平之乱以来，江忠源堪称屈指可数的干才之一，拔之以任安徽巡抚，无疑寄寓着殷切之心。然而不曾想到，忠源甫到任不久，庐郡即告沦陷，一代名将之花亦就此殒落合肥。围绕这一悲剧，出于痛惜，后来就此期间所发生的事，形成了一些不实叙述，例如：

> 由县令未及二年，超擢安徽巡抚。是时江公方在武昌庀守具，奉诏云："楚皖一体，当相其缓急为去留，不必以成命为拘。"江公以庐州事急，率所部千余人，力疾遄行，至六安州城，病益剧。复有旨令暂驻六安，俟兵饷齐集，相机前进。庐州知府胡元炜具禀告急，诡言庐州粮械极富，团勇多而得力。江公以为庐州重地，有可守之资，而弃之可惜也，乃分所部之半，留守六安，自率其半，驰赴庐州。问元炜以守具，则糗粮军火，一无所有。守城兵仅元炜腹心，徐淮所募勇，及公所募六安勇，各数百人，皆新集不足恃。庐州城大而圮，兵勇人数，不敷一门之守。江公悟为元炜所绐。[3]

极力刻画江忠源勇于任事、竭忠奉公的形象，给人印象似乎廷旨并未催他赴皖，是江氏自己急于赴任，及抵六安，病重，朝廷本许其暂缓往庐，但他放心不下，同时又被庐州知府胡元炜诈言诱骗，以致落入陷阱。这段叙事，历来为谈论庐州陷落和江忠源结局者所乐引，然稽诸可靠档案文件，关键情节不尽确切。江任命于九月，十一月中旬始抵合肥，其间朝廷并无让江忠源视楚皖缓急、相机行事的表示，而是一直催之到任。九月十九日上谕在任命同时，要求他"驰驿

---

[1]《寄谕江忠源庐巢告急著相机剿办并将抢粮等情查明参奏》，《清政府镇压太平天国档案史料》第十册，页213—214。

[2]《刘裕鉁奏报皖饷支绌请饬赣抚迅即选员解款折》，同上书，页488。

[3] 佚名《咸同将相琐闻》，《中国野史集成》第四十册，巴蜀书社，1993，页743。

赴任"[1];十月初四日,因地方告急且连日来没有江忠源消息,廷寄再次要求他"星夜起程,不分水陆,赶紧赴任,万不可稍有延缓"[2]。江忠源未能速往,但并非迁延观望,实因湖北战事拖累。他在十月初六日奏报中说明了情况:"现在楚北贼势方盛,唐树义带兵无多,必须暂行帮同料理,俟一二日营垒立定、浮桥造成、进攻已有把握,臣即遵旨前赴安徽。"[3] 朝中了解后,在答复中仍表示:"江忠源现系安徽巡抚,皖省现在情形亦甚吃紧……著该抚斟酌缓急,仍以速赴新任为是。"[4] 当时江忠源自己的部队,他所称的"亲信楚勇",陷在湖北战场抽不出身,其次赴皖便途因安庆失守不能行,他于十月十三日奏闻,经协商借调云南兵一千二百名,由大别山穿越鄂皖边境,"绕道驰赴新任"。[5] 有关江忠源的任命及到任迁延情由如上,而非是野史铺排的那样。不单野史,有些具体情节,正史亦存颠错,例如《清史稿》江忠源本传:"诏原之,降四级留任,寻擢安徽巡抚。"[6] 实则江忠源因湖北失利降四级留任,乃在已授安徽巡抚之后,而非之前,"留任"二字所指正即安徽巡抚一职。[7] 至于所谓江因胡元炜"具禀告急"诓至庐州,则既非事实,亦不合情理。从公牍往还角度说,能够咨催江忠源的,不应是庐州知府,而是省一级地方官,现存清廷档案证明,合肥城内一直与江忠源保持联系以及奏请、催促其来庐的,是李嘉端革职后、江忠源到任前暂署安徽巡抚之职的刘裕珍,彼十月十二日奏称:"臣已咨催新任抚臣江忠源速带追剿之师来皖接印"[8],十月二十一日又奏:"仰恳迅赐饬新任抚臣江忠源及瞿腾龙星速带兵来皖救援"[9],十月三十日又奏:"臣伏思安省饷乏兵单,屡次调兵,人皆视为畏途,不肯前来,久在圣明洞鉴之中……新任巡抚江忠源闻已带兵二千名来皖,于二十七日行抵六安州,距庐郡仅止一百八十里,因感冒风寒,在彼暂

[1]《谕内阁著江忠源补授安徽巡抚著即赴任》,《清政府镇压太平天国档案史料》第十册,页213。
[2]《寄谕江忠源著即星夜起程赶赴皖抚新任相机办遏敌北窜》,同上书,页382。
[3]《江忠源奏报率兵驰援德安并进逼汉口情形片》,同上书,页414。
[4]《寄谕江忠源速赴安抚新任并传谕唐树义迅赴省垣协防》,同上书,页447。
[5]《江忠源奏报武昌未能撤防及遵旨带兵绕道驰赴新任情形折》,同上书,页513—514。
[6]《清史稿》卷四百七,列传一百九十四,页11942。
[7]《江忠源奏谢天恩降四级留任折》,《清政府镇压太平天国档案史料》第十册,页515。
[8]《刘裕珍奏报皖饷支绌请饬赣抚迅即选员解款折》,同上书,页489。
[9]《刘裕珍奏报庐州万分吃紧及筹办防剿情形折》,同上书,页617。

住。顷闻于三十日力疾由六安前至舒城，臣拟于初一日委员赍送巡抚关防，赴行营交江忠源接事，庶可以资调遣。"[1] 很显然，江忠源一路上负责与他联系的合肥官员，从头到尾是刘裕鉁，没有胡元炜什么事。知府胡元炜后确献降于太平军，为了增强戏剧性，好事者便编织一些"前因后果"，渲染江忠源结局的悲剧色彩。

江忠源因病重在六安歇养数天，十一月"初四五日病势见轻减"。这时，刘裕鉁派人将巡抚关防送到，此举自有催促到任之意。因太平军也逼近六安，江忠源将随来部队拨一半约五百余名，交云南鹤丽镇总兵音德布驻六防守，自己带另一半，其中"四川兵一百余名、开化勇二百名、广勇三百余名"，"并在六安新募乡勇二千名"，初九日离开六安，"初十日申刻驰抵庐郡"。[2]

《蒙难述钞》所记完全相同："十一月初十日申时，江抚台由六安进西城门[3]来抚吾皖。"周邦福描写了他所看到的江忠源：

> 公时久病，面黄肌瘦，须黑，目有精光，体长异庸众。

江忠源驰至，似未引起居民警觉，人们以为不过是新巡抚正常履新而已。那时资讯闭塞迟缓，太平军已克舒城、逼近合肥的事态，城中似无人知。市人之辨缓急，惟视城门是开是阖。江忠源到后第二天一早，突然闭城，一度引起"满城商民皆惊，都想出城"，但不久人们发现虚惊一场——闭城是因闹出一点纠纷，地方上有叫陆遐辉的霸主，领着百余乡勇入城，在街上与江忠源带来的广勇起衅，陆某势单不利，出城欲引更多乡勇回来相讧，守城官遂闭城门以防激化。

单就城池而论，合肥好像可以信赖。当时虽只是一座府城，规模却甚可观。《嘉庆庐州府志》："周四千七百有六丈。"[4] 将近十六公里。江忠源到任后在奏折中写道："城池过大，合计七门四千二百九十余垛，兵勇单薄，不敷守御。"[5] 按常规来说，一垛当守以一兵，江忠源手下正规军仅七百余名，明显捉襟见肘。好在城墙修

---

[1]《刘裕鉁奏报舒城失守庐州万分危急情形折》，《清政府镇压太平天国档案史料》第十一册，页52。
[2]《江忠源奏报接篆日期并抵庐州妥筹守御等情折》，同上书，页174。
[3] 原书作"西门城"，疑误。
[4]《嘉庆庐州府志》，《中国地方志集成·安徽府县志辑①》，江苏古籍出版社，1998，页103。
[5]《江忠源奏报庐郡危急请饬派大臣速带兵勇赴援片》，《清政府镇压太平天国档案史料》第十一册，页177。

造甚坚,江忠源几次称赞,"出谓人曰:'此处城池坚固,有我江某在此,汝等不必恐惧。'""抚台在城上巡视,极赞城坚,外有城河。"由此来看,《咸同将相琐闻》说"庐州城大而圮"[1],不确。另外,该书所谓"江公巡城,见水西门枕高而阜,环城一面皆山,度洪军必据山俯攻"[2],断然是妄自添足。笔者生长在合肥,对其地势了然。合肥可以称作"山"的,只有大小蜀山,皆在远郊,距古城址甚遥。原水西门附近仅有一处高坡而已,完全不能算"山","大跃进"炼钢又曾倾倒不少废渣。"文革"间,笔者念小学时,被组织多次到此捡拾废铁。江忠源巡城所谈,还是《蒙难述钞》记载准确:"水西门外岗高,俯瞰城内,甚险。"

周邦福打理生意辛苦,十一日晚二更时分,刚睡下不久,被人叫醒。来者是一位旧伙计,如今在别人的店铺帮活,他家有人在县衙做公,刚得到消息:"贼离城不过四十里,明日定到。"还说,"此事各衙皆知,百姓不知"。正说着,听到外面有人声乱喊,命人出去查看,回来说街上无人。周邦福倦极,先睡下,打算明天再说。睡一阵子,又被惊醒,"起来前后一听,前街仍不乱,后门外有人乱叫"。

第二天早起,店内伙计说:"城门今夜用石头塞起来了。"原来,半夜所听到动静,是兵勇连夜堵塞城门,以及有百姓瞧见,回家报信,呼唤家人赶紧逃走,但因深夜,逃走者并不多。

人们都往城头跑,查看城外动静。周邦福"街上一望,人人皆惊,面上失色,随即带巫二上大东门城头,向城外一望,鸡犬无声,心内为之一惨"。大东门乃民间俗称,即威武门;其右首还有一门,曰时雍门,民间俗称小东门。周邦福赶紧回店,命伙计闭门、封存货物,并派人去较远的北门、水西门了解那里情形。随后折回城上,一路行至水关。合肥有两座水关,"上跨水西,下跨时雍,为金斗河出入处。正德中,知府徐钰闻盗警,虑水关难守,乃筑堞以障之,导水绕外濠以会于河。"[3] 眼下周邦福所到处为时雍门水关:

> 看官员百姓不少,即见城外所住乡勇,由南门外向小东门外余公桥上

[1] 佚名《咸同将相琐闻》,《中国野史集成》第四十册,页743。
[2] 同上。
[3]《嘉庆庐州府志》,《中国地方志集成·安徽府县志辑①》,江苏古籍出版社,1998,页103。

顺路直跑，枪刀皆丢。忽又听枪响，系贼追勇，恐不得脱，只得仍放枪抵贼。顷刻有姻侄姜镛来说："长毛来了！"

此时约上午八时许，"董事招呼各店各家送饭上城头"。董事，即民绅领袖；送饭，则是供应守城兵勇。据江忠源奏告：

> 至于兵饷，藩库丝毫无存。东关兵勇，已欠发口粮二十余日。臣所带来银六万两，除发给滇川开广各兵勇十一月份口粮，及新募各勇半月口粮，并置备各勇锅帐器械，用去二万余两外，仅存三万余两，若将东关兵勇及刘裕钞等新募之勇口粮全行补给，所存已属无几。[1]

仅靠饷银，士卒食不果腹。从《蒙难述钞》看，守城期间居民发挥很大作用，一日三餐供应，分派详明：

> 十四日早起，煮饭送上城头……仍回店，伙说："董事在此。"面晤董事王汝贵、许树德、程士淳、许锡龄等，说："城上派定挨号送饭，贵店该送四十一号的饭，白天两顿，夜送一顿粥，每天如是。"余应允。随命伙去查四十一号，在斗鸭池拐子，系霍邱县乡勇，一棚十人。

周邦福提供的饭菜，比议定内容还略丰盛："每顿熟菜小菜，午送茶一壶，三更后送顿粥，每日如是。"据说江忠源见"百姓饷士不懈，极称：'合肥居民纯良忠愤，踊跃急公，为余一路下来未曾经见。'"

送饭时，周邦福遇见江忠源在城上巡视，"骑马，身出城垛半余"，目标显著，城外太平军"枪弹如雨"而来，人劝躲避，江却说："此皆打不忠不孝之人，岂能打我？"这是激以忠义，效果却有些煞风景，周邦福说"众为之默然"，并没有人应以感奋之状。那时中国人的观念，普遍有神巫色彩，清末两大民间运动太平天国和义和团，都有神巫文化底蕴，而一般知识分子以及官场亦不例外。

---

[1]《江忠源奏报接篆日期并抵庐州妥筹守御等情折》，《清政府镇压太平天国档案史料》第十一册，页175。

江忠源功名举人，现在身为疆臣，他的军事动作里就有不少装神弄鬼成分。其不避枪弹，多多少少让人想起义和团。十三日夜，"叫各大门口烧三股香，摆一大碗水。二更后又传令下来，叫各家杀公鸡，滴血碗内，顷刻又吩咐将碗内血水倾地，用菜刀将碗劈碎，抚台在城上屹然不动。"十四日，又出花样，在民间索狗，只要"黑狗"，拢共找来数十条，"大东门止杀一条，北门杀三条，余狗放回，杀狗滴血在城垛上，又将狗爬在城垛上，头对城外贼营"。未知他确认为此等巫术有助胜负，还是主要作为一种计策，来安抚众心、提升士气。据说他对神秘主义很有研究，"精通奇门，推测阴晴屡试不爽"。十六日下午，他预告天象："定更后天暗，五更后揭开。"果如其言。以后时有类似发布，都很准。

　　太平军十二日清晨现身南熏门附近，约于巳时至午时完成包围。至夜，阖城无眠，"城头灯火枪炮更鼓人声至晓不断"，城外近城民房，被城头发射火箭所烧，"火光彻夜未熄"。周邦福将白鹤观对面家中抵门闭死，让用人都集中到东岳庙巷店内居住，另有邻居数人也暂时借居店中。店内人轮流上城，或送茶饭，或打探情形，一夜未睡。太平军来势极盛，对庐州志在必得。情况越来越令人绝望，周邦福想到了死。十四日，他"到后头去看视井口，预备不好被辱时，即来投井"，因时值冬季，着衣臃肿，他担心紧急时跳不进去，故专门察看一番，发现井口果然太小。回到堂前，他给祖宗烧纸钱，"跪下行礼，放声大哭，伤心不已"，想到"所幸七月间儿辈往乡，将木主及各神主均抄带下乡"，心下稍安。第二天有刘姓邻居来，谈到寻死，刘某说："我店中有一眼大井，原身衣服得下去。"周邦福遂求届时借井一用，刘说："看后去大事不好，我定然在店候你。"

　　实际上，未等城破，周邦福即实施自杀一回，只是未遂。十九日那天，他"陡然想起局势太险"，看不到希望，迟早一死，不如早死，免得城破后既活不成还可能遭受折磨，于是写了遗书，说明自杀原因，对众伙计表示"对不起"并嘱他们随取店内钱财"各带上城头去，找熟乡勇处下城逃去罢，不要念我受累"，又拜托将自己掩埋处告其家人，然后一手执遗书，一手将金戒指砸扁送入口中。"连吞三次，将嗓子挂破，不得下去。"无奈，走到后院桂花树下，大约准备上吊，被伙计撞见，剥开他拳握之中的金戒指，见上面有血，"主仆痛哭"，就此作罢。

　　并非周邦福轻生、意志脆弱，他书中有句话："乱离日子，真不是人过的。"乱世里的种种艰辛苦痛、生不如死，太平时光下人们很难想见。"平安即福"四个字，不到天下攘乱，许多人都体会不了。

庐州郡城被团团围住，但仗着城深墙坚，太平军也急切不能下。既与外界隔绝，矛盾焦点便集中在物资匮乏上。被围四五天，物价开始上涨，多为平时三倍，惟米价不涨反跌。合肥系大米集散地，"闭城十余日，存米多而无售处"。另一方面，战争消耗却很厉害，二十七日江忠源出示募捐："粮台缺粮缺钱，向各家各店或银或钱或米粮，听取商民自便。倘系乐输，即按数咨部请奖。若算暂借，则候饷银一到即还。"示下，捐借踊跃。以周邦福为例，他将"在店米粮稻豆约计万担，钱数千贯，尽数报捐"。民间一来存粮无卖处，二来寄希望官军保住城池免遭涂炭，所以鼎力相助。庐州百姓的表现令皇帝动容，上谕指出："庐郡绅民，万众一心，同仇敌忾，为各省所未见，尤堪嘉尚。"[1]

困守之军，每日在各门缒城数百人与敌交战，仅可谓之骚扰而已。攻城一方，也是老一套，重点放在"穴地"，指望爆破崩城以入。合肥除城池较坚，另一特点是环城绕水，且城濠宽阔，至今沿环城马路下即古庐州城墙原址仍见其水，敌人无法掘地道穿过城濠。不过有一处地方，水是断的，即西平门，民间俗称大西门。江忠源奏道："其次大西门，民房逼近城根，又无濠沟，贼到即在该处开窆地道。"[2]十一月二十八日，西平门"穴地"险些成功，"该逆点发地雷，轰倒大西门月城十丈六尺，该逆蜂拥而上"[3]，守军顽强击退。西平门监防既严，太平军转于别处尝试。例如威武门亦即大东门，"潜于桥北水面编搭浮桥，偷近城根，开挖地道"[4]，守军则自城内反向挖出，迎头击堵。"二十六夜，该逆乘夜于小东门、得胜、水西三门偷过城濠，逼近城根，各扎营一座，以为开挖地道之计。"[5]最终得手，则是在水西门。

关键在于援兵，庐民日夜伫候而久不至。曾几次救兵望之在即，"十一月十八日辰刻，遥见北路来有兵勇与贼接仗"[6]，此系寿春镇总兵玉山所督之兵；"十九

---

[1]《谕内阁江忠源带病督战获胜忠勇可嘉著随时保奏出力绅民文武》,《清政府镇压太平天国档案史料》第十一册，页304。
[2]《江忠源奏报连日敌攻庐州均经击退并请迅调援兵拨饷折》，同上书，页234。
[3]《江忠源奏报敌军连日攻扑庐州城均被击退叠获胜仗等情折》，同上书，页393。
[4]《江忠源奏报连日守御庐州大获胜仗并请调兵筹饷等情折》，同上书，页306。
[5]《江忠源奏报敌军连日攻扑庐州城均被击退叠获胜仗等情折》，同上书，页391。
[6]《江忠源奏报连日守御庐州大获胜仗并请调兵筹饷等情折》，同上书，页307。

日辰刻,于水西门城上遥见红蓝旐帜,知系镇臣音德布援兵来自六安";"十二月初六日辰刻,臣在水西门上见北路有黑白及五色旗帜,知系督臣舒兴阿统带陕甘官兵,并已革臬司张印塘督带川勇及各乡团勇来援"……[2]这些援兵,或大败,或受阻不进。究其原因,太平军战斗力固然强劲,但江忠源认为也在于己方将无良材。到十二月上旬,庐城外清方兵力颇盛,仍不见可能解围的任何迹象。于是,江忠源十一日奏折建议朝廷更换总指挥:"现在庐州城外援兵云集,急需久历戎行、调度有方之员,以资统制。"径直要求以和春为人选:

> 查和春自贼起广西以来,先到军营,转战数年,身经百战,贼情熟悉,谋勇兼优,目前提镇大员无有出其右者。[3]

当时和春率部正在赴庐途中,可是没有等到江忠源此奏抵京,庐州已陷。十二月十七日城破,江忠源死之,舒兴阿奏闻其事,咸丰皇帝愤而亲批:"汝在城外是何为者?以致郡城被陷,荩臣捐躯!"[4]

十二月初,攻城动向是太平军将主攻点放在水西门。周邦福说:"初三日……又在水西门外添营几座,扎的极满,枪炮向城头打来,城上人皆站不住。"这是以火力掩护"土营"越过城濠,在城脚开挖地道、填放炸药。应该说,水西门被选为突破点,已彰彰明甚,城上一目了然,但力量实在单薄,无法拒阻,坐视对方行动。十一日晨,"用地雷轰裂水西门迤北城垛八丈有奇,火烈势猛,黑烟迷目,声震屋瓦"。[5]太平军当即登城,却未得手,原因据说是"因城向外塌,故压死者多"。然而此等运气难有第二次。十七日破晓前最黑暗时分,周邦福述之:

> 已交四更鼓后,不意贼在水西门放地雷,城破。贼在城外呐喊,人人心惊胆落!哭的哭,喊的喊,跑的跑,走头投无路。地雷一响,城头官员广

---

[1]《江忠源奏报连日守御庐州大获胜仗并请调兵筹饷等情折》,《清政府镇压太平天国档案史料》第十一册,页307。
[2]《江忠源奏报连日战守获胜并潜调兵勇入庐州助守折》,同上书,页507。
[3]《江忠源奏请饬派和春总统庐州城外援兵片》,同上书,页509。
[4]《舒兴阿奏报庐州失守巡抚江忠源殉难请旨迅赐简放折》,同上书,页603。
[5]《江忠源奏报庐州城垛被敌轰裂及时抢护片》,同上书,页509。

> 勇皆向抚台面前去救城,不意乡勇将城上灯一齐息灭,各人皆翻城下去,与贼迎合。如果乡勇不下城,夜间纵放地雷,城上灯光照旧,防堵不懈,仍可堵塞崩处,贼必不敢上城;贼如夜内不得上城,城仍不陷。乡勇息灯下城,百姓亦即跟下城,城头秩序一乱,贼自然上城;广勇力孤,不能济事,势所必然。

内中乡勇情状,当是知府胡元炜通敌布置的结果。乡勇即本地民兵,由胡元炜控制,他命令这些人一旦城墙爆破,立刻将城头灯光齐灭,以掩护太平军登城,同时制造混乱、瓦解人心。广勇是江忠源带到庐州的正规军,人仅数百,无力阻止事态。

江忠源的结局,《清史列传》云:

> 忠源知事不可为,掣佩刀自刎,左右持之。一仆负忠源行,忠源嚼仆肩及耳,血淋漓,仆创甚,不得已委忠源于地。贼逼,忠源转战至水关桥之古塘,身被七创,奋投桥下,死之。[1]

《清史稿》与之仿佛,但误"水关桥"为"水闸桥"[2]。《清史稿》实本《清史列传》,大概由于繁体"关""闸"字形相近,遂致此误。我们先前讲过,合肥原有两座水关,分别在水西门和时雍门附近。江忠源自尽处,即水西门的水关桥下。为什么被人背着走呢?因为身体状况极糟。周邦福于十二月初三日处说:"此刻抚台实在病重,兵勇百姓闻之,皆怕抚台不起。并闻抚台已数日不进饮食,止服药;虽精神尚好,然劳瘁日久,殊不可恃,人皆替之凄惨。"他的赴水,想来一以城陷,二是病体沉疴、万念俱灰。

周邦福则再次自杀,又不成。他踩在椅子上,解带悬梁,正待投缳,又被伙计撞见,一把抱住。"总未死了,至今只有听之而已。"他这样说。

崩乱中,周邦福曾和伙计跑出门,没能下城,又跑回来,藏在屋里——"听

---

[1]《清史列传》大臣传续编八,中华书局,1987,页3369。
[2]《清史稿》卷四百七,列传一百九十四,页11943。

满街满巷皆是长毛,喊叫杀妖。"此句,我们暂时只见其文,不知道意味着什么,后面周邦福会给予揭示——他们以为将很快有人破门而入,但一直等到将至午时,才听到打门声,"轻轻打两下"。周赶紧答应,上前开门,客气地说:"请进。"来人进门,一言不发,从头发长度一眼可见乃"真长毛","不过二十岁光景"。周邦福见他"既不语,又不凶恶",就自己退到二路屋里候着。随后"又进来一个小长毛,头发约长五寸,十五六岁光景"。凡入太平军,即蓄发,额顶不髡,故依头发长短,可知"新""老"。这位蓄发约五寸的小长毛,姓夏,安徽人,估计是安徽境内最早一批加入太平军的。后又进来两个,一姓刘一姓方,蓄发皆二寸许,一问,皆舒城人_{舒城一个来月前被克}。因见都是本省人,周邦福大胆问了句:"老兄可能保命?"对方答:"你们如此,不碍不碍。"道丞相有令,"关门在家,不躲不杀"。这几名太平军人,仅搜找和索要财物,银钱、粮食、衣服等,不打不骂,态度也还和蔼;临走前,嘱关好门,说"不是本馆的人不进来的"。过了一刻,又有人打门,"进来两个真长毛"。此番形象颇异于前,两人"手提钢刀各一柄,犹在滴血",其中一人"站有一大会子,在阶沿上眼对我望着不转睛",周邦福不敢回避,"亦与他对视良久"。末了,让店中一人"带挑子跟去",不知从哪里挑回一些腌肉,随命关好门而去。一刻,又有人打门,进来一人,"头发有七八寸深","面凶,兜腮胡子",湖北口音,"手拿刀一把,亦在滴血","闻是馆子官掌"。此人只问了一句话,又走了。不一会儿,再闻打门声,开门见是早先的几位回来了,命做饭,说"吃过饭就跟我们走"。接着拥进来数十人——显然,米店已被定为太平军某部馆舍。

饭毕,周邦福和伙计被命抬上财物和被褥出店。时已午后,从天蒙蒙亮到眼下,店中一干人都闭户未出,不知外面情形。周邦福忆说:

> 我们跟出来上大街,看满街是贼,家家皆是被掳的样子,尸横遍地,血流满街。走到十字街口_{今宿州路淮河路交叉口},向上一看,到处相同。文昌宫门口到县桥,皆是尸横满地,几乎都看不见地下。桥头地方,尸上堆尸。走上县桥,望上河一瞧,尸将河填满平河埂;下河略少些,也看不见河埂。走出大街,由万寿宫一直走到河平桥上几家,在立大堂书店内打馆子,街上也是尸横遍地,血流满街。

至是，始知"听满街满巷皆是长毛，喊叫杀妖"那个声音形象，与相继进来几名太平军刀在滴血的视觉形象，意味着什么。壬子合肥城破，所造成的市民伤亡，史上难寻确切数目[1]，从周邦福描写的景象看，几近屠城。然而有一个情节应该强调一下，即周邦福询问"可能保命"时，太平军士兵告以"前三日丞相射有书子进城，关门在家，不躲不杀"。此一讯息，城内百姓竟鲜有知者。周氏等躲在屋内安然存活，与满街尸首形成了尖锐对比。从这一点看，太平军言出能践，不出门即不杀。所以，合肥杀戮甚惨是一面，官府将敌方预告对市民隐瞒、不令其知是另一面。这对于中国文化某些侧面欠缺人道精神，是充分的暴露。历史上一旦陷于乱世，往往惨不忍闻，而其实有些本来是可能避免的。

十八日一早，馆内叫齐"合肥新兄弟"，由本馆"官掌"_{周邦福所谓"官掌"，正式职衔应为"司马"；太平天国每馆设正、副二司马掌之}点名。"官掌"姓陈名享荣。逐个点名，先问"做何业"，又问"识字否"。若识字，即派"做先生"。周邦福识字。点罢名，被一起叫到后头，接受"敬天父"之教习。情形是：

> 在厂厅_{疑为"敞厅"之误，繁体廠、敞形近当中}，摆方桌一张，上摆圈椅几张，桌上摆十碗菜，又摆三盏饭、三盏茶，点起灯来，几个长毛坐上头，馆内有多少人都站在二面，高声念所谓"赞美经"一遍，念毕，一齐跪下，真长毛口中默诵所谓"悔过奏章"，稍刻起来，各散。将敬天父的菜撤去，供贼首等吃。各人亦皆去拿菜饭，菜饭摆齐，八个人一桌，四碗菜，同时下箸。厅前挂大锣一面，到早晚敬天父时，先将大锣打数十下，馆内人都来，吃过饭各撤各桌，三顿皆如此。

点名算是入营仪式，"系落过名子字，就算是他的人"。第二天，登记入册，问明家庭、履历等。周邦福所报履历几乎全是假的："周大文，年五十二岁，父故，母存，年八十一岁，无兄弟，有妻无子。"名字、岁数、亲属情况都与实际不符。他作为"先生"，主要工作是"抄写赞美经，教掳者念"，有如"文化干事"。

---

[1]《蒙难述钞》称被杀及自杀的约十几万人，翻墙出城摔死及过河淹死又有万人，而幸存与被掳者仅剩万余人。

周邦福报假履历，是为日后脱身之计。他去意甚决，要么活着出去，要么留尸在此，总之不能就这样下去。他央人代为说项，无人敢帮，二十四日终于忍不住，自己找首领告求。首领不允，威胁杀他，同时却也讲了一番道理：

> 你可知道，你说你有老母，就是我家也有父母妻室儿女；天父差我们下来打江山，江山打平，你做官，就接家眷上任。你不愿做官，送你回家，父母妻子团圆。十分江山，已打了九分，只剩下一分，就是万万年江山，万万年福气。你可知道你们妖魔迷蒙，死下去又有阎罗妖叫你受罪。吃天父饭，活则享天福，死了就上天堂。

这几句话很有意思，能够反映一般中下层徒众追随天王的心声。

"官掌"严重怀疑周邦福因恋守家财才不肯入伙，于是扬言明天去他家搜挖银钱，搜挖到则杀之，搜挖不到再放了他。这时，周邦福听闻有人在外看到"春官丞相告示"："士农工商各有生业，愿拜降就拜降，愿回家就回家。"果然，翌日早饭后，街上有人执令箭，伴以锣鼓，沿街宣告："合肥新兄弟们听着！士农工商各执其业，愿拜降就拜降，不愿拜降就叫本馆大人放回，倘不放就到丞相衙门去告。"周邦福听罢，表示："大人再不放我，就去告状。"被笑其天真："你好错，他都是邀买人心的话，何能去告？"后面的事情证明，告示并非戏言；当然，想要离去也绝非"愿拜降就拜降，愿回家就回家"那么爽快。

当晚二更时分，"官掌"召集"新兄弟"，这回被直接带到指挥使衙门。一座大宅子，灯光辉煌。到了那儿，静候传令，不许交头接耳。轮到周邦福他们，挨个叫上大堂问话。所问无非是哪里人、家室情形、可愿拜降。这显然是因胡以晃下了命令，要就"新兄弟"去留，重新做鉴认。凡愿拜降者，"转跪到天井院子报说：'小子某人，对天盟誓，倘有三心二意，天除地灭！忠心保国，天父眷佑！'"重新登记入册后，站到大厅的右边。不愿拜降，则"亦有善放，亦有恶放"。善放的，皆属老弱病残，问明后直接站到左边。除了老弱病残而却回答不愿拜降的人，就会被"将衣服爬扒去，头上巾子抹去，推出去，虽然推出去，仍然拉进来，又问说：'愿拜降仍留下，倘真不拜就杀了。'"如此恐吓一番。周邦福的亲身经历表明，尽管上头公布了去留自由的政策，到具体部队层面，却轻易不肯放人，所谓重新鉴认是装装样子，结果并不算数，包括那些"善放"的对象，"回到本馆，贼首仍是不放"。

周邦福愁苦一天，不知如何是好。二十七日，午饭过后，"贼首坐堂，本馆兄弟们都去站堂"。唤出一位姓谢的，本城人，被掳在馆内烧火；问他："你想回家？"谢某显然想回家，但不敢直接回答。头目便喊打，打了一百大板，命起来跪着，"官掌"又说了几句，言毕再打五十板。打完，"官掌"让人把头巾和身上标志扯去，喝令"推出去"，这样才算放了他。周邦福说：

> 在打他的时候，我心便想打死我也要趁些求放，心急如火，推他出去，我就向下一跪。

果然，"官掌"命人打他一百板，打完却仍不放人，扔下周邦福自己退堂走了。既然挨了打，周邦福不愿白打，就跪在原地不动，足足两个时辰。快开晚饭时，"官掌"终于回来，命人扒去衣服，扒得只剩夹衣，"又叫把衣服掳<small>掳</small>起来，我就掳起来，将胸口肚子露出"，"官掌"说："你是个妖，我把你肚子破<small>划</small>开，看你是妖不是妖？"有人就执刀逼近，"对我肚子不离半寸"比画。旁边有人假意说："这时要敬天父了<small>指饭前仪式</small>，把他绑在天井树上，候敬过天父再来杀他。"这是最后的恐吓。晚饭过后，"小长毛等将我衣服带来说：'大人开恩不杀你了。'"

> 松绑穿衣，衣服穿好，拉我去谢贼恩。至贼前跪下，我仍说："大人开恩。"贼说："我这饭你想吃就能吃？要我与你吃才能吃。你想回家就能回家？要我放你才能回家。起来后头去。"

隔了一夜，周邦福终于从"官掌"嘴里听到"我放你回家"这几个字。

简单收拾一下，周邦福动身出城。程马圩离城三十里，途中零星遇见几拨太平军。有一次怀疑他是私逃，好在有惊无险，没有真正为难他。"望见程马圩影子，不觉痛哭起来，越哭越惨。"回到家中，阖家喜出望外，泣不成声。周邦福最后写道："回思自十一月初十日江抚台由六安来庐州，十二日贼即围城，城门即堵塞起来，一至今日十二月二十九日，共计四十八日。"

四十八天，作为时间概念或数字，显不出什么意义。人类历史不知有多少个四十八天，它们从日常的河流中飞逝而过，以致全无痕迹。但周邦福的这四十八天，于他本人，却将远远大于他在整个生命所经历的其他几万个日夜。这四十八天之间，他从万贯家财变得荡然一空，失去自己的城市、家园并亲睹庐州尸盈街衢，几番寻死而不得，终以血肉模糊、难以坐卧之躯生还，踽踽回到乡村，苦涩地品尝着"且知处乱世之法，应当远避乡僻之区。古谚云'大乱居乡'，其语岂或谬哉"这样的教训。

　　《蒙难述钞》令人动容，主要在于普通人仰息历史的那种脉动感，此大有别于我们素来常见的"大历史"话语。后者总是用礼义廉耻、褒贬彰刺之类封装历史，而将个体生命所遭受的播弄、挣扎、辗转弭于无痕。《蒙难述钞》这类叙事，却托浮着沧海一粟、微如芥末的小人物，使之从大劫难洪流中凸显出来而直逼眼前、纤毫毕现，掀开与"正史"以及受制其逻辑的学术迥异的一角。通常，"正史"及其学术中的历史视野，孜孜于"王""寇"视角，虽然王与寇、正与邪的观点和标尺每每转换乃至颠倒，这种视角或逻辑却总是不变的。清朝官修《钦定剿平粤匪方略》如此，清社既墟而降至民国和当代，被置于"大历史"话语下的太平天国研究何尝不如此？然而凭借《蒙难述钞》一类史述，我们会意识到太平天国史并不是只包含那种内容和主题。普通的民间叙述者笔下，虽然也难免会有些大而空泛的字眼，实际上却拥有自己的眼光、体会和见地。以《蒙难述钞》为例，写到了街上杀人如麻的景状，也写到了对"关门在家，不躲不杀"诺言的信守，涉及太平军将卒形象时，不加丑化，军官的威福之态，与普通士兵军纪不错、一般待人和蔼，都据实述之，乃至于对表现了凶暴一面的军官，也不以衔恨之心夸大其恶，如"官掌"陈享荣见恫吓和暴力无效，就同意放人，转变态度，主动询问周邦福回家路径，并派吴姓老兄弟送其出城，以免出城途中遇到麻烦，分手时吴某又拿出二百钱赠为路费……通篇读之，作者既写出了人在劫难中的悲惨，又不作超出事实之外的过多渲染或引申，这种朴实的态度，好像更可信赖。

　　同属太平军庐州纪事的，又有刀口余生《被掳纪略》一卷，记后期陈玉成事，兹附带略述。

　　"刀口余生"本名赵雨村，河南商城人。商城位于河南东南隅大别山北麓，毗邻安徽金寨、湖北麻城。赵雨村于咸丰十一年七月在家乡被掳，裹挟至安徽，翌年陈玉成庐州溃败，他在逃跑途中为清军俘获，后来写了《被掳纪略》回忆这段经历。原稿未刊，上世纪五十年代由其后人赵韵琴献出，编印于科学出版社 1959 年《太平天国资料》。文前"编者按"称，赵韵琴献出此稿时说：

> 我的爷爷赵雨村，自 1861 年起参加太平天国革命运动，太平军失败后回家隐藏，著有《太平纪略》，因避清朝的迫害，改为"被掳"字样，记事立场亦加以变更……[1]

此种表白，典型地显现了时代统治性话语对历史空间的挤压。姑不谈《被掳纪略》原题《太平纪略》的说法，凭空而至、没有证据，关键在于献书人并无权力越俎代庖、替原作者"说明立场"，后者"立场"只应以书中文字为准。所以出现这种情况，即是围绕太平天国形成强大意识形态压力，令献书人于献书前忧谗畏讥、顾虑重重，而有添足之举。中国历史被"王""寇"纠缠之累，据而可见一斑。

赵雨村在太平军，先是受了一次重伤，伤好后随黄大人部队调往庐州府，因有文化被荐至"英殿工部尚书汪大人"处。英殿，即英王机关；太平天国制度，凡封王皆有六部。刚到汪大人处，便遇见一奇人：

> 正谈间，忽来一老先生，鹤发童颜，贸然问曰："尔系商城人么？尔商城我到过，我与黄秋江友善，黄秋江坐商城，我去看他，好地方。你怎么着这些妻孙龟种裹来了？"汪大人云："老先生请进去！"他也不听，总是说他的。并云他是李钦差鹤人奏折师爷，"李钦差被擒，我亦裹来了。你不晓得长发者，一寸头发一寸金，尔新来不怕是王孙公子，他都欺尔。尔在这馆，有我不怕的。"说完方进去。[2]

其中说到的"李钦差鹤人"，即李孟群，河南光州人，道光二十七年进士。此人

---

[1] 刀口余生《被掳纪略》，《近代史资料文库》第五卷，页 550。
[2] 同上，页 555。

与太平天国渊源甚深。起义地金田村属广西桂平县，李孟群恰恰是该处"父母官"，彼时他甫任桂平县令不久。自金田起义始，李即与洪、杨鏖战不止，永安、桂林他都在场，十分得力，后来曾国藩闻其名，奏调他从广西到长江中下游防剿，咸丰七年授安徽布政使，八年七月署安徽巡抚，未十日兵败褫职，九年春受伤被俘，拥至庐州受害。《被掳纪略》述李孟群、陈玉成打交道的一段，双方人物光彩夺目，极具英雄相惜之况味："李钦差鹤人，虽云被擒，贼内无人不佩服，即英王亦常称赞云：'忠肝义胆，不易才也。惜用人未免疏忽耳。'"[1]陈玉成特派堂叔陈得材[2]出面劝降：

> 钦差答云："胜败军家之常，势已至此，夫复何言！上是青天，下是黄土，中间是良心，务必要说实话。譬如我若将英王活擒，能甘心降我乎？彼能甘心降我，我即降他，万不宜作违心之论。"功天安 此系陈得材爵号 回英王如此，英王拍案曰："从此不要劝他了。"贼内供给，周到已极，先云："我已被擒，我有胞弟孟平，务必送归。"英王即查送回固始。钦差作绝命词一百首，传出仅数首耳。英王至南京见天王，天王云，李钦差有用之才。英王回奏云："忠臣也，亦节士也，宜全其节。"于是天王下诏正法。诏到，有仆射捧诏到钦差前云："听诏旨！"问谁诏旨，云："天王诏旨。"遂乃大骂，骂毕云："何事？"曰："请钦差归天。"大笑曰："好极。"犹吸鸦片烟三口，吸罢，命舀水来洗脸。未洗脸，先穿袜复穿大衫，方洗脸，洗毕，大声曰："走！"出门四人大轿预备停当，不坐；信步缓行。观者十余万人。行至庐州得胜门 即德胜门，原址在今金寨路稻香楼宾馆左近内，就是毕命之处。问那哪是北方，向北方叩头三个；又云那哪是西方，向西方叩头四个。叩毕，坐在地呼云："快些！"完节毕，功天安买一绝好棺木，并将首级联缀一堆，后棺亦到固始。[3]

以上非赵雨村所见，赵来时李孟群"完节"已两年，这是李孟群那位师爷对他

[1] 刀口余生《被掳纪略》，《近代史资料文库》第五卷，页556。
[2] 罗尔纲《太平天国史》作"陈德才"，爵号"功天义"（页406）或"功天安"（页436）。后来封为扶王的陈得才，亦应即此人。
[3] 刀口余生《被掳纪略》，《近代史资料文库》第五卷，页557。

亲口讲述。师爷姓葛名能达，赵被安置与之同屋，葛"每回提起李钦差，潸然泪下"。从葛之行状看，似乎至今未降，而言谈自如、猖狂随性，英王部下则听之任之，并不为难于他。这一点，反而衬出了陈玉成其人风度迷人、满身豪气。

《被掳纪略》全文着力刻画的人物，无疑是陈玉成。一面写他盖世豪杰，一面写他英雄末路。两面都包括在当时太平军私下流传的一句议论里："英王走运时，想怎样就怎样；倒运时，想一着错一着。"[1] 前者如英王军容之盛："前营八大队，后营八大队，左营八大队，右营八大队，中营八大队，无一不立功者……每队无日不操练，无一不精壮。最可惧者，英王自带中队中，长龙队壹千，先五人一排，退十人一排，退十五人一排，退二十人一排，有进无退，必至一千而止。打仗时，将此长龙队，伏在后面，俟要收后时，方套上长龙队，焉得不胜。宜其得城，势如破竹，活擒大钦差四位。"[2] 如对清军的蔑笑："贼内称胜宫保即胜保，名'小孩'，盖以带兵为儿戏。最怪者，与英王见一仗，败一仗，共见四十余仗，皆败北。"[3] 乃至庐州被围期间还曾活脱脱上演孔明空城计之现实版：

  多帅多隆阿围至同治元年二月，愈来愈紧。英王着人往东乡调徽戏二班进城，对台角胜。王小亭云："尔看此戏一唱，多妖头必要退地扎营。"继而果然。即问何故，他云："英王诡计多端，令人不测。多妖头恐有别故，遂退扎以观动静。"[4]

然而，大豪杰的败殒，每如关羽那样，转瞬之际轰然倒地。不知道陈玉成心里是否暗以关羽自视，但赵雨村这位居旁观察者的描写，时常令人联想到关羽。安庆被围，陈母困在城中，英王派人送信给多隆阿："如有人心，能令我母子一面否？"这是因为清军"营盘从江中扎起，是要穿营，方抵城墙"。多隆阿回云："大丈夫绝不暗地伤人。"于是，英王"坐只炮船，迳穿营而过。多帅并令将旗兔

---

[1] 刀口余生《被掳纪略》，《近代史资料文库》第五卷，页558。
[2] 同上，页556。
[3] 同上，页557。
[4] 同上，页558—559。

挂"[1]——这仿佛又是关云长单刀赴会的再演。等到庐州被围四阅月，外面救兵不到，城内"柴草不给"，虽然"粮食吃得二年，火药极足"，但有米无柴，炊亦难举，所以"人心惶惶"。这时，英王孤注一掷，与多隆阿、鲍超等的围城大军决战。这一战，却像"走麦城"；从来"战必胜，攻必取"的陈玉成，莫名其妙地一败涂地：

> 先出令，着孙魁新先锋，的是能打，战未一时，败下来了。又命张罗刑_{张洛行之}侄张小阎王迎敌，一战亦败了。要之无论怎样精锐，全不能当此三军。英王怒发冲冠，自带中队中出队，进兵颇有道理，战有三个时辰，队全站不住了。鲍帅见英王坐在高处，命准头枪二百杆对英王直打，包中皆烧，未有打着。其不死者，有天幸焉。[2]

是役，"英王从此短气矣"。这时，捻军头领苗沛霖"着一乞丐执竹杖，节皆打通，下留二节，用黄缎一方上皆蝇头小楷，其诡谀英王之话，至极无以复加，内求英王到寿州"。左右颇有以苗氏已投清朝、其人反复无常为谏者，又有人劝"与其到寿州，不如回天京见天王"。英王皆不听，表现了和关羽一模一样的固执。[3]

壬戌年四月十四日，夜二更，传令北上，庐州因而见证了不可一世的英王溃堤的一幕：

> 十四日二更时，果然退城，出北门。余与葛老先生、王小亭、范云阶，皆骑马北走。至北门，小亭叫下马，见人拥挤，固结不解。有人见骑马者，即拿刀将马斫倒，从马身翻向前去。余云万不宜动，一动即是踩死。三人坐有一时，见人马踩死者，堆积皆是。小亭云不走亦不了，遂挤至城门。进门洞内，脚下人马热气，胜如火烧，余脚又入睡马嘴中咬住，疼不可忍。前有大辫人，抓住他辫，将余带出。见王葛二人已在门外，皆云又死一回。
> 四顾各营盘炮声不绝，只谓英王又出兵破营，绝不从退城上想。此时

---

[1] 刀口余生《被掳纪略》，《近代史资料文库》第五卷，页558。
[2] 同上，页559。
[3] 同上，页560。

大队已走二十余里矣。

予三人随尾队走四五里许，见路上杀长毛，衣皆剥尽，肤白如银，都是无头。此皆乡下百姓所杀。[1]

赵雨村说："出庐州十余万人，至寿州仅二千余人。"当晚，苗沛霖于宴中缚执英王，嗣后送交胜保。左右叫跪，英王指胜保大骂："本总裁三洗湖北，九下江南，尔见仗即跑。在白石山塌尔贰拾伍营，全军覆没，尔带十余匹马抱头而窜。我叫饶尔一条性命。我怎配跪你？好不自重的物件！"胜保将其解送京都，行至河南延津，僧格林沁做主就地正法。至是，赵雨村引曾国藩奏折语云："自汉唐以来，未有如此贼之悍者。"[2]

赵雨村在太平军，未必如其后人的应景式评论，属于什么"参加革命"，但他对陈玉成的佩服之情则不掩："生平有三样好处：第一爱读书的人，第二爱百姓，第三不好色。"

《蒙难述钞》和《被掳纪略》，分别讲述太平天国时期庐州一前一后的情形。这些讲述从民间目击者的独立角度，提供了历史的朴素画面与观感，它们不一定能够触及对历史的正确认识，然而从细节上有力地充实了历史，是确信历史有其丰富性和复杂性的人们所期待的。

[1] 刀口余生《被掳纪略》，《近代史资料文库》第五卷，页560。
[2] 同上，页562—563。

苏州

咸丰十年 1860 四月以前，苏州一直是安全的。

战火从未真正烧至丹阳以东地界。这一来是因太平军总体战略置于北、西两面，尽遣精锐于北伐、西征之师，天京以东，则固守镇江为堡垒，无意逾限。二来清廷仰长三角为赋税所出，布重兵防扼太平军东进，天京甫立，向荣江南大营即如影随形扎建，三四年间未尝动摇。直到咸丰六年春夏之交，杨秀清忽作重大战略调整，抽西征主力回师下游，致江南大营溃解、向荣殒命。但紧接着发生天京之变，内讧前后半年，方始尘埃落定，而十万余人随翼王出走。借此良机，清军卷土重来，和春接任钦差大臣之职，率部重建江南大营，麇集兵力四万余，掘长壕由北而南，长达六七十公里，建大小营盘一百三十余座，封住整个东、南面。两年后，天京决心再破其围，且伴随解围还欲进而达成更重要的目标——进占苏、杭。这是太平天国战略布局上的一个根本改变，从此，它继北伐失利后放弃西征图举，而将战略重心转向东南一角，控制苏、杭，最终则要夺取鸦片战争以来日益繁荣的上海。此一战略之主导者，当系忠王李秀成。《洪仁玕亲书自述》云，当年曾致书忠王、"行文晓之"："江之北，河之南自 此处应漏书一'古'字 称为中洲渔米之地，前数年京内所恃以无恐者，实赖有此地屏藩资益也。今弃而不顾，徒以苏、杭繁华之地，一经挫折，必不能久远。"[1] 从中可见主张由来与意见分歧。

咸丰十年正月，李秀成施围魏救赵之计，率部经皖南扑杭州，令"江南和、

---

[1]《干王洪仁玕亲笔文书》，王庆成主编《影印太平天国文献十二种》，页491。

张之兵分势,中我之计"[1],此时太平军约齐各路人马,李秀成亦挥师回京,发起会战,"一鼓而解京围"[2],和春、张国梁全军溃退。京围既解,"息兵三日。天王严诏下颁,命我领本部人马去取常、稣(苏),限我一月肃清回奏"[3]。攻丹阳,张国梁死之;继而连下常州、无锡,和春逃往苏州,行至浒墅关,万念俱灰,自缢身亡,而太平军仅隔一天也杀到苏州。

各省会之失,未有怪诞如苏州者。作为江苏两座省会之一,苏州防卫之无章法匪夷所思。李秀成对此了若指掌:"城内之兵因前锡、常告急,其兵调尽来堵,城内无兵,后守城之兵,具(俱)是金陵之兵退下,常、无之兵退下所守"[4],换言之,苏州所谓的守卫力量,都是江南大营崩溃、太平军东进以来的败逃之军,他们与其说是百姓的靠山,不如说是一群祸民之匪。早在太平军杀到之前,苏州已连日混乱,马得昭、张玉良等部呼啸而过,放火劫物。放火,名义上是"焚毁沿城民房"以坚壁清野,实际烧的却是"市廛殷实处"从而"乘此劫夺"[5]。溃兵旋来旋去,真假难辨,"移时又有数百人,称是某大员标下,其实贼人假冒者颇多,混乱中仓猝难分真伪。"[6] 成股溃兵以外,又有不少散兵游勇为害城中,尤其是一些"广东匪徒,结群狂恶,乘势抢夺,横行街巷",他们先前即军中所谓"广勇"的广东兵,被苏州地方招入"广勇队"守御城池,眼下则趁火打劫。一时之间,苏州城内城外各路兵勇"不下万余",来自四面八方、五湖四海,"口音混杂,多与长毛相似",引起很大恐慌,"每日捉获奸细即行斩首,多是他省口音,或逃兵败勇,在民间恃强不法者,或有衣装怪异,诧作长毛者,当时亦难于细辨……一月之中,杀死疑似者约二十余人",内中不少是被"本地人自行擅杀"。[7]

这种无比混乱的情形,铸就了苏州稀里糊涂被破的奇特结局。没有围城,没有负隅之抗,通常想象的场面概不存在——名城姑苏,是四月十三日某个瞬

---

[1]《李秀成亲供手迹》,排印文,页19。
[2] 同上。
[3] 同上,页21。
[4] 同上。
[5] 潘钟瑞《苏台麋鹿记》,《中国近代史资料丛刊·太平天国(五)》,页271。
[6] 汤氏《鳅闻日记》,《近代史资料文库》第五卷,页635。
[7] 同上。

间突然城头易帜的。《鳅闻日记》云："……不知贼已埋伏在内，一到十三日黎明，皆变红头，遍城长毛骤起，大喊'杀妖'。"[1] 而照《苏台麋鹿记》的记述，建此功绩的乃是太平军一支"特种部队"：

> 老弟兄中毛不尽长，别有老短毛一类，平时薙发与恒人等，其乖巧者为彼心腹，出作侦探，其强壮有力者假充官兵，随营溷混入。苏垣之失，此类先到者已不少，故易如反掌。[2]

亦即太平军专门养有一营，不薙发，以便随时伪装，或作奸细，或扮官军；这些人于"破城前数日"混入城，十三日晨在城头突然变装易帜，城防如鸟兽散，苏州遂成无主之城，而"贼之大队方纡徐来苏，其间相距旬余"，"故贼中扬言二百七十人破苏城"。[3]

失城之后，满街烧掠景象。"始时无夜不火，阊门一路无论矣，南濠两岸直至胥门万年桥，城内学士街、道前街，延及养育巷，直至太平桥。葑门则十泉街，东则平江路，中间临顿路、护龙街，凡十字路口市廛最密处，无不投以炎火。"[4] 同时伴随着杀人与奸淫现象，苏州遭遇有史以来罕见巨劫，"苏府省会，四方商贾云集，货物山积，典铺、银庄、吃用各店，绅富土著财物、粮食等项，一切素称极富，俗尚华侈，真乃鱼米之乡，江南半壁，为此立柱，而黎庶遭劫惨状，难以笔志。"[5] 不过，这些行为中有多少是太平军所为，尚难断定。其中焚烧寺庙那种事，例如"护龙街大关帝庙，贼众举火甚烈，戏台、殿屋俱毁，神龛独存"[6]，十有八九是太平军干的，但繁华商肆烧抢以及其他暴行，未必可以记到太平军账上。潘钟瑞认为太平军须为此负责，道出的理由却颇想当然："贼始破城，无固守志，惟日以焚掠奸淫为事"，"盖欲使苏城无复有市集贸易之所，民人不

---

[1] 汤氏《鳅闻日记》，《近代史资料文库》第五卷，页636。
[2] 潘钟瑞《苏台麋鹿记》，《中国近代史资料丛刊·太平天国（五）》，页292。
[3] 同上，页293。
[4] 同上，页274。
[5] 汤氏《鳅闻日记》，《近代史资料文库》第五卷，页636。
[6] 潘钟瑞《苏台麋鹿记》，《中国近代史资料丛刊·太平天国（五）》，页273。

得谋生，势必委而去之，以此知贼无固志。"[1] 这与我们知道的太平军东进是以占据和经营苏杭并且立为事业根基的战略大相径庭，其之所来绝非抢掠一番即走，而有一番长久打算，后面的事实也都证明太平军对苏州所奉行的不是流寇主义态度。潘钟瑞以"贼无固志"解释苏城初破时的各种破坏情形并把它们归之于太平军所为，是站不住脚的。事实上，当时太平军大队犹未至，苏州只是被"二百七十人"一搅而乱，局面失控，一度处在无政府状态，那种"合城鼎沸，烟焰四起"的景象，夹杂着各种不明因素，应谓之"贼匪并作"。潘钟瑞稍后记述，"城破半月后"，李秀成"榜示安民"；《鳅闻日记》亦云："贼中称为伪忠王，李姓，其渠假作仁义，慈爱军民，约束手下各头目，勿许杀害良民，无故焚掠。叠出伪谕，远近张贴，招徕四民开设店铺，俾各复业。"[2] 时间点与前面所说太平军大队抵苏与城破"相距旬余"相吻合，从而证明所谓太平军因为初无固志而放手毁苏州市肆之说，不合逻辑。

太平军祸苏州，非城破之时，而是以后。对此，李秀成自述交代明晰：他于庚申年八月奉命回京，"将稣苏省军民之务交与陈坤书接任"[3]，之后辗转征战浙江、江西、湖北等处，越一年，才回苏州。这一年多时间，苏州破坏严重："后十二年清同治元年，1862 回到稣苏省，民已失散，房屋被拆不甚堪，良民流凄泣来禀。那时陈坤书自愧对我不能，我由杭州回到嘉兴，其在稣苏州业带自队逃上常州，将常州自霸，使钱而买作护王。此人是我部将，因其乱稣苏州百姓，忌我治其之罪，故而买此王而据拒我也。"[4]

回到苏州初克当时，太平军表现出一系列迥异于以往的面貌，非常值得注意。推其原由，无疑是因为李秀成这位太平天国新生代领袖，怀抱与老辈人物不同的见识和谋略，借着统兵在外、较为独立的地位和权力，并结合苏南特有现实因地制宜对太平天国事业所展开的政治实验。兹据相关史料，对这些新的气象略予归纳：

一、改变视清方为"妖"的观念，转以正常的敌我关系理性待之，改变了

---

[1] 潘钟瑞《苏台麋鹿记》，《中国近代史资料丛刊·太平天国（五）》，页274。
[2] 汤氏《鳅闻日记》，《近代史资料文库》第五卷，页636。
[3]《李秀成亲供手迹》，排印文，页24。
[4] 同上，页31。

天王宫的天王

富礼赐《天京游记》曾从外部对天王宫有所描述，提到了高大的黄色围墙、长约二百七十米之巨型照壁、宫苑正门"真神圣天门"及"太平天国万岁全图"，还有门外陈列的"圣龙船"等。以上诸景此图皆无，莫非所绘为宫内之景？然而，何许洋人可获此遇且被允许亲睹天王尊容？恐怕是向壁虚构之作。

欧洲画师臆想的洪秀全

约作于 1854 年。去年,太平军取江宁以为天京,中外震动,洪秀全名传天下。洋人因风闻天王信基督而尤感兴奋,一时乃有种种凭空想象的洪秀全像披载于欧美报刊。此像天王冠冕式样、衣上纹饰似与中国元素有关,颜貌则完全洋化。

清朝刑罚一种

将人犯悬吊于架上,时间每延长一点,痛苦都将加剧。两位行刑者手中的竹棍,并非刑具,相反是用来劝诱人犯投降的工具,适时地架于人犯两臂之间,缓其痛苦,使他产生尽快脱离刑罚的愿望。这种刑罚在旧时已属"温和",远远称不上酷刑。

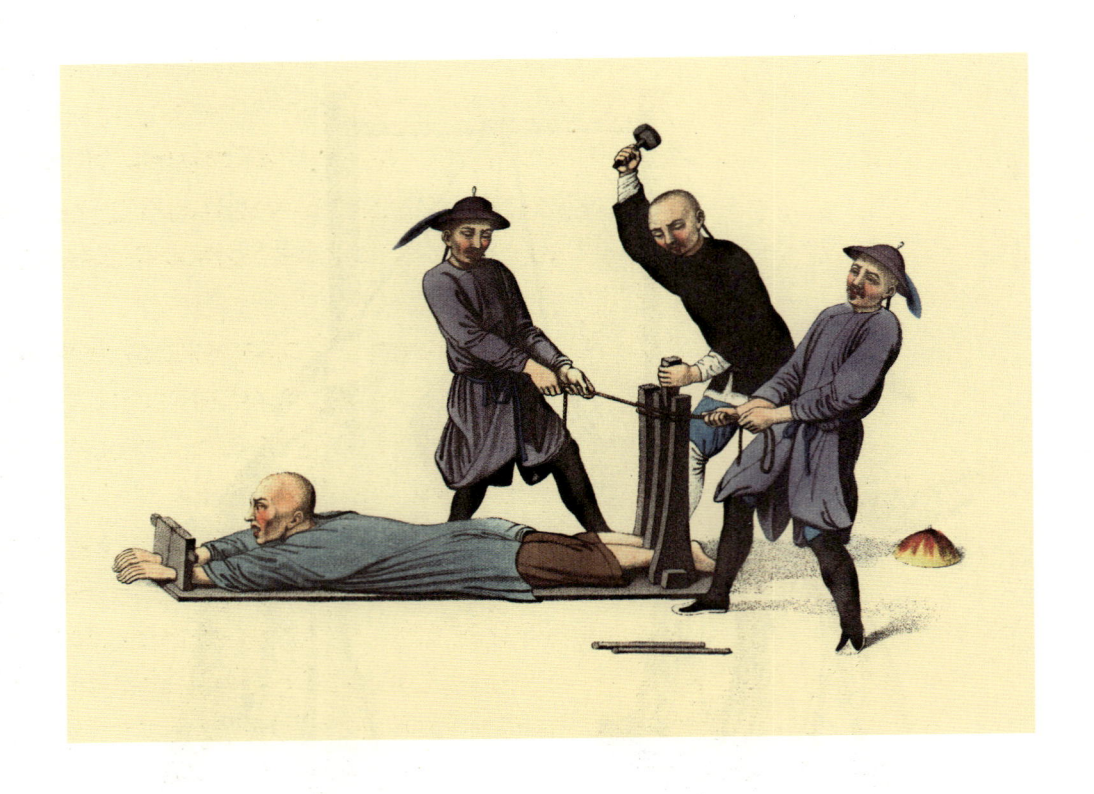

清朝刑罚一种

古时有两种常见"骨刑"。一名"拶",作用于手指;一名"夹棍",作用于踝胫。此为后者。属于中等酷刑。

洪秀全式原教旨褊狭与狂热：

> 我收得稣苏城，兵得五六万众，未杀一人，清朝文武候补大员无数，满将多员，具俱未伤害，各欲回家，盘川无，我给其资，派舟其徃往。[1]

在以前观念下，凡清方人物即属妖魔鬼怪，格杀勿论。李秀成则抛弃此种思维，认为交战双方各为其主，无所谓"原罪"，既已解除武装即还予生命的尊重，乃至资以路费、提供交通工具，送彼归里。其难能可贵，尤在于不分满汉一视同仁，不以民族仇恨对满人专意报复，同样全其性命，不加伤害。

　　二、打破以恐怖方式立威的惯例。太平军每下一城，通常杀戮甚惨。其模式大致为：破城前出告示，令居民闭门勿出，在外一律杀之，如此一至数日，再下"止杀""封刀"之令。武昌、南京、庐州等地，都是如此。恣行杀戮的原因之一，与立威有关，用流血慑服居民。但在苏州则加以克制，李秀成思路不再是以杀立威，而是以诚信立威，努力做到少杀。《苏台麋鹿记》如实记述：

> 或云发逆屠杀之惨，于苏独轻。破城第一夜，凡陈尸于十字路口者，以骇民而阻其逃，此外无多。虽士民之巷战、骂贼、不屈被害者，诚不可以数计；至于骈首接踵，相与枕藉而亡，河为之不流，井为之堙塞，实皆自尽以殉，而妇女尤多。[2]

被杀者少，自尽者多；且如前述，被杀者有相当比例死于城池失控后的匪人烧抢，非太平军所为。这种本地民众卷入的暴乱，一度反而威胁到太平军的自身安全，李秀成自述言：

> 复城之后，当即招民，稣苏民蛮恶，不服抚恤，每日每夜，抢掳到我城边。我将欲出兵杀尽，我万不从，出示招抚，民具俱不归，连乱十余日。[3]

[1]《李秀成亲供手迹》，排印文，页22。
[2] 潘钟瑞《苏台麋鹿记》，《中国近代史资料丛刊·太平天国（五）》，页276。
[3]《李秀成亲供手迹》，排印文，页22。

但他坚持不用暴力手段，为和民众达成谅解，挺身深入险境：

> 后我亲身带数十舟只直入民间乡内，四处子民手执器械，将我一人困在于内，随徒往文武人人失色。我舍死一命来抚稣苏民，矛枪一[指]我杀命，我并不回手。将理说由，民心顺服，各方息手，将器械收。[1]

三、取消分馆。分馆乃太平天国自金田"团营"以来的基本制度，每克一城，男入男馆，女入女馆，阖城军营化。其内涵我们先前有论，要之，关乎太平天国立国思想。但李秀成在苏州，却开始放弃这一制度：

> 金陵之陷也，贼勒民分别男女设馆，不许同室，而日给以米……至苏城却不尽沿此例。间或设立女馆，无非虚言恫喝吓，尽将人家妇女赶逐，逼至一处……或借立馆为名，诡词欺骗，许妇女随身携带包裹，既驱入馆，则遍搜财物以去。故有今日立馆明日便散者，有早晨设馆午后旋逐者，有驱出此馆引入彼馆而两处皆空者。[2]

以上是苏州初下时情形，男不分馆而只设女馆，并且女馆之设也有些朝令夕改或令出不一；总之，分馆制度行将就木的迹象业已显露。其缘由，从表面来看可确定的一点是，此时太平军兵源甚足，无须将新克之城的居民驱入馆中作为补充，为此靡费米粮。潘钟瑞则把它当成太平军在苏州不欲"久踞"的凭据，但这显然只是他的臆测。分馆制度在苏州终结的真正原因，约半月之后水落石出，李秀成有自己的治苏路线——

四、兵民分治。这是李秀成新思路中最关键的部分。太平天国举事以来，"兵""民"一体，民即兵，举国皆兵，通体军事化，实际上无"民"的概念，所有人被剥夺家庭、财产以及生计职业，尽驱营中，或打仗或充役使。依照《天

---

[1]《李秀成亲供手迹》，排印文，页22。
[2] 潘钟瑞《苏台麇鹿记》，《中国近代史资料丛刊·太平天国（五）》，页276。

朝田亩制度》，乃至在家种田的农民亦纳入军队编制。李秀成治苏州，首次明确区分"兵""民"，分别治理，各自独立。"二十余日，忠逆饬令伪逢天安刘姓、伪左同检熊姓，办理地方事"，先是"分查户口，编造清册"，确定城中"民"之人数，"合计尚有八万三千余口"；继而，"熊姓复令尽驱合城百姓出城，各自谋生"：

> 遂与诸乡官出齐门绕至阊门，相度地方。熊谓乡官曰："城中兵民杂处，诚恐滋扰尔等不安，今以上塘为兵行之路，以下塘为民居之地，塞断上下津桥等口，于渡僧桥上设卡，俾兵民不得互越，其余三面亦各设卡，而山塘虎邱之腹里湖田一带，听民居住，间设铺户谋生。"限三日内举行。

为有效实施兵民分治，而授以口粮、资予本钱及货物，帮助民众更生复业：

> 出城住定每口给米五升，俾度四五日，于四五日内，各谋生业，开出铺面。无资本者，具呈请领本钱，或呈明何业认领何等货物，仍估定货价，于售卖后缴还钱七成，留三成，俾其永远藉以运转。[1]

此举的政治意义不可小觑，"民"的概念回归，可以意味着或通向很多事情，以往太平军治下百业凋敝、社会死寂的景象，归根结底源于无"民"思维。李秀成行此兵民分治之举，我们虽不能断言他具有着意民生的明确认识，但对太平天国统治而言，称得上改弦更张。只可惜来得有些晚，同时李氏亦非"天王宫"里的那人，改变仅见诸局地而非整个太平天国的政治。

五、以兵民分治为基础，又跟随着政权建设之探索。以往基于单一军国主义思路，"国"虽已开，而并无切实的政权建设，机构及职属设置均未面向社会和民生，上下俱为军队编制覆盖，最基层官职亦称"司马""伍长"，全民皆兵也，治政即治军，治军即治国。故而在历来的政权中，太平天国的地方政治表现出少有的粗疏与草率，它虽然早已有"省""郡""县"三级行政区域的划分，

---

[1] 潘钟瑞《苏台麋鹿记》，《中国近代史资料丛刊·太平天国（五）》，页 275—276。

但非常随意,往往是空头,信口开河。如"称某县为某省,如天浦省是。一省即一县",又或随叫随变,仅江苏一地"见之于史籍记载的即有天浦省、天京省、江南省、苏福省、桂福省、江苏省,共六个省名"。这些所谓的"省",疆域难以知之,例如虽然官方文件称"遵奉准制度,江南省十二郡,余省十一郡",但学者反复研究后结论是"江南省十二郡现难以考证"。[1]造成这种情况的根本原因,就在于没有打算按照通常的政治形态规划和治理国家。太平天国制度的种种诡异之处,后面将专门探讨,此处只限于强调一下李秀成治苏所带来的改变。自克苏城以来,太平天国地方政权建设出现了突破,其标志即"苏福省"之建立。在所曾出现的"省"中,独苏福省有着相对清晰的建省时间庚申年四月占据苏州后,至迟不超过当年七月,并且行政区域可考,亦即"基本上包括了镇江以东的苏南地区,比清朝原江苏布政使司的辖区略小"。[2]换言之,苏福省建立不同于以往兴之所至的命名,而以确凿的军事、政治成果为依据,尤其是政治方面的成果。过去太平军之略地,军事胜利之余,政治成果每每相形见绌,对地方上的社会与经济,鲜能给予清晰、稳定和有系统的组织。李秀成建苏福省,则绝非徒以军事胜利为标志,也真正投入和开展了地方政权建设。前引《苏台麋鹿记》说李秀成择专员"办理地方事",紧随其后一句是:"三县各派伪佐将,称'管理某县事'。"此"三县",即苏州地区最早并入版图的长洲县、元和县、吴县。而在县以下,则通过推举委任"乡官":"各集耆老至其馆中,举为乡官","各立一局,局一乡官";以苏州为例,按六城门及城心区分割,"共为七局"。[3]因此苏福省在其存在的三四年间,可以认为太平天国对它施行了完全、完整的政权治理。

六、这样,我们终于有机会见闻太平天国以非武力强迫方式统治社会的尝试。例如常熟县:

> 秋八月初,城中钱逆又升伪衙。传齐各乡官与钱伍卿等,共议收租。着各业户开报田册,晓谕绅富归家料理租务。先议着乡官局包收,先捐经费,

---

[1] 华强《太平天国江苏建省考》,《扬州师院学报(社会科学版)》1985年第1期。
[2] 同上。
[3] 潘钟瑞《苏台麋鹿记》,《中国近代史资料丛刊·太平天国(五)》,页274。

起田单，拟每亩八斗。除完粮下忙银，业户只得二三斗。且报满二百亩者，载入大户，如匿违不报，将田充公等伪示。[1]

虽然做法很初步，比之于过去，却是显著开拓。以往太平天国在其控制区内，土地关系和财政措施都未落定，钱粮一赖战争从清方库藏缴得，二靠从大户富家抢夺，虽然皖赣诸省也曾推出赋税形式，但收取方法实质还是武力逼迫下的强索。这都是政权建设不开展、不稳定所致。但在苏福省，则确实形成了投入实践的经济制度。之能如此，除开军事占领达到相当的稳定程度，更取决于打破原有的思想观念，其中重要的一点，是重新承认私有或民有这样的观念。在《天朝田亩制度》中，私有及民有的观念完全遭否定，从田到产，概为"上帝"名义下公有之物，人民仅为种植者或其他生产者，不享有物权，"盖天下皆是天父上主皇上帝一大家，天下人人不受私，物物归上主"[2]，人民甚至不被置于相对平等的雇佣关系中看待，实质近同于奴隶，丧失对劳动成果的支配权，仅由国家授予必要的生活资料以维持其不断劳动的能力，"除足其二十五家每人所食可接新谷外，余则归国库。凡麦豆苎麻布帛鸡犬各物及银钱亦然。"[3]。此蓝图内含的貌似美好的所谓"均贫富"，倘真用于现实，中国必于一夜之间进入自古所未有的彻底泯灭自由的状况。中国这伟大文明，几千年来屹立东方、光被宇内的一点，即在于有其"民无恒产不立"的坚定信念，此不单为先秦诸子的重要思想，即在更古老的《尚书》《诗经》里也都能溯其来源，是为中国历史独能幸免于奴隶制度的善根。不承想，降至十九世纪中叶，却逆流突涌。当然，《天朝田亩制度》行不通，必无疑也，以至于不待国亡李秀成便在苏福省撇开《天朝田亩制度》。苏福省经济政策，明显是个反拨，虽然国家与生产者之间的分配不成比例，完足钱粮后，业户每亩只得二三斗，但至少承认了个人所得，并用法令和契约的形式明确了个人的权、责、利。跟《天朝田亩制度》相比，已属霄壤之别。

七、对民间社会自主性给予一定认可。李秀成派逢天安刘某和左同检熊某管理苏州"地方事"，"刘熊二人并列，而办事只熊姓一人"，亦即实际负责者乃

---

[1] 汤氏《鳅闻日记》，《近代史资料文库》第五卷，页694。
[2]《天朝田亩制度》，《中国近代史资料丛刊·太平天国（一）》，页322。
[3] 同上。

熊某。[1]他名叫熊万荃，《苏台麋鹿记》载："传闻熊姓之父，向官苏省，其幼年曾随宦来苏，自以为与苏有缘，故管理地方，颇革长毛之苛政。"其中，包括许民间保留一定自主空间，维持乡村旧有生状，甚至接受乡民拥有自我武卫，以备治安：

> 万荃之在苏也，各路乡镇白头团勇四起，其尤著者，永昌徐氏、周庄费氏，扼守最固，熊皆致书与之约，各不打仗，仍各自团练，并亲至面订要约。实欲预留地步，而后来官兵之进，亦藉民团未散之力。[2]

宋明以降，苏南民间社会觉醒度和自治意识一直较中国其他地区为高。明末甲乙间，清兵南下在这一带遭遇抵抗最顽强，即因乡绅势力有能力在民间广泛组织保卫家国。眼下太平军面临局势复如是，前引李秀成语"稣苏民蛮恶，不服抚恤"也包含有这层因素。熊万荃采取与乡村民团"各不打仗"、和平共处的对策，固有迫不得已之处，推其源由，终在于李秀成兵民分治、对民间社会以抚为主、适当认可包容其独立性的思路。跟以往所到之处强迫民众拜教相比，这是很大进步。因这种政策，太平军统治苏福省四年，民间多数时间有一种半自治状态，太平军维持其存在，地方上亦报以安静。关于熊万荃的治苏情形，另一份材料述之更细：

> 贼众奉伪忠王命，变为假仁假义，笼络人心。时届年终，忠逆赴安徽，守苏福省者为熊万荃（即喜天福伪爵），专以要结为事，不复杀掠，忠逆倚为腹心。于是各团有阴相约降……乡民完粮后，每家墙门贴一纸印凭，长发便不到抄扰。常熟之辛庄、吴塔，苏州之相城、陆巷，一例效尤，而吾邑各团遂无斗志矣。至十月廿日，熊万荃与徐少蘧来议和，言各不相犯，附近各乡造册征粮，均归本地人办理，不派长发一个，乡民不愿留发者听其自便。民团以历次抵抗，死伤极多，见有可生之路，遂无必死之心，相

---

[1] 潘钟瑞《苏台麋鹿记》，《中国近代史资料丛刊·太平天国（五）》，页275。
[2] 同上，页301。

与洽约。[1]

连作为"妖"的标志的辫发,亦不强去;凡事既经约定,辄由民间自理,双方履约而行,太平军概不参与——与民和解之意,确实相当强烈了。由于执行此种开明政策,"苏福省"存续期间,战乱影响虽难免,但经济民生未至于被破坏到濒于毁灭。

然而,苏州太平军虽展现新气象,一些老毛病也未祛除。比较突出的是毁弃、践踏字纸文物现象。在文化方面,太平军历来矛盾。他们一面对文化人很重视,纳人入伙先问识字否,识字即派做"先生",在馆中给予特别尊重。另一面,却普遍对字纸及一切文物极端轻贱,任意损坏,毫不知惜。这貌似矛盾的两面,其实是统一的,都源于文盲特性。因为绝大多数人是文盲,而聚众做事少不了用到文字,故对稀缺的文化人奉为上宾;同理,因是文盲,普遍对文化价值无知,从而造成随意践踏文物的情况。苏州文教悠久,积藏素厚,这样一个地方遭逢一支文盲之师,后果相当惨重。潘钟瑞痛心道:"即如书籍,贼皆无用,邺架曹仓,亦何妨度之高阁,而或抛散一袠,或抽弃一册,甚至随风扯去,片片飘扬。灰尘溷厕中时有断简残编,见之欲哭。"[2]他分析得极是,无知不要紧,置之不理就是,又何必故意毁损?所以太平军人这种行为,除了个体愚昧,还有天王厌恶传统、鼓励纵容的原因,很多现象超出了无知范畴,含有仇视和取乐心理。潘钟瑞记载了一些具体的事例:

> 余尝途遇一小长毛,年约十二三,手持袖珍书一套,镂版极精,上好绵纸刷印,装订亦工,楠木夹版袭之,彼特以为玩物,随便缮弄,时抛高而接取之,远堕涂泥,竟去不复顾,然则书之遭劫甚矣。
>
> 人家楹联屏幅,补壁之具,尽行扯碎。此犹近人手笔也,至鉴赏家所藏法书、名画,重缇叠锦包裹,又加木匣装储,珍若珙璧,亦复毁去。岂有鉴赏巨眼耶?大都取画之有绘色者,糊之窗壁,如小儿游戏耳。

---

[1] 华翼纶《锡金团练始末记》,《太平天国资料》,页119—120。
[2] 潘钟瑞《苏台麋鹿记》,《中国近代史资料丛刊·太平天国(五)》,页284—285。

  帐簿字纸,更无所用,委弃亦甚于书籍。凡曾到人家,无不散布满地,无置足处,贼之践踏不必言矣,有敬惜者于此,虽具千手眼,不胜收拾。[1]

  乃至有以宋版书包裹食物者,那是全人类最早的印刷品,在明代已视为瑰宝,"一页宋版书,纸比黄金贵",到了无知者手里却落得这般下场。

  每况愈下的则是军纪。太平军素重纪律,有宗教性质的《天条》,有专门的军规《定营规条十要》《行营规矩》等。早期太平军,直到攻克金陵前后,让人大致挑不出什么毛病的便是纪律。它的很多野蛮行为,如嗜杀、劫掠、焚灭文化等,是意识形态所致,属于"整体之恶",而非个体纪律发生问题。但眼下,却开始出现纪律日益弛涣的趋势。比如逃兵增多,"贼众离心,不独新掳者不肯服从,即他省隔府被掳有年者,皆欲潜逃",以致士兵每有"夹袋中暗藏薙刀者",以为随时逃亡之计,而军中相应对策则是"逃而被获,则面上必刺字,或曰'太平天国',或曰'新兵',或即表其人之姓名,既刺字则不能再逃,逃而再获即杀之,逃而遇官兵民团,亦以贼党而杀之。"纪律懈堕,尤表现于士兵个人品行方面,越是新近入伙者,纪律状况就越糟。各种严格禁律,纷纷打破,有如虚设:"严立奸淫之禁,而贼酋方广选女色。不许民间吸烟,见烟袋辄拗折毁弃,而众贼身畔各有短烟管。鸦片之禁尤酷,而搜夺烟膏及老枪等具,喜形于色。"李秀成为保护农耕,有令:"牛用耕田,有宰食者杀无赦。"部卒却"贪口腹,思私啖之,而患牛之庞然不可掩也,乃藉割马草为名,下乡见牛,辄脔割之,置诸担,盖以草,分荷以入。牛被生割,血肉狼藉,颠踣阡陌间,弃不复顾,牛之哀鸣颤掣,良久乃绝,情状甚惨。"劫掠财物,不复缴入国库,而是逐级贿贡、中饱私囊:"凡搜刮货财,第一次皆献其主,由贱奉贵……第二次便准入己。或所统之主见而爱之,硬索无厌,故往往两三人为一路,各搜各物,乖巧刁恶者辄多所获,其掠妇女也亦然,而尤易起争夺。"兄弟部队之间时相构隙,"始而毒骂,继以老拳,甚而械斗。彼馆之人败去,此馆之人皆与贼首称贺。既而彼馆又引人来,又败去,又与贼首称贺。彼乃合一馆之人,益以邻右援助,蜂拥而来,竟将贼首夺去,生死未卜,而此馆小贼,翻坦然自安,忻忻然有喜色,谓'今而后馆中财物我

---

[1] 潘钟瑞《苏台麋鹿记》,《中国近代史资料丛刊·太平天国(五)》,页285。

侪公而有之矣。'"[1]

  纪律懈堕的实质，是军心瓦解。到苏福省末期，果然是从这里引发深刻危机。诸王集体投降，不但宣告苏福省消亡，也敲响了太平天国末日之钟。

[1] 潘钟瑞《苏台麋鹿记》，《中国近代史资料丛刊·太平天国（五）》，分见页274—284。

绍兴

绍兴鲁叔容的《虎口日记》，经历和角度殊奇。为它作序的陈元瑜说："余讶其升屋而避，入篁而伏，匿大树之下，藏古墙之阴，急迫在中，既恨翳形之无草矣，而又见胯者再，欲杀者三，饿且病者屡，昕暮奔窜，辛苦万状，乃复从容握管，绝日成书，八旬之间，积为一帙。"[1] 从开始陷城中不得脱，到后来经人搭救出城，经历了漫长的七十九天；日复一日，不论风霜雨雪，鲁氏大多数时间都是爬上屋顶，藏身于瓦檐䘒角躲避搜捕，且从这样的位置听察太平军占驻绍兴的诸般情形和动静。所有这些，被他逐日书于纸上，而留下这部特殊的"野史"[2]。

故事开头与周邦福在庐州有些相似。咸丰十一年 1861 九月底，绍兴风声吃紧，二十九日一大早，鲁叔容派仆人出城买舟，打算逃到乡下老母亲家中；正在这时，太平军"夺西门入"，鲁氏仓猝不能去，只身陷城中。较之庐州，绍兴少了一个围城阶段，太平军突如其来，来即得手。

满城百姓如无头苍蝇，遑骇乱窜，都想夺路而逃，却不知哪里有逃路。鲁叔容也是这样，窜至观音巷，猝遇两名太平军，被截住，搜去身上银物后，挟以同行。走没多远，又有路人被截，军卒忙于搜身，鲁叔容乘机脱身。他先是伏在唐家巷一丛坟地里，其时大雨如注，衣履俱濡，秋风瑟瑟，寒气侵人，很难这样待下去，于是爬木梯翻墙到一户人家，藏在院落丛竹中，"闭目喘息，惟

---

[1] 陈元瑜《虎口日记序》,《中国近代史资料丛刊·太平天国（六）》，页 787。

[2] 见《中国近代史资料丛刊·太平天国（六）》第 789—804 页，下引是书皆出此不赘。

闻炮声、刀声、追呼声、马蹄声、破壁声、撞门声、豕嗥鸡噪声、男妇哀乞声、孩稚哭泣声,悚耳慑魂,几不知此身尚在人世"。傍晚,各种可怕的声音渐渐平息,鲁叔容从隐身处出来,摸到熟人王离堂家,听到的消息是太平军大队明天才来,务必"深匿,毋撄其锋"。鲁叔容借了火种,回家察看,"笼烛迤逦东行,途中,洞胸、折胫、身首异处者相枕藉"。至家,见大门已毁,第二道门尚完好。鲁叔容打算找亲戚商议怎么办,取了些钱带在身上,锁门出来。到了外舅家,众人传言城东门"彻夜洞开",于是"均欲出城,结伴十余人,乘夜冒雨行"。刚走过太阳桥,所有人被太平军截住,押入关卡。鲁叔容双手反缚,盘缠尽皆搜去。太平军见他细皮嫩肉,疑为"妖",欲杀之;后改主意,把他带到一张床上,绑住手脚,将辫子拴于床脚。半夜,鲁叔容反复挣扎,"缚忽缓,以一手出解足缚,亦解,乃解辫;听同卧贼仍熟睡,对床睡亦酣,乃携贼之蒲鞋蛇行出两重门潜逃"。逃到街上,"陡遇一贼持炬迎面来,猝为所睹,急避路旁小屋",后者也追过来,鲁叔容顺手从门旁抄起一根木棍,"贼果昂昂来,操楚音曰:'妖魔怪焉往?'俟近奋击之,贼噭呼仆地,复击之,死矣。"

至此,鲁叔容两次被捉,两次脱身,且平生头一回杀人。

时已拂晓,他奔至一户种菜人家,求栖身而不见容,"不得已奔后衙桥南岸人家后楼窗外暂避"。雨下了一整天,他厕身窗下,借着伸展到窗前的柚树的枝叶蔽身,雨势如倾,浑身湿透,饿焰于腹内熊熊燃烧,但分毫不敢动弹,整整一天仅靠就近摘得的一枚柚子疗饥,视线所及"四处火光相映如霞电",耳内则"爝爆之声轰耳不绝,怆呼乱起,哀鸣动地",的确是太平军大队人马扑至的架势。挨至黄昏,鲁叔容这才放胆溜至街上,见一店门窗紧闭,缝中灯光隐约,上前轻呼,幸而启之,"主人惠冷酒一瓢,烂豆盈握",并让他留宿一夜。

翌日黎明回自家。家中已非先前模样,"什物星散满地"。他找到几件旧衣换上,然后去敲隔壁友人王子坚家门,"其妻飨余麦饭",两天来第一次吃饱。转回家来,起初藏于床顶,"苦床顶低甚,去屋瓦仅尺许,跼蹐不能转侧,乃避于承尘上"。按:明清多为架子床,四角立柱,上安顶架,顶架也叫"承尘"。但"承尘"往往又指室内天花板,如《聊斋》有句:"殿承尘上,藏大蛇如盆。"从鲁叔容所讲看,他先是藏在床顶上,但床顶紧挨天花板,过于逼仄,于是爬到天花板上面,那儿和屋脊之间构成稍大空间,"架朽欲倾,中积残破木器,蛛网尘封",类似一间小阁楼。

幸亏藏在那里,倘是床顶,或早就被发现。他伏在上面,借缝隙下望,闯入屋内的太平军也注意过天花板,但大多抬眼打量而已。也有人用长矛捅,甚至爬上屋顶掀瓦下窥,老天保佑,都没有败露。有一次,长矛戳在离身体很近的地方,"几为所觉",令人"心悸肌栗"。

薄暮,藏了一天的鲁叔容,耐不住口渴,外出找水喝,"倏遇三贼走入,垒息急奔始得免"。太平军"连日穷搜,乱草丛棘中亦用矛数搠乃已",主要是索取钱财,如愿乃已,并不杀人;但可怕的是,"遇他贼亦胁取如前,所献不多,辄砍一二刀,物尽则杀。故僵仆路旁者伤痕遍体,此屡砍使然,非一贼所致也。"

种种迹象说明,绍兴这支太平军手段凶狠,并且迟迟没有"安民"意愿。鲁叔容感到绝望,十月初五日晚上,他从承尘下来,找笔砚想写遗嘱,以防意外随时发生。翻检时,发现一本日历,心中一动,打算从此开始写日记;由是,吾等后人方能读到《虎口日记》这样一篇奇文。

从初三日起,鲁叔容在承尘上已经藏了五天。初八日,又闯进几名太平军,"在下穷搜细掠,半日始去"。鲁叔容屏息敛体,既吓得够呛,也认识到承尘非久留之地。前两天,他曾偶然爬上房顶,发现那儿颇为隐蔽,至此乃决意改"匿承尘上"为"升屋"。"升屋"后,他的日记内容变丰富了,因为屋外视野扩大,闻见更广,例如"贼掳船入城,载妇女辎重泊门外",或者"贼于前街焚化积尸,烟结如雾,腥风刺鼻,胃欲翻呕",诸如此类的记述,先前都没有出现在他笔下。另外他该庆幸变换匿身处的想法及时,十四日,"贼掳掠愈甚,结队穷搜,承尘亦被毁",若非先期转移,后果堪忧。

一番勘察,他发现自家"寿萱堂屋上天沟西南倚高墙,东北连屋脊,中凹可容三四人",心想与人结伴藏身,可以彼此照应,遂与邻居磨剪匠王三、张姓少年商定每天结伴升屋,"黎明倚梯以登,令藏梯于墙外",天黑后下来,各自回屋睡觉。

二十一日,有屠城传闻,"升屋同避,托比邻欧叟藏梯"。有些居民,或老或病,也就听天由命,并不躲避,例如这位欧姓老头。为何屠城?据说是太平军"有去志",后证明并非如此,太平军没有离去,反而"新到贼愈多"。但屠杀确实降临了:"四处火起,光如电灼,声若山崩,风势怒号,日色惨淡","日中比邻杀人,乞命者遍远近,刀声割骇骁然,悚耳惕心"。鲁叔容等躲在屋脊凹处,没有看到屠杀过程,却仍然通过传来的声响感受到它的可怖。尤其是,这天直到夜半人静,仍无人前来搭梯。鲁叔容和王三将张姓少年从屋顶缒下取梯,三人走到街上一看,"尸横满地"而"欧叟死焉",难怪"援梯不来"。鲁叔容感慨:"此老患难相恤,藏梯执炊,关切独厚,倏丧贼手,为之凄然。"连这样一位风烛残年的老者也命赴黄泉,说明杀戮是不分青红皂白的。以往太平军嗜杀多见于城池初下时,眼下占领绍兴将近一月,仍发生这样的惨案,实属少见。二十七日晚间,鲁叔容溜下屋顶办事,经过马梧桥,见太平军告示,才知道惨案起因是"义民屡杀贼"以及"陷城中者遍贴檄文,列款骂贼","贼怒甚,故欲屠城"。报复近乎疯狂,"男妇老幼死于贼者不可纪极",鲁叔容路遇一老妪,"血溅双耳,问之,因念阿弥陀佛,被贼割去"。

以前白天躲避,夜晚回屋,如今再也不敢如此。三人搬衾被于屋顶,"以防夜惊也",昼夜露宿瓦楞之间。二十三日,至晓,"拥衾四望,余烬犹炎炎作势",午时"搜物贼来……他贼又续至,镇日沸腾"。安全起见,他们把梯子也吊上屋顶,消抹踪迹。翌日,又找来棕棚垫在瓦上,"卧始安帖",这是欲作长久之计。所有需要办的事情,都只有天黑以后趁着夜色去做。二十五日夜,他们下来找到欧叟尸体,用布衾包裹好,将老人葬在唐家巷那处坟地。

露宿的日子极难熬,时渐入冬,霜降满地,"衾寒似铁,僵卧不成寐",赶上雨天还会"衣衾透湿"。苦到这种地步,却无人动过回屋之念,乃至十一月初二日黄昏,"下屋即到妙佳桥买谷藏衣篚中,置屋上,足一月粮",益发咬牙铁心,就这样熬下去。一边是顽强的求生本能,一边是生不如死的滋味,三个绍兴人在二者夹击下,挣扎着,坚持着。"初三日丁亥,霜重,天愈寒",鲁叔容凄苦中"续写遗嘱,述未了事",写着写着,"墨痕泪痕,模糊满纸"。

至此,昕暮奔窜、避伏匿藏的生活已整整一个月,前景依旧茫然,不知何时是了,每天相伴的,只有突如其来的惊吓。那天,天气晴好,"未闻枪炮声,遂拥衾坐以浊醪浇块垒,日昳阅残书数帙,正凝思间,忽有数贼立南首王姓楼窗外,举手遥指,似为所睹者,余与王三、张七魄飞气索,偃卧不敢动,惴惴者半日"。其实对方并未注意到他们,他们却如惊弓之鸟,以为大难临头。又一日午后,鲁叔容正打着瞌睡,忽闻有人唤其名,慌乱中辨出是某"友人妇","绕室迭呼"不已,"细听杂男子声,皆非乡语,不敢应",晚上下屋至友人家一问,方知"其夫被虏掳,贼尚需善书者,故招余耳",鲁叔容叹曰:"妇人之居心行事,有出乎情理外者,可畏可笑。"

不是所有人都躲了起来,有些仍住家中,安危则看各自运气。绍兴太平军让人摸不准,说的是一套,做的是另一套。安民告示已下,却是一纸空文:"贼目有伪示不准搜房掳,不意更甚于前,甚至拆墙掘地,无物不毁。"鲁叔容晚间潜出,过一处,"见贴有门牌,禁止滋扰。询之,盖从贼目伪朝将周文嘉处购买者。"看来,安民告示纯属摆设,欲保平安,须另外掏钱换取专门的护身符。鲁叔容日记里所曾提及的待在家中、没有躲避的街坊和友人,差不多都死、伤或被掳——除先前欧叟横尸街头,邻居王离堂"骂贼死,妾与孙亦被戕,其孙才八九龄耳";邻居余南渠"死于贼,夜助其家殓尸,草草盖棺,得免暴露";友人王柜香"伤重死矣,延喘两月,仍不免尸骸暴露,无力为之掩掩埋,徒呼负负";亲戚李内嫂"母子均受重伤,其母年七十余矣";友人余晋轩"手足受重伤","不良于行",嗣后还是被抓走,不数日妻亦"为贼拉去缝纫,遗二子在家,悯兹茕独"……这些都是普通老百姓,并不在"妖"之行列,而纷纷遭难。

十二月初一日,日记写道:"屈计城陷两阅月矣,虎口余生,差幸无恙,惟苦出城无期,仍命悬贼手,殊惴惴耳,张望白云,思亲落泪,兀坐者终日。"过了十来天,看到了一线生机,听说绍兴一带太平军"设乡官两百余处,司办粮饷等事",这意味着局势趋于安定。鲁叔容开始试着辗转与城外亲人联系。十二月十九日,"旧仆任阿发持贼令旗",以乡官的名义前来,"呼余下屋,遂袖日记同行",至太平军某部,领取出城凭据。穿过昌安门,鲁叔容终于走出在无望中久困将近八十天的绍兴城,"如鱼脱网,如鸟离笼,悲喜交并,心不自主"。那一刻,他想到杜甫的诗句:"世乱遭飘荡,生还偶然遂。"

太平军咸丰十一年九月末占领绍兴,同治二年正月退出,前后五百多天,鲁叔容大概经历了其中六分之一。关于绍兴在这五百多天中的损失,《越州纪略》云:

> 吾越比年来,人情如日,相竞鲜美,有过苏杭。今已自陷而复,民死于贼者,可十万人,死于贫病、毁于火者,亦万家;所丧衣饰,合三邑计,

以白金五千万犹未止,可谓大乱矣。[1]

称之前绍兴发展势头极好,甚而在苏杭之上,而这一年多以来,民众遇害约十万,被贫病和战火毁灭的家庭上万,经济方面则仅浮财之中某一部分,损失就达白银五千万两以上。这是一座中等城市一年多时间的损失,而太平天国之乱,自金田起义至天京为曾国荃攻陷,首尾十四年,波及十八省[2],大小城池数以百计。其中人口损失知其大概,较乱前约减少四分之一[3],财产损失难觅核计之数,若据绍兴一地以窥,殊为惊人。中国近代国运之衰,以往关注点集中在外侮所致巨额赔款、关税流失,而太平天国十四年内乱的经济代价,至今不曾水落石出。庚子赔款总额四亿五千万两白银,绍兴一郡则未足两年仅"所丧衣饰"便"白金五千万犹未止",亦即九个这样的绍兴相加,损失便能赶上庚子赔款,惟不知《越州纪略》所言是否可信也。

---

[1] 隐名氏《越州纪略》,《中国近代史资料丛刊·太平天国(六)》,页773。
[2] 罗尔纲《太平天国史》卷一,页79。
[3] 葛剑雄称:"1851年至1865年这14年间总人口减少了1.12亿,下降了26.05%,平均每年下降21.8%。"《中国人口发展史》,福建人民出版社,1991,页253。

平湖

　　《虎穴生还记》一卷[1]，题"金山顾深撰"。阅至卷末，有民国二十四年同闾姚光所写跋文，曰："吾乡顾漱泉氏，名深，笃行君子也。居于邑之钱圩，为朴学大师尚之先生观光之子。"[2] 原来作者是清末大学问家顾观光之公子。顾观光，字宾王，号尚之，别号武陵山人，《清史稿》说他"博通经、传、史、子百家，尤究极天文历算"[3]，撰有《古韵》《国策编年考》《七国地理考》等，校勘《华阳国志》《吴越春秋》等，同时还是一位神医，"往往用一味药就能奏效，有'一味灵'之称"[4]，所辑《神农本草经》被列为"中医十大经典"[5]。尚之先生膝下三子，长子深，次子沄，季子源。其殁于同治元年1862，亦即顾深被掳后次年。不过，结合《虎穴生还记》的叙述，我们能够指出今人所撰顾观光传，有些地方是不确的，例如："咸丰十一年（1861年）太平军占领金山县，避乱东赴奉贤、南汇，但其次子顾沄则随太平军而去，下落不明……"[6] 而顾深分明记述继他本人于同治元年二月初脱身后，十九日，离散的顾沄也逃回父亲身边；可见顾观光去世前并非不知次子下落。

　　以上乃枝节，回到本事：咸丰十一年十月十四日，也即绍兴鲁叔容伏匿屋

---

[1] 顾深《虎穴生还记》，《中国近代史资料丛刊·太平天国（六）》，页731—745，下引是书皆出此不赘。
[2] 姚光《虎穴生还记跋》，同上书，页746。
[3] 《清史稿》卷五百七，列传二百九十四，页13999。
[4] 《顾观光》，金山文化信息资源共享网，http://jswhgx.jinshan.gov.cn/html/whmr/57.html。
[5] 顾观光辑、杨鹏举校注《神农本草经》，学苑出版社，2007。
[6] 《顾观光》，金山文化信息资源共享网，http://jswhgx.jinshan.gov.cn/html/whmr/57.html。

顶之时，顾深与仲弟顾沄从逃亡地"金家棋杆"^{疑是"金家旗杆"之误}动身回其本村钱家圩。顾家是七十天前的八月初四日，因太平军攻至金山而逃离的。为何冒险回村呢？"因念家中有稻二十余亩，已经成熟，共议归刈，作避难费。"由这个细节，我们发现顾家虽诗书传家且累世行医，却难称富奢，否则不至于为二十来亩稻子去闯"虎穴"。当然还有一点，就是他们听说十月初的时候，太平军已从金山撤走，那一带既无官军扼守，太平军则"时来时去，并未设卡把守"，有点半真空状态，乃决定趁此缝隙抢收那些稻子。

"金家棋杆"距钱家圩约百里，翌日午后，兄弟二人抵家，"见门窗毁坏，阒其无人，遍访邻人，尽皆逃散"，找了半天，总算找到一位亲戚，正询问间，就听西南方枪炮声响起，于是拔腿便跑，途中遥见前面过来数十人，以为一定也是逃难者，"可以问贼踪迹"，迎上前去，"未见渐近，见各穿红衣，黑布裹头"，情知不妙，掉头而逃，对方却已看见，紧追不舍。跑到一座桥上，顾深回头看时，一名太平军执枪作瞄准状，另有两名太平军提刀追来；乃止步，不敢再逃。

兄弟二人被抓，搜去随身所有金钱，押着往西南而行。行至河边，有船数十，插着各种旗帜，押送者指着其中一船，命令顾深："下去。"顾深回头朝弟弟望去，见他被带着继续南行，兄弟从此分开。

第二天晚上，顾深所在船队驶入浙江平湖县城水西门。平湖，今为嘉兴市所辖县级市，其东北紧邻上海市金山区。镇守平湖的将领是麻天安陈玉书。"安"乃爵名，前缀二字以封功臣，罗尔纲《太平天国史》云："天京事变后，天王初不欲再封异姓为王，故在侯爵之上，设义、安、福、燕、豫五爵，共成六等之封"[1]，亦即爵名高于侯爵，例如陈玉成曾封成天义、李秀成曾封合天义；不过，后来恢复王爵且愈益滥封，"六等爵"随之贬值，"几乎到了'举朝内外皆义皆安'的地步"[2]。

与庐州周邦福、绍兴鲁叔容不同，顾深被掳后直到逃离期间，在平湖没有受任何罪。其原因，我们通过他的叙述了解到有以下四点：第一，平湖一带太平军形成了较稳固的统治，秩序已经建立起来，滋扰较少，杀戮更无必要，"当

---

[1] 罗尔纲《太平天国史》卷十，页397。
[2] 同上。

是时平湖地界，已立乡官，出示安民，各村庄进贡，给一小令旗，扎于树梢，名曰'安民旗'，又曰'进贡旗'，从此不许薙头，纳赋完粮，各安生业，贼过时亦不许掳掠，所以衙前镇生意依旧"。第二，顾深运气不错，遇上了一支心态较为平和的太平军，从被捉之初，里面的人待他很和气，不打不骂，好言相慰，劝之"先生毋恐，不要紧的，做长毛很有好处，不必想家"，且"出熟蚕豆与余食"，其中一人更对他讲："汝来此馆，即是祖宗积德，自己修行。余在此已及一载，从未见有刺字割耳残忍之事，头子以忠厚待人，甚属安闲，何必急于思归？"第三，顾深自身态度亦较得当，被掳后，抱着"死生有命，忧亦无益"的认识，安然以对，这反而令众人对他感到亲近。第一次开饭，一名小太平军将饭菜端来，说："先生心绪不快，必食不下咽矣。"没想到顾深"放胆连食两碗"，少年不觉惊呼："先生好大胆！"口气颇为称赞。时间久了，顾深始知"馆中不忌欢闹，大忌忧愁"。后来又新掳来一名道士，亭林人，"满面愁容，为人呆笨，命伊做事，俱言不会"，表现很抗拒，结果"杀之，悬其头于门前，弃其尸于长平仓中"。第四，太平军面貌在变，铁血气质褪去，早先一派肃杀的氛围渐渐被一种慵懒散漫情状所取代，表现于日常，即是少了些杀气，而多了些松懈，甚至是"宽容"。这种变化，看得见的原因是太平军兵卒来源几乎完全"本地化"，不要说出身两粤的"老弟兄"，即便籍贯湖广的次生代，亦难觅其一，顾深被抓后曾一一交代他所见到的每位太平军战士的来历，有嘉兴人、乍浦人、无锡人、丹阳人等，最远亦为"江北人"，他描述道："见司厨者、司茶者、烧火者、担水者、洗盏者，纷纷扰攘，杂沓喧哗，俱是本地口音。"部队成员构成的"本地化"，显而易见无形中悄悄改变着太平军与环境人、物、生活和风俗等之间的关系，弱化着敌对的意识，销熔着仇视的心理。不过除此之外，其实还有更深层的原因——在基本信念及意识形态奉持方面，太平军从上到下有瓦解的趋势。

基督教史上，由早期圣徒开创了餐前祷告、感恩于主的传统，《哥林多前书》11保罗云：

> 23 我从主那里领受，又传给你们的，就是主耶稣被人出卖的那个晚上，他拿起饼来，24 感谢了，掰开，说："这指的是我的身体，是为你们舍的。你们要不断这样做来记念我。"25 晚餐过后，他又同样拿起杯来，说：

"这个杯指的是凭我血所立的新约。你们每次喝这个杯,都要这样做来记念我。"26 你们每次吃这个饼,喝这个杯,都是显扬主的死,直到他来。

27 所以,谁妄拿这个饼吃,妄拿主的杯喝,就是冒犯了主的身体和主的血。28 人应该先省察自己,认明自己合适,然后才吃这个饼,喝这个杯。[1]

在太平天国,餐前赞美也是日常最基本的仪式,从武昌到南京以及庐州,所有对太平天国生活起居的描述,都提到这种仪式被严格执行,"早晚吃饭鸣锣集众,率众念赞美","馆内有多少人都站在二面,高声念所谓'赞美经'一遍,念毕,一齐跪下,真长毛口中默诵所谓'悔过奏章'"。但是《虎穴生还记》写到的所有进餐经过,没有一次举行餐前赞美,如:

> 第二埭正厅为天福堂,乃新兄弟吃饭之所……刘贼余共食,刘南向,何西向,余东向。细杯象箸,鱼肉满前。有俊童四五人,颇伶俐,皆衣红站立旁边,酌酒添饭。余放胆大嚼,两贼相语曰:"这先生好大胆。"又曰:"大的好。"

原附着餐饮行为之上的虔敬色彩消失,回归于地道的中国世俗享乐意味,乃至流诸奢靡。其中我们还注意到赫然写着"酌酒添饭"四个字,按:太平天国明令禁酒,"不得吹烟、饮酒"[2],虽然此一禁令不可能真正遵行,尤其特权阶层在私生活中根本置之不顾,然而像眼前这样,普通军卒一日三餐的场合也公然违背,则实在宜以视之蔑如形容了。

重要的礼拜日活动,亦即《天条书》规定的"每七日要分外虔敬礼拜,颂赞皇上帝恩德"[3],以前各地目击者也都观察到太平军"每阅七日为一赞期","夜半烹茶诵赞美一遍";眼下在平湖,则似乎缩水为每月两次,即月初及月中的所谓"敬天福":

---

[1]《圣经新世界译本》汉语版,2007,日本印,页1434。
[2]《太平条规·定营规条十要》,《中国近代史资料丛刊·太平天国(一)》,页755。
[3]《天条书》,同上书,页78。

> 贼每逢朔望，必燃烛焚香，陈设酒肉，名曰"敬天福"，头子南向坐，余人侍坐，先来者上坐，后来者下坐，不得紊乱。坐定诵赞美一章。

不光次数缩水，内容形式更是甚有悖谬之处——上载"焚香""酒肉"，均犯大忌讳。"焚香"为中国土生迷信的旧事物，与拜上帝教抨击的"偶像崇拜"有千丝万缕联系，所以过去会中坚决摈斥，用烛不用香，烛为上帝之物、香则邪教之属，"点烛而无香"[1]是很明确的规范。至于酒，日常尚且厉禁，更不应该出现于严肃的宗教活动，凡涉祭告，《天条书》限定一律用"茶饭"，如"俱用牲馔茶饭祭告皇上帝"[2]、"虔具牲馔茶饭，敬奉天父皇上帝"[3]、"但用牲馔茶饭祭告皇上帝"[4]，张汝南关于早期天京则具体记为"茶三盏，饭三碗"[5]。可到平湖这儿，却公然成为"无酒肉不成敬"了。

更严重的堕落是吸食鸦片，不但尝此禁脔，且不避人前、无所忌惮。顾深甫被带至船上，即见到如下情形：

> 余下船，见一贼衣服华丽，蓝缎裹头，横卧吸雅片，见余点头作招呼状，余亦拱手问姓，贼言姓吴，嘉兴人。

翌日清晨，转至另一条船，"有两老贼在焉，年各望七，对卧吸雅片"，有人告知："此皆老大人，一姓刘，一姓何"，亦即这支太平军的两名头目，他们也大摇大摆吸食鸦片，还逢人即问有无同好：

> 刘贼问余吸雅片否？余曰："不会。"问饮酒否？余又对以"不会"。又问喜食何物？余曰："好食肉，喜吸水烟黄烟。"贼遂以一短竹烟管授余，视之乃黑烟也，连吸两筒。刘曰："汝好食肉，我馆中尽有，到彼任汝大啖。"

---

[1] 张汝南《金陵省难纪略》，《中国近代史资料丛刊·太平天国（四）》，页696。
[2]《天条书》，《中国近代史资料丛刊·太平天国（一）》，页76。
[3] 同上。
[4] 同上，页77。
[5] 张汝南《金陵省难纪略》，《中国近代史资料丛刊·太平天国（四）》，页696。

余唯唯。

之前《苏台麋鹿记》记苏州太平军"鸦片之禁尤酷,而搜夺烟膏及老枪等具,喜形于色"[1],说明这种嗜好养成日久。太平天国禁烟依据,出自《太平天日》所载洪秀全游天时耶和华的一句话:"见凡人食烟,天父上主皇上帝怒曰:'尔看凡人这样变怪,其口出烟!'"[2]后来还写过《戒鸦片诗》:"烟枪即铳枪,自打自受伤。多少英雄汉,弹死在高床。"[3]多次下诏戒鸦片:"吹来吹去吹不饱,如何咁蠢变生妖!"[4]太平天国的禁烟,不特以其为磨损生命之劣习,也似乎嫌厌喷云吐雾形象有失人形、状似"魔鬼",所以它将烟土与烟草等量齐观_{烟草有害健康,二十世纪六十年代以后始成共识,十九世纪不要说中国即在西方也无从谈起},凡"其口出烟",一概目为邪恶,严予禁止。然而到了苏浙阶段,天王众所周知的憎恶已无人理会,"其口出烟"模样在太平军中随处可见。

另一项大罪奸淫,亦被置若罔闻。不得奸淫,列第七天条。一涉此罪,视为"变妖"。《天条书》说:"天下多女子,尽皆姊妹之群","凡男人女人奸淫者名为变妖",并附诗诠释:"邪淫最是恶之魁,变怪成妖甚可哀。欲享天堂真实福,须从克己苦修来。"[5]以上每个字,眼下皆被抛置脑后,因为现实显而易见,"天堂真实福"愈益遥不可及,纵然"克己苦修"也根本无望,所以"天下多女子,尽皆姊妹之群"这样的嘉言懿德,只能流于说教,无法让人心悦诚服,两性关系视角难以扼制地回到生物本质的雌雄之义。顾深于平湖街头,见"妇女逐队闲行,皆涂脂抹粉,衣服鲜华,或扬扬得意,或郁郁含愁",于是问同行一太平军少年,后者告知"此长毛妻也,或系掳来,或系娶来"。

余曰:"长毛皆得娶妻乎?"童子曰:"自丞相以上,始得有妻,然亦必须禀明麻天安,其下则不能也。"余曰:"此妇女中年长者是长毛之妻,

---

[1] 潘钟瑞《苏台麋鹿记》,《中国近代史资料丛刊·太平天国(五)》,页284。
[2] 《太平天日》,《中国近代史资料丛刊·太平天国(二)》,页639。
[3] 《洪秀全集》,页30。
[4] 同上,页187。
[5] 《天条书》,《中国近代史资料丛刊·太平天国(一)》,页79。

其垂髫者其即长毛之女乎？"童子曰："不然，年轻者亦是妻。"余曰："如此轻年，岂可为妻乎？"童子曰："我们长毛中都是毛毛呼呼的，见了妇女，总要打水泡，那管他死活，即死了，弃诸旷野，或埋诸土中，投诸流水，谁为伸冤？"打水泡者，犹言奸淫也。

"丞相"官职，前期地位很高，"居于极品"，通常由封侯爵者任之。眼下到后期，爵职之滥已致"丞相"地位低微，"在二千六百二十五人的一个营里面就设有十个丞相，丞相已沦为军营里面的一个小小官佐"[1]，估测之，约略相当于如今军制中的团级干部。早期，惟王爵方许有家室，连封侯之人与妻幽会亦视为苟合。杨秀清颁给配令后此禁松弛，从少年所说来看，后期解禁范围以"丞相"级别为限，以上者经批准可婚配并随军携眷，所以驻地才有"妇女逐队闲行"的景象，其中有的明媒正娶，有的却是掳夺所致，例如那些"垂髫者"，显系幼女，不大可能明媒正娶，其自掳夺无疑。但这种掳夺行为，还勉强属于"合法"范围，是"丞相"以上级别可以享受的权益。其下官兵则如何？从待遇、纪律和道德而言，他们性的需求没有合法渠道解决，但也绝不甘于现状。那便如少年所说，随时随地用暴力方式了却，"见了妇女，总要打水泡"，先奸后杀。此本属重罪，被严申是"恶之魁"，是"邪淫变妖"，然而谁也不在乎。

抢劫，一直是太平军的基本生存方式。此时，平湖一带为太平军所控制，官军匿迹，无仗可打。于是，在所驻之地，太平军主要工作更集中到一件事上：外出抢劫。如前所述，左近地区业已"安民"，太平军与居民订有协约，后者依约"进贡"，前者不加滋扰。所以抢劫活动本着"兔子不吃窝边草"的精神，在周边稍远的灰色地带展开。例如，顾深被掳时所在的金山钱家圩，距平湖数十里，就是这样一种尚未形成"安民"格局的灰色地带，凡此都是抢劫对象。当然，太平军自己不会称之"抢劫"，而代以"打先锋"的名词：

打先锋者，即掳掠也。黄昏有令，则五更造饭，鸡鸣出城。贼舟通以百计，出去或五六日，或八九日，必满载而归。

---

[1] 罗尔纲《太平天国史》卷二十八，页1046。

以前,"打先锋"是工作和任务,眼下也是人人争先、趋之若鹜的事情。区别在于过去成果一律归公,现在却可以中饱私囊:"得谷米牛羊猪鸡等,则馆中公用;银钱衣服,则各自收藏",大宗物资归公,细软归己。"每次归来,余必问此回在何处发财,贼亦直言不讳。"因为是发财机会,大家也就像对待嘴中之肉,当仁不让,谁都要咬一口。顾深得知:"长毛规矩,以大压小。如麻天安所安之民,倘狼天义过境,则仍欲掳掠;狼天义所安之民,倘将王等过境,则亦欲掳掠;倘爵位相埒者,则或然或否,无一定之理;惟位卑者则不敢也。"义爵在安爵之上,天将、王爵又在义爵之上,所有高级别军官对于位卑者的辖地,毫不客气,都视为自己地盘,尽管手下业已"安民",仍然照掳不顾。爵位相当者之间,对他人地盘掳或不掳,亦视各人心绪而定。因此所谓"安民",只是相对平安罢了。在弱肉强食的法则下,老百姓日子很难真正靖宁,李秀成后来指责陈坤书"乱稣苏州百姓",大概包括"打先锋"过程中的各种乱象。然而问题究竟出在陈坤书那里,还是太平军整体素质江河日下所致,其实容易判断。

顾深发现,此时太平军营中竟弥漫着一种乐以忘忧的气氛。许多人和顾深一样,俱系掳来,但待了一段时间,反而喜欢上这里。某金姓之人,他本有办法逃走,听说顾深想逃,拍胸脯说只要拿二十两银子来,保证帮他脱身。顾深问他为何自己不逃,他径直言道:"我不愿逃,且家破人亡,出去恐难活。"一副来去自然而却心甘情愿留下来的口吻。还有个叫丁必通的,顾深告以"欲逃",却遭反问:"汝在此亦甚安逸,何必急于思归?"对于原因,金姓者称:"老刘在长毛中已十一年矣,官居文军政司之职,汝在手下,他人不敢欺侮,倘得其欢心,半年之后,亦得封官作事。"老刘,便是那位见面即问顾深"吸雅片否"的馆中头目,他驭下颇宽,不加约束,手下皆感自在。老刘与人为善是一方面,但眼下太平军士兵有利可图、有"福"可享,大概才是人们不思逃走更主要的原因。每次"打先锋"都是"发财"机会,平时吃穿无忧、酒肉管够,还可以吸鸦片、随意"打水泡",上哪儿找这样快活的去处?反观外面世道,到处兵荒马乱、饿殍遍野,的确"出去恐难活"。对比如此鲜明,难怪逃跑意愿不高。

当然,想逃之人仍有。有人就对顾深说:"掳来之人,谁不思逃?实不能逃也。"逃的冲动,主要是想家或"恐父母悬望"。另一个家在杭州的人也说:"我到此四百余里，日后尚想回家，先生去家只四五十里，归亦易易耳。"但逃跑有难度，冒险，万一不成功下场可怕。"日前杀逃犯数人，煮其肉，逼与新弟兄食之，号令其头，鸣锣示众。"然而谈论逃跑好像已经半公开化，不担心被告发，顾深便至少与五六个人交换过看法，大家态度都很从容，或坦言不想逃，或表示暂作观望，没有人大惊小怪。所以顾深想逃已不是秘密，但仍然安全地待到成功脱身那一天。

转眼是年底，平湖洋溢着迎新气氛。太平军过年风俗极盛，曾有文章概括道："太平天国领袖极其重视春节，在春节前后，他们醉心于度岁大事，从不主动出击敌人，而在那时剑拔弩张、无日不战的烽火时代，就常常坐失良机。"[1] 还列举了几个事例，其中有"1862年1月，太平军分五路攻打上海，但主帅李秀成却中途到苏州度春节去了，前线因缺乏统一指挥官，步调就不一致，影响了对上海的东西合围"。巧的是，顾深在平湖所迎乃同一个新年：

> 除夕，各人赠钱一百文，这是麻天安所给新弟兄压岁钱。晚饭每桌八簋，殊丰盛，旨酒佳肴，彩杯象箸。

入夜，"金鼓喧天，通宵爆竹"。翌日，"各各鸡鸣而起，盥漱毕，即到天福堂上，整备敬天福礼，燃大烛如臂，猪头三牲，大菜八簋，四海味，糖食八碟，威仪更加整肃。"正午时分，"外面锣声喧天，枪声震地"，盛大游行，麻天安亲自出游，"头戴黄缎绣龙兜，束以金抹额，上缀红绒球，身穿黄缎绣龙褂，黄绉马衣，足蹑五色绣花鞋，锦鞍银镫，按辔徐行"。游行后，各馆头目相互拜年，馆中之徒则"群聚赌博，敲锣打鼓，吸烟闲谈"。一连三天如此。

壬戌新年使李秀成撂下战事，回苏州度岁，上海因而躲过一劫。对顾深来说，同一时刻则将平湖阖城带入慵懒松弛节奏，给他极佳的逃跑契机。

节间，北门吊桥放下来，白天城门打开，以方便"新年弟兄们欲往福真寺游玩"。顾深与人谋画，想乘吊桥放下的机会，在夜间值更时缒城逃离。但是，城墙与吊桥之间还隔有一道木栅栏，到了晚上会关闭，过不去。正在发愁，他

---

[1] 盛巽昌《太平天国春节》，《新民晚报》1990年2月2日。

们观察到木栅栏"断去一根，可以侧身而过"，大喜。之后开始窥伺机会，但"屡次蹉跎，正月已尽"，一直到二月初二日夜间终于等到稳妥时机，顾深遂与同伙三人付诸行动：

> 三人相继而下，同循城而东，过木栅，至北门，渡吊桥，舍命北行。是夜虽明星有烂，而田岸崎岖，跌仆数次，约行二三里，鸡已鸣矣。

自去年十月中旬至此，顾深被掳将近四月，最后毛发无伤地出现在老父面前。抵家后他得知，其间弟弟顾沄曾两次与家中通过音讯，反倒是他"独无信，或言杀于金山卫西门外，凿凿有据，合家痛哭"。半个月后，顾沄也安然回到家中，尚之老先生幸运地在去世前看见儿子们都还平安。

天京上流社会

作为近代背景的历史,太平天国故事不乏洋人讲述者。这当中,富礼赐的《天京游记》[1]很独特。

富礼赐,英文全名Robert J.Forrest。1861年1月,彼以英国驻沪领事馆翻译官身份,随何伯、巴夏礼等访天京一次;同年3月至9月,又以驻宁波代理领事身份"在天京展开了广泛活动,与太平天国上层人物频繁来往"[2]。《天京游记》所载,正是这一段的见闻。其题《天京游记》,如改为"天京的上流社会"之类或更贴切,这是它难得的特点和价值。由于从头至尾实行军事管制,加上太平天国在出版舆论上奉行严厉政策,天京方方面面本来就很神秘,在有限的叙述天京情形的作品里,几乎没有能将笔触真正伸至高墙深宅的,包括历来曾到天京访问的洋人,也很少像这样深入和盘桓于太平天国显贵阶级的生活。

它八成以上篇幅,都围绕王府以上场所展开,至于民间市井生活,仅在开头稍有涉及。其中,他描写了所观察到的若干镜头。例如,"出城入城的中国人,腰间俱悬小木牌一,无木牌者,他的头颅要发生危险"。例如,金陵的街道原来质量上乘,"甚佳且甚宽,从前造路的工程,很为讲究,有些石头还雕刻了各种

---

[1] 富礼赐《天京游记》,简又文译,《中国近代史资料丛刊·太平天国(六)》,页945—958,下引是书者皆出此不赘。简又文译本为节译,2004年广西师大出版社版罗尔纲、王庆成主编《中国近代史资料丛刊续编·太平天国(九)》,收有夏春涛所译更全的版本,题《富礼赐的天京见闻》,比之于简译多了四节,即作者入城前踏访城外明孝陵、琉璃塔等处的经过。简又文当时略去未译,想必是为了突出作者与上层深入交往这一特色。

[2] 郭毅生、史式主编《太平天国大辞典》之富礼赐辞条,中国社会科学出版社,1995,页540。

花纹",如今面目全非,"裂痕和小孔满街都是,污水污泥,宛似小池塘,若在下雨天时,全街变成湖泽,非赤足不能走路"。在这样的街上,有如下一景:"有一骑士,身穿红袍,头包黄巾,驰骋路上",马后则有二小童徒步在追,"一人一手提着一枝生锈的洋枪,一手牵着马尾,其他一童则高举一枝大旗"。他推测,骑马者乃"太平军之一首领","那两个跟随他的小奴才是他出征时所掳得的","他另有十余童子在家,都是掳来的,如有私逃或抗命的,他可任意杀死"。这段描写,用意显然在于揭露它对官方所谓众人皆兄弟的平等,构成了莫大讽刺。他接着又说,形同家奴的小童将来会有出头机会,"他们长大了,身体强健,也出战立功,屠杀毁坏,直至他们也成为大人,也可驰骋于天京,也有小童跟随着了。"作者以此阐明天京城的社会等级和原理,那就是军功至上,想要出头,没有别的途径,只有靠奋勇效死。《商君书》说:"为国而能使其民尽力以竞于功,则兵必强矣。"[1]此可作为天京社会生态的注脚。不过,在熬成"大人"前,小童们须要自祷平安,勿被抛弃,成为街头流浪儿:"我们见有一小孩,用石子来掷我们,叫我们做'番鬼',嘻哈大笑……他年纪不过十二岁,但身怀小刀,如得许可,将可以任意杀人刺'妖',但不幸他皮肤染有恶疾,主人把他挥逐出门,手提饭碗,栖身于街角,讨饭乞钱而苟延残喘"。

  闪过几个街景片断之后,便转入对天京几座顶级府邸的细写,反差之大,令人咋舌。

  先看洪秀全所居处。其由原两江总督府改扩而成,书中称之"天王宫"。这里插一点题外话:在如今南京,此处遗址定名"天朝宫殿",仅从构词言,不像旧名,而有明显的现代气味——事实上,这也的确是今人的"贴牌"之举。洪秀全天京宫室原来究竟如何称呼,并无定名,人们只是取其意会,称它"天王宫"或"天王府",例如民国期间简又文译《天京游记》作"天王宫",五十年代初郭沫若《太平天国起义百年纪念碑》则称"天王府",而从未见以"天朝宫殿"相称者。可是等到1991年,罗尔纲出版其《太平天国史》,洋洋一千五百万字的篇幅里,执着地将洪秀全天京居处一律书为"天朝宫殿"。值得一提的是,当年为郭沫若碑文操刀者,恰系罗尔纲本人。就是说,在那个时候,连他自己也

---

[1] 蒋礼鸿《商君书锥指》,中华书局,2014,页64。

只知"天王府",没有省悟到宜称"天朝宫殿"。可是多年以后,他竟对此孜孜汲汲,凡涉及洪秀全天京居处,坚持改称"天朝宫殿",不单新著《太平天国史》如此,就连旧文也不放过而加笔削:

> 碑文中为"天王府",罗尔纲在《困学丛书》(下)第617页《太平天国起义百年纪念碑记》一文中改为"天朝宫殿"。在太平天国已发现的各类官方文献中,称天王洪秀全居住的宫殿一律为天朝宫殿,从未有天王府的提法。天王府仅是后人对它的俗称,没有史料依据。所以罗尔纲把"天王府"均改称"天朝宫殿",以示规范。[1]

这是其他学者交代的改动经过及原由,里面"在太平天国已发现的各类官方文献中,称天王洪秀全居住的宫殿一律为天朝宫殿"的说法给人错觉,似乎"天朝宫殿"名称有确切来源。但当我们在《罗尔纲全集》第16卷找到作者改动后的原文与说明,却发现并非如此。罗氏仅仅留下"碑记'时间经十九年'原作'十八年','在天朝宫殿遗址建碑纪念'原作'天王府',都据近年考定改"[2]这样简单一语,没有引用任何史料稍述所谓的"考定"经过。转而稽求巨著《太平天国史》,也只看到作者顽强地坚持这一点,通体书"天朝宫殿",乃至不惜擅改他人引文,例如卷四十三有一句引自巴夏礼的话"如果他们要跟我们谈话,可到天朝宫殿来",罗在注释中说:"据王维周译吟唎《太平天国革命亲历记》第十二章引巴夏礼报告。案'天朝宫殿'原作'天王府',本书据太平天国制度改"[3]。擅改引文的做法已属粗暴,关键是对所称的"太平天国制度",却吝于出示依据。可由于罗尔纲在太平天国研究领域的巨大权威,他还是成功地影响了别人。"天朝宫殿"名称,被南京历史文物管理机构官方采纳,同时写入其弟子史式主编的《太平天国大辞典》,"南京天朝宫殿"列为正式辞条[4],明指"天王所居称天朝宫殿"[5]。

---

[1] 曹志君《太平天国起义百年纪念碑记》,《档案与建设》2001年第10期。
[2]《罗尔纲全集》第16卷,广西美术出版社,2011,页143。
[3] 罗尔纲《太平天国史》卷二十八,页1381。
[4] 同上,页32。
[5] 郭毅生、史式主编《太平天国大辞典》,页132。

事情至此，简直已成"定论"。然而我们从学术角度看，发现这竟然是一桩无头案子，历史出处至今不明。细索《太平天国史》，数十次将"天朝宫殿"用作专有名词，第一次见于卷二第 123 页，最后一次见于卷四十四第 1763 页，却都没有备注原始材料，突兀而来，径作此称。遍寻之下，只有最早出现于卷三十八第 1439 页注 1 里的"东王杨秀清等起造天朝宫殿先期奏明本章"这一个文件，似乎涉及来源。但它能否够得上证据呢？首先，这绝非新发现的材料，而是早就存在于张德坚所编《贼情汇纂》卷七"伪本章式"部分，1979 年中华书局将其收入《太平天国文书汇编》时加标题《东王杨秀清奏请兴工盖造天朝宫殿本章》。换言之，此件先前为世人所知至少已一百年，但从未引出洪秀全天京居处应称"天朝宫殿"的说法。具体看内文，那里写道：

> 缘弟等前奉二兄诏旨，命招来水工泥工，起盖天朝宫殿，迄今多日未能奉行，弟等罪实有余……[1]

到开始有人对"天朝宫殿"几个字打起主意为止，这句话就印在纸上曾被无数人见过，而无论中国抑或外国的作者，没有一个人觉得那是特指或专名，反而都延其习惯继续称"天王宫""天王府"。何欤？实在因为这句话的上下文十分显明，"起盖天朝宫殿"是对一件事情的陈述，亦即"为天朝起盖宫殿"，丝毫看不出包含什么固定名称。况且，假使"天朝宫殿"是像"紫禁城"那样的专名，在太平天国文书里我们应该至少不止一次看到，然而舍此之外，就连主张者自己也没有举出第二个例证。过去几十年，史学研究经常为了"情怀"而"强史就我"；像这样将坚实"考定"置于一边，而把某种东西填入历史，或许只能以"情怀"解释。[2]

自然地，在"天王宫"富礼赐不会被准许入其腹地，作为洋人参观者，他仅能从外围打量几眼。他写道："天宫甚广，围以黄墙，墙高四十呎，甚厚。"

---

[1]《东王杨秀清奏请兴工盖造天朝宫殿本章》，《太平天国文书汇编》，中华书局，1979，页 166。

[2] 2009 年 8 月 4 日《南京晨报》载文《洪秀全居住之所称"天王府"是个误会》，指"天王府"之名系清廷贬称。其实，即使是"府"这样的字眼，清廷也不肯加之于洪杨。不过，作者的这种思维或"情怀"，对我们了解罗尔纲力推"天朝宫殿"的初衷，倒不失为参考。

四十英尺,约合十二米。以一层楼高约三米为参照,那么,"天王宫"的宫墙足有四层楼高,这正是它造得"甚厚"的原因,否则很难支撑住。宫墙如此之高,里面情形很难看到,站在较远处,能看见有"黄色绿色的屋瓦",想必是殿宇的所在,因高过宫墙,墙外始得稍睹其雄姿。"又有两座很美的亭子",应该是建在假山之上,所以也露出了些许影情。适足帮助参观者补上不能入内的遗憾,让他们展开对"天王宫"恢宏气度的想象的,是外围这样一座建筑:"在宫之前门,有一黄色大照壁,长约三百码,上涂丑怪不堪之龙多条,壁上张挂天王之奇怪的诏旨。"一码约九十一公分,此照壁长三百码,合二百七十米以上,闻所未闻。此类建筑,过去体量较大的有大同、故宫和北海三处,最长四十余米,短则二十来米。"天王宫"这一座,精美大概难与它们相比,规模却创下古今照壁之最。如此追求宏大,其实并非为着彰显豪奢,而是有一番象征意义——宫苑正门"真神圣天门"旁边有间屋子,富礼赐等人在那儿瞻仰了一幅"太平天国万岁全图",它与巨大的照壁显然构成一种呼应:

中有一大方地,四围是洋海,地即中国;中又有四方地,围有四墙,是为天京。香港没有存在;日本只是一小点;北京也没有存在。在西北方有两小岛名为英吉利及法兰西。其他欧洲诸国大概都为"天条"所屈报了,而全个亚细亚洲——中国除外——大概已被龙吞去了。

图中言传之意很好懂:天朝独大。巨型照壁所欲营造的,应该是同样的气势。

虽然动工已经八年,"天王宫"建设却远未结束,富礼赐听说"工程只完其一半",待其最后建成,"全宫面积将倍于现在"。

富礼赐还观察到一个有趣的事物,那是存放在附近棚子里的一艘奇怪大船,"其形似龙,头甚大,船身已半朽",然可辨出"昔时油漆铺金,想必极为辉煌"。富礼赐说,"此即天王由汉阳溯江而下直至攻克南京时所乘之圣龙船也,从前船藏宫内,今则搬在外面",这是一位"年老司阍人"告诉他们的,"彼云年已甚高,当天王尚在襁褓中为贫儿时,彼即看顾他者"。我们所以感到有趣,是据此观之,太平天国也有强烈的保护"革命圣物"意识。这艘怪船显然是颇费周折,从长江拖上岸,运入"天王宫",珍贵地保存着。如果天王国祚长久,有朝一日,它大概也会焕然一新，陈列在纪念馆，供子民瞻仰缅怀。可惜后来被湘军付之一炬，没能留到今天。

余下的，不能称之"观察"，而形如"窥视"。那是富礼赐从"半开"的"圣门"勉强瞥见的片断。当时大概恰值中午时分，"忽然间声音杂起，鼓声、钹声、锣声与炮声交作——是天王进膳了"，随着声音杂起，只见宫苑内人众开始忙乱：

> 好些衰弱可怜的女子或进或出，各提盘碗、筷子及其他用品以侍候御膳用。各种品物大都是金制的。

清一色的女流。富礼赐强调说："宫内只许女子居住，闻宫内共有女子千名。"此言不差，不过他接着提到"一百零八妻"的说法，却决然得之传闻。洪秀全后宫虽广，人数则始终成谜，有可能够不上一百零八之数，也有可能更多，总之无法确知。洪秀全视其后宫为最高机密，禁闻禁言，曾下严诏："男理外事，内非所宜闻"，"后宫姓名、位次，永不准臣称及谈及"，"臣下有称及谈及后宫姓名位次者，斩不赦也。"[1] 故而他到底拥有几多女人，说法极杂，而从无确凿可靠资料可证。幼天王洪天贵福被俘后曾供述："老天王有八十八个妻。"[2] 或系其中较足凭信之说，然亦不属于官方正式记载也。

眼下，富礼赐"窥"见满苑娇娃身影，触景生情，就"一百零八妻"传闻喋喋议论，并非出于八卦，而是从文化上受到巨大冲击。

按：基督教以婚姻神圣，奉一夫一妻制，禁纳姬妾，纵然国王也不例外——此辈虽常暗置情妇，但连同所出子女，均无法被法律所承认。可是这位天王陛下，自称耶和华之子、基督胞弟，竟妻妾成群，堂而皇之拥有一个庞大后宫。作为一位基督教世界来访者，富礼赐简直为之三观崩溃。他以几乎愤怒之情引用了天王的一番话，那是天王在"令各王多纳姬妾以庆祝他的寿辰"时所说："亚当最初只娶一妻是很对的，但我现在知识更多，故叫您们各娶十妇。"此语笔者一度疑为富礼赐得诸道听途说，可后来意外地找到了它的出处，即收在《洪秀全集》

---

[1]《严别男女整肃后宫诏》，《太平天国文书汇编》，中华书局，1979，页38。
[2]《幼天王洪天贵福亲书自述》，王庆成主编《影印太平天国文献十二种》，页502。

一书中的《多妻诏》，其文如下：

> 天父造出亚当，婚配夏娃。当初仅有一夫一妻，这是正确的。如今天父又曰，妻子数目应是多个。天父天兄下凡，朕承恩泽，增减尔妻数……[1]

该诏中文原件已失，这是从美国《国会文件》1862年4月8日第11号附件7所发现的英文本。据回译者考证，诏旨之颁当在辛酉年 1861 十一月或十二月初，但从富礼赐当时业已闻其内容来看，颁旨日期显然还要早上数月至半年。富礼赐的反应，以及美国国会的重视，都说明洪氏多妻高论令基督教世界一片哗然。富礼赐一言以蔽之曰："此实以异端邪教掺杂于基督教之内。"

与对"天王宫"隔岸而观不同，天京几座头等的王府，富礼赐皆得入其腹地。他先后造访了赞王、忠王、干王的宅第。此三位王爵，俱系天朝人臣之极者。忠王李秀成，武将翘楚，有大将军之实；干王洪仁玕掌揽朝政，位同国务总理。这二人的分量广为人知，不必多说。至于赞王蒙得恩，历史上名头没有那么响，要略多介绍一些：他是天王"爱臣"[2]，身份含有"大内总管"的意味。起事之初，授御林侍卫。定都天京后，司掌女营事务；女官及各营女巡查，每天三次到其帐前听令；入侍天王之女，由他一手亲定。天京事变以后建五军制，蒙得恩为中军主将，陈玉成、李秀成等分任前、后、左、右军主将，由此可知他的地位和居于中枢的位置。直至洪仁玕到来前，"朝中内外之事悉归其制，连我与陈玉成亦其调用"[3]——此李秀成原话也。己未年 1859，封赞王。

富礼赐到访的辛酉年，也是蒙得恩病逝的那一年。他大约死在四月[4]，富礼赐拜见正值他病重之际，文中明确说他"快要死了"；因此，接待者是"赞嗣君"，即蒙得恩之子蒙时雍。英国人用"宏丽"形容赞王府，但如同天京其他类似场所一样，对它遍布俗艳杂乱的颜色感到粗鄙，而那个年轻主人则给他这样的印象：

---

[1]《多妻诏》，《洪秀全集》，页206。
[2]《李秀成亲供手迹》，排印文，页07。
[3] 同上。
[4] 罗尔纲《太平天国史》卷五十八，页2071。

如果您是一个传教士,他必定笑口欢迎,因为他便可对您缕述天王升天的故事;但如果您是个官吏,他便先以冷面孔相向以示其尊严,再行微屈其口角强露笑容以示其同情。

"赞嗣君"在会客大厅礼节性接待了来宾,无意邀请他们在府中多作盘桓。那或许是年轻主人代父出面处理公务的缘故,又可能赞王府对于和洋人打交道并不热心抑或心持谨慎。总之,主客间保持着一种明显的距离,尤其和后面富礼赐在忠、干二府所受款待相比,更为突出。这一点,也从随后的便餐表现出来:"赞嗣君邀吾人共食于此","菜色甚佳。嗣君道歉谓可惜有肴无酒,待慢得很,盖饮酒犯天条也";紧接着富礼赐却附上一笔,以揭其实:"彼前日刚使人来我们处买了一瓶蒸酒。"蒸酒,即经蒸馏工艺所制成的酒,英伦名产威士忌亦属此类。富礼赐的意思是,之前赞王府刚派人从英国人那里买走威士忌之类,此时却说什么"饮酒犯天条",岂非虚伪作态?

此种虚伪作态,到了忠、干王府,则消失得无影无踪。后世对政界常区分以"开明派""保守派",从富礼赐的际遇看,这界限在太平天国亦颇分明。外国来使在忠、干二府,得到了更热情甚至可以说是开放的接待,显示两座宅第主人的视野胸怀迥异于赞王府。

李秀成时在湖北作战,他的弟弟李明成出面接待。富礼赐对这位"王弟"印象颇佳,说他"常带笑容而并不难看",即便待上一整天"亦不觉讨厌也"。富礼赐被专门派来的马匹和侍从接到王府,一见面,李明成即展现了豁达的态度,"他带我们参观府内各室",陪客人登上一座美丽的凉阁,欣赏"有石山有树木的花园",又将一桌丰盛精美的宴席设在此地。盛装佳肴的九只瓷盘,"形如花瓣,彼此配合而成为一朵玫瑰花形",主人夸耀说,此乃"他的哥哥在苏州得获"。富礼赐注意到,"筷子、叉、匙羹,均用银制,刀子为英国制品,酒杯为银质镶金的。"回想蒙时雍那顿便餐,不能不说,李明成是坦诚的。他非但不回避上酒,还配以奢华的酒具。显然,这才是天京王府的真实情形。

富礼赐和李明成似乎交上了朋友。之后他还来过两次,俨然忠王府常客。"王弟"向他展示更多的奇珍异宝。其中有忠王的"一顶真金的王冠","冠身为极薄金片缕成虎形、虎身及尾，长大可绕冠前冠后，两旁各有小禽一，当中则有凤凰屹立冠顶，冠之上下前后复镶以珠宝。"富礼赐叹息："此真极美品也！"还有一柄金如意，"嵌有许多宝玉及珍珠"。其余诸宝，如"砚是玉制的，盛水的盂是由红石雕成的，笔是金制的，笔架乃是一块大红珊瑚，装在银座上……凡各器物可用银质者皆用银制，刀鞘及带均是银的，伞柄是银的，鞭子、扇子、蚊拍，其柄均是银的，而王弟之手上则金镯银镯累累也"。

富礼赐复以专门一整段文字，描写王府的聚饮：

> 有两瓶来路"进口"一词的旧译的"雪梨"酒——瓶口以纸作塞——另一银壶所盛猛烈的天酒，均很爽快地传递于席上各"大人"间——各客均王弟所请来与我会面者也。由此显见他们高级的领袖并不遵行天王之荒谬的禁令，因席上人人尽量畅饮，洋酒固人所共赏，天酒亦一再满斟，壶干了又倒新的。抽烟亦也常事，为座中人人所好者。

所谓"天酒"，指太平天国自酿之酒，富礼赐稍前记述"就在天京已有人制酒矣"，天京城内实已私设酒厂，现在他果然得以亲尝其滋味。此一场景，清楚显示洪秀全烟酒禁令在实际现实中被人弃若敝屣，至少私宅以内，酗酒吸烟是广泛参与的行为，上下级同享此乐，亦不回避前来做客的陌生人。

畅饮当天，富礼赐不胜酒力，又赶上暴雨，遂留宿忠王府。而他被延入就寝之处，竟是"忠王之大床"。他可能是惟一有此奇历的外国人。他形容道："床褥甚美而软，大红罗帐围绕全床。"其间，还发生了意想不到的情形：

> 有二少妇手提纱灯穿室而过，又有一老妇亦提灯走过。她们见有一个蓬蓬的外国丑头由床帐突出，则惊骇高叫，即时退步。

翌日得知，"昨夜惊退之二少女为忠王之爱姬"。他如此深入于王府私生活，确系很不被"见外"。由于意外滞留一夜，热情的"王弟"便请他多盘桓一日，领他去参观正在建造中的新王府。"其地离旧府约一里半，此真是宏伟的工程"，富礼赐依所曾见估摸，规模只比广州的两广总督府略小。工人"千余"正在劳作,或盖房子或雕砖刻石;"又有数人站在一旁拿着藤鞭在手,凡有懒惰者即鞭之。"名城金陵,整体在衰坏,但形成鲜明对照的是,同时又散布着一些热火朝天的大工地,比如持续开工近十年犹然未已的"天王宫",或类似这样不断兴建、扩建或重建的显贵宅第。在工地上,富礼赐提出一个他感兴趣的问题:"工人得工资多少?"李明成的回答很轩昂:"你们英国人给工资雇人做工,我们太平军人知识多些,我们天朝是不是很伟大呢?""知识多些"似乎是太平天国领导人一句口头禅,至少前面洪秀全解释多妻理由时,也提到"我现在知识更多"。其中的意思,我们不是很理解。同句,夏春涛译为:"你们英国人工作要付钱,我们太平天国知道更好的办法,我们不是一个真正的大帝国吗?"[1]似乎更易理解,不过简又文的译法看起来有弦外之音,"知识多些"隐约让人想起"觉悟高些",暗示在太平天国,人们为公家出力不计报酬,精神上达到了"大公无私"的境界,所以后面跟随着"天朝伟大"这样的自豪语。这里并非议论简、夏之译孰佳,而是借以介绍一下罗尔纲先生《太平天国史》序论借简氏译文所作的一番政治抒情:

  ……认识到平等公有的太平天国比资本家剥削工人的英国伟大而自豪。生活在太平天国的人们都感到万象维新,人人都欢呼"新天、新地、新人、新世界",而对旧时代、旧社会却"皆如隔世","无可当意"。[2]

然而,与引用李明成回答来赞美太平天国比资本主义英国"伟大"的同时,罗先生完全隐匿了富礼赐描写的有监工"拿着藤鞭在手,凡有懒惰者即鞭之"这一情形,对它只字未提。

  天京诸王府里,富礼赐另一个交往程度与忠王府不相上下的,是洪仁玕的干王府,有一次,他甚至在那儿一连住了四天。

  在太平天国高层,干王可能是富礼赐最抱好感的人物。原因很多,首先是文化上的。洪仁玕能说英语,过往与外国传教士有私交,对基督教和西方文明

---

[1]《富礼赐的天京见闻》,《中国近代史资料丛刊续编·太平天国(九)》,广西师大出版社,2004,页369。
[2] 罗尔纲《太平天国史》卷一,页81。

的认识相对正宗，与那种半瓶子醋或野狐禅大不相同，这甚至反映到生活行为上，"如有必要也可使用刀叉吃一餐有牛排的外国饭"，凡此皆令洋人感到亲切。其次，更重要的是视野。富礼赐称赞说："他是我所认识的最开通的中国人。他极熟悉地理，又略识机器工程，又承认西洋文明之优越"。但追根寻源，洪仁玕将自己与一般太平天国显贵区别开的，在于他是散发着书卷气的读书人，是知书达礼的绅士。走进干王府，随处都可感受到不一样的氛围。别处穷奢极欲、纸醉金迷，此地却"家有各种参考书，对于各种题目，皆有研究的资料"，充盈室内的非珠光宝气、价值连城的奇珍，而是各种与工业、科技、军事等实学有关的器物。富礼赐曾看到"在桌上有火药两瓶，一瓶是英国所造，一瓶是宁波所造者"，还看到"一座望远镜（破了）、一个枪盒（枪丢了）、三支手枪（均生锈的）、一箱炮盖，两盏玻璃灯（不能点着的）、一块来路肥皂，一本 Woolwish 的炮垒防御法，一本战争学，一本圣经，好些中国书，其中传教士所著的都有，一刀黄纸，五六个时钟，一个中国钟，一个破坏的风雨表……"富礼赐说，这使他仿佛置身博物馆。看得出来，主人情志在乎博闻多识，对物质享受则甚是寡淡。所以某种意义上，干王府与其说是华贵考究的王府，不如说更像无暇整治、杂乱无章的学者之家，以致"入府门"时会"经过污秽的空地"。

但即便洪仁玕，也每餐必酒。不过洪仁玕解释，这是经过特许的："他告诉我当天王下诏禁酒时，他恳求特许，谓非有酒不能吃饭，即蒙允许。"言下之意，这与别人私自纵酒有所不同，并非对天王当面一套、背后一套。富礼赐又为洪仁玕不纳姬妾作证："我可再说干王之侍从人许多是妇人，但这些美妇除在府内任仆人工作之外，并无其他作用如或人所谣传者，此吾不得不为干王辩白者也。"这一点，似乎更足鉴证洪仁玕的品行。因为与饮酒刚好相反，天王已颁《多妻诏》，准许权贵们依其爵秩纳数目不等的妾，洪仁玕却主动放弃此"享受"，安守一妻之现实。从洋人角度，这很可以表明他的基督信仰是心口如一的。富礼赐同样欣赏其仁爱精神，说他宅心悯善，"深恶战争"，"交战时竭力令其不至如前之惨痛可怕"。总之，洪仁玕是惟一个人素质令人另眼相看的人物，"如果太平天国都是由这等人物组成，全中国不久便是他们所有"，但不幸恰恰在于他是"独一无二的人物"，嘤嘤其鸣，难觅友声，"盖彼欲实行改革而事事均受各王之牵制也"。当然，富礼赐也提到洪仁玕的弱点，说他自身有一些难以克服的毛病，例如"苟且偷安""赋性疏懒",以及"顾面子的自重心及中国人好隐瞒好用术之性"。

《天京游记》含有如下价值:第一,它是对金陵经太平军多年统治之后的刻画,此一节点的材料较少,太平天国定都天京头三年,当时滞留城中的知识分子还有一些,将各自见闻形诸笔墨,留下几种著述,这些人后来或死或逃,第一手的目击载记也随之渐渐消失,有之,则多出诸外国访客之手,《天京游记》是其中较翔实具体的。第二,富礼赐与太平天国枢臣、重臣频繁交往,得入侯门禁地,窥其私生活种种,这几乎是独一无二的,富氏言"我大约得见干王及其他太平军人物比任何英国人为多",其自信如此。在这一点上,他好比天京城之"刘姥姥",为世人娓娓揭秘"天京大观园"的真相,殊为难得。第三,需要强调的还有作者之身份。富礼赐既非清方人士,亦非"天方"人士,而是一个洋人;而在洋人中间,他又并非传教士,而是一名外交官或政客。身份差别,对观察与叙述构成许多潜在意味,尤其是立场。当时外国作者中间有不少传教士,因宗教缘故,倾向几乎都先入为主地放在太平天国一边,而使自己观点暗中受情感支配,对洪秀全等平添回护之心。富礼赐文中一再声明他不是传教士,作为外交官或政客,他的考察和相应评判,秉乎功利、利益和实际,更冷峻,某种意义上也更客观。

以下,是富礼赐对其天京闻历的总结:

> 我不得不说,太平军欲得获全中国的统治权实是无望的,因为他们自己不能统治自己,只不过施用一种令人反对的恐怖政策和手段而已;但我亦不见得清廷能恢复其从前之势力和地位。现在除去一省之外,其余各省都有些叛乱——并不一定是太平军。由这些大乱之中将有些势力崛起以拨乱为治者——这可从中国历史多次证明。

结论是,中国的未来不属于太平军,也不属于清帝国;二者都将为历史进程所淘汰。前者虽然开启了历史性大乱,却无力结束之,实现由乱而治,因为它清楚地证明它有"自己不能统治自己"的致命缺陷。未来中国,将以这场大乱为发端,催生并崛起新的势力,最终取代清帝国的统治。

富礼赐说这番话,时当十九世纪六十年代初。纵观从金田起义到辛亥革命的晚清史,我们得说他的展望基本契合历史实际。

卷三 观念和制度

国家

太平天国前后十余年，始终在战争状态。疆土不定，政权未稳，人虽欲窥其究竟是怎样一种国家，盖亦难明。而后世研究者，却常常从自身意识形态立场出发，拈其一二辞藻，给以凿说。实际上，太平天国一旦完全建成，神州大地将为一何等国度，将取决于诸多条件；其中，对国家这一事物认识如何，所能依托、傍从的国家理论、国家思想怎样，乃是最深刻最内在的条件，而断非取决于灵光乍现所发某一宏愿及畅想也。

人类因社会发育而渐有国家。在国家建立的背后，则是对这种事物的认识，亦即关于国家之观念。国家存在于世界上各个角落，但不同历史时期以及不同民族，国家形态差别极著，原因即在于自然条件各异、民族历史迥别，而令对国家的认识或所持观念颇相径庭。其次，即在同一民族、同一国家内部，也因对国家权力"正确性"的理解不同，而有形形色色的认识。

求诸中国，我们认为，约以三种为代表。

一是黄老之说。黄即黄帝，老即老子；前者仅为传说中人物，故其理论实由《老子》奠基。它在论述国家愿景时，提出了著名的"小国寡民"论：

> 小国寡民，使有什伯之器而不用，使民重死而不远徙，虽有舟舆，无所乘之；虽有甲兵，无所陈之。使人复结绳而用之。甘其食，美其服，安其居，乐其俗。邻国相望，鸡犬之声相闻，民至老死不相往来。[1]

---

[1]《老子道德经注校释》，中华书局，2012，页190。

理解这段话，须越过字面寻其内旨。主张"小国寡民"，重心并不真的在于国家大小和人民多少，而在于国家权力形态的简单性或单纯性。换言之，如从内到外能够维持一种简单或单纯感，这样的国家才是好国家、幸福国家。"什伯之器"，是指包括军队、警察在内的国家武力，"什"即"十"，"伯"即"佰"即"百"，"皆士卒部曲之名"。"重死而不远徙"，说的是爱惜生命而不冒险。国家不用武，人民不慕利，生活方式纯朴，政权机器只是聊备一格、无所用之，人人温饱、安居乐俗，生活安逸平静，邻国彼此视若无物，百姓淡然自处，谁也不会对别国有什么额外的兴趣……此即老子所手绘之"理想国"图景。

需要注意的是，今天读者容易纠结于个别字眼而误读，例如"虽有舟舆，无所乘之"，"复结绳而用之"，以为老子想使社会退回原始状态。其实这些只是抒情意义上的发挥，极言国家应当息事以宁人，愈少作为的政府愈是好政府，淡化政权机器作用，使百姓可以对它无视。

约而言之，老子提倡极简主义政治，他还有一句名言：

> 治大国如烹小鲜。[1]

此语非谓政治乃小道、轻而易举，而是说高明和上乘之政治，在于化繁为简、举重若轻，不将事情从简单整得复杂，恰恰相反，有能力且有方法将复杂局面简化，化大为小，解纷难于无形，这是好政治。在好政治的反面则是：

> 民之饥，以其上食税之多，是以饥。民之难治，以其上之有为，是以难治。[2]

统治机器愈庞大，官牧愈众，则民众负担愈重。抑或，统治者不甘寂寞亦非国之福音；愈欲有所作为，国家愈难求治，因为频繁生事势必扰民。所以他告诫享国之人：

---

[1]《老子道德经注校释》，中华书局，2012，页157。
[2] 同上，页184。

> 以正治国，以奇用兵，以无事取天下。[1]

能博致天下、广徕万民的，不是喜功贪成的统治者，一定是比较安静、予民宽纾的统治者。

老子以哲学见长，他对国家的看法相当程度得诸对宇宙的哲学思考，而不独因人世而言。他是从天人合一、人法自然的角度，摸索国家的合理面貌。这是一个突出特点，令他所论往往有些玄秘。上篇四章曰：

> 道冲而用之或不盈，渊兮似万物之宗。挫其锐，解其纷，和其光，同其尘。湛兮似或存，吾不知谁之子，象帝之先。[2]

王弼注："帝，天帝也。"[3]此所谓天帝，非通常宗教之神，是泛神之神，指自然背后那种主宰的力量，犹今言"自然规律"，故又言："无名天地之始，有名万物之母。"[4]"人法地，地法天，天法道，道法自然。"[5]"象帝之先"是说人应奉自然之道为至上的真理，高明的国家亦以自然为师，依后者法则存在和治理。要"冲而用之"冲即虚，与"盈"相对，如"渊"一般包容深广；要藏锋敛芒、顺势而为，和光同尘、与时舒卷，化解冲突、使一切翕然相应……一个国家如能达于这种状态，则堪言"天帝之肖子"。这种以"法自然"为矢的的国家观，其实质接近后世所谓"无政府主义"。他认为，消除或有意识减少人为的统治与权威，是社会良性循环的命理所在；通过少干预乃至无干预来达成天下之治，亦即所谓"无为而治"。所以上篇第三十七章说：

> 不欲以静，天下将自定。[6]

---

[1]《老子道德经注校释》，中华书局，2012，页149。
[2] 同上，页10。
[3] 同上，页11。
[4] 同上，页1。
[5] 同上，页64。
[6] 同上，页91。

下篇第四十五章又说：

> 躁胜寒，静胜热，清静为天下正。[1]

这种治理观比较抽象，不像其他政治理论就事论事，头痛医头、脚痛医脚，从实用角度说不很方便，政治家还得先做一番"悟道"的功夫，对宇宙奥妙和生命真谛有所了悟，始知其味。

从实践应用言，老子理念只在汉初一度受追捧，作为兵戈扰攘之余纾解民困的对策。彼时政治思想方面最重要的著作《淮南子》，即准此说。如卷一《原道训》：

> 圣人内修其本而不外饰其末，保其精神偃其智，故漠然无为而无不为也，淡然无治也而无不治也。所谓无为者，不先物为也。所谓无不为者，因物之所为。所谓无治者，不易自然也。所谓无不治者，因物之相然也。万物有所生而独知守其根；百事有所出而独知守其门。[2]

高诱括之曰："其旨近老子淡泊无为，蹈虚守静。"[3] 但即使汉初，"无为而治"也只是作为休养生息的暂时策略，并没有引为立国之本；等到社会和民间缓过劲来，武帝马上丢弃黄老，一变而为"锐意有为"的姿态。除了帝王天性普遍难以拒绝好大喜功的诱惑，老子国家学说哲学性高过现实性，也是它不易行世的内因。它更像一种境界、一种"理想"，置之现实，时常让人陷于"天道远，人道迩"的喟然。所以纵观历史，它要么作为特定情形下的短期方略——比如汉初，要么偶然被个别君主吸收到其统治方式中——比如宋代仁宗皇帝；至于将整个国家，特别是幅员较大的国家，安放在那样的基础上，可能性甚微。

晚周之后，中国的主流而广泛投放现实的国家认识，实乃两家。一为儒家，

---

[1]《老子道德经注校释》，中华书局，2012，页123。
[2]《淮南子》卷一，《二十二子》，上海古籍出版社，2012，页1207—1208。
[3] 高诱《叙目》，同上书，页1204。

一为法家。

孟子对儒家国家理论塑形厥功实钜。儒家创始人孔子只及于政治伦理的善恶之辨，提出了"仁"和"仁政"概念，如说"道二，仁与不仁而已矣"，"国君好仁，天下无敌"，但却还没有明确、专门论述过国家的主体、国家权力的由来及政治合法性的基础这一类问题，孟子以一己之力将其尽予解答，从而奠定了儒家国家理论基石。

他很清楚地指出，人民是国家的主体：

> 天视自我民视，天听自我民听。[1]

上天视听以人民为准，都在人民一边。此语非孟子原创，是武王十一年前1046师渡孟津前所发布誓师文《泰誓》中的话，后面还有一句："百姓有过，在予一人。"[2] 孟子对此语的引用，除了惟人民是听那层直接含义，还有一层潜在意思。当时，武王伐纣乃是以臣弑君，负"不仁"之污名，伯夷、叔齐即曾以此相抗议，这也是为何武王随后有"百姓有过，在予一人"之言，表示：这次行动如果有何罪名，全由我一人承担。孟子通过引用《泰誓》，对武王行动给予无条件支持，力主只要应天顺民，"犯上"不是罪过。齐宣王曾就"汤放桀，武王伐纣"之事问孟子："臣弑其君可乎？"孟子答以：

> 闻诛一夫纣矣，未闻弑君也。[3]

——吾但闻有个叫纣的坏男人被正法，而没有听说什么君王被害之事。"一夫"云云，指商纣因其胡作非为，已然自去"君王"之分，降为普通男人，"诛"的字眼更是将其目为犯罪分子。孟子认为，国君一旦与人民为敌，即自动取消了统治合法性，且立刻成为贼民之徒、窃国大盗，对这种人随时得而诛之，是符合正义的。

[1]《孟子集注》卷九万章章句上，《四书章句集注》，中华书局，2013，页313。
[2]《尚书正义》卷十一泰誓中，《十三经注疏》，中华书局，2013，页385。
[3]《孟子集注》卷二梁惠王章句下，《四书章句集注》，页222。

是的，中国古代正义论里面对"独夫民贼"现象的标识，正是孟子确立起来的。他说：

> 贼仁者谓之贼，贼义者谓之残，残贼之人谓之一夫。[1]

又说：

> 不以尧之所以治民治民，贼其民者也。[2]

被天下所唾弃、孤立，故曰"一夫"；而遭唾弃和孤立的原因，在其不以仁义执政，反而充当人民利益的偷窃者。孔子提出国家应施"仁政"；孟子在此基础上进而提出凡与仁政背道而驰的人和事，即为犯罪，不能只是简单给予道德谴责，还必须接受来自正义的实际制裁，包括放逐、幽禁和诛除。所有这些惩处，天然具有合法性，不是"犯上作乱"。

孟子把孔子的正义观大大推前一步。之能此，是因孟子比孔子更清晰地找到了国家所由建立的正当逻辑：

> 人有恒言，皆曰"天下国家"。天下之本在国，国之本在家，家之本在身。[3]

得天下者有其国，而国之根本在千家万户，千家万户根本则在每一具体的个人。所以国乃众生之国，是关乎和承载全体人民福祉的客体：

> 桀纣之失天下也，失其民也，失其心也。得天下有道：得其民，斯得天下矣；得其民有道：得其心，斯得民矣。[4]

---

[1]《孟子集注》卷二梁惠王章句下，《四书章句集注》，页221—222。
[2]《孟子集注》卷七离娄章句上，同上书，页282。
[3] 同上，页283。
[4] 同上，页285—286。

这或许是人类关于政权合法性必须根植于人民普遍福祉的最早论述。由此，中国诞生了那句千百年来妇孺皆知的名言："得民心者得天下"。这一思想出现在二千多年以前，实属举世无双。彼时世界上，古希腊虽有"民主政体"，但它所谓"民"，是有差别的概念，之外有大量奴隶存在，后者并不包括在"民"的范围中。而孟子语义里，"民"指向社会整体，不分贵贱尊卑，与他常用的另一词"百姓"通义。他讲"老吾老，以及人之老；幼吾幼，以及人之幼"[1]，都是从普遍人伦意义上来讲。后来儒家所托于孔子名下的论述："人不独亲其亲，不独子其子，使老有所终，壮有所用，幼有所长，鳏寡孤独废疾者皆有所养"[2]，实际孔子没有此等思想，是从孟子那儿来。如果说孔子思想还残留着贵族立场，孟子则的的确确逾此畛域，采取了全民观点。

孟子颠倒了过去的权力来源认识，借天与民偕，将"君命神授"一变而为"君命民授"。而且很深入地指出，得天下前提在"得其民"，得民的标志在"得其心"。就是说，并非统治者自称得民便得民，民意如何才是鉴别一切的尺度。纪元前见能至此，伦理之正，当世无出其右。我们知道，"民国"政体是辛亥革命后建立的，但若只论观念不及制度，孟子的国家认知已蕴其义。《梁惠王章句》载：

> 齐宣王问曰："文王之囿方七十里，有诸？"孟子对曰："于传有之。"曰："若是其大乎？"曰："民犹以为小也。"曰："寡人之囿方四十里，民犹以为大，何也？"曰："文王之囿方七十里，刍荛者往焉，雉兔者往焉，与民同之。民以为小，不亦宜乎？臣始至于境，问国之大禁，然后敢入。臣闻郊关之内有囿方四十里，杀其麋鹿者如杀人之罪。则是方四十里，为阱于国中。民以为大，不亦宜乎？"[3]

文王有郊园，四野之民皆可随意出入；齐宣王也有郊园，却惟王独享。孟子借此为喻，指出"文王之囿"乃国与民共有之物，故无人觉其大，"宣王之囿"却圈为私产，视民为盗寇，虽比"文王之囿"小许多，人民也还是嫌其太大太大！

[1]《孟子集注》卷一梁惠王章句上，《四书章句集注》，页209。
[2]《礼记正义》卷二十一礼运第九，《十三经注疏》，页3063。
[3]《孟子集注》卷二梁惠王章句下，《四书章句集注》，页215。

如果我们说，这里寄予了民有、民享的观念，想来并不牵强。

孟子谈民有、民享不是空谈，而都落实于非常实际的方面。这是最可贵的地方。在他眼里，一个政权是爱民抑或残民，不看它口头如何表示；最终，得要通过一个硬指标的考核，那就是民生是否裕足：

> 民之为道也，有恒产者有恒心，无恒产者无恒心。[1]

> 是故明君制民之产，必使仰足以事父母，俯足以畜妻子，乐岁终身饱，凶年免于死亡。[2]

此之于"人民有免于匮乏的自由"的现代基本人权观，仅辞句不同，内质没有分别。现代基本人权观的另一句"人民有免于恐惧的自由"，实际上他也触及了。《孟子》二百六十一章，多次对"仁政"加以申张、对"暴政"加以掊击，核心即是护卫"人民有免于恐惧的自由"这一底线。

孟子所描绘的"正确国家"面貌，和至今我们的理解与追求大体相当，只差转化和体现于制度设计而已。但那不是个别人凭一己之力能够办成的事情，需要整整一个时代共同探求和努力。历史没有给出这样的条件，孟子的思路未被社会变革所吸纳。他死后约三百年，随着儒家渐居正统，他的思想作为因子渗入历史与政治，部分地融于国家纲常。但他个人地位仍不甚显，直到宋以后，通过新儒家大力确认，孟子地位提高，紧随孔子居于次席。不过，他学说中"非君"那个部分，仍为独裁者所忌，所以朱元璋曾将《孟子》删得支离破碎，在东瀛日本，孟子也不被喜欢。可是，因教育和科举日益发达，孟子思想终究被普遍地输入于即将踏入仕途者的意识，成为士大夫们理应秉持的为官之道。可以说，自宋以降，在普通世俗人伦方面，儒家精神支柱是孔子，若单讲政治伦理、政治人格，则孟子的意义是要稍稍超过孔子的。

中国古代国家学说，能与儒家竞争且势均力敌的，惟有法家。这一派在晚

---

[1]《孟子集注》卷五滕文公章句上，《四书章句集注》，页257。
[2]《孟子集注》卷一梁惠王章句上，同上书，页212。

周经过一定发展，思想上先后涌现两位代表人物：商鞅和韩非。他们的崛起，都以秦国为背景。

商鞅原是卫人，公孙氏，后来秦国封他于商邑，因称商君、商鞅。司马迁说，他初入秦，"说公以王道"，不被接见，而"其意欲用"，乃改说霸道，于是与孝公一拍即合。王道和霸道，皆南面为君之术，区别是霸道只问成败不论手段，王道则于成功之上悬以正义的理念。从揣着"王道"而来临机改献"霸道"看，商鞅的思想态度很富于投机性。这种气质，使他可以为实利的驱动不惜走极端，所以法家那一套被他弄到穷形尽相的地步也就毫不奇怪。前期法家虽也重视功用，但并非不讲德行，经商鞅之手，法家思想才撩却一切面纱，彻底以功利面目示人。

他所奉上的"霸道"，核心是强权至上，把世上万物视为强权的结果，而别无准则。他的国家观，也是这样的产物。近人支伟成名之"国家主义"："商君持国家主义极甚，视国家为一团体，而以全国之人，皆当屈服于国家之至高权。"[1]我们觉得，"国家主义"一词只是部分地道出商鞅的国家观，未足揭其整体。同样主张"国家之至高权"，如果对国家概念本身预设前提，将与商鞅有本质的区别。例如法国大革命时期亦曾大行国家至上的专制政治，但"国家"归属却预先经过这样的限定："总主权在于人民，非受人民明了之委托，无论何人无执行之权利"[2]，并用相应制度给予保障。这种"国家主义"，与商鞅替秦国做出的安排，自非一物。他说：

权者，君之所独制也。[3]

权制独断于君则威。[4]

---

[1] 支伟成《商君书》，岳麓书社，2011，页6。
[2] 常乃惠《法兰西大革命史》，知识产权出版社，2014，页26。
[3]《商君书锥指》卷三修极第十四，中华书局，2014，页82。
[4] 同上。

他谈的是"寡人之国"。他的"国家主义"的服务对象,是一姓之私产概念下的国家。

于是,他献于孝公的理论,旗帜鲜明地亮出反人民立场。人们难得一见如此赤裸裸反人民而略无讳饰的思想,事实上,即便纳粹也曾用民心作为装扮,商鞅却悍然地说"有道之国务在弱民":

> 民弱,国强;国强,民弱。故有道之国务在弱民。[1]

明确将"国"与"民"放在对立面,视为不可调和的矛盾,彼强则此弱,此强亦必以彼弱为先决,而他又是站在所谓"强"国的立场上,故而拿出专门一章来论述如何"弱民"。奇怪的是,他对这种国家竟冠以"有道之国"的名义,可见何谓"有道""失道",因了立场不同,看法也有冰炭水火之隔。

关于"务在弱民",商鞅有这么几招——

第一是"贫民"。认为,保持人民相对贫困,将有助于国家威权:

> 民贫则弱,国富则淫。淫则有虱,有虱则弱。故贫者益之以刑则富,富者损之以赏则贫。治国之举,贵令贫者富,富者贫。[2]

对此,蒋礼鸿先生释之曰:

> 苟民富而无术以节之,则淫佚而虱生,虱生而败国矣。于此时也,必使富者贫。贫乃虱不生而国无败,此乃持强之法也……《靳令篇》曰:"民有余粮,使民以粟出官爵。"此即富者损之以赏则贫之道也。[3]

简而言之,民间不可有富人,一见这种苗头,即当抑制,想方设法削夺其财富,否则国家威势就会受到胁迫。他提醒孝公,保持人民相对贫困,是聪明的统治者将主动利用的一种手段:

[1]《商君书锥指》卷五弱民第二十,页122。
[2]《商君书锥指》卷二说民第五,页38。
[3]同上。

> 民辱则贵爵，弱则尊官，贫则重赏。[1]

缺少尊严的人民才会渴望爵位，处于弱势的人民方知畏服官府，穷愁困苦的人民始为赏格奋不顾身。历来我们只是知道国家失政将使民不聊生，商鞅却说其实还可以主动或刻意造成百姓相对贫困，以便更好地控制他们。这真是他所独创的一种思路。

第二是"愚民"。仅从经济上压制人民、防其力胜于国，远远不够，还应有其他的措施予以配合。所以继"贫民"之后，商鞅进而主张"愚民"，于物质上贫乏之的同时，从精神上愚昧之。如今，不论在世界上哪个地方，"愚民"都是难以启齿的邪恶字眼，商鞅那时则毫无此意识。他不特明言"愚民"，而且理直气壮：

> 民愚则易治也。[2]

又说：

> 民不贵学则愚，愚则无外交。[3]

前句讲为何愚民的道理，亦即愚昧之民易于治理。后句讲怎样愚民，亦即阻止人民求知，削弱其兴趣，剥夺其机会——此处"外交"，非今之国家对外关系的意思，是指人的交游与交往——商鞅的逻辑是，人民不好读书则愚昧，而愚昧之人对世界较少探索欲望，缺乏好奇心，鲜有丰富的渴求。所以，关于好处他接着说：

> 无外交则国勉农而不偷，民不贱农，则国安不殆。国安不殆，勉农而不偷，

---

[1]《商君书锥指》卷五弱民第二十，页125。
[2]《商君书锥指》卷五定分第二十六，页145。
[3]《商君书锥指》卷一垦令第二，页7。

则草必垦矣。[1]

"无外交"之民，心思不活络，于是本本分分安于种地。人民专心务农，除了使国用裕足，还意味着被死死束缚于土地，降低自由之意识，减少流动，方便管控。

充实国库收入、防止人民思想与行为形成自由倾向，是商鞅"国安思维"的两翼，及其愚民主张的深意所在。尤其后一点，以往认识不够。实际上，商鞅眼里的"国家安全"，绝不仅仅是国家掌控经济大权就可达成，还必须同时实现国家对民众精神的完全控制。故而接下来，他论述要狠刹"博闻""辩慧""游居"三风。迻为今语，"博闻"是见多识广、"辩慧"是思想探讨、"游居"是自由流动，这些情形与行为，对国家都是危险，对人民则有毒害作用。有效加以制止，则"农民无所闻变见方"：

> 农民无所闻变见方，则知农无从离其故事，而愚农不知，不好学问。愚农不知，不好学问，则务疾农。[2]

"方"通"仿"，有依效之义。"学问"宜分开读，分指"学"与"问"。就是说，要阻绝农民仿效某些人的"博闻""辩慧""游居"之风，保持其"无所闻变"的闭塞。既不"学"，也不"问"。这样，农民始终处在愚而少智状况，专心致志跼蹐僻壤，埋头种地。

有时他会换换字眼，比如用"朴"代替"愚"，但背后意思是一样的：

> 国去言，则民朴，民朴则不淫。[3]

> 不淫于言，则民朴壹。[4]

---

[1]《商君书锥指》卷一垦令第二，页7。
[2] 同上，页15。
[3]《商君书锥指》卷一农战第三，页20。
[4] 同上，页21。

所谓"朴",也是跟开蒙、启智、聪慧亦即一切精神觉悟与自由情形相对的:

> 有《诗》、《书》辩慧者一人焉,千人者皆怠于农战矣。[1]

他举出十种事物:《诗》、《书》、礼、乐、善、修、仁、廉、辩、慧,声称此十者不除,"敌至必削,不至必贫"。[2] 显然,这十种事物,已经把当时中国精神文明的全部,都囊括在内、涤荡一空了。

第三是"刑民"。他说,"贫"之不足继以"愚";有人会问,万一"愚"之仍不足,则如何?不要紧,他还有第三策——那就是"刑民"。他的理论是:

> 怯民使以刑,必勇。[3]

又说:

> 王者刑九赏一,强国刑七赏三,削国刑五赏五。[4]

天下归一的王者,有能力按"刑九赏一"之比掌控臣民;列国中的强者,大致能做到七分刑罚、三分奖赏;对于弱国或行将败亡之国而言,统治者恐怕就不得不靠一半刑罚一半奖赏才能把事情摆平。这是说,刑乃国势强弱的表征,君主在多大程度上以刑治国,表示着他的权威的大小。这个意思,他曾加以重复,但更推向极端:

> 治国刑多而赏少,故王者刑九赏一,削国赏九而刑一。[5]

---

[1]《商君书锥指》卷一农战第三,页22。
[2] 同上,页23。
[3]《商君书锥指》卷一去强第四,页31。
[4] 同上。
[5]《商君书锥指》卷二开塞第七,页57。

重申"刑""赏"之比,是衡量"治国"与"削国"的标尺,但"削国"被说成"赏九而刑一",以极言这类君主的可怜可悲。总而言之,他把"刑"看成国家实力的体现。"刑生力,力生强,强生威,威生德,德生刑"[1]——刑是权力的源泉,反过来,权力则充当刑的底蕴,二者彼此相生。

我们知道,商鞅这一派史称"法家",而他是法家的集大成者,其言"凡将立国,制度不可不察也,治法不可不慎也",立国极重制度,而又从重制度中特重一个"法"字。此与儒家全然不同,儒家以"德"为本,讲修齐治平,以个人觉悟和修养为起点,推而及于社会,来求天下太平。汉代以降,中国政治大致以儒家思想为指针,被认为崇尚"人治"。到了近代,欧风东渐,法治观念战胜人治观念,偏偏先秦有这么一派讲"法"比"人"大的法家,人不免兴奋,古为今用,穿凿附会,不知不觉让法家穿上了"法治"的新衣。

但这当中,有一点却被有意无意隐匿起来,即语言会随时间而变迁,千百年间不断转义。有些字眼,古人用,今天也用,有人便利用这一点暗度陈仓,而更多的人却因并不了解语义如何流转,望文生义而不自知。比如法家的"法",普通读者往往毫不怀疑它就是我们现代所谓"法治""法制",岂不知这是经别人误导的历史文化认识的一个特大"乌龙"。商鞅崇尚的"法",与我们字同而义非:

> 立君之道,莫广于胜法;胜法之务,莫急于去奸;去奸之本,莫深于严刑。[2]

在他那里,"法"的实质是"刑",即国家暴力。以"法"治国的实质,是以"刑"治国——或说得更直接些,是以国家暴力镇压人民。此与现代法治的观念和创制衷款,风马牛不相及。

法家诚然是讲"法"比"人"大,但古时"法"字不一定指法律,而是各种制度的总名。比如宋代王安石变法,所变之"法",其最主要内容是国家财政制度。其次,即便从"法律"这较为狭义的层面讲,今人理解的"法"和"法治",

---

[1]《商君书锥指》卷二说民第五,页20。
[2]《商君书锥指》卷二开塞第七,页58。

已被置于现代法哲学框架下,由近代文明背景下达成的正义论普适理念,细密推敲和论证过,而近代以前人类制订的各种法律,包括中国在内,绝无此种含义与约束。再退一步讲,万勿一见"法"和"法治"字样,便想当然以为是正面的;人类历史上历来有良法、恶法之别,如果"法"本身在制订之初,便带邪恶性质,是为少数极权者服务,那么,这种"法治"愈是实行,人民景况也愈见悲惨。

很明显,商鞅所行之法,正属于以民为敌的"恶法",它的目标就是对准人民:

> 民胜法,国乱。[1]

此语乍一看很对,人须守法、服法,不可挑战法的权威,有何不对?但定睛再看,他讲的并非个人与法的关系,而是民与法的关系,把二者置于对立相克关系。正确之法、良法、善法,本应缘民以立,体现人民意志,保护人民利益。人民就是法的主人、根基和原理,不存在民胜法、法胜民这样的问题。所以,当他告诫要提防"民胜法"的情形时,这种法的实质便不言而喻,立法以制民的真相便昭然若揭。

又说:

> 王者刑用于将过,则大邪不生;赏施于告奸,则细过不失。治民能使大邪不生,细过不失,则国治。[2]

把他所谓"法治"意在威慑人民乃至造成恐怖氛围,讲得明明白白。人有过失而未发生谓之"将过";至于"告奸",大家都懂,就是检举、揭发、告密。"刑用于将过",是人犹未犯罪,只要有其苗头,这时就将其法办;"赏施于告奸",则是建立一种奖励告发的制度,确保国家将一切可能的"犯罪"扼杀于摇篮。这意味着什么?意味着国家已经预先推定,所有国民有罪,举国之中,人人都

---

[1]《商君书锥指》卷二说民第五,页36。
[2]《商君书锥指》卷二开塞第七,页57。

是潜在罪犯——这是何等可怕极端的以人民为仇雠的思想！

还说：

> 重刑连其罪，则民不敢试。[1]
>
> 禁奸止过莫若重刑。[2]

自古人曰"罪有应得"，领刑须与罪行轻重大小相埒。商鞅着眼点则完全逾越这一法学理性，轻罪而治以重刑。"不敢"云云，明指法的施行无须公平公正，以制造和散播恐怖为着眼点，使恐吓效果最大化。因此一再强调"重刑"，哪怕殃及无辜"连其罪"也在所不惜。这或许确能达成"大邪不生，细过不失"的所谓"国治"，但从人民角度，此等国家与一座巨大集中营有何分别？

贫之不足继以愚，愚之不足继以刑。一贫、二愚、三刑。就这样，商鞅分头破解了他的"弱民"课题。

至此，法家发展到商鞅阶段，将国家理论建立在仇视和钳制人民的逻辑之上，这一点已无疑义。在此总体立国思路下，商鞅还提出了各种具体的治政措施，以浚通独夫专制之路。其中，他极力建议孝公重视两件事：农、战。

> 国之所以兴者，农战也。[3]

国家强盛，一靠农业，二靠征伐。二者相辅相成，农业生粮草，而粮草是古战争"能源"。"兵马未动，粮草先行"，农业强则战争储备雄厚；反过来，通过战争拓疆辟土，耕地扩大，粮草更多，又能支持更大的战争。这是重视农战的第一层意义。其次，农业是赋税的主要来源，最早，国家财政收入只有赋：

---

[1]《商君书锥指》卷四赏刑第十七，页102。
[2]同上。
[3]《商君书锥指》卷一农战第三，页20。

古代赋而不税。赋是地力所出。[1]

税则是春秋的时候随私田才有，这且不表，重要的是国家财政收入与农业的关系，"地力所出"说明它完全取于农业，按耕地数量和种植收益以比例征收，换言之，农业乃国家最大利孔。同时"地力所出"不限仅于农业产品，朱熹说："赋，兵也，古者以田赋出兵。"[2] 古代的赋还包括人力形式，比如征兵或者充任其他劳役。所以，"农"与"战"这两件事，天然地有着最直接的关系。商鞅的时代，社会经济发生很大变化，工商业开始活跃，一来民与国争利、分利，二来越来越多的人转事工商业，使农业生产力和劳动力受到削弱。应该说这是社会进步的现象，但商鞅从他的国家至上立场，要求厉予阻止和打击。农业强，富的是国家，其他各业却多为个人得利。"利出一孔则国多物；出十孔则国少物"[3]，不能让利益更多流入个人腰包。而且农业在各方面都是战争的根基，农业劳力流失甚至意味着国家兵力不足。所以他以"农战"相提并论，极力要求重视这两件事。

不过，商鞅强调"农战"，并非只算经济账、军事账，还有深刻的社会和政治考虑。这是他过人之处，也是他更坏的地方。他研究了职业或生存方式对人的精神状态的影响和制约，一针见血地指出，农民是最容易统治的对象，背负苍天、面朝黄土，埋头耕种，视野窄小，心思朴拙，头脑愚滞，最不可能扰乱国家秩序，对"国安"危害最小。商鞅把国民一分为二，归于两大类，一类曰农民，其余统称"奸民"：

农民不伤，奸民无朴。奸民无朴，则农民不败。[4]

"朴"作附着、附属讲，俞樾考释说："《考工记》郑注：'朴犹附着，坚固貌也。'《诗》：'景命有仆。'《毛传》：'仆，附也。'奸民无朴，谓奸民无所附属也。"[5] 商鞅举出"奸

---

[1]《胡适书信集》，上册，北京大学出版社，1996，页226。书中"地力"误印为"地方"，径改之。
[2]《四书章句集注》，页77。
[3]《商君书锥指》卷五弱民第二十，页125。
[4]《商君书锥指》卷一垦令第二，页19。
[5] 同上。

民"五种,言其危害。一种是"诗书谈说之士",今之所谓知识分子或思想文化人士,他们能使"民游而轻其君";一种是"处士",即隐逸者流,他们能使"民远而非其上";一种是"勇士",《刺客列传》所写的"以武犯禁"的那类人,他们在晚周社会中颇常见,此辈能使"民竞而轻其禁";一种是"技艺之士",就是能工巧匠或我们现在所说的"技术人员",他们能使"民剽而易徙";还有"商贾之士",他们"佚且利",能使"民缘而议其上"。此"五民加于国用,则田荒而兵弱",都是农战兴国的大害。[1]归结起来,商鞅认为国弱民强的危险来自三个方面。一是思想的离心,二是人民的流动,三是利孔的侵分。它们分别对应着古代"四民"中农民以外的其他三民"士""工""商"。士助长思想离心;工挟技谋生,脱身乡土,寄居城市,造成社会流动;商更是如泉如水,逐利而往,对国家财源侵攘最大。换言之,商鞅认为"四民"中除了农民,其他都很坏,国家想要强盛,最好只留下农民,将别的一扫而尽。如果我们细细品味,就会知道商鞅想要打造单一农民国家,真正意图是杜绝一切自由倾向——文人滋盛,造成精神的自由;百工兴旺,造成职业或生存方式的自由;商人崛起,造成经济与市场的自由——只有农民,被死死束缚于土地,俯首帖耳于国家,世代不变。

"自由"缘何招商鞅讨厌?欲明自由之义,固不妨长篇大论,但也可以简化为一个"多"字——凡事不定于一尊,而能趋于多样和多元,即为"自由"。在"多"的对面,也有一个字,就是笔画最少的"一"。商鞅知道孝公恩准召见,是想听他谈"一"而不是"多",故而以强烈批判自由的辩士面目出现,不惮其烦地念叨着"一"字之诀:

> 守一则治,守十则乱。治则强,乱则弱。[2]

此系就天下利出"一孔"或"十孔"所追加的论断,整部《商君书》,到处充斥着这个字眼:

---

[1]《商君书锥指》卷二算地第六,页47。
[2]《商君书锥指》卷五弱民第二十,页125。

> 治国能抟民力而壹民务者强。[1]
>
> 故抟力以壹务也，杀力以攻敌也。治国者贵民壹。民壹则朴。[2]
>
> 故圣王之治也，慎为察务，归心于壹而已矣。[3]
>
> 圣人治国也，审壹而已矣。[4]

甚至视为自己思想的纲领和精髓：

> 此臣之所谓壹教也。[5]

中国政治"一"字情结深刻，追溯起来，谁都不及商鞅贡献大。他为极权思维、极权理论留下了丰厚遗产。称其为我国"一字教"教主，他可无愧焉。

　　商鞅死后约百年，法家又有一位后起之秀韩非。表扬他为后起之秀，是因才华和名气，这两点他都能与商鞅比肩；但在思想的力度上，韩非实去商鞅远甚。

　　韩非算得上先秦诸子中出身最高的一位。他是韩国公子，正经的贵族，不像孔子、孟子仅为贵族孑遗之后。这一身份，对其观点乃至文风，有显而易见的影响。气度不凡也罢，居高临下也罢，盛气凌人也罢，总之，言语之间那种雄断之气，一般人很难养成。多半是这股气息，颇讨嬴政的喜欢。后者当时还没有做"始皇帝"，尚未称"朕"而仍称"寡人"，他在读了《孤愤》《说难》诸文后，激赏道："嗟乎！寡人得见此人，与之游，死不恨矣！"据说，就因欲得此人，嬴政发兵攻打韩国。对此，我们姑妄听之，借口而已。

---

[1]《商君书锥指》卷三壹言第八，页60。
[2] 同上，页61。
[3] 同上，页63。
[4]《商君书锥指》卷四赏刑第十七，页106。
[5] 同上。

1944年郭沫若写《十批判书》，把韩非标为"极权主义者"[1]，说他的理论必将造就三种人："一种是牛马，一种是豺狼，还有一种是猎犬。"[2]我们平实来论，韩非的"极权主义"跟商鞅根本不在一个档次。后者对极权主义国家理论，给出了体系性描述；韩非对君主专制的讨论不光没有超出商鞅之处，且流于表浅，无非是"有道之君，不贵其臣"[3]，"一栖两雄，其斗颙颙""一家二贵，事乃无功"[4]云云，并没有理论上的拓展。如果他有何贡献或心得，主要是在"术"的层面，亦即人君当国驭下的实用技巧和招数。比如：

> 明主者，使天下不得不为己视，使天下不得不为己听。故身在深宫之中，而明照四海之内。[5]

诸如此类的手腕手法，他讲得比较细致。后来中国有所谓"反经""厚黑学"，韩非是其鼻祖。

从极权的角度说，韩非比商鞅温和。他固然很重视君主权威的树立及经营，但主要针对着君臣关系，对人民的态度却远非商鞅那样狠刻决绝。他的思想深受老子影响，有贵虚尚静的一面。与其说他是单纯的法家，不如说一半法家、一半老子。他写过两篇解读老子的专论《解老》《喻老》：

> 所谓治人者，适动静之节，省思虑之费也。所谓事天者，不极聪明之力，不尽智识之任。[6]

又说：

---

[1]郭沫若《十批判书》，《郭沫若全集》历史编第二卷，人民文学出版社，1982，页385。
[2]同上，页381。
[3]《韩非子集解》卷第二扬权第八，中华书局，2016，页54。
[4]同上，页55。
[5]《韩非子集解》卷第四奸劫弑臣第十四，页54。
[6]《韩非子集解》卷第六解老第二十，页147。

> 知治人者，其思虑静；知事天者，其孔窍虚。思虑静，故德不去；孔窍虚，则和气日入。[1]

能用辩证思维看问题，知道凡事宜有分寸、有进退，不要太走极端：

> 夫有国而后亡之，有身而后殃之，不可谓能有其国，能保其身。夫能有其国必能安其社稷，能保其身必能终其天年，而后可谓能有其国，能保其身矣。夫能有其国保其身者，必且体道。[2]

所以他奉劝人主应有宽纾的一面，不同意君王因为只手操柄便可无法无天，而认为权柄之上仍悬有抽象的"道"，须予体会和依循。清代王先谦为从弟王先慎所纂《韩非子集解》作序，指出：

> 非论说固有偏激，然其云明法严刑，救群生之乱，去天下之祸，使强不陵弱，众不暴寡，耆老得遂，幼孤得长，此则重典之用而张弛之宜，与孟子所称及闲暇明政刑，用意岂异也！[3]

商鞅为了"弱民"，无所不用其极；韩非"明法严刑"，却旨在"救群生之乱，去天下之祸，使强不陵弱，众不暴寡，耆老得遂，幼孤得长"。如果我们把韩非的书细细读过，很难否认确有此意。所以，这两位法家人物不全是一路。韩非讲情怀、有底线，商鞅则既不讲情怀也不顾念任何底线。这就是为何王先谦觉得韩非和孟子实有相通之处，说他们"用意岂异"。反过来说，同为法家巨擘，韩非与商鞅之间是否有一个"用意岂同"的问题，也值得考虑。

春秋战国，为我国国家学说塑形期。经过这一段思想的井喷，于国家一物得认识若干，而其现实结晶，则是秦汉模式的中央集权国家。之后，二千年而

---

[1]《韩非子集解》卷第六解老第二十，页149。
[2] 同上。
[3] 王先谦《序》，同上书，页2。

不替,"百代都行秦政法"[1],大小王朝更迭数十次,你方唱罢我登场,历史却仿佛有静止之感,诸代姓氏各异,国家则庶无新意,循环往复,虚应故事,如此直至太平天国发生。

在中国国体变更的历史上,太平天国是个百分百的异类。首先,在这之前,我们的国家形态业已沉寂停滞二千年,由秦到清保持着一种姿态,盖未稍变。太平天国却横空出世,像变戏法一般变出了从未有过的新型国家。单就这一点而言,它不但俯视过往大大小小所有农民起义,也将诸多显赫的大朝代踩在脚下。其次从文化角度说,太平天国摸索的东西对中国尤其带有罕异奇绝的意味——自打开天辟地以来,压根儿不知宗教立国为何物[2]的中国人,竟匪夷所思地创建了一个宗教国家!

辨迹寻踪,探赜索隐,中国还是那个老中国,苦闷也原封不动横亘了上千年,惟一变数只是基督"福音"忽降。"福音"点燃了洪秀全的政治抱负,将他从平庸的乡村教师变成野心勃勃的救世者,里面机缘微幽,奥妙颇芜,我们能够认定的一点是,基督教无疑为洪秀全提供了一种思想突破口。

秦汉垂至洪杨,中国从未破除新旧王朝易姓的换汤不换药宿命,除了帝室由此姓易为彼姓,其余近乎没有变化,历史似乎只是一种"易姓游戏",以至于造反者揭竿而起,也都围绕姓氏做文章。有名的白莲教,其于元末初起,张言"欲恢复宋室",捏称韩山童"实宋徽宗八世孙,应作中华正统君主",及清初,"白莲教起事者,仍累世不绝",此时旗帜却由"欲恢复宋室"变为明室,会首刘之协从民间找到一幼童名王发生者,"诡称为明裔朱姓,藉以煽诱世俗。"[3]其后天地会、三合会等,率皆如此。

究其根源,中国君主专制的中央集权国家,本质就是"家天下",而马、恩曾说"任何一个时代的统治思想始终都不过是统治阶级的思想"[4],一般愚民久入彀中,不但无以挣脱,反而沉湎其中。放眼古今,惟少数杰出者别具只眼,能够逾越"家天下"藩篱。十七世纪黄宗羲愤言:"于兆人万

---

[1] 毛泽东《读〈封建论〉呈郭老》,《建国以来毛泽东文稿》第十三册,中央文献出版社,1998,页361。
[2] 殷商虽以巫觋著称,但是否当得起"宗教立国"四个字,我们觉得以那时文明的成熟度,并不能至于此种地步。
[3] 平山周《中国秘密社会史》,商务印书馆,民国十六年,页2—4。
[4] 马克思、恩格斯《共产党宣言》,《马克思恩格斯选集》第一卷,人民出版社,1973,页270。

姓之中,独私其一人一姓"[1],又谓:"以我之大私为天下之大公。始而惭焉,久而安焉,视天下为莫大之产业,传之子孙,受享无穷。"[2] 但这样的人与思维,少之又少。

洪秀全的思想脉络,我们所知有限,二百年前黄宗羲所唾弃的东西,他是否同样有所觉悟,尚乏明据。从已知线索看,他的思想契机就是《劝世良言》。在接触此书以前,他也许对中国的命运有过自己的思考,可惜我们无由稽知,我们只知道他偶得《劝世良言》,怦然有动,拨云见日,而恍悟有不同的道路可走。撇下洪秀全思想成形的谜团不论,摆在我们面前的事实是,从项羽"彼可取而代之",到洪秀全"爷哥朕国是天国"[3],中国谋反者的确开启了新的政治想象。从获受《劝世良言》到传教聚徒、创立拜上帝会,前后六年洪秀全时而癫狂,时而如常,时而谵妄,时而沉静,他并非在单纯的理性状态中,而是以一种半神半人的方式获得了悟。这使得事情包含不少诡异抑或完全虚构的成分,增添了我们观察的难度。然而排除所有的虚妄之说,我们很清楚地了解,他试图建立一个全新的国家。

国号"太平天国"。"太平"是修饰和美辞,旧时读书人以"为往圣继绝学,为万世开太平"为抱负,就是《大学》所讲的"平天下",普天之下无不平,谓之"太平";洪秀全也借它形容盛世,故曰"爷乃太平天帝父,哥乃太平天主兄"[4]。而"太平"的获得,或这国家的真正属性,则落于"天国"二字。"天国",亦即以上帝精神、依据拜上帝教原理所建立的国家:

> 天上地下有天国、天京、天朝、天堂,上帝天国降临人间,举世尽归爷哥,其国靡既,醒否?信否?[5]

辛酉年 1861 初,还曾特令改"太平天国"为"上帝天国",进一步突出国家的宗

---

[1] 黄宗羲《明夷待访录》原君,《黄宗羲全集》第一册,浙江古籍出版社,1985,页3。
[2] 同上,页2。
[3]《天历六节并命史官作月令诏》,《洪秀全集》,页196。
[4]《改太平天国为上帝天国诏》,同上书,页209。
[5]《赐通事官领袖接天义罗孝全诏》,同上书,页205。

教定位，诏云：

> 朕今诏明天上地下人间，天父上帝独尊，此开辟来最大之纲常。朕今细思上帝、基督下凡带朕、幼作主，天朝号为太平天国，虽爷乃太平天帝父、哥乃太平天主兄，到底爷为独尊，全敬上帝，改太平天国为上帝天国，更合真理。断自今，玉玺内"太平天国"四字改刻"上帝天国"……凡诏书各件有"太平天国"四字，通改换"上帝天国"以正万古孝敬爷之纲常，普天一家尽归爷哥，世世靡既，永远人间恩和于无尽也。[1]

奇怪的是，新国号没有流传开，甚至太平天国自己文牍里面也未使用。但是，从中却可以看出洪秀全对于国家理论层面有坚持不懈的思考，尤其"改太平天国为上帝天国，更合真理"一语，"真理"二字，充分说明洪秀全欲于根基上寻其立国逻辑。所以，"天国"概念的提出，绝非随意，而是认真表示对于国家原理的究寻。过去中国有"王国"，有"帝国"，这些名目连同它们背后的逻辑，洪秀全显然打算抛弃了。这是破天荒的事情。在革命党人标立"民国"、共产党人创建"共和国"之前，洪秀全是二千年来第一个将国体问题摆上桌面的人。虽然所谓"天国"内涵未如"民国""共和国"那般清晰，但立名者的图变之意甚明。他或许不太知道下面的路应该怎样走，但显然知道老路不能再走，中国必须新辟一途。

洪秀全此人，志向确不止是夺取国家权力，而想对中国历史作整体的改写。所以早期的《原道觉世训》里，他已着手重订国史是非：

> 天下凡间无人一时一刻不沾皇上帝恩典，何至于今，竟罕有知谢皇上帝恩典者，其祸本何自始哉？历考中国史册，自盘古至三代，君民一体，皆敬拜皇上帝也。坏自少昊时，九黎初信妖魔，祸延三苗效尤，三代时颇杂有邪神及有用人为尸之错，然其时君民一体，皆敬拜皇上帝，仍如故也。至秦政出，遂开神仙怪事之厉阶，祀虞舜，祭大禹，遣入海求神仙，狂悖

---

[1]《改太平天国为上帝天国诏》，《洪秀全集》，页209。

英舰与天京守军炮战

1859年11月,额尔金勋爵于第二次鸦片战争期间,亲率舰队溯扬子江以上汉口,宣示英所取得的口岸通商权。行经金陵江面,遭岸上炮击,英舰还击。英水兵一人丧命,二人受伤。

恭亲王奕䜣

由菲利斯·比托摄于 1860 年。是年，第二次鸦片战争爆发，英法联军火烧圆明园，奕䜣受命签订《北京条约》。同年，清廷以曾国藩为两江总督，主导对太平军作战。

僧格林沁

据说为僧格林沁影像，摄于1853年9月，是现存最早的由中国人所摄且标明时间的照片。僧格林沁在迎击太平军北伐、对英法联军作战中，都扮演了重要角色。

驻防兵

　　这几位兵勇,在地方上担任警戒,清军绿营部队装束概即类之。

莫甚焉。[1]

说上古中国本来信奉上帝,从少昊起被破坏,慢慢走到邪路上去。又说"至秦政出,遂开神仙怪事之厉阶",指为中国大坏的开端。为了重铸中华,他曾于诏旨中声称:

> 爷排天国在中华,中国原来天国家,故此中华名爷讳,爷未降前既属爷。[2]

说上帝之名"耶和华"当中有一"华"字,而"中华"亦含此字,二者绝非巧合,实际上是上帝以其名讳赐诸中国,所以中国根本就是上帝所缔造的国家。

他就是这样用自己的一套话语,强行构建中国应走"上帝之路"的理论。许多说辞或出于捏构,或狡言臆断,多有不经;重要的是让中国改弦更张,使它脱离过去的轨道。这种再造中国的决心,相当醒目。我们自然很想知道,他的"上帝之路",欲给中国带来怎样的改变?下面,试为梳理一二。

一、撤帝。定都天京后,洪秀全颁布诰谕:

> 普天太下,皇帝独一,天父上主皇上帝是也。天父上主皇上帝而外,有人称皇帝者,论天法该过云中雪也。[3]

规定人间统治者不得称帝,实际等于在中国终结了"皇帝"尊号。同样的意思,之前也曾有所宣布,《永安封五王诏》:"天父上主皇上帝而外,皆不得僭称上、僭称帝也。"[4] 眼下使之更加明确和正式。在十九世纪帝势犹盛之世,竟有人宣布"天下从此无皇帝",足称骇人听闻。"始皇帝"以来,中国再也没有人曾经跳出"皇帝"思维,"皇帝轮流做,明年到我家",世世代代的中国式抱负野心,尽皆凝结在"皇帝梦"中,每个所谓胸有大志者,都怀有项羽观看始皇仪仗的心理,"彼可取而代之也",终皆奔此目标而去。洪秀全是有史以来第一个足以称"帝",

---

[1]《原道觉世训》,《洪秀全集》,页 18。
[2]《同天同日享永活诏》,同上书,页 220。
[3]《诰谕天下不准称皇帝称大哥诏》,同上书,页 188。
[4]《永安封五王诏》,同上书,页 182。

却主动弃此名号的人。就此而言，他开了中国"废帝"的先河，比民国撤除帝号早六十年，不论其实际作为如何，这样一个"历史名分"，我们应该给他。

二、放弃"家天下"。"帝国"变"天国"，"家天下"失去合法性，是题中之义。"皇帝"，不只是至尊的名号而已，更描述和规定了国家法权。"帝国"伦理中，皇帝陛下居君父之尊，万民为其子息，仰帝以生，国家则为帝室私产，世世相传，无可更替。"皇帝"尊号取消，"帝"之国变为"天"之国，意味着居此君父地位的国家所有者不复为凡间统治者，而是上帝耶和华。从内在逻辑上，太平天国确实否定了国家乃一姓私产，它是"神圣国家"，而非洪氏一姓拥有的"家天下"。以往历代，称"嬴秦""曹魏""李唐""赵宋""朱明"，但我们对太平天国却显然不宜再如此相称。虽然从洪秀全到洪天贵福，洪氏仍保持世袭统治地位，但其权力原理并非宗族血亲，而源于耶和华之子、基督胞弟这一"宗教血亲"，后者才是国家权力归属的依据。当然，太平天国的权力理论不明晰、不严谨，充满似是而非的含混，那是其较低文化层次所致，留有很多旧观念残余，为渐渐重回"家天下"老路埋下伏笔。但不可否认，太平天国起初朝着打破旧秩序伸出了触角，试图构建一种带有否定"家天下"意味的国家权力。例如在立足"宗教血亲"的基础上，它抛别"君臣模式"，由"神天小家庭"共治。这统治集体，虽存主从关系，但彼此仅序兄弟之谊、不以君臣相待。这种政治方案，虽甚浅陋，但对中国历来"万乘之尊"的君主专权，已是果敢的扬弃。后来"天京之变"，归根结底起因即在于太平天国新式权力结构与旧权力意识残余之间内在不可调和的矛盾，国家因为思想和制度上没有解决好这一矛盾，而被击倒；但另一面，我们对于太平天国立国初衷包含对于"家天下"的否定，应予承认。

三、引入和探索某些社会革命。洪秀全有意掼别"家天下"，不是心血来潮，而是对社会革命确有一些思考。二千年来中国的农民起义，浅层次者目光仅限"子女玉帛"，心存高远者亦止于"彼可取而代之"，皆不具"革命"之思。然而太平天国例外，它真正展现出来一定的革命维度。尽管太平天国意识形态驳杂，组织也极差，很多时候表现得像无头苍蝇，缺乏革命者所应有的坚定明确意志，所以人们往往觉得他们仍不过是一团蒙昧的乌合之众。然而鉴其有无革命因素，与其革命水平高低，并非一码事。太平天国毋庸置疑是低水平革命，但其革命性质仍然不掩。只要把农民起义历史考察一番，就不难看出太平天国不是那一类历史陈迹原地踏步的重复上演,而设定了新的指针、目标和理想。首先,它以一种平等观,作为社会认识的支点。《原道觉世训》开篇云:

> 天下总一家,凡间皆兄弟。何也?自人肉身论,各有父母姓氏,似有此疆界之分,而万姓同出一姓,一姓同出一祖,其源亦未始不同。若自人灵魂论,其各灵魂从何以生?从何以出?皆禀皇上帝一元之气以生以出,所谓一本散为万殊,万殊总归一本。[1]

乍一看,似乎是蹈袭"四海之内皆兄弟也"的老话,但细辨其意,所论远超世间友爱的道德情怀,于基督教借来"上帝面前人人平等"的精神,泯却人和人的疆界与短长,将人类社会关系定义为"平等"。"万姓同出一姓,一姓同出一祖,其源亦未始不同",没有高低贵贱,没有穷富愚智,所有人在"灵魂"层面"总归一本"。此一天下之人"未始不同"的观念,隐然指向天赋人权认识,断非"王侯将相,宁有种乎""苍天已死,黄天当立"之类普通造反层次可比,而是意欲将社会置于全新基础之上加以再造。新社会将普惠众生,使每一个人免于悲苦,从而达到所谓"大同"亦即社会差别最少的境地:

> 是故孔丘曰:"大道之行也,天下为公,选贤与能,讲信修睦。故人不独亲其亲,不独子其子,使老有所终,壮有所用,幼有所长,鳏寡孤独废疾者皆有所养。男有分,女有归。货恶其弃于地也,不必藏于己;力恶其不出于身也,不必为己。是故奸邪谋闭而不兴,盗窃乱贼而不作,故外户而不闭,是谓大同。"[2]

这段话出《礼记》,托名孔子所言,实为战国儒者吸收孟子思想的论述。1846年洪秀全据以描述所要创建的未来国家的愿景。作为政治主张,它在中国提出业已二千年,但从没有人奉之为立国思想;有之,即自洪秀全始。"天国"的内涵,

---

[1]《原道觉世训》,《洪秀全集》,页13。
[2]《原道醒世训》,同上书,页12。

实则便落于"天下为公"四个字,反映着荡除"家天下"的明确意识。后来民国之父孙中山,明显受太平天国影响,重要著作《三民主义》写道:"孔子说:'大道之行也,天下为公。'便是主张民权的大同世界。又'言必称尧舜',就是因为尧舜不是家天下。"[1] 这种解读,实即承自洪秀全。孙中山以至于还说:"真正的三民主义,就是孔子所希望之大同世界。"[2] 孙一生曾将"天下为公"手书数十次,遍赠同志,以表立国之思。所以太平天国政治观念对中国有革命先驱意味,这是事实。况其革命意味,不仅形诸思想,亦见乎实践,所推"圣库制"在中国破天荒地尝试所有制变革:

> 天王诏令:各军各营众兵将,各宜为公莫为私,总要一条草,对紧天父天兄及朕也。继自今,其令众兵将,凡一切杀妖取城,所得金宝、绸帛、宝物等项,不得私藏,尽缴归天朝圣库,逆者议罪。[3]

"圣库",又称"国库",汇聚天下物力作为社会共有财产,由国家制订统一标准分配到个人,以实现"人人不受私,物物归上主,则主有所运用,天下大家处处平均,人人饱暖。"[4]《天朝田亩制度》规定,"圣库"从最基层设起,"凡二十五家设国库一","除足其二十五家每人所食可接新谷外,余则归国库。凡麦豆苎麻布帛鸡犬各物及银钱亦然"。[5] 亦即,生产者按人头保留规定的口粮后,所有成果或收益全部上交"圣库",由国家统一支配。这制度设计很粗疏,投于现实会困难重重,前期天京曾施用,后则名存实亡。然而,里面含有的意识很不寻常,那是马克思主义引进之前,中国试图解决所有制问题的一种自发性质的探索。曾有洋人描述其所睹天京情形云:

> 所有的住房都是公共财产;粮食和衣服都存放在公共仓库里;金、银

---

[1] 孙中山《三民主义》,《孙中山全集》第九册,中华书局,1981,页262。
[2] 同上,页394。
[3] 《命兵将杀妖取城所得财物尽缴归天朝圣库诏》,《洪秀全集》,页179。
[4] 《天朝田亩制度》,《中国近代史资料丛刊·太平天国(一)》,页322。
[5] 同上。

和贵重物品都交归公共金库。人们不能买卖任何东西，事实上，个人即使有钱也派不上用场。[1]

另外，《天朝田亩制度》规定"凡天下田，天下人同耕"，虽未落实，但其思想仍是革命性的。

故而，即便我们对太平天国印象，负面大过正面，以下两点却总是事实：第一，它的某些历史高度，以往农民起义未尝抵及；其次，其触角所伸展的方向，被之后的中国革命所踵继。

立足于此，而冷眼探寻太平天国所以沦为悲剧的原因，我们发现，与其说那源于对旧农民起义简单重复和无所突破，毋宁说恰恰在于作为一场带有革命性质的运动，太平天国遭遇严重瓶颈，有致命的先天不足。

——那就是"思想的贫困"。

革命取决于两种契机，一要现实成熟，二要思想成熟。理想情形是两个条件同时具备，例如欧洲的近代革命，可是历史常常并非如此。有时思想条件形成，现实却没有完全准备好；有时反过来，现实到了那一步，思想却不能给以足够支撑。这都属于机缘未到，都会让革命虎头蛇尾。1840年以来中国革命不断，总的来说，普遍在思想方面遭遇严重瓶颈，革命每因思想能力不足而自我异化。这一再重蹈的覆辙，在中国近代第一场大革命太平天国那里，率先表现出来。

洪秀全是革命家，但绝非革命的思想家。他的思想能力实在有些低弱，不能帮助他担负自己的社会抱负。我们发现他对中国历史的再认识、再解释，充满主观任性，不是建立在理性客观的分析之上，而是强史就我，杜撰捏构，乃至流于诞妄。这样一种作风，势必使其很多认知陷于不切实际、徒逞想象的弊端。我们再看《天朝田亩制度》，洪氏起草的这份文件对太平天国有"建国大纲"意味，意义及分量是最重的，然其粗疏陋劣一望可知，立意虽嘉，可是所有具体措施层面，却满纸空话、几无可施，终其存世只能落得个束之高阁。而最根本的表现，莫过于太平天国想要创建新型国家，但对"国家"及其治理毫无新思新见，只能暗中剽窃和乞助老旧思路。这当中，法家理论尤为其所借重，那个"大同社

---

[1]《法国耶稣会传教士葛必达神父的一封信》，《中国近代史资料丛刊续编·太平天国（九）》，页111。

会",除了一面"天下为公"的空洞旗帜,整个筋骨都是用法家材料铸造的。"各宜为公莫为私"的所谓"公有制",承袭着"民弱国强"的基因。国家垄断的经济专营,是"利出一孔则国多物；出十孔则国少物"的翻版。商鞅搞严刑峻法,太平天国同样嗜好酷刑,对国家暴力有着近乎病态的崇尚和迷恋。它的军国主义体制极具秦国遗韵,明显是对"患民之散而不可抟"[1]、"以赏战民则轻死"[2]、"使民怯于邑斗而勇于寇战"[3]、"万民疾于耕战"[4]的发扬光大。以至那个有名的分馆制,索性直接抄袭《商君书》:

三军:壮男为一军,壮女为一军,男女之老弱者为一军,此之谓三军也。[5]

商鞅"三军",难道不正是洪秀全的"男馆""女馆""牌尾馆"？还有一个抄袭也很直接,这便是太平天国的文化主张及政策,从内到外禀自商鞅:"有《诗》《书》辩慧者一人焉,千人者皆怠于农战矣"[6],"辩慧,乱之赞也。礼乐,淫佚之征作也"[7],"事《诗》《书》谈说之士,则民游而轻其君"[8],"言多,兵弱"、"言息,兵强"[9]……商鞅如上所论,洪秀全依言而行、尽得真传,故而太平天国去百家言之彻底,丝毫不在嬴秦之下,举国只有官书一样出版物合法,其他概加禁止,不但禁新书,还将之前所有书禁读,甚至他的宝贝儿子也只好"偷读",与此同时太平军所到之处逢书必烧,史上焚书之烈,前有始皇后有天王,好在时代已非,很难把天下书都付之一炬,否则洪天王再造一次坟典灭绝的"伟业",亦非无可能。

关于军国主义,此处再略事补充。描述天京的日常情景时,我们初次提出了太平天国与军国主义的关系问题。"军国主义"四个字,如今几乎固定地与近

---

[1]《商君书锥指》卷一农战第三,页25。
[2]《商君书锥指》卷五弱民第二十,页125。
[3]《商君书锥指》卷三战法第十,页68。
[4]《商君书锥指》卷五弱民第二十,页127。
[5]《商君书锥指》卷三兵守第十二,页74。
[6]《商君书锥指》卷一农战第三,页22。
[7]《商君书锥指》卷二说民第五,页35。
[8]《商君书锥指》卷二算地第六,页47。
[9]《商君书锥指》卷五弱民第二十,页126。

现代日本相绑缚，格外刺眼。以此论太平天国，或让人有些难以接受。笔者意识到此，亦颇为慎重。前所引军国主义定义，出自《中国大百科全书》，两相质衡，觉得确与太平天国情形相吻。进而意欲更多地考其源流，却发现线索苦少。比如举世闻名的《大英百科全书》，竟无"军国主义"辞条；莫非此一事物，在西人中古以上历史文化中茫然无踪？转而求诸《大美百科全书》，幸未空手而归。其"军国主义"辞条核心定义是：

> 军国主义者接受战争并准备战争，以其为生存的必要手段。他亦将军事事业理想化使其高于其他职业，并教导人们在其为国家服兵役时可得到他的最高成就。[1]

美国人所撰，更多用于描述，明显是基于近现代世界各国若干现实表现进行一番归纳，对该词的精神特质，特别是历史起源稽索，则毫无涉及，从中无法获得作为一种思想之历史发展演变的清晰线索。据此，同时参以《大英百科全书》的竟付阙如，令人觉得军国主义似乎难于西方思想中觅得源远流长的根基。但我们读井上靖《日本军国主义》一书，对此一现象之源流，却能娓娓道来。井上首先提出，日本的军国主义是根植于日本古代的"农兵论"或"国民皆兵论"。[2]复于第一篇的第一章第四节，详细讨论了这种思想及制度的历史表现，指出农兵论"也就是把农民等平民编成常备军的想法，这种想法最初是根据日本和中国的古代都实行举国皆兵制这一事实来的"。[3]古代日本，以师法中国为轨途，以上根苗起自中国当属无疑。在中国，"兵农一致"，起码从周代起即已如此。"古者，因井田以制军赋，乘农隙而修武备。"[4]"乃会万民之卒伍而用之……以起军旅，以作田役，以比追胥，以令贡赋。"[5]全民亦农亦兵，应时耕种，农闲军训，有人在伍充卒，有人在野种田，服役者出兵，种田者贡赋，都属于军事体制一部分。

---

[1]《大美百科全书 19》，台湾光复书局，1991，页 68。
[2] 井上靖《日本军国主义》第一册《天皇军队的形成》，商务印书馆，1985，页 27。
[3] 同上，页 51。
[4] 张君约《历代屯田考》，知识产权出版社，2015，页 16。
[5] 马端临《文献通考》卷一百四十九兵考一，页 4468。

春秋战国，诸侯国为适应争霸需要，在周制之上有所更易。春秋霸主齐国，在管仲主持下：

> 三分其国为二十一乡。工、商之乡六，工、商各三也，二者不从戎役。士乡十五，韦昭谓："此士，军士也。"[1]

《文献通考》引史家评论说："是国内无农，其六乡为工、商，其十五则为兵而已……或曰齐变周制，欲速得志于天下，则厘国内之民，在十五乡者专使之为士卒，亦必有田以授之，第不使出租税、供他役，庶调发虽烦，而民亦不怨。"[2] 战国霸主秦国做法是，将耕种之事交给所征服的"三晋之人"，将本土秦民全部编为军队：

> 诱三晋之人耕秦地，优其田宅，而使秦人应敌于外。大率百人则五十人为农，五十人习战。凡民年二十三，附之畴官，给郡县一月而谓更卒，复给中都一岁谓正卒，复屯边一岁谓戍卒，凡战获一首，赐爵一级，自公士至大庶长十八级，后通关内、列侯，二十级，皆以战功相君长。长平之役，年十五以上悉发，又非商鞅之旧矣。[3]

初，年二十三以上皆兵；后兵力不够用，进而改为十五岁以上皆兵。秦以全民皆兵得天下，然亦以此亡天下。我们知道，秦乱之起，即当"发闾左适戍渔阳"的途中。汉初承秦制，年二十三以上皆得为兵，直到晁错提出屯田制为止：

> 令远方之卒守塞，一岁而更，不知胡人之能，不如选常居者，家室田作，且以备之。[4]

本是为抵御匈奴所出之策，后却成定制，中国始现兵民两分。到北魏，宇文氏

---

[1] 马端临《文献通考》卷一百四十九兵考一，页 4473。
[2] 同上，页 4475。
[3] 同上，页 4481。
[4]《汉书》卷四十九，中华书局，2002，页 2286。

重又实行汉人务农、鲜卑人全部当兵的与秦制相似的府兵制，几经辗转，又被唐人所继承，其过程陈寅恪先生于《隋唐制度渊源略论稿》"兵制"一篇有辨析，并说："欧阳永叔以唐之府兵为兵农合一是也。"[1] 宋明以降，兼行募兵制、屯田制，兵民两分趋势确立。由上可见，"全民皆兵"确是中国古制，故而井上靖在追溯日本"农兵论"时提到了中国。然应说明一点，中国虽有此深厚传统，但儒家伦理渐占上风后，修文偃武的思想在士大夫们灌输下越来越深入人心，多数帝王不得不从，加上从维护自身统治的角度考虑，宋以后，中国渐走上了"右文"的道路，宋、明、清三大朝代，崇文抑武的倾向都很明显，以致也影响到兵制的设置，武人地位甚受打压。日本则不同。日本不行科举，也没有中国这样的士大夫阶层，其社会虽亦属士农工商"四民"结构，惟"士"乃武士，中国的"士"却是文士。这是日本这国家搞得起来军国主义，中国却搞不起来的根本原因。至于太平天国，它一来否定、批判、排斥儒家，二来在借鉴古代立国思想时，明显受法家影响更深，因而很多地方表现出向古代"全民皆兵"做法回归的态势。

  总之，我们不得不再次为马、恩"任何一个时代的统治思想始终都不过是统治阶级的思想"的名言而嗟叹。思想不能破茧，人就难逃历史的精神奴役。太平天国渴望新型国家的创建，可这渴望没有新思想来提供砖瓦，最后搭造出来的，居然是十足的旧景。然而作为后人，与其说我们可由此奚落洪秀全，毋如说需要从中深为警醒而同感汗颜。再也没有什么比太平天国更能烛见老迈中国在思想原创性和突破性上窒抑乏力的了，洪氏悲剧，其实仅在他的革命早干了二三十年，设若推后于十九世纪末，中国不止引入一点基督伦理，也有宪章精神、启蒙主义、共和思想等引入，洪某未必如此难看地死于商鞅语下。近代以来，中国任何变革的思想瓶颈一点一点被克服，完全仰仗异国输入，可谓彰彰明甚。近代以来，思想原创力孱弱，不是哪个人、哪个时期的特有问题。洪秀全无非是早行者，在思想黎明前的黑暗中起身，以致暴露了自身更多的黯昧。他的盲人摸象之旅，终于步入歧途。从基督教借来的一点点"天国"之光，不足以照亮所有前程，行而渐远，思想的夜幕将他淹没，迷失方向、掉头折回老路却不自知。最具讽刺的，是取缔"家天下"的初心到头来南辕北辙，被洪姓

---

[1] 陈寅恪《隋唐制度渊源略论稿 唐代政治史述论稿》，商务印书馆，2014，页148。

"家天下"釜底抽薪。"天京之变"后,"神天小家庭"解体,"上帝"统绪实际上为洪姓统绪所代替。这时候,太平天国作为新型国家的最后一点假象也被揭穿,中国则被证明仍在"王朝周期"的轨道上延续和运行。

太平天国以"大同社会"始,以商鞅传人终;以破除"家天下"始,以洪氏独裁终。这种轨迹貌似诡异,却真实地衬现出中国在国家思想上的资源状况,就像遭遇"鬼打墙",绕来绕去绕不出旧观念的死胡同。可见中国的历史苦闷,不在于缺少革命的现实、革命的激情或革命的动力,而在于缺少与革命配套、能将它导向历史突破的思想原创力。从太平天国起,这个问题就深深困扰和羁绊着我们,使革命每每沦为历史沉渣泛起。

太平天国当时,马克思对它的观察及印象,非常耐人寻味。1850年1月,太平天国起义消息刚刚传到欧洲,马克思于第一时间评论此事。他在《新莱茵报》写道:

> 世界上最古老最巩固的帝国八年来在英国资产者的大批印花布的影响之下已经处于社会变革的前夕,而这次变革必将给这个国家的文明带来极其重要的结果。[1]

把太平天国事件置于"社会变革"的高度,做出中国"文明"方向将因此改变的展望——原话是:在万里长城,世界上"最反动最保守的堡垒"的大门处,即将刻上"这样的字样":

> 中华共和国
> 自由,平等,博爱[2]

这是欣闻起义初音时马克思的判断,用我们今天的话说,以为这是中国近代化的开端。时隔三年,马克思再次评论太平天国的意义。他从辩证法角度,指出中国所发生的事情,起于"英国用大炮强迫中国输入名叫鸦片的麻醉剂",是压

---

[1] 马克思《国际述评(一)》,《马克思恩格斯全集》第七卷,页265。
[2] 同上。

迫的结果，对中国本是坏事；然而坏事却变成了好事，给中国历史变革带来契机：

> 满清王朝的声威一遇到不列颠的枪炮就扫地以尽，天朝帝国万世长存的迷信受到了致命的打击，野蛮的、闭关自守的、与文明世界隔绝的状态被打破了。[1]

时在1853年，此时，马克思维持着把太平天国视为中国历史革命的积极评价，仍然目作是向"文明"迈进的现象。然而到1862年，太平天国接近尾声时，马克思作《中国记事》一文，专门就太平天国发表感想。这一次，口风为之大变，笔下太平天国纯然已是一副丑态：

> 除了改朝换代以外，他们没有给自己提出任何任务。他们没有任何口号。他们给予民众的惊惶比给予老统治者们的惊惶还要厉害。他们的全部使命，好像仅仅是用丑恶万状的破坏来与停滞腐朽对立，这种破坏没有一点建设工作的苗头。[2]

在援引西方一些观察家的目击见闻之后，马克思对太平军惟赖劫掠以存、嗜杀、随处恣行毁坏以及身着"五色相杂的丑角服装""发出惨叫、装出凶恶发狂的样子"等怪力乱神表现，亟表鄙夷，然后做出如下结论：

> 显然，太平军就是中国人的幻想所描绘的那个魔鬼的 in persona（化身）。但是，只有在中国才能有这类魔鬼。这类魔鬼是停滞的社会生活的产物。[3]

前后十二年，太平天国给马克思的印象，从近代性质的革命跌落为"停滞的社会生活的产物"，从文明进步之希望幻化为丑恶"魔鬼"的化身。虽远在欧洲，但杰出的理性仍令马克思目光敏锐。他前后评价的巨大反差，忠实反映出太平天国的蜕变和异化。而这种命运，从深层标明了中国历史或精神文明的困难。

---

[1] 马克思《中国革命和欧洲革命》，《马克思恩格斯全集》第九卷，页110。
[2] 马克思《中国记事》，《马克思恩格斯全集》第十五卷，页545。
[3] 同上，页548。

财经

　　一个国家诸多方面，财经最有考察的必要。财政如何设制，既显国家的组织调合，更可看出以何居心待民。旧云"半丝半缕，恒念物力维艰"，虽治家格言，经国实同。一国之中，生民广庶，政府有如当家人，怎样理财，如何殖利，取民几许，让民几分，钱省自哪里、用于何处，都落实和体现于财政。财政其实就是一个国家之柴米油盐酱醋茶，字眼虽然巍巍乎高远，颇有庙堂的深奥，内容则再实际不过，与每个百姓的生活息息相关，直接反映在他们居家度日的状况中。有时候，我们对于一个国家，政治是否清明，存意是否良善，襟抱是否宽厚，未免陷入虚头巴脑的义理之争，见仁见智，缠论不休，谁也说服不了谁；但是，所有的争论一旦都归结于财政，曲直是非却刻一目了然。因为财政情形，一是一，二是二，全部形诸数字，根本没有诡辩狡言的余地。

　　太平天国经济制度，其实存乎两个层面：一为纸面或空想的；另一个才是实际和真正实施的。里面内含太平天国的一种巨大自我矛盾，过去研究者出于"爱护"农民起义，普遍含糊其词，避予明言，致使普通读者往往将那纯属纸上、空想之论，误当作太平天国所取得的成就与实绩。

　　具体以言，在那纸面与空想层面，太平天国描画了一张图画，其中有国家允诺的未来人人饱暖、处处均匀的生活景状，也有它从自己想要建成的社会角度，而设计的生产资料和生活资料分配方案。这些愿景，或是在革命酝酿阶段萌生，或是当革命展开于穷乡僻壤而远未到达大城市的时候形成，故而也算情有可原。然而，太平天国领导者对革命前景发展与变化的想象力和应变力，其低弱都有些让人吃惊。他们可以对社会及其经济问题之复杂，经验不足，这并无关系。

知少识浅，可随闻见增广加以补足。只要遇事保持清醒澄明头脑，对困难和自身局限有充分预估，或者并不缺乏对现实丰富性与可能性的想象，经验不足的损害其实不难于防范和抑制。然而，太平天国领导者对所知不多的事情，却宁可采取着一种简单的思维，让人觉着并非因为经验不足走入误区，而实在是被"无知者无畏"的草率和盲目所牵绊。

当他们从闭塞蛮荒之地来到富庶茂衍的江南，当他们瞬间停下流窜飘零的脚步驻足金陵，开始作为一个固态政权实质性地统治一片疆域，巨大和千头万绪的现实扑面而来。这时，他们本该定一定神，先做一番调查研究，来确定自己驾驭和应对现实的办法，而竟未假思索，立刻抛出《天朝田亩制度》。《天朝田亩制度》颁于占领金陵当年年内，即1853年末。当洪秀全使该文件连同其思路，抛出于金陵这座彼时中国最繁华都市的时候，两者间的尖锐反差，何啻使人目瞪口呆。这一刻，思想与现实的严重脱节，昭然若揭。假如它是颁于永安，我们或还不致太过骇异，在那种颇为简单原始的环境，《天朝田亩制度》大概犹有些许实施的可能，可眼下是在金陵，面对一个百业兴旺、五光十色的城市，洪秀全们竟视若无睹，于囊中摸出《天朝田亩制度》径直扔向金陵。其无视现实、沉湎主观，一至于斯。自然地，此等文本沦为废纸一帙，势成必然。现实终究不可违拗，犹如胳膊拧不过大腿。《天朝田亩制度》的颁行，除了在史书上留下一笔，在现实中近乎无形。先是天京之外太平军控制区，长官不得不另寻他策以解决财政问题，继而太平天国的整体政策也终于改弦易辙，完全抛弃《天朝田亩制度》条文，从空想回到现实。

《天朝田亩制度》的中心精神，在"天下大同"；而用来实现"天下大同"的思路，是取消私有财产、彻底国有化，通过国家控制土地等生产资料、向劳动者分配生活资料，达到人人饱暖、处处均匀。这思路聊备一格，甚至我们说，当共产主义传入之前，中国自发有此设想，应可佩服。然而览其文本，虎头蛇尾之感极强。思路以外，当要拿出落实办法时，却只堪以草草了事形容。如最为关键的内容土地分配，它是这么设计的：

凡田分九等，其田一亩，早晚二季可出一千二百斤者为尚尚 "尚"即"上"，《钦定敬避字样》："上：唯尊崇天父可用，余以尚字代。" 田；可出一千一百斤者为尚中田；

可出一千斤者为尚下田；可出九百斤者为中尚田；可出八百斤者为中中田；可出七百斤者为中下田；可出六百斤者为下尚田；可出五百斤者为下中田；可出四百斤者为下下田。尚尚田一亩当尚中田一亩一分，当尚下田一亩二分，当中尚田一亩三分五厘，当中中田一亩五分，当中下田一亩七分五厘，当下尚田二亩，当下中田二亩四分，当下下田三亩。凡分田照人口，不论男妇，算其家人口多寡，人多则分多，人寡则分寡，杂以九等，如一家六人，分三人好田，分三人丑田，好丑各一半。[1]

以粮食产量论地力，再按地力将田定为九等，参差均分与农户，此其大意也。这也还说得过去。但中国之大，南北东西耕地品质千差万别，这里所订标准，不知据何而来，或许是洪秀全对于官禄㘰的印象，如换作另外一地，例如华北一带，依当时情形来说，好田种麦一年收成难逾五百斤，且仅一季，较上面所谓"早晚二季可出一千二百斤者为尚尚田"相去甚远；因此，真要将"凡田分九等"贯彻下去，各地恐怕必须就每块耕地的良莠，细细勘查，依照实际情况重新订出与本地相宜的标准，才能不失公平。就算不惮烦巨，去推行这项工作，在实际办理过程中，怎样真正做到客观准确，显然也不仅仅是摸清地力那样简单，官员能否持正？处置是否透明？如何防止以权谋私、昧实虚断、造假作伪？这都要考虑，而太平天国从未提出周密的制度安排，去防范各种可能有损公平的倾向。再说，粮食产量似乎也不止是地力一个因素决定，良田到了懒惰成性的农夫手中可能就是不毛之地，反之，勤勉踏实、尽心尽力的耕者兴许能让品质一般的土地获得不错的收成。此外不必说，还有天候、年份、经验、技艺等好些因素，都将影响产量。由此可见，洪秀全"田分九等"的构想，是多么粗疏；他只考虑了一种因素，实际上，稼穑之事却涉及复杂的方方面面。关键在于，构想初衷是由此实现平均主义，而世上最难做到的，恰恰就是平均主义。表面上看来，一碗水端平是再简单不过的事，然而具体到每个具体问题，要考量和顾及的方面千头万绪，真正、绝对、让人无法诟病的平均主义，根本做不到。就此而论，《天朝田亩制度》上面这段落最尴尬的地方还不是"田分九等"，而

---

[1]《天朝田亩制度》，《中国近代史资料丛刊·太平天国（一）》，页321。

是后面怎样将九种品质等级的耕地,公平地分配到户。它举"一家六人"为例,解释如何分配:"分三人好田,分三人丑田,好丑各一半。"稍予细读,就会发现明明是"田分九等",到了这个例子当中,却变成了"好丑各一半",亦即"田分二等"。为什么会这样"偷梁换柱"呢?实在是因为碰到了一个数学难题。想象一下,"一家六人"如何恰当、完全公平地与"田分九等"衔接,将意味着何其琐碎的换算关系!写至于此,洪氏必然也意识到了事情的麻烦,于是知难而退,偷了偷懒,以"好丑各一半"敷衍了事。

这就是平均主义的致命弱点。归根到底,听上去美好、让人皆大欢喜的平均主义,从来只是提出一些无法落实的任务。故而《天朝田亩制度》没有实施也不可能实施,勉强实施,事情也只能乱作一锅粥。我们觉得,洪秀全写这份东西时,处在一种顾头不顾腚的状态,被内心的理想所激动,挥而就之,而非以缜密、诚切、理性之思,认真设计和推敲经济改革方案。

更有一种可能,即《天朝田亩制度》里面的分田方案,并非原创,是取自或参酌于古书,而洪秀全就此犯了食古不化的毛病,把在书本上见到的东西抄过来,略加发挥,想要直接用于现实。

要之,与《天朝田亩制度》所提方案基本思路一致的设计,早就存在。马端临《文献通考》之"田赋考",征引了几种古籍,例如《大司徒》:

> 凡造都、鄙,制其地域而封沟之,以其室数制之。不易之地家百亩,一易之地家二百亩,再易之地家三百亩。不易之地,岁种之,地美,故家百亩。一易之地,休一岁乃复种,地薄,故家二百亩。再易之地,休二岁乃复种,故家三百亩。[1]

《遂人》载:

> 辨其野之土,上地,中地,下地,以颁田里。上地,夫一廛,田百亩,莱五十亩,余夫亦如之。中地,夫一廛,田百亩,莱百亩,余夫亦如之。下地,

---

[1] 马端临《文献通考》卷一田赋考一,中华书局,2011,页7。

> 夫一廛,田百亩,莱二百亩,余夫亦如之。莱,谓休不耕者。廛,居也。扬子云有田一廛,谓百亩之居。孟子所云"五亩之宅,树之以桑"者是也。[1]

又如《小司徒》:

> 乃均土地,以稽其人民而周知其数。上地家七人,可任也者家三人。中地家六人,可任也者二家五人。下地家五人,可任也者家二人。一家男女七人以上,则授之以上地,所养者众也。男女五人以上,则授以下地,所养者寡也。有夫有妇,然后为家,可任矣。见《力役门》。[2]

还有《王制》:

> 制农田百亩,百亩之粪,上农夫食九人,其次食八人,其次食七人,其次食六人;下农夫食五人。[3]

马端临在列陈这些古籍后,总结说:

> 右按周家授田之制,但如《大司徒》《遂人》之说,则是田肥者少授之,田瘠者多授之;如《小司徒》之说,则口众者授之肥田,口少者授之瘠田;如《王制》《孟子》之说,则一夫定以百亩为率,而良农食多,惰家食少。三者不同。[4]

亦即,这些都是周代的分田方案。

我们看其中的基本思路,要么在区分腴薄的基础上,尽力体现土地分配的平均与公平,要么以户口人数众寡为依据授田于民。《天朝田亩制度》也无非如

---

[1] 马端临《文献通考》卷一田赋考一,中华书局,2011,页7。
[2] 同上,页7—8。
[3] 同上,页8。
[4] 同上。

此，甚至按质之优劣，将田亩分为上、中、下数等，这具体办法也来自周人。然而周代的田亩制度，真实情况究竟如何，至今实不可考知，连那些所谓"古籍"的真伪，也不能断定。但有一点，上述文献真也好，伪也罢，时间都远远早于《天朝田亩制度》。从时间关系上说，《天朝田亩制度》借鉴了所谓周代制度，显而易见。

如今一般认为，周代制度如何如何，很多是后世儒家根据自己的社会理念，虚构附会而来。最著名的就是"井田制"，胡适曾考证它不过是孟子的"大乌托邦的计画"[1]：

> 懂得以上所述种种井田论的沿革线索，方才可以明白井田的话是汉代的有心救世的学者，依据孟子的话，逐渐补添，逐渐成为"像煞有介事"的井田论。井田论的史料沿革弄明白了，一切无谓的争论都可以没有了。[2]

可见《天朝田亩制度》方案之所本，根植于一些纯理论假说，从未经过实践检验，故其难以施诸现实，不能不是被注定了的。

从史实角度，《天朝田亩制度》勉强行之的，大约只有两句话，一是"人人不受私，物物归上主"，一是"凡二十五家中设国库一……俱用国库，但有限式，不得多用一钱"。前者即《所得财物尽缴归天朝圣库诏》，后者的体现是天京配给制。"人人不受私，物物归上主"可能直到中期都比较严格地实行着，中期以后，尤其是后期苏福省则尽已坠地矣，其情形可以参见先前的叙事。至于配给制，它的实行应该远远早于天京，至少初克武昌时期的报道已能略窥端倪，其次也不仅行于天京，在庐州、平湖等地亦有其轮廓，不过以天京的消息最确切、最具体，张继庚、涤浮道人、谢介鹤、张汝南等人很清楚地记述了其中细节。1853年冬天，有外国人在天京见到，那里"每25人一组，过着真正公有制的生活，逐日领取衣食用品。那些不会、不愿或没有能力做任何事情的人也得到基本的生活必需品的供应"。[3] 至于"人人饱暖"则是另一回事，须视"国库"盈虚而定。定都天京的第二年，供应已非常吃紧，馆

---

[1] 胡适《致胡汉民、廖仲恺》，《胡适书信集》上册，北京大学出版社，1996，页230。
[2] 同上，页231。
[3]《法国耶稣会传教士葛必达神父的一封信》，《中国近代史资料丛刊续编·太平天国（九）》，页101。

中多为半饥状态。倒是天京以外会好一些，因为可以"打先锋"，得到配给制之外的满足，比如《苏台麋鹿记》记载的苏州太平军士兵在乡下生割活牛之肉以啖之。但这两个制度，最终都不免名存实亡的命运，太平军从上到下各发各财，"公有制"彻底碎片化。这也很好理解。说到底，世界上没有一件事只靠"理想""觉悟"即可支撑，"公有制"若能驱除"私有制"，非得有压倒后者的硬实力，但在太平天国，二者显然倒悬，人们求一温饱而不能，又如何对"公有制"安然受之、欣然乐从？

其实，不光个人阳奉阴违，在国家层面，后来"公有制"也搞不下去。按照《天朝田亩制度》的设想，经济架构应该是生产方式国家化，所有物权国有，产品归公，经营及利润归公，以此使一国财富输于"圣库"，然后再根据"大同"原则均匀地惠馈个人。进占金陵后，除了《天朝田亩制度》，还颁有《待百姓条例》。前者内容如其题所示，主要针对农业生产，是对土地制度的设定；后者一方面体现着相同的经济思想，另一方面涉及面较宽，涵盖了城市工商业。所以虽然它名气不像《天朝田亩制度》那样大，普通读者甚至没有听说过，但在经济制度方面的重要性不亚于后者。而且因对农村控制不稳定缘故，《天朝田亩制度》政策没有机会落实，《待百姓条例》却在天京城内切实得以施行。原件当初应是以布告张贴的形式公布，并未收入任何太平天国官书，现在已佚，只能借杂著的转述窥其大要：

> 所刻妖书逆示颇多，如书诏文诰等类，极狂悖，极不通。内有《百姓条例》，诡称不要钱漕，但百姓之田，皆系天王之田，收取子粒，全归天王，每年大口给米一石，小口减半，以作养生。所生男女，亦选择归天王。铺店照常买卖，但本利皆归天王，不许百姓使用。[1]

研究者特别重视的，是"铺店照常买卖，但本利皆归天王，不许百姓使用"一语，这句话作为太平天国官方工商业政策的明确表述，他处不见，故极珍稀。单从这句话来看，太平天国并非不要工商业，但是，要把它彻底改为国有。第一步，

---

[1] 佚名《金陵被难记》，《中国近代史资料丛刊·太平天国（四）》，页750。

没收所有私人企业，使之充公；第二步，转由国家经营，利入"圣库"——"本利皆归天王"，此之谓也。规定只此一语，而具体的处置，通过《金陵杂记》《金陵省难纪略》《金陵被难记》《张继庚遗稿》等所述来看，是这样体现的：城内所有商店、作坊，一律官办，生产和经营衙门化，大小店行均由官方发予牌照始得营业，称"天朝某店"，经营则官员化，授衔治事，产品亦不作为商品流通，而以调拨方式发用。这无疑是中国最早的企业国有化运动，从扫荡私有制论，洪秀全所为可谓至矣尽矣。

但是，这里有个问题。有人认为"《待百姓条例》是定都南京之初颁布的"[1]，只怕有误。造成这误判的原因，是述载其内容的《金陵被难记》的纪事范围，貌似只是金陵陷落前后那一段，这一点连它的标题"被难记"亦不无误导。其实，细读其文，该著固以金陵易手的瞬间为叙述重点，但仍然夹杂了不少后来的事情，例如这一句："初以二十五人为一房，后人数渐多，或六七十、一二百不等，锁闭严禁，不许人窃探。初尚给饭食，继则不敷，今几绝粒矣。"[2] 今几绝粒矣几个字，明显讲的是1854年供应紧张、粮食危机，由此判断作者撰文并非在金陵初克不久，而是距其至少有一年以上时间。为什么要辨明此点？因为关系到《待百姓条例》究竟是洪秀全在天京最早的工商政策，还是经过调整、改良的面貌。依"铺店照常买卖"断定，它应该是改变后的结果。而刚进城时的政策，其实是下令所有商店关门，禁止一切买卖，完全废除商业。

诸家多有记述，天京市井一片凋零。马寿龄《金陵癸甲新乐府》尤以明文述载：

> 伪示有云：天京乃定鼎之地，安能妄作生理，潜通商贾。[3]

这里的"伪示"，应该才是进城之初公布的、早于《待百姓条例》的公告。里面言之极明，天京城不许有商业存在。"生理"即今所谓"生意"，乃宋明以来对买卖、货殖的俗称，如小说《卖油郎独占花魁》："今见朱小官在店，谁家不来作成。所以生理比前越盛。""安能妄作生理，潜通商贾"，显而易见是一道禁商令。外

---

[1] 郭毅生《太平天国经济史》，广西人民出版社，1991，页80。
[2] 佚名《金陵被难记》，《中国近代史资料丛刊·太平天国（四）》，页749。
[3] 马寿龄《金陵癸甲新乐府》，同上书，页738。

国人的目击也证实这一点,法国耶稣会传教士葛必达神父1853年11月到访天京,他非常明确地说:

> 商店没有一家开门,整个场景十分凄惨,南京更像是一座兵营,而不像一个城市。当想到这座古都昔日的繁华……我的心不禁隐隐作痛。[1]

1854年6月,美国牧师克陛存则述称:"这座城市满目废墟,一片荒芜景象。"他对天京同样留下纯属兵营的印象,指出:"除了制造火药和战具外,没有看到有什么别的劳作。"稍后,他更具体地描述其情形:

> 目前,南京本身是一个不折不扣的军营。叛军看来已将城里的所有财物充作公有,甚至包括居民在内。男性成人和少年已被征召入伍,妇女儿童则被编成队,安置在城里一个隔离的区域。她们全都接受军事管理,并被迫做分派给她们的工作。这样,她们便能得到公共仓库的食品和衣服,但似乎没有任何酬饷。[2]

城中没有一丁点商品经济迹象,商品交换完全禁止,货币似乎被取消抑或失去作用,所以葛必达神父观察到"人们不能买卖任何东西,事实上,个人即使有钱也派不上用场",分配只用实物供给方式,劳动没有金钱报酬,而中国传统的"小生产者的汪洋大海"一夜之间化作乌有……

可以肯定,进城之初洪秀全对天京工商业实行了更彻底的革命。《待百姓条例》"铺店照常买卖",明显不是这个时候的政策,是稍后做出的改变。而被迫变化的原因,非常简单——现实给予了严厉的报复和惩罚。资料显示:

> 1854年夏,天京总圣库的金银库存数,就由初克南京时的一千万余两降到不及百万两,这对拥有数十万之师的新政权来说,人均不过一两银,

---

[1]《法国耶稣会传教士葛必达神父的一封信》,《中国近代史资料丛刊续编·太平天国(九)》,页100。
[2]《克陛存牧师的一封信》,同上书,页137。

当然是个严重的危机。[1]

1853年初春二月二十日，洪秀全御驾进入金陵，眼下距其不过刚刚一年，事情却已至这等境地。以前银两颇裕，并非生财有道，而是饱掠狂搜所获；如今，从走州过府变成驻足天京，外遭围困、财路受阻，内则各项生产奄奄一息，自然要坐吃山空。

在一切尽改官营官办后，百业活力全失，萎缩严重。例如丝绸制造，原是南京享誉天下的传统产业，极为发达，缎机多达三万余张，而建都天京后急遽衰落。起初组建织营，"令各匠织缎，诈称可免当贼兵，于是起而从者数百人，渐集至一万四千人"，但没过多久，工人逃亡甚多，"自夏徂冬，所存只四分之一"。[2]其余各业，如竹匠、木匠、瓦工、菜农、船工、米业、印刷、酿造等，情形无不相仿。归根结底，官营官办模式有两大弊端。一是劳动者不能实现个人价值，形如奴役，劳动意愿降至于零，生产效率低下、产品质量低劣等问题如影随形而至。二是生产的组织管理很难避免用行政命令代替市场规律，脱离实际、脱离需求，克陛存牧师声称"除了制造火药和战具外，没有看到有什么别的劳作"，可见一斑，《贼情汇纂》同样记载"凡军中所需，咄嗟立办"[3]，这都可能存在瞎指挥、盲目生产，从而导致物力和人力不合理消耗以至无谓的浪费。

总之，上述经济政策下，未及一载，"自古繁华"的金陵，岂止民不聊生，连太平天国政权自身也陷入严重财政危机。这一切，马寿龄只用一句诗即予概括："初言商贾毋潜通，房物殆尽势且穷。"[4]的确如此，统治天京不久，太平军老本很快吃光，钱粮俱缺，"圣库"空虚，难以为继。于是，1854年达到非常困难的地步。在《镇江与南京》中，肯能从太平军士兵口中听说"两年半前约即1853年末至1854年初，所有驻军除了喝粥，别无其他食物"[5]，直至1856年春夏之交，困境

---

[1] 郭毅生《太平天国经济史》，页79。
[2] 涤浮道人《金陵杂记附续记》，《中国近代史资料丛刊·太平天国（四）》，页618。
[3] 张德坚《贼情汇纂》卷四，《中国近代史资料丛刊·太平天国（三）》，页117。
[4] 马寿龄《金陵癸甲新乐府》，《中国近代史资料丛刊·太平天国（四）》，页740。
[5] 《"在南京生活数月的两名欧洲人"的叙述》，《太平天国史译丛》，《中国近代史资料丛刊续编·太平天国（九）》，页175。

犹在延续，肯能亲言："我们看到穷人提着蓝色的黏土。侍童告诉我们，由于粮食极为匮乏，他们便用黏土掺和着大米吃。在侍童剃头的地方，我们曾见过他们吃这种混合食物。"[1]

事实证明，这支队伍搞经济不灵。其维系生计，惟有一条路比较靠谱，即依赖军事、战争而向敌方和民间夺取与缴获。一年以来天京尝试其自我经济思路的失败，很无情地显示太平军归根结底是一种擅长破坏而拙于建设的力量。实际上，天京走出"物殆尽势且穷"的困境，后来也主要是靠军事上重振雄风、西征东进的途径加以解决。

如果说1853—1854年近乎毁灭的财政窘境有什么好处的话，大概在于至少给了洪秀全当头一棒，令他知道世事多有一定之理，违拗不得，不以人的意志为转移。洪秀全接受教训，有一系列的迹象。首先，《待百姓条例》算是一个。从1853年11月，葛必达所亲睹的"商店没有一家开门"，到"铺店照常买卖"推知，《待百姓条例》应是新政。我们同时推断，之前天京是将所有店面封闭了的，在《待百姓条例》公布后，重新开张营业；但是，禁止私人经营，全部以"公营"方式、核准后发予执照投入营业。这也获证于马寿龄，其诗叙事顺序，先为"初言商贾毋潜通"，继言"城中设立五大行"，说明事情以这样的过程发生着变化；后面还有一句："兄弟姊妹买之卖，什一逐利充饥肠"[2]，点出"利润"或商品经济因素重回天京生活，商品的赢利属性又被承认和允许，从而与先前取消交换、一切以实物配给方式发生的情形，构成鲜明反差。这种在公营模式下接受商品经济的办法，面目和样式不断扩充，包括国家垄断的"五大行"，包括神策门外那条著名的有些类似上世纪六七十年代所谓"自由市场"性质的"买卖街"，渐次设立。另一重要迹象，是铸币。港督包令之子莱文·包令，1854年7月于造访天京途中递交报告称："我们被告知，他们迄今仍未铸造钱币。"[3]尽管有报道说，此前太平天国即曾尝试铸币，因不得法辍弃。但实际上，真正原因应该不是铸造技术上的，而是对于钱币本身抱有怀疑及轻视，非其所必需之物。

[1]《"在南京生活数月的两名欧洲人"的叙述》，《太平天国史译丛》，《中国近代史资料丛刊续编·太平天国（九）》，页188。

[2] 马寿龄《金陵癸甲新乐府》，《中国近代史资料丛刊·太平天国（四）》，页740。

[3]《莱文·包令的叙述》，《中国近代史资料丛刊续编·太平天国（九）》，页164。

倘若迫切需要之，技术难度想方设法总是可以解决。真实情况，盖如葛必达所说"个人即使有钱也派不上用场"。太平军对外购买军资之类，用其库存金银即可；发行钱币，使用范围主要还是在内部，而以实物配给作为供应方式的情况下，钱币并非必需。但显然就在莱文·包令的报告之后，太平天国着手铸币并成功；马寿龄专有一诗《铸大钱》述其事：

> 贼人房搪得铜无数，大开洪炉资鼓铸。谁为老成垂典型，古来款识都变更。一面直行书"圣宝"，一面直行书"太平"。

显然，作者确曾亲见铸成的铜钱，故能描述具体。我们视太平天国铸币为重要迹象，是因它标志着商品交换实质性地重返经济现实，那种想在人间废除货币的幻想破灭了。虽然"太平圣宝"信誉度不佳，一旦出城，人皆不受，"出城与人互交易，依旧咸丰通宝行"[1]，但作为财经回归旧轨的象征，它仍然耐人寻味。

尺度一变，很多事情都随之改变，比如严禁私营、将其没收的政策，默默松弛，后来太平天国新占区，不但"铺店照常买卖"，而且并不一律作充公处置，苏福省常熟县的情形是，县城店铺变为公营，乡镇则保持私营不变，凡私营者以"捐钱"方式征收费用：

> 贼安民后，各乡镇多开张店铺，无论大小，每日俱要捐钱。惟城中店铺，皆贼所开张，不捐。[2]

抽税、派捐的做法十分普遍。安徽怀宁曾发现一件太平天国发给榨油作坊的"照凭"，上面规定日榨油二百斤取税油四斤，榨一百斤取税油二斤，约即百分之二税率。《漏网喁鱼集》则记有苏南一带各种情形："店铺俱要店凭，报明资本若干，人伙若干，每日抽厘十之一厘，按期缴解。"[3] "车担往来，皆要抽税。"[4] "白

---

[1] 马寿龄《金陵癸甲新乐府》，《中国近代史资料丛刊·太平天国（四）》，页737—738。
[2] 陆筠《海角续编》，《漏网喁鱼集·海角续编》，中华书局，1997，页126。
[3] 柯悟迟《漏网喁鱼集》，同上书，页52。
[4] 同上。

茆水旱关税又加一倍，尚不能出境照票，远出必得再税，真所谓十里五关，一年八课。"[1] "逼领行店凭，必先报明存本若干，如成本一千，每日抽钱十文；生意一千，抽钱五文。"[2] "徐六泾港生意极盛，河海各船稠密，被贼拉住捉领船凭，大船二三千，小船三四千此处疑有误，大小船领凭钱数或应颠倒；大行捐二三百两，小行捐三四十两。港内设苏关，外口设海关，完税抽厘。"[3] 一旦不禁私营，又从一个极端走到另一个极端，过度依赖税费，苛捐杂税多如牛毛。事既至此，洪秀全的公有制绕了一圈，还是回归于对私有经济的仰赖，其财政收入显然已经主要靠对私营者抽税来维持。

而最根本的自我否定，则是土地制度。耕地国有化，"除足其二十五家每人所食可接新谷外，余则归国库"，《天朝田亩制度》所绘这张"最新最美的图画"，非但没有尝试的机会，最终也因新的政策而完全作废。

《太平天国文书汇编》现录有《东王杨秀清奏请准良民照旧交粮纳税本章》一件，其云：

> 小弟杨秀清立在陛下暨小弟韦昌辉、石达开跪在陛下，奏为征办米粮，以裕国课事：缘蒙天父天兄大开恩，差我主二兄建都天京，兵士日众，宜广积米粮，以充军储而裕国课。弟等细思，安徽、江西米粮广有，宜令镇守佐将在彼晓谕良民照旧交粮纳税。如蒙恩准，弟等即颁行咨谕，令该等遵办，解回天京圣仓堆积。[4]

此件据自《贼情汇纂》卷七，未具年月。郭毅生《太平天国经济史》多方分析，认为"颁布于1854年夏季"，尤其他指出"'照旧交粮纳税'制是作为对农村'圣库'的否定而出现，故不可能早于《天朝田亩制度》"[5]，极是。奏章中"照旧"字样，明示所提建议是对于某种旧有事物的恢复，同时"细思""如蒙恩准"云云，亦

---

[1] 柯悟迟《漏网喁鱼集》，《漏网喁鱼集·海角续编》，页53。
[2] 同上，页55。
[3] 同上，页57。
[4]《东王杨秀清奏请准良民照旧交粮纳税本章》，《太平天国文书汇编》，页168。
[5] 郭毅生《太平天国经济史》，页170。

含劝说、恳求之意，这都表明事涉现行政策的更改。盖1853年12月推出《天朝田亩制度》，虽难以落实，但土地所有者为国家、粮食等农产品完全归公并取消纳粮交税方式等内容，作为制度已然诏告天下；眼下，奏章建议"照旧"重新"交粮纳税"，明显是将业已公布的决定推翻，回到对旧的土地关系的承认上。而何以如此呢？并不是杨、韦、石三人有意与洪秀全唱反调，实因太平天国遭遇了极严重的困难。1854年后，天京几乎断粮，这固然有向荣围困的作用，但揣之于奏章内容，恐怕更在于自身制度极大地作茧自缚。一面"兵士日众"，需要"广积米粮"，一面却轻率地公布了空中楼阁一般、无法落实的《天朝田亩制度》，不啻乎自断生路。"照旧交粮纳税"，实际上就是放弃眼下不可能办到的事情，重新承认现实，以救燃眉之急。"交粮"即征粮，"纳税"即课利，两者都意味着对私有概念的承认，以及由此而来的国家财政关系。这当然是和《天朝田亩制度》反向而行。恰恰也是从"照旧"二字，我们可以解读出新制度乃是天京粮荒和财政窘境的直接原因。尽管杨、韦、石本章内容，对洪秀全无异于打脸，但面对严峻局面他亦无可如何，只得"恩准"。于是，"照旧纳粮完税"新政在太平军新占区普遍推行，如太平天国乙荣五年1855三月十七日太平天国在江西都昌县贴出"早完国课"布告，称"国有征税之期，完纳宜早"，并具体解释其政策如下：

> 兹本大臣恭奉王命，莅临斯土，催办钱漕，兼收贡税。田赋虽未奉其定制，尔粮户等，亦宜谨遵天定，暂依旧例章程，扫数如期完纳。为此特行晓谕尔粮户人等知悉。[1]

其中"田赋虽未奉其定制……暂依旧例章程"一语说明，"国课"内容、数额完全依照和采用清朝统治时的规定，由此可知"照旧纳粮完税"是何含意。

实际上，"照旧纳粮完税"准予执行后，《天朝田亩制度》便已作古。迄至太平天国终末，都是如此。倘若又有什么新的变化，也只是越来越"实用主义"而已。比如后期苏福省，在地主逃亡比较严重、业户乏人的地区，就实行"着佃交粮"，亦即越过土地拥有者直接向租田耕种的佃户征粮；而在乡绅势力比较

---

[1]《前玖圣粮刘威谕粮户早完国课布告》，《太平天国文书汇编》，页118。

稳固、业主犹存的地区，则准许"业户收租"，即认可土地拥有者的收租权，然后从他们那里完粮纳税。过去，在阶级斗争史学的年代，有的研究者对此很失望，认为是丧失革命立场，向旧的生产关系妥协和倒退。但在太平天国而言，怎样有效收粮完课才是惟一目的，先前的说道早已顾不上。

尤其洪仁玕到天京后，参照他所知道的西方富强经验，提出《资政新篇》，涉及多方面改革，财经方面主要有三点：一、许私人办银行，曰："倘有百万家财者先将家赀契式禀报入库，然后准颁一百五十万银纸，刻以精细花草，盖以国印图章，或银货相易，或纸银相易，皆准每两取息三厘，或三四富民共请立，或一人请立，均无不可也。"[1] 二、鼓励和保护私营制造业及其专利和知识产权，曰："兴器皿技艺，有能造精奇利便者，准其自售；他人仿造，罪而罚之。即有法人而生巧者，准前造者收为己有，或招为徒焉。器小者赏五年，大者赏十年，益民多者数加多，无益之物有责无赏，限满他人仿做。"[2] 三、开放民间探矿、采矿，曰："凡金银铜铁锡煤盐琥珀蚝壳琉璃美石等货有民探出者，准其禀报，爵为总领，准其招民探取，总领获十之二，国库获十之二，采者获十之六焉。"[3] 亦即，金融及厂矿俱准私有，这无疑应属太平天国经济模式的根本变革了，而洪秀全对此三条的御批，均为"此策是也"，其于《天朝田亩制度》的"人人不受私，物物归上主"原则，怎能不谓之天翻地覆？可惜，洪仁玕这样的人物、这样的思想，来到得太晚，《资政新篇》亦如《天朝田亩制度》那样，没有一点付诸实践的机会。但是作为历史观察者，我们丝毫不难于去分辨这两者的未予施行，决然不可同日而语；《资政新篇》的道路走得通，《天朝田亩制度》则走不通，都一目了然。令人感慨和深思的，或许并不在于1853年的《天朝田亩制度》和1859年的《资政新篇》之间南其辕而北其辙的巨大反差，而在于那个亲自撰写《天朝田亩制度》与那个对洪仁玕上述建言都写下"此策是也"眉批的洪秀全到底是怎样一种思想状况？这应该理解为自相矛盾、出尔反尔呢，还是理解为思想上的一种迷茫、无助或先天不足？笔者虽难断言，但稍稍倾向于后者。之前我们多有论及，洪秀全以及整个太平天国领导层视野有限，见识窄浅，他们缺少的就是类似洪仁

---

[1] 洪仁玕《资政新篇》，《中国近代史资料丛刊·太平天国（二）》，页533。

[2] 同上，页533—534。

[3] 同上，页534。

玕这样有着宽新眼界的人物，设若鼎定天京之初洪仁玕已至且真正受信任，虽不知终究如何，至少太平天国事业存有另外之可能，比方说，像《天朝田亩制度》那种空洞的构想也许不至于出笼。

关于《天朝田亩制度》结局之落寞，还有一个有趣细节。1854年底，曾国藩"连克蕲州、田镇，所向皆焚巢扫穴，俘获贼中文籍，汗牛充栋"[1]，曾国藩乃有心人，下令"所获逆书及伪文卷急须逐条编纂成帙，以备查核"[2]，此即《贼情汇纂》之由来。《贼情汇纂》依据大量太平天国原始文件编成，这是它突出的史料价值。其卷九"伪书"部分，辑录了太平天国国家基本典籍书单，其中有《天朝田亩制度》。对于各书，《贼情汇纂》均作简介或摘引，惟独《天朝田亩制度》例外，编者张德坚但见其名未睹其书。他说"凡贼中伪书首一章必载诸书名目"[3]，这就是"旨准颁行诏书总目"，亦即太平天国官方所核准出版书籍的名单，它总是印在每一种书的前头，张德坚正是由此知道《天朝田亩制度》。然而查遍"汗牛充栋"的文牍，他始终没有找到它：

> 惟各处俘获贼书皆成捆束，独无此书，即贼中逃出者亦未见过，其贼中尚未梓行耶？[4]

缴获材料中遍寻不着，询问太平军人士也都回答没见过，这十分怪异，以致张德坚怀疑它尚未出版。但我们知道不是这样，《天朝田亩制度》当然已经出版了。那么，为什么1854年底它竟然神秘蒸发，乃至人莫知之？其中必有不明的隐情，莫非"照旧纳粮完税"政策出台后，太平天国因二者抵牾之故，曾一度下令将此书收回封存？其情至今盖未考知，我们知道的是，"太平天国癸好三年新镌"的初版《天朝田亩制度》，世上从未发现，只本无存；人们所见都是"己未九年"亦即1859年之翻刻本。如此重要的文件，它的命运竟如此凄凉不济，其间究竟发生过什么样的故事，确令人悬思不已。

---

[1] 张德坚《贼情汇纂》序，《中国近代史资料丛刊·太平天国（三）》，页27。
[2] 张德坚《贼情汇纂》凡例，同上书，页36。
[3] 张德坚《贼情汇纂》卷九，同上书，页260。
[4] 同上。

罪与罚

我们如今所称的"法",古代一般名之以"刑"。近代以来对"法"的理解,无论层次与精神都更周密、更辩证,古代则比较片面,基本是作为惩罚和镇压工具,假暴力手段维持社会秩序。所以在古代,"法"大致等于"刑",或集中体现于"刑"。由于侧重和依赖暴力,古刑比之于今世远为惨刻,目的不但在于让乱法者受惩处,且冀望借助刑的可怖来威吓所有人。但过去我们常有个误解,以为酷刑惟中国为多为甚。其实不能这么说,对酷刑的喜好,旧时代举世皆然。以欧洲为例,起码到十五世纪,那里酷刑就未见得较中国逊色。中国一方面确有不少酷刑,另一方面中国对刑的认识也从来分处两端。一种是嗜虐逞威,另一种则主张慎刑求德。后之代表,即儒家口中的上古圣君尧、舜。据说他们治天下之前,蚩尤"不用善化民,而制以重刑,惟为五虐之刑,自谓得法",这"五虐"之中,包括劓、刵、椓、黥等肉刑,"而尧、舜以流放代之,故黥劓之文不载唐、虞之籍,而五刑之数亦不具于圣人之旨也"[1],令以刑残民的统治成为过去。尧、舜还主张:"罪疑惟轻,功疑惟重。与其杀不辜,宁失不经。"[2]很了不起,虽距现代"疑罪从无原则"尚存不及,但在远古能持"罪疑惟轻"的认识,已经相当杰出。尽管尧、舜史事尚未从考古上落实,可能是儒家典籍的杜撰,然而作为思想见解,它们存在于中国是不必否认的。

透过法律制度,一来能看到社会的价值取向,比如保护什么、反对什么。

---

[1] 马端临《文献通考》卷一百六十二刑考一,页4838。
[2] 同上,页4837。

二来能看到社会的道德观念，以何为善、以何为恶，法律功能之一就是惩恶扬善。还有，能看到政权的特征乃至权力背后的哲学，比如权力是较有自信还是被焦虑所控制，或权力对人性的看法偏于正面还是负面……这些都会影响法律的面貌，令它宽严相差、刚柔有别。

太平天国官方文件中，未见颁有正式法典，仅有带法律性质的《天条书》和军规一类东西。正式法典究竟有没有，至今存疑。似乎有，张德坚从接受调查的太平军对象那里，听到过"太平刑律"的名称[1]，不过直到目前，尚未发现任何完整的太平天国律书。《贼情汇纂》从大量文书告示中辑录了六十二条，是目前所知太平天国法律条文最全的汇总。这是截至1855年亦即《贼情汇纂》付梓时的条文，法律内容总是会随时变更以适应现实变化，比如广西时期太平天国条例就比较简单，后则"所增禁令日繁"[2]；因此，《贼情汇纂》所辑也只是一个参考，我们姑以此为凭，就太平天国法律情形作一点有限的考察。

先说酷刑。太平天国有些令人色变的野蛮刑罚，如点天灯和五马分尸，是明确载于其文书告示的：

> 凡我们兄弟如有被妖魔迷蒙反草通妖，自有天父下凡指出，即治以点天灯和五马分尸之罪。[3]

故张德坚说："贼目残忍，专事威劫。"[4] 不过，仅此不能对我们的认识有何帮助。使用酷刑，绝非太平天国特色。它的敌方清朝，同样有酷刑。让我们从"小说家言"说起，莫言《檀香刑》的主人公，是一位大清刽子手，擅长"檀香刑"。所谓"檀香刑"，就是凌迟。莫言对"檀香刑"极尽渲染，自不免虚构成分，但凌迟重典明载于清律，却是事实。它一直到清朝尾声，于光绪三十一年经沈家本等人奏请，方告废除。《清史稿·刑法二》：

---

[1] 张德坚《贼情汇纂》卷八，《中国近代史资料丛刊·太平天国（三）》，页227。
[2] 同上。
[3] 同上，页229。
[4] 同上，页227。

> 三十一年，修订法律大臣沈家本等奏请删除重法数端，略称："见行律例款目极繁，而最重之法，亟应先议删除者，约有三事：一曰凌迟、枭首、戮尸……"[1]

凌迟作为顶级酷刑残忍之极，在它面前，其他酷刑都未免相形见绌。所以我们谈论太平天国酷刑，如果是为证其格外残忍，这个目的恐怕达不到。酷刑的可谈与宜谈，其实在别处，比如说文化含义。人类所有造物，不论美丑，都有文化的意义，就连酷刑这样丑陋的东西，说起来也应划在"文化"范围内。比如中国正统王朝对酷刑之设，是有讲究的，并非怎么野蛮怎么来，怎么狰狞怎么来，而须"传承有序""其来有自"，像做文章那样得有出典。史上没有的，不好随便乱创；史上曾有但前朝已废的，也不宜贸然恢复。总之应该循例而设。清朝用凌迟之法，便即如此：

> 凌迟之刑，唐以前无此名目。《辽史刑法志》始列入正刑之内。宋自熙宁以后，渐亦沿用。元、明至今，相仍未改。[2]

原来，凌迟是契丹始创，宋朝自神宗熙宁年间仿之，而元、明二代沿用。有了这番传承关系，它似乎便正当起来，可以堂而皇之地采用。反观太平天国，耐人寻味的恰也在于，它的酷刑如点天灯、五马分尸、铜锣炙背、火链缠腿、锥刺谷道等，皆非"相仍未改"而来。其中个别的如五马分尸，史上虽有，古名"镮刑"——商鞅死于"车裂"即此刑——但久已废除。那么，为何偏偏太平天国于酷刑不走"传承有序"路线？这倒正是历史可以品味处。加以体会，我以为或含几点：其一，能力所限，"技艺"达不到。比如凌迟，几被传为绝活，神乎其技，"明杀宦官刘瑾，凌迟三日始死，据云例该三千三百五十刀"[3]，甚是离奇，不知真假，但技术上有相当难度是一定的，太平天国恐怕暂不具备这么高级的专家刽子手。其二，察诸太平天国酷刑，一个共同特点是全都简便易行，人人可为、

---

[1]《清史稿》卷一百四十三，志一百十八，页4199。
[2] 同上。
[3]《中国历史大辞典》"凌迟"词条，上海辞书出版社，2010，页2502。

弗学而能，包括行刑器具亦属俯拾即是一类，还不必挑地点场所，随时随地上手，除了没有技术门槛，不能不说这很适合太平军多数时间处于流动和野战状态的需要。其三，太平天国酷刑，多数带"野刑"味道，不重仪式，比较随兴，宣泄意味浓，与街边田头撒野没啥差别，自"正统王朝"角度会觉得缺乏"明正典刑"的严肃性，但在太平天国，也许反而合它心态；它是一场"革命"，"革命"自不肯循规蹈矩，不痛快淋漓又如何尽显"革命"烈焰熊熊之势？

由此，也谈谈对太平天国酷刑的各种记载的考辨。

除点天灯和五马分尸这两种外，诸记所载的酷刑，在《贼情汇纂》所辑六十二条里都找不到。《贼情汇纂》一书，不出于作者个人之述，全部辑钞自太平天国正式文书和告示，故相当可信。而诸记所载全属见闻，有些来自作者自称的目见，有些却只得诸耳闻。这就带来一个真实性问题。在过去，颇有论者置之为"地主阶级知识分子的污蔑"，予以了断。这种可能性的确不能排除。然而，同时也就面临另一个不能排除的困难，亦即我们所用到的太平天国史料，多半都属于此类"地主阶级知识分子"撰述，如果"污蔑"的假设在逻辑上成立，就应将它们整体弃用，而没有办法把其中一部分视为"污蔑"、对其余部分却视为可信材料加以采用。因此，借口"污蔑"而搁置诸多太平天国酷刑记载的做法，本身经不住推敲。作为形态有些特殊的政权，"载于明文"未必是甄别太平天国史迹真赝的依据。从至今未见一部成文法典论，刑罚在太平天国，极可能始终就并不采取严谨、正式的法律体系的面貌，反而有很大的随意性、随机性。这里有个例子，沈梓《避寇日记》记述曾见太平军张贴告示于一寺庙，"系南京伪天皇（王）规条，有十诫、十嘱、十除、十斩四十条"，"诫者，诫人犯教中之禁也。嘱者，劝人从其教也。除者，除去恶习，如乌烟、花酒、释道之类。斩者，斩违教者也。"[1]这"天王四十条"，别书未见，人不能鉴其真假。直到1950年，江苏金坛县拆除旧墙时发现一份写于黄绫之上的太平军《邝天福令》，中有"读四十天法，圣心教导精详"[2]之语，适与沈梓"天王四十条"相佐，乃知其虽无考于太平天国官书，但《避寇日记》所述确非虚罔。类乎"天王四十

---

[1] 沈梓《避寇日记》，《中国近代史资料丛刊续编·太平天国（八）》，页57。
[2] 太平天国起义百年纪念展览会编《太平天国革命文物图录》，上海出版公司，1952。

条"那样确实存在而不见载于正式文献的情形,提醒我们太平天国治刑可能有任意、灵活的特点。它的条规可视乎需要随时添改,乃至于握一定权力者可以"因地制宜""便宜行事"自颁章则。张德坚从缴获材料见到"伪燕王秦日纲所出告示,亦载应斩罪多款"[1],似即为秦日纲法外置法,在所辖范围自搞一套,另张新规。做文章讲"文""野"之分,其实人类做所有事,都存在"文""野"之别,刑僇也不例外。历来在国法之外,不能尽绝暗中的私刑,比如宗族内部或秘密会社一类死角,私设公堂都司空见惯,所行私刑往往别出心裁、五花八门,以"野"见长。拜上帝会原本就带有浓厚的秘密会社色彩,兼之建都天京后并无向常规国家形态转型的鲜明意识,法度偏"野"少"文"是可想见的,其间若有不见诸史的"野刑"即兴之作,岂足为奇?

李秀成述天京末期:

> 自九帅兵近城边时,天王即早降严诏,合城不敢违逆,不遵天王旨命,私开敌人之文、通奸引诱,有人报信者,官封王位,之知情不报,与奸同罪,命王次兄拿获,椿砂、剥皮法治。[2]

"椿砂""剥皮"这两种酷刑,均未见于张德坚所辑六十二种,此处却经李秀成亲笔述记。同治三年六月,上海《新报》在报道中对两刑曾予描述:

> 一椿臼法,用大石仿长臼,将人放于臼内,以大石椿,从足际捶起,渐渐往上,约百余捶,方至头顶,又将身体折为一团,打为烂泥方罢……一剥皮法,其法先在地上掘一土坑,用柴火烧热,将人衣服全行脱去,推于坑内,其人乱跳乱纵,浑身皮肉浮起成泡,然后用铁钩出火坑,遂将人皮剥下。[3]

剥皮惨刑古有之,但"椿砂"或"椿臼"则似为太平天国"发明"。《能静居日记》

---

[1] 张德坚《贼情汇纂》卷八,《中国近代史资料丛刊·太平天国(三)》,页227。
[2] 《李秀成亲供手迹》,排印文,页41。
[3] 转自罗尔纲《太平天国史》,页1181。

洋枪队

洋枪队是沪上官绅为保卫上海所创雇佣军,初期将弁悉系洋人,后改招华人,配新式枪械、由洋人训练,此图坐者为洋教官、立者为华人兵丁,显示了上述特点。

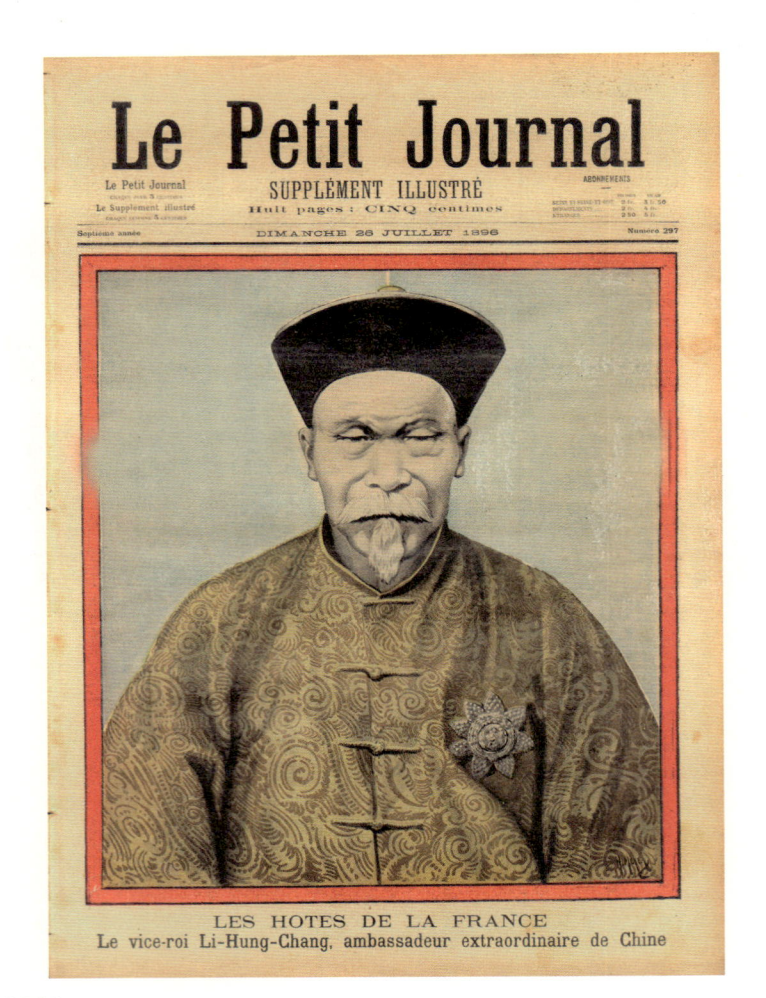

晚清重臣李鸿章

此画为1896年李鸿章使法时法报所刊，时距敉平太平天国已经三十年。画中的李总督，老迈、衰朽而目含狠诈。法国人特意点明其身所着"黄马褂"是清帝"对有功之臣的赏赐和厚爱"，而这一"厚爱"当溯之于李在沪就任江苏巡抚那一刻。

吴姓首领

原图注称之镇江"吴统领"。镇江太平军守将有"恩赏丞相"吴孝如,不知是否此人。其头戴之冠,考诸《贼情汇纂》应属夏日所戴"凉帽","自伪王至两司马,帽胎皆同毘卢式而稍狭……"

华尔攻慈溪

原图注指为华尔常胜军"在奉化东城门外架设起大炮,向城门轰击",应误。据亚朋德《华尔传》,常胜军并未进攻过奉化。1863年秋太平军再图宁波,华尔常胜军由李鸿章调遣南下驰援,先攻余姚,继攻慈溪。从图中情形看,所绘应为慈溪战斗。华尔副将正是这次作战时腹部中弹,寻亡。

记有一实例，同治三年二月，天京有图谋投诚的头目许连芳，失败后死于该刑："闻许已监押，后闻于十六日用石臼碓舂死。"[1] 借酷刑让人在死亡之外对肉体痛苦极度恐惧，这个效果可以说很好地达到了，以致李秀成冒险对天王表达异见时说："尔将一刀杀我，免我日后受刑……"[2] 足见对"受刑"的恐惧，远过于处死。用刑过酷的另一证据，是洪仁玕《资政新篇》郑重建议"善待"人犯。他劝洪秀全"恩威并济"，希望他"刑外化之以德，而省于刑"。[3] 设若施刑之毒未至惨不忍睹，干王实不必作为一个重大关切在此诚恳提出。

酷刑种类方面，似对火刑情有独钟。上述剥皮之刑，实为火刑一种。点天灯亦为火刑：

> 用棉絮卷人而绷之浸以油，置巨木倒缚于其上，燃以火名点天灯。[4]

谢介鹤所述几种，俱以用火为主：

> 越日有出城逃逸者，为贼所获，即剪发人<small>太平天国蓄发，剪发意味着投敌</small>，则怒以火烙火锥之，问通妖否……或将手足反接，背置铜锣，用火爇之，呼惨之声，不忍入耳。或将衣服脱尽用铁链烧红向胫一盘，但闻油渍铁声，肉皆糜烂，痛叫一声，大半昏绝。或用火箸烧红，刺入股内……[5]

张汝南同样记有"跪火链""烁铁熨背""灼锥刺臂股"，以及另一种鞭刑后的火刑：

> 竹篠鞭背，上鹰架，绳缚手足将指而悬之，纸燃烧油滴鞭破处。[6]

---

[1] 赵烈文《能静居日记》，页739。
[2]《李秀成亲供手迹》，排印文，页37。
[3] 洪仁玕《资政新篇》，《中国近代史资料丛刊·太平天国（二）》，页537—539。
[4] 张汝南《金陵省难纪略》，《中国近代史资料丛刊·太平天国（四）》，页716。
[5] 谢介鹤《金陵癸甲纪事略》，同上书，页662。
[6] 张汝南《金陵省难纪略》，同上书，页716。

太平刑罚之严刻，溯其由来，当是服膺法家思想所致。我们曾介绍了商鞅的"怯民使以刑，必勇"，"去奸之本，莫深于严刑"的重典治国路线。然而，商鞅重典治国仍注意刀刃之上的力度，求其轻重有别，真正收威慑作用。太平天国却有些不分轻重缓急，一味从重。虽然酷刑之外，太平天国刑罚也有常规或习见的一面，如斩首、枷号、杖责诸样式，且应说此系主流，酷刑只施诸某些特别严重的罪行和特别危险的罪犯。但终究来说，太平天国对于治罪，总难抑其打破常规、不循常理的任性，所以即便习见的样式，运用上也惊人地表现出轻重失宜、无所顾忌的特色。比如斩首，作为死刑在古代确属普通，然而太平天国用法却极夸张。张德坚注意到，"毛细之过，笞且不足，贼辄律以斩首。"[1]亦即通常来讲的轻罪，太平天国往往以问斩伺候。《贼情汇纂》所列六十二条刑律，处以"斩首不留"的居然多达四十二条，庶几无罪不斩。且举数例："各衙各馆兄弟"如果发生"口角"和"斗架"，将"不问曲直，概斩不留"，亦即只要发生这种事，并不区分谁对谁错，全部斩首；所有兄弟，必须严格待在本馆，不得"私自过馆"即私自造访别馆，或在彼处"留宿"，"违者斩"；必须熟背"赞美天条"，如"超三个礼拜不能熟记"，"斩首不留"；遇各王及丞相级别官员轿出，必须回避，如果冲撞，"斩首不留"<small>此条应是对丞相以下各官而言</small>；"凡检点指挥各官轿出，卑小之官兵，亦照路遇列王规矩，如不回避或不跪道，斩首不留"；在"朝会敬天父"的场合，如有人喧哗，"斩首不留"；"夫妻私犯天条者，男女皆斩"；因两情相悦而"和奸"，"男女皆斩"；私藏金银和剃刀，就视为"变妖"，"定斩不留"；不准剪发、剃胡须和刮脸，这属于"不脱妖气"，"斩首不留"；吸鸦片必斩，"吸黄烟"的普通烟民，初犯打一百枷一个礼拜，再犯打一千枷三个礼拜，第三次"斩首不留"；"凡传令讲道理"亦即革命宣传活动，"有无故不到者"，枷七个礼拜打一千，"再犯斩首不留"；军中不能搞文艺创作，凡有"编造歌谣及以凡情歪例编成诗文，迷蒙兄弟者"，"斩首不留"；如果对挖筑工事等军中事务"口出怨言"，"斩首不留"；胆敢"辱骂官长者"，"斩首不留"；"一切妖书，如有敢念诵教习者，一概皆斩"；"妖书"必须一概毁化，"如有私留者，搜出斩首不留"；文娱活动

---

[1] 张德坚《贼情汇纂》卷八，《中国近代史资料丛刊·太平天国（三）》，页227。

"一概停止","如有聚人演戏者,全行斩首";"凡朝内军中如有兄弟赌博者,斩首"[1]……

以上情形,通常多罪不至死,甚或连处分也够不上,仅予批评教育即可,太平天国则一律视作"活罪难容"。这不特有违常情,考虑到太平天国的信仰,更是大拂基督戒杀之训。《资政新篇》劝说洪秀全慎刑的理由之一,就是基督的教义,"以少符勿杀之圣诫焉"。但遭断然拒绝:"爷诫勿杀是诫人不好谋害妄杀,非谓天法之杀人也。"[2] "天法杀人",就不算"妄杀"。又说:"爷今圣旨斩邪留正,杀妖杀有罪不能免也。"[3] 味其语意,认为"天妖斗争"尖锐残酷、你死我活,容不得温良恭俭让。总之洪秀全思想里暴力因子突出,认为必须杀杀杀,方能杀出一个新天地。

人的心灵和意念,非凭空而至。"人的本质并不是单个人所固有的抽象物,在其现实性上,它是一切社会关系的总和。"[4] 人之言行,貌似发乎己身,实则是社会现实、历史文化预先书写的结果。说到嗜杀,中国有此传统无疑,每逢王朝崩解,很少不伴随杀戮甚惨时光。东汉末年、西晋八王之乱后的北方,以及明代尾声等,都曾有杀人如麻的嗜血狂魔。此即为何鲁迅笔下"狂人",将史书翻来覆去最后只读到"吃人"二字。中国书籍,正史也好演义也罢,里面杀气都很重。洪秀全眼中历史更迭、正邪冲突,离不开砍砍杀杀,显有历史的阴影。之前我们分析,他梦里大战妖魔,"三十三天逐层战下",活脱脱是《西游记》天兵天将捉拿妖猴之翻版,说明历史文化对他脑子里"成像系统"的作用。进而具体验视太平天国刑罚,像"跪火链""烁铁熨背""灼锥刺臂股"之类酷刑,严格来讲亦非新发明,在民间因果报应幻说以及所想象的"十八层地狱"景状里,早有类似的描画,太平天国无非是将幻说搬入现实而已。然而事皆有两面。中国历史文化固随处可见毒虐笔触,可是要求克制暴力的思想和声音并不弱。不单儒家要求仁爱治天下,道家也强调"贵生"。故而即便"虎狼之秦"犹有吕不韦一派,主张"圣人深虑天下,莫贵于生"、"害于生则止",劝诫君主奉"贵生

---

[1] 张德坚《贼情汇纂》卷八,《中国近代史资料丛刊·太平天国(三)》,页228—232。
[2] 洪仁玕《资政新篇》,《中国近代史资料丛刊·太平天国(二)》,页538。
[3] 同上。
[4] 马克思《关于费尔巴哈的提纲》,《马克思恩格斯选集》第一卷,页18。

之术"。[1] 北宋时，苏轼曾总结到他那个时候为止的中国历史，说："予观汉高祖及光武及唐太宗及我太祖皇帝能一天下者，四君皆以不嗜杀人者致之。其余杀人愈多而天下愈乱，秦、晋及隋，力能合之，而好杀不已，故或合而复分，或遂以亡国焉。"[2] 这样的道理，在中国也源远流长、代有传人，并不输于对暴力的崇尚，所以中国史能够涌现贤明如汉光武帝、宋仁宗的人主，而不只有石虎、张献忠之类暴虐强人。可见历史文化善恶并现，何去何从，仍视乎自我选择。

洪秀全对于历史不认为应以善制恶，而信以暴抗暴，或许还可推求于个人原因，即精神专家所断言的其人格与心理带有病态倾向，使他更难以积极的目光面对世界、借鉴历史。自他著作来看，他对中国历史几近一笔否定，尚未否定者，仅限于不可鉴知的上古——"坏自少昊时"，少昊以下一团漆黑。这意味着中国历史良善之一面，他都拒不承认了。由此带来一个教训，一味反历史，往往失去择善相从的明智，从而受到毁坏的欲望的掌控。不能不说，太平天国对罪与罚的观念，打上了洪秀全个人心态的烙印。太平刑罚拒不参酌、依循通行的法理和视点，尺度任意，从心所欲，跟洪秀全排拒历史的言谈是相一致的。

人类立法，是在长期社会实践中，对犯罪问题加以总结和摸索，提取理性认识，而形成有其规律与沿革的体系。国有兴亡，代有移换，法理精神与认识却体现出恒通性，不随江山易代而弃废。以清朝为例，它作为异族入主中原，在敲订《大清律》时就经历了这样的过程：

> 刑之有律，犹物之有规矩准绳也。今法司所遵及故明律令，科条繁简，情法轻重，当稽往宪，合时宜，斟酌损益，刊定成书。[3]

以明朝旧法为基础，结合自身需要，有依有违，有增有损，完成《大清律》撰修。虽然清之于明本是敌国，但考虑法制时却未因此刻意相拗。此盖因法律作为历史结晶，非某朝之私货，是代代延传增损而来。清律所继承的貌似为明律，实际则是当时历史条件下中国法制的通识。何止明清之间，我们看今天世界各国，

[1]《吕氏春秋集释》，中华书局，2013，页38。
[2] 李焘《续资治通鉴长编》卷一，中华书局，2012，页5。
[3]《清史稿》卷一百四十二，志一百十七，页4182。

虽然意识形态或至相左，但考其法律制度，对罪与罚的认知及绳衡，共性都大于差异性。总之，法律制度愈是接近于"放之四海而皆准"，愈表明其理性意味较强，较能涵盖和反映一般人性尺度；凡是过于别出心裁或另类的情形，不可避免都对法的正确性和正当性有所斫损。

太平天国法制偏于后者，"破"字当头，不肯准古酌今。我们不仅要知其如此，更须探它所以如此的原因。

一来，太平天国有一种情怀，自命为开天辟地，以为将要创造人间前所未有的崭新国度，因而对旧律陈规不屑理会。二来，它不把立法的基点，置于犯罪现象与社会之间利害关系的理性、精细评估，而是先入为主，将拜上帝教教义置于至高无上的位置，很多从社会危害性看通常是轻微罪愆以至非罪的现象，从教义的角度都变为重罪，致其设刑不可理喻。三来，是实用主义倾向过于严重。我们说法律不妨服务于政治现实，但不可为政治捐弃理性观照下的公平正义尺度，太平天国为求政治功用则不惜乱立名目、夸大性质，视法律如政治奴妾，致使法律自身无尊严可言。四来，对法的认识存在根本错误，缺乏辩证观念，一味寡恩、不知市恩。凡属良法都应宽严相济、有张有弛，借此分寸真正收其绳墨社会之效。太平刑律却惟知凶暴、务求刚猛，这种认识不特极为表皮，且根本处在误区。

以上四者，令刑罚在太平天国成为一件乖序失常、怪状奇形之事。典型的如夫妻之间幽会"男女皆斩"，此等罪名与处置，仅出于禁欲戒令和捍卫男女分营制度，罔顾天伦，根本到了逆天的地步。余如口角、打架当斩，劳累有怨言当斩，未能熟记"赞美天条"当斩，作诗、吟曲、演戏都要斩首……环顾人间，古往今来，法度从未至于如此之滥。有些条文，本意虽好，如禁止劫毁民财民物等，然而概以问斩对待，亦殊为无理。这样不分青红皂白，动辄置之死地，似乎会使治国治军变得容易，但公正全失，归根到底必"得"不偿"失"。法律一旦不讲"理"，无异于自为废纸。失当之法，绝不可能抑制犯罪，只会增加犯罪。太平天国后期，公开无视、逾越律例的行为，从吸烟、饮酒到侵掠民财、"强带外小"，形形色色，俯拾即是。表面看是法纪弛涣所致，往深处追究，不得不说那些异于常情、悖乎常理的约束，人们从内心就无法抱以敬畏信服。

男女

"饮食男女,人之大欲存焉。"这是儒家名言。和其他生命体一样,人分两性。男与女,构成人类社会一种最基础的关系。围绕这一关系,不同的文化衍生出复杂的思想、观念以及制度表现。其中,对于因性别而起的欲望如何理解、如何处置,俾臻合理,是核心的一点。颇有文化易走极端,或放纵无度,或禁抑压制。中国自儒家以来,对此持"中庸之道":一面视男女之事为天然人伦,一面反对滥性和以欲逆伦。过去谈明代理学,喜欢冠以"禁欲主义",此俗论也。中国并无"禁欲主义",只有主张欲望应无害乎纲常的贞节观。当然,太平天国打破了这一点,使中国终于也有了真正意义上的禁欲主义。

太平天国禁欲主义,确实含有将性欲原罪化的逻辑,以及对异性相吸愉悦的贬低、丑诋与排斥。这一点,早在洪秀全甫至广西,对当地土人以"六窠庙"供奉一对以歌相恋的男女为神祇,怒斥"该诛该灭两妖魔",骂之"禽类",就明确表现出来。后来《天条书》,要求"不行邪事",性亦列在"邪事"之内:"邪淫最是恶之魁,变怪成妖甚可哀。"[1] 男女分营制度的原点即是禁欲观念,出于对性的恐惧而设,百般防范,务令男女授受不亲。

然而太平天国禁欲,又不止是思想或道德偏见所致,可以肯定地说,还涉及非常实用、功利的目的。性作为生命本能,带有盲目、不可预测和难以管控的特点,容易孳生层出不穷的各类问题,包括道德、纪律乃至政治,都可能因性问题受损。关键是这些情形的发生,往往隐蔽而私密,很难掌握。以往落草

---

[1]《天条书》,《中国近代史资料丛刊·太平天国(一)》,页79。

为生的团伙，比较常见的是不携家眷，基本为单一的男性群体。太平军则不然，从一开始它就煽动和鼓励举家入营。以此男女混杂的状态，却又脱离正常社会秩序及乡约礼法之外，以流寇方式生存，性的因素不能不是一个巨大威胁。设想一下，除了快刀斩乱麻，以简单粗暴的禁欲主义来处理，实在也没有更好的办法。其次，太平军与以往纯粹打家劫舍的草寇不同，因宗教而有道德自律，同时领导者心存高远，在意民望，故对部众性侵百姓的问题从政治高度勒束较严。

再者，禁欲似乎还带来其他好处。《贼情汇纂》说，太平军认为远离女色"可保人人精壮"，亦即有助战斗力。性生活损耗男人精血之说，在中国很盛，民间尤易信从。描写农民起义和江湖好汉的《水浒传》，不近女色的人物比比皆是。比如卢俊义"一身好武艺，棍棒天下无对"[1]，而他之练就这身好武艺，便得益于节欲。书中专门借浪子燕青之口，这样点评卢俊义为人："主人平昔只顾打熬气力，不亲女色。"[2] 卢的娘子贾氏，亦当假意劝阻丈夫出门时，酸溜溜地说："你且只在家里收拾别室，清心寡欲，高居静坐，自然无事。"[3] 明清以来，通俗小说对中国社会的影响相当深入。像《三国演义》曾被关外的满清视为兵书；陈独秀也曾指出义和团的各种迷信及做派，饱吮了俗文学养分。而《水浒传》这本书，对太平天国影响相当直接，冯云山"军师制"之构即酌乎其中。所以，类似不近女色有助战斗力的渲染，太平军领导人完全可能信以为真；即便并不真信，但以此相宣传，达到隔断军中男女、更好地控制军纪的目的，仍不失为可以利用的一点。

惟一费解的是，太平军如何克服性问题上的巨大反差可能带来的心理失衡。天王妻妾成群，诸王亦得拥有正常夫妻生活，以下人等则俱为旷男怨女。众小喽啰倒还罢了，直至"给配令"之前，连侯爵亦不可越雷池半步。诸记每每写到，太平军领导核心入城，女眷如云、妆色艳丽、花枝招展。此情此景，赫然置于数十万如饥似渴的大军面前，能不令人五味杂陈？以此天埌之别，太平军竟能安然无事，也真的很是不可思议。我们的确未闻太平天国曾经因此生出多大乱子，无人公开反抗禁欲政策，而当偷尝禁果者骈首就戮，大家只是围观而已。思来

---

[1] 金圣叹评点《第五才子书施耐庵水浒传》，页972。

[2] 同上，页997。

[3] 同上，页981。

想去，说得通的解释，大概惟有等级观念根深蒂固。太平天国一面宣传人人兄弟姊妹，一面树立了极其森严的等级，至于它如何做到使人们顺从于这种完全矛盾的状况，谁也说不清楚。我们知道有很多类似"路遇列王""如不回避或不跪道，斩首不留"那样的规定，可以从外部强迫性地培育畏惧心理。但内在的习惯性力量，或许更为根本。虽然"人人皆兄弟"的高调唱得极响，但等级意识、等级观念在人们心中植根很深，与生俱来，坦然受之。像舆服卤簿仪仗等，都是不平等的标志，通过不同形象、借助各种场合展示等级关系。从这种角度与心理，性，也有可能被剥离实际内容，变成一种与权力、身份、地位绑定的符号。入城式上浓妆艳抹的命妇，在大家眼中可能并非女人活生生的肉体，而如同卤簿仪仗，作为配套的标识，有些人命中该有，别人却不作非分之想。

关于太平军中存在"娘子军"，颇有人目作太平天国"男女平等"、提高妇女地位、妇女解放之类的证明，至言在中国历史上"第一次提出政治、经济、民族、男女四大平等"[1]、"男女平等是它的革命政纲之一"[2]、"是妇女解放思想的第一个实行者，这样广大彻底的妇女解放运动，是俄国十月革命以前，世界历史上不曾有过，真是人类最光荣最先进的运动"[3]。美誉之丕扬，措辞之热烈，令人咋舌。

其实，太平军并非清一色男性，乃关乎两点。一是"举家团营"政策所致。金田起义动员投营者阖家加入，既基于规避官府迫害，次者也是出于聚拢财力物力和根除家庭羁绊，令会众舍"小家"就"大家"，正如李秀成所说："将里内粮谷依衣食等，逢村即取，民家将粮谷盘入深山，亦被拿去……临行营之时，凡是拜过上帝之人，房屋具俱要放火烧之"[4]，这是太平军形成拖家带口局面并衍生"娘子军"的真实原因。二则离不开客家风俗这一背景。两广客家，女不缠足甚至光脚，日后江南士民见了彼等每呼"大脚蛮婆"。她们吃苦耐劳，登山涉水、负重挑担、力耕采薪，无不能为、无不能至，数百年来旧俗如此，并非太平军加以"解放"的结果。相反倒应该说，"举家团营"策略成立，系以客家女人独

---

[1]范文澜《中国近代史》，上编第1分册，人民出版社，1951，页186。

[2]罗尔纲《太平天国史事考》，三联书店，1955，页318。

[3]同上，页340。

[4]《李秀成亲供手迹》，岳麓书社，2014，排印文，页01—02。

特风貌为前提。设若太平起义不举于两广,而换作中原江南地带,以妇女普遍缠足、三寸金莲移步维艰的景状,即欲"举家团营",在流徙千里的前途考验面前,亦必难克其成。

故而太平军之有女流,自起因来说,与"妇女解放"八竿子打不着。至于"男女平等",尤不知从何谈起。那些引吭讴歌的学者,莫非没有读过洪秀全的数百首诗篇?里面歧视女性、男尊女卑的言思,比比皆是。姑拈数例:

> 尔为夫主心极真,永配夫主在天庭。尔为夫主心极假,贱莫怨爷莫怨姐。[1]

> 一眼看见心花开,大福娘娘天上来。一眼看见心火起,薄福娘娘该打死。大福薄福自家求,各人放醒落力修。[2]

> 狗子一条肠,就是真娘娘。若是多鬼计,何能配太阳?[3]

摘不胜摘,引不胜引。单是把"娘娘"比作狗,命她们像狗般忠于主人,即知在洪"太阳"眼里女人毫无尊严可言。其视后宫若此,休说"男女平等",简直比一般帝王还要刻薄,想骂即骂、想打就打。从儒家伦理的角度,帝王之于宫闱虽乾纲在上,但对坤道应不无礼让,与后妃须以礼相论。而洪秀全呢?我们当还记得1853年杨秀清"杖责天王风波",即因他虐待后宫而起。

又以太平天国有所谓"一夫一妻制",作为"男女平等"的指证。诚然,这种条文可以找到,比如某告示明令:"一夫一妻,理所宜然。"[4] 引用者往往藏头露尾,孤立地摘出这一句,同时却对太平天国基本婚配制度避而不谈。太平天国婚姻断非为"男女平等"而设,相反,是严苛等级关系的不折不扣的产物与体现,妻房数量与爵秩品级挂钩,地位越高,可拥有妻妾配额则愈多,往下递减,到了下层人民,则减为一夫一妻。这就好比乘轿是八抬、四抬抑或二抬,根本

---

[1]《天父诗》,《中国近代史资料丛刊·太平天国(一)》,页436。
[2] 同上。
[3] 同上,页438。
[4]《国宗提督军务韦石革除污俗禁娼妓鸦片黄烟诲谕》,《太平天国文书汇编》,页90。

只是身份、待遇的差异。众所周知，天王陛下"娘娘"众多；又一证据是1862年左右，洪秀全颁《多妻诏》，正式公布了可依官阶大小享受的妻子数额：

> 今后均须依照朕谕，妻数应依官阶大小而多少不等。朕诏婚配情况如下：朕长、次兄以及干王、翼王、英王、忠王、赞王、侍王、辅王、章王、豫王，不足六妻者，自行择配，共迎朕之寿辰，届时，望各官员补足其数。[1]

白纸黑字。面对此诏，所有噪呼太平天国行"一夫一妻制"者，能不赧颜？诏中还特别补充说："此诏前已逾所允之数者，朕宽容之。"[2] 显示高级干部早已私自过上一夫多妻生活，此诏不过追认而已。

所谓"妇女解放""男女平等"的神话，应该散作烟云了。还有一个问题，就是所谓妇女"地位"提高。此又如何呢？

论及此，曲意回护者也很眉飞色舞——理由是太平天国有女官和女官制度。自古，出来做"公家人"、吃"公家饭"、封官晋爵的，没有女流之辈。偶尔出现一个例外，比如大周皇帝武曌御前，据说有个"代天子巡方"的女官谢瑶环，当年田汉如获至宝，拿她编了一幕大剧。类似这样的角色，在太平天国却非零星一二，而是成批成群。难道这不是妇女地位空前提高的标志么？

我们仍不急于结论，先把事情弄清。

里头要点有二，一是太平天国为何能有女官？二是太平天国拿她们来做什么？对于第一点，又得提到"大脚蛮婆"的特性。她们在故里及家中，原是顶天立地的模样，很能任事，客家男人亦不觉得让她们独当一面有何不可。这是先决条件。对第二点，太平天国用女官究竟是对她们刮目相看，还是有些事非她们不可？这就要按实详究。在记载中，太平天国女性几乎做过所有事，包括搬砖、砍柴、割芝等各种重体力活。只不过，这些职役近乎苦力，还不能视为妇女"地位"提高的证明。有辨析必要的，应是客家"老姊妹"中间被恩赏了"指挥""将军"等职的那群人。她们得职的原由，从史料看似非积军功所致，否则

---

[1]《多妻诏》，《洪秀全集》，页206。
[2] 同上。

总会有一些女战士陷阵杀敌的突出事迹流传，但我们似未见过此类报道。所以，她们相对高的授职应是出于其他作用的任命。这里"其他作用"，划分一下，盖为三种：一、女营管理；二、女监工；三、女内侍。

男女不得私相授受，分馆而居，它的实施需要大量女营管理人员，且只能由女性充当。这是太平天国庞大"女干部"队伍的第一个由来。《金陵杂记》述之：

> 每馆定以二十五人，其中立馆长，亦谓之两司马。或十余馆，或数馆，有一贼妇督之，谓之女伪百长，即伪卒长。其上又有女伪军师应为"军帅"之误、女伪总制等贼婆，皆广西山洞泼悍大脚妇女为之。[1]

女官名称有"司马""百长"或"卒长""军帅""总制"，与男营相同。

日常另一用得着"女干部"的地方，是监工。太平天国强迫所有女馆居民劳动，从挖沟、运输、伐薪、割麦到纺织等，所有这类场合，皆须人布置、督持、验看，单是女馆两司马显然不够，需要另外委员司事。且不言而喻，凡此辈亦非得是女性。以织工为例，派设专员如下：

> 设女锦绣指挥二百四十员，职同指挥，女锦绣将军二百员，职同将军，女锦绣总制一百员，职同总制，女锦绣监军一百六十员，主督各妇女制刺金彩冠服的工作。[2]

最后一处大量需求女官的地方，当然是天王宫和诸王府。天王宫除洪氏父子自己，以外概为妇女，甚至护弁亦系裙钗。其所设女官，"宫禁城女检点自左一右二次至三十六，共三十六员。女指挥自左一右二次至七十二，共七十二员。女将军分炎、水、木、金、土正副，共四十员"。[3] 又有供奉各种杂务的女侍应，"设有统教、理文、理袍、理靴、理茶等女官，惟员数官阶都不详"。[4] 记载中说，

---

[1] 涤浮道人《金陵杂记附续记》，《中国近代史资料丛刊·太平天国（四）》，页622。
[2] 罗尔纲《太平天国史》卷二十八，页1024—1025。
[3] 同上，页1024。
[4] 同上，页1025。

天王宫"其凤门以内,皆系贼妇在内,以供洪逆役使",乃至造屋起殿这种高强度工作,亦由女人承担:"贼妇中并有能造房屋者,去冬洪逆住处失火,烧去楼房数间,传闻旋经贼令木匠将房架造成送入,贼妇即在内盖成房屋。"[1] 不但天王宫纯用女官,诸王府亦然。韦昌辉北王府:"其中妇女亦不下数百人,门内除韦逆外,别无男人。"翼王府"其中妇女亦有数百,时常骑马出入"。秦日纲燕王府"选服侍妇女多人,类皆广西大脚者多"。[2] 诸王府女官设职比照天王宫,员额品级相应减降;例如:"天朝内掌门,东殿、西殿内贵使,都职同检点。东殿、西殿内掌门,南殿、北殿内贵使,都职同指挥。南殿、北殿内掌门,翼殿内贵使,都职同将军。翼殿内掌门,燕第内贵使,都职同总制。"[3]

由这三种主要用途,终于生成了太平天国极具规模的女官群。《贼情汇纂》卷十一,列有太平天国各类女官的详细数目,其中"伪女卒长一千人",与谢介鹤所述接近;而"伪女管长"亦即"两司马"之职为"四千人";再加上其他各官,太平天国女官总数为"六千五百八十四人"。[4] 这是截止于1855年的记录。

综上可知,太平天国大量使用女官且形成制度,殊非有意提高妇女"地位",实出乎不得已。倘若不搞"女性干部队伍建设","男有男行,女有女行"就没法实施。好在机缘凑巧,客家女人不裹脚、能任事的特质,刚好很堪驱驰。

话题未完,还要继续深挖——大量需要女官的背后,其实隐藏着一个秘密。

我们已经知道,天王宫中以及权贵府邸,乃女官充职之一大去处。富礼赐窥探天王宫,亲见"好些衰弱可怜的女子或进或出,各提盘碗、筷子,及其他用品以侍候御膳用",并说"宫内只许女子居住,闻宫内共有女子千名"。"千名"云云,似为共识,《金陵杂记》亦作"其中妇女约有千百"[5]。有些野史涉笔于此,不免故弄玄虚,大发感慨或做出一些暗示,导人淫邪之思。在此我们郑重指出,"其中妇女约有千百",绝非为天王、幼天王淫乐而设。洪秀全妻妾数目不能详切,从各种资料推断,正副"月宫"之数,约为百名上下。幼天王洪天贵福的情况

[1] 涤浮道人《金陵杂记附续记》,《中国近代史资料丛刊·太平天国(四)》,页627。
[2] 同上,页628—629。
[3] 罗尔纲《太平天国史》卷二十八,页1024。
[4] 张德坚《贼情汇纂》卷十一,《中国近代史资料丛刊·太平天国(三)》,页309。
[5] 涤浮道人《金陵杂记附续记》,《中国近代史资料丛刊·太平天国(四)》,页627。

相对明确,据他亲笔供述,到天京陷落即彼十六岁时,配有"四妻"[1]。总之,依"宫内共有女子千名"规模来论,天王父子性伴侣约仅十分之一,其他与此无关。

既然天京深宫高墙内性别比例的巨大悬殊,原因并非欲壑难填,又何以如此的呢?实际上,它关乎一个难言之隐:对宦官苦不能致。

汪堃《盾鼻随闻录》,两次出现太平军阉不得法记录。卷五提到杨秀清曾"阉割幼童,十难活一"[2],复于卷八又说:"贼取十三四岁幼童六千余人,尽行阉割,连肾囊剜去,得活者仅五百余人。"[3]如果私家笔记不足凭信,那么再看《贼情汇纂》的记载:

> 癸丑八月杨逆下令选各馆所掳幼孩十二岁以下、六岁以上者二百余人阉割之,欲充伪宦官,因不如法,无一生者。杨逆知不可为,又诡称天父下凡指示,再迟三年举行,以掩群下耳目。[4]

有确切的时间和地点,即1853年,南京,太平军入城半年后。有年龄范围,即十二岁以下、六岁以上未成年男童。还有被用于阉割试验的具体人数:二百余人。以此验诸《盾鼻随闻录》,知其确有讹失之处——将试阉对象说成六千人,过于夸大;又说存活者十能有一,岂非犹有成功之例?至《贼情汇纂》明指"无一生者",始与理相合。我们多次讲过,《贼情汇纂》是应曾国藩之命结撰的调研报告,注重情报价值,没有必要捏造事实,所涉内容悉有文书、采访为凭,故敢称"事务求实,不尚粉饰"[5]。此书既将试造太监未果之事写入,就可以断定并非谣传。

可叹盲目的太平天国粉丝却信口而云:"太平天国有某些方面继承了封建的东西,但对臭名昭著的太监制度、妇女裹足等加以摒弃,其进步意义是毋庸置疑。"其实,不裹足乃习俗相仍,太监制度则因不得法而未成,两事俱非所谓"加以摒弃"所致。太平天国对太监的渴望,不比旧宫廷低,只能更甚。因为他

---

[1]《幼天王洪天贵福亲书自述》,王庆成主编《影印太平天国文献十二种》,页503。
[2]汪堃《盾鼻随闻录》,《中国近代史资料丛刊·太平天国(四)》,页398。
[3]同上,页424。
[4]张德坚《贼情汇纂》卷十二,《中国近代史资料丛刊·太平天国(三)》,页326。
[5]张德坚《贼情汇纂》凡例,同上书,页34。

们对男女之大防,焦虑与偏执都倍乎寻常。癸丑年 1853 正月二十八日,由武昌兵发南京途中,洪秀全曾颁诏旨,专申宫禁之严:

> 咨尔臣工,当别男女,男理外事,内非所宜闻;女理内事,外非所宜闻。朕故特诏,继自今,外言永不准入内,内言永不准出。今凡后宫,臣下宜谨慎,总称娘娘。后宫姓名位次永不准臣称及谈及,臣下有称及谈及后宫姓各名位次者斩不赦也。后宫面永不准臣下见,臣下宜低头垂眼,臣下有敢起眼窥看后宫面者斩不赦也。后宫声永不准臣下传,臣下女官有敢传后宫言语出外者斩不赦也。臣下话永不准传入,臣下话有敢传入者传递人斩不赦,某臣下斩不赦也。朕实精情诏尔等:后宫为治化之原,宫城为风俗之本,朕非好为严别,诚体天父天兄圣旨,斩邪留正,有偶不如此,亦断断不得也。自今朕既诏明,不独眼前臣下宜遵,天朝天国万万年,子子孙孙暨所有臣下俱宜遵循今日朕语也。[1]

内宫与外臣,一般的敬避之规虽属必要,但如此忮刻,以至于言及姓名位次即死、瞄一眼即死之类,真可谓匪夷所思。我们以清宫为例。清宫有"垂帘仪":"凡召见、引见,仍升座训政,设纱屏以障焉。"[2] 即,外臣可以抬头、与后妃照面,二者间纱屏相隔,以增朦胧。对比之下,洪氏忌褊之心究为世所罕见。

透过这道诏旨,足可想见思求宦官之渴,也足可想见使能握得阉割之术,将何等欢欣鼓舞。问题又回到了一个相似之点,前面讲到凌迟不见诸太平极刑与人才和技术有关;此刻,拿二百余名男童做实验竟"无一生者",正好两相照映。明末,沈德符从南方赴京,一过河间、任丘以北,时于"败垣"之中得见自腐之辈,他心惊肉跳写道:"聚此数万残形之人于辇毂之侧,他日将有隐忧。"[3] 可知首善之区周边,连民间都已掌握了阉割之法。只是"帝都"几百年独特历史的氤氲造化,别处不能望其项背。杨秀清试阉全败,证明至少在十九世纪中期,从两广到长江流域这一带,阉割术仍是没有破解的秘密。

[1]《天命诏旨书》,《中国近代史资料丛刊·太平天国(一)》,页69。
[2]《清史稿》卷八十八,志六十三,页2619—2620。
[3] 沈德符《万历野获编》卷六,中华书局,1997,页178—179。

中国正史有"志"的板块,其中一项内容曰"职官",而"职官"必讲到宦官。《清史稿》里,这个部分称"内务府",列于卷一百十八志九十三职官五。假设今人援古例为太平天国修史,则相应部分的组成人员,便是天王宫及各王府里那些女流之辈。她们除开"内掌门""内贵使"等官衔与历代有别,功能及角色可以说一模一样、不分轩轾。易言之,她们无非就是清朝内廷的敬事房、御膳房、掌礼司、尚衣监以及总管、副总管之类,抑或明代"十二监、四司、八局,所谓二十四衙门"[1]以及提督、掌印、秉笔太监之类。惟一不同,是明清此类机构人员由阉后男宦充任,太平天国因不能阉腐,不得已由女人充任。

至此,过往就两性关系为太平天国堆砌的一些神话,俱已还其原形。太平天国之无"妇女解放"思路,其实很自然。妇女解放,乃社会解放趋势中相当深层的议题,设若经济、政治、文化脚步未曾行进到相应地带,此环节不可能被触摸被揭发。以欧美来说,它从十七、十八世纪已现社会解放思潮,但迄至十九世纪末,妇女解放话题犹未真正提上日程。整个世界范围,女性主义或女性作为独立亚文化群体向权威价值体系发出挑战,在"前现代"阶段都无踪影,"现代"阶段亦仅刚露苗头,待及"后现代"阶段始得谓之蔚然成风。反观罗尔纲先生,竟至于称颂太平天国"是妇女解放思想的第一个实行者,这样广大彻底的妇女解放运动,是俄国十月革命以前,世界历史上不曾有过,真是人类最光荣最先进的运动"——尽管罗氏对太平天国爱之太切,其个人情怀我们无从置喙;但身为学者,有违历史客观及常理去发表如此夸饰的表彰,真足为治史者之诫!

---

[1]《明史》卷七十四,志第五十,中华书局,2013,页1820。

文教

提起太平天国，一般容易想到一群使枪弄棍的农民暴众，似乎很难与"文教"二字联系起来。其实，文教是太平天国特别重要且极反映其特点的侧面。中国农民起义里，拥有自己文教方面方针、政策和制度的，太平天国乃独一个。在以前，各方面或都已达最高水准的李自成大顺军，虽有吸收知识分子之举，但若论形成自己的文教方针、政策和制度，未之闻也。故而太平天国与文教的关系，颇值得考详。

太平天国文化建设的意识很强，起事之初，即对此一方面寄予特别重视。其突出标志，是历法的研究与制订。在中国政治文化里，历法除开"历象日月星辰，敬授人时"[1]，亦即关乎科学和生产、生活的一面，也关乎权力归属与兴替。帝王易姓受命，必颁新历、以改正朔。过往农民起义多因文化能力不足，而无视此环节，只好默默沿用旧历，盖未听说有自己动手创改新历之事。独太平天国一旦起事，即刻改元，随之马上着手研制新历，表明彼等对于文物文治有着超强的自觉。太平天国于辛亥年 1851 正月于武宣东乡建国，此同时亦为其建元日，即太平天国元年。当时，新历犹未制备，但立弃清朝年号，并将"辛亥"改称"辛开"，以"开"字寓其开国之意，以后俱称"太平天国某年"。然后，紧锣密鼓加快新历研创，至迟于第二年伊始就颁行了全新的《天历》。此有壬子二年新刻《幼学诗》卷端《旨准颁行诏书总目》中出现《颁行历书》为证。同时清方赛尚阿的奏报也证实，正月二十八日清兵从战场"捡回逆书一本，居然妄改正朔，

---

[1]《尚书正义》卷二尧典，《十三经注疏》，页251。

实属罪大恶极"[1]。综合判断,《天历》的推出当在1851年年末至1852年年初之间。不但神速,且有极大创新,取消闰月,变阴历为阳历,逢单月三十一日、逢双月三十日,是为中国行阳历之始。

还有诸多太平天国在意文治的迹象。如《太平礼制》的厘定,对自王以下至司马各级官爵称谓,以及相关者亲属称谓,均一一作繁琐规定,辛开元年始颁,戊午八年又加修订。虽是等级森严的符号,但从讲究文治而言却给人深刻印象,比于梁山忠义堂三十六天罡、七十二地煞座次之论,自是礼饬乐备。又如《钦定敬避字样》,从避讳角度改字和造字,形成用字规范,以往农民起义军皆未有此制度。文化制度之细密,乃至体现于公文和书信往还的规格,上级对下级、下级对上级或者平级之间,称谓、用语、书写格式乃至信函封套正反面样式,皆有固定规范、样式。更不必说,还有极著名的对图书出版的严格管控。太平天国大概是中国历史上首个实行图书出版全面管控的政权。虽然秦代和汉初有"挟书"禁令,但纸张尚未发明,书籍的撰写、流传均甚有限,社会实际并无什么出版业可言,"挟书"禁令的裁制对象,主要不过是旧撰陈编。从这意义上说,明确规定一切新书必经官方审查批准方能合法出版,或推而广之,文化产品要取得官方核准方可生产、投放社会,这种政策盖自太平天国始。

太平天国极为重视文化,是肯定的。然而,文教在太平天国却又陷入一种矛盾处境。一方面,它被高度重视,另一方面,文教并不繁荣,反而处在低陋粗鄙状态。原因是,重视既不等同于也不意味着褒奖和鼓励。太平天国之重视,更偏于管制,甚至是扼杀。在这种情况下,愈予重视,文教反而愈见低迷。这与它以革命势力自命分不开。它对历史及其遗产,惯于站在批判和反对者立场,视为"妖物";战场上"杀妖",在文教领域则以荡除"妖物"为己任。这不能不使它强烈表现出反文化倾向。众所周知,太平天国对旧文物厉行焚毁政策,所到逢书必烧,对庙宇碑刻亦尽予捣毁。除太平天国官方钦定的二三十种有限书籍外,禁读任何书籍,否则罪以死论,以致幼天王洪天贵福偶欲读书,亦只有行偷窥之事。禁书之外,太平天国亦尽力摈弃其他文化形式,比如禁止个人从事文学创作,禁止演剧等文化娱乐活动。太平刑律明言,"编造歌谣及以凡情

---

[1]《钦定剿平粤寇方略·一》卷十,页202。

歪例编成诗文""聚人演戏"一类事情，都将"斩首不留"。

太平天国对文化之禁锢，创下了到那时为止的历史之最。它将文教事业，根本视为自身意识形态的独存、独大与张扬，根本视为思想精神控制的工具。此意识之鲜明，以当时来看，相当超前以至"先进"。盖中国古代，国家从风化角度对于书籍、剧目的禁毁虽时有之，亦有以"忤逆"或民族冲突等为由兴治文字狱者，但对民间普通及日常文化行为、现象加以勒束以至禁绝的做法，辄闻所未闻。不单没有这种政策，连其思路亦不存在。例如明太祖朱元璋，不喜孟子言论，但其所为亦止于委员删削《孟子》，规定国家考试采用官方版本，舍此之外，并未勒令世上只许《孟子节文》存在而将完整之《孟子》从民间彻底扫除。我们现在知道，对于文化的严格掌控，事关"文化领导权"；此一权力，乃集约化政治要着之一。太平天国虽不曾提出"文化领导权"理论，但它的实际办法，却是对过往文化领导权的极大突破。从世界范围讲，约摸再过六七十年，人们始能得见相近的思路。

在二十世纪中国，将本国旧文化视为糟粕予以唾弃，乃一大潮流。而我们有把握说，洪秀全虽距"现代史"还有半个世纪之遥，但实际上已早早弹起了此调。彼之矛头不止对准孔孟，比孔孟更早的古文化，同样为其涤荡对象。例如定都天京后，他曾拨冗亲删《诗经》：

> 天王诏曰：咨尔史臣，万样更新。诗韵一部，足启文明。今特诏左史右史，将朕发出诗韵一部，遵朕所改，将其中一切鬼话、妖怪话、妖语邪语，一概删除净尽，只留真话、正话，抄得好好缴进，候朕披阅刊刻。钦此。[1]

《诗经》不只为我国文学第一经典，某种意义上，也是三代精神文明之荟萃。洪秀全开刀《诗经》，首当其冲的一点，是从拜上帝教的角度不容它继续称"经"《诗经》原名《诗》，因为经过了孔子整理，后世尊为"五经"之一，而为之更名《诗韵》。其次，与削黜《诗经》地位同时他还指出，《诗经》内容夹杂许多糟粕，即所谓"鬼话、妖怪话、妖语邪语"，凡此都要"一概删除净尽"，只留下他所谓"真话、正话"亦即无害的内容。

---

[1] 洪秀全《删改诗韵诏》，《洪秀全集》，页186。

复次，为何这份三千年前的文化遗产，断不能容它保持旧貌，非得加以破坏？原由他也讲得很清楚，亦即刻下他正领导着一场"万样更新"的革命，而《诗经》此书在中国的地位，"足启文明"，绝不能仍其旧貌，必须让它符合、顺应新的时代。试看他通过亲删《诗经》体现出的文化批判意识，是否相当先进？只可惜这部经他手订和改名的《诗韵》似未付梓 其时彼云"候朕披阅刊刻"，不然我们极愿一睹其容。

总体上，太平军给人"没有文化的军队"之印象。普通士兵，文盲甚多。高级领导人"不知书"也能占到一多半，例如杨秀清、萧朝贵、李秀成、陈玉成等，或洪氏宗亲中除洪仁玕外的绝大多数人。李秀成亲笔所书供状，可谓太平天国以上形象一个直观显现。里面错别字连连，如不纠订，颇难卒读，当时曾氏幕僚特于进呈之前以红笔就其中显著者逐字更正。那么在此现实中，天王的"反文化"举措，大家内心是欢迎拥护，抑或不以为然？答案极可能并非前者，而是后者。盖人所谓"富足"，从来落实在两个方面，一为物质，一为精神。从本能来讲，人于精神贫瘠的不堪，并不较物质受穷为弱。愈是"不知书"、少文化，对精神世界丰美的渴望与企羡，反而愈大。我们从一些很小的细节，似可揣知太平天国那些"不知书"者对文化皆有强烈向往。比如李秀成之弟明成，富礼赐在忠王府逗留时，曾于晚饭前"见王弟在那里临池习字"[1]。这类致力于提高文化修养的情形，在太平天国上层应非个别。从李秀成《亲供》看，错别字虽多，字迹却颇熟练，且叙述流畅、条理清晰，作者对于习文显然有所潜心研修。前面我们曾说，杨秀清劝谏洪秀全时，满口仁义道德，表明他日常颇愿求知问学，以增智识。甚至天王亲生的儿子洪天贵福，也难耐诱惑，偷偷去读他老子烧掉封禁的书籍。应该说，洪秀全的反智主义，不合其追随者意愿。从武昌起，我们就知道杨秀清在就文化政策抗争，到了天京，又提出旧书不能一概禁毁，包括儒家经典在内，都应在删改之后允许出版、以供阅读。这样的分歧显然一直存在。文教在太平天国，很大程度上表现为一个人与整个国家的对立。天王本人，因自身经历不堪回首，与旧文化苦大仇深而深恶痛绝，但旁人辄多系"高玉宝"，内心往往藏有"我要读书"的呐喊。饱汉不知饿汉饥，天王的文化政策，

[1] 富礼赐《天京游记》，《中国近代史资料丛刊·太平天国（六）》，页953。

颇难辞此尴尬。设若洪秀全是在一个文化较发达厚重的国度，锐意变革，事情可当别论。而在太平天国，人们无从忽视一种巨大的矛盾：一面，它毫不容情扫除拜上帝教以外的文化；另一面，它充斥着千千万万目不识丁的文盲，这些人，或在反智主义鼓动下益形无知和愚昧，肆意损毁字纸而毫不知惜，或虽为自己少文无知而暗怀羞惭、渴望读学，却又被各种文化封锁禁闭捆住手脚，嗷嗷待哺。

然而，在遍布文盲的现实下反文化，并非太平天国文教最离奇之处。比这更不可解的，是它一面不掩对文化的嫌厌，一面又极重文化的功用。揆之常情，人往往于所爱者欲其生，于所恨者欲其死。洪秀全却非这样，他表现出来的是一种古怪的背反。对文化这同一件事，他一边极尽毁坏之能事，一边又念兹在兹、视为经国大业，而紧抓不放。此一背反情形，当时清方人士注意不到，一味渲染前者，诸记津津乐道于太平天国如何污损文物、粗鄙少文，对其自身文教建设上的孜于讲求，却视而不见。这一来是偏见使然，二来则尤缘于清朝上下认识不到洪秀全身上寄寓着中国历史和未来的怎样一种潜能。

因而以下我们所谈重点，将转到通常印象较浅的太平天国文教"成就"，看看它具体有哪些"作为"。

之前我们已举出一些例子，来证明太平天国对文化的看重。不过，仅此还不足以触碰其文化观念的核心。它并非为重视而重视，或者说，重视不是简单地表示对文化的推崇。太平天国看重文化，乃出乎非常明确的目的：对部众或臣民做精神驯化。围绕这一目的，它对文化采取两种极端化态度——如果有助于此，文化将被珍若拱璧；否则，弃如敝屣。易言之，完全取决于"功用"。我们知道，中国过去也曾有过文脉衰微的时期，蒙古人便是极好的例子。彼入主中原，相当长一段时间，斯文扫地、九儒十丐。仁宗皇庆二年 1313，诏以明年开科。《辍耕录》记此事时说："太宗即位之十年戊戌，开举选……则国朝科举之设，已肇于此。寥寥七十余年，而普颜笃皇帝克不坠祖宗之令典，尊号曰仁，不亦宜乎？"[1] 这几句话，看起来是对仁宗歌功颂德，但细琢磨，反而是莫大讽刺。所谓"太宗即位之十年戊戌，开举选"，指窝阔台1238年针对汉人为奴者搞过一次科举，之后转眼七十多年过去，蒙古统治者竟将这事扔在一边，再也不予

---

[1] 陶宗仪《辍耕录》，中华书局，1997，页18。

理会。这是中国自有科举以来，从未有过的一段漫长空白。为什么？莫非蒙古统治者对文化怀有一种仇恨心理吗？其实谈不上，只是因为觉得礼乐教化纯属余赘："自国家混一以来，凡言科举者，闻者莫不笑迂阔以为不急之务。"[1] 太平天国的出发点就截然不同了，它对文化大张挞伐和扫殄的行径，不是出于轻蔑，恰恰是深知礼乐教化陶冶作用深刻，出于重视而加抑裁。所以，同样有"抑文"表现，蒙元与太平天国背后所持认识断然有别。前者不解风骚、漫不经心，后者如临大敌、惕厉以对。说到"九儒十丐"，本是入元的宋遗民，因风雅坠地所作愤世语，但他们可以对蒙元统治者如此轻蔑文治而酸溜溜，却并不能指责这些"胡虏"搞过文字狱、对文化加以迫害，元代文人地位卑微、穷困潦倒不假，别的却还谈不上。太平天国则不然，它明确将文化划分出"有毒"和"无毒"，区别对待，有所扼杀的同时，也大张旗鼓有所建构。

因此，如果完整考察太平天国文治，但知其禁毁之事，是远远不够的。我们目光不能只盯住它十余年烧掉了多少书，也应该了解和关注它编撰过哪些新书。这并不只是关系着对它公正评价的问题，更主要的是，唯此方能透彻认识太平天国的价值取向。

固然，那个"旨准颁行诏书总目"里，品种寥寥可数，令人觉得惨淡。然而，细予寓目，你会注意到里面却有《三字经》《幼学诗》《太平救世歌》这样一些名目。谁都知道，《三字经》《千字文》《幼学琼林》等乃明清蒙学读物，每个幼童识字之始，皆从它们入手。上述太平天国官书数种，无疑是对旧蒙学的仿制和反其意用之。比如"三字经"，从名称和样式都一模一样。这透露出一个重大信息，即太平天国高度重视幼儿教育，从孩子抓起，俾使他们自幼牢牢树立和形成拜上帝教的思想认识。于兹尤应提及，天王洪秀全本教师出身，以前一直从事童蒙教育，加上对自己从小受教经历刻骨铭心，故其从娃娃抓起的意识，极为强烈。太平天国儿童教育制度如何我们虽不知详，但《三字经》《幼学诗》《太平救世歌》等教材存在，说明这种教育应得相当有计划地展开。《太平救世歌》卷首，有"本军师尝考天地未启之初"[2]字样，显出冯云山之手。另两种作者不明，从文风推测，

---

[1] 张之翰《西岩集》卷十二，文渊阁四库全书—集部—别集类—金至元·1204。
[2]《太平救世歌》,《中国近代史资料丛刊·太平天国（二）》，页239。

不排除洪秀全亲撰的可能。《三字经》借浅显的语言和朗朗上口的节奏，灌输拜上帝教基本教义。其开篇如此：

> 皇上帝，造天地。造山海，万物备。六日间，尽造成。[1]

《幼学诗》则偏重拜上帝教箴诫和天条的宣讲，从敬上帝、耶稣，历经君道、臣道、父道、母道、子道、媳道……一直讲到心、目、耳、口、手、足的行为规范。如其"妻道"曰：

> 妻道在三从，无违尔夫主。牝鸡若司晨，自求家道苦。[2]

借此可以看出，太平天国之于文化，并非它的敌人当时众口一词指控的惟有毁弃，而分明也试图有所再造，虽然这种再造成色如何另当别论。总之，太平天国也追求着自己的"文教放兴"。它在这方面的诸般努力，除了我们此前谈到的各点，还有一个壮举，就是它居然建立了自己的科举制度，并实际进行考试。

这是二千余年农民起义破天荒的事情。科举，是古代中国重要的制度创新。采取考试方式选用人才，今乃举世通例，古代唯中国行之。不管它有多少弊端，从公平、平等竞争角度说，确实没有更好的设置。所以，太平天国虽对旧文化几乎一律取扫荡态度，对科举却网开一面，实行拿来主义。科举时代以来，农民军里出现有科名的人不算稀奇。黄巢以及洪秀全本人，都在科场上混过，李自成闯军里举人有好几个。不过，过去此类人物，都是落草为寇前有过在当朝投考的经历，而由农民军亲自开科取士，这是头一遭。

刘成禺《太平天国战史》称，太平天国取士，早至初克武昌之时。"大举行乡会试，一榜皆第。湖北兴国州得第者三百余人。状元兴国州刘某……"[3]但仅属孤家独说，至今尚查不到旁证。从情势来论，武昌取士应无可能，当时太平军驻城未足一月，清军攻围颇急。且除武昌孤城外，未能控制其他地区，又怎

---

[1]《三字经》,《中国近代史资料丛刊·太平天国（二）》,页225。
[2]《幼学诗》,同上书,页233。
[3] 简又文《太平天国典制通考》,页265。

么"大举行乡会试"？不过,起意科举始于武昌期间,却有可能。佚名《太平野史》说："迨克武昌,农工商民,率多归之,而士人独否。因翻然有开科举之意。"[1]

正式肇始,乃在定鼎天京的当年。这在洪仁玕主持修撰的《钦定士阶条例》,载之极明：

> 宏惟我天国振兴文治,廑念武功,自癸好开科,以天王万寿时举行,旋移于幼主万寿时,以每年十月初一日宏开天试,嗣复改为每岁三月初三日考文秀才,三月十三日考武秀才,五月初五日考文举人,五月十五日考武举人,各省皆然。于九月初九日考文进士翰林元甲,九月十九日考武进士等；又于每岁正月十五日试选各省提考举人之官,淘至精至密,至备至周。[2]

太平天国癸好年即阴历癸丑年1853,将开科日期择于洪秀全生日,后改在洪天贵福生日,又改为十月初一日,嗣后再加细化,将秀才、举人、进士各级考试,分别置于年内不同月日。

开科以来,殆无一年虚度。由于征服的时间、范围不一,各地登榜人数也参差不齐。以甲寅四年1854为例,湖北、安徽两地,文科分中举人八百余名和七百余名[3]。惯于"破旧"的太平天国,独于科举一事沿袭旧章,除殿试、会试改称"天试"外,其余各级也称县试、郡试、省试、乡试,功名亦作秀才、举人、进士,"天试"头甲前三名也称状元、榜眼、探花。洪仁玕到来后,提出"惟制度灿然一新,而名目仍然由旧"的问题,欲加以改革,拟"改秀才为秀士"、"改举人为博士"、"改进士为达士"、"改翰林为国士",武科秀才等则"改称英士、猛士、壮士、威士"。[4]新制度打算从甲子十四年1864开始实行,但那一年偏偏国家倾覆,实际也只停留于纸面。

[1] 王文濡《太平天国野史》卷之八,江苏广陵古籍刻印社,1997,页217。此书原名《太平野史》,写本未刊,广陵古籍刻印社将民国刊本影印出版时,改名《太平天国野史》;另外,原作者姓名佚,但广陵社将作者署为王文濡,罗尔纲《太平天国史》卷三十三则误为凌善清,实则此二人都只是为民国刊本作序,非作者。
[2] 《钦定士阶条例》,《中国近代史资料丛刊·太平天国（二）》,页548。
[3] 罗尔纲《太平天国史》卷三十三,页1306—1307。
[4] 《钦定士阶条例》,《中国近代史资料丛刊·太平天国（二）》,页548—549。

太平天国如此器重科考，简又文先生认为与领导人心理有很大关联：

> 缘天王本士人出身，在髫龀为花县文童，但屡试不售，不能青一衿……不宁唯是，天朝领袖人物，自天王以下，如南王冯云山，北王韦昌辉，翼王石达开，豫王胡以晃，文臣卢贤拔、曾钊扬、何震川，以及末期之干王洪仁玕，皆科场失意之士，则此开科取士，玉尺量才，以雪愤吐气之心理，殆普遍满朝垂十余年而不已矣。

这自是一个浅显的原由。洪秀全当年考场踉跄不已，而今手握定夺取舍大权，特别有一番一吐积郁的心情，也是入情入理。人做他所看重的事，脱不开自我遭际的激发。"盖文王拘而演《周易》，仲尼厄而作《春秋》。屈原放逐，乃赋《离骚》。左丘失明，厥有《国语》。孙子膑脚，兵法修列。不韦迁蜀，世传《吕览》。韩非囚秦，《说难》《孤愤》。《诗》三百篇，大抵贤圣发愤之所为作也。"[1] 这是太史公曲折诉说自己发愤撰《史记》的起因。"大凡物不得其平则鸣，草木之无声，风挠之鸣。"人生每如是。历史上大人物，显身后为微贱时所尝屈辱加意找补的例子，远近都有。洪秀全热衷建科举，李自成则无此动作，与他们个人经历、人生体验的不同，不能说没有关系。

但这也只能作为赜探隐索来谈。真正认识太平天国这一举措的意义，不能仅及于此等层面。太平天国开科取士，如果只是一群考场失意者为自己心理疗伤，过一把录进士、选状元的瘾，未免可笑。其实，把太平天国文治思路通体审视一遍，便知道那是基于重大的意识形态原因。

中国农民起义，对文人或知识分子的态度，很明显走出了一条由不重视而逐渐重视的线条。在较原始状态下，他们仅知打家劫舍、占山为王、抢压寨夫人，但随着时代发展，以及经验教训积累，也慢慢懂得还有更重要的事情要做，其中包括抓知识分子队伍建设。这种转变，跟中国社会"文治观念"上升，是保持同步的。宋代以降，右文抑武，武人地位打压，文士地位抬高，谋事、成事以及之后国家治理，愈来愈倚赖文人官僚集团。我们看到农民起义也跟随这

---

[1]《司马子长报任少卿书一首》，《六臣注文选》卷四一，中华书局，2013，页770—771。

种变化，开始有一些结构的改变。冯云山为拜上帝会订"军师制"，借鉴对象便是宋代水浒梁山的吴用。逮至元末朱元璋，农民军终于显出这方面的全新气象。朱元璋比较明确意识到应该改变和脱离"江湖模式"，所到之处求贤访智，不断结交有学之人，因此获益很大。朱元璋正式开科，虽在建国后，但争天下时，却也有相应类似举措，惟限于条件未用考试制，而行举荐制，多次下"荐贤令"。经他垂范，以后农民起义的佼佼者，便也留意于此。明末李自成与张献忠，各为朱元璋模式与旧江湖模式的典型。大顺军着意引进李岩、牛金星等知识分子，委以信任，大西军则基本保持草莽风范，结果大顺军摧枯拉朽、最终夺取紫禁城宝座，大西军则东荡西窜、趣味不脱子女玉帛。但李自成的败亡，也在于并未彻底解决好"化武为文"问题，对刘宗敏等武夫的草莽习气，制约乏术，以致明明占得帝都，却让煮熟的鸭子飞了。到洪秀全这儿，一方面历史正反经验教训彰彰明甚，一方面他本身系儒子出身，见识自比朱元璋、李自成又有所精进。他虽未明言要总结农民军的前车之鉴，但从一开始，很多做法便鲜明地针对着旧江湖的短板，例如禁取私财、禁近女色。盖财与色，原是古来人们所以落草为寇的基本冲动，洪秀全却将部曲与此隔绝。而他新思维里面最根本、最核心的一条，尤在狠抓意识形态，拜上帝教为此而创，《天条书》、礼拜制度、广泛开展"讲道理"活动、饭前赞美、夜半烹茶诵经，以及编撰《三字经》《幼学诗》《太平救世歌》等教材，都着眼于此。最终目的，就是使太平军上下思想，高度集中和统一于国家基本意识形态。他大举开科取士，深意在于打成一支服膺、忠于本教信仰和天王思想的文士队伍，为政权奠定坚实的人才基础。

洪秀全厉害之处何在？无论朱元璋或李自成，懂得文人和文治重要，是他们的进化；但都止于吸收和使用旧文人，不曾意识到还有一个改造问题，通过思想改造将旧文人转变为切合自身政治需要的新文人。太平天国的认识毋庸置疑抵达了这个层次。太平天国开科取士，绝非使读书人"职称"从清朝授予变成天国授予那么简单，而是有意识地作为专门的思想驯化过程。我们只要看看考试内容与题目，便一目了然：

其题则皆洪贼所命，悉出伪书中。某贼寿则称某试，如东试题："东风吹清好凉爽，他名禾子救饥荒。名说饥荒便是疾，乃埋世人水深长。"统观

> 伪书所言,大约此四语是颂杨东贼,即其伪衔中禾乃师赎病主之意。其曰东风即东王,圣神风谓能化物,他指东王,禾指稻米,疾犹之病,乃提曳意,贼谓牵马为乃马,故知为提挈埋世人,贼谓阎罗为红眼睛蛇妖,利人饿死埋之地狱,水深长以比东贼救人功德,言阎罗妖以饥荒致世人皆病,利其死而埋之地下,东王以圣神风化解之,犹禾之能救饥,是能乃所埋之人,功德如水之深长也,故洪贼东贼,皆以秀名,合禾乃二字为一,正其禾王禾师乃埋之说。翼试题:"翼化如春润",美其安恤安庆之功。[1]

为了解释试题中的语义,张汝南颇费气力,犹然有些佶屈聱牙,对于应试的学子来说,所赋诗文若想切中题旨,自更艰难。原因是,这些试题取自拜上帝会、太平天国历史特有话语、典故和教义,答题人如不将官书读熟读透,根本不知所云。这恰系太平天国建科举用意所在,借功名和进身为饵引,迫使学子加强学习,揣其教理、谙其话语,而渐自灵魂深处,幡然改为"新人"。顺便一提,张继庚还说他一直隐瞒着身份,"幸贼不知系读书人,故得免受伪职,逼伪试等事"。[2] 由此看,科举开张之后,对于读书人赴试,是带强制意味的。可见太平天国取士,用如对知识分子"思想专政"的工具,乐意也罢,不乐意也罢,不由分说,一律驱以就试,以便经此过程令天下读书人纷纷"入我彀中"。

罗尔纲《太平天国史》也列举了一些地方试题:

> 山阴题"敬贡上帝尽子道,敬孝玖即'魂',太平天国自造字爷福久长"。会稽题"进贡基督尽弟道,恭敬玖哥永荣光"。萧山题"进贡幼主尽臣道,令知幼主见父王"。诗题"赋得万民咸宁,得宁字五言六韵"。[3]

龚又村《自怡日记》则记庚申十年苏州试题如下:

> 题为《同顶天父天兄纲常》;二题《禾王作主救人善》……三题《能正

---

[1] 张汝南《金陵省难纪略》,《中国近代史资料丛刊·太平天国(四)》,页721—722。
[2]《张继庚遗稿》,同上书,页761。
[3] 罗尔纲《太平天国史》卷三十三,页1310。

天所亲》。诗题《一统山河乐太平》。

并录某个"中式者"亦即考中之人的诗歌答卷：

> 一统天朝界，山河万重新。士民皆欢乐，咸颂太平春。[1]

"中式"之文，亦有一例，见《太平野史》卷八。试卷作者佚，文长五百来字。摘以数行，姑窥其概：

> 皇矣上帝，神真无二也。夫犹是神也，得其真者，非独一皇上帝而何。且自三代而下，神灵每操祸福之权，然伪妄者恒多，真正者恒少。自圣人出，去其伪而存其真，犹恐人不识至真者之果何属也……[2]

凡此种种，内容无非都是为《原道觉世训》之类背书，或对天王、幼主歌功颂德而已。

将本节总括一下，可提取出来两个问题。其一，太平天国对文教重视不重视呢？答案是：重视。其二，文教在太平天国发展如何？答案是：基本不发展。如果"发展"是指文明在历史基础上的进化，则个别处有发展，例如历法，其余不进反退，使历史开倒车。

十余年内，从普罗层面看，文盲遍地状况依旧。从精英层面看，思想又没有一点活跃的迹象，甚至找不到思想情形的存在。虽然《资政新篇》透出充沛的思想活力，但它并非太平天国的造化，是洪仁玕入天京前在殖民地香港所得见识，洪秀全准其出版值得赞赏，然而实际影响微弱，几乎为零。

从头至尾，太平天国未曾造就和涌现自己思想文化方面的杰出人才和代表人物，除开《资政新篇》，也无任何学术上值得一提的著作。因为个人精神创造力与自主力，被压至极弱，虽有个人名义的制作存在，例如科举考试里的策、论，

---

[1] 龚又村《自怡日记（选录）》，《太平天国史料丛编简辑》第四册，中华书局，1963，页369。
[2] 王文濡《太平天国野史》卷之八，页219—220。

或《建天京于金陵论》一书所收何震川、吴容宽、钟湘文、冯之沄等人四十篇文章，但要么机械地重复洪秀全和其他太平天国官书话语，要么仅为谀言虚奉，难觅自我情思。

十多年间合法出版物，全部相加不过二三十种。文艺创作一片空白，除非有人认为科举试卷里那种诗，可算"创作"；没有小说，没有诗歌，没有戏剧；胆敢试之，杀头之罪。

《资政新篇》倒是曾经建议："兴各省新闻官，其官有职无权、性品诚实不阿者。官职不受众官节制，亦不节制众官，即赏罚亦不准众官褒贬，专收十八省及万方新闻篇有招牌图记者，以资圣鉴。"[1] 那是洪仁玕借鉴欧美，欲以新闻自由、独立，移植天京。他初来乍到，何其天真。此议立遭洪秀全无情否决，理由是："此策现不可行，恐招妖魔乘机反间，俟杀绝残妖后行未迟也。"[2] 是否待得天下完全太平，洪秀全有可能会允许新闻自由、新闻独立呢？抬眼打量一下太平天国文教整体气象与思路，我们碍难置信。

---

[1] 洪仁玕《资政新篇》，《中国近代史资料丛刊·太平天国（二）》，页533。
[2] 同上。

卷四

困局演进

曾国藩系统

历史事件联袂而至的情形，常令人讶然。索诸太平天国史，曾有两个年份具此况味，一为1856年，一为1860年。

1856年，发生了天京之变，而天京之变发生与清军统帅向荣殁亡密不可分。杨秀清倚此为不世之功，逼封万岁，从而触发天京之变。其结果，强悍的杨秀清系统戛然而终，进而整个"神天小家庭"解体，太平天国结束了天王称主、诸王共治时代，步入洪秀全独尊时代。这边，杨秀清系统在天京谢幕收场，那边，清方"进剿"系统也来到一个分水岭。向荣之死，何啻于自道光三十年以来官军进剿的全部历史作为一个段落被画上句号。这位老兵油子，自金田起义揭幕之时驰赴前线，与他同时期的钦差大臣走马灯也似换了一个又一个，诸将则或殁或革或逮，惟他从提督一路做到钦差大臣。放眼粤西以来衮衮诸公，向荣堪称硕果仅存。和太平天国军务一直由杨秀清一手握定一样，武昌以降，官军剿务亦尽收于向荣系统。然而1856年，清天双方这两大象征性人物，竟于数月内同归于尽，携手自历史引退，不亦奇乎？

随着东王被戕，杨氏系统瞬间崩解。向荣系统稍有不同，它在主心骨丧亡之后又支撑了数年，由两位得力旧部和春、张国梁顽强续命，但明显是强弩之末。一来，清廷一时尚未觅得顶替向荣的人物；二来，其剿办思路方处蜕变之中，略须时日。因此，向荣系统彻底消隐，有待咸丰十年 1860 江南大营被击溃，和春、张国梁双双毙命。在那以前，钦差大臣和春"办贼"策略照葫芦画瓢，一仍向荣之旧，集中兵力，连营围金陵。等到太平军再破江南大营，清廷终于彻易思路。于是，1860年，乃有曾国藩系统的上位。

这个变化，意义非凡。此前对太平天国作战以正规军为主力的路线，一变而为以地方团练为主力。此一走向，不但为清廷带来所谓"同光中兴"，且影响中国军政格局达五十年之久，嗣后平捻、戡陕甘回乱、刘铭传守台、甲午对日作战以至庚子年聂士成抗击联军，皆以湘淮军为班底。在当时，舍正规军而用团练，相当于弃专业以就业余、黜精锐而仰杂牌，实有"壮士断腕"之慨。然而经前十年观察，事实证明，绿营虽名曰正规军，朽烂却已至髓，反倒是在籍官员与乡绅所兴杂牌团练，训练及战力更佳。正视此点，清廷虽甚苦楚，却无以回避。这样，及和春、张国梁殒命，退无可退之中，清廷不得不决定让办团练成绩最卓著的曾国藩，主导整个剿办事务。张、和死仅半月，清廷便发表曾国藩暂署两江总督，继于两月之后，咸丰十年六月二十四日，实授其两江总督，命为"钦差大臣督办江南军务"[1]；翌年十月，上谕以曾国藩"统辖江苏、安徽、江西三省并浙江全省军务，所有四省巡抚提镇以下各官悉归节制"[2]，彻底完成了在太平天国主战场由曾国藩系统全面统制的布置。

历史吊诡之处在于，事情往往赶在一起，齐发并至。1860年作为转折点，并不仅仅体现在曾国藩突然成为主角。

曾氏上位，对清廷续命固极为关键，但我们知道，太平天国被击败实非曾氏一人之功。几年后，太平天国这首交响曲的最后乐章，实际是从上海、苏州、宁波等地首先奏响，而以上诸地对太平军作战捷报频传，贡献最著者并非中国军队，而是洋人及其所训练和领导的洋枪队。苏州失守，相当于吹响了太平天国末日来临的号角，仅堪半载，天京陷落。这破取苏州之功，泰半就要记在英伦军人戈登名下。

顺着戈登和洋枪队线索，溯源洋人之介入中国内战，我们会发现，端的正起自于1860年。

是年4月26日，英专使额尔金勋爵离伦敦东来。6月21日，额尔金及法国专使葛罗抵于香港。6月26日，英法政府通告世界对华宣战。是为第二次鸦片战争。端详此时间表，我们不觉神迷目眩——因为它与清军江南大营瓦解、曾

---

[1]《钦定剿平粤寇方略·六》卷二百四十五，页676。
[2]《钦定剿平粤寇方略·七》卷二百七十六，页484。

小刀会起义

原题《上海的叛乱》，所绘当系小刀会事。1853年9月，刘丽川等在上海举事，响应太平军，后由英法配合清军镇压。冯云山子侄即于这过程中被杀或失踪。

TROOPS OF THE QUINSAN GARRISON, UNDER MAJOR GORDON, FORMING SQUARE.—SEE NEXT PAGE.

戈登练阵图

英皇家军队少校戈登接掌洋枪队，治军严明，致其脱胎换骨。

忠王军事会议

取自呤唎《太平天国革命亲历记》英文原版插图。画面格调，洋味颇浓。会中规制是否反映太平天国仪度，盖不可考。左右八位黄袍坐者，应即后被李鸿章"杀降"的"苏州八王"。

太平天国礼拜堂

取自呤唎《太平天国革命亲历记》英文原版插图。画风纯然西式，而表现的却是中国现实，此一结合甚足品味"太平天国革命"的时代特色。画面情形，不知出于绘者自行想象，抑或有所本。帷幕正中四个大字，显为汉字"天父天兄"的摹形。

国藩系统上位，几乎完全重叠！

此二事，原本风马牛不相及，乃至在清朝而言，起初倒不如说是腹背受敌。在其正前方，太平军已使它焦头烂额，不料洋人又从后背，对它猛击一掌。然而谁也没想到，后来事情竟翻转成那样一种面貌。

英法联军陷天津，进至通州。咸丰皇帝北狩热河，英法兵薄帝都城下，继而火烧圆明园。10月，恭亲王衔命议和，双方签订《北京条约》，英法收兵，第二次鸦片战争以此作结。年底，额尔金离华，二万多人英法联军大多遣散，但留有少量部队，其中英军约一千二百人，由海军提督何伯率领驻扎上海。这就为后面的事情埋下伏笔，最终左右了中国历史走向。至今很多人或许并不知道，那位对夺苏州立有头功的戈登，原就是英法联军之一员，彼之身影即曾出现在圆明园中。

以往教科书常作如下表述："清政府与帝国主义势力，联手绞杀了太平天国。"若非第二次鸦片战争，这些鹰鼻隼目的"绞杀者"未遑东来。清朝当局付出一些利益以及一座圆明园，却意外获致得力帮手，助它除去心腹大患。历史每如此错落纠缠，令人困惑。

对太平天国来说，曾国藩与洋人无疑是命中两大克星。而两大克星，同时升起在1860年。对这样的巧合，我们除表惊愕，何遑言他？

花开两朵，各表一枝。此刻按下洋人一端，先从曾国藩讲起，以此切入太平天国晚景。

曾国藩，湖南湘乡人。《清史稿》言其表字涤生，而经门人李瀚章审订的《曾文正公年谱》，则作"字伯涵，号涤生"[1]。家本务农，到他祖父那一辈，始得求学。父麟书，人呼竹亭公，自幼业儒，连考十七次终录为秀才[2]，蹉跎甚于洪秀全。竹亭公生活轨迹也很像洪秀全，边考边教书，设塾课徒，以此为生。道光十二年，竹亭公四十三岁，以府试第一名入湘乡县学。第二年，儿子曾国藩紧跟其后，也成为县学生。依今来论，父子只差一个年级。竹亭公生子五人、生女四人，曾国藩为长子，上有长姊国兰。十四岁，初应童子试，也曾失败三

---

[1]《曾文正公年谱》卷一，《曾文正公全集·一》，中国城市出版社，2014，页32。
[2] 同上，页34。

次，年二十三中秀才。之后相对顺利，二十四岁成为举人，经两科会试不售，二十八岁中进士。殿试后，入翰林。由此居京为官，主要致力于学，政治上并无显绩。曾出任乡试正考官和会试同考官、正总裁，门生众多，这是后来很多事情的根苗。

道光三十年，洪、杨广西起事后，曾国藩初无表示，《年谱》言其"每日自课以八事：曰读书，曰静坐，曰属文，曰作字，曰办公，曰课子，曰对客，曰复信"。[1] 一如既往，保持以学为主的姿态，以致"办公"仅排第五位。他最早与洪杨之事挂钩的记录，当系咸丰元年的《复江岷樵书》。江岷樵，即江忠源，岷樵乃其表字。曾、江渊源，不止于湖南老乡。道光二十四年，江忠源公车进京，通过郭嵩焘引见，拜访曾国藩，一席谈而别。曾目送其背影，对一旁郭嵩焘说出两句话。一句是："京师求如此人才不可得。"另一句是："是人必立功名于天下，然当以节义死。"[2] 这次会面后，江忠源即以师礼事曾国藩，曾国藩则于道光三十年五月将江忠源作为他所认为的五位当世贤才之一，具疏举荐于当朝。道光二十九年，湖南李沅发作乱，江忠源在籍办团练，参与镇压，小有名气。粤西乱炽，钦差大臣赛尚阿闻江氏之名，奏调他从军，遂率五百乡勇入乌兰泰幕。江忠源动身不久，即致书曾国藩告此事。曾初复以：

> 足下所居，逼迫烽火，团练防守，未可以已。若有企慕谋勇，招之从军，则苫块之余，不宜轻往。[3]

在家办办团练无妨，从军上前线，则宜慎重。竟不很赞同江忠源的决定。此信乃二月间所写，稍后得知江忠源是应赛尚阿奏请而往，又追致一函，嘱以"上不违君命，下不废丧礼"之道_{当时江忠源因父忧正在服丧}，同时表示了鼓励之意：

> 闻乌公为当代伟人，仆于邸钞读其折奏，倾心钦服，吾弟入其幕府，足以增长阅历，洞习韬略，他日事业愈不可量，仆亦乐弟之因此而弥增智勇，

---

[1]《曾文正公年谱》卷一，《曾文正公全集·一》，中国城市出版社，2014，页46。
[2] 同上，页38。
[3] 曾国藩《复江岷樵》，《曾文正公全集·六》，页17。

将来备国家艰大之任也。[1]

末尾一句："粤中兵事，凡吾弟所亲见者，望日日记出，间中缕晰示我。"[2] 是曾国藩暗中瞩目太平天国事件的最早记录。事实上，江忠源很像曾国藩的前驱和预演。后来，曾国藩同样由团练起家，甚至服丧期间受命这一点，都一模一样。

洪、杨自广西逸出，窜入湖南，湘省大震。"各郡旧有会匪蠢蠢欲动，湘乡尤多匪踪。"[3] 邑中名绅罗泽南、李续宾兄弟等，开始筹办团练。此时，曾国藩在朝官至礼部右侍郎，兼署兵部右侍郎、工部左侍郎、刑部左侍郎、吏部左侍郎等职。在乡人望，无有可比。于是，大家便想到把他父亲立为招牌，"竹亭公以乡老巨望总其成"[4]，这应是曾家与团练之事发生关系之始。

亦当此时，钦命曾国藩任江西壬子乡试正考官。他在递折谢恩时，附片奏请考试事毕赏假两月回籍省亲。自道光十九年入都为官，曾国藩离乡业已十余载，中间祖父病重，请假归省未准，眼下想趁赴江西之便，就近返乡探视。朱批允之。六月二十四日出京，七月二十五日行抵安徽太和，忽接讣报，母亲江氏病故。曾国藩大恸，一面具折奏闻，一面易服改道，径赴湘乡奔丧。古代官员父母之丧，按制自动离职。清朝具体规定是："讣至，易服，哭，奔丧"，"丧期自闻讣日始……道光二十四年，定民公以下、军民以上居丧二十七月。"[5]

我们知道，这正是萧朝贵攻长沙、死之，随后洪、杨大队驰至之际。当时，曾国藩就在长沙西南约八十公里外，可惜这时他的日记是中断的，令我们无从知其切近的感受。

十一月，太平军自湖南引去。月底，湖南巡抚张亮基等人奉到一道上谕，内言：

前任丁忧侍郎曾国藩，籍隶湘乡，现闻在籍，其于湖南地方人情自必熟悉，著该抚传旨，令其帮同办理本省团练、乡民搜查土匪诸事务，伊必

---

[1] 曾国藩《致江岷樵》，《曾文正公全集·六》，页21。
[2] 同上，页22。
[3]《曾文正公年谱》卷一，《曾文正公全集·一》，页48。
[4] 同上。
[5]《清史稿》卷九十三，志六十八，页2724。

尽力不负委任。[1]

这是朝廷第一次指派曾国藩参与镇压，或曰曾氏本人卷入太平天国事件之始。曾国藩如何应对呢？他于十二月十三日见到上谕，"草疏恳请在家终制"[2]，亦即继续服丧、不出来做事。原因则与他当初不赞同江忠源受命赴粤一样，大孝在身，他认为"斯关大节"，不宜"墨绖从戎"。他是理学家，对义理十分硁执。然而，奏疏犹未发出，张亮基又以个人名义致函，告以武汉失守、人心惶恐，劝他无论如何以大局为重，共赴时艰。契交郭嵩焘，也登门说项，力请"出保桑梓"。鉴此情势，曾国藩改了主意。"乃毁前疏，于十七日起行，二十一日抵长沙，与张公亮基筹商，一以查办匪徒为急务。"[3] 按照上谕，他的职责是"帮同办理本省团练"，亦即在督抚领导下负责湖南全省团练。至此，之前主要作为学问家和文化、教育官员的曾国藩，转身踏上戎途，向"曾大帅"的方向转化。

曾国藩不是军人，于戎行素无经验。此点看似短处，换个角度，可能反为长处。由于置身于外，他对军中积习积弊，所见更锐，加之思路正确，甫一到任，即能提出彻底改革的方案。抵长沙翌日，曾国藩迅拟一折，和盘托出自己的主张，明言要"改弦更张"。这句话具体针对的是，作为正规军的绿营，令人无法抱有希望：

> 糜饷不为不多，调集大兵不为不众，而往往见贼逃溃，未闻有与之鏖战一场者。[4]

明清，"大兵"通常是"官军"的别称。言外之意，正规军的表现已不可救药。紧接着，奏章写道：

> 今欲改弦更张，总宜以练兵为要务。臣拟现在训练章程，宜参访前明

---

[1]《寄谕徐广缙等确奏岳州汉阳失守及敌营分窜等情并著罗绕典赴襄阳防堵曾国藩帮办湖南团练》，《清政府镇压太平天国档案史料》第四册，页174。

[2]《曾文正公年谱》卷一，《曾文正公全集·一》，页49。

[3] 同上。

[4] 曾国藩《敬陈团练查匪大概规模折》，《曾文正公全集·三》，页23。

> 戚继光、近人傅鼐成法，但求其精，不求其多；但求有济，不求速效。[1]

里面举到两个例子。戚继光，明嘉靖、万历间将领；傅鼐，本朝嘉庆间将领。二人共同之处是，皆于正规军之外募勇组建新军与敌作战，而立奇功。"戚继光至浙时，见卫所军不习战，而金华、义乌俗称慓悍，请召募三千人，教以击刺法，长短兵迭用，由是继光一军特精。"[2] 傅鼐则"治苗专用雕剿法，大小百战，所用仅乡勇数千。苗人于穹山峭壁蓦越如平地，无部伍行列，伏箐中从暗击明，铳锐且长，随山起伏，多命中。鼐因苗地用苗技训练士卒，囊沙轻走，习藤牌闪跃，狭路则用短兵。每战后辄严汰，数年始得精卒千，号'飞队'，风雨不乱行列，遗资道路无反顾，甘苦与共，是以能致死。"[3]

曾国藩认为，如今想要打赢太平军，非得在绿营之外另起炉灶，另组新军、另立章程，从头操练，打造完全不同的部队。"改弦更张"的意识如此强烈，以致此字眼一度屡屡用之。如《与彭筱房曾香海》也说：

> 鄙意必须万众一心，诸将一气，而后改弦更张，或有成功一日。[4]

改弦更张，就是弃舍绿营、新创一军。对此，他表述得毫不含糊。当时有人质疑他何不"就现在之额兵练之，而化为有用"，额兵即国家编册内正式在伍之兵，曾国藩竟直言不讳，指出绿营已烂到肺腑，无论怎么练，也不能"荡涤其肠胃"，至言以绿营积弊之深，即"孔子复生，三年不能变革其恶习"。他断言：

> 鄙见窃谓现在之兵，不可练之而为劲卒；新募之勇，却可练之使补额兵。[5]

兵，即体制内军队；勇，则指民兵组织。他说，自己办团练，将彻底摒排旧军人：

---

[1] 曾国藩《敬陈团练查匪大概规模折》，《曾文正公全集·三》，页23。
[2] 《明史》卷二百十二，页5611。
[3] 《清史稿》卷三百六十一，页11388。
[4] 曾国藩《与彭筱房曾香海》，《曾文正公全集·六》，页53。
[5] 曾国藩《与魁荫亭太守》，同上书，页33。

> 须尽募新勇，不杂一兵，不滥收一弁，特开生面，赤地新立，庶收寸效。[1]

日后的湘军、淮军，从上述思路中悄然滥觞。我们不妨把咸丰二年十二月二十二日，视为触发晚清军事格局变革的日子。以这一天为原点，不知不觉间，绿营退出历史舞台，由团练发展起来的湘军、淮军，变成国防主力，垂世五十年，直至清朝作古。

曾国藩新法建军，自成体系，都是基于对绿营恶习的认知，有针对性地加以克服而来。

一、用人之法。绿营山头林立，彼此离心，一旦投入战斗，相观坐望，散沙一盘。有鉴乎此，曾军乃于组建环节即谋求新型关系：

> 帅欲立军，拣统领一人，檄募若干营，统领自拣营官，营官拣哨官，以次而下。帅不为制，故一营之中，指臂相联。弁勇视营、哨，营、哨视统领，统领视大帅，皆如子弟之事其父兄焉。或帅欲更易统领，则并其全军撤之，而令新统领自拣营官如前制；或即其地募其人，分别汰留，遂成新军，不相沿袭也。[2]

这是"子弟兵"思维，缘忠信逐层相依。作为大儒，曾国藩将儒家伦理引入军队管理。儒家讲修身、齐家、治国、平天下，曾国藩认为这个道理一以贯之，治军和治家没什么两样，人人从自身做起，正人先正己，以身作则，上行下效。只要这样的关系一层层建立起来，军队就不是乌合之众，而内在地形成信任度和亲和力。他一再讲："将领之管兵勇，如父兄之管子弟。"[3] "吾辈带兵勇，如父兄带子弟一般。"[4] 也是为了这种治军思想有保证，曾国藩手下尽量用书生。罗尔

---

[1] 曾国藩《与李少荃》，《曾文正公全集·六》，页88。
[2] 王定安《湘军志》，页338。
[3] 曾国藩《湘后营营务处何令应祺副后营刘丞连捷左营李参将宝贤禀复查明勇丁有无滋事由》，《曾文正公全集·五》，页53。
[4] 曾国藩《与朱云崖》，《曾文正公全集·七》，页80。

纲先生指出"湘军将领以书生为主体"[1];他精细地查考这些将领出身,发现"其可考的一百七十九人中,书生出身的为一百零四人"[2],曾国藩"以书生担任重大的职务,那些武途出身的不过是担负偏裨的任务罢了"[3]。由此罗氏得出结论:"湘军的权力完全是掌握在地主阶级的文人手中。"[4]依赖知书者、儒士而非职业军人,有利修齐治平精神贯彻于治军,去除旧行伍各种习气。

二、选兵之法。曾国藩的"子弟兵"思维,后辈军人极推崇。蔡锷就说:"带兵如父兄之带子弟一语,最为慈仁贴切,能以此存心,则古今带兵格言,千言万语皆可付之一炬。"[5]但仅此并不足以打造强军,兵源选材也很关键,倘若歪瓜裂枣,任你如何待之如父兄,也无以为计。曾国藩很重视兵丁质地,一开始,就"但求其精,不求其多",宁缺勿滥,不急于扩张而致有损成色。他立的原则是:

> 凡募勇,取技艺娴熟、年轻力壮,朴实而有农气者;其有市井衙门气者不用。[6]

要择选身手矫健、年轻、体力好的。这些,通常也能想到,但"朴实而有农气者",则为他选材方面的独到之见。"朴实而有农气"的具体解释,在后面"有市井衙门气者不用"一句。被市井和衙门浸染过的人,心眼多,浮滑、圆融、奸伪、势利,见风使舵、投机取巧。曾国藩说这都是军中大忌,"一遇危险之际,其神情之飞动,足以摇惑军心,其言语之圆滑,足以淆乱是非"[7],"军营宜多用朴实少心窍的人,则风气易于纯正"[8]。这种择人标准的根源,其实也来自儒家。儒家推崇朴实、端正的人格,"巧言令色鲜矣仁",能说会道、神色活泛之辈,只怕去"仁"较远。我们现在主张个性解放,自然觉得儒家的看法古怪而偏颇,但正统儒家的确比

---

[1] 罗尔纲《湘军兵志》,中华书局,1984,页56。
[2] 同上,页66。
[3] 同上,页67。
[4] 同上。
[5] 蔡锷《曾胡治兵语录》,转引自罗尔纲《湘军兵志》,页146。
[6] 王定安《湘军志》,页340。
[7] 曾国藩《与姚秋浦》,《曾文正公全集·七》,页104。
[8] 曾国藩《复李次青》,《曾文正公全集·六》,页277。

较欣赏呆、拙的气质。心拙者，能够脚踏实地，吃苦耐劳，忠勤于事，不搞歪门邪道。曾国藩是大儒，喜厌好恶有典型的儒家特征；在他看来，"有农气者"天然地接近于"拙"，本分单纯，易于接受好的塑造。宋太宗曾说"择卒不如择将"[1]，曾国藩则既择将亦择卒。这不是因为对将领不信任，而是他对于普通士兵的"德性"，觉得关乎湘军整体素质，实在应该有一番特殊要求。

三、练兵之法。曾氏治军，"以练兵为要务"。一切凝结于"练"字，否则理路虽正、选材虽良，不落实于"练"，终归都束之高阁。他曾说："鄙人教练之才，非战阵之才也。"[2] 此语貌似自谦，其实却是认为作战取决于练兵、练兵高于作战。养兵千日，用在一时。"千日"与"一时"的关系，即是"教练"与"战阵"的关系。怎么"练"，"练"字如何体现？曾国藩又有他独特心得。若是职业军人，易于想到的是军事技能、战术阵法的演练。诸如此类，曾国藩也重视，也讲求，但却非他练兵的独门功夫。作为儒家信徒，他对练兵的理解，更在于品质的打磨和习惯的养成，从一点一滴的细节，将兵勇造就成为有良好作风的人。他提取自己练兵真谛是，"当于大处着眼，小处下手"、"屏去一切高深神奇之说，专就粗浅纤悉处致力"[3]，特重琐屑处，从"切身日日用得着的"[4] 方面琢治其军。他说："未有平日不早起，而临敌忽能早起者；未有平时不习劳，而临敌忽能习劳者；未有平时不能忍饥耐寒，而临敌忽能忍饥耐寒者。"[5] 显然，严格来讲这些都并非军事内容，曾国藩恰恰认为治军根本就在其中，故曰"治军之道，以勤字为先"[6]。这同样是以"儒"治军的体现，用儒家伦理的灌输、融入、渗透，锻造军人品质、提升战力。基于一个"勤"字，他手订如下"日夜常课之规"：

> 五更三点皆起，派三成队，站墙子一次。放醒炮，闻锣声则散。
> 黎明，演早操一次，营官看亲兵之操，或帮办代看。哨官看本哨之操。

---

[1] 王夫之《宋论》，中华书局，2012，页35。
[2] 曾国藩《复胡宫保》，《曾文正公全集·六》，页209。
[3] 曾国藩《致吴竹如》，同上书，页210。
[4] 曾国藩《复李申夫》，同上书，页212。
[5] 曾国藩《复宋滋九》，同上书，页319—320。
[6] 曾国藩《致宋滋九》，同上书，页318。

午刻点名一次，亲兵由营官点，或帮办代点；各哨由哨长点。

日斜时，演晚操一次，与黎明早操同。

灯时，派三成队，站墙子一次，放定更炮，闻锣声则散。

二更前点名一次，与午刻点名同。计每日夜共站墙子二次，点名二次，看操二次。此外，营官点全营之名，看全营之操，无定期，约每月四、五次。[1]

以上是早、中、晚的集体列队和出操。其余时间，各有训练内容。规定：凡三、六、九日上午，"本部堂下教场，看试技艺、演阵法"；凡一、四、七日上午，"着本管官下教场演阵，并看抬枪、鸟铳打靶"；凡二、八日上午，"着本管官带领，赴城外近处跑坡、抢旗、跳坑"，类乎今之体育性质的身体训练；凡五、十日上午，"在营中演连环枪法"；而每日午后，"即在本营练习拳、棒、刀、矛、钯、叉，一日不可间断。"[2] 如此一天下来，部队除吃饭外，惟二更至五更_{约晚九点许至晨四时许}为休息时间，以外别无闲暇，以践行"勤字为人生第一要义，无论居家、居官、行军，皆以勤字为本"[3] 的理念。

粗看，曾氏练兵无甚高深处，很浅显，就像他的选兵原则"有农气"那样简质。但就是这化繁为简、返朴归真的招法，能够破解清军长期以来的许多顽症。入关前，清军凭其尚武野性，禀有天然战斗力；入关后，在尊优政策下，八旗兵日渐腐化，野性流失，成为酒囊饭袋。而以关内汉兵组建的常备军绿营，也随军事官僚化程度加深，徒具其表，军中缺少一种内在精神的凝聚与支撑。曾国藩办团练，所带来和注入的，正是在绿营亡其踪影的军人精神与伦理。这个东西，看起来很"虚"，但在当时，反而是清军实实在在的一剂良药。从前，心学禅谈益愈玄远，李贽却说："吃饭穿衣，即是人伦物理。"[4]《传习录》亦载有下事：

> 门人有言邵端峰论童子不能格物，只教以洒扫应对之说。先生曰："洒扫应对就是一件物，童子良知只到此，便教去洒扫应对，就是致他这一点

---

[1] 曾国藩《营制》，《曾文正公全集·八》，页335。
[2] 曾国藩《晓谕新募乡勇》，同上书，页305。
[3] 曾国藩《与彭杏南》，《曾文正公全集·六》，页249。
[4] 李贽《答邓石阳》，《焚书·续焚书》，中华书局，1975，页4。

良知了。"[1]

曾国藩的思路，与李贽、王阳明相通，都认为觉识可于日常点滴求之。身为理学家，他无非把这种理论化为练兵之法。

曾国藩驭军之术不尽为独创，也借鉴了前人，尤其是戚继光建戚家军的经验。罗尔纲先生《湘军兵志》于此论列颇详，可以参读。

湘军的底子，是罗泽南等人所办团练，初约千人，咸丰三年七月后，扩充至六千人，又合江忠源所部总共万人。咸丰四年，添设水军，以后逐年扩大。随着湘军势力发展，中晚清一个以曾国藩为纽带的军事系统跃然而成。《湘军兵志》制有湘军人物表，其中赫赫有名者如：江忠源、胡林翼、左宗棠、郭嵩焘、李鸿章、李瀚章、沈葆桢、李孟群、罗泽南、塔齐布、彭玉麟、李续宾、曾国荃、鲍超、多隆阿、郭松林、刘坤一等。早期，主要统兵者为罗泽南、江忠源、李续宾等，随着这几人战死，后期出现曾国荃、左宗棠、李鸿章相鼎足的布局，分掌金陵、浙江、苏沪攻势。

湘军首个大捷，为咸丰四年八月克复武昌。

一介书生，领着一干农民，居然收复一座省城，真是想象不到。奕䜣大喜，赏曾国藩二品顶戴，命署理湖北巡抚，并加恩赏戴花翎。[2] 此原是论功行赏之意，然而当时曾国藩们认为，皇帝似乎考虑欠周，反而可能牵住手脚。故而，沈葆桢上奏谏之："若以曾国藩署理巡抚，微特疮痍之众安抚需时，且既有职守，难于越界进兵。""若以曾国藩署理巡抚，其所带水师及一二得力员弁必有留于湖北，为搜捕余匪、防堵要隘之用。"[3] 遂于九月十二日撤回曾国藩署理巡抚令，改为赏给兵部侍郎衔。沈葆桢所奏，或出曾国藩的授意。后者于其《谢恩仍辞署鄂抚折》里说："臣与督臣杨需熟商，恐出境在即，关防交替，徒费周转，是以不敢接受。"[4] 理由与沈奏同。

但事情不可能一帆风顺。同年十二月，曾国藩率部乘胜进至九江，与太平

---

[1] 王阳明《传习录》，《王阳明全集》，上海古籍出版社，2014，页136。
[2]《谕内阁武昌汉阳同日克复曾国藩等允予立沛殊恩》，《清政府镇压太平天国档案史料》第十五册，页544。
[3]《沈葆桢奏请饬曾国藩进剿令杨霈兼署湖北巡抚折》，同上书，页583。
[4] 曾国藩《谢恩仍辞署鄂抚折》，《曾文正公全集·三》，页85。

军林启容、罗大纲部战，为其大破。曾国藩连自己坐船都被俘获，棹小舟走入罗泽南陆营以免，愤欲投水。

这已非第一次心生绝念。八个月前，在长沙以北的靖港，曾国藩水军大败，战船三分之一被焚被掠，那时他便难忍羞愤，两度赴水自尽，都被救出。

九江大挫后，太平军收复武昌，曾国藩派胡林翼分兵湖北、塔齐布攻九江。不久，塔齐布、罗泽南先后因病因伤卒于九江、武昌，曾国藩折其左膀右臂，自己则在南昌与时任江西巡抚陈启迈陷入内耗。

他在江西一筹莫展，几乎两年。咸丰七年二月初四日，竹亭公病故，曾国藩呈上《报丁父忧折》，当即回乡奔丧。朝廷闻讯，"着赏假三个月"，但曾国藩连上三折，恳请"终制""开缺"，坚持为父亲服满三年之孝并离职。这固然出乎孝道，但也与有些灰心不无关系，《沥陈办事艰难仍恳终制折》写道："以臣细察今日之局势，非位任巡抚，有察吏之权者，决不能以治军。纵能治军，决不能兼及筹饷。"[1] 联系咸丰四年克武昌后婉谢湖北巡抚任命，可以想见这三年间的经历，令曾国藩对于当初的自己颇感天真，发现在地方上还是要有一定实职实权才好。

回乡守制，一去年余。咸丰八年五月二十一日，内阁奉上谕，传令曾国藩"迅赴江西，督率萧启江等星驰赴援浙境，与周天受等各军力图扫荡。该侍郎前此墨绖从戎，不辞劳瘁，朕所深悉。现当浙省军务吃紧之时，谅能仰体朕意，毋负委任。何日起程，并着迅速奏闻，以慰廑念"。此距"终制"之期虽然尚远，但曾国藩未加推辞，受命重起。

在他离职的一年多，局势发生了一些重大变化。太平天国方面，虽因天京之变遭重挫，发生石达开出走、内部决裂之事，但后起之秀陈玉成、李秀成成长迅速，在皖浙二省连捷，官军日蹙。咸丰八年十月，陈、李取得三河大捷，李续宾、曾国藩胞弟曾国华等皆战死。咸丰十年闰三月，陈、李攻破江南大营。随着张国梁、和春相继殒命，"绿营最大的一支军队已经彻底地被打垮了，清廷知道要维持它的统治，就非专用湘军不可"[2]。所以此番复出后，曾国藩得到的

---

[1] 曾国藩《沥陈办事艰难仍恳终制折》，《曾文正公全集·三》，页278。
[2] 罗尔纲《湘军兵志》，页52。

权力,和先前截然不同。江南大营失守翌月,清廷赏曾国藩兵部尚书衔,署理两江总督;过了两个月,补授两江总督并授为钦差大臣、督办江南军务。这标志着清军对太平天国作战主导权由绿营系统移至曾国藩系统。又过一年,咸丰十一年八月,曾国藩克复安庆,金陵门户为之洞开,某种意义上构成清天态势转折点。清廷遂于十月十八日下令以曾国藩"统辖江苏、安徽、江西三省并浙江全省军务,所有四省巡抚提镇以下各官悉归节制",[1] 将其职权范围从两江总督所辖三省,扩大至含浙江在内的四省。至此,曾国藩系统实际上覆盖了对太平天国正面战场的全面领导权。

---

[1]《钦定剿平粤寇方略·七》卷二百七十六,续修四库全书·四〇九·史部·纪事本末类,上海古籍出版社,2001,页484。按:该上谕发表日期为咸丰十一年十月癸酉,亦即1861年11月20日,而著述者多有误者,例如罗尔纲、谭其骧为顾问,郭毅生主编的地图出版社1989年版《太平天国历史地图集》作:"1862年1月30日,清王朝命曾国藩为协办大学士,统辖江苏、安徽、江西、浙江四省军务。"(页141)不知所据为何。

第二次鸦片战争

第二次鸦片战争,里面其实没鸦片什么事。之有此名,系因它是因上次鸦片战争的一些未了之事而起。

故事可以从一位清朝大员讲起,他便是我们曾经提到过的活宝"二琛"之一叶名琛。

话说鸦片战争硝烟熄散,中英签署《江宁条约》,其第一款载明:

> 自今以后,大皇帝恩准英国人民带同所属家眷,寄居大清沿海之广州、福州、厦门、宁波、上海等五处港口,贸易通商无碍;且大英国君主派设领事、管事等官住该五处城邑,专理商贾事宜,与各该地方官公文往来;令英人按照下条开叙之例,清楚交纳货税、钞饷等费。[1]

以洋人的思维,既经双方签字画押,条约就当信守执行。岂知在中国竟未必。上海、厦门等处未生枝节,在广州却遭遇很大麻烦。到1847年五年换约之期,英国照会当时的两广总督耆英,"请援福建、上海成事,入城来往。此议兴,粤民大哗,振臂一呼,汹汹聚数万人"。耆英"惧激民变,不敢许;惧启边衅,不敢不许,议终日不决"。这时,他的幕僚为他出主意说:"他款不尽许,则不能缓入城之说,期过缓,恐夷人不我许,惟约以两年,此两年中,公得内召,可置身事外矣。"于是,耆英答应英夷,请暂缓两年,两年后可以入城。第二年,耆英果然内召入阁,

---

[1]《江宁条约》,《中外旧约章汇编》第一册,三联书店,1957,页31。

到北京做大学士去了。他以此骗术避开棘手之事,却使中国再次失信。1849 年,英国人照两年之说如约而来,这时总督是徐广缙,巡抚是叶名琛。因不许英人入城相见,徐广缙便硬着头皮只带少数随从,"单骑往",登上虎门外英舰与之会面,"夷酋敦迫再三,总督执不可,声色俱厉",双方各自起身,怒目而视,不欢而散。徐返回城内,即与叶名琛"飞章入告",而羊城居民闻讯已群情激愤,有地方绅士出面号召每家各出一至二三丁,组成不下十万余人的队伍准备抗争。英国人见"官不受胁,且众怒难犯,因罢入城之议"。实际上,事情到这一步,港英当局已不能擅决行止,须待国内予以定夺而已。换言之,树欲静而风未止。这边,朝廷闻知徐、叶二人居然逼退英酋,大表嘉奖,晋徐广缙一等子爵、叶名琛一等男爵。咸丰二年,徐广缙接替因太平天国事革职的程矞采任湖广总督,并在长沙被围后接任赛尚阿的钦差大臣,最后被"褫职逮问,籍其家,论大辟",种种故事,前面俱已表过。徐离开两广总督的位子后,叶名琛便升了上去。因有 1849 年逼退英国人的成功经验,叶"颇狃于前功,以粤民锐悍为可常恃,冀雪大耻,尊国体,驭外夷务严,每照会至,辄略书数字答之;或竟不答",十分强硬。咸丰四年亦即 1854 年,在广州一筹莫展的英国人,舰至天津,照会直隶总督,与之理论广州之事,得到这样的回答:"五口通商,广督专任,欲来论理,宜赴广东。"[1] 英国人又碰一鼻子灰,怏怏而归,积怨益深。如此来来回回,转眼到了咸丰六年,时距耆英允诺"两年后入城"已过去快十年,忽然发生"亚罗号事件",第二次鸦片战争引信就此点燃。

"亚罗"号名字有模有样,其实不过一只小舢板,划艇而已。但它曾在英领事署注册,"俗名鬼划"[2],亦即洋鬼子的划艇。惟事发之时,注册业已期满,"自不当以英船看待"[3]。此点包令爵士_{时任香港总督兼驻华公使与中国商务监督}后来也调查清楚,承认"'亚罗'号是无权悬挂英国国旗的,允许它这样做的执照于九月二十七日满期"。[4]1856 年 9 月 27 日,阴历为八月廿九日,亦即事件发生前,"亚罗"号

---

[1] 以上引文,均自七弦河上钓叟《英吉利广东入城始末》,《中国近代史资料丛刊·第二次鸦片战争(一)》,上海人民出版社,1978,页 211—221。

[2] 繁园《粤客谈咸丰七年国耻》,同上书,页 244。

[3] 同上。

[4]《包令爵士致函巴夏礼领事》,《中国近代史资料丛刊·第二次鸦片战争(六)》,页 51。

正好注册期满不久。问题是英国人正在找碴寻衅,以借机发难。所以"亚罗号事件",立刻被用作把柄,将事闹大。因为这缘故,第二次鸦片战争在英国国内,也称"亚罗号战争" The Arrow War。

咸丰六年九月中旬,中国水师千总梁国定查获一船。有说内藏烟土[1],也有泛指其走私[2],还有的则说船上载着一些在缉逃犯[3]。总之,官军事先买通线人,获得情报,"俟至内河,连水手汉人共十二名,一并拿获"。[4]这就是"亚罗号事件"。

对此,英方表示其所大患者有二:一、中英和约规定,"凡英属船只,无论在通商五口何地,皆归该口英领事官办理"[5],按照这种说法,船中水手十二名虽系中国人,但管辖权在英方,中方将他们全数拘拿入城,是对英方侵权。二、该船"张英国旗。千总知奸民惯借英旗以自护也,登艇大索,执逸匪十三人 此误,巴夏礼告示及叶名琛照会均作十二人,拔其旗,以获匪报。西洋通例,以下旗为大辱"。[6]巴夏礼愤称"实同亵渎国制"[7]。

于此两点,双方有很大争议。首先,如前所说"亚罗"号虽曾在英领事署注册,但被获时注册期满,可不再视为英船。其次,叶名琛照会指出,俘获时该船并未张悬英帜:"贵国划艇,湾泊下碇,向将旗号收下,俟开行时,再行扯上,此贵国一定之章程也。到艇拿人之际,其无旗号,已属明证,从何扯落?巴领事官屡次来伸,总以扯旗欲雪此辱为名,其实并无有违和约之处。"[8]叶的此一辩解,亦存含混。他所依据的是英船下碇以后将旗收起的惯例,但梁国定登船搜捕当时,究竟"亚罗"号已然下碇,还是仍在行驶途中,照会并未明言。我们查了许多记载,此细节不能确定,诸书反而皆有"拔旗""毁旗"之述《触番始末》《英吉利广东入城始末》《书汉阳叶相广州之变》《粤客谈咸丰七年国耻》等。包令爵士事后承认"'亚罗'号是无权悬挂英国国旗的",此语也反证该船当时张有英帜。《广州府志》则载:

[1] 七弦河上钓叟《英吉利广东入城始末》,《中国近代史资料丛刊·第二次鸦片战争(一)》,页213。
[2] 华廷杰《触番始末》,同上书,页165。
[3] 薛福成《书汉阳叶相广州之变》,同上书,页228。
[4] 韩锦云《白鹤轩集(选录)》,同上书,页254。
[5]《丙辰粤事公牍要略》之《巴夏礼告示》,《近代史资料文库》第四卷,页271。
[6] 薛福成《书汉阳叶相广州之变》,《中国近代史资料丛刊·第二次鸦片战争(一)》,页228。
[7]《丙辰粤事公牍要略》之《巴夏礼告示》,《近代史资料文库》第四卷,页272。
[8]《丙辰粤事公牍要略》之《叶名琛致西马縻各里照会》,同上书,页274。

> 千总梁国定侦知英吉利划艇有内地水手十二人，常在洋面行劫，伺其艇进港，径往执之，解赴辕局。艇主萧成亦内地人，折落艇上夷旗，激怒英酋，怂恿其索回逸犯。[1]

如果我们相信府志可靠，那么，确有英旗被拔毁之情节；只是此举乃华人艇主萧成刻意而为，彼知洋人最忌辱旗，于是故意"折落"英帜，嫁祸广州当局，以激怒洋人，出面为自己讨回船只。用今天话讲，这是一位"汉奸"在从中挑唆。

总之，以上情节对英国人可谓正中下怀。薛福成说："是时巴夏礼已与公使及水师提督密谋，欲乘此时求入城，翻前约。"[2] 意即他们处心积虑，必使事态升级扩大。按照巴夏礼十月初四日告示所述：对于将扣留水手交回的要求，叶名琛初仅答应送回十二人中的九人，遭拒绝；巴夏礼重新交涉，提出新的条件，限两日内全部交回，并新添叶名琛应以公文正式道歉的要求，如不照行，"即当归水师军门设法尽讨"，亦即将采取武力行动。此公文经英国公使包令移咨，在九月十七日送到广州，足足过了八天，未见答复。九月二十三日，巴夏礼奉包令之令，重申前言，"再为展限，以明日酉刻为期，如不照行，即兴戎动武"。第二天午时，叶名琛派两名低级别官员将十二名水手送回，同时坚持"内有犯二名，刻须取回"，英方认为，中方做事轻慢，而且没有表明正式道歉态度，决定动武。[3] 从诸家记载看，叶名琛起初以为小事一桩："叶相曰：'此小事，不足校较，其畀之。'遣一微员，送十三人者于领事馆。"[4] "名琛谓此小事，不足深较，使县丞某持照会并解七人往。"[5] "名琛谓小事何足较，复令县丞某携照会并十三人还之。"[6] 照会被遭拒还后，仍然不放在心上，对英方新增的正式道歉的要求，

---

[1] 史澄《广州府志（摘录）》，页290。
[2] 薛福成《书汉阳叶相广州之变》，《中国近代史资料丛刊·第二次鸦片战争（一）》，页228。
[3]《丙辰粤事公牍要略》之《巴夏礼告示》，《近代史资料文库》第四卷，页272。
[4] 薛福成《书汉阳叶相广州之变》，《中国近代史资料丛刊·第二次鸦片战争（一）》，页228。
[5] 繁园《粤客谈咸丰七年国耻》，同上书，页244。
[6] 七弦河上钓叟《英吉利广东入城始末》，同上书，页213。

置之不理:"县丞以告,叶相置之不理,犯仍收回。"[1] "名琛笑置不理,亦无戒备。"[2]甚至觉得就该"拿"一"拿"这帮洋人,俾其知道不能事事如意:"某覆命,名琛曰:'姑置之,必事事如其所请,彼愈无厌矣。'"[3] 他全然没有意识到,当他摆弄这些官场小心得时,英国人却暗自窃喜,认为来得正好!

九月二十五日上午,叶名琛正在校场阅看武乡试射箭、马术科目,忽闻炮声自东传来。手下急入告,英人炮击猎德、中流两座炮台。谁知,叶名琛竟很镇静,"日昃彼自走耳",预言傍晚洋夷自会退去,并令"省河水师各船勿与战"。薄暮,"炮声果止"。[4] 第二次鸦片战争,就这样在叶名琛的出奇淡定中,拉开序幕。

其实,英军仅暂停炮击,并未"自走"。隔了一夜,翌日清早,炮声复作。英军出兵攻占中方炮台,守军则"以总督有命不许应战"而"相率弃台"。二十七日,又有其他炮台相继失守。此时城内外"团勇集者二万余人,愤欲一战,名琛持不可":

> 广州守吴昌寿长跪请发兵,亦不应。昌寿愤极,取架上令箭,亟趋出,欲矫命宣战,名琛躬起追之,及诸门,夺令箭而归,由是民间切齿名琛矣。

不过,总督阁下虽然阻战,却并不胆怯。二十九日那天,英军炮弹直袭总督署:

> 属吏某,冒死入见,请避地。名琛危坐中堂,手《四元玉鉴》一册,流弹飞越隔院墙外不为动。某至,笑而遣之。[5]

《四元玉鉴》乃元代朱世杰所撰数学名著,叶名琛于弹片横飞之际,执而读之。那光景,真是很有一番诸葛先生兀坐空城城头,对敌抚琴的况味。

此一阶段,战火从九月末持续至十二月末,英军有攻城之举,而无入城之

---

[1] 华廷杰《触番始末》,《中国近代史资料丛刊·第二次鸦片战争(一)》,页165。
[2] 繁园《粤客谈咸丰七年国耻》,同上书,页245。
[3] 同上,页244—245。
[4] 同上,页245。
[5] 同上。

意。据当时在现场并经历事情全过程的南海知县华廷杰说,十月初二日炮轰后,"本有缺口及城门三处洞开,敌兵并不由此直入,惟事大炮轰击。盖敌兵不满一二千,不敢进城。且其意初不在城,第欲以炮惧我耳。否则其时我兵亦不过数千,万一入新城、攻内城,必不能支。"[1] 入不入城,可能涉及公使包令的职权范围。大抵城外炮击以迫使中方谈判,是他可采取的行动,而率军占领广州,则非其所能擅定,须待国内批准方可。故而华廷杰分析说:

> 盖该国开炮滋事之初,无踞城之意,不过欲逞其炮之威,使我惧而修和。如道光二十一年,开炮数声,许银六百万故事,以遂其入城之请。所以十月初一日,城垣倾二丈余,靖海、五仙二门已破坏,猝难收拾,而并不急攻,此其意已可见。及叶相绝无惧意,于是有五处轰炮之举,冀百姓不堪荼毒,或聚而挟叶相以不能不和,乃百姓亦处之泰然,其术乃穷,故与绅士有设馆相见之议,在彼亦不得已而思其次矣。[2]

简而言之,炮轰持续两月后,英军反而显出黔驴技穷之窘,主动议和。他们通过民间渠道,提出就英人入住广州城一事展开对话,希望总督与公使至少先见上一面。此要求再遭拒绝,"叶相以此辈由渐而入,有何底止,万一相见而受其欺侮,或且蹈不测,可奈何?徒自取辱且示弱,令其窥我虚实,可奈何?"[3] 认为见面只有坏处没有好处,总之是不见。时过境迁,后来在光绪年间,华廷杰说起这一段,表示了极大遗憾:"此叶相之所以坚执不移,而众人之所以至今追悔者也,亦各有是非矣。"[4] 言下之意,当时叶名琛倘若肯与包令面谈,后面英法联军之祸或能避免。

十二月二十六日,英军两手空空,落寞退出"省河"亦即珠江。叶名琛以一"不"字之诀,化大事为无事。英军这一去,有如蒸发,再未与我有任何交涉;以至于半年中,连照会都不见一个。

[1] 华廷杰《触番始末》,《中国近代史资料丛刊·第二次鸦片战争(一)》,页167。
[2] 同上,页170—171。
[3] 同上,页171。
[4] 同上。

难道事情不了了之？

实际上，退却不表示罢手，而意味着事态即将升级。在英军退却之前，万里之外就已经展开紧密的外交切磋。1856年12月至1857年1月末，英、法、美三国政府就对中国采取联合行动之事往还不断，逐渐形成共识，把主要目标定为"在北京设立常设外交机构和取得新的商业优惠"[1]——包令原来的企求，仅为进入广州；现在，各国胃口则提升至进入北京。1857年4月20日，英外交大臣克拉兰敦正式向额尔金下达指示，任命他为"解决陛下政府与中国皇帝之间各种重要事务的高级专员和全权大使"[2]，并授权他"相机处理如何应用海陆军进行作战以贯彻女王陛下政府的对华政策"。[3] 其间，英国对事态做出两个重大升级。其一，先前是由驻华公使就英商及官员进广州事进行交涉，眼下变成女王陛下委派专员和全权大使，解决英国与中国之间"各种重要事务"；其二，先前包令仅能就广州一地之事向中国施压，而今，额尔金被赋予代表女王陛下政府运用一切必要手段、"相机处理"对华政策的全面权力。法国决策与英国相似，亦委葛罗男爵为"特命全权专员"[4]，偕海军少将果戈·德热努依里率部来华。美国以及稍后的俄国，介入程度较低，仅派外交代表加入其中，初未遣军队。

对中国的行动，因印度动乱有所推迟。额尔金1857年7月16日致包令称："预定来中国的部队改变了它们原来的目的地"[5]，8月26日克拉兰敦致额尔金信仍说："由于印度的动乱，总督未必会能够原译如此，'会'字衍匀出任何原订开往中国的部队"[6]，加之葛罗男爵"要到九月中旬才能抵达"[7]，故自去年年底英军退却后，广州得以维持大半年平静。《触番始末》载，十月上旬公历则为11月16日至24日之间，洋人"驾两火轮船，兵头数人入省河鸡鸭滘河面，亲送照会前来"，"均插白旗，一船是英吉利旗号，一船是法兰西旗号"。这是中国人初次得知英法联手，"六年

---

[1]《英国海军部档案有关第二次鸦片战争（1856—1860）的文件》，《中国近代史资料丛刊·第二次鸦片战争（六）》，页78。

[2]《克拉兰敦勋爵致函额尔金勋爵》，同上书，页79。

[3] 同上，页80。

[4]《给葛罗男爵先生的训令》，同上书，页86。

[5]《额尔金勋爵致包令爵士》，同上书，页92。

[6]《克拉兰敦勋爵致函额尔金勋爵》，同上书，页101。

[7]《额尔金勋爵致包令爵士》，同上书，页92。

冬本无法兰西在内,现亦厕入,知其连结矣"。[1] 查1857年11月18日《葛罗男爵备忘录》,英法联军确于此时制订了作战方案。其原本计划,直接北上天津,威逼当朝,但因出现耽搁,彼时北方已封冻,各国使臣会商后决定"对北直隶的远征已于今年放弃",而首先"在广州采取直接而且果断的行动"。[2]

插白旗而来,仅为和平相见之意。叶名琛的理解,不特全错,而且荒唐可笑:

> 叶相则谓彼实穷急望通商,却不甘求我,仍作大言欺人,其中实已全馁,故肯插白旗进港,彼国凡弱而降服者,则竖白旗。[3]

顺带说一下,华廷杰作为南海知县,许多事情亲闻直击,故其所述较诸事后采撷者,更足凭信。他证实,叶名琛对于英法递交的照会,"坚拒不许",并亲耳听到叶的解释:

> 及谒叶相,仍声色不动,谓彼故作恐吓之势以逼和,我已悉其底蕴,决无事变。又云凡敌人饮食动作,我皆有人探报,不遗细微。[4]

叶同时对华廷杰等人"招募两县乡勇数千,以备不虞"的提议,"亦拒弗纳",一再拍胸脯"此事我确有把握,可保其无事","大约过十五日便可了结"。[5] 此乃十月十一日的情形。十二日,华廷杰等再次去见叶名琛,试以前言说动之,叶洋洋自得道:

> 十年前一切新闻纸我全收起,现探得伊国王有旨,饬令兵头不可妄生事端,仍以生意为重。[6]

[1] 华廷杰《触番始末》,《中国近代史资料丛刊·第二次鸦片战争(一)》,页178。
[2]《葛罗男爵备忘录》,《中国近代史资料丛刊·第二次鸦片战争(六)》,页108。
[3] 华廷杰《触番始末》,《中国近代史资料丛刊·第二次鸦片战争(一)》,页178—179。
[4] 同上,页179。
[5] 同上。
[6] 同上。

英法政府给额尔金、葛罗的训令,我们俱已清楚,不知叶的如上情报,得之何人?在场有人询问:"中堂所用探报,自然都可信?"叶很不高兴,"怫然曰:'如不可信,亦不能支持至今。'"[1]

英法联军于 11 月 21 日拟定了给中国广州当局的最后通牒:"在四十八小时内军事长官和军队均应撤离至城外三十华里的地方,否则城市就要遭到攻击,并被占领。"[2] 通牒于 24 日正午递交。28 日,"天刚破晓,停泊在广州城前的战舰就要开火,以便在城墙的三处打开缺口:西南角、东南角和正中。近一百二十门大口径的炮都要同时朝城墙开火。"[3] 中方记载与此一致:"十三日卯,炮声骤发,如百万雷霆,并击总督署,烟雾四塞。"[4] 咸丰七年十月十三日,即公历 1857 年 11 月 28 日,卯时即上午 5 时至 7 时。英法进攻前,除将最后通牒送达叶名琛,亦于 27 日以"英香港总督会同法美二国提督"名义,"张榜郭外,限以二十四时破城,劝商民暂避其锋"[5]。29 日上午,广州被攻陷。这时,广州将军穆克德讷在城墙西北角竖白旗,以示投降,并打开西门,许居民迁徙城外。英法接管后,将城上炮口封塞,"分兵巡城瞭望,张榜禁止杀掠,谓此行惟仇总督,不扰商民也"[6]。30 日,广州将军穆克德讷和广东巡抚柏贵,贴出联名安民告示"谓议和可定,城内士民毋惊恐"[7],"不列总督衔,以夷酋伪示专仇总督故也"[8]。12 月 6 日,将穆克德讷和柏贵带走,又从八角亭搜得叶名琛。几天后,洋人挟叶名琛至香港,送穆克德讷和柏贵回署。

咸丰八年正月初四,叶名琛派人往家中送其手书来,"云将赴海外,请备衣服食物及《吕祖经》一册,募厨役、一薙发匠,购米二十石,兑洋银千两以往"。二月初,被带至当时属于印度的孟加拉,软禁在大里德寺花园镇海楼。咸丰九

---

[1] 华廷杰《触番始末》,《中国近代史资料丛刊·第二次鸦片战争(一)》,页 179。
[2] 德巴赞古《远征中国和交趾支那》,《中国近代史资料丛刊·第二次鸦片战争(六)》,页 122。
[3] 同上。
[4] 七弦河上钓叟《英吉利广东入城始末》,《中国近代史资料丛刊·第二次鸦片战争(一)》,页 216。
[5] 薛福成《书汉阳叶相广州之变》,同上书,页 232。
[6] 同上。
[7] 同上。
[8] 七弦河上钓叟《英吉利广东入城始末》,同上书,页 217。

年三月七日,病故于此,"英官来视殓,注以水银",初欲葬之当地华人义冢,经随从争之,"制松木箱为之椁",运回国内。同年四月运抵,由华廷杰"为启棺改殓",换上较好的棺木,由于水银防腐作用,移棺时"皮肉未脱,面目犹可辨也"。[1]

有清一代,官至总督的大吏当中,叶是惟一成为敌国俘虏并客死异乡者。据说他在做俘虏期间,"犹每日亲作书画以应洋人之请,从者力劝不可题姓名,乃自书'海上苏武'"[2]。只是这位近代"苏武",备历艰辛,却无从言以"不辱使命"。

从1856年秋到1857年底,广州局面一至于斯。予以回瞻,人们普遍感受是啼笑皆非、一头雾水。过后,市井盛传对叶名琛的两句评论:

> 不战不和不守,不死不降不走。相臣度量,置古同"疆"臣抱负,古之所无,今亦罕有。[3]

把他那些让人匪夷所思的情状,刻画得惟妙惟肖:说他勇敢,他却不战。说他懦弱,他却坚拒和谈。说他克尽其责,他却并不积极备战以却来敌。及至城破,有人劝他自尽,他不肯死,投降呢他又拒绝,然而也不逃跑开溜……他的"世界"真是无人可懂!

对此,薛福成以及别的作者揭秘说,叶氏实则有恃无恐。所恃者何?扶乩是也。还记得英法送来照会,华廷杰等建议招募乡勇以备不虞,叶名琛却之时所说的"此事我确有把握,可保其无事","大约过十五日便可了结"那番话么?薛福成也记载了此事:

> 请招集团练,又不许。众固请,叶相曰:"姑待之,过十五日,必无事矣。"乃乩语也。先是叶相之父志诜喜扶乩,叶相为建长春仙馆居之,祠吕洞宾、李太白二仙,一切军机进止咸取决焉。[4]

---

[1] 繁园《粤客谈咸丰七年国耻》,《中国近代史资料丛刊·第二次鸦片战争(一)》,页250—251。
[2] 薛福成《书汉阳叶相广州之变》,同上书,页232。
[3] 同上,页233。
[4] 同上,页231。

原来，所谓"确有把握"，得诸扶乩。旧时中国官场，迷信扶乩降灵之风极盛，举凡问试题、卜吉凶、占生死、验国事、求功名……悉赖之。许地山先生著有《扶箕迷信底研究》，里面举到的例子数以百计，有兴趣者不妨参读。而叶名琛于兹尤有家学，其父便是扶乩的超级粉丝，叶名琛久经熏陶，笃信不疑。直到广州已为洋人所占、自己束手就擒，信仰亦未稍动摇。以至从香港押往孟加拉，手书索取之物，犹嘱以备《吕祖经》一册——吕祖即吕洞宾——可见对神仙的崇笃，在他是何其死心塌地。民间还风传：

> 乩语告以过十五日可无事，而广州竟以十四日先陷，人咸讶之。或曰，洋人赂扶乩者为之也。然其事秘，世莫得而详云。[1]

此事如果当真，洋人未免太过阴损狡诈。可叹第二次鸦片战争这么一场巨祸，原其端绪，竟与扶乩瓜葛颇深。十九世纪中国怎样朽瘵缠身，也真是窥一斑而知全豹了。又可叹那叶名琛，因其颟顸招来远寇，虽然自己落得个俘至他国、客死异乡的下场，然不想，这伙强盗最后反为大清殄灭叛乱助了一臂之力；事后看，仿佛倒像是叶名琛以一己之辱与死，替清廷搬来了"救兵"！

联军占领广州后，略如薛福成《书科尔沁忠亲王大沽之败》所述："久踞不退，注谋在改约章，索偿款，增商埠。"清廷派黄宗汉接任两广总督兼通商大臣。黄之碌碌，不逊叶名琛，"亦承平文俗吏耳，盱衡厉色，操下如束湿薪。退驻惠州，既不激励兵练，筹克会城，又不与英使会议立约退师事……惟以闭口不言，塞耳不闻为能。"连广州都不敢待，把总督衙门安放到惠州，远远回避。"英使额尔金，久不得我要领，乃纠法、美二国，驶兵船北上。"[2]

咸丰八年三月初，英、法、美、俄舰二十余艘，云集天津大沽。一战之后，五月，清廷分与四国各签一份《天津条约》，各国先行退兵，税务细则稍后将在上海议定。《天津条约》"丧权辱国"涉及多方面。据说，当时出面与洋人谈判的官员"向

---

[1] 薛福成《书汉阳叶相广州之变》，《中国近代史资料丛刊·第二次鸦片战争（一）》，页231—232。
[2] 薛福成《书科尔沁忠亲王大沽之败》，同上书，页597。

咸丰帝建议道，这些条约只是欲让夷人离开天津的权宜之计，皇帝想取消就可以取消"[1]。这岂非儿戏？但咸丰皇帝竟然认可了这伎俩。洋兵一退，他即着手翻案；其中，最不能忍而欲悔约的，是外国公使得驻北京之条款：

> 文宗愤和约之成出于不得已，或献策许全免入口税以市惠，冀改易驻京诸条，密授桂良等机宜。[2]

他欲借在上海谈税务细则的机会，删除公使驻京条款。这时，大臣中又有人出馊主意，说可用完全放弃关税作为让步，换取洋人不派公使驻京。咸丰皇帝再次猪油蒙心，嘉纳之，密谕桂良照此谈判。外国使节互驻对方首都，今为世界通例，可当时清廷为阻止这种事，宁愿牺牲全部进口税银收入。如此奇特的"价值观"，真让人愕异不解。八月，桂良到上海。一方面，朝臣风闻有弃尽关税来换取外国公使不驻京的方案，"力言免税之不可"[3]；另一方面，洋人根本不可能接受，事涉国家间平等，没有谈判的余地。作为直接上谈判桌的人，桂良情知谈不下来，故对反对免税的意见，"亦赞其议"。"上甚怒，必责其补救一二端"[4]，"桂良等噤不敢言罢驻京诸事，先议税则"[5]，就此埋下隐患。

《天津条约》末款写明："本约立定后，俟两国御笔批准，以一年为期，彼此各派大臣于大清京师会晤，互相交付。"[6]亦即，咸丰九年换约。是年五月，各国护载使臣前来北京莅任的舰队，如期驶至天津海岸。《清史稿》说，桂良去年在上海曾与洋人谈妥，"改由北塘海口入"，但英舰"突背前约，闯入大沽口"。[7]北塘口与大沽口相距不远，区别是后者乃军事设施。去年，就公使驻京之事，中方露出悔懊口风，洋人坚不相让，事陷僵持。有鉴于此，英舰此来，特意径闯大沽口，寓含武力挑衅之意，以恫吓清廷屈服。

---

[1] 裴士锋《天国之秋》，社会科学文献出版社，2016，页39。
[2]《清史稿》卷三百八十八，列传一百七十五，页11709。
[3] 同上。
[4] 同上。
[5] 同上。
[6]《天津条约》，《中外旧约章汇编》第一册，页108。
[7]《清史稿》卷一百五十四，志一百二十九，页4526。

> 直隶总督恒福送书英舰,告以"大沽设防,不便行走,请由北塘入北京",卜鲁士拒之,竟驶入大沽,逼近炮台,开炮轰击,步兵蚁附登岸。[1]

卜鲁士亦译卜鲁斯或普鲁斯,他是额尔金的弟弟。英相巴麦尊指派他为全权代表,换约之后,便是常驻北京的英使。之前他已闻知,"有传言说中国皇帝会拦住他们不让进京"[2],为了表示来意极决、不惜一战,他专门挑选大沽作为登陆点。然而中国方面,亦非无备以待。僧格林沁早就在大沽作了精心布置。双方言既不合,随即开战。一战之下,英军居然大败。英军既败,牒告通商大臣何桂清:"谓若'事事遵八年原约即罢兵'。"可是打了胜仗的清廷,如何可能接受这种威胁?

> 桂清入告。廷议欲乘获胜之后,更改前约。得旨所有八年议和条款,概作罢论。[3]

咸丰皇帝不特不屑于"事事遵八年原约",连廷议提出的"更改"分寸,也不堪容忍;索性宣布:《天津条约》作废!这终于导致明年英法联军兵临北京一幕。

之后的事情因世所周知,我们叙述从简:1860年,额尔金勋爵和葛罗男爵卷土重来,英法增兵合计至于二万,击败了去年令他们蒙羞的僧格林沁;咸丰皇帝出奔热河,留恭亲王奕䜣为全权大臣守京师;联军进至北京,焚圆明园,请开安定门,入与议和。需要指出的是,北京城本身未被侵占,圆明园位置乃在当时城外;中国都城切实陷于洋人之手,有待四十年后庚子年八国联军侵华。九月,奕䜣与英法分别签订《北京条约》。十月,俄国亦以"调停有功",与中国续订《北京条约》。上述条约,中国损失之惨,较《天津条约》倍增。不可思议的是,"小角色"北极熊俄国,于领土方面所获尤肥,敲诈几近百万平方公里土地;英法作为侵华主力,则更在意商业利益——从中可以看出地缘关系不同,列强对中国的欲求也有所不同。战后,各国使节终于得驻北京。在中国而言,

---

[1]孟世杰《中国近百年史》,知识产权出版社,2014,页32。

[2]裴士锋《天国之秋》,页44。

[3]孟世杰《中国近百年史》,页33。

改变是为了打理与这些外使的关系，于该年十二月在京设立总理各国事务衙门；自此，中国始有近代意义上的专门外交机构。

绵延四年的第二次鸦片战争，就此画上休止符。然而，由它引出的故事情节，却没有结束。作为第二次鸦片战争的一个副产品，洋人卷入中国内战，随之开始对历史施加作用。

若非此次战争，外国正规军当时是无由出现于中国的。当我们讲述这场战争的种种故事时，几乎忘记了与此同时中国内部正进行着另一场规模更大的战争。1858年7月底，《天津条约》签订后，额尔金先是率领他的舰队去了一趟日本，目的与他之来中国一模一样。美国作者裴士锋写道：

> 清朝的殷鉴不远，因此德川幕府吞下傲气，毫无抵抗欢迎额尔金及其舰队入港。德川政府签署了一批类似中国所签的条约，但过程中未见暴力。与英国和清朝之间日益升级的敌对相反，日本人对额尔金备极礼遇。[1]

东亚两个最大国家以截然不同的反应，面对着新的世界形势。秋天，从日本返回后，额尔金决定检验和行使《天津条约》所赋予的英船可在长江自由航行的权利，以五艘船组成小船队，由上海溯江而上，到达新增的通商口岸汉口。《天津条约》于该款实附有说明："惟现在江上下游均有贼匪，除镇江一年后立口通商外，其余俟地方平靖。"[2] 但额尔金置之不顾，某种意义上，他正想去摸一摸"贼匪"的虚实。

在南京附近江面，船队引起了误会。太平军炮台以为这是官军舰只，而予炮击。英舰立即还击。好在误会很快消除，岸上搞清来者乃是洋人，迅速派人道歉并联络感情。天王甚至送来一封信，即有名的《赐英国全权特使额尔金诏》，与他们称兄道弟，诏书第一句便说："朕诏西洋番弟明，天情迥不比凡情。"天情是指基于相同信仰之上的感情，意即我们感情之深，是一般所不能比的。诏旨大半篇幅，用来宣讲拜上帝教的理论。最后，就额尔金到访

---

[1] 裴士锋《天国之秋》，页41。
[2] 《天津条约》，《中外旧约章汇编》第一册，页97。

表明了如下态度：

> 朕今实情诏弟等，欢喜来朝报爷哥。朕据众臣本章奏，方知弟等到天都。朕诏众臣礼相待，兄弟团圆莫疑狐。朕虑弟们不知得，故降诏旨情相乎。西洋番弟朝上帝，人间恩和在斯乎！[1]

但是，"西洋番弟"未予作答。这很好理解，目前，英国政府所承认的中国合法政权乃是清朝当局，作为女王特使的额尔金自不宜与叛军擅相往来。

当时，额尔金给予他在中国属下的训令是，严守中立。不过，当受到炮击时，额尔金船队毫不犹豫开火还击，却预告了未来的演变：如果大英帝国在华利益受到威胁，"中立"姿态将不复存在。

庚申十年，亦即第二次鸦片战争结束的1860年当年，太平军东扩战略确立，挺进长三角腹地，春末克苏州，建苏福省，六月，忠王李秀成发表《给上海百姓谆谕》，宣称"不日统师前进"，上海吃紧，英公使卜鲁士在沪公告，提出"保卫上海"，七月，李秀成兵抵徐家汇，着手第一次攻沪战役……洋人就此卷入中国内战，清朝因祸得福，本因自己颟顸而招来强盗，此时成为帮手，直至改变战局，迎来所谓"中兴"，续命半个世纪之久。

1860年9月，忠王李秀成在苏州接见美国传教士罗孝全，提到一件他深感困惑的事："联军一面在白河同清军打仗，一面又在上海保护清军，真是矛盾。"[2]这里的"联军"，正是曾在北京烧了圆明园、把咸丰皇帝赶至承德的英法联军。所以第二次鸦片战争对中国历史的影响，不仅仅是造成《北京条约》，实际上也使业已相持胶着十年的中国内战，天平突然倾斜。近代史的此一关节，很多读者往往尚未意识到。中国历来有"引狼入室"之说，从叶名琛不和不战到咸丰帝毁约，事情颇有"引狼入室"嫌疑。但这一次，引狼入室的一部分后果，竟然包括受害者从中得利。历史的诡异，一至于斯！

国民党元老和理论家戴季陶先生，曾经发过这样一番议论：

---

[1]《赐英国全权特使额尔金诏》，《洪秀全集》，页191—192。
[2]《美国传教士罗孝全报告到苏州谒见忠王的经过》，《太平天国史译丛》第二辑，页114。

> 在太平天国战后，中国人的精神被英国的势力完全吸引住，使中国人连压迫的感受都失却了。长江和南方一带，崇拜英国、迷信英国成了一种风气。只是北方还不能被吸收干净，野蛮的抵力一变而为义和团。及义和团失败，这一个抵抗性也消失干净了。[1]

对于他特别地点出"太平天国"，我不由潜心思考了一番。从我们今天的角度，近代史以来英国对中国的压迫，主要集中于两次鸦片战争。而戴季陶感受似与我们不同，他无疑觉得在太平天国这件事上，英国尤其扮演着一个重要角色。他写这番话时，距太平天国的失败还不太远，其印象应该保留着更接近于当时一般社会体验的内容，那就是，英国不单对于这场中国内战走向起到了至关重要的作用，而且亦因此真正加深了普通中国人对于西方先进和强大的认识，尤其在被太平天国战火洗礼过的南方。英国人的这种作用，主要体现在两点。一是在上海及周边地带，用正规军直接投入对上海的保卫，阻止并挫败了后期太平军东进这一基本战略；二是派出以戈登为首的军事顾问班底，为清廷训练并实际指挥洋枪队，转战浙江、江苏各战场，从而深度介入中国内战。可以说，英法之介入，乃是太平天国作为中国王朝史最后一场农民战争最具时代特色的标记，这一点，令历史的轨迹注定与以往迥绝。

---

[1] 戴季陶《日本论》，戴季陶、蒋百里《日本论 日本人》，上海古籍出版社，2016，页91。

教士与洋商

说起洋人与太平天国这二者关系,至今人们所知有偏。偏的原因,主要是对太平天国曾经有五个字的主流定性:反帝反封建。这定性,颇与事实相左。从所谓"封建性"来讲,太平天国诸多表现,不特无以言"反",简直倒可以说"变本加厉"。至于"反帝","帝国主义"与清朝联手绞杀太平天国,此乃事实,故太平天国和"帝国主义"存在敌对关系,这一点可以确认;然而,事情并非一开始就这样。退至1858年,不单额尔金严令英人在华保持中立,自太平天国方面言,也如前面《赐英国全权特使额尔金诏》所示,视洋人为"番弟",欢喜于"天情迥不比凡情",和清朝当局蔑之为"洋夷"、满怀敌意不同,太平天国对洋人天然地多一层亲近感,以致对英法联军来华,投以"兄弟团圆"的眼光。同样,进而实际考察洋人的一般舆论,他们对太平天国的同情、好感,也远远大过排斥。

原因是什么?自然是宗教。

彼时西人来华,主要有两种:传教士和商贾。这两种人,来华动机、目的不同,利益也不同。由于"职业"性质所在,传教士足迹所至更广更远,同时他们是做思想舆论工作的,在记叙、报道和言论发表方面更主动更积极,故而这些人的声音,一度有主导之势。当时,上海英文报纸《北华捷报》登载大量有关太平军的报道,很多出自传教士之手。

和洪秀全因宗教视洋人为"番弟"一样,传教士往往也因同样缘故对太平军怀以赞赏之意。英国教士麦都思1853年投书《北华捷报》,讲述他与一位太平军逃兵谈话的情形:

> 当我问到叛军的宗教时,他以虔诚的神情回答说,他们敬拜上帝。当问到他们何时敬拜上帝,他说天天如此,在每次就餐之前。我让他念一段他们的祈祷用语,于是他唱起了太平王《天条书》中的荣耀颂。他的语调和神情表明他对此十分熟悉。[1]

字里行间,满是发乎宗教同源的感动。麦都思还不忘记利用那名逃兵作为例子,来刻画太平军的正面形象:

> 我又问:既然你不愁吃穿,并受到良好的教育,死后还可以升天,为何竟离开他们呢?他回答说:哦,那里禁止人们抽大黄烟,更谈不上吸鸦片了;还禁止赌博、饮酒、纵欲、争吵、偷盗;就连骂人也会受到一顿鞭打。我提醒他,若强调这些作为离开他们的理由,人们会误以为你对这些劣行有所嗜好,从而就会讥笑你,谴责你。听到这一番话后,他显得极为羞愧,似乎恨不能收回已说过的话。[2]

共信上帝和基督,在传教士看来,仅此即足以将太平天国视为"同志"。英国牧师杨格非写道:

> 忠王说:"让外国兄弟知道,我们决心将偶像崇拜根除出我们的国家,代之以培植基督教。"他们相信并崇拜天地万物的创造者和保护者——独一的上帝。他们相信基督是使世界脱离罪恶和地狱的救世主。他们相信圣灵是上帝的化身,是感化万物者。他们相信神的教义。他们反对宋朝哲学家的泛神论观念,持上帝之位格的教义;他们反对流行的多神论观念,有着极为明确的上帝独一的观念;他们反对佛教哲学的宿命论,相信并传播全能的上帝主宰一切的教义。[3]

---

[1]《麦都思牧师的一封信》,《中国近代史资料丛刊续编·太平天国(九)》,页93。
[2] 同上。
[3]《有关太平天国的西文资料(选译)》之《杨格非牧师对太平天国的评价》,《近代史资料文库》第五卷,页124。

美国传教士赫威尔以几乎相同的口吻说：

> 我们此行归来，对太平天国全部运动，有了比以前任何时候都更好的印象。这班人对他们自己所做的事似乎感到一种切身关系。不管是不是正确，他们感到是奉上帝之召，来消灭偶像和清朝的。他们在准备毁一座庙宇时，站在这庙宇的周围，首领大声地说："以天父上帝之名义，并奉天兄耶稣之命，我等毁坏这座庙宇"，然后毁坏的工作开始。除非上帝干预，并用他自己的大能加以压制，有什么力量能够打垮醉心于这种思想的人呢？……上帝能够并且会使这次的叛乱产生好处，我们将为此欢呼。[1]

从他们笔下可读出，西方传教士把太平天国视为中国从"异教"国家变成基督之国的希望。

一位法国主教写道：

> 假如叛军获胜（现在看起来这很有可能），我们也许可以指望我们的神圣宗教得到某种解放。相反，如果清王朝获胜，我们就会看到一切带有社团性质或类似社团的组织遭到可怕的反击。由于在华教会在政府眼中是最惹眼、最讨厌的社团之一，基督教团体将会受到最凶猛的攻击，我们可能将不得不忍受血与火一般的迫害。[2]

同样是法国教士，葛必达神父 1853 年 11 月随公使布尔布隆造访天京，他的汇报中出现不少有利于太平军的描述。例如天京的妇女，他说她们"看上去一点也不贫困"，其中有些"穿着华丽"，其余"大多数人虽然并不显得十分富裕，但穿得还算体面"，并说"她们的面部表情大都显得平静而又顺从，虽有一丝悲愁，但比我的想象要轻得多——鉴于她们被迫付出的各种牺牲"，这些"牺牲"

---

[1]《传教士赫威尔等就访问苏州太平军的经过给〈北华捷报〉的信》，《太平天国史译丛》第二辑，页 102—103。

[2]《法国遣使会传教士田嘉璧博士的一封信》，《中国近代史资料丛刊续编·太平天国（九）》，页 37。

包括同所有亲人分离,葛必达却说此等现实仅仅使她们脸上略带"悲愁"而已。他还称道妇女"不时兴缠足"的做法,认为这让"妇女能更好地从事公共服务",而我们知道"女馆"承担的事务,并不像所谓"公共服务"听起来那样美好,而是挖沟、搬砖等近乎苦力的各种重体力劳动。葛必达也对基于"公有制"的天京配给制大加赞扬:"真正值得佩服的是,正如我们亲眼所见,南京被攻占后人口增至一百多万,这种方法竟能使这么多人的衣食得到正常供应,而这是在内战当中,在南京受到扎营敌军围攻的情况下做到的。"我们同样知道,这情形只是昙花一现,第二年天京就陷入严重的粮荒。他甚至为洪秀全多妻辩解:"洪秀全是否拥有数名妻子现在还不能肯定,何况《旧约》似乎允许他这么做。"在《旧约》中,有的男人确实拥有不止一个女人,例如亚伯拉罕曾与使女生子,所罗门晚年妻妾成群。诚然,葛必达力求出言谨慎,正如他文中所说,整个事情看起来"还是个未知数";不过,在宗教情感支配下,他表露出对太平天国的倾向性,是毋庸置疑的。[1]

  传教士在促成太平天国起义爆发方面的作用,增添了他们的自豪感以及对自身意义的高估。这当中,罗孝全与洪秀全那一段师徒关系,尤其令人鼓舞。虽然两人在广州教堂所交不深,而且罗的态度不甚友好,但1853年,当早已成为天王的洪秀全亲自发函邀请罗孝全至天京一晤,后者还是无比振奋。其时,罗孝全因行为失当,已失掉教职,这封信让他"吐了一口怨气",他非常愿意前往南京,但美国驻华当局警告他"若违反中立政策拜访叛军,将予以处死"。不得已,罗孝全暂别中国返美,在南部和西部诸州演讲,"为太平天国运动发声,并四处募款让他以独立教士的身份返华向叛军传教",颇得虚名,以致报章有称之"太平王的宗教导师"者。[2] 罗氏不遗余力的宣传,在西方传教士中间带来诸多影响以至幻言,比如香港洋人报端一度传说"叛军领导层中有几位法国传教士"[3]。此虽子虚乌有,但大家暗暗将起义视为传教士辛劳工作的成果,这种心情是普遍的。罗孝全本人便以此腔调评价太平天国事件,称"这是中国的一个转折点",而它之所以到来,正是宗教力量的点化:"请看上帝已做了些什么!他

---

[1]《法国耶稣会传教士葛必达神父的一封信》,《中国近代史资料丛刊续编·太平天国(九)》,页96—118。
[2] 裴士锋《天国之秋》,页156—157。
[3]《意大利方济各会传教士里佐拉蒂的一封信》,《中国近代史资料丛刊续编·太平天国(九)》,页42。

不仅使中国对外开放，接纳了福音的教师，如今还使他们自己中间崛起了这么一个人，他引导他们崇拜真神，以强劲的手段扫除偶像，而成千上万的人正汇聚在他的旗下！"[1] 葛必达神父也介绍了西方传教士中间流传甚广的看法："他们的宗教确实源于几位英国国教牧师"，亦即梁发的师父马礼逊以下诸人，并转述说"曾有几个新教牧师自行通过报纸引以为荣地宣称，他们即使没有引发叛乱，至少（实际上是一回事）曾将支撑这场叛乱的宗教原则给叛乱的发起者，并被对方接受"。[2] 伦敦布道会杨笃信亦即杨格非在所著《中国的叛乱》里，甚至这样呼吁：

> 在华的传教士们！这场叛乱是你们的产儿。因为缺乏你们父母般的呵护，她已长成畸形，并且十分任性；但她仍然具有成为一个完美之人的因素。她对这个国家是福还是祸，正取决于你们自己。如果你们尽到了自己的责任，结局将会是前者；如果你们任其自生自灭，结局将可能是后者。[3]

饱含对太平天国运动的责任——以及感情。

很长时间中，传教士在其同胞中扮演的角色，都有点类似太平天国的守护神。他们非常强烈地反对各自政府可能的干预：

> 试图支持一个注定会行将灭亡的王朝是愚蠢的行为；试图使一个本不应生存的生命生生不息是罪恶的行为；试图阻碍一支虽有我们作梗但一定会变得更为强大的力量的前进，是利令智昏的行为。假如我们能够将这场叛乱镇压下去，又会给中国人民或我们自己带来什么好处呢？果真如此，另一场叛乱将会接踵爆发，而且它将准确无误地沿着同样的道路发展。改朝换代的局面必定无法避免。[4]

---

[1]《美国漫礼会传教士罗孝全牧师的一封信》，《中国近代史资料丛刊续编·太平天国（九）》，页34。
[2]《法国耶稣会传教士葛必达神父的一封信》，同上书，页116。
[3]《杨笃信牧师的小册子》，同上书，页267。
[4] 同上，页268。

其中，"行将灭亡的王朝""不应生存的生命"，都是指清朝当局。虽然传教士也强调"中立"，但他们这一主张，是针对另一些西方人日益强烈的出手干预太平天国的舆论而言。在表面"中立"的背后，他们从道义和情感上站在太平天国一边，这立场彰彰明甚。

在非教会人士的"洋鬼子"里，太平天国也有不少拥趸。他们有的是"有奶便是娘"的冒险家，有的或许只为着"理想"缘故而亲近太平天国。美国人白齐文、英国人呤唎都是其中极著名者。呤唎于1859年夏作为英法联军低级别军官来到香港，不久以某种方式脱离军队，到中国内地游历，从事与太平军的走私贸易。在苏州，他见到李秀成，后者委了他一个虚职，从此他便投效太平天国，为之走私武器和粮食。慢慢地，他自视为太平军一员，参与守卫天京，也曾在苏州与戈登洋枪队作战。1863年至1864年，呤唎再奉忠王之命潜往上海、宁波筹措军火，行动受挫，这时太平天国亦行将就木，呤唎遂溜回本国。1866年，就像很多在异国他乡一番历险之后著书以售的洋人那样，他于伦敦写出《太平天国革命亲历记》，讲述在中国的种种传奇。出于对太平天国的感情，自然，还出于对自身经历的隆美渲染，书中极力美化太平天国，不少地方以至信口开河。比如，说太平天国设首相和"六部"，"东王杨秀清为首相，北王韦昌辉长兵部，南王冯云山长刑部户部，西王萧朝贵长吏部和宗教院，翼王石达开长工部外部。"[1]均系子虚乌有。又如，显然为了挟以自重，而胡乱夸大与其关系密迩的李秀成之地位，说"一般人都不知道李秀成（即后来著名的忠王）是第一次北伐军的领袖；我认识他以来，他常常重提这段旧话……他说他的军队已经见到北京的城墙，如果援军早些开到，就可以一举攻下北京"。[2] 实则北伐时，李秀成在太平天国不单名不见经传，而且根本不曾随军北伐。

呤唎之书不足尽信，但其人之存在，仍是一个生动的例子。其实整个中国内战期间，洋人在华既有华尔、戈登那样为清朝助战者，亦有投身太平军为太平天国效命之人。易言之，双方各有其"洋枪队"。只不过如今一般人，多只知清方"洋枪队"镇压太平天国之事而已。

[1] 呤唎《太平天国革命亲历记》，上海古籍出版社，1985，页119。
[2] 同上，页126。

与教士们立场较为相左的，乃是商人群体。这部分洋夷，对意识形态不甚看重，对中国内部事务也较少关心，他们眼中只存在利益或金钱；从这意义上说，他们倒更有可能做到"中立"——哪一方比较不妨害其商机，他们便偏向哪一方，而不会执念于谁属"正义"谁属"邪恶"。出于可以想见的原因，西方国家政府态度，也主要视本国商人而定。毕竟政府的首要职责，就是保护纳税人的利益不受损失。在太平军逼近长江流域腹地时，这一点是相当明确和坚定的。

英国的基本态度，自其档案可见。1853年太平军进攻南京时，港督兼驻华公使文翰[1]从香港抵于上海，3月28日在给英国政府的报告中表示：

> 无论其行动如何以及其动向如何，在谨候朝命之间，吾已决定：在任何形式之下，绝不左袒中国政府而加干涉。[2]

而外交大臣克拉兰敦表示认可：

> 报告关于中国革命军进展之情报，并陈述阁下现在静待朝命当中，决定对中国乱事不加以任何干涉而左袒中国政府，阁下关于此事之主张，与政府之愿望及宗旨，极相吻合，自应准如所请。[3]

此可视为英国最初的基本立场。但文翰报告也同时指出：

> 无论如何不加干涉，除非是为保护上海英侨计迫而出此。[4]

他谈到了内乱带来的隐忧：

> 革命军进逼南京一举之最弊的一点，乃在其令上海大小商人发生恐慌，

---

[1] 所引材料译为濮亨。
[2] 《英国政府蓝皮书中之太平天国史料》，《中国近代史资料丛刊·太平天国（六）》，页882。
[3] 同上，页887。
[4] 同上，页882。

因而影响到我等之商业亦受损害。[1]

当时上海"各种谣言"四起,人心浮动。4月20日,文翰给伦敦再呈一函,提到:"居民难免大起惊扰,甚至发生恐慌。因之外侨团体决定自动组成义勇队以保护其家宅财产,并在费煦卜司令官监督之下,对于外人居留地作种种防卫之计。"[2] 这是整个太平天国事件当中,洋人在华涉及武装抵抗方面的最早消息。文翰随函附来驻沪英军将领费煦卜的上书,内称:"在上海如此巨量的产业已处于危境,及广大的商业利益,亦受牵累,尤足以使人焦急万状。"[3] 费煦卜还提到了美国的反应,他获悉美方打算下令泊于上海的美国军舰"色奎哈那"号"之大部分兵士登陆,以保护美国人之财产"。[4] 洋商群体高度警觉与不安的突出表现,是上海全体英侨于"上周五"<small>按即1853年4月8日</small>"在英国领事馆开全体大会",会中一致赞成"由英侨立即组成义勇军一队,于夜间巡逻居留地街市,兼如有其他事件须其服务者亦愿效劳"。[5]

这是教士之外在华另一部分洋人对太平天国事件的反应。从中可见,防范之心占据首位。不过,与教士们的反应情怀使然不同,夷商将如何应对,与感情无关。对太平军,他们无从言其喜欢,也谈不上敌视。他们不关心叛军的所作所为在这个国家意义如何,是善是恶。他们未雨绸缪,纠集起来,摆出戒备的姿态,仅仅出于守护钱财和商业利益。最终,恰恰是这个最"现实"的考量,决定了各国在太平天国事件中的行止。当时间来到1860年,忠王李秀成着手进攻上海之际,数年来勉强维持的"中立"立即被打破,在华洋商以及他们身后的政府军,正式加入对太平天国作战的行列。

---

[1]《英国政府蓝皮书中之太平天国史料》,《中国近代史资料丛刊·太平天国(六)》,页882。
[2] 同上,页888。
[3] 同上,页889。
[4] 同上。
[5] 同上,页889—890。

上海的意义

如果有座城市对太平天国命运扮演着关键角色，我们不指其为南京，也不会说北京，而认为是上海。

这一点，凸显了整个事情鲜明的近代史背景。

退至二十年前，上海乃一弹丸小城。一切因鸦片战争而变。若非鸦片战争的作用，上海盖将维持其无关宏旨的面目，而当李秀成决定向它进兵时，后果也将与太平军过去打下的数百座县城毫无不同。此刻则不然。鸦片战争后十余年以来的历史，已经赋予上海在中国独一无二的意义，以至于清朝当局突然发现，这座小小城池，有可能救其一命。这是历史地理变迁方面颇为极端且有力的一例。有趣的是，事情之另一方太平天国，本身同样是鸦片战争催生出来的一个产儿。当这二者在滚滚长江的入海口相碰撞，擦出火花，历史让人悲欣莫辨的那一面，被表现得无以复加。

中英《南京条约》议定五口通商。五口中，广州分量最重，鸦片战争前它是清廷指定的惟一通商地，战后也是通商大臣的驻在地。然而，条约的实际执行在广州却遭遇重重障碍，终至引发第二次鸦片战争。与之相反，《南京条约》在上海的落实，异常顺利，一路畅行。十余年无形中广州、上海此消彼长，后者经济开放与活跃反超前者，成为洋商在华首屈一指的聚居地。

广州、上海开埠难易之反差，反映着当时两座城市大小与地位的悬殊。设若上海也具有与广州相当的身份和意义，事情必不会这么顺利。它的小，它的不见经传，是它得以神奇崛起的真正原因。

《南京条约》于道光二十二年 1842 签订，翌年六月在香港交换批准，随后英国人便毫不耽搁地现身上海。是年 11 月，首批英国人凡二十六名，由英国首任驻沪领事巴富尔[1]率领抵达，内中除翻译、传教士、医生外，其余俱系商人。1844 年，上海的英国人增加一倍，达五十人。1845 年，达七十九人。以后逐年增加。

1843 年 11 月 9 日，巴富尔抵沪第二天，即前往拜访苏松太道宫慕久。宫慕久给予友好接待，于海关欢宴之。10 日，宫慕久至英船"麦都萨"号，回拜巴富尔。双方议定了上海开埠日期及英领事馆之择址。14 日，巴富尔公告，宣布英领事馆临时设于当时县城内东门与西门之间一条街上，17 日正式开埠，所有条约有关条款，均自该日起生效，上海地方当局则于洋泾浜北设立西洋商船盘验所，负责查验及征税。[2]

与广州相反，上海全无阻碍于数日之内迅速开埠。接着，宫慕久开始就洋商在沪居住问题与英人谈判。洋人在中国城池"落地"，最现实的是"华夷混居"问题。此种情形，在洋人不知如何，至少从中国百姓态度看，是断然抵制的。广州抗争旷日持久，所争者无非就是绝不容忍"华夷混居"。然此事虽难，亦非找不到解决办法。比如划出一片区域，供洋人自行居住，而不与本国百姓生活相交集。宫慕久所出告示表明，对于各通商口岸执行《南京条约》、准许外国人以租地方式居住，清廷曾有明确批准的指示：

> 英人请求于广州、福州、厦门、宁波、上海等五处港口许其通商贸易，并准各国商民人等挈眷居住事，准如所请。但租地架造，须由地方官宪与领事官体察地方民情，审慎议定，以期永久相安，等因奉此。[3]

这道指示，应即洋人在诸城市"租地"、以后渐渐形成"租界"的由来。里面在准许"租地架造"的同时，又有"须由地方官宪与领事官体察地方民情，审慎议定，以期永久相安"字样。从宫慕久顺利实施、并未生乱来看，上海"地方民情"对洋人租地别居，允以纳之，未设障碍。反观广州，类似方案若亦能行，

---

[1] 一译巴尔富。
[2] 熊月之、高俊《上海的英国文化地图》，上海文艺出版（集团）有限公司，2011，页 14。
[3] 《苏松太道宫慕久告示》，《民国上海县志》卷十四，瑞华印务局，1936，页二。

当不致引出第二次鸦片战争。

经过约二年谈判，协议达成，由宫慕久于道光二十五年十一月初一日 1845 年 11 月 29 日公布，是为《上海租地章程》。章程规定："划定洋泾浜以北、李家庄以南之地，准租与英国商人，为建筑房舍及居住之用。"[1] 以下凡二十三款，详细说明租地界碑之树立，道路之筑建、维修及华洋商民通行权，码头之归属及使用，租地内华民墓地之存迁，租地地价及租金收取，对租地用途的禁许等。此次英租界范围，"东至黄浦江，西至界路（今河南中路），南至洋泾浜（今延安东路），北至李家厂（今北京东路），面积约 830 亩"[2]。

道光二十八年 1848，新任上海道麟桂与巴富尔的继任者阿礼国—译阿利国"重订租界，北界放至苏州河为止，东南以洋泾浜为界，东北至苏州河西南至周泾浜，西北至苏州河苏宅，合计二千八百二十亩"[3]。面积扩大两倍。

同年，麟桂亦与法国领事敏体尼订租地协定："经本道会同法国领事府敏勘定，上海北门外南至城河，北至洋泾浜，西至关帝庙褚家桥，东至广东潮州会馆沿河至洋泾浜东角，注明界址。"[4] 这样，继英租界后又有法租界。法租界初约不足千亩，后曾数次扩展。是年建立的还有美租界，"由美牧师蓬恩与沪道商定，旬月而成，得苏州河以北之地"[5]，之后英美租界合并，又经扩张，终在十九世纪末形成所谓"公共租界"。

租界开辟，上海随之巨变。首先是近代工商企业之发展，1843 年成立五家洋行，1844 年增至十一家，1847 年有二十四家，太平天国进攻上海前的 1859 年，已达七十四家。其次是近代制度的全面引进，纳税人会议、工部局、会审公廨、万国商团、巡捕、消防、卫生管理以及煤气、电灯、自来水等市政设施渐次出现，引进了律师制度，开设邮政局，发行纸币、邮票，创立了医院。文化事业及娱乐方面，创办墨海书馆等近代出版机构，创办《北华捷报》《六合丛谈》《上海新报》《申报》等中英文报刊，1850、1854、1863 年相继开办三个跑马场，划船、板球、

---

[1]《苏松太道宫慕久告示》，《民国上海县志》卷十四，瑞华印务局，1936，页二。
[2] 熊月之、高俊《上海的英国文化地图》，上海文艺出版（集团）有限公司，2011，页 16。
[3]《民国上海县志》卷十四，瑞华印务局，1936，页三。
[4]《苏松太道麟桂告示》，同上。
[5]《民国上海县志》卷十四，同上。

足球比赛以及近代戏剧演艺活动也都现身上海，还建造了最早的公园外滩公园。此外，修建淞沪铁路、制造西式船舶，生产面包、汽水、糖果等新式食品，都加快了上海作为中国头号现代城市崛起的步伐。

由费煦卜"巨量的产业"用语可知，开埠仅十年，单是英商在上海的投资，已甚为可观。此种巨大利益，造成洋人与上海紧紧捆束、退无可退的境地，如若有事，势必投入武力以自保。因此，太平军一旦占领南京，上海洋人神经便高度紧张，英、法、美外交官纷纷往访天京，投石问路，窥觇动向。

好在定都天京后，洪、杨战略一是北伐，二是西征，用力方向不在东面。然而随着北伐、西征俱各不利，以及天京之变上演，尤其是洪仁玕到来、封干王、总理朝纲，太平天国战略出现重大转换。

洪仁玕所上《资政新篇》，开始全面重新布局太平天国进取方向。由于他有香港的经历，亲睹洋人带来的种种变化，接触过近代器物，且与传教士有深入交往，从而颇悉当前世界大势。所有这些，都深刻影响了其思想，相当于其施政纲领的《资政新篇》，渐次讲述英、法、美、俄、德等西洋各国的政治、经济、科技、文化，此类内容占去一半以上篇幅，近乎给天王洪秀全上了一堂世界形势课，提出"倘得真心实力，众志成城，何难亲见太平景象，而成为千古英雄，复见新天地新世界也夫！"[1]破天荒出现"新天地新世界"提法。而洪秀全对此一规划，大多表示认可。

洪仁玕到来后，太平天国进取方向无疑发生相应变化。其中的一个特殊迹象，是对罗孝全的任命。当洪秀全这位曾欲从之受洗的师父抵于天京，他被诏封为"通事官领袖"[2]。稍后，借另颁一诏的机会，天王进一步解释了这项职务的含义："天朝外务大臣（Foreign Secretary of state）罗孝全总理外国商人事务，各国可遣其领事，协同罗孝全先生办理外国事宜"[3]。可见"通事官领袖"与清廷新设之"总理各国事务衙门大臣"相当，罗孝全便是太平天国的"总理各国事务衙门大臣"。诏书规定："外国买卖商贾应被视如兄弟，杀之者定行处死。""凡外国罪犯均须交付罗孝全先生会同各国领事慎密审理，依法判决，然后奏朕裁断定案；

---

[1]洪仁玕《资政新篇》，《中国近代史资料丛刊·太平天国（二）》，页525。
[2]《赐通事官领袖接天义罗孝全诏》，《洪秀全集》，页204。
[3]《公选外务裁判官诏》，同上书，页211。

和平辑睦传之千秋万代。"[1] 此一任命和随之宣布的政策，清晰地透露太平天国开始空前重视"洋务"，重视与外国人打交道，这与《资政新篇》设置的进取路径相一致。

在此路径的前方，上海身影由远变近、由小变大。作为中国当下"洋务"的桥头堡，其于太平天国的吸引力瞬间急遽上升。

果然，变化很快落实于具体的战略行动。己未年1859洪仁玕主政不久：

> 四月初一登朝庆贺，且议进取良策。英王意在救安省，侍王意取闽浙，独忠王从吾所议云：为今之计，自天京而论，西距川陕，西应为"北"距长城，南距云贵两粤，俱有五六千里之遥。惟东距苏、杭、上海，不及千里之遥，厚薄之势既殊，而乘胜下取，其功易成。一俟下路既得，即取百万买置火轮二十个，沿长江上取，另发兵一枝由南进江西，发兵一枝由北进蕲、黄，合取湖北，则长江两岸俱为我有，则根本可为久大矣。乃蒙旨准，即依议发兵，觉为得手。[2]

洪仁玕提出、李秀成附和的方案，把主攻方向置于长三角，中心点则为上海。此一战略依据是：一、长三角富庶繁华、钱粮裕足；对此忠王尤其看重，是他支持洪仁玕的主要原因。二、上海乃洋人聚集的最活跃口岸，极便于获取军火，所谓"即取百万买置火轮二十个"云云，这是太平军很迫切的需要。三、占领上海，将使天国拥有和控制一处自己的出海口，战略意义毋待赘言。四、《资政新篇》所谋划的兴金融、兴实业、兴科技、兴制造、兴传媒等种种改革，始有合适的条件和基地。

1860年春，东进获重大收获，江苏省会苏州收入囊中，事情来到临界点。

上海近在咫尺，设若太平军就此裹足，并明确、充分、足以让洋人吃上定心丸地展现友好和善意，局面很可能对太平军极为有利。因为第一，洋人惟盼稳定，但能钱财无忧、生意照旧，在他们即可满意；第二，保持中立乃是各国

---

[1]《公选外务裁判官诏》，《洪秀全集》，页211。
[2]《干王洪仁玕亲笔文书》，王庆成主编《影印太平天国文献十二种》，页479。

政府对中国内战的一致立场，如非必要，他们没有理由改变此立场；第三，对于中国内战双方，谈到倾向性，西方与其说偏于清朝当局，不如说宁肯将更多的待望放在太平天国一边。这既因长久以来与现政权打交道所形成和积存的感受都很恶劣，西方绝不乐意看到这样一个政权延其寿命；其次，对太平天国虽抱诸多疑问困惑，但至少它崇奉着一种非驴非马的基督教，许多传教士就此不断地宣扬太平天国令人亲近的地方，普通舆论——不论是本地洋人还是远在欧美的批评家，例如马克思——出于鼓励中国"变革"的动机，也都宁肯将同情给予太平天国。当然，一切前提在于西方在华现实利益不受损害，具体来讲，眼下上海之祥泰不遭威胁。

苏福建省以后，如果太平军借此稳住阵脚，与上海的洋人耳鬓厮磨、暗通款曲，一面通过走私方式大量获取西式军火，一面向西方尽展其所谓"视如兄弟"的姿态，以及相较清朝当局更加开放、进步的形象——就像《资政新篇》所描述的那样，后事颇难逆料。

然而1860年8月13日[1]，李秀成却发表《给上海百姓谆谕》，宣布即将进攻上海，且多恐吓之语，如："如果自知悔过，传知各乡各镇子民前来苏郡输忱悔罪，自当予以自新之路。""本藩自金田起义以来，十载于兹，何敌不摧，何攻不克，又岂区区弹丸之地所能抗拒者乎！""及早投降，兵到之日，自当秋毫无犯，鸡犬不惊。倘负固不服，予智自雄，抑或度德量力，足可抗拒，亦惟尔等图之。"[2]

事情由此引入另一轨道。

对太平天国而言，进攻上海，就像李秀成公告里讲的，有其"万不得已"。他们不可能在全取苏杭的战略下，把上海单独继续留给"清妖"，那不仅是严重的示弱、大损"天兵"威风，更在于他们确实需要一个入海口，希望完全掌握这座城市，而非控制权置于别人手中、自己却只能通过乞讨的方式从中求得一些好处。换言之，此时上海对太平天国同样有其巨大意义，控制上海就是控制通向世界的门户，所以志在必得。

一边必得，一边必守。因《南京条约》"五口通商"而形成的中国首座现代城市，

---

[1]原件仅有"太平天国六月　日示"字样，未著日期，但《北华捷报》1860年8月18日将其登载时加编者按称："这张布告是8月13日（星期一）夜间在上海各处贴出的。"

[2]《忠王李秀成给上海百姓谆谕》，《中国近代史资料丛刊续编·太平天国（三）》，页71。

由是上升为历史的新焦点。李秀成于进攻前，曾专门致函英国公使，解释太平天国军事行动的真实原因和意图：

> 惟上海一县，为姑苏唇齿相依、通洋门户，其势又万不能不前收复。但该处上海虽只一县地方，为诸贵国通商之所，洋物堆贮之地，各国钦差大臣均在于彼，一旦兴师动众，我国原为打仗而去，并不与贵国为难。第恐我军多众，间有不守纪律者，迨至两下角胜之时，或有误犯贵国官民，或致骚扰贵国货物，虽非出自我国本心，总属有乖今日邻邦之好、昔年兄弟之情，岂不大伤和气，贻笑先人。为此特字奉布，务望贵大臣上体上帝耶稣一脉相传，前盟不远，世好相传，仍祈结为兄弟之国。[1]

他邀请各国使臣前来苏州，订立盟约，以便两不相犯。然而无人响应。那是自然的，诸国显然暂时还做不到抛弃清朝，与其"叛匪"私立密约。

箭既在弦，不得不发。随着上海卷入，太平天国事件真正被置诸国际乃至全球的背景下，而起义本身亦于其十周年之际，走到从纯粹内战升级为对外冲突的十字路口。

---

[1]《忠王李秀成致英国公使书》，《中国近代史资料丛刊续编·太平天国（三）》，页67—68。

华尔：洋枪队一期

当太平军向苏州扑来时，将要攻打京津的英法联军，正集结于上海待命。

1860年3月8日，英、法两国公使卜鲁士和布尔布隆向中国发出最后通牒，然后，在上海静候两国特使额尔金和葛罗的到来。

5月下旬，苏州失守，两江总督何桂清狼狈逃出，抵于上海。他要求面见英、法公使，"请求援助和保护。就是把当时集中起来攻打清军的兵力转过头来打起义军"[1]。

这是第二次鸦片战争期间颇为滑稽而鲜为人知的一幕。那支即将前往北京洗劫圆明园的侵略军，曾被清方视为救星，请求他们在北上之前，先帮助自己击退一路东来的太平军。

这要求被拒绝。英法一致认为，"北方军事行动已经急待开始"，况且"进入内地去打叛乱军"不是他们"应尽的职责"。[2] 不过英法表示，虽然不会派兵开往苏州与太平军作战，但可以参与保护上海使它不受侵犯。英国领事密迪乐这样对上海道台吴煦说："我们保护上海县城，是保护我们自己；我们办我们的事，也是办了你们的事。但是一旦我们这种共同利益的关联停止了，我们的保护也就同时停止。"[3] 此语含义是，保护上海没有逾越中立原则，英法可以同意，但主动出击、打到上海以外，则非他们所宜为之之事。

在这种答复下，5月23日，吴煦偕知县刘郇膏以及地方乡绅，拜会领事馆，

---

[1] 梅邦·弗雷代《1860—1864年的太平军》，《太平天国史译丛》第二辑，页158。

[2] 同上，页161。

[3] 同上，页158。

正式请求英法协防上海。乡绅中有位名叫杨坊的本地银行家，此人在后来一连串故事里都扮演重要角色，他表示，外军"驻城费用概由他负责"。27日，英法举行会商，决定接受请求。[1]

一个月后，葛罗和额尔金先后抵沪，英法联军主力遂于7月初开拔北上，而留下小部分兵力驻防上海，情形大致是：

> 上海留有炮舰"霰弹"号，停泊于县城东面，还有护卫舰"坚强"号，因损坏严重，必须修理。法弗尔上校带三百人左右驻扎城内（其中二十五人曾派驻徐家汇），英国盖斯科因上校手下有九百人，负责保护中国县城和英租界；这两位英、法上校奉派为军队指挥官。县城各城门由驻军守卫，不要中国士兵参加，因为他们会放进叛乱军。东面和北面各门由法国兵防守，西门和南城由英国兵防守。[2]

具体而言，因上海吃紧，来华参加第二次鸦片战争的英法联军，临时决定抽调总共一千二百名士兵留沪，任务仅限于保卫上海县城和租界。

太平军战火于7月下旬渐渐烧至上海。8月初，从徐家汇法租界已"可以看到浓烟滚滚，许多村庄在燃烧"。中旬，李秀成正式向上海进军。从18日至21日，太平军先后从城西转战西南、南面和东面，又折回西面转攻北面，均被击退，英法守军分别从城墙以及苏州河、黄浦江的舰上炮击，都打得很准，适当时则辅以步兵出击。"由于屡次进攻失败，忠王感到厌烦了，8月21日没有举动，22日他就走了。"[3] 忠王被调到安徽去对付曾国藩，过了一年，当他夺取宁波、杭州之后，把矛头重新对准上海。此时，英法联军已怀揣《北京条约》得胜南还，其大多数兵力解散或调往南洋、印度支那，但上海仍留有远比前年8月强大的部队，分别由何伯、卜罗德两位将军统领。所以，1862年初李秀成第二次进攻上海时，英法仍保持着旧有模式，英军防守英、美租界，法军防守法租界，并分头担负上海县城的区域防守，法军人数增至九百名，英军则为六百五十名。

---

[1] 梅邦·弗雷代《1860—1864年的太平军》，《太平天国史译丛》第二辑，页159。

[2] 同上，页162。

[3] 同上，页166。

到了3月份，英法部队都得到大力增援，英军新添二千八百人，法军则调来一营非洲轻步兵。这时，英法感到有必要检讨他们的战略，在保持中立和主动出击之间寻找分寸。因为被动防守固然体现了中立原则，但太平军在四周随时不断的骚扰，确实令人疲于奔命。"由于形势紧迫，英、法两位海军上将就由周密布置的守势转为公开发动攻势，他们的意见极为一致，彼此都认为最好的自卫就是进攻。"[1] 两国军队开始出离租界和上海县城范围，向王家宅、七宝、浦东、南翔以至嘉定、青浦等外围周遭市镇的太平军发动进攻。

以上，乃是太平军东进以来，在上海之英法政府军的举止及变化。尽管何伯与卜罗德大胆突破某些界限，在上海周边向太平军出击，但中立原则仍使他们不能放开手脚，很多行动颇陷"如鲠在喉"的苦恼。这种情况下，便轮到一位特殊角色登场，以至于借着与太平军作战，一面暴得大名，一面骤成巨富，成为当时中国的风云人物。

此人全名弗烈德利·汤逊·华尔，你可以在中国的官修史中找到他的传记，内用文言写道："华尔，美国纽约人。尝为其国将弁，以罪废来上海，国人欲执之。会粤匪陷苏州……"[2] 读来别有滋味。

作为洋人而入中国官史，是因他创建了"洋枪队"。这支军队先由江苏巡抚薛焕命名为"常胜军"，同治二年二月十六日 1862年3月16日 上谕给予承认[3]，赏华尔四品顶戴[4]，后加三品顶戴、授副将衔，并且华尔还加入了中国籍——换言之，他其实也算是中国人和中国的官吏。对于华尔及其"洋枪队"，最简单便捷的理解，是参考二战期间那支有名的陈纳德"飞虎队"，后者某种意义上就像是前者的重演。这两支军队的性质及模式一模一样：都是雇佣军；都是由美国非现役军人挑头在华组建；甚至华尔和陈纳德各娶一位中国太太，这一点也一模一样。当然，更主要的相似处，在于"洋枪队"和"飞虎队"之形成，都源自西方列国规避直接卷入中国武装冲突的"中立"政策。太平洋战争前，美国不便对日作战，假"飞虎队"方式援华；同样，十九世纪六十年代，出于对中国内战表面的不偏不倚，

---

[1] 梅邦·弗雷代《1860—1864年的太平军》，《太平天国史译丛》第二辑，页180。
[2] 《清史稿》卷四百三十五，列传二百二十二，页12357。
[3] 《钦定剿平粤寇方略·八》卷二九二，页32—34。
[4] 《钦定剿平粤寇方略·七》卷二九〇，页686。

西方默许华尔组织"洋枪队",暗中给予支持。

华尔的故事,是典型的混合着牛仔、历险、硬汉、奋斗、贪婪诸因素的美式故事。1831年,他出生于马萨诸塞州塞姆勒城,父亲是个船舶商人,族中史上军人迭出,父母两系有多人参加过独立战争。华尔十五岁时满心希望进入西点军校,当失去此名额,他竟决定私自逃至墨西哥参加墨西哥战争。他和一名小伙伴徒步奔向边境,半道上被熟人截住押回塞姆勒。鉴于儿子性情如此,父亲非但未加禁抑,反于四个月后让华尔登上姑父艾伦任船长的"汉弥尔顿"号,以二副的身份前往中国香港和广州。此时彼未满十六岁,是第一次到中国。之后入美国文理军事学院,学习兵法、军略、数学和军事测量,过了年余,家道中落,无力支付学费和生活费,乃于1848年秋季退学,在父亲船上当大副,从事运输。因感单调无聊,又跑到拉美从军。1851年,他回到旧金山,在一条船上谋得差事,远航中国。这次,他抵达的是上海。在上海,他去了另一条名叫"探金"号的船当大副,并开往墨西哥。在墨西哥港口,华尔结识韦廉·瓦克尔,此人乃当时著名的国际大盗,"图谋在尼加拉瓜建立一个美国人国家"[1]。华尔为之训练军队,"他与瓦克尔同事所取得的军事经验,以及根据他自己训练新兵的理论所建立起来的实施办法,在七年后当他在中国开始发展他的经历时,证明非常宝贵"[2]。1853年下半年,他离开瓦克尔时已颇有名头,墨西哥总统居然聘他为墨军总教官。华尔没有接受,转而投身贸易,未获成功。旋又返身于冒险家生涯,包括在十九世纪五十年代欧洲克里米亚战争中,为法军服役,升至中尉,终因"与一个上级军官发生'严重的意见分歧'"而"辞去法军职务"[3]。1859年年初,他在父亲设于纽约的船舶掮客事务所工作。一天,突然像中了魔似的,"买了一匹马,回到事务所向他父亲告别,即向西疾驰而去。目的地是旧金山和上海。"那时,东海岸往西的太平洋铁路已延伸至密西西比河,华尔却选择骑马横穿北美大陆,似乎是用这样疯狂的举动,来预演他即将在中国的奇历。

这年9、10月间,华尔再次登陆上海。他在一艘名为"孔夫子"号的炮舰

---

[1] 亚朋德《华尔传:有神自西方来》,《太平天国史译丛》第三辑,页40。
[2] 同上,页41。
[3] 同上,页43。

上谋得大副差事。"孔夫子"号"由一名叫谷夫（Gough）的美国人统领"[1]，而其所有者是上海银钱业公会，运转经费亦尽出于彼。这些本地华人富商用这条小炮船来护卫他们的生意，与江面或海上各种匪盗作战。"孔夫子"号没有官方身份，但是它的存在及使用，得到了当时江苏巡抚薛焕的准许。起初，没有迹象显示华尔与中国雇主之间有何联系，从吴煦《常胜军始末》一文看，经过如下：

> 窃照常胜军创自华尔。缘华尔系美利坚人，自咸丰十年始来上海，据述曾任本国武职，习练军事。职道煦与前任粮储杨道因值金陵大营溃退，江浙同时糜烂，贼踪直逼松沪时，有美国人可富力荐华尔长于战阵，当即禀奉前抚宪薛。[2]

"咸丰十年始来上海"一语，显示华尔1859年刚来时无人知之。直到第二年太平军击溃和春、张国梁，一路东进，上海告急，他才由一个名叫"可富"的美国人引荐给中国官绅。这里，吴煦所记"可富"，盖即"孔夫子"号舰长"谷夫"的不同音译。亚朋德所写传记称，1860年5月，华尔"与上海银钱业要人——泰记银号经理杨启堂（杨坊）举行了一系列会议"[3]。这位杨坊，前文已经露面，他曾作为上海商民代表随同道台吴煦、县令刘郇膏一起去拜会英国领事密迪乐，请求洋人出兵保卫上海。作为上海银钱业头面人物，他应该就是"孔夫子"号的大股东。后来，"洋枪队"经费，也是由杨坊挑头筹措。不仅如此，他还把自己的女儿章妹，许配华尔为妻。

得到薛焕准许后，华尔立即着手组建"洋枪队"。此时他不足二十九岁，正是体力、精力和雄心均极旺盛之际。按照与杨坊达成的协议，其所募士兵每月酬金一百美元，军官每月六百美元。以当时美元币值，可谓丰厚至极。另外，凡攻下市镇，视其大小轻重，分获不同奖金。较小者付四万五千美元，若是松江、青浦、嘉定那样的县城，应付十三万三千美元。队伍的招募、训练、指挥，

---

[1] 兰杜尔《"常胜军"建立者与首任领队华尔传》,《太平天国史译丛》第三辑，页12。亚朋德说此人是英国人，参考吴煦所记，当误。
[2] 吴煦《常胜军始末》,《吴煦档案中的太平天国史料选辑》，三联书店，1958，页125。
[3] 亚朋德《华尔传：有神自西方来》,《太平天国史译丛》第三辑，页47。

悉由华尔一手握定,雇主不加干涉。华尔找到两位跟他一样的美国亡命徒当副手,一位名叫法尔思德,一位名叫白齐文,此二人后来都非常出名,尤其白齐文,生出无数波澜。"洋枪队"最初规模三百来人,除了坚决不用中国人,兼收并蓄,五花八门,泥沙俱下。里面有旧军人、水手、洋舰上现役的逃兵、各国的码头流氓,这些人都为优厚酬报所吸引,视为发财机会,纷纷投至华尔麾下。雇佣兵在欧美源远流长,彼等不为国家效命,不问政治,不讲礼义廉耻,根本为钱打仗。然而,态度相当"职业";个个向前,人人死士,战斗力强劲。"洋枪队"的底蕴,正在于此。

华尔招齐人马,在上海西郊训练。仅三周,中国雇主便失去耐心,为日耗巨资看不到成效而焦虑,要求立即出击。催逼之下,华尔遂率部投入首战,进攻松江。这支缺乏训练的冒险家们组成的队伍,遭到惨败,被击毙多达九十人,一百余人负伤,还有不及救下的伤者,想必亦遭敌人屠戮。

"常胜军"开篇很是黯淡。不过华尔以及中国雇主都没放弃,很快补充兵力,重整旗鼓。此次重建,于欧美亡命徒之外,招募了二百名菲律宾人,这就是吴煦以"夷勇吕宋"[1]描述"洋枪队"构成的原因。换言之,从此"洋枪队"即已不复为单纯的白种洋人武装。7月16日夜,华尔驱策那二百名菲律宾人,再次进攻松江。因为准备充分兼有浓雾掩护,经血战,华尔本人轻伤,法尔思德重伤,吕宋兵死六十二名、伤一百零一名,以此代价拿下城池,一千五百名太平军守军,留下四百六十七具尸体逃走。

克复松江,在上海引起震动。仅以二百兵力,败七倍之敌,夺名城一座_{上海崛起前,松江长期是明清府治之地}。华尔名声大振。他马上确立了下一个目标——位于苏州、上海之间的青浦。战斗在8月初打响,但这次失去了在松江的运气。青浦守军多达万人,指挥者也是一位洋鬼子,前英国皇家步兵团上尉萨维奇(Savage),此人三年前投效太平军。当时,中国内战双方,各有不少洋夷卖命。后来戈登统领"洋枪队"时期,苏州太平军也有一位"英美军队队长"乔治·史密斯与之对阵。眼下,华尔与萨维奇在青浦分居攻守两端,有点棋逢对手的意思。"洋枪队"仍然不失英勇,他们从南门附近架起云梯,登上了城墙,几乎得手。然而这时猛

---

[1] 吴煦《造呈夷目华尔统带夷勇花名册》,《吴煦档案中的太平天国史料选辑》,页127。

烈火力突然袭来，华尔等中了埋伏。几分钟内，被打死三分之一，华尔受重伤，一弹自其左下颚打入从右颊穿出，险些丧命。华尔已不能言语，改用纸条传令，仓皇撤退，而追兵不舍，一直逃至松江城外，始由守城的法尔思德引兵救入城内。但华尔果然硬汉，重伤在身，竟不偃旗息鼓。仅隔一周，稍稍补充兵力，再次进攻青浦，结果又遭惨败。太平军反过来包围了松江，可是同样没有占到便宜，那位英国军官萨维奇便在进攻松江时受伤而死。经过青浦两次受挫，华尔暂时不能振作，加之伤情颇重，于是把松江防务交给法尔思德和白齐文，自己回上海治疗。12月，吴煦、杨坊等人对华尔治伤期间"洋枪队"除扼守松江无所动作表示不满，威胁中止经费供应，华尔遂返回松江，布置由白齐文指挥第三次进攻青浦。这一次，尚未抵于青浦，即被太平军中途截击，而约定配合作战的绿营某部，迟到五个小时，致行动彻底失败。吴煦、杨坊一怒之下，断绝了财力支持。

之后，从1860年12月至翌年5月，华尔沉寂约半年。其间他的行踪，没人说得上来。传说之一，是他去了趟欧洲，在法国求治于外科名医。然而，中国的事情却有些变化。自从他组建"洋枪队"以来，虽然美国使节态度不明，英国当局却不掩其不快，尤其松江大捷后，英国人不以为喜反以为忧，担心惹火烧身，招致太平军对上海的报复。毕竟，英国在华利益比重远大于美国，它也自认为更有话语权。据说，松江之役后第五天，"英国当局向清朝江苏省巡抚薛焕正式提出要求解雇华尔，立即遣散他的军队"[1]，薛焕则虚与委蛇，表面满口答应，背地仍纵容吴煦和杨坊支持"洋枪队"。阳奉阴违，是中国官吏的拿手好戏，况且当时雇佣"洋枪队"，确由民间出面，非官方所为。待及华尔三攻青浦皆北，英国人更加不满，比之于华尔松江大捷，担忧益甚，很怕洋人深深涉足中国内战，可能殃及同类。加上此时英国正设法与太平天国达成谅解；李秀成自上海退却后，1861年2月，何伯率舰往访天京，希望通过对话和谈判，"开放长江流域让外国丝茶商人进行贸易，并想天王允诺对上海三十英里半径周围内，太平军概不进入"[2]。基于此一愿望，英方对肘腋之间华尔这种随时惹是生非之人，亟感必须加

---

[1] 亚朋德《华尔传：有神自西方来》，《太平天国史译丛》第三辑，页59。
[2] 同上，页70。

以制裁。

但彼时华尔却不知所踪。是年5月,传来华尔重新现身上海的消息。5月19日,何伯爵士亲率水兵,分乘英国海军快艇四艘,直抵松江,要求无抵抗地打开城门。华尔照办。何伯入城,先让"洋枪队"所有欧美士兵列队从他面前通过,从中指认出英军逃兵二十九名——这是何伯指责华尔危及英国利益的很好证据——将他们带离,同时拘捕了华尔。被囚两天后,华尔被押至美国领事馆受审,起诉书指责他犯有"非法战争行为,破坏美国对清军与太平军内战所宣布的中立"[1]以及引诱英军士兵擅离职守等罪名。然而华尔突然提出,他已加入大清国籍,不再受美国法律约束,中方果然送来文件,显示华尔加入中国国籍之事已得皇帝批准。自然,这是伪造的。华尔后的确加入大清国籍,却是在大约一年之后,当时他则仍是美国人。英美当局一时不知如何是好,姑且将华尔拘禁于英舰之上。几天后一个夜里,华尔趁看守水兵不备,跳入黄浦江。这是一个早就安排好的营救行动,杨坊"雇了三十只舢板在约定的三夜中每夜都在'切萨比克'号附近荡来荡去"[2]。华尔爬上舢板,行至浦东登岸,到杨坊家中躲了一天一夜。他回到松江,立刻致信何伯,声明今后将严格禁止收容英国逃兵,并请求到何伯军舰上与之会谈。此时,形势也发生了变化。鉴于太平天国迟迟没有接受条件,英法军事长官取得一致,"认为最好的自卫就是进攻",准备在上海周边三十英里范围内主动出击。何伯于是回信,同意会谈,并保证华尔和法尔思德、白齐文来去安全。"在会谈中这年轻的美国人使英国水师提督相信他的军事计划是切实可行的"[3],彼此的关系,从逃犯和追缉者神奇转换为合作者、支持者。之后,何伯带上华尔,去到法国统帅卜罗德的旗舰"坚强"号,宣称他"准备'亲自,但不出面地'支持华尔的军事行动"[4]。

紧箍咒既除,华尔彻底得以大弄。此番他对"洋枪队"施行了大手术,一改鄙夷和坚决不用中国人的旧策,大举招收本土兵丁。按照计划,新的"洋枪队"将由华勇一千名、华人下士二百名、菲律宾士兵二百名、欧美军官一百名构成。

[1] 亚朋德《华尔传:有神自西方来》,《太平天国史译丛》第三辑,页73。
[2] 同上,页77。
[3] 同上,页78。
[4] 梅邦・弗雷代《1860—1864年的太平军》,《太平天国史译丛》第二辑,页179。

之所以作此彻底调整，盖出两个原因：第一，欧美士兵来源极其有限，如不慎重就可能招降纳叛，继因收容逃兵而得罪各国官方；第二，雇佣欧美人所耗过昂，"维持欧洲人或美国人士兵一名的费用，他可养活中国兵勇十多名"[1]，与其如此，不若把钱花在壮大队伍规模和人数上。华尔敢于这么做，还基于他对自己军事训练水平高度自信。他评估过当时中国战场上战斗力的对比及表现，认为一名太平军士兵，可抵绿营二、三名；而经过他亲自训练，手下千名华勇，可抵太平军五千名，战斗力至少超过一支万人以上的绿营部队。他相信，在饷银多、领导好、营养足、装备佳的情况下，中国人绝非不能打仗。

为保达到上述目的，华尔比以往更恪守训练计划。资方所有催促，被一口拒绝，否则他宁肯辞职。他打算用半年时间，来打造一支精锐之师。训练中，全盘引进西洋操典和战术，要求经过刻苦习用，对各种现代武器技术掌握纯熟、准确、精细。随着"洋枪队"主要兵力改由华人构成，可以说经过一位洋教头调训，中国拥有了第一支具现代水准的武装力量。此时不必说，原先的外国雇佣兵悄然变成了中国雇佣兵，自兹往后，"洋枪队"作战很大程度上不复是洋人打中国人，已然就是中国人打中国人。

事实上，1862年初，训练而成的全新"洋枪队"远非一千多名，而达三千人规模。数月后，鉴于战功出色，薛焕又"许其添勇教练……未几，集勇四千五百余名并添雇外国兵官昼夜教练"[2]。"洋枪队"俨然一支劲旅，步入全盛期。

太平军一直不曾放弃占有上海的念头。1862年1月7日，忠王卷土重来。此次进攻路线不是自西而东，乃自南面发起。十天前，1861年将尽之时，他甫克杭州，旋即马不停蹄北上围沪。恰在忠王伐杭州的同时，英国也照会天京，提出赔偿因太平军劫掠所受损失、自由航行、不侵及上海吴淞周围百里地带以及汉口、九江周围同样对待等四项要求。忠王率大军再围上海，显然说明他们不打算考虑上述要求。各国于是视同为宣战，正式采取与太平天国公开对抗的姿态。

1月15日，华尔统"洋枪队"约千人，败李秀成七千人于松江广富林。2

---

[1] 亚朋德《华尔传：有神自西方来》，《太平天国史译丛》第三辑，页79。
[2] 吴煦《常胜军始末》，《吴煦档案中的太平天国史料选辑》，页125。

月 24 日，华尔攻陷浦东高桥。3 月 13 日，于松江泗泾镇大破李秀成义子"忠二殿下"李士贵部。5 月 1 日，华尔克复嘉定。5 月 12 日，"洋枪队"会同英、法军及清军占领青浦。5 月 17 日，夺取奉贤南桥镇。正因连获广富林、高桥大捷，华尔被赏四品顶戴、"洋枪队"正式获名"常胜军"。而仅隔半个来月，泗泾之战后经薛焕奏请，垂帘听政的慈禧太后于 4 月 3 日加华尔三品顶戴、授其副将衔；虽然慈禧听说前次赏四品顶戴后华尔"并未服戴，亦未薙发"，而略感踌躇，但她还是于当天下达了这一上谕"以示优奖"。[1]

随着"洋枪队"由清廷命名为"常胜军"，华尔在华名誉达至顶点。根据亚朋德统计，在上海周边地带，华尔以"所率领的士兵通常不过两千名，在稀有的情况下，最高人数也不过四千多名"，抗击着号称五十万而实际野战部队约二十余万人的太平军，至 1862 年 5 月，共"历经十一次大捷"。这位年轻的美国雇佣军人，不仅完全兑现了当初手下千人可抵太平军五千的承诺，甚至更强，"至少以一对五十，有时甚至以一对一百"。[2]

有道是"亢龙有悔"。华尔极尽辉煌之时，厄运也正悄悄走来。

5 月过后，他享受着近乎度假的悠闲。6 月和 7 月，仅与太平军各交手一次。据说在此期间，他着手扩军，拟将"常胜军"扩至二万五千名，用以克复江苏省会苏州。这将是他更大的目标和野心。

然而他却接到新任苏抚李鸿章的调令，命其率部出省，往援宁波。杨坊等人试图抗议此安排。作为掏腰包的供应者，他们认为，"常胜军"远离上海不合自身利益。但李鸿章相当强硬，令不容违。9 月 20 日，华尔率部抵达慈溪，立即投入攻城战斗。法尔思德记道：

> 华尔希望早日把城攻下，不稍延误，于是我们一同去阵地进行勘察。我们惯于面临敌人的炮火，因而有点麻痹大意。当我们站在一起观察形势时，华尔突然手按腰部，呼喊说："我被子弹击中了。"[3]

---

[1]《钦定剿平粤寇方略·八》卷二九五，页 76—79。
[2] 亚朋德《华尔传：有神自西方来》，《太平天国史译丛》第三辑，页 105。
[3] 兰杜尔《"常胜军"建立者与首任领队华尔传》，《太平天国史译丛》第三辑，页 20。

那也许只是一颗流弹。毫无疑问，华尔为自己因"常胜"而轻敌，付出了代价。他被抬上担架送至"勇敢"号，法尔思德等人则指挥部队攻占慈溪。仍是一场大胜，战后清点太平军尸体"在七千以上"[1]。可是，战果无法挽回华尔严重的伤势。他被紧急送往宁波的教会医院，医生检查发现，子弹自小腹穿入，深深嵌入脊背。经过手术，子弹取出，情况却未见好转，华尔时而昏迷时而谵妄，死神狠狠地纠缠上了他。当天夜里，他死于巴克医生家中，享年三十有一。

华尔遗体运回松江，"全城商店停业，用以表示哀悼"[2]。灵柩浮厝于松江孔庙，牧师宣读祭文，吴煦、何伯等中外官员亲临吊唁，炮兵鸣炮志哀，全体"常胜军"服丧三个月。嗣后，他被暂时安葬在孔庙附近一块空地上。

李鸿章奏闻华尔死讯，请予褒美：

> 再查副将华尔，系美国部落钮要人，前充该国武弁，咸丰十年来游中土，经吴煦雇令管带印度兵，随攻嘉定太仓并两次克复松江府城，屡攻青浦，身先士卒，叠受重伤。旋因奉旨撤印度兵，华尔赴道具禀，愿隶中国臣民。吴煦留令管带常胜军，协守松江。本年正月率五百人，破贼十余万于松江之迎禧滨、天马山等处，以少胜多，功绩最奇。复邀同英法二国兵攻毁高桥萧塘等处贼垒。据吴煦禀称，本年春前，淞沪屡濒于危，而能幸转为安者，华尔之力为多。叠沐恩施，由四品领顶加三品顶带副将衔，并以副将补用，一再传旨褒嘉。自臣抵沪受事以来，该副将颇遵调遣，屡次派令会剿金山卫城，进攻刘河逆匪，所向克捷，又奋力克复青浦，并有力图扫荡苏州贼匪之议。似此忠勇性成，例以中华骁将，洵已出色当行，得之外国诸臣，尤属难能可贵。臣已督令吴煦等为改中国冠裳，易棺收殓，葬于松江，以全其效命中朝之志。该副将华尔于松江宁波，战功尤著，此次攻克慈溪殒命，实属可敬可悯，相应奏恳天恩，饬部从优议恤，并于宁波松江两处立专祠，以慰忠魂。[3]

---

[1] 亚朋德《华尔传：有神自西方来》，《太平天国史译丛》第三辑，页 137。
[2] 同上，页 152。
[3] 《筹办夷务始末》同治卷九，《续修四库全书》四一九·史部·纪事本末类，页 6。

闰八月十八日 10月11日，上谕准其请，"着于宁波松江两府建立专祠"纪念华尔。美国方面，公使蒲安臣将华尔死耗及事迹报告给时任总统林肯，称之"以其才能和勇敢在清帝国军界中擢升副将高位。他率领部下在宁波附近进攻慈溪城，当他亲临前线窥察敌情时，中弹受到致命的重伤"[1]。不久，国务卿西华德代表林肯复信蒲安臣："总统对大清国皇帝褒扬我国杰出公民华尔的诏书深感满意。他远在异乡危险地带为国争光而捐躯，因此，美国人民对他早年凋谢深感哀悼。"[2]

但祠堂却因美国一位外交官卫三畏的阻挠，迟至十四年后才建成。卫三畏将此事视为异教风俗而反对，他说："为死者建立专祠，按时致祭，外国人并不认此为恭敬。"[3] 经过一番搁置和妥协，1876年9月，华尔祠堂在其墓旁落成，堂内悬有横匾：

　　同仇敌忾

两边为木制楹联：

　　海外奇男，万里勋名留碧血
　　云间福地，千秋庙貌表丹心

"云间"乃松江古称。上世纪三十年代，松江华尔墓地及祠堂仍完好。1934年，左翼文人郑伯奇有文《松江半日游》，写到了它们：

　　走了不远，在一座平房的门前，S君停住了，说：
　　"里面是华尔墓，大家要看看吗？"
　　没有回答，但是，大家都跟着走了进去。在院子中间，立着一只短短的洋式墓碑，上面刻着横行的语句，初看像天书一般，使人读不下去。后来看了后面刻的英文，才知道这是英文的直译。并且，读法也是由下而上的。

[1] 亚朋德《华尔传：有神自西方来》，《太平天国史译丛》第三辑，页150。
[2] 同上，页152。
[3] 同上，页156。

翻译这几句英文的先生倒很不错，假使他懂得一点哲学的术语，他也许会卖弄什么"人生的象征""象征的人生"一类的玄虚呢。

这不过是余谈，当时使人发生感慨的乃是这位华尔将军本身。提起华尔，像我们这年辈的人，大概是谁都晓得的。当时小学校的国文和历史教科书上都记载着常胜将军的故事，而华尔，白齐文，戈登这三个名字也深深地印入了我们幼稚的脑里。辛亥光复以后，革命的高潮扫荡了我们脑子里的陈腐思想。太平天国成了革命的前驱，赫赫一世的曾、左、李三个大偶像被斥为国贼汉奸。华尔等这一类人自然也被冷落了。但，还没有人认识他们的真面目，有些人也许不能不承认曾、李的创办常胜军，是借外国人的力量，给满清屠杀中国的农民。然而，另一部分人却反而说："长毛子"也有外国的背景。这都不外是皮相之争。现在，大家已经明白了。华尔等三人既不是满清的功臣，也不是曾、李的好朋友，实在是帝国主义第一次镇压中国革命的刽子手。[1]

由郑氏文句，不仅读到世事沧桑，亦隐约可窥华尔墓日后下场。日本侵华期间，祠堂有所破坏，但据1946年一位杜姓中国牧师前往探视后所写报告，墓与祠堂主体犹存。[2] 如今它们踪迹已无。有位署名"上海的記憶0"的网络作者，撰文说，位于松江老城的松江中路326号红楼，当地传为华尔旧寓，"华尔墓在小红楼西侧的园子里"，但墓地于1959年被"平整"，华尔骨殖则"由市有关外事部门收藏保管"。[3]

对华尔本人来说，故事的结尾，只是落在一个"钱"字上。当"勇敢"号载着他的伤重之躯驶往宁波途中，一名军官见情形不妙，提醒他应该留下遗嘱。"足足有一分钟，华尔好像没有听见"，然后，有气无力摇着左手，招呼证人靠近吊床，若断若续说出这些话："上海道台欠我——十一——万两。——泰记欠我——三万两。总共十四——万两。"继而吩咐如何处置这些钱：留给妻子章妹

[1] 郑伯奇《松江半日游》，倪墨炎选编《浪淘沙——名人笔下的老上海》，北京出版社，1999，页243—244。
[2] 亚朋德《华尔传：有神自西方来》，《太平天国史译丛》第三辑，页163—164。
[3] 上海的記憶0《探寻上海历史文化风貌保护区——松江老城区（22）【红楼】》，http://blog.sina.com.cn/s/blog_8adf62060102vz6u.html，2015—10—20 11:15:41。

五万两，其余由其弟妹平分，并请何伯提督和蒲安臣公使做遗嘱执行人。[1]

此即华尔的最后遗言。亚朋德曾将华尔所克城镇应得奖金数额，做过一番统计："攻下五处较小的城镇，每处得四万元，六处重镇每处十三万五千元。"[2] 总计一百零一万元。此处单位为"元"，应该指的是美元。这是华尔为"洋枪队"卖命，依据合同可入囊中的总款。据资料，1879年美元对黄金比值，为每盎司二十美元，今则每盎司约一千四百美元；亦即，彼时美元币值较今大致可至七十倍。则华尔百万美元，折为今值约当七千万美元。这笔巨款的流向，说不清楚。亚朋德认为，有可能存在他岳父的银号内，死后为泰记所吞没；也有可能被华尔死前用于采购军火等物资，而账单尚未报销。

下落较清晰的，仅为华尔遗言所提资方尚欠之十四万两。裴士锋说，这笔欠款"当时约值二十万美元"[3]。亦即，约占其所挣五分之一。因正式立有遗嘱并指定了遗嘱执行人，这笔欠款得以记录在案并被追索。华尔死后，因何伯提督和蒲安臣公使都不能久在上海，乃重新确定某美国银行家为遗嘱执行人，负责讨欠。对欠款的存在，吴煦和杨坊均未否认。具体如何清算，却生出诸多口舌，官司打到新世纪方才了结。1901年，第一期付款兑现，1904年最后一期付清。算上利息，"中国最后付出的数额是三十六万八千二百三十七元美金"。[4] 之后，华尔的相干不相干的近亲旁支，就这笔遗产继承，还闹出一些诉讼；直到1908年，余波未平。

---

[1] 亚朋德《华尔传：有神自西方来》，《太平天国史译丛》第三辑，页138。
[2] 同上，页104。
[3] 裴士锋《天国之秋》，页340。
[4] 亚朋德《华尔传：有神自西方来》，《太平天国史译丛》第三辑，页145。

李鸿章任苏抚

十九世纪六十年代初，上海还曾起到一个作用，便是为晚清重臣、权臣李鸿章提供发迹之地，令他一跃而至历史舞台中央。

李鸿章，庐州府合肥县人，道光三年 1823 生。道光二十年考取秀才，二十三年以优贡生就读京师国子监，翌年即中试举人。又三年，登进士第。场屋经历极顺。乃父李文安，戊戌科进士，与曾国藩同年。因了这层关系，李鸿章入京后即投曾门受教，而曾氏亦颇喜其文章。然而，中进士、点翰林后，李某人官运却有些停顿。洪、杨乱起，他不耐翰林院的寂寞，便随工部左侍郎吕贤基返乡办团练。之后五年有余，无甚成就，仅得到一个有名无实的福建道员遗缺。这时，清廷命曾国藩中止守制、"迅赴江西"。李鸿章便赶到建昌曾营去拜见，而被留于曾幕。其间，曾国藩继早年赏其文才后，进而发现了此人颇有军政异秉。乃举荐他任江北司道，但无有下文；又奏请他为两淮盐运使，却赶上咸丰皇帝出逃承德，也被搁置。

人生转眼已度三十八春秋，李鸿章年少身显，后却抱璞不遇，仿佛运气提前透支，想必他气郁满怀，心志难舒。

他并不知道，自己福地在上海。这华夷混居之城，将助他振翅高飞。

咸丰十年四月，太平军犯苏州。苏抚徐有壬死之，总督何桂清问罪，清廷即以江宁布政使薛焕为江苏巡抚、暂署两江总督。苏州既失，巡抚衙门于是迁至上海。先前的小县城，连越数级，暂时成为事实上的江苏省会。上海成长如此惊人，全因洋人缘故。而这，也正是它在暗中期待、呼唤李鸿章之处。这位日后中国洋务派领袖，注定要借上海这样独一无二的城市，展现他尚未被世人认知的才干。

薛焕署理两江总督未足两个月，实授曾国藩的任命便发表，薛焕只是当他的江苏巡抚。此时，上海作为清天双方角逐焦点，战略意义急遽上升。虽然薛焕借力英法、扶植华尔"洋枪队"，大体保住了上海，很多人却认为他并不得力。到咸丰十一年，不断有人进本参之，或言其绌于军务，"督带兵勇或非其所长"，或指责他"在上海偏隅自固，日享安福"。朝廷闻此很是重视，认为"如果属实，即不能胜此重任"，责成两江总督曾国藩"悉心察看，据实具奏"，强调"东南军务需才孔亟"，命曾国藩"择其智勇兼全堪封疆将帅之任者，酌保数员，听候简用"。[1] 这里，已露出换人之意。仅隔一天，十月十七日再奉上谕，又有人入奏薛焕"娱情古玩，不理军务"，且与下属勾结"任意侵蚀粮饷"，北京态度随之严厉，催促曾国藩"秉公确切查明，一并据实复奏，毋稍徇隐"。[2]

将近一个月，曾国藩不见动静。但十一月二十五日，却同日连上二折。二折环环相扣，双响连发。一折回禀彻查薛焕、王有龄事，一折保举左宗棠督办浙江军务和李鸿章出任江苏巡抚。显然，酷嗜围棋的曾国藩，是以长考之思，就其军政布局弈出深谋远虑一手。东南主战场，他本人作为统帅坐镇于皖，而江、浙两地必择能吏济事。审慎忖度后，他就人选拿定了主意：浙江左宗棠，江苏李鸿章。都说曾氏识人之明，难有可及。事后看，左、李之荐，确乎拔凡超俗。其间，曾国藩又不止任贤举能而已，他还藏着些"小算盘"。为何李鸿章去江苏，左宗棠去浙江，而非倒过来，左苏李浙？里面自有文章。首先，苏抚驻于上海，朝廷如此安排，本身就出乎易于借重洋人之便，故苏抚需要与洋人打交道，纵横捭阖，必乃题中之义，若谓曾国藩时已预见李某擅长洋务，固属夸张，但他知道少荃其人更加老奸巨猾，则无疑矣；所以江苏巡抚让李鸿章来做，确是知人善用。其次，恐怕还有更深的考虑：洪秀全巢穴在金陵，系江苏所辖，浙江战剿分量虽同样重要，但终究隔了一层，苏抚之选，能力之外不得不顾及亲疏，而从亲疏的角度，李鸿章自然远过左宗棠，关键时刻，这位门生必当比那位容

---

[1]《寄谕曾国藩著查办薛焕王有龄能否胜任巡抚之职据实具奏》，《清政府镇压太平天国档案史料》第二十三册，页541—542。

[2]《寄谕曾国藩著筹调援军前赴浙江并查参薛焕各款复奏》，同上书，页546。

易"犯轴",且对自己不怎么服气的左季高顺手。

曾国藩这样奏复对薛焕的调查:批评薛焕于苏抚之任不能尽责,说江苏全境只剩下镇江、扬州两处地方尚未完全落入太平军之手,而薛上任以来"未尝亲至两郡一行"。巡抚巡抚,不巡不抚,自然是失职。其次,说他驭下无能,军纪不好。再有,就是上谕所言,有人参其"援引之人类多夤缘之辈"、"娱情古玩"诸情节,曾国藩表示"臣之所闻大约相符"、"亦与臣之所闻相同",等于坐实其事。最后给出结论,薛焕"不能胜任此重任"。[1]

关于李鸿章,曾国藩首先重提上一年即曾以"劲气内敛,才大心细"为由,向朝廷举荐他"堪膺封疆之寄",以示自己观察之久、考量之慎,来增加推荐的分量。接着谈到近期李鸿章的优秀表现与所立功绩,也很配委以苏抚之任。随即明确提出"将李鸿章擢署江苏巡抚"的建议。[2] 署是代理、试用,先干干看。此一分寸,也是恰当的。

任命并未立即下来。因为曾国藩奏中说,李鸿章将率部万余名就任,以全面撤换薛焕的部队。之前,一则需要时间筹军,二是由皖至沪,要穿越太平军封锁,亦将有所耽搁。故应于军抵之后,"再求明降谕旨,方臻妥善"。[3] 朝廷如其所请。

虽然如此,李鸿章受命返乡,招募团勇、组建淮军时,实际已吃下定心丸。他即将署理苏抚的消息,外界也不胫而走。这从他抵沪后给曾国藩的一封信可窥一斑。他说,登陆沪上以来,"各官来谒,竟日烦扰",原因就是到处风传"有令鸿章署巡抚之说,是以济济趋附"。此时朝命仍然未下。李鸿章信中一面表示"鸿章以未奉明文坚辞",好让老师知道自己并未得意忘形,仍然谨言慎行,一面却也借机催促任命尽早公布:"军务地方未便越俎,然真伪、主客之间颇多难处,惟有静以俟之。"[4]

曾国藩应是在上折前后,将提议李鸿章署苏抚之事,私下告知后者,所以他才兴致冲冲、干劲十足在老家招兵买马。奔忙数月,到翌年二月秒,新集淮

---

[1]《曾国藩奏复遵查薛焕王有龄操守及金安清劝捐各情折》,《清政府镇压太平天国档案史料》第二十三册,页609—611。

[2]《曾国藩奏复遵保左宗棠督办浙江军务李鸿章任江苏巡抚片》,同上书,页606。

[3] 同上。

[4] 李鸿章《上曾相》,《李鸿章全集》29 信函一,安徽教育出版社,2008,页75。

勇三千五百，另加先前归他指挥的总兵黄翼升部淮扬水师四千余，并由曾国藩拨与湘勇二千，总计万名左右。[1] 这便是未来新任苏抚的家底。

赴沪途径与方式，几经变更。同治元年三月初八日 1862年4月6日，上海官绅雇妥英轮，至安庆接李鸿章陆师二千人启行，初十日抵沪。剩余兵勇，至四月初四日陆续送到。[2] 三月二十七日，曾国藩有关李鸿章业已动身赴沪的报告，送抵北京。当天，"上命议政王军机大臣传谕曾国藩、李鸿章、薛焕曰：本日已令李鸿章署理江苏巡抚，薛焕专办通商事务。"[3]

在清廷而言，用曾国藩于东南，使局面得到扭转；在曾国藩而言，用李、左于江浙，则是打开局面之举。事实证明，这一先一后两个变化，对后事都举足轻重。左宗棠靖氛浙江，令太平军失去了对天京局势的重大牵制；李鸿章先在上海站稳脚跟，继而进取苏州，直接造成对天京的钳击之势。对比向荣时期，当时战略一味围金陵为孤城，反被太平军屡行围魏救赵之策，从而自身陷于首尾难顾的被动。可见向荣布局方向已然不对，后面败局自然注定。曾国藩则是先从上游搞定安徽，自己坐镇于皖，进而遣曾国荃困定金陵，派李鸿章抽薪于苏沪，再从下游挥戈反击，如此东西相夹，最终令天京山穷水尽。事后论功，曾国藩赐封一等侯，曾国荃、李鸿章、左宗棠都封了一等伯，客观反映出后期对太平天国作战布局的佳当。

李鸿章少年得志，然而宦途始终平淡。到上海仅两年多，却一飞冲天，从此跻身重臣之列，上海确乃其福地。同时意外的是，清廷因之收获了自己的头牌洋务能臣，放眼日后清季五十年历史，这一点，甚至比李鸿章在平定太平天国过程中所起作用，更加重要。来上海前，李鸿章之于洋务，不必说也是门外汉，亦未见他曾留意于此，只因与上海的际会，此人与洋人打交道的天赋，忽被激活，放其异彩。设若当时曾国藩安排就任苏抚者，另选其人，李合肥或许并无机会烛见自己身上这一特殊能量。

李鸿章上海成功，在于他解决了两个问题。一是令清军在上海的面貌焕然一新，二是有力实现了对敌作战的华洋协同。这两点互为枝叶。之前，由曾国

---

[1] 李鸿章《复吴方伯》《复曾十二大人》，《李鸿章全集》29 信函一，页 71、72。
[2] 李鸿章《初到上海复陈防剿事宜折》，《李鸿章全集》1 奏议一，页 3—4。
[3]《钦定剿平粤寇方略·八》卷二九八，页 120。

藩主导，金陵以西清军，完成了团练新军对绿营的代换。但是，苏南却保持着旧状，仍是绿营在那里支撑。这不光左右着清军自身的战况，也对洋人军事行动造成相当牵制和消耗。我们从华尔几次作战为绿营所误，可想见情形是何等恼人。绿营除了误人，还每每弄虚作假，将他人之功贪为己功。清将李恒嵩在泾泗之战后所呈报告中，只字不提"常胜军"，说他没有友军、单独作战。[1] 当时，上海的城守仰于英法正规军，周边松江、青浦等州县之攘逐，则赖华尔"洋枪队"。绿营或无所建树，或偶欲振作却出乖露丑。薛焕、李鸿章交接之际，或因薛焕意欲体面离任，挽回一丝颜面，绿营在太仓发起一次较大战斗。《太平天国史事日志》记其发生在四月十八日；奇怪的是，《钦定剿平粤寇方略》和《清政府镇压太平天国档案史料》，未见相关奏折和上谕，好像没有踪迹。我们仅于《李鸿章全集》里见到其四月二十九日《奏报近日军情折》，内有一语："窃前抚臣薛焕派攻太仓一军，被大股援贼攻陷，宝山、嘉定、青浦同时告警各缘由，经臣于二十一日附片具报在案"[2]，那个"附片"书内未载，由该折粗知，是役绿营"五千余人大半覆没"，纯属惨败。《太平天国史事日志》则记知府李庆琛、同知周士濂、副将王国安和梁安邦，俱被擒折。[3] 随着淮军到来、绿营退出，苏沪清军窘态才渐渐扭转。亚朋德说，四月三日进攻嘉定，"李鸿章之弟李鹤章率领淮军四千名初次露面"，洋人发现他"比李恒嵩高明得多"。[4] 时间越是推移，太平军越是发现，对手不再软懦可欺，而是悍狠敢斗、骁将颇有。比如程学启，这位李鸿章手下的前太平军叛将，能打惯战，丝毫不落下风。至于华洋之间军事合作，更是翻开全新篇章。李鸿章将恩师曾国藩对他的概括"劲气内敛，才大心细"，发挥得淋漓尽致。他善于和洋人打交道，绝不体现为一味顺从、迁就与讨好，而是折冲樽俎、恩威并施，对洋人既能鼎力合作，又以强力手腕和精细思虑加以掌控。尤其在对"常胜军"的改造及收放上，他大显权谋；最终，不光确保其平吴伟业，也防止"常胜军"尾大不掉、消除战后清廷的隐忧。李秀成对李鸿章颇为不屑，但他被俘后于供状中，讲到后者平定苏省，有此一笔："非算李鸿章本事，实得

---

[1] 亚朋德《华尔传：有神自西方来》，《太平天国史译丛》第三辑，页97。

[2] 李鸿章《奏报近日军情折》，《李鸿章全集》1奏议一，页10。

[3] 郭廷以《太平天国史事日志》，页897。

[4] 亚朋德《华尔传：有神自西方来》，《太平天国史译丛》第三辑，页101。

洋鬼之能。"[1]忠王此语，但知其一，不知其二。实则"洋鬼之能"的背后，恰有李鸿章"本事"在。"常胜军"煌煌战绩，与李鸿章细予拿捏、或纵或擒、驭洋有术决然分不开。换作另一人，对"常胜军"的使用，恐怕很难如此"恰到好处"。他为之所耗心机，乃至使出种种时而堂皇时而无赖的手段，凡此，我们留俟稍后讲到具体情节，再一一道来。

---

[1]《李秀成亲供手迹》，排印文，页34。

隐身的天王

中国历史上的帝王，或至截然相反。有的宵衣旰食，"一沐三握发，一饭三吐哺"，忙得不可开交；也有的懒理朝政，以至臣子们一二十年难睹天颜一次。前者如朱元璋、玄烨，后者则有明世宗、神宗这对特立独行的爷孙。曩者论此，视为英主、昏君之别。其实说起来，两种截然相反的帝王，所以至此，原由一模一样——皆因帝权过于集中。大权独揽，就得日理万机，帝王如果不肯懈怠，惟有事必躬亲，整日四脚朝天。反之，另外一些帝王，却被万事系于一身，搞得焦头烂额，最后不耐繁剧，索性来个闭门不纳，自己藏头露尾，躲其清净。换句话说，若非二千年来帝制中央集权，并且后来中央集权又废相权、进至于帝尊独权，做皇帝的，既不至于出现什么英主，也不必导致另一些堕落为昏君——他们其实同属被逼无奈。

嘉靖、万历二帝之荒怠，闹出不少奇闻。例如嘉靖迷于炼丹，道士段朝用告诉他，"深居无与外人接，则黄金可成，不死药可得"，他便传谕廷臣："令太子监国，朕少假一二年，亲政如初。"居然请假离职，举朝愕然。[1] 万历比他祖父更奇葩，奉行"五不主义"：不视朝、不御讲筵、不亲郊庙、不批答章疏、缺官不补。四十五年二月，百余名群众齐聚长安门外请愿，"环跪号诉"；他们都是一些在押犯人的家属，因为皇帝很久不理政务，致使镇抚司长官缺员，无官理刑，"无人问断，监禁日久，死亡相继"，人犯自生自灭，有些本来罪不至死的普通犯人，竟至瘐死狱中，"有罪者不得速正厥法，无辜者不得早雪其冤"。

---

[1] 孟森《明清史讲义》，商务印书馆，2011，页 235。

官缺不补是一种情况，也有相反之事，在任官员如因各自缘故想求去者，同样告请无门，"章必数十上而不报"，一再打辞职报告皆无回音，最后大家只好"拜疏自去"，留下一个书面说明，不等批准，自个儿走人。[1]

洪秀全虽未至嘉靖和万历的地步，但也懒愿理政。所幸他不曾和他们一样，都一干好几十年，否则，洪天王垂拱而治的行为，只怕也很可观。实际上，洪秀全在天京前后十年，末几年，这种况味越来越浓。

早先，洪秀全的神秘，倒不缘于懒理朝政，而是轻易不公开露面，尤其不让外人知其下落。从头到尾，有幸见其面者，除开太平天国高官，或许外加罗孝全这么一位外国人。这造成洋人一度普遍怀疑是否真有其人，抑或他是否早已死掉。1853年，麦都思牧师邂逅一名天京的逃兵，马上提出自己最关心的一个问题：

> 我问他是否确有太平王这么一个人，或者是否如有些人说的那样，他已死去，在轿子里到处招摇过市的仅是他的偶像。他说，他毫不怀疑太平王是一个真实存在的人，他外出时总是坐在轿子里，但由于被绸子层层遮掩着，因此，一般人并不能看到他。然而，最高级官员每晚都能见到他，他们每晚都去商议朝政和领旨。[2]

可是，迟至1859年，类似疑惑仍在洋人中间盛传。伦敦布道会的伟烈亚力牧师，随额尔金航行至太平军控制区，在这种情况下，他居然于所发回的报道中称：

> 我们知道杨秀清已死了好几年，同时也有充足的理由相信洪秀全甚至死得比他更早。[3]

虽然他对杨秀清和洪秀全之死，分别使用的是"知道"和"相信"，以示不同；但作为深入太平天国腹地的访问者，居然丝毫未闻洪秀全仍然在世的消息，也

---

[1] 孟森《明清史讲义》，商务印书馆，2011，页279。
[2]《麦都思牧师的一封信》，《中国近代史资料丛刊续编·太平天国（九）》，页93。
[3]《伟烈亚力牧师的报道》，同上书，页212。

很让人称奇。这的确是其踪迹过于隐密所致。

严格说，外国人亲眼见过洪秀全真人的可靠记载，是没有的。

1853年4月，密迪乐在天京与北、翼王会晤，中间就英国公使文翰爵士的"会见问题"进行交涉。提出"文翰爵士是英国女王陛下的要员，除非事先谈妥接待他的地点、人物和方式，否则，他断然不会参加任何会晤"。言下之意，接见文翰之人地位应当高于北王和翼王，最好是天王本人亲自接见。韦昌辉的回答是："无论他的官位有多高，他都不可能高过现在坐在你面前的这两个人"，亦即文翰不可能见到北、翼王以上的人。密迪乐不得不试探地主动提到洪秀全本人："当我问到太平王时，北王用笔解释说，他是'真主'，'中国的主就是全世界的主；他是上帝次子，全世界的人都必须服从和追随他'。"用答非所问，拒绝了英使面见天王的企图。[1] 这是已知的洋人以正规渠道求见天王的尝试。

正式请求被拒绝，以后也未听说再被提起。但非正式且未经证实的所谓亲见，有两次。

一位是肯能，他在《镇江与南京》中说：

> 有一次，第一位为解决一些争议而来到第二位的宫殿，当时我们也在场。第一位坐在遮掩住的轿子里而来，觉察到第二位的一些军官在他驾临后并未下跪，便向第二位抱怨他们无礼。第二位不顾自己的尊严，冲出去亲手砍下他的两三个军官的脑壳。[2]

真假难辨。自洪秀全行状以及洪、杨关系看，与史相符。然而，天王、东王相见，竟允许洋人在场不回避，却完全不可想象。

肯能说他所见洪秀全，"坐在遮掩住的轿子里"，亦即未睹真容。罗孝全则不然，他说他获得"面见'圣颜'"的殊荣。他后来对一名英国军官讲述了经过：

> 他是去年10月到达南京的，通过驻守在苏州附近地区的叛军时经历

---

[1]《密迪乐的报告》，《中国近代史资料丛刊续编·太平天国（九）》，页57。
[2]《"在南京生活数月的两名欧洲人"的叙述》，同上书，页188。

了许多困难。他到后不久,天王通知他说,希望和他见面。这是个极为明显的恩宠,因为除了其他几位王可以面见"圣颜",跪在他面前奏陈政务外,没有任何人可以见他的面。在会见时例行的礼节问题上遇到了一些麻烦,因为罗孝全先生有充分理由拒绝向任何人双膝下跪。那些安排这次会见的答应不勉强他这么做,问题终于总算解决了。但据罗孝全先生说,他们欺骗了他,他刚进入接见厅,天王就大声说,"让我们拜天父";这样一来,由于不能拒绝和他们一起赞美上帝,罗孝全先生便跪下了……[1]

此乃转述,作者以"据罗孝全先生说"之语,表示闻于罗氏本人。但我们细读过程,罗孝全似乎也并未真正"面见"天王,有关方面为避免他直面天王,用计逼他甫入殿内便跪地匍伏,没有机会相视。罗孝全也曾投书《中国陆上邮报》,亲口描述他在1860年11月12日见到天王:

今天,我被领去拜见天王。他比我想象中的样子要好看得多。他高大,体格强壮,五官端正,蓄有漂亮的经过很好修饰的黑胡须,声音悦人。[2]

这里,罗的视线曾及天王本人,似乎是明确的;但"想象中的样子"云云,令人不解,因为昔年在广州教堂,洪秀全逗留数月之久,彼此容貌应该很熟。如罗孝全此处说"比我先前见到的样子",而非"想象中的样子",才更合理。此外,罗孝全文章接下来说:"在我们近一个小时的交谈中,约有20位王爷和高级官员在他面前下跪并赞颂两三次,这成了我们谈话时的插曲,我没有参与这种仪式。"[3] 这与那位英国军官闻于其本人的"由于不能拒绝和他们一起赞美上帝,罗孝全先生便跪下了"说法,刚好矛盾,不知何者为真?罗孝全为人与言谈,一贯有夸饰之嫌,加上他道与人知的叙述和亲笔文章之间明显出入,我们对他所谓见过天王,终究有些存疑。

事情这样扑朔迷离,归根到底是洪秀全过于诡秘。从他入金陵之日起,便

---

[1]《吴士礼中校的叙述》,《中国近代史资料丛刊续编·太平天国(九)》,页322—323。
[2]《罗孝全牧师的一封信》,同上书,页244。
[3]同上。

即如此。《金陵省难纪略》写其入城:乘黄轿自水西门入,被侍从水泄不通地围住;所有路人跪地,不得仰视;众多随行女眷骑马跟在轿后,"纱帕蒙面",有如穆斯林妇女;轿子径入当时两江总督府,之后"不复出"。这是他在南京惟一一次公开出行,而在场市民却并不相信他存在,谣诼广传,认为"天王是木身无其人"。[1] 入城后,也有一谣言,说杨秀清将洪秀全诱于荒淫,"困洪逆于酒色以揽其权……自是贼中事洪逆几不复与,置一木偶异以临朝,手持一扇以掩其面,杨逆立其旁代为批答,左之右之,惟所欲为矣。"[2] 指洪秀全完全不视朝,每次坐殿之人,乃一木制假人。此属捏造无疑,因为洪天贵福、李秀成供状里,都提到过洪秀全坐殿之事。然而,流言蜚语,情有可原。要不是洪秀全自己深居简出,既不接触权贵以下人物,也不露面于外宾,何至有这等奇谈怪论?

前期的自我封闭,更多出乎安全考虑,是有可能的。然而天京之变后,情况明显不同,安全顾虑,更多转向个人心理变异。亦即,洪秀全不单继续回避公开露面,乃至在国家权力核心层这极小的范围,也懒于理事,幽闭症趋于严重。

这在李秀成笔下,有大量记述。作为太平天国后期重臣,李秀成步入核心层后,总共只记有六次与天王面见。

一次约当1858年:"复而奏主,主又不从。然后,从头至尾一一奏明。主上不肯,斯时无计,当即退朝。又过数日,复而鸣钟擂鼓,朝堂传奏,见事实实不能,故而强奏。擂钟鼓之后,主即坐殿,尽而力奏。"[3] 此处及后面数条,都明确写到"坐殿""当殿""殿前",可证"木偶临朝"说之妄。

一次约当1859年:"与主力辦(辨),当被严责一番,又无明断下诏。"[4]

一次约当1860年:"我奏主亦然如是。主责我曰:'尔怕死,朕天生真命主,不用兵而定太平一统!'我尚有何言也!无言退步。"[5]

一次约当1861年:"自攻未下,我主严责革爵,调我当殿明责,即饬我进

---

[1] 张汝南《金陵省难纪略》,《中国近代史资料丛刊·太平天国(四)》,页705。
[2] 沈懋良《江南春梦庵笔记》,同上书,页439。
[3]《李秀成亲供手迹》,排印文,页13。
[4] 同上,页18。
[5] 同上,页24。

兵北行。"[1]

一次约当1863年底1864年初，即苏州失守不久："奏完，天王又再严责云……严责如此，那时我在殿前，求天王：'尔将我一刀杀死，免我日后受刑……'"[2]

最后一次，约当1864年4、5月间："后将此穷苦不能全生情节启奏天王，求放穷人之生命，主不从衣依，仍言严责……无计与辦辨，言后出朝，主有怒色，我亦有不乐之心。"[3]

以上，即供状中天王洪秀全与位居武臣之首的李秀成，全部面涉情形，平均每年不到一次。从李秀成迭迭指责洪秀全"不理政事"看，这也很可能就是李秀成面见洪秀全的所有记录。如果李秀成这号人物，能见天王亦仅此区区数次，以下人等自然可得而知。

与叙述召对寥寥无几同时，《李秀成亲供手迹》不断抱怨天王疏怠政务。此类字句，以下也逐一辑录。

排印文页14："主不问政事，不严法章。"

页17："主又不问政事，一味靠天，军务政务不问，我在天朝实无法处。"

页20："我主不问政事，具俱是叫臣认实天情。"

页37："主不问国中军民之事，深居宫内，永不出宫门，欲启奏国中情节保邦之意，凡具奏言，天王言天说地，并不以国为由，朝中政事，并未实托一人，人人各理一事。"

页46，供状总结亡国血泪教训，第七条写道："误主不问政事。"

我们说，天京之变后，洪秀全懒于理事倾向加重；忠王之述，可佐证其确。进而若问：他这种趋势，除疏远群臣的表现之外，有没有更明确的标志，可将其自我幽闭的心理揭橥于外？答案是"有"。

证据就在天王诏旨里。

天王诏旨总有固定的一句话："爷哥带朕坐天国。"[4]具体字句可稍有变化，

[1]《李秀成亲供手迹》，排印文，页34。
[2] 同上，页37。
[3] 同上，页40。
[4]《赐英国全权特使额尔金诏》，《洪秀全集》，页189。

比如写作"爷哥带朕作主"[1]或者"爷哥带朕坐江山"[2]之类,意思一致。这句话是对太平天国最高权力的宣示,与明清皇帝圣旨里"奉天承运"相类。"爷"指上帝耶和华,"哥"指天兄耶稣,"朕"则系天王自称。"爷哥带朕",联在一起,即上帝、耶稣扶保并委托洪秀全人间行权之意。

但是,有一道《收得城池地土梦兆诏》,此语忽现微妙变化,变作"爷哥朕幼坐天朝"[3]。中间那个"幼"字,迄往所无,兹首平添。虽只一字之变,却透露了重大的决定,亦即"天国"将从他乾纲独揽,变成二主共治。"幼"者,幼天王洪天贵福也。"爷哥朕幼"暗示,天命开始由天王向幼天王过渡。

此诏未具年月,然据"本年二月初七日晚三更,朕妈梦见东王西王南王三人在金龙殿呼万岁,奏去打苏州",以及"于今苏福省既收复"等字句,可断为发出于1860年6月忠王克苏州后。换言之,大概在1860年6月,洪秀全打定主意,要从天国政务中逐渐抽身。以《收得城池地土梦兆诏》为起点,后来所有天王诏旨,"爷哥带朕"通通变成"爷哥朕幼"。如:"爷哥下凡带朕幼作主坐天国"[4]、"带朕暨幼主共治理世界"[5]、"爷哥朕幼坐天京"[6]、"同顶爷哥朕幼纲常"[7]、"爷哥朕幼同御世"[8]……无一例外,从而连续释放信号:国家日常权力,即将移交给洪天贵福。

最终,他在《公选外务裁判官诏》中,正式公布:

爷降一梦,启示朕妻,命朕自后不应再理庶政,望一体遵旨,并钦此。[9]

旨颁日期为"二月初二日",年份未载。此件今存英国,被归入1861年英国《国会文件》,由富礼赐在天京罗致并呈交。核以富礼赐访问天京之年月,可以考定,

---

[1]《天历每四十年一斡旋诏》,《洪秀全集》,页194。
[2]《天历六节并命史官作月令诏》,同上书,页196。
[3]《收得城池地土梦兆诏》,同上书,页198。
[4]《打死六兽梦兆诏》,同上书,页200。
[5]《谕普天番镇爷哥带朕幼共治理世界诏》,同上书,页201。
[6]《谕苏省及所属郡县四民诏》,同上书,页203。
[7]同上,页204。
[8]《赐通事官领袖接天义罗孝全诏》,同上书,页205。
[9]《公选外务裁判官诏》,同上书,页211。

"二月初二日"即太平天国十一年二月初二日，公历为1861年3月13日。从上年6月《收得城池地土梦兆诏》起，约经八、九个月铺垫，不断宣扬"爷哥朕幼"，至此，洪秀全认为可以明确昭告其"自后不应再理庶政"的决定。

洪天贵福生于道光二十九年 1849 十月，此时刚满十一周岁不久，还属于儿童，并且基本没有文化。洪秀全自己想躲清净，居然将一国庶务，委于孺子之手，古往今来也是"舍我其谁"了。

过了十来天，二月十八日，我们见到了"幼主"首次批答本章。[1] 兹可视为十一岁"政治家"着手统治太平天国的开端。从现在起，到天京陷落，尚余三年零四个月。这段由幼天王临朝的时光，是一种说不清道不明、特别古怪的状态。天王并非真正交权，他甚至也不像唐玄宗、清高宗那样，经过正式手续，将自己身份变成太上皇，使儿子名正言顺做一国之主。实际上，他不过把素常的成堆琐事扔给幼主而已，遇到大事，则还是他自己拿主意。所以，天京末日前夕，李秀成频繁请示、往还争辩的对象，仍是洪秀全而非洪天贵福，从中可见关键问题决定权还在天王手里。抓大权、放小权，掌命脉、弃庶务，这是洪秀全让儿子顶到前面的真实意图。然而，洪天贵福作为心智与教养都不足的十一龄童，怎样去日理万机，对付千头万绪、纷至沓来的政务，我们根本不知答案。照理说，像这种情况，应任命几个老成持重的耆宿做辅政大臣，协助、指导他理政，但洪秀全并未做此安排。从李秀成叙述看，自打天王宣布"不应再理庶政"，幼天王起不到什么作用，天王则"深居宫内""不以国为由"，"朝中政事，并未实托一人，人人各理一事"。最后三年多，天京所有事情，基本像是无头苍蝇，毫无章法。

他为何这样做？一般野史，特别乐意说他溺于酒色，宁愿把更多时间花在女人身上，《江南春梦庵笔记》便大肆宣扬这一点。好像也不是全无根据，《公选外务裁判官诏》在宣布"自后不理庶政"时，指其由头是"爷降一梦，启示朕妻"——上帝托梦于他身边一位女人，让她告诉天王，以后不必再理国事了。此细节确实启人想象，难怪坊间会从中挖掘后宫的因素。但是，这种"索隐派"的思路，不妨博人一粲，却不宜当真。

---

[1]《公选外务裁判官诏》，《洪秀全集》，页214。

正解在哪里？正解可自李秀成一番谈话中找见。1860年8月，李秀成在苏州接见一个传教士访问团；那时，初露"爷哥朕幼"口风的《收得城池地土梦兆诏》，刚刚颁发不久。会见时，洋人向忠王总共提出三十个问题，请他作答。其中，第二十六个问题问答如下：

26.天王决断所有的朝政吗？

是的，但他轻视与宗教无关的大多数政务，说它们是"凡间的事"，不是"天事"。对属于"凡间"一类的奏章和请折，他常常仅稍加浏览就批复了，并没有仔细地审阅。[1]

李秀成的回答，相当严谨。首先，对是否由天王"决断所有朝政"，他断然答以"是的"；亦即国家大权牢牢握于天王之手，这一点绝无疑问、不会动摇。但随后又指出，天王厌烦"与宗教无关的""大多数"政务；两个修饰词非常重要，一是宗教，一是多，言外之意，天王希望只过问与宗教相关的事务，以及少数关键事务。李秀成的说法，后在《公选外务裁判官诏》完全得到证实，诏旨所用"庶政"字眼，也正好是"凡间的事"和博杂政务的意思。

其中，真正的关键词应该是"宗教"。天王讨厌冗庞事务，急于从中脱身，并非想以更多时间享乐，而是愈来愈渴望埋头宗教，以便专心致志考虑某些重大理论问题——用他的话来说，就是思索"天事"。这是他一段时间以来思想和心态上的大变化。他的灵魂不知不觉被一些玄思所占据，而"凡间"之事已不能引起他兴趣，以致那些涉及国家大事的奏章，他竟失去注目的耐心，"常常仅稍加浏览就批复"，根本不作"仔细地审阅"。

这是1861年3月天王终于宣布"不理庶务"的原因，也是末期三年多当中，天京各种事情陷于一团乱麻的终极由来。

当初，洪秀全之敢至此，恐怕还不得不提到一个契机，即洪仁玕的到来。

洪仁玕1859年4月中旬抵达天京，席不暇暖，5月中旬洪秀全便命他总理朝纲。李秀成忆至此节，牢骚满腹：

---

[1]《艾约瑟牧师的报道》，《中国近代史资料丛刊续编·太平天国（九）》，页235。

> 因其弟九年之间而来，见其弟至，格外欢天，一时好乐，重爱其弟，到京未满半月，封为军师，号为干王，降照诏天下，要人悉归其制。[1]

李秀成们不满，在于洪仁玕初来乍到，寸功未建，便势压所有出生入死、流血流汗的功臣。大家普遍从同宗、异姓的亲疏角度，看待、议论洪秀全对堂弟的宠信。这固然不错，但洪秀全之所以为此"格外欢天"，人们概未窥悉。个中奥秘，其实就是洪仁玕到来，终于令洪秀全看见逸乎"庶政"之外的时机。此心之存，在他必非朝夕。但洪仁玕来前，环顾周遭，外姓之人绝对信不过，洪姓宗亲则或文盲或颠颓，无一可托。眼下，洪仁玕如从天降，其可靠与才学俱佳，怎不令他"格外欢天"？我们从他紧锣密鼓，迫不及待扶洪仁玕上位，乃至为他重开因天京之变而取消的封王之例，见之极明。经过一年时间，当他觉得洪仁玕脚跟已稳，便让十一岁儿子以"幼主"名义顶在前台当权力象征，让洪仁玕真正揽其朝纲，而自己放手庶务，深居不出。

这应该是《公选外务裁判官诏》得以出笼"隐退"决定的较合理解释。前面说，幼天王坐朝，洪秀全未为他配备辅政大臣，系就总体而言。起初则确有安排，即以洪仁玕为辅佐者。然而1861年当年，9月安庆失守后，天王又革去了洪仁玕的军师、王位及正总裁等职衔。洪仁玕作为实权人物，前后为时不足一年。而洪仁玕失势后，天王并未重新安排他人接替其角色，权力分散，受到重用者也不过是各当一面而已，从而造成李秀成所谓"朝中政事，并未实托一人，人人各理一事"，如此以至终末。

洪秀全"隐退"如何导致朝政紊乱，梳述如上。他付出国事日蹙的代价，去思索所称为"天事"的重大理论问题，取得了哪些成果呢？世人一无所知。然而，有一点大家都看在眼里，就是他在梦幻世界里愈走愈远，以至于天京危在旦夕、断粮绝食，他竟一味命人"信实天情"，"靠实于天，不肯信人，万事具俱是有天"[2]，把野草说成"甜露"，宣称可以充饥。你若说他以谎言骗人，则又

---

[1]《李秀成亲供手迹》，排印文，页39。
[2] 同上，页38。

不然，因为他自己首先相信并身体力行，亲自在宫内挖"甜露"为食，末了命丧于"甜露"。

尽管前面我们对洪秀全拒理朝政系出耽溺后宫享乐的说法，嗤之以鼻，然而此刻又想指出，也不能尽信他如此表现，仅仅出于"轻视与宗教无关的大多数政务"这么高尚的理由。他的行为背后，只怕确有一些隐秘的因素。

我们知道他曾有精神疾患，气质中病理未除，根源犹在，很难承受重大挫折。1856年天京之变，虽渡过一劫，却极有可能对他心理造成致命一击。杨秀清的挑战，将1843年以来他借传教的成功而与客观世界逐渐建立起来的协调性、和谐性、一致性，无情打断。他重新陷入对外界的深深疑惧，连自己所立的一些信念，也不知不觉改变了。他不再信任外姓，在政治领域重新乞求于家族、血亲关系的支援，纵然明知洪姓诸人难堪所用，仍然把自己和国家与他们死死捆在一起。说起来，我们可于大义上指责他是背弃"公天下"、回归"家天下"，但从自我心理内涵来论，确实表现出他对外部世界越来越不信任，开始走向与之相背离、相疏隔。这种疏离，这种对抗或抵抗，不单显现在选人用人上，进而发展到对所谓"凡间"事务充满了抵触、厌弃和惧避的情绪，渴望找到一处密闭、单纯、不受打扰的空间，来安妥自己不堪重压的心灵。于是，宗教便成为最佳的庇护所；在那里，他只须面对玄远的"天事"，而不理睬世事之纷扰。基本上，所有意志脆弱之人，当无力肩扛现实时，都会设法作精神上的逃遁。古之文人，"入而儒，出而道，逃而佛"；洪秀全实际也是走相同道路，无非"佛道"于兹变为"爷哥"而已。他对国事情势变化的漠不关心、无动于衷，以及完全执着于自我想象，是他放弃现实的极好证明。

故而，我们可对"隐身的天王"终于下达一个诊断：此系洪秀全心理旧疾，历经漫长掩盖和遗忘后，在境遇和遭际刺激下重新发作。而此番复发，他身居天王、头戴上帝次子光环，毕竟不同于二十年前屡试不第、人生绝意的情形，故不至于完全疯掉，而是借与"凡间"切割的方式，存其部分自信，维持相对平衡的内心，支撑他走完生命最后数年。

关于天王心疾复发，在他死亡的问题上还有表现，我们届时再作分析。

歧见与猜忌

太平天国亡后，有四位中央级别人物，即幼主洪天贵福、翼王石达开、干王洪仁玕、忠王李秀成留下了供述。细察之，很难不讶于一个现象：里面充满了倾排。其中，除洪天贵福年齿尚幼，被乃父推出当政治玩偶、实际涉世不深，故于睚眦龃龉情形言之无多外，其余三人所述，俱各抑郁琐结。如石达开自述，从韦昌辉屡受杨秀清之辱，讲到"洪秀全们在金陵彼此疑忌，韦昌辉请洪秀全杀杨秀清"，再讲到"把杨秀清杀了，洪秀全又欲杀韦昌辉"，与此同时韦昌辉却把石达开一门妻小都杀了，反过来，等洪秀全"把韦昌辉杀了，又疑心达开"，因见其"有一并谋害之意，达开乃逃出南京"[1]……端的是：知人知面不知心，画龙画虎难画骨。

政见分歧，本既在所难免，亦无足为虑；只要歧见最终能循有序方式化解，而不经权力上的彼此疑忌，发酵为仇恨和阴谋。但太平天国政治机器，显然不具有序化解功能，以致政见分歧，往往以较坏结果收场。检核太平天国败因，确然不一而足，涉及方方面面，但内耗、自戕则是其中比较彰著的一大脉络。

天京之变，造成血的教训，但洪秀全未能痛定思痛，从中抉取有益认识，以对政治的积极改良，抑制内耗。岂仅如此，他反而陷入更深误读，强化权力操控，扩大权力朦胧度，仰个人手腕和权术防杜隐忧，这实际上进一步加重了内耗。杨秀清柄国时，虽有尾大不掉之势，但统治效率明显高于后期，凡事易成。到了后期，在洪秀全木偶操线之术控制下，左右逢源、首鼠两端、互相掣肘、

---

[1] 新本《石达开自述》，见方诗铭《记新本〈石达开自述〉》，《中华文史论丛》，1979年第4辑，页197。

彼此冲抵，大家全都捆住手脚、一筹莫展以邻为壑。洪氏大权旁落的担忧固然涣释，国事之不振却也日甚一日了。

关于洪氏用人，李秀成在其步入领导核心后，从没中断过批评。他总结的十条亡国之因实际是十一条，"六误"误写了两条，与此有关的便占六条——第五条迫使东、北王"两家相杀，此是大误"；第六条与翼王"君臣而忌"，至军队分裂，"此误至大"；因笔误衍出的两个第六条，其中之一是"不信外臣，用其长兄次兄为辅"；第八条"封王太多"；第九条"不用贤才"；第十条"立政无章"。[1]

就具体事例，李秀成强烈批评的一件事是，天京之变后石达开掌政，迅速安定人心，一切井井有条，洪秀全却动起歪脑筋，开始重用两个哥哥，削翼王之势。李秀成进本奏请"仍重用于翼王，不用于安、福王"，洪秀全反应激烈，立刻将李革爵，经群臣伏请始予复职。[2]

而谈得最多的，当然是李的亲身经历。八年，有"谗臣"密告御状，而洪秀全见当时李秀成"兵势甚大"也心怀疑忌，便对此人"加封其重爵，分我兵权"。这位"谗臣"当即陈坤书。古云：疑人不用，用人不疑。洪秀全不然，他是用而复疑、且用且疑，一边用人家，一边满腹猜疑，每从背后拆台。李秀成为此倍觉恼辱，称："主见我兵权重大，总计分革我权。"[3] 后来李被逼无奈，"连我母亲以及家眷一并回京，交主为质，寸表我之愚忠"。[4] 疑忌太深终于招来苏州陷落的恶果。当时李秀成不肯离开苏州，洪秀全却下死命令，让他立返天京过江作战，李秀成回奏苏州局势，洪秀全说："有天所定，不必尔算，遵朕旨过北，接陈得才之军，收平北岸，启奏朕闻。"李秀成忆此论曰："若我不来京者，不过北者，其万不能攻我城池也。"洪秀全为何坚持让他离开苏州呢？李秀成认为："实佞臣之所由，惑主而行，忌我之势，密中暗折我兵。"李被调离，苏福省失去主心骨，导致"失去稣苏州各县"。[5] 直至天京末日，对李的猜忌亦未稍歇，

---

[1]《李秀成亲供手迹》，排印文，页46。
[2] 同上，页08。
[3] 同上，页31。
[4] 同上，页33。
[5] 同上，页35。

愈演愈烈："斯时王次兄以及洪姓见我滋[慈]爱军民，忌我自图害国之心，声言明到我耳。那时，忠而变奸，负我辛勤之一世苦楚，不念我等勤劳，反言说我奸。"李秀成不甘咽下这口气，就抱着赌博心理，"逼气而培[陪]其亡"，心想大家就这么一道破罐破摔、同归于尽吧！他说，若非赌这口气，"我将兵数十万在外，任我风流，而何受此难者乎！"[1]

也许，李秀成满腹牢骚不算什么，毕竟他乃"外姓"。待我们读了洪仁玕自述，见其亦一肚皮苦水，方觉事情有趣。

洪仁玕乃天王自家近亲兄弟，且有经纶，洪秀全对他绝对信任是不必说的，我们自洪仁玕到天京后洪秀全放心"退居二线"，可知这种关系。然而洪仁玕谈起他数年任职经历，却也怨气冲天，中间曾用大段文字发泄不满。矛头主要针对李秀成，斥责忠王"品性之毛病，原在变更不一，多有贻误"，以及"不认王长次兄为忠正人，不信本军师为才学之士"，一门心思与洪姓为难。[2] 揆诸忠王所述，彼此能够对上号。这似乎是"将相不和"的俗套，但我们不能忽略，洪仁玕与李秀成不和，与蔺相如、廉颇隔阂不太一样；后者是文武争功，前者则缘自姓氏之别或血缘亲疏。

忠、干两王不相得，人所素知，不必在此炒冷饭。不过，洪仁玕的怨气不仅仅限于李秀成，他议论中还反复牵及另一人。此人便是林绍璋，戊午八年授地官又副丞相，与蒙得恩、李春发共理国务，九年封章王。依洪仁玕的说法，此人与李秀成一伙，李"专靠章王柔猾之言为之耳目"[3]，是李在朝中的代理人。然而，耐人寻味的却是洪秀全对林绍璋的态度：

> 殊知天王圣鉴不爽，屡知章王之奸，内则蒙蔽不奏，外则阴结私行，故于辛酉冬革予军师王衔及正总裁之职，并革英王、章王等之不力也。旋复章王林绍璋之爵，不准王长次兄及予干与朝政。内则专任章、顺王掌政，外则专任专任[后之"专任"衍]忠、侍、辅王掌兵。[4]

[1]《李秀成亲供手迹》，排印文，页38。
[2]《干王洪仁玕亲笔文书》，王庆成主编《影印太平天国文献十二种》，页480—481。
[3] 同上，页481。
[4] 同上。

这段话让人一头雾水。前面说洪秀全对"章王之奸"明镜高悬，而革其爵；随后又突然变成"内则专任"章王掌政、摈弃王长次兄与洪仁玕，岂不自相矛盾？但玩味其间，却正见出了洪秀全的手段。虽然"外姓"重臣普遍感到天王只肯信用自家人，其实天王颇知拉一派打一派的妙用，在适当时机，也会挫一挫洪姓诸人锐气，且以此拨动宗亲对外姓的敌意。总之，李秀成固然从头至尾都很憋屈，而洪仁玕的体验，竟然也受了不少的委屈。在洪秀全的潜心掌控下，两边都不称心如意，彼此怨怼之情益浓。从洪仁玕"那时英、忠、章王等俱忌予认真直奏"[1]一语看，他除了视李秀成为对头，与陈玉成、林绍璋皆不和睦。至于背后原因，究竟是洪仁玕其人不易与人相与，还是有"看不见的手"在人为设置障碍，答案自不难于鉴识。

　　长此以往，人心便散了。李秀成供状中有句惊人之语："郜永宽等这班之人，久悉其有投大清之意。"[2]原来，苏州投降之事，根本不是秘密！那班降王、降将，事先并未瞒着李秀成，而李秀成则明知彼等怀此心，并不加罪。为什么？"我见势如此，不严其法，久知生死之期近以矣。"[3]——因为败亡之势难以挽回，李秀成心知肚明，不忍心对这些"共苦数年"的部将举刀相向，各自两便，如此而已！由这细节，我们分明看见1863、1864年之交，太平天国人心士气的确销蚀殆尽。

[1]《干王洪仁玕亲笔文书》，王庆成主编《影印太平天国文献十二种》，页481。
[2]《李秀成亲供手迹》，排印文，页36。
[3]同上。

戈登：洋枪队二期

在戈登任领队的洋枪队二期，由于李鸿章的一系列运作，"常胜军"发生很多变化。其中最重要一点是，从华尔时期的民办外国雇佣军，变为清朝官办的、聘用洋人训练和指挥的武装："全部士兵和官长的饷银，由一位清朝高级文官，即军需官贾某，按月发放"[1]。

华尔死后，围绕"常胜军"领队人选，多方明争暗斗。起初，拟由法尔思德接任此职，但法尔思德本人予以推辞，乃由华尔的第二副手白齐文担任。同治元年1862闰八月初八日，李鸿章给曾国藩信中说：

> 吴晓帆即吴煦谓，其酋属白聚文、法师尔得二人可以接替，而鸿章未之见也，即得一见，言语不通，心志不孚，碍难悬揣。闻白、法互争雄长，薛公薛焕则云，皆不可靠。英领事提督欲派兵官接替，吴、杨二道指吴煦、杨坊将借此卸肩而阴持其柄，或又谓当收回兵权，另派大员接带，然此四千人中，头目均系洋人，岂中国官所能钤制，若交与英酋，必致运掉不动，事事掣肘。[2]

从中可见，英国人意欲安插女王陛下军官为领队，李鸿章和薛焕则都主张借机收回兵权、改由国人管带。同时，李对吴煦、杨坊一直把持"常胜军"阴存蒂芥，"收

---

[1] 安德鲁·威尔逊《"常胜军"：戈登在华战绩和镇压太平天国叛乱》，《太平天国史译丛》第三辑，页223。
[2] 李鸿章《上曾揆帅》，《李鸿章全集》29信函一，页121。

回兵权"云云,不特针对洋人也,抑系中国官场内部之攘夺。所以,白齐文摄权"常胜军",必是暂时的过渡之举,一定还有下文。

这当中,还夹杂着一件事。当年九月,曾国藩驰告李鸿章,金陵"军情紧急",檄调李鸿章麾下程学启部往援曾国荃。程学启乃淮军最得力的一支精锐,以李鸿章的奸猾狡诈,岂肯以己之力助他人之功,弄不好还落个鸡飞蛋打、人财两空。故而回信曾国藩,反复申辩上海情势之难,"一调他往,则军心民心似失所恃","调程镇所部三营上援,而前敌全局须大调动,贼必乘之"。为保存实力,他便推出"常胜军"作牺牲品,来搪塞曾国藩,说以前华尔在世时约定,"由宁波回即赴金陵",而"白齐文接管常胜军后,亦在敝处告奋勇助剿金陵",眼下经吴煦"商之白齐文,乃欣然愿往"。实际上,李鸿章此乃一箭双雕之计,一面舍"常胜军"而保淮军,另外还有个更深远目的,即借机挑拨,让曾国藩近距离感受"常胜军"一切,包括吴煦、杨坊的为人,以及白齐文对"常胜军"的治理,以便为将来收"常胜军"于其羽翼埋下伏笔。他原话是:"鸿章思吴、杨二公久冒不韪,若以非常之事而建非常之功,似可弃瑕暂用,吴、杨去则吾师与沅丈_{曾国荃表字沅甫,李鸿章依辈分尊称他'沅丈'}调度可灵",言语间实有诡计。[1] 甚至,不止是一箭双雕。从后面他借吴煦引兵赴上游之故,命人接管吴煦的职事,所谓"吴公卸去两篆,刘、黄才虽较短而无丝毫欺凌"[2] 来看,此事还帮他达成了在上海增强个人权势的目的。

此议既出,李鸿章不断添油加醋,给曾氏兄弟戴高帽子,以唆动他们对"常胜军"现状不满。其致曾国藩信云,对"常胜军","吾师与沅丈声威足以制之,务恳主张调度,吴、杨二道不敢阳奉阴违,即白齐文等必可顺令承教","此军到金陵,即打开九洑洲、七里洲等处,愿吾师严札吴、杨二道,不许径自回沪,听令进止"。[3] 致曾国荃信也说:"此军果抵金陵,务转恳吾师主持调度,勿任其进止自由为幸。"[4]

然而"常胜军"迟未成行。主要原因是,部分军官乃英籍人士,英国官方

---

[1] 李鸿章《上曾中堂》,《李鸿章全集》29 信函一,页 137—138。
[2] 李鸿章《上曾中堂》,同上书,页 164。
[3] 李鸿章《上曾中堂》,同上书,页 141。
[4] 李鸿章《致沅帅》,同上书,页 142。

出于中立原则，不同意这些人超出百里，去英国单方面宣布的在三十英里内协防上海的范围外作战。李鸿章虽道明其原由，同时却又含糊暗示着其他，例如，给曾国荃信中说："白齐文尚欲调回宁波守兵，并俟雇齐轮船，乃赴金陵。鸿章知尊处暂可自立，不便紧催，使该酋及吴、杨道等奇货可居。"[1]十天后另一信说："吴晓帆统常胜军进攻九洑洲、七里洲已有成议，昨委刘松岩兼理薇席，黄鹤汀署理关道，使吴公无所留恋，借速其行。"表示该安排的俱已安排，已然尽力，军之未行，与己无涉。接着，告诉曾国荃"据称十月初旬乃能成行"，可以想象后者闻讯之沮丧撮火，李鸿章却别有用心地劝曾国荃"以吾师待李世忠、苗沛霖之法以待常胜军，迟速听之，视为可有可无之列"，将"常胜军"比作降匪，言外之意，刻下"常胜军"非同自己人，尚难信任和依靠。[2]

嗣后，行期一改再改。九月二十九日致信曾国藩，说十月初十日"总可成行"[3]；十月初六日又说"尚无成行之期"，可能要推迟到十五日[4]；十二日信，又变成"二十内外必可起程"[5]。后来，吴煦十六日独自登舟，先行开赴镇江等候，而白齐文所率部队却须"月杪可至镇江齐队"[6]。实际情况是，白齐文和"常胜军"压根儿未能成行。与此同时，曾国荃已经解围，太平军撤兵而去，根本不再需要"常胜军"做援兵。曾国荃强烈要求中止"常胜军"西来，曾国藩也致函李鸿章说明情形已变，可不用来。李鸿章回以："吴、杨诸君自谓，必成金陵之功，又闻天语褒许，勃然兴动，不可中止，鸿章即强为禁阻，前项十数万已送入洋人之手，无法收回，无词报销。"阴指吴煦、杨坊贪功以及欲为所耗银钱找平衡，又捧了曾国荃几句："况值我公解严之后，军威正盛之时，吴、杨方趋奉之不遑，白酋亦震慑之已久，似可听令受商。其有不率，或意外为难，屏弃不理可也，声色俱厉可也……公毋过虑。"至于自己，则"鸿章此时不患白军之远行，而盼新募树字各营之速至"，摆出一副慷慨大方、胸有成竹的模样。[7]这出闹剧，几近两月。

[1]李鸿章《致沅帅》，《李鸿章全集》29 信函一，页 142。
[2]李鸿章《复沅帅》，同上书，页 149。
[3]李鸿章《上曾相》，同上书，页 149。
[4]李鸿章《上曾中堂》，同上书，页 152。
[5]李鸿章《上曾揆帅》，同上书，页 156。
[6]李鸿章《上曾中堂》，同上书，页 164。
[7]李鸿章《复沅帅》，同上书，页 159。

最终,"常胜军"始终不曾离沪,曾国荃未见半个援兵,吴煦孤家寡人跑到镇江空候旬日,其在上海的实权落于他人之手,李鸿章既保全了自己部曲,又挑拨了曾氏兄弟与吴、杨的关系,还扩大了个人权势,里外皆得实惠。

这件事与洋枪队二期的战史没有多少关系,之在此拉杂以叙,主要是借来窥知李鸿章的手腕。洋枪队二期最突出的焦点,就在于李鸿章对这支队伍的掌控和把玩。我们说,当其初创之时,基本是民间自发行为,是民间资本与外来武夫、打手之间的聚首,官方与政治的色彩较少。但到了二期,由于李鸿章这么一位能吏和滑吏出现,洋枪队从内及外蜕而一变,逐渐成为清廷手中的武装力量,以及李鸿章个人军事实力的一部分。而李某人利用曾国荃求援这件事,心机用尽,权诈迭出,成功将事情导向对洋枪队的改组,人人皆得由此见识李合肥的老辣与狠泼。其间,与曾国荃书信往还时,李鸿章曾不无得意地讲述他如何与洋人打交道:

> 鸿章以孤军与众夷杂处,每至十分饶舌,用痞子放赖手段,彼亦无如之何,其顺情理,则以情理待之,其不顺情理,则以不顺情理待之。[1]

这是绝妙的自画像。似此"痞子放赖手段",可谓他的独门功夫。科途出身者,一般难有此禀性,哪怕心向往之,身却有所不能至,想使也使不出来,总觉得那多少有些不自重。李鸿章则不然,个中区别,恐是乡土风气使然。两淮一带民风,泼辣斗狠,痞气在骨。笔者身为李氏同乡,对此素有所知,昔年尝借《说皖人》一文略道其韵。后来打下苏州,李鸿章悍然杀降,导致戈登与之决裂,便是"痞子放赖手段"穷形尽相的展现。

就在李鸿章就"常胜军"之事大捣糨糊时,他却接获嘉音,朝廷将他由署理江苏巡抚正式补授。十一月初二日,李致曾国藩一信,亟表"非分殊荣,自顾何人,愧悚无地",称"此皆由我中堂夫子积年训植,随事裁成"。[2]他这边喜事临门,那边"常胜军"问题却在恶化。白齐文不但迁延赴援,反而在上海弄

---

[1] 李鸿章《复沅帅》,《李鸿章全集》29 信函一,页 159。
[2] 李鸿章《上曾中堂》,同上书,页 167。

起事来，"十四日闭松江城门，率勇闹饷"[1]。据洋人方面记载，白齐文拒不开拔，除其他诸种原因，主要是由于欠饷：

> 白齐文和李巡抚之间的争执，不久到达一个非解决不可的紧急关头，两个月来，洋枪队没有如期发放饷银。当调派洋枪队士兵六千名前往南京的命令下达时，他们表示：除非补发积欠的饷银，否则他们拒不启程。他们的领队还要求，在开拔前尚有许多别的拖欠账款必须清偿。[2]

饷银拖欠，据说有吴煦、杨坊对白齐文不喜欢、不信任的原因，认为此人独断独行、不易合作，故而不像以往那样"愿意付出那么巨额款项来维持该队的给养"，但背后很可能也有李鸿章捣鬼之术的作用，"他对洋枪队心怀嫉妒，于是竭力从中挑拨，制造不和"。[3]我们不便断言，白齐文闹事正是李鸿章所逼迫和期待的结果；但事实上，这确实给了他改组洋枪队的极好借口。

十一月十五日，白齐文"带数十洋枪队"闯入上海杨宅，"将该道痛打出血，抢去洋银四万余元"。[4]据安德鲁·威尔逊的戈登传记，此"痛打出血"，倒也并非特别严重的暴力，只是扇杨坊耳光所致。

李鸿章即约见在华英军陆军司令士迪佛立、英国驻沪领事麦华陀，会商此事。决定由士迪佛立通知白齐文，"令解兵柄，暂交英兵头奥伦接管常胜军"。李鸿章同时提出"兹贵国派人帮带，亦须中国大员会带，仍专听中国调遣整顿，贵国不得干预"，"渠亦允行"。李乃报告曾国藩，"拟即札撤白齐文，革去三品顶戴，派李恒嵩会同英兵官管带"。[5]

仍由外国军人接管"常胜军"，实际是不得不如此。因为军事训练及作战指挥都需要洋人，否则不能保证"常胜军"各方面素质优于本土军队。但李鸿章通过派参将李恒嵩为中方代表，以及英方承诺"常胜军"服从中国调遣整顿，

---

[1] 李鸿章《上曾中堂》，《李鸿章全集》29 信函一，页173。
[2] 安德鲁·威尔逊《"常胜军"：戈登在华战绩和镇压太平天国叛乱》，《太平天国史译丛》第三辑，页197。
[3] 同上，页196。
[4] 李鸿章《上曾中堂》，《李鸿章全集》29 信函一，页173。
[5] 李鸿章《致薛焕》，同上书，页172。

达到了直接控制"常胜军"的目的。关于"暂交英兵头奥伦接管常胜军"的那个"暂"字,英国人说法是,"士迪佛立不愿干预这事,回答说,他无权答应他的请求,但他准备把问题向英国政府和驻北京公使请示",如果经过英政府批准,才会正式任命"一位英国军官"。这既是英方办事程序所限,亦与"中立原则"有关。士迪佛立起初敦劝法尔思德任领队,"因为他想竭力避免华兵洋枪队完全处于英国人统带之下的现象",经法尔思德一再推辞,他才"让奥伦上尉暂行兼代。"[1]

从李鸿章"弟以奥伦性情偏执,将来仍须另派"[2]之语看,他对这次调整并不满意。一个月后,"英国公使卜鲁斯的一件公文到了,公文批准指派一名英国军官担任这支洋枪队的统领。接到该文后,士迪佛立准将决定指派皇家陆军工程兵队队长戈登上校,在完成上海周围三十英里测绘工作后,接任'常胜军'的领队。"[3]此项任命,可视为英国放弃对中国内战的"中立"姿态。对"常胜军"来说,则意味着其外国掌管者,从先前的民间雇佣军人身份,变为现役军官。

白齐文被解职后大闹不休,甚至奔赴北京诉冤,皆无所获。心中积怨,加上酗酒,令他几近疯狂地寻求报复。最终,他在上海招募了约一百五十名外国流氓,投奔苏州慕王谭绍光,摇身一变,当了太平军"洋枪队"首领。他由此成为美国政府通缉对象。其间,他既与清方作战,也曾与戈登暗通款曲、图谋叛变,又想以投降为计诱捕后者。苏州太平军投降后,白齐文被解送美国领事馆,因戈登之请,准许他只要离开中国,便不追究法律责任。于是他被驱逐出境,去了日本,卷入日本军阀混战。1865年初,白齐文潜回上海,拟至福建投太平军残部。这时,他在漳州的行踪经告密为清廷所知,逮系解至福州。美国要求引渡,遭恭亲王拒绝,指其触犯清帝国刑律,应予严惩。而美国1860年曾有国会法令,"规定背叛清帝国政府为可处死刑的犯罪行为"。经沟通,"清帝国当局答应把白齐文羁押起来,不加伤害,等待美国政府决定如何处理"。但是,当年6月,在将白齐文由福州移送李鸿章江苏巡抚衙门途中,江水突遭激流,渡船倾

---

[1]安德鲁·威尔逊《"常胜军":戈登在华战绩和镇压太平天国叛乱》,《太平天国史译丛》第三辑,页196—198。

[2]李鸿章《致薛焕》,《李鸿章全集》29信函一,页172。

[3]安德鲁·威尔逊《"常胜军":戈登在华战绩和镇压太平天国叛乱》,《太平天国史译丛》第三辑,页221。

覆，"白齐文连同中国人十名，一同落水淹死"。"事实证明当时确实发生汹涌的洪水泛滥"，但事情仍很蹊跷。[1]

"常胜军"改革，由士迪佛立于1863年1月10日将起草好的条款送交李鸿章，李鸿章本着"务在收回兵权，节省饷项"[2]的原则，逐条修改，六天后回复士迪佛立。士、李条款，总体相近，李鸿章的重要修改体现在三个方面：一、士款第一条"现在常胜军暂交哈伦即奥伦管带，随后奏明交戈登管带，即为中国武官"[3]，被改为"现在常胜军暂交英国兵官哈伦管带，中国派提中营副将李恒嵩会同管带"[4]，写明李恒嵩在常胜军的职权，同时将未来戈登的任命暂时搁置。二、士款第七条"常胜军五千人不可再少"，被改为"常胜军以三千为度，如将来关税短绌，饷银无出，尚可裁减"，这是从节省军费支出角度，来确保常胜军由李鸿章直接节制，因为这次改革规定，常胜军饷银"在海关银号按月支取"，亦即养军之费出诸官方，不再如过去那样由私人募款供给，故须量力而行。透过此条，可以见出李鸿章决意使常胜军完全置于个人羽翼之下，宁可减少数量，亦不容他人染指其兵权。三、几乎在每一条款，都增添了"会同"二字；此一字眼，专为彼所派驻常胜军之代理人李恒嵩而设。如士款第五条原为"所有营中章程规矩均须听管带官主意"，李鸿章改作"所有营中章程规矩均须听会同管带官主意"，"会同"且置于"管带官"之上，另如第八条"外国分带常胜军兵官，如管带官欲换一人，必须邀官员四五人公同审讯"，被李鸿章改为"外国分带常胜军兵官，如管带官欲换一人，必须邀中、外官员四五人公同审讯"，特意标明"中、外"字样，以免含糊。凡此，皆为确保大清国——具体而言即大清江苏巡抚李鸿章——对常胜军拥有不被排斥的领导权。

条款既订，可以视为"常胜军"即日起"收归国有"，以及李鸿章本人于淮勇十三营之外，再收一支劲旅，充当他飞黄腾达的有力基石之一。

李恒嵩，表字蔼堂，苏州本地人。咸丰三年，小刀会在沪响应洪秀全，他投军参与镇压，积功至参将、副将。华尔统领"常胜军"时，与之合作并不愉快，

[1] 安德鲁·威尔逊《"常胜军"：戈登在华战绩和镇压太平天国叛乱》，《太平天国史译丛》第三辑，页249—261。
[2] 李鸿章《致吴晓帆观察》，《李鸿章全集》29 信函一，页178。
[3] 《士迪佛立为统带常胜军议款》，《吴煦档案选编》第三辑，江苏人民出版社，1984，页10。下同不赘。
[4] 《统带常胜军协议十六条款》，同上书，页18。下同不赘。

亚朋德的华尔传记几次提到他，均作负面之载，说他延误军机、贪华尔之功为己功等。然而，此番作为李鸿章代理人会同管带"常胜军"，却与戈登甚是相得。据说戈登尊之为"义父"。安德鲁·威尔逊写道："据戈登看来，李蔼堂担当这一职位完全合格，而且似乎是大有用处的人，因为他在清朝官场颇有权势，足以制止一切有损于洋枪队的阴谋活动；还由于他熟悉地区情况，并拥有使用密探搜集情报的技能，因而极为有用。"[1]

自安德鲁·威尔逊笔下知，英公使卜鲁斯批准向"常胜军"正式派遣英国军官为领队的公文，于1863年2月间送抵士迪佛立手中。3月12日，李鸿章有信云："英酋又欲换人接管，多方胁持"[2]，显示双方仍在协商，而李氏意有不肯。3月18日，另一信云："士酋回沪必商派戈登接带，如能趁此交割，另立章程，庶以后调度较灵。"[3] 3月22日，其致曾国藩之信说："常胜军换派英兵官戈登会带，松郡可保。"[4] 说明戈登走马上任一事已定，而安德鲁·威尔逊的记载是："1863年3月24日，戈登上校奉命担任江苏省华兵洋枪队的领队职务；3月25日，动身前往松江跟奥伦上尉办理交接。"[5] 3月28日，李鸿章向曾国藩汇报常熟福山镇战况，提到戈登已带队投入战斗，同时一改先前对戈登接管"常胜军"的犹疑、抵触，转而十分认可："接带常胜军戈登毅然以增兵援福山自任，即日驰往督阵，其忠义之气似较奥伦差强。"[6] 至此，华尔死后，经过一番拉锯、整饬和走马换将，"常胜军"重新稳定下来，正式开启了戈登时期。

安德鲁·威尔逊述戈登履历云：

> 戈登从前曾在克里米亚战争中塞瓦斯托波尔前线服役，作战受伤。在议和后，他曾参与土耳其和俄罗斯两国的亚洲边界测定事宜，由于亚美尼亚和古的斯坦部落的野蛮性格，这是一项相当危险而艰难的工作。他也曾

---

[1] 安德鲁·威尔逊《"常胜军"：戈登在华战绩和镇压太平天国叛乱》，《太平天国史译丛》第三辑，页231。

[2] 李鸿章《复曾沅帅》，《李鸿章全集》29 信函一，页203。

[3] 李鸿章《致吴晓帆观察》，同上书，页206。

[4] 李鸿章《上曾中堂》，同上书，页206。

[5] 安德鲁·威尔逊《"常胜军"：戈登在华战绩和镇压太平天国叛乱》，《太平天国史译丛》第三辑，页233。

[6] 李鸿章《上曾中堂》，《李鸿章全集》29 信函一，页207。

参加英法联军进攻北京的战役。在我们和清帝国朝廷议和之后，他继续在中国服役。1861年底，他从北京长途旅行，到达长城的南口和张家口，从张家口经由山西，抵达该省省会太原。[1]

此处"南口"，应即今之昌平区南口镇，得名于长城居庸关南口，后来詹天佑修京张铁路，亦于此建有南口站。

有关他当时的军衔，雍家源所译安德鲁·威尔逊的戈登传，记为"上校"。而王维周译自吟唎《太平天国革命亲历记》一书所引当时《中国之友报》戈登文章署名及其评论，均作"少校"。[2] 证以郭毅生、史式主编《太平天国大辞典》人名辞条，其述戈登履历：1852年为少尉，1859年为上尉，1864年11月回国后晋升中校。[3] 由是观之，雍译应误，戈登出任"常胜军"统领时，军衔当系少校。

戈登军中阅历既深，且有着偏于技术的身份。此一职业化军人色彩，与华尔、白齐文的枭雄气质截然不同。戈登甫至"常胜军"，即着手改变此前那些雇佣军式种种陋习，极力使之转向正规。他亲自监发饷银，依官兵职衔定好数额，按月发放，拖欠从不超过十天。与此同时，禁止劫掠；以前"常胜军"但凡取胜，都是发财机会，对于败军财物可任意抢夺入于私囊，以致每攻占一个城镇，都暂行散队，以便人们有时间去处理他们盆满钵满的战利品，完全就像一群强盗。戈登认为，这有失军人身份，且弛涣的军纪削弱了部队战斗力。1863年5月，攻克太仓的情形令戈登感到非予改观不可，于是回到松江后便开始整编。"戈登准备对这支非正规部队整饬军纪的企图，遭到强烈的对抗，有一时期颇有发生公开哗变的危险。"手下的洋人军官带头闹事，以辞职相要挟。戈登不为所动，表示他们尽可自行决定行止。奉命进攻昆山前，他传令翌日开拔；当天早间，"只有领队的侍卫队集合，被指定带领各队的军官进来报告其他士兵谁也不来集合。"但最终，军官们屈服，"愿意安于原位"。[4]

戈登的职业军人表现，令李鸿章喜出望外。诸般治军，颇合彼意，实际上

---

[1] 安德鲁·威尔逊《"常胜军"：戈登在华战绩和镇压太平天国叛乱》，《太平天国史译丛》第三辑，页221。
[2] 吟唎《太平天国革命亲历记》，页591—600。
[3] 郭毅生、史式主编《太平天国大辞典》，页367—368。
[4] 同上，页243。

正是李鸿章所深盼的。例如军纪整饬一事，李鸿章根据李恒嵩所写的情况报告，曾于3月16日致信吴煦，要求"实力整顿"。他指出："所以约束众勇，使有事则易传呼号令，无事亦免在外滋扰，严纪律而靖地方，法至善也。"[1]戈登接手后，无论对其能力、人品还是措施，李鸿章几乎没有不满意的。他于各种书信，不断对戈登赞赏有加，说他"实属得力"[2]，"智勇兼优"[3]，"格外谨慎，筹画稳当，计出万全"[4]。作为骨子里对洋人满怀戒备之人，他能对戈登如此认可，殊为难得。这反过来证明，戈登的职业军人素养，确实超卓。当时，白齐文经过北京"上访"，似乎争到了有利于己的局面；恭亲王奕䜣为减少麻烦计，给予模棱两可答复，把球从北京踢回上海，而白齐文则以为那是总理衙门同意其复职的表示。4月下旬，戈登去上海英国领事馆，见刚从北京回来的白齐文，"据称已在总理各国衙门议定，此后松江常胜军仍归白齐文管带"，戈登闻此，"颇有不怿之意"。[5]李恒嵩将情况上报吴煦、李鸿章。李鸿章当即明示吴煦，白说乃是"奇谈"，并对奕䜣态度果断做出解释："总理衙门来函虽有宽贷通融之意，并未约定白齐文接带"，指出"戈登现在整顿甚好"。[6]作为应对，李鸿章不但坚定表示"断无无故更换之理"，而且马上具疏请求封授戈登以总兵之职。须知，华尔殁时官至副将，眼下李鸿章则欲戈登官高一级。他在《请假授戈登总兵片》中这样高度评价戈登：

> 戈登奋勇明白，为驻沪英兵头之冠，臣初未敢信，自会带常胜军往来臣营，禀前高度，情词恭顺，亟思四出攻剿，迅扫巢穴。又以常胜军习气太坏，欲渐渐约束裁制，其志趣实为可嘉。去冬，士迪佛立与臣议定该国管带与中国镇、道平行，戈登即为中国带兵，似应循照成案，请旨暂假以中国总兵职任。[7]

[1]《李鸿章为整肃常胜军营规札吴煦》，《吴煦档案选编》第三辑，页67。
[2]《致吴晓帆观察》，《李鸿章全集》29信函一，页213。
[3]《上曾中堂》，同上书，页218。
[4]《复李蔼堂副将》，同上书，页219。
[5]《李恒嵩上吴煦禀》，《吴煦档案选编》第三辑，页89。
[6]《李鸿章致吴煦函》，同上书，页90—91。
[7]《请假授戈登总兵片》，《李鸿章全集》1奏议一，页232。

旨意于 4 月 27 日下达，批准了这项任命。李鸿章同时致意士迪佛立等，请他们转告卜鲁斯公使，绝无撤换戈登之事。又几次指示吴煦，务必维护戈登权威，稳定军心，"如有停撤兵头造谣煽惑，一体查拿驱逐"[1]。谣言既息，白齐文只得再赴北京奔走。

"常胜军"在戈登率领下，鲜有败绩。一来太平军颓势已显，二来不能不说戈登的正规治军，大显其效。华尔时期，"常胜军"时而可有狂胜，时而不乏溃不成军之态，就是因为这支军队在华尔手下杂染着草莽之风，打得顺手，无往不利，但并无足以撑其立于不败之地的士气。经过戈登的整顿，"常胜军"脱胎换骨，开始真正与其名号相埒。

[1]《李鸿章致吴煦函》，《吴煦档案选编》第三辑，页91。

诱叛

1862年一件事，左右了后面整个局势。

是年5月，曾国荃、彭玉麟等进兵金陵，占大胜关、三汊河、头关、蒲包洲，逼至天京护城河口，自此，天京处于湘军武力威胁之下。洪秀全大恐，迭催李秀成回援。李秀成方攻上海，"将松江困紧，正当成功之时"，"那时天王一日三道差官捧诏到松江追我"，极不甘愿撤兵，而天王催命之符连至，一日三诏之后，"又差官捧照诏来推催，诏云：'三诏追救京城，何不启队发行？尔意欲何为？尔身受重任，而知朕法否？'"[1] 其情恍若岳武穆伐金事重现："一日奉十二金字牌。飞愤惋泣下，东向再拜曰：'十年之力，废于一旦。'"[2]

李秀成认为，曾国荃扑来，士气正足，"军常胜，其势甚雄，不欲与战"，应避其锐、击其惰，天京先前亦曾数次被围，只要粮草充足予以固守，不足深虑，"我总是解粮多多回京，将省府财物米粮火药炮火具俱解回京，待廿四只个月之后，再与其战，解京围，其兵久而必随情，而无斗战之心"。[3]

然而，李的见解洪秀全拒予采纳，"命其亲使捧诏前来，面责云我之不忠，云我有自图之意。"由李秀成后文知，这位洪氏宗亲，乃"王次兄洪仁达"。洪仁达的指责是异常严重的，将李秀成不愿回援说成是"有自图之意"。面此指责，李自卸权柄，"将稣苏、杭军务概交各将管理"，"然后连我母亲以及家眷一并回京，交主为质，寸表我之愚忠。"可以想见，被迫做出这种表示的李秀成，内心何等"愤

---

[1]《李秀成亲供手迹》，排印文，页32—33。
[2]《宋史》卷三百六十五，列传一百二十四，中华书局，2011，页11391。
[3]《李秀成亲供手迹》，排印文，页33。

慌"。他"不理三日政事，不开三日府门，合朝文武男妇来求"。"天国"政界最高层，闪现出天京之变以来最大的一条裂缝！[1]

李秀成不能违命，终在9月间引兵自苏州援天京，与曾国荃作战。于是，继有曾国藩檄调李鸿章西救，以及李鸿章不肯动用淮军主力，而以吴煦、白齐文率"常胜军"塞责等情节。

显而易见，洪秀全逼李秀成退出苏沪，某种意义上帮了李鸿章大忙。李秀成精锐撤离，压力主要转向金陵一带湘军，李鸿章则尽收其利，不但敌方军力骤减，而且最后"常胜军"也根本未曾西去，这对他不久在苏南发起反攻，并得手克复苏州，成就自己功劳簿上最浓重一笔，至为关键。李秀成论及于此，曾断然言道："若我不来京者，不过北者，其万不能攻我城池也。"明指李鸿章得苏州，完全是洪秀全错误军事决策导致的后果。

从洪氏家族的角度分析，坚调李秀成援京，第一可能出于对天京处境的判断十分危急，深感恐慌，其次则不仅仅出于此，也是借机削李秀成权势。"有自图之意"一语，吐露了这种担心。他们的担心，究竟是疑神疑鬼，还是并非空穴来风？情况也确实不易料定。李秀成自述言及这段国事，时露灰心丧气。苏州失陷后，他对洪秀全提出，"京城不能保守"，"让城别走"；洪秀全大怒，"严责难当"。[2] 此等建议，君主一般视为大忌，因为凡是弃都流亡，往往要被权臣挟持，君主权力地位将面临严重衰弱趋势。而据戈登闻之于苏州几位降王，李秀成这个念头，在苏州陷落之前便已萌生，并首先透露于他昔日的部下："忠王战败回城后，曾倡议放弃苏州和南京，将全部太平军转移至广西，事实上这等于放弃了他们的事业。"[3] 因此，洪氏对李秀成有所猜忌，未必皆属无理。李秀成则对不由分说调其离开苏州，明确解读为与天京危急无关前面引过他的观点，认为只要固守，天京无忧，而就是一种对他个人的打压："实佞臣之所以由，惑主而行，忌我之势，密中暗折我兵，然后失去稣苏州各县。"[4]

这次调动，解除了李秀成很大一部分权力。自述言之甚明，其离去，"将稣

---

[1]《李秀成亲供手迹》，排印文，页33。
[2] 同上，页36。
[3] 呤唎《太平天国革命亲历记》，页592。
[4]《李秀成亲供手迹》，排印文，页35。

苏、杭军务概交各将管理"，进行了权力移交，绝不是简单地临时率部在外出征。整个苏福省军政结构，就此变动，李秀成不再是最高长官。所以数月后，他从天京重回苏州时已非主帅，而是类似客将的平行身份。这同时也是为何"郜永宽等这班人""有投大清之意"，不怯于让他知道，而他并不加罪的原因。反过来，他提出的"放弃苏州和南京，将全部太平军转移至广西"，苏州诸将同样可以不听，盖皆因为彼此已无统属关系。末了，李秀成见无人从之，也只有领着本部人马，默默"离开苏州前往无锡"——他再也不是苏州说一不二的角色。

李秀成地位改变，直接造成苏州权力中心耗散。呤唎当时就在苏州，此人不少叙述夸诞失实，但有关苏州的部分，因其"在场"，相对可信。他讲述李秀成贬黜之后，苏州的权力状况：

> 除城中统帅慕王外，尚有四五个王亦在城内，其中主要的为纳王，守军半数以上均归其节制，虽然他的品级在统帅慕王之下，可是他比慕王掌握了更大的兵权。[1]

换言之，慕王谭绍光只是名义上的老大。一者，这位所谓的"老大"，根柢、资历、人脉都没有办法与先前李秀成相提并论，根本不能服众；二者，如呤唎所说，军队的统属、节制关系，决定了军事实权不在他手里，纳王郜永宽的权重反而在他之上。表面上，谭绍光接过了李秀成的位置，实则从人望和实力两个方面，他都不能制约其余诸王。呤唎说："慕、纳二王都是总司令的重要的亲信部将。慕王为广西人，又是忠王自革命开始以来的老战友。纳王为湖北人，于1854年参加太平军后，就一直受到了忠王的军事薰陶。将近十年以来，这两个首领就以同级同职率军并肩作战。"[2] 证之于李秀成本人："郜永宽等这班亦是我手下之将，自小从戎，教练长至今，做到王位，与谭绍光两人是我左右之手。"[3] 可见过去李秀成在的时候，谭、郜地位不分伯仲，眼下李秀成一走，谭绍光升任统帅，压不住郜永宽，后者不服气，完全不买账。

[1] 呤唎《太平天国革命亲历记》，页587。
[2] 同上，页588。
[3]《李秀成亲供手迹》，排印文，页36。

呤唎对于此后苏州叛降，将原因归于权力嫉妒与个人品质："我们不久即将看到纳王却是个秉性恶劣、气量狭小、心胸奸诈的人"。[1] 但实际上，变数非自郜永宽等生，而生自洪氏家族削李秀成之权。或许，洪氏有充分理由去削李秀成之权，然而，那应有周到完善的方案，以避免削权之后的权力动荡和人心耗散。可洪家的处置很是粗枝大叶，以致李秀成兵权虽释，苏州却已暗流涌趸。

　　归根结底，是太平天国气数将尽。呤唎有一说法值得省思："1860年以前，太平军中不知有背叛事。"[2] 话未免绝对，例如李秀成部下李昭寿降清，即在1859年。但自大势言，确然如此。太平天国末期，变节心与日俱增。以苏福省论，从钱桂仁、熊万荃、李文炳、徐少蘧至骆国忠，接踵谋叛。为什么？都归咎于个人品质，是解释不了的。读李秀成自述，可清晰了解到末期国事之不可为，已令从上到下心气泄空。

　　心气一散，原本藏于犄角旮旯的矛盾，便如污淖深处的浊泡，突突往上冒。在郜永宽与谭绍光之间，除了嫉妒、不服等意气之争，甚至地域所属也作为一把干柴，为决裂添助火势。当郜永宽等对李秀成透露彼有异心时，李说了这样的话："现今我主上蒙尘，其势不久，尔是两湖之人，皆由尔便，尔我不必想相害。"[3] 这里提到"两湖之人"，李秀成绝非泛泛而言。郜永宽们心怀异志，确与地域背景渊源颇深。一直以来，太平军内部的待遇、晋升、封赏等，始终从地域上有所体现。其称两粤之人为"老兄弟"，湖广之人为"新兄弟"。后来占得天京，湖广之人荣跻"老兄弟"之列，"新兄弟"称呼降而赋予苏皖浙士卒。但是，"两湖之人"比之"两粤之人"，总是矮上三分，这一点从未改变。论资排辈都有所不免，但眼下这一种，将地域差别置诸功劳之上，极易引起被歧视之感。在郜永宽看来，谭绍光与己同为李秀成"左右之手"，一般出力，今所以位在己上，别无他故，悉是仗着出身两粤。若仅只郜永宽独有此怨，或可像呤唎那样责他一句"气量狭小"，然而康王汪安钧湖北人、宁王周文佳湖北人、比王伍贵文湖南人，也不免都这么想，这就不能说积怨仅系个人原因所致。

---

[1] 呤唎《太平天国革命亲历记》，页588。
[2] 同上，页577。
[3]《李秀成亲供手迹》，排印文，页36。

根据戈登所写《备忘录》[1]，苏州之降，酝酿于1863年11月28日至12月4日之间。"夜袭娄门栅寨失败的次日即11月28日早晨，程[学启]将军前来告诉我说，纳王、宁王、康王、比王与三十五个天将及他们的部下，曾和他进行谈判率军投降事。"这几个人的部队，控制着苏州六个城门中的四个，即胥门、阊门、齐门和娄门。他们最初的提议是，请淮军和"常胜军"再次发动攻城，当慕王谭绍光率军迎战时，他们设法将彼关在城外，宣布举事。但是，就在28日这天，李秀成领着大约四百人，突抵苏州，打乱了这一计划。30日夜间，叛王们派来三个天将，表示官军攻城时，他们"愿守中立"，并命所部"在头上缠白巾以示区别"。戈登认为此种方式不可行。因为乱军之中，很难保证一切有序而不互相伤害。来将还透露了这样的消息，李秀成到苏州后，倡议"放弃苏州和南京，将全部太平军转移至广西"，遭到谭绍光反对，打算投降的诸王也不接受，所以忠王便独自离开苏州前往无锡。

换言之，在叛降之前，苏州太平军围绕李秀成建议发生了一次分裂。李秀成走后，纳王等就如何献降与清方重新展开具体磋商。12月1日，程学启要求戈登会见纳王。于是，当晚在苏州北门外程学启船上，戈登与郜永宽面谈。"他的头一句话就是，他希望得到我的帮助。"戈登则提出，对方要么献出一个城门，要么自城内撤退，以较为分明可控的方式而非含糊不清的中立方式行事。郜回答："他要和程将军商议，看看他为献城可以做些什么事。"这次，他很有信心地表示，他有能力"制住"慕王。2日，郜永宽传来消息，称正与其他诸王商议行事步骤。3日，戈登得知苏州诸王达成一致，决意投降；但各自提出了条件，郜永宽称其不求官职，"只望准他携带自己的财物回乡，但其他诸王中有些人要求得到不同的军职"。李鸿章统统表示接受。

4日一早，程学启来见戈登，通报他纳王等人"已决定同意在城上捉住慕王，把他推下城来"。下午，程学启突然派人来向戈登报告：

> 当天下午二时，所有首领在慕王府聚集，用餐后，进行了祈祷，走入一间大厅，各人穿上朝服，戴上朝冠，慕王入座，开始发言，他说到

[1]《备忘录》全文载于《太平天国革命亲历记》页591—597，引文悉出此不赘。

他们的困难，详述广西人和广东人的忠心，其他诸王反唇相答，争论越来越激烈，康王站起身来，脱去朝服，慕王问他要干什么，这时康王蓦地抽出匕首，刺入慕王颈项，慕王立即倒在座位前面的台案上，其他各王抓住了他，在门口把他的头砍下来了。然后，他们骑马驰返他们自己队伍的驻扎地，慕王的首级则送到了程将军处，慕王的兵士和其他部队劫掠了慕王府。

自这一刻起，太平天国最重要的地方政权苏福省宣告覆灭。

程学启乃太平军降将，不过，苏州投降并非他用老关系运作而成。做这件事的，乃是郑国魁。

郑国魁，合肥人。此时在淮军任副将，统领水师"魁字营"。1860年，太平军东进时他在无锡募勇三千与之战，败绩，随即投降了太平军。两个月后，他便又"反正"，薛焕收其为淞沪水师之一部。李鸿章接任江苏巡抚后，因缺水师，且郑系合肥同乡，在裁撤旧军时将郑部保留，立为魁字三营，以后次第因战功升至副将。

郑在太平军虽仅两月，却与郜永宽等混得颇熟：

> 敌纳王郜云官与绍洸不相能，国魁遣人说之降。偕提督程学启潜会云官于阳澄湖，命围绍洸自赎。十月，郜云官等七人计杀绍洸，开齐门降。国魁驰入城，仅弟侄数人从，宣谕威德，敌众悦服。[1]

事情是他牵头谈下来的，谭绍光既被杀，作为清方代表首入苏州的也是他。他的功劳，李鸿章在《克复苏州折》里有所反映：

> 臣以城大且坚，猝难攻破，暂行给谕招抚，令程学启、郑国魁反复开导，晓以利害，多设方略，胁以兵威。[2]

---

[1] 蔡冠洛《清代七百名人传（二）》，郑国魁，明文书局，1986，页1178。
[2] 李鸿章《克复苏州折》，《李鸿章全集》1奏议一，页387。

后来李鸿章、程学启背信弃义，尽杀降王，郑国魁作为中间人深感羞愧，"涕泣坚卧，自谓负约，誓不居首功"[1]。

杀降，是李鸿章政客面目的大暴露。尽管他有借口，以往，确有太平军降而复叛之事，但归根到底，是他所并不讳言的"痞子放赖手段"使然。当时，如果强攻，苏州很难拿下，这一点戈登讲得很明确。所以，对方愿降，唾手而取克复苏州大功，李求之不得。然而，苏州诸王之降非无条件，提出保全其财产及封官等要求，李为攫功满口答应，但实际上这有些擅权了。朝廷是否怪罪并不一定，此即为何《克复苏州折》里有一句"暂行给谕招抚"之故，它表明从一开始李便定下了假意受降之计，先把苏州骗到手，然后必开杀戒，以绝己患。当然，如此规模的太平军主力投降，万一生变，如何弹压，也是他头痛而且忧恐之事，弄不好，巨大功劳鸡飞蛋打不说，很可能还将自陷于灭顶之灾。里外一盘算，心狠手辣、痞性十足的李鸿章，认定惟有翻脸不认人，始能一了百了。

不必说，李鸿章借此"殊为眼明手辣"[2]之举，为个人功劳簿添其最重一笔，但也付出两个代价。

首先是戈登的激烈反应。作为职业军人，戈登视杀降为奇耻大辱，无法原谅政客有如此卑劣的行径。况且，他曾参与劝降，亲口向郜永宽保证会得到"体面而人道"的对待。现在，李鸿章所为，直接把戈登拖入永生的污垢。"戈登感到无限的悲伤和愤慨"，"他最初的冲动是把巡抚捉拿起来，即时就地裁判惩处。然而程总兵把戈登的激愤情绪及时告诫巡抚李鸿章，于是李巡抚十分机灵地赶快避到城里，避免与戈登会见。"一连数日，戈登找不到李鸿章。一天，他终于发现了李的官船，船上却什么人也没有，"他无可奈何，只得留下一封谴责李鸿章背信弃义的信件。"随后，戈登将"常胜军"带离苏州，退至昆山。"第二天早晨，他在大本营召集全体士兵，声色俱厉地向他们宣读有关苏州杀降事情始末的报道，在结尾处他声称，作为一名英国军官，他再也不能继续在巡抚麾下服役，除非北京朝廷对这种背信弃义行为给予适当的处分。"[3]英国驻华陆路提督

---

[1] 蔡冠洛《清代七百名人传（二）》，郑国魁，页1178。
[2]《曾国藩日记（二）》，岳麓书社，2015，页487。
[3] 安德鲁·威尔逊《"常胜军"：戈登在华战绩和镇压太平天国叛乱》，《太平天国史译丛》第三辑，页274。

柏朗少将，没有批准戈登辞职，而是专程从上海赶来面见李鸿章，表示"在北京对上述事件尚未作出决定之前，戈登率领的洋枪队暂不从事作战活动"。[1]"常胜军"退出战斗的情形，持续有两个月之久，引起很大恐慌。时任上海总税务司的赫德写道："商人们不敢返回苏州，只怕戈登在盛怒之下带领部下去参加叛军。"[2]清廷试图以嘉奖来安抚戈登，颁发头等功牌一枚，赏其白银一万两。戈登拒不接受，把奖牌及赏银悉数退回。最后，事情这样收场：英公使卜鲁斯通知戈登，清政府做出"明确的书面保证，嗣后凡是有你参加作战的阵地上的投降条件，非经你同意，不得采取任何行动"。卜鲁斯同时指出，指望清廷就此处分李鸿章，是不现实的："在判处胜保死刑的上谕中，他的主要罪状之一，就是他曾经赦免若干叛军首领，但是过了一年，他们又起来反叛。"[3]的确，李鸿章苏州杀降，实际上受到了北京的嘉许，恭亲王这样答复西方外交官："倘若不把诸王立即斩首，则不仅苏州城内的清军将被杀得一个不留，而且此等贼酋部下的大批士卒，仍旧留在逆贼行列中，斯后更大规模的屠杀，势将不可避免。"[4]于是，戈登结束了他的"罢战"抗争。危机虽然化解，但是李鸿章、戈登之间一直以来的良好合作基础不复存在，前者就此暗中催动解散"常胜军"之念，且不久将其付诸实施。

其次，如李秀成所说："献城未及三日，被李抚台杀害，是以至今为头子者不敢投者，因此之举。"[5]苏州杀降起到极恶劣的示范作用，使太平军认为投降无生路，与其投降，不如死战。天京于1864年7月陷落，而南北太平军余烬，直到1868年夏季才完全扑灭。究其原因，恐怕并不如老派太平天国史家所颂扬的，纯是"革命意志"如何坚定。苏州杀降教训极为惨痛，把太平军余众置于"无门可入"、毫无退路之绝境。李秀成对曾氏兄弟论道："我粤人未能散者，实无门可入，故而逼从。若曾中承丞大人以及老中堂能以奏请圣上，肯赦此粤之人，甚为美甚。"[6]当然，太平军降清之事，后来亦非全无，例如1864年8月，听王

---

[1] 安德鲁·威尔逊《"常胜军"：戈登在华战绩和镇压太平天国叛乱》，《太平天国史译丛》第三辑，页276。
[2] 同上，页281。
[3] 同上，页283。
[4] 同上，页275。
[5]《李秀成亲供手迹》，排印文，页36。
[6] 同上，页17。

陈炳文以部曲六万人降于鲍超。但总的看,例子颇少,太平军残部多选择继续抵抗。天京既失,遵王赖文光、侍王李世贤、康王汪海洋、偕王谭体元等率部或北去或南下,抱鱼死网破之志,直至弹尽粮绝。

大结局

苏州降后,东线之无锡、宜兴、溧阳、杭州、常州、丹阳等,次第而下。其中,杭州和常州都是硬仗,攻守双方打得十分艰难。当李鸿章拿下常州,天京便赤身裸体暴露于清军阵前。孤城一座,双向面敌:正面有曾国荃攻城,后背则为李鸿章所虎视。

天京之"孤",最突出体现即是极度匮乏。天京被破后,曾国荃曾亲往"圣库"查视,"据云并无所获"[1],早已为之一空。这种枯竭状况,从同治元年 1862 曾国荃兵临城下即已开始。据总兵朱洪章记述,这年九月,单是他这支清军所截获太平军运往城中的米粮即达五万余石[2]。此后,到同治三年正月,曾军绕金陵在城外全部挖了长壕,彻底阻断陆路运粮通道。正月下旬某日,朱洪章忽被告知有当地绅民求见,"云有要话面禀"。朱洪章传彼等进去,来人说:"长壕挖断,贼粮已阻。惟水路尚通。贼由丹阳、句容陆运至江边,夜间用小船偷运进城。"他们请朱洪章带队设埋伏,"可以夺截"。朱问"贼来可有定期",回答说"不拘时日"。朱闻言如是,不禁犹豫,况于来者亦半信半疑,担心中计。来人提出和朱洪章一同潜往,实地查看。于是,朱带亲兵十余人随举报人到距孝陵卫四十里的某地,是一处江堤。未久,忽见为首太平军一将,引数十骑飞马在前,"少刻复有数千贼解运粮米,驼驮负沓来"。朱洪章见情况属实,遂退回营中,次日点起三营人马埋伏在此处。情形复如前:

---

[1] 郭廷以《太平天国史事日志》,页 1087。
[2] 朱洪章《从戎纪略》,光绪癸巳紫阳堂刻本,页四十四。

> 午后先有骑马贼来，下马而俟。后面人担马驼䭾，络绎不绝。行到我伏兵处，我信炮一响，四面突出。该贼从未遇兵，仓卒间弃粮逃命。我兵追歼之。即将骡马粮米载负回营，计获粮米三千余石，骡马数百……自此复派队往截，无一空回，共获米四万余石。[1]

一座巍峨的大城，平时让人对其壮丽心生艳羡，然而一旦"孤"成这个样子，你会觉得它瞬间就像一座坟墓。

鉴此情势，李秀成上殿，"将大势情由启主云：'京城不能保守，曾帅兵困甚严，濠深垒固，内无粮草，外救不来，让城别走。'"这是李秀成第二次公开谈论他的"战略转移"之见。上一次在苏州，对守将谭绍光和郜永宽等双方谈起，被他们一致拒绝。这次则是面对天王本人提出，由此可见在李秀成那里，"让城别走"是深思熟虑所认定的面对当前局势所应采取的正确决策。然而，洪秀全"义怒"，"严责"李秀成以致其"难当"。李不死心，冒盛怒再奏，将现实一一陈明：

> 若不衣依从，合城性命定不能保了。九帅兵得尔雨花台，绝尔南门之道，门口不能尔行。得尔江东桥，绝尔西门，不能为用出入。得尔七公瓮桥，今在东门外安寨，深作长壕。下关严屯重兵，粮道绝门。京中人心不固，老少者多，战兵无有，具俱是朝官，文者多，老者多，小者多，妇女者多，食饭者多，费粮费饷者多，若不衣依臣所奏，没灭绝定也！[2]

这些，都是铁一般的现实。洪秀全却咆哮拒之，斥道："朕铁桶江山，尔不扶，有人扶。"[3]

何欤？这便是先前我们讲的，洪秀全精神旧疾复发，思维与行为迥乎常人，已经不可理喻。

前曾梳理过，洪秀全厌世和自闭倾向重生，初显于1859年洪仁玕抵于天京后，

---

[1] 朱洪章《从戎纪略》，光绪癸巳紫阳堂刻本，页五十——五十一。
[2]《李秀成亲供手迹》，排印文，页36—37。
[3] 同上，页37。

到1861年3月,他下诏不再理"庶政",将其交给洪天贵福,自己正式从"人间事"隐退。自彼时到现在,又过去了三年时间。这三年对玄想的沉浸,把他变成了一个靠想象生存并只活在想象中的人。人与之言,很难沟通。李秀成累次记道:

> 主责我曰:"尔怕死,朕天生真命主,不用兵而定太平一统!"[1]

> 凡具奏言,天王言天说地,并不以国为由。[2]

> 靠实于天,不肯信人,万事具俱是有天。[3]

> 天王之事,具俱是拿那天话责人。[4]

人生最后时段的洪秀全,胸中惟存执念,于现实则视若无物。李秀成对彼奏陈天京周遭各处情形,雨花台如何,南门如何,西门如何,七瓮桥如何,东门如何,下关如何……洪通通不为所动。他重回当年官禄㘵发病时的梦魇状态,认定自己统着百万天兵。故而李秀成劝其"让城别走",得到的回答是:"朕之天兵多过于水,何具俱曾妖者乎?"[5]李秀成亲眼在现实中看见的,与洪秀全因沉浸宗教幻觉而想象的,已不是一码事,君臣之间,言语、思维各处两个世界,好比鸡同鸭讲。

李秀成称其提出"让城别走"的时候,"此是十三年十一月矣",亦即阳历1863年底、1864年初之间。参照朱洪章之述可知,那时,金陵粮食虽吃紧,但太平军尚能偷运少许入城,犹未断绝。再过一个月,陆路、水路便全部封死,确如李秀成说的那样"粮道绝门"了。最后数月,阖城断粮,即天王洪秀全也不例外。李秀成以粮荒之事奏闻:"合城无食,男妇死者甚多,恳求降旨,应何

---

[1]《李秀成亲供手迹》,排印文,页24。
[2] 同上,页37。
[3] 同上,页38。
[4] 同上,页39。
[5] 同上,页37。

筹谋。"洪秀全发话曰:"合城具俱食咁甜露,可以养生。"所谓"甜露"是何神物?非他,野草耳——"我天王在其宫中阔地自寻,将百草之类,制作一团,送出宫来"。但他并不老老实实说让大家吃草,或者,他真的以为那是神物;总之,美其名曰"甜露":"此物天王叫做咁甜露也。"他下令,全城一律以草充饥,"要合朝衣依行毋违,降照诏饬众遵行,各而备食"。无论如何,洪秀全有一点让人佩服,他没有特殊化,命别人以草充饥、自己偷吃粮食,而是以身垂范、带头吃草,"天王久日宫中具俱食此物"。[1] 当然,与其说这让我们感佩其品德,不如说更难抑一声叹息。连国家最高统治者都落到只有草吃的地步,太平天国确然山穷水尽了。

关于降诏"俱食甜露",《江南春梦庵笔记》记载如下:

> 伪诏云:"现蒙天父降下甜露,继自今大小文武天兵大共变,吃甜露不得吃饭。"合城茫然,不知所解;嗣又发伪诏,令各馆解送百草十担,候天父造成甜露,始知为艸草也。[2]

起初,乍闻"甜露",无人晓其所指。等到洪秀全命每馆各送百草十担入宫,然后被"制作一团,送出宫来",这时才明白原来就是野草。让人哭笑不得的是,这些野草先被送入宫,走了一圈,经宫人们扎成一团的样子送出,表示被"天父"点化过了,就摇身一变,从野草而"甜露"了。

命大家吃草之事,还引起一些议论,被看成不祥之兆:

> 友人徐应高一闻此语,欣然告曰:"城破在旦夕,兆已先见矣,非明明说大小文武天将天兵大共变草不得吃饭耶?"盖甜露即草,贼又称投降官兵为变草,故云。思之亦大有理。[3]

此话暗有典故。原来,"变草"乃太平军沿用的天地会暗语之一,意指变节、投降、叛变。如今,洪秀全竟下令全城吃草,这难道不是让大家一起"变草"么?

---

[1]《李秀成亲供手迹》,排印文,页38。
[2] 沈懋良《江南春梦庵笔记》,《中国近代史资料丛刊·太平天国(四)》,页444。
[3] 同上。

谶纬之言可置一笑，但人以草为食，真不是闹着玩儿的。闹粮荒不久，李秀成奏闻："合城无食，男妇死者甚多。"情况无疑持续恶化。到头来，天王本人终于沦为牺牲品之一。洪天贵福供词曰："四月初十日，老子起病。是天，他出来坐殿，我乃看见，后我总未见他了。十九日，老子死毕。"[1] 亦即，从生病到去世前后约十日。洪仁玕供状所记死亡日期，同为四月十九日_{均指天历}。[2] 因何起病？李秀成说：

> 天王之病，因食咁甜露病起，又不肯食药方，故而病死。[3]

造成严重营养不良。起病与以草为食，时间相吻合；草食不久，开始生病，很快病重。而他又听天由命、拒不治疗，"此人之病，不食药方，任病任好，不好亦不服药也。"[4]

可以说，一代天王、中国最后一支农民军领袖，是饿死的。

不过，洪秀全之死，还另有隐秘。洪天贵福、李秀成、洪仁玕，均述洪秀全以病致亡，病则因"食咁露"。但是，郭廷以先生《太平天国史事日志》却明确写道：

> 天王洪秀全卧病二旬，服毒自尽，年五十二岁。[5]

这个句子所陈述的完整事实是：一、洪秀全抱病不假，但死因并非疾病；二、他最后离世，死于自杀。

此结论鲜为人知。正统太平天国史学，回避点破洪秀全死因，而多予讳言，但云"病逝"。毕竟，"病逝说"有太平天国领导人一致供词为凭。如果说正统的史家们，出于某些原因往往对史实有所讳隐，可以理解；我们作为只欲

---

[1]《幼天王洪天贵福亲书自述》，王庆成主编《影印太平天国文献十二种》，页500。
[2]《干王洪仁玕亲笔文书》，王庆成主编《影印太平天国文献十二种》，页472。
[3]《李秀成亲供手迹》，排印文，页42。
[4] 同上。
[5] 郭廷以《太平天国史事日志》，页1074。

探究历史真相的普通读者，却没有必要如此。就此而言，郭廷以先生早在民国二十二年《太平天国史事日志》完稿于是年明确做出的洪秀全不死于疾病而死于自杀的结论，值得考究一番。

关于依据，郭氏于1864年5月30日之条写道，是日天王发布了一道诏令：

> 天王诏令大众安心，朕即上天堂，向天父天兄领到天兵，保固天京此时天王已决心自杀。

1864年5月30日，即太平天国十四年四月十七日[1]，时为洪死前二日。显然，郭廷以认为，"即上天堂"隐指自尽。

除这道诏旨所含暗示外，郭氏复引曾国藩奏折为证：

> 有伪官婢者，系道州黄姓女子，即手埋逆尸者也。臣亲加讯问。据供洪秀全生前，经年不见臣僚，四月二十七日因官军急攻，服毒身死，秘不发丧。而城内群贼，城外官兵，喧传已遍，十余日始行宣布。等语。[2]

此处"四月二十七日"系阴历，阳历为1864年6月1日，天历为四月十九日。[3]它正是洪天贵福供状所书的天王死亡日期。

曾国藩奏称，洪死于服毒自杀，系亲讯洪秀全贴身宫婢得来。这位黄姓宫婢同时指出，洪"经年不见臣僚"；这当是个总体印象，亦即洪秀全绝少见人，但应该不是完全不见。我们从洪天贵福那里知道，彼曾四月初十日远远看见父亲"出来坐殿"，但"后我总未见他了"。无论如何，洪秀全最后的时光，处在一个非常隔绝的状况，连自己儿子都只见过他一次。故而，彼时宫闱深处发生的事，或许真的惟贴身宫婢一类人才真正清楚。黄姓宫婢称他服毒死，可信度绝宜超过旁人，纵然是洪天贵福、李秀成、洪仁玕也无从推翻此说。况且，洪既诡称其自杀是"上天堂"、搬请天兵，则必不欲人悉其真相，因而事先严嘱近

---

[1] 罗尔纲《天历考及天历与阴阳历日对照表》，页181。
[2] 曾国藩《贼酋分别处治粗筹善后事宜折》，《曾文正公全集·四》，页268。
[3] 罗尔纲《天历考及天历与阴阳历日对照表》，页181。

婢保密、只对外界告以病故，这是很合逻辑的。洪天贵福、李秀成、洪仁玕等称其病故，我们不认为他们有意遮掩，而是他们也并不知道真正的死因。

那道以"即上天堂"暗示自杀的诏旨，郭廷以仅予转述，未引原文，亦未具出处。笔者查索太平天国诸多官书，未获踪影。想其出于末日，官书不及载。最终，在《江南春梦庵笔记》里找到了这道诏旨。作者沈懋良，当时身在天京且为太平军之一员，天京陷落后被清军所俘，他如见到此诏，是可能的。其录曰：

> 伪诏云："真神能造山和海，任那妖魔八面来。天罗天网几重围，你们弟妹把心开。岳飞五百破十万，何况妖魔灭绝该。天父好手段，妖魔万算不当天一算。天兄好担当，天兵一到妖魔尽灭亡。你们军士暂行安息，朕今上天堂，向天父天兄领到天兵百万千万，层层战下，大显权能，保固天京，你们军士大共享升平之福。"至明日戌刻，竟到天上去了，可为千古笑柄。[1]

从遣词、话语和文风看，是很标准的打油诗式洪文体，他人仿造不来，真实性当无可疑。诏旨说，"朕今上天堂"，是去"向天父天兄领到天兵百万千万……保固天京"；由此看，《太平天国史事日志》所作转述，所据正是此书。

当然，对于"上天堂"，能否解读为自杀之意，见仁见智。但关键在于，下此诏不二日，洪秀全一命呜呼，若谓仅为巧合，洵难信服。郭廷以明显是基于二者的时间一致性，推定洪秀全之死非病亡，而出于主动自杀的决断。

加以分析，洪自杀盖缘于三点：一、穷途末路，倍感幻灭；二、肉体病羸，生不如死；三、心理破损或置之于深度抑郁症，致其产生以死解脱的冲动。考虑到他当时的人格情态，第三点或许最为致命。

在他死后两个月，天京重新变回江宁。洪尸被清军掘出：

> 直至六月二十七日，始从伪宫内掘出，二十八日扛至营次。臣与臣弟国荃验看。臣所带委员中有曾任刑部秋审处之勒方锜、庞际云、孙尚绂等，

---

[1] 沈懋良《江南春梦庵笔记》，《中国近代史资料丛刊·太平天国（四）》，页445。

> 暨各文武公同相验。该逆尸遵邪教，不用棺木，遍身皆用绣龙黄缎包裹，虽裤脚亦系龙缎。头秃无发，须尚全存，已间白矣。左股右膀肉犹未脱。验毕戮尸，举烈火而焚之。[1]

曾国藩很慎重严密，专门找来多位前刑部专家验其正身，以确保死者非他人假冒。经其所述，我们第一次知道洪秀全是个秃子："无发"，不只是头发稀少。

洪秀全死后五天，天历十四年四月二十四日，洪天贵福即位于天京，"众人尊我登基，叫做幼天王"[2]。

说完城内洪氏父子，转而说城外清军。

曾国荃以稳步推进方式攻城，迟迟不得手，致人们疑其独贪己功而贻误战况，包括彼兄曾国藩亦有此意。同治三年五月十六日 1864年6月19日，曾国藩借弟弟生病事，专门来信劝之："何必全克而后为美名哉！人又何必占天下之第一美名哉！如弟必不求助于人，迁延日久，肝愈燥，脾愈弱，必成内伤，兄弟二人，皆将后悔。"[3] 曾国荃确想独占克复金陵之功，然而进度迟缓，也有客观原因。天京巨城，砖坚墙厚，不逊北京，破城难度非他城可比。曾军攻城亦如太平军，仰"穴地法"，开挖地道填以火药，轰塌城墙以入。可太平军乃"穴地法"行家，对于防范，自是了然，"我军屡挖地道，均被贼截断，一无成功。"[4]

"九帅正深焦虑间，奉廷寄：苏常克复，惟金陵尚未成功，饬令李少荃宫保鸿章来帮同围攻。九帅得此信，焦灼益甚，与各幕友营务商量。复奏纷纷，筹画无有定见。"[5] 曾国荃最忧虑的事发生了，北京失去耐心，决定调李鸿章率部参与攻城。曾国荃三年苦劳，眼看拱手被别人摘桃，肝郁不舒之症益重。好在李鸿章托故不来，以"断不可喧宾夺主"[6]之语函告曾国荃，表示自己知趣，给曾国荃吃定心丸。

---

[1] 曾国藩《贼酋分别处治粗筹善后事宜折》，《曾文正公全集·四》，页268。
[2]《幼天王洪天贵福亲书自述》，王庆成主编《影印太平天国文献十二种》，页497。
[3]《曾国藩家书全集》卷四，启智书局，1935，页65—66。
[4] 朱洪章《从戎纪略》，页五十二。
[5] 同上。
[6] 李鸿章《复曾沅帅》，《李鸿章全集》29 信函一，页321。

这边，曾国荃加紧进度。据朱洪章述，鉴于此前开挖不得法，朱提出了一套完整新方案，曾国荃采纳，令朱部于六月初八日实施。过了七天，曾问"地道成否"，朱答之已成，只剩填放火药的"地硐"要挖，"再三日可以装药"。曾国荃颇为惊异，因为以前所有地道都被太平军或水淹或轰塌，中途而废。"地硐"将成前夜，曾国荃"令军装局预备布袋六千个装药"，约合二十吨[1]，装入"地硐"，同时开始"派调各营"，"问何营头敌，何营二敌，再三询之，无人敢应"。朱洪章站出来，愿"当头队"，"众乃随声鼓动，刘南云乃言愿作二队，余依次派定，分为三路"。议毕，诸将一同去见曾国荃，"具军令状，畏缩不前者斩"。[2]

朱洪章点四百兵丁为前锋，以一千名续之，"余队随在后"。分派停当，"适信字营李营官来告，药已安好，请示放火"。朱即赶赴曾国荃大营报告，曾指示可以点火。是日，乃1864年7月19日同治三年六月十六日、太平天国十四年六月六日，时当正午：

> 当是时也，我各营队伍亦齐布列龙膊子岗上。章至乃下令放火。只见火线燃过，霹历𬨨一声，烟尘迷天，砖石飞崩。军士无不人人惴栗。章乃奋身向前，左手执旌，右手执刀，奋勇登城，大呼而进。[3]

二千年来农民起义建立的最后一个政权，在此刻宣告瓦解。夺下登临天京城墙首功的，便是清军提督衔记名总兵朱洪章。对清朝而言，他的功绩可比把军旗插上柏林帝国大厦的苏联人米哈伊尔·米宁。

朱洪章的四百人先头部队，全部丧生。"地道崩处，我四百奋勇当头阵军士，尽被火药轰死，无一得生。"[4] 此一结果，实在料中。该部于点火前被埋伏在爆破点城根处，几乎可以断定他们没有任何生还机会，明摆着送死。然为确保爆破后第一时间登城，又不得不做此安排。

爆破点位于太平门，城塌二十余丈。随着太平门失陷，清军继由聚宝、通济、

---

[1] 见裴士锋《天国之秋》"翻山越岭"页376，及其注释38所引资料。
[2] 朱洪章《从戎纪略》，页五十四——五十六。
[3] 同上，页五十六。
[4] 同上，页五十七。

汉西、水西、朝阳、洪武、仪凤各门抢入，当日黄昏时分，完全克复金陵。

清军发起行动的"龙膊子岗"，在太平门外，即今南京龙脖子路所经之地。缘音误意，"龙膊子"被逐渐误作"龙脖子"；实则"膊子"犹"脚脖子"，以钟山逶迤如龙，而此处乃其西麓余脉，好似龙足抵地，故名。不过，"龙膊子"之误为"龙脖子"，当时即已存在，李秀成自述便写成："九帅用火药攻倒京城，由紫金山龙颈而破。"此语读来不免带着些神诡之味。太平天国兴于一座紫荆山，而亡于另一座紫金山，两者音全同、字略不同。未知李秀成写"由紫金山龙颈而破"时，是否觉得冥冥若有天命？实际上，紧随上句，他的确发出了"此亦天朝数满"的感慨。[1]

率先登城的朱洪章，直扑天王宫而去："章自督众往攻伪天王府，正遇伪王次兄，见我军即走，章令罗、沈二营佯败，诱之得以生擒，时日已暝。章乃冲入伪王府搜其党而歼之，令将辕门紧闭，以两营守之，余皆分扎前后，封其府库，以待九帅。"[2]

然而，更重要的人物幼天王洪天贵福与忠王李秀成，当时却不知去向。直到二人以后相继被俘，人们始得了解太平门塌陷后他们的经历。[3]

清军攻入城时，李秀成率兵杀到抵挡，很快"败转"，他立刻掉头赶往"朝门"，"幼主已先走到朝门，及天王两个小子并到，向前问计。斯时我亦无法处"。而据洪天贵福供述，太平门爆炸声响起，他便于宫中"上楼看"，看见清军入城，以及顾王吴如孝统兵迎敌被击溃。这时，洪天贵福赶紧下楼，和两个年幼的弟弟光王、明王一起想要出宫，却被守门宫女拦住不放。此盖为职责所限，没有命令，不敢让幼天王任意行动。恰此时，李秀成赶到。"忠王言能救我出城，我乃同忠王出朝。"李"独带幼主一人，其余不能提理"，光、明二王就此失散，后想必命丧乱军之中。李将战骑交由幼天王骑乘，自己换了一匹"不力之奇骒"。君臣先是去忠王府，李秀成与老母、胞弟等亲人哭别，然后携幼天王避于清凉山，随扈部众犹有千人。几次试图冲出城去，皆未得手。直到夜四更，约凌晨一至三时许，李秀成"舍死领头冲锋，自向带幼主在后而来，冲由九帅放倒城墙而

---

[1]《李秀成亲供手迹》，排印文，页43。
[2] 朱洪章《从戎纪略》，页五十七。
[3] 下面情节，综述自《李秀成亲供手迹》《幼天王洪天贵福亲书自述》，出处不赘。

出"。换言之，朱洪章所炸塌的太平门缺口，既是清军入城处，也是洪、李得以逃逸的通道。而曾国藩六月二十三日《金陵克复全股悍贼尽数歼灭折》提及：

> 是夜四更有贼一股，假装官军号衣号补，手持军器洋枪，约千余人，向太平门地道缺口冲突。经昆字、湘后左右各营截击，多用火桶、火弹焚烧人马死者已多，约尚有六七百人骑马冲出，向孝陵卫定林镇一路而逃。[1]

当时，尚不知道洪、李即在其内。

趁乱冲出，君臣却也失散。李秀成直到被俘、就死，都不知洪天贵福下落。他在供状中说："现今虽出，生死未知。十六岁幼幼童，自幼幼至长，并未奇骑过马，又未受过惊慌，九帅四方兵追，定言然被杀矣。若九帅马步在路中杀死，亦未悉其是幼幼主，一个小童，何人知也。"睹之颇令人黯然。

失散后，李秀成身边初犹有人随，"走到天明，人人具俱散"，只剩他一个光杆司令。关键是将战骑让于幼天王，"我若仍奇骑战马，我亦他逃矣"，此时胯下之马甚是羸弱，走不动，遂避于山顶破庙。金陵百姓因知城破，料必有达官贵人奔命潜逃，四野寻觅，"各欲发财"。李秀成携有细软，"用绉纱带捆带在身"，既避破庙，因身上有伤，且极疲乏，遂将所捆细软解下，悬于树上，稍事休息。刚在喘息，便冲来一拨百姓。李顾不上细软拔腿便逃，百姓追及，道只要钱不害尔命，李表示同意。于是，百姓押着李秀成回山顶破庙取宝物，然而只此片刻，悬于树上的细软已无踪影，被另一拨百姓拿走。前拨百姓将李秀成带回，秘密藏起，并找到后拨百姓，称原主允诺以宝物相赉，"两欲分用"，提出平分。不料后拨百姓闻言反揪住不放，说"此物是天朝大头目方有"，既有此言，"尔必捡获此头目"，威胁告发前拨百姓私匿匪首。这样，李秀成再也藏不住，被献出，解送清军。

所送军营，乃提督萧孚泗处。此人性贪，居然瞒去真情，报称李秀成为其所擒：

> 伪忠酋系方山民人陶大兰缚送伊营内，伊既掠美，禀称派队擒获，中

---

[1] 曾国藩《金陵克复全股悍贼尽数歼灭折》，《曾文正公全集·四》，页266。

丞亦不深究。"[1]

赵作为曾国荃幕僚既知此事,曾国荃岂能不明?但他睁一只眼闭一只眼,纵容萧某捏谎,且以此置萧孚泗克复金陵功劳居二,排在朱洪章前头,最后赐封一等男爵,赐双眼花翎。这且不说,赵烈文还记述,萧怀疑陶大兰藏匿了李秀成财物,"派队将其家属全数缚至营中,邻里亦被牵曳,逼讯存款,至合村遗民空村窜匿,丧良昧理,一至于此。"[2]

李秀成被带至曾国荃辕门,"中丞亲讯,置刀锥于前,欲细割之"。赵烈文闻讯,赶紧面见曾国荃,"耳语止之"。曾国荃勃然大怒:

> 于座跃起,厉声言:"此土贼耳,安足留,岂欲献俘邪?"叱勇割其臂股,皆流血,忠酋殊不动。[3]

俄顷,洪秀全二哥洪仁达押至,曾国荃"刑之如忠酋,亦闭口不一语"。[4] 单就此场景论,两位太平天国显贵骨气不凡,曾国荃却未免丑陋,虽然三年来他确实在金陵吃尽了苦头。

六月二十五日,曾国藩坐轮船抵金陵,当天亲讯李秀成,命其撰写笔供,同时让曾国荃改善李秀成待遇,"饭茶足食"。李连日疾书数万字,"叙发逆之始末,述忠酋之战事,甚为详悉"。曾国藩阅之认为"其言颇有可采"。[5] 供述已毕,曾氏兄弟反复商量如何处置,未等朝廷旨下 前曾"有旨解京"[6],即于七月初六日将李秀成凌迟处死,年才四十二岁。

洪天贵福与李秀成失散,原因之一是突围时忠王在前头冲锋,后队未能跟上。跟幼天王一起的,有萧朝贵之子幼西王萧有和,及尊王、养王、巨王等。尊王

---

[1] 赵烈文《能静居日记》,页806。
[2] 同上。
[3] 同上,页803。
[4] 同上。
[5] 曾国藩《贼酋分别处治粗筹善后事宜折》,《曾文正公全集·四》,页268—269。
[6]《寄谕曾国藩着将洪秀全李秀成首级传示所到省区并慎戒兵勇》,《清政府镇压太平天国档案史料》第二十六册,页64。

刘庆汉将一根长长的白带子系于长枪之上，另一头拴住幼天王所乘之马，这样带着往前走。从龙膊子冲出后，他们先到淳化镇即今南京淳化街道，然后朝东南方一路而下，至安徽广德。到了广德，昭王黄文英引兵来会，过了几天，干王洪仁玕、恤王洪仁正、偕王谭体元、佑王李远继、堵王黄文金、昭王黄文英等，亦从湖州来迎，队伍增至万余人。

洪仁玕去年十一月至浙江催兵回援解围，故天京陷落时不在城内。洪秀全有旨，委以顾命，"嘱扶我幼天王"[1]，所以这时得了消息，便从浙江赶来接驾。他与诸王商议，拟从广德去江西，与忠王堂弟、侍王李世贤会合，那是太平军所剩下的一支主力部队。

在广德，有病死的，也有自杀的。离广德后，从乌石镇今属黄山市南行，进入江西境内。清军猛追。至夜，被打散。幼天王落单，逃入山中：

> 是夜失散，总是我单身一人走上山，在山上饥饿四天。有一高人无须，首戴高白帽，穿白衣白靴，送一大饼与我食……我欲跟他去，他交饼与我，便不见了。后我下山，走何家湾高田一路来石城。我一人到这里后，有一人带我到老爷这里。[2]

此时江西巡抚系沈葆桢。洪天贵福供状后面说这位"老爷"姓唐，其即沈葆桢《生擒洪福瑱折》里提到的"训导唐家桐"。照沈葆桢起初所奏，洪天贵福系"知县谢兰阶、训导唐家桐，分带小队，会同石城县知县曾继勋四山搜捕。二十五日游击周家良获之荒谷"[3]。这与洪天贵福所供"后我下山，走何家湾高田一路来石城。我一人到这里后，有一人带我到老爷这里"不符，似乎清军又虚构了情节以邀赏。洪天贵福被获，为同治三年九月二十五日。十月初五日，被"护解到省"，沈葆桢"亲提研鞫"，讯知如下：

> 至石城之杨家牌为官军夜袭，乃纷然兽散，各不相顾。该逆过桥，护

---

[1]《干王洪仁玕亲笔文书》，王庆成主编《影印太平天国文献十二种》，页472。
[2]《幼天王洪天贵福亲书自述》，王庆成主编《影印太平天国文献十二种》，页498。
[3]《沈葆桢奏报生擒洪福瑱及应否槛送至京折》，《清政府镇压太平天国档案史料》第二十六册，页211。

> 从尚数十人，追者至，惊堕马下，群逆挟之逾岭，同十余人挤入深坑中，官兵一一缚之。该逆伏暗中独免，乃潜入荒山中，蟠伏四日饥甚，有白衣人与以饼，受之遂不见。又两日乃下山，诈称湖北人，张姓，入唐姓民家，为之割禾四日。唐姓人令薙发，促之归，辗转道中两日，茫然不知所往，乃就擒。臣察看该逆顶发剪断，仅留数寸，目眍视，口操粤音，于伪官中琐屑谬妄之状，言之甚悉，其为伪孽无疑。[1]

这些情节，才还原了洪天贵福为清军所获的完整经过。

"杨家牌夜袭"系幼天王流亡小朝廷最终被歼之役。之前，清军已知"幼逆"在其中。是役，知府席宝田率军将这支约一万二千人太平军残部，围于村落。太平军拚死突出，"挥死党四散，逾山越涧而逃，不令成队，使我军莫知所趋"。当年永安突围曾用此招，然今番非比前情，"席宝田令各营亦分队搜剿"。最后，干王洪仁玕、恤王洪仁正、昭王黄文英各被生擒。[2]尊王刘庆汉身受重伤亦"倒地被擒"[3]，惟幼天王侥幸得脱，但十天后亦被获。

刘庆汉就擒后不久，经过讯供，即于石城县当地凌迟处死。[4]十月二十日，洪天贵福在南昌被"绑赴市曹凌迟处死"；五天后，洪仁玕、洪仁正、黄文英同样"绑赴市曹凌迟处死"，"以快人心"。[5]

至洪天贵福归案，天王统绪终结。自1851年3月23日，洪秀全于武宣东乡正式以"天王"登基，迄乎1864年11月18日洪天贵福南昌就戮，太平天国前后存世十三年又七个月零二十五日。

---

[1]《沈葆桢奏报讯明洪秀全长子洪福瑱伏情折》，《清政府镇压太平天国档案史料》第二十六册，页226。
[2]《沈葆桢奏报席军剪除入赣窜股并搜获洪仁玕等人折》，同上书，页201—203。
[3]《尊王刘庆汉供词》，王庆成编著《稀见清世史料并考释》，武汉出版社，1998，页562。
[4]《沈葆桢奏报生擒洪福瑱及应否槛送至京折》，《清政府镇压太平天国档案史料》第二十六册，页211。
[5]《沈葆桢奏报遵旨将洪福瑱等就地凌迟处死折》，同上书，页252。

卷五

余音遗绪

反清

　　太平天国失败迄今,百五十余年,评价几经起伏。终清之世,皆以匪类视之,蔑为贼寇,极力将其混同于普通作乱,无非祸世之巨者而已。逮及清末,革命勃兴,党人口中太平天国,为之一变,使它一跃为革命先驱,而给予相当正面的褒美。"文革"之后,舆情渐转,对太平天国的一味颂赞渐为检省目光代替。上世纪九十年代以降,随着对"革命思维"讥弹之意渐浓,对太平天国看法更多滑向负面,而突出地究问它自身的非理性以及于历史的破坏作用。

　　具体而言,最先为太平天国翻案的,是孙中山先生。

　　孙、洪出生地相距不远,从地望来说,称得上鸡犬相闻的近邻。然而,孙中山先生重新评价洪秀全,自非出于乡党缘故。问题的酝酿,可以追溯到十九世纪末以来中国政治和文化上的一种"华南视角"现象。

　　鸦片战争当时,广州仍是一座极端保守的城市,民众排外意愿强烈,包括过后十年,此风亦未改变,虽然朝廷已与洋人订约,许其驻城,广州民间仍顽强抗拒,终致第二次鸦片战争爆发。这与当时洋人登陆上海时的一帆风顺,形成鲜明对照。然而,经过二次鸦片战争,以广东为中心的华南,思想意识悄然变化,中国这片最早承受西方文明冲击的区域,渐从封闭守旧转向开放维新。此后直至于今,广州在精神风范上都保持着开放的气质,在中国每每扮演革新先锋角色,包括当代改革开放四十年以来,始终如是。如今之人,一提到广东,脑中浮现的,都是锐意改革的形象,殊不知退回一百五十余年,它的冥顽不化并不输于中国任何其他地方。这番历史变迁,很是让人玩味。

　　到了十九世纪末,中国南北方的新旧分野,已滋其彰。而随着维新意识变强,反清的气氛也在南部上空日益浓厚，不但民间如此，甚至也感染和浸入当地官府。典型之例是义和团运动期间，南方封疆大员拒不遵奉朝廷扶持义和团的旨意。当时两广总督李鸿章复电云："二十五矫诏，粤断不奉，所谓乱命也。"[1] 公然视北京对列国宣战为"矫诏"，称之"乱命"，明言其所辖下的广东、广西两省不执行。随之，两江总督刘坤一、湖广总督张之洞等亦起而响应，"东南互保"局面由此开启。照梁启超说法，"当是时，为李鸿章计者曰，拥两广自立，为亚细亚开一新政体"[2]，亦即"东南互保"的潜在趋势，有可能指向南方脱离清廷而独立。无独有偶，1900年6月上旬，"东南互保"形成前夕，孙中山在横滨与其同志谈话中说："我们的最终目的，是要与华南人民商议，分割中华帝国的一部分，新建一个共和国。"[3] 思路很是不谋而合。可见在清末，一种与北京离心的"南方情绪"，不单确凿地存在，且已发展到可能导致中国分裂的地步。此种情绪，借地域形式表现出来，内里则是历史与政治观念之颉颃。而事情的进一步发展，"情绪"化作行动，终于造成南方革命先觉的一幕。

当着对国家现状的忧愤，一点一点走到"反清"的地步，革命党人回过头觅其前驱，不能不发现太平天国的身影。早先，比如1894年，孙中山对太平天国犹持"祸乱"的评价，彼时他在《上李鸿章书》中说："明之闯贼，近之发匪，皆乘饥馑之余，因人满之势，遂至溃裂四出，为毒天下。"[4] 但是，1905年，他却想要重评太平天国。他交给兴中会会员、留日学生刘成禺一件事，让他写一本太平天国史，以反拨清朝官方的种种言论。是为《太平天国战史》。稿成，孙特为之序。序言起始以朱元璋、洪秀全并提，说他们"各起自布衣，提三尺剑，驱逐异胡，即位于南京"，而朱明"传世数百"，洪秀全"不十余年，及身而亡"，世人多因此"是朱非洪"，孙斥之"无识者特唱种种谬说"，"盖以成功论豪杰也"。序言接着盛赞洪秀全于"满清窃国二百余年，明逸老之流风遗韵，荡然无存，士大夫又久处异族笼络压抑之下，习与相忘，廉耻道丧，莫此为甚"之时，敢然举义，洵为"伟绩"。又斥过往有关太平天国之清朝官书无一可信，皆为"秽史"，

---

[1] 李鸿章《寄盛京堂》，《李鸿章全集》27 电报七，页 75。
[2] 梁启超《李鸿章传》，中国华侨出版社，2013，页 224。
[3] 孙中山《离横滨前的谈话》，《孙中山全集》第一卷，中华书局，1981，页 188。
[4] 孙中山《上李鸿章书》，同上书，页 17。

指出刘成禺所撰的目的,正在于提供一本"洪朝十三年一代信史"。孙建议革命党人"诸君子手此一编",重新认识太平天国,继续太平天国事业,"当世守其志而勿替"。[1]

陈少白回忆,孙中山"平时常常谈起洪秀全,称为反清第一英雄,很可惜他没有成功"[2]。这"反清第一英雄",便是孙中山对洪秀全和太平天国的历史定位,而前面序言中所谓"守其志而勿替",则表明孙中山正是以"反清"事业继承者自居。在《太平天国战史》卷首,我们还能见到刘天囚的题辞,中有"望断金陵龙虎气,汉家正统十三年"之句,显示在孙中山影响下,革命党人已置太平天国于"汉家正统"位置。稍后,新创不久的同盟会机关报《民报》1907年第十八期,发表化名"信川"的《哀太平天国》,开篇即写:"满人窃据中夏,二百有余年,毒盈乎七世。刑政苛残,网罗周布。华域遗黎,用不免于水火,摧抑憔悴,乃告无辜于天。皇天右我下民,眷顾于南,俾我太平天国天王洪秀全,提絜英豪,乘时而起,威灵所被,罔不归心。"[3]文以"有仁者起,仗太平之所志,而易太平之所为,斯乃轩辕之子孙,所以托命者哉"[4]一语结束,"仁者"所指,显即革命党自己,从而再次挑明革命党使命就是完成太平天国的未竟之志——顺带指出,此文作者常误传为孙中山,至今仍有不少引用者将它归在孙氏名下;其实该文系同盟会会员、当时留日的黄侃先生手笔,如今可从《黄季刚诗文钞》中找到——尽管文非孙中山亲作,但《哀太平天国》的评价与认识源自孙中山这一点是可以确认的。

由此乃知,引发太平天国重新评价的首当其冲的原因,在于"反清"。要言之,如果"反清"是近代一面大旗,则无可置疑地,太平天国首先把它扛于肩上——第一个明确表达此意志的,是太平天国;第一个将其付诸行动的,也是太平天国。故而,一旦变革被聚焦于"反清",为太平天国翻案这件事,就肯定绕不开;或者说,一旦"反清"成为时代头号主题,最早尝试破题的太平天国,必被引为"同志"。

太平天国高擎反清大旗,有许多明确的材料。反清,不特是其斗争目标,

---

[1] 孙中山《〈太平天国战史〉序》,《孙中山全集》第一卷,页258—259。
[2] 陈少白《兴中会革命史要》,《辛亥革命实绩史料汇编》组织卷,中国大百科全书出版社,2011,页5。
[3] 黄侃《哀太平天国》,《黄季刚诗文钞》,湖北人民出版社,1985,页26。
[4] 同上,页27。

更是借以发动、团结民众的利器。起兵之初,太平天国发出一系列檄文、公告,其中最突出的,就是反清主张与立场。比之于反清,这些檄文、公告对太平宗教思想的张扬和渲染反而较少,原因或在于,太平军清楚意识到对于唤醒民众和吸附追随者,反清将比宗教更具号召力。至今可读到的《奉天讨胡檄》《奉天诛妖救世安民谕》《救一切天生天养中国人民谕》《安抚四民诰谕》这四大文告,全都紧扣反清主题。《奉天讨胡檄》云:

> 予惟天下者,上帝之天下,非胡虏之天下也;衣食者,上帝之衣食,非胡虏之衣食也;子女民人者,上帝之子女民人,非胡虏之子女民人也。慨自满洲肆毒,混乱中国,而中国以六合之大,九州之众,一任其胡行,而恬不为怪,中国尚得为有人乎![1]

《奉天诛妖救世安民谕》云:

> 今满妖咸丰,原属胡奴,乃我中国世仇。兼之率人类变妖类,拜邪神,逆真神,大叛逆皇上帝,天所不容,所必诛者也。[2]

《救一切天生天养中国人民谕》云:

> 尔等多是中国人民,既是中国人民,何其愚蠢,薙发从妖,胡衣胡服,甘做妖胡奴狗,足上首下,尊卑颠倒。[3]

《安抚四民诰谕》云:

> 慨自胡奴扰乱中国以来,率民拜邪神而弃真神,叛逆上帝,倡民变妖类,迥非人类,触怒皇天。兼且暴虐我黎庶,残害我生灵,肆铜臭之熏天,令

---

[1]《东王杨秀清西王萧朝贵发布奉天讨胡檄布四方谕》,《太平天国文书汇编》,页104。
[2]《东王杨秀清西王萧朝贵发布奉天诛妖救世安民谕》,同上书,页107—108。
[3]《东王杨秀清西王萧朝贵发布救一切天生天养中国人民谕》,同上书,页109。

斯文以扫地。农工作苦，岁受其殃，商贾通往，关征其税，四海伤心，中原怒目。[1]

攻取金陵后，一面以为京城、更名"天京"，一面专门做了另外一件事：贬北京为"妖穴"、贬直隶省为"罪隶省"。[2]此举出自两个角度。第一，"天下万国朕无二，京亦无二"，从政权的惟一性与合法性言，不能坐视北京继续僭用"京"字。第二，彰显反清大义，天王诏旨指出，"有功当封，有罪当贬"，北京"妖现秽其地，妖有罪，地亦因之有罪"，刻下它不但不得僭用"京"字，连普通、正常的地名亦不配拥有，必须加之蔑称，同样，"直隶省"作为标识清朝统治的特殊地名，也要褫夺并予贬辱，易为"罪隶省"，洪秀全说两个蔑称均乃暂名，"俟灭妖后，方复其名为北燕"，换言之，矛头完全指向清朝。

太平天国大张反清之帜，这一点应无疑义。尽管如此，里面却有一个谜团。但对清史略知一二，恐即要对孙中山给予洪秀全的"反清第一英雄"定位感到费解。因为"反清"这件事，实不始自太平天国，从明亡算起，到金田起义发生之前，反清在中国总有两百年以上历史，所谓"反清第一英雄"从何说起呢？

这确实要作一点辨析。

以南都降于豫亲王多铎，弘光皇帝朱由崧被捉往北京为标志，朱明王朝正式收场。与此同时，绵延不断的反清史却也拉开帷幕。甚至永历皇帝朱由榔、"国姓爷"郑成功双双相继亡故，大势已去，民间反清仍代有其人，直至十九世纪中叶，南方各省天地会、三合会等秘密会党仍赍反清之志。所以，这一二百年间，反清的野火可以说从未扑灭。

但这里，我们却要给上述反清运动加上一个"旧"字，称之"旧反清运动"。为何加此字眼？那是因为，我们欲借以准确认识以往反清运动的特征，使它与洪秀全区分开来。实际上，对于明亡之后各种反清现象，径直抑或仅仅以"反清"相称都很不确切。在它的"反清"后面必须随以"复明"二字，亦即完整地写作"反清复明"，才是这种运动的正确表述。换言之，"反清"不是目的，真正目的在

[1]《东王杨秀清西王萧朝贵安抚四民诰谕》，《太平天国文书汇编》，页110。
[2]《贬妖穴为罪隶论》，《中国近代史资料丛刊·太平天国（一）》，页283。

于"复明";亦即"反清"乃是作为一种复国主义手段,以实现朱明王朝的复辟。对于旧反清运动来说,这一点是很明确的。它不仅源起于明朝遗老的故国之思,之后也主要是凭借对前朝的愚忠而在民间存续,所有参与者都自视为大明子民,斗争亦是通过奉朱明皇室为正统权威来加以组织和开展,甚至不惜为此穿凿附会、虚构人物。这不单是一种严重制约,更足以揭示旧反清运动的历史性不足,亦即它不具备历史变革性,完全是"兴灭国,继绝世,举逸民,天下之民归心焉"[1]历史惰性和旧思维的体现。

太平天国,则根本跳出此窠臼。太平军在起义后,虽然利用和吸收天地会、三合会力量,但绝不混同其理念。为什么?因为太平天国非常明确地对它的反清赋予全新意义。反清,既非为朱明王朝招魂、还魂,更不属于借"复明"为招牌,来收买笼络人心。洪秀全的思想,我们可以挑出许多毛病,惟独在"反清"问题上,他认识相当透彻——反清不是手段,而是目的本身,最终是要由此而缔造一新的社会。虽然这个新社会,他完全没有想清楚,以至谬误百出,但他起来造反,力图为中国别开"太平"的立意,我们无从否认。换言之,到太平天国这儿反清运动彻底脱离了旧国之恋,转而想去开创一个活泼泼的新世,是千真万确的。

言至于此,当能知晓孙中山赞洪秀全"反清第一英雄","第一"所指系何。相对旧反清运动,我们可将洪秀全开启的进程称作"新反清运动"。新就新在洪氏反清,体现社会变革诉求,对中国历史构成一种改进和更新的性质。此一新指归,由洪秀全肇其端,而为孙中山、毛泽东等后继者承接。无论我们对洪秀全其人,在其他方面抱何观点,这个"第一人"位置都稳稳地属于他。

假使论得更细,则还有一个问题——既然反清这件事赓续了二百年却从不曾跳出"复明"的视线与格局,那么为何到了洪秀全这里,却能一跃而抵于"变革中国"的高度呢?我们可否说,这是洪秀全个人的见识与胸襟高出前人一头?这个问题,倘让我作答,基本会给予否定。我对洪秀全所抵历史高度,看法仅仅是"时势造英雄"而已。其中道理,后有人物榷论专章会涉及,彼时再予展开。

加以概括,太平天国为反清添上了"革命"注脚,从而使反清这件事焕发

[1] 朱熹《四书章句集注》,页195。

新的意义,导入中国近代史问题序列。后世革命政党,一致认定太平天国具有"革命"的性质,称颂其反清,亦主要是自太平天国反清具有"革命"意义的角度言之。

　　当然,历史评价关乎诸多维度。以笔者来说,对太平天国许多现象、做法,包括文化、思想之先天不足或畸形,每抱失望和抵触,而于行文间不抑指斥之意。但我同样注意提醒自己,从历史理性出发,对太平天国须置于历史变迁的整体关系中考量,以免让个人是非之见,遮蔽或模糊历史大局、历史大势。就此言,孙中山强调太平天国首开反清革命先河这一历史地位,对客观评价太平天国,很有意义。既然历史已经给出答案,中国跨入"现代"门槛必以终结清朝统治为前提,我们也不能证明除此还有第二路可走,那就必须接受太平天国作为这一进程启钥者的事实;即便这位领路人,看起来距"现代"二字颇为遥远,乃至风马牛不相及。

民族主义

孙中山先生一生倡三件事，各以"民"字打头，曰民族主义、民权主义、民生主义，合称"三民主义"，而民族主义置其首。

民族主义，这四个字对一百多年来中国的重要性，怎么估量均不为过。即以当下论，它无疑正重新上升为最值得瞩目的社会思潮，大至国家纲常小至网络民舆，都随这根琴弦的拨动而频奏最强之音。

孙中山讲："用最简单的定义说，三民主义就是救国主义。"[1] 是从救国的意义上生出这三种思想。那么，为什么将民族主义摆在救国第一位？孙中山回顾世界上近代国家的崛起，指出，它们无一例外由民族意识的觉醒、发育、发达而来；反观中国，虽人口居世界之最，民族主体也很清晰，却"只有家族和宗族的团体，没有民族的精神，所以虽有四万万人结合成一个中国，实在是一盘散沙，弄到今日，是世界上最贫弱的国家，处国际中最低下的地位"。[2]

言下之意，再造中国，于民众层面上，第一件事便得从培植民族主义入手。这个认识提出后，迅速被国人接受，历经百年，中国的各种社会意识没有比民族主义更深入人心的。降至于今，民族主义之普及超过任何其他意识形态，上自精英，下至普罗，不分行业和经济地位，亦不论受教育程度，民族主义精神牢牢扎根在中国，成为最广泛的一种执念。

而如此重要的社会观念，追溯起来，第一个把它推上历史舞台的，并不是

---

[1] 孙中山《三民主义》，《孙中山全集》第九卷，页 184。
[2] 同上，页 188。

孙中山，而是洪秀全。孙中山完整地提出了三民主义救国方案，但单论其中民族主义，率先高蹈其帜的却是洪秀全。对这一点，孙中山从不掠美，而是明确承认说："五十年前，太平天国即纯为民族革命的代表。"[1]因此，每一个谈论近代以来中国民族主义崛起者，都应意识到洪秀全是这方面的鼻祖。

前面讲，太平天国借反清而启中国近代革命之门，而其理论依据，就是民族主义，它的革命，实际上是一场民族主义革命。这一立场，是非常鲜明的。以《奉天讨胡檄》为例，从民族主义角度谈到了中国民族的主从关系：

> 夫中国首也，胡虏足也……奈何足反加首，妖人反盗神州，驱我中国悉变妖魔。[2]

指汉人应为中国主导，刻下满人统治中国，则属本末倒置、"足反加首"。这与孙中山所讲："就中国的民族说，总数是四万万人，当中参杂的不过是几百万蒙古人，百多万满洲人，几百万西藏人，百几十万回教之突厥人。外来的总数不过一千万人。所以就大多数说，四万万中国人可以说完全是汉人。"[3]其意略同。虽然现今国家民族思想政策，倡言平等基础上的民族团结，无疑更正确；然亦无须讳言，那是在汉族主导地位恢复之后对民族关系重新理性审视的结果，而置于洪、孙革命时代，汉族处于"足反加首"的被奴役状态，他们谋求和张扬汉族的主体地位无可非议。《奉天讨胡檄》申张民族主义，讲得颇全颇细。其中涉及经济方面，指出异族统治是"我中国之人贫穷"的根源；也讲到"制度"问题，"中国有中国之制度，今满洲造为妖魔条律，使我中国之人，无能脱其网罗，无所措其手足"；甚至于形象和服饰："中国有中国之形像，今满洲悉令削发，拖一长尾于后，是使中国之人，变为禽兽也。中国有中国之衣冠，今满洲另置顶戴，胡衣猴冠，坏先代之服冕，是使中国之人，忘其根本也。"甚至于口音："中国有中国之言语，今满洲造为京腔，更中国音，是欲以胡言胡语惑中国也。"[4]

[1]孙中山《在南京同盟会会员饯别会的演说》，《孙中山全集》第二卷，页319。
[2]《东王杨秀清西王萧朝贵发布奉天讨胡檄布四方谕》，《太平天国文书汇编》，页105。
[3]孙中山《三民主义》，《孙中山全集》第九卷，页188。
[4]《东王杨秀清西王萧朝贵发布奉天讨胡檄布四方谕》，《太平天国文书汇编》，页105。

从理论层面看，太平天国对民族主义的表述，总体并未逾出"夷夏之辨"。类似论说，早在东晋时期即见之于儒家，且每当华族沉沦之际，比如宋末元初、明末清初，"夷夏之辨"都一再自动激活。仅以此论，似可说太平天国民族主义没有提出新的东西，不像后来孙中山，结合新的视阈，从近代全球民族国家兴起的趋势，给予新的表述。但思想话语有无突破，仅为一方面；在太平天国那里，民族主义之所以预示了新的历史走向，主要不在于表述，而在于它的立国之道中包含别样的历史潜能。

孙中山谈"四万万人结合成一个中国"而却"一盘散沙"的原因，认为是"只有家族和宗族的团体，没有民族的精神"。这个问题，我们现时之人很难体会。因为经过百年民族主义国家意识灌输，尤其是"新民主主义革命"到"社会主义革命"阶段对于家族、宗族势力从思想手段到行政手段的全力摧毁，家族、宗族观念已经式微得不堪一提，家族、宗族对民间社会的掌控力更迹近于化作乌有。此乃"现代"以来中国社会一个最深刻变故。退至六七十年前，中国大多数地区，家族、宗族对于一般个体的统治力，可以说犹在国家之上。此一现象为中国所特有，而其由来则错综复杂；既有儒家伦理搭就的"家国"框架的作用，亦系特殊历史境况所压榨和逼迫之效应。前者如《孟子》云："天下之本在国，国之本在家。"[1]《大学》云："欲治其国者，先齐其家。"[2]"家齐而后国治。"[3]对社会教化和治理的顺序，视为"家"在"国"先。后者则是当着异族入主的时代，国破家存，传统维系与赓存，难于从国家层面求之，只能将更高的注意力、更严的约束力落实于宗族内部，以"家规""家法"之矻求，冲抵国事之变迁，从而造成宗族社会相对独立于国家社会的现实，甚至宗族权力某种场合还大过国家权力。我们看到，跟随汉政权三次南渡_{其中汉族中国两度整体"亡国"}，汉人的家族、宗族观念，都进一步加强。马端临《文献通考》，讲到族谱之兴时说："自五胡乱华，百宗荡析，夷夏之裔，与夫冠冕舆台之子孙混为一区，不可遽知。此周、齐以来，谱牒之学所以贵于世也欤？"[4]原本，门第与姓氏之贵，只

---

[1] 朱熹《四书章句集注》，页283。
[2] 同上，页3。
[3] 同上，页4。
[4] 马端临《文献通考》卷二百七经籍考三十四，页5871。

是世族豪门的讲究，而到两宋，家谱的修建却已是一般耕读传家者的常见情形，故研究者曰："宋代士大夫族谱，私撰的不在少数。"[1] 如今不少传承有序的大姓，祖源往往可溯至宋代即是因此，包括留传下来的《百家姓》以"赵钱孙李，周吴郑王"打头，亦属这种遗迹。下至明代，以姓氏为纽带的宗族统治，悄然向地方和民间政治基础的方向发展，而渐有所谓"乡绅自治"现象，逮及晚明时而竟能与官府相颉颃。有清以来，此一势头不减，最显著的例证即是太平天国事件中，国家机器已不足以敉平叛乱，最后实际上是倚靠乡绅主导的宗族性武装，摆平此事。由上可见，晚近一千年之中，中国始终呈"家"盛而"国"衰之势，家族、宗族势力不觉间成为国家权威的耗散因素，此即中国为何人口虽蕃，却"一盘散沙"、作为民族难以拧成一股绳的深层原因。正是深知这一点，中共建政以来，竭尽全力涤荡家族、宗族意识，无时无刻不对人民进行"舍小家顾大家"的国家意识培育与教化，尤其在宗法关系深厚的乡村，借集体化、合作化运动，以及大力开展阶级斗争，对家族、宗族势力作釜底抽薪式销融，用了三十年时间，才算大功基本告成。此应是宋明以来中国社会的脱胎换骨之变，惜识者似乎不多，至今还没有见到加以很好研究的著作。

略予梳理之后，回头来看太平天国。它并无基于现代国家观念的民族主义理论作指导，但实际所做的事情，与后者几无分别。对太平天国的统治，我们于两点印象最深。一是猛力破坏家庭细胞，以男女分行的"团营"方式，离散父子夫妇，用凡男人皆兄弟、凡女人俱姊妹的关系，替代儒家基于血缘和姓氏的所谓天伦，这不单是对于宋明以来宗族社会的沉重打击，也是对于起自先秦的"国之本在家"儒家纲常的彻底解构。二是从经济关系上推行公有制，最大程度地抑制人们的私有观念，而我们知道，私有制的社会基础在于家庭。恩格斯在《家庭、私有制和国家的起源》中说："个体婚制是一个伟大的历史的进步，但同时它同奴隶制和私有财富一起，却开辟了一个一直继续到今天的时代"[2]；"一夫一妻制是不以自然条件为基础，而以经济条件为基础，即以私有制对原始的自然长成的公有制的胜利为基础的第一个家庭形式"[3]；"现代的个体家庭建

---

[1] 张富祥《宋代文献学研究》，上海古籍出版社，2011，页570。
[2] 恩格斯《家庭、私有制和国家的起源》，《马克思恩格斯选集》第四卷，页60。
[3] 同上。

立在公开的或隐蔽的妇女的家庭奴隶制之上"[1];"在家庭中,丈夫是资产者,妻子则相当于无产阶级"[2];"妇女解放的第一个先决条件就是一切女性重新回到公共的劳动中去;而要达到这一点,又要求个体家庭不再成为社会的经济单位。"[3] 太平天国自身的确不曾提取出有如恩格斯上述那样的理论成果,但我们察其所为,却似乎是循着恩格斯的认识以行。正如中国传统科学短于理论却长于经验一样,太平天国并不能够缘着"家庭、私有制和国家的起源"的命题与学理,总结人类社会的发展,它只是基于"一切归圣库"的现实需要,自动找到了"个体家庭"是"社会的经济单位"这个症结,并果断诉诸政治手段,终止这样的旧关系。

是什么驱使它这样做?只要我们将《原道觉世训》所谓"天下总一家,凡间皆兄弟……皆禀皇上帝一元之气以生以出"[4],与《奉天讨胡檄》所谓"中国名为神州者何?天父皇上帝真神也,天地山海是其造成,故从前以神州名中国也"[5]联而读之,便可知太平天国立国思想是欲以上帝嗣息的名义与逻辑,将中国改造成一个具有且完全服从于统一民族意志的国家。如果这也可以称之为一个"新中国",则其最大特征就是泯却任何个体、家庭的间隙和分野,把所有人都化为天国一分子,载荷国家利益,听命于国,为国所驭。

这与后世革命何其相似。自孙中山以来,革命者致力于结束华族"一盘散沙"局面,欲使"四万万人结合成一个中国"。这是以现代民族国家崛起为镜鉴,而领获的救国之道。太平天国未遑有此借鉴,却并未妨碍它摸索出类似门径。此即何以太平天国诸多所为,我们都会为之眼熟。

故而,太平天国于其民族主义,表述虽甚浅显,看上去没有多少理论含量,但我们若以为它只不过是一股反清情绪宣泄那么简单,就大错特错了。反清,抑或汉族对异族统治者复仇,仅系太平天国民族主义的最表层含义;其更深指向,是要重构中国、改造汉族,使其脱略儒家伦理,而以新的形态和面目立于世界。

---

[1] 恩格斯《家庭、私有制和国家的起源》,《马克思恩格斯选集》第四卷,页70。
[2] 同上。
[3] 同上。
[4]《原道觉世训》,《洪秀全集》,页13。
[5]《东王杨秀清西王萧朝贵发布奉天讨胡檄布四方谕》,《太平天国文书汇编》,页105。

这与后来革命者提倡民族主义,精神实质完全相同。换言之,延续至今的百年中国社会民族主义母题,也是由太平天国首先破题和切入。别的姑且不论,单凭这一点,我们对于太平天国的历史意义,就要仰之弥高,而无法视为一场普通的祸乱。

理想国

现在,很少有人不知道"乌托邦"一词。它是由谁创造的呢?一个名叫托马斯·莫尔的英国人。莫尔非贵族出身,以律师入政界和宫廷,得亨利八世信任,受命为大法官,乃英王以下头号要人,后来却因宗教政策和亨利八世的婚事问题获罪,于1535年7月7日被处死。《乌托邦》在1516年写成,里面一切人名、地名全属虚构,包括"乌托邦"这个词也是他借古希腊语杜撰的,意犹"乌有之乡",并不存在于客观世界。作者这样做,一是借以避祸,托虚构方式来叙述和描写,免得被人抓住把柄问罪,次则与内容有关,书中展开了对于一种理想之国的想象,去遥设未来的完美社会。

"乌托邦"之名,十九世纪末由严复首译为中文,整书则迟至1956年始由戴镏龄以1912年英文本为底本译出、经三联书店出版。[1] 所以毫无疑问,这个今天我们耳熟能详的字眼及莫尔此书,洪秀全完完全全不知道。但是,后者所作《天朝田亩制度》,却与《乌托邦》有很多神韵暗投之处。

首先,《乌托邦》着重推崇财产公有。莫尔断言私有制是万恶之源,私有制存在一天,贪婪、争讼、掠夺、战争及一切社会不安因素也就无一日得终于世。"任何地方私有制存在,所有的人凭现金价值衡量所有的事物,那么,一个国家就难以有正义和繁荣。"[2] 在乌托邦,社会财富为大家公有,各种物资,汇聚到每座城市的几个指定场所,家家户户来此领取所需,无须付钱,城乡之间,城市之间,

---

[1] 高放《"乌托邦"一词首译者究竟是谁?》,《文史博览》2013年第7期。
[2] 托马斯·莫尔《乌托邦》,商务印书馆,1996,页43。

平均分享社会财富。在《天朝田亩制度》里，也有这种"指定场所"，称"圣库"或"国库"："两司马存其钱谷数于簿，上其数于典钱及典出入。凡二十五家中设国库一，礼拜堂一，两司马居之。凡二十五家中所有婚娶弥月喜事俱用国库，但有限式，不得多用一钱。""除足其二十五家每人所食可接新谷外，余则归国库。凡麦豆苎麻布帛鸡犬各物及银钱亦然。"目的是造成一种财富公有的社会："盖天下皆是天父上主皇上帝一大家，天下人人不受私，人人饱暖矣。""凡天下田，天下人同耕，此处不足则迁彼处，彼处不足则迁此处。凡天下田，丰荒相通，此处荒，则移彼丰处以赈此荒处，彼处荒，则移此丰处以赈彼荒处，务使天下共享天父上主皇上帝大福，有田同耕，有饭同食，有衣同穿，有钱同使，无处不均匀，无人不饱暖也。"

其次《乌托邦》设想，社会财富均有及共享的基础是人人参加劳动，自觉为社会出力，而没有只图享受的寄生虫，也无乞讨为生者，乌托邦人将牢牢树立务农为本的观念，包括城市公民，每人都须在农村至少住两年，以种田为业，务农之外，每人还须起码学一项专门手艺，比如纺织、冶炼、木工或泥瓦活，从而使社会生产得到保障。无独有偶，《天朝田亩制度》也要求人人劳动，也是这样组织生产。耕者有其食，太平天国所以把"天下田"平均分给每一个人，就是要使所有人参加到种田中而"天下人同耕"，在"有田同耕"的前提下实现"有饭同食"，"凡二十五家中力农者有赏，惰农者有罚"，"民能遵条命及力农者则为贤为良，或举或赏；民或违条命及惰农者则为恶为顽，或诛或罚"，男人种地，女人则事纺织、养殖，"凡天下树墙下以桑，凡妇蚕绩缝衣裳。凡天下每家五母鸡，二母彘，无失其时"，其他工作也是人人分担，"凡二十五家中陶冶木石等匠，俱用伍长及伍卒为之，农隙治事。"

又次，《乌托邦》提出对城市居住进行严格管控和统一规划。它描述道，居民数量应加调控，各城宜以六千户为限，每户成年人不能超过十六名，若超此额，便将多出者迁往人口相对不足之城市。作以上限制，是出于保证公有制度下的供需平衡，以防人口过多城市不堪其负。由此我们也发现，只要实行公有制，似乎就没有办法避开强行或生硬的管制，人为造成某种整齐划一局面。所以作者设想，乌托邦"每座城市分成四个大小一样的部分。每一区的中心是百货汇聚的市场"。"此外，每条街道有宽敞的厅馆，位置的距离相等，每一座有自己的专名。""一个厅馆左方右方各十五户,共管三十户,集中在厅馆中用膳。各厅馆的伙食经理按时到市场聚齐,根据自己掌管的开伙人数领取食品。""在每一个城的范围内,邻近城郊,有四所公医院,都是十分宽大,宛如四个小镇。""在规定的午餐及晚餐时间,听到铜喇叭号声,摄护格朗特辖下全部居民便前来厅馆聚齐"[1]……这些情景,读过本书先前章节的读者,难免有似曾相见之感。不错,它很像实行着"分馆制"的天京城,甚至连"听到铜喇叭号声"齐赴同一厅堂用餐都如出一辙,只不过太平军各馆的开饭信号是敲铜锣,莫尔的乌托邦则吹响"铜喇叭"罢了。书中又说,乌托邦的城市街道,统一宽度,住宅建造也都循相同规格,它们不属于任何个人的私产,每十年就要通过抽签彼此调换一次,自然,目的也是废除私有制和实现普遍均等。太平天国的馆舍,虽然不是用这种办法建造出来,但安排及使用的思路,没有根本不同。

我们似可以说,太平天国在不知道莫尔《乌托邦》的情形下,自行摸索出了与之相似的路径。但这并不是最令人吃惊的地方,实际上,《乌托邦》所写一切都只停留于莫尔的想象,太平天国却真真正正把许多类似场景付诸实践,直接推之于社会现实。想一想,十九世纪中叶中国人的社会革命,居然蹿进至这一步,真是超前得有些让人惊悚。

因为,单论虚构假想,"理想国"一类话语从来也不稀奇。不要说莫尔已处十六世纪,在中国,就算早上一千年甚至两千年,这种想象也都很活跃。我们知道陶渊明对桃花源的描写,知道《山海经》有一些世外的传说,知道孟子用托古方式虚构过井田制,还知道老子勾勒过"虽有舟舆,无所乘之;虽有甲兵,无所陈之"的"小国寡民"……然而,从老子直到莫尔,古今中外的所有"理想国"图景,都仅诉诸笔端,俱系"嘴上功夫",从没有人真刀真枪地把它们变成行动,付诸现实的社会实践。后来,确有人这样做了,而且我们承认略早于洪秀全——例如英国的罗伯特·欧文。1825年,欧文在美国印第安纳州买下三万英亩土地,办"新和谐"公社,实行生产资料公共占有、权利平等和民主管理,支撑三年即告失败,铩羽而归。[2] 这是有史以来人类对于乌托邦话语的最狂热举动。可是,

---

[1] 托马斯·莫尔《乌托邦》,商务印书馆,1996,页61—63。
[2]《大不列颠百科全书(国际中文版)》第十二册,罗伯特·欧文辞条,中国大百科全书出版社,2000,页483—484。

跟太平天国一比，欧文所为实在是小巫见大巫。他倾囊所购三万英亩之地，约合十余平方公里，只是巴掌大的天地，追随者亦仅千余人而已，何尝堪以"国"论？而太平天国呢，其切实统治过的区域，少说可至四十万平方公里，人口逾五千万，这都大大超过了欧洲许多单个的国家。而且，它也的确就是一个货真价实的国家，各种空想性制度，是以政权方式予以推行和贯彻，并且到天京之变前都被坚定地实施，从金田团营算起起码六年之久。所以，太平天国的存在，无论规模、时间和性质，都是欧文那种小小的"公社"根本无法比拟的。整整一个国家，仅凭激情和臆想而得构建、组织、维系、运转，如此之事，亘古未有，超乎想象，难怪当时在华洋人中间一些理想主义者，对它佩服得五体投地，目为人间奇迹。麦都思牧师就说："这场革命多么合乎道德！……舍弃合法报酬，同意过没有钱的生活（在中国人心目中，钱比生命本身还重要），所有人共享一切，一体平均；甘冒万死之劫，毫不退缩地坚持下去。他们的教义或许有缺陷，或许有大小程度不等的错误，但如果上述一切属实，或者有一半属实，那么，这肯定是一场合乎道德的革命，是我们时代的奇迹。"[1]那样广阔的幅员，数以千万计的人，仅仅为一种虚无缥缈的理想，就凝聚在一起，忍受各种牺牲。中国人对于"理想国"的热诚，令世界震惊。

  太平天国这件事，只怕让全世界都对中国有一种看走眼的感觉。过去凡曾到过中国或从纸上对中国有所了解者，都认为中国人是一个实利主义根深蒂固的种族。其生存哲学，不单体现为疯狂逐利的行为，更显现于凡事以一己私利为酌准的个人主义至上品质。他们总是死死盯住自身利益，确信某事有利可图，才会付诸行动。太平天国无疑使这种认知来了一个颠覆。在太平天国，归根结底，对于所谓"利益"人们能看到什么？又能指望什么？几乎什么也没有。没有金钱，没有女人，人人不受私，乃至烟酒不沾、娱乐禁绝，不是修行，胜似修行。人所握有的，无非是"天下共享天父上主皇上帝大福""无处不均匀"这样一些空洞的口号而已，然就为这些空洞的口号，万千追随者便跟在洪秀全身后，背井抛家，从荆莽丛中翻山越岭，历九死而不悔，一路杀到金陵。此事若不自"理想"二字求之，实难有更合理解释。

[1]《麦都思牧师的一封信》，《中国近代史资料丛刊续编·太平天国（九）》，页95。

实则中国人自己的出于意表，也一点不逊于外国人。破天荒第一次，我们惊异地睇视到自己身上竟有如此巨大的理想主义潜能，而由此得到了点燃与唤醒。中国的历史，以太平天国为界，我们在之前二三千年可考的史事中，没有见着一例纯然为着理想慨然以赴的社会运动，可在它以后，此一情形却屡见不鲜。自从太平天国开了这先河，一百多年来中国对理想主义的追求，都是全球最热烈的，此起彼伏，一浪高过一浪。这幡然之变，我们顶多追寻到太平天国，继续前溯，并无踪影。所以中国人展现出理想主义气质，于史有据的标志，只能确定为太平天国；在这一点上，今天的中国人，都是被太平天国所点燃和唤醒，而无论我们是否意识到抑或乐于承认。

再进而论之，我们理想主义的风貌，也完全和太平天国一脉相承。很多人谈论理想主义，往往不加区分，一概而论。其实理想主义形形色色。马克思就曾这样界定"乌托邦式空想"："局部的纯政治的革命，毫不触犯大厦支柱的革命，才是乌托邦式的空想。"[1] 我们知道马克思主义以共产主义社会为理想，但在马克思那里，共产主义社会理想作为反映、体现、顺应历史规律的革命，系从生产力、生产关系引发并致力于这种变革，从而带动政治等上层建筑的变革；如果反过来，从政治等上层建筑入手，强行地人为推进社会改变，就是本末倒置，所谓理想也瞬间变为空想。对于后者，马克思有个形容，称之为"一个筋斗""越过自己本身的障碍"[2]。以此衡诸太平天国，我们清楚地看到，它就是"一个筋斗""越过自己本身的障碍"的革命。中国当时的生产力、生产关系状况，远不足以支撑所有制变革，它却一纸政令，强推公有，以为一道"天王诏旨"即可扫除所有现实，连跨几个台阶，一夜之间在中国建其"天国"理想。这强扭之瓜的怪味，当时即显露无遗。所有靠政治手段强推的变革，最终都名存实亡。"谬误在天国的申辩一经驳倒，它在人间的存在就陷入了窘地。"[3] 马克思此语非对太平天国而发，我们却觉得它好像就是专为揭示太平天国困境而写。

这是否提示了我们民族精神气质和思维方式的某些问题？中国文化偏于经验性质，极重实践，凡事先干起来再说，成则成，不成则另起炉灶，转身做别

---

[1] 马克思《〈黑格尔法哲学批判〉导言》，《马克思恩格斯选集》第一卷，页 11—12。
[2] 同上，页 10。
[3] 同上，页 1。

的尝试。这有很大优点，比较灵活，比较讲实效，比较不认死理。但缺陷也显而易见，事前不能循理而为，事后也不看重规律的缜密构建。故而论者认为，中国基于经验认识自然和社会的能力出众，基于逻辑认识自然和社会的能力欠佳。这种认知方式，利于具体与局部，而难抉根本和整体。古来中国，诸般技术、技能、技艺均极超卓，科学却发育不良。至今国民中普遍的情形，科学精神养成仍是难事，科学理性思维仍是相对欠缺之物。

卷六 人物權論

洪秀全其人

对太平天国材料阅思过程中,我并未生出洪秀全是杰出历史人物的感受。照理想的情形,所谓历史完人应在才、学、识、德四方面,俱臻超卓。其实,这样的人从来一个也找不到。虽如此,作为杰出历史人物,即不能面面出色,至少有那么一二点领冠群侪,如此相求,似不为过。我们衡诸洪秀全,发现他盖皆平平。以太平天国领袖群体而言,洪秀全才逊杨秀清,学愧冯云山,识不敌洪仁玕,德不配石达开、李秀成,若论英气与豪气,陈玉成也能甩他十条街。这都很明显。然而,以上衮衮诸公,却都屈居其下,对他顶礼以敬、称兄呼主;而他则以状若无奇之秉赋,在史上留下浓墨重彩一笔,乃至开了一个时代,确有些于理不通。

也许我们的某些想法,从根子上就是错的。比如,在历史巨变面前,人因被其气势所炫震,常易生出英雄创世的膜拜。其实呢,若能冷眼看去,多半会发现真相与其说是英雄创世,不如说"时势造英雄"。因为史上英雄人物,固有才学识德很堪与历史运道相配者,但也实在不乏一些平平之辈,可"天之大任"却偏偏降于这样的人身上,把他驱为历史的先锋,让他先尝历史的禁脔,他于是便也加入了"历史英雄"的行列。当年,曹丞相与玄德公"青梅煮酒",说破"英雄"之事,后者手足无措,竟致失箸于地,惟借惊雷掩饰。小说家出于美化,谓刘玄德并非失态,而是机智和从容,实则我们从他一贯的妇人腔调,就可以断定他那小心脏的确是被吓着了。类似这样被历史摆在英雄位置然而实际不配的例子,还有许多;比如秦末大乱中的陈胜,他也莫名其妙地被推上"陈胜王"的高度,最后证明,真正的英雄乃是项王与沛公,甚至甘当配角的吴广,英雄成色也比陈胜更高；还比如，元末被刘福通迎到亳州称小明王的韩林儿，朱元璋原来也拜他为尊，可是后来还有什么人记得他？

所以，历史无法排除偶然。洪火秀于广州邂逅洋教士，怀揣《劝世良言》以归，基本上就是这么一种历史偶然。他于此书所瞥去的寥寥数眼，被随后的病魔卷入梦境，幻历种种。而醒来后，梦境全失，浑如常人。足足又过六年，始因表亲李敬芳的过问而再度拾起，就此"神明"附体，并得冯云山匡扶创拜上帝会。检视整个经过，惟一可以认定的理性事实，惟有时代风云的际会。那个附于洪秀全之身的"神明"，其实就是1840年前后降临于中国的"千年变局"。这一重大历史契机，把他置于不凡，从而经他之手将历史旧帘落下，并推开一扇新的窗口。

"涓涓不绝，将成江河；萌蘖不剪，将寻斧柯。"[1]历史的自我书写与演绎，每每这般，由涓滴而成巨流，从细枝而致盈抱。1836年广州龙藏街一幕，微渺如芥，除了洪秀全自己，大概再没有第二个人察觉这一瞬间，但当历史镜头拉开，拉向后三十年、五十年、一百年，纵然憨夫愚妇亦不难于悉知历史大势已降。从1836年洪秀全偶获《劝世良言》，到1894年孙中山创兴中会，我们无疑看清了近代中国反清图变意识全因西风东渐而催生，且意识之进化，亦与西风东渐的深度和广度十指相扣。就像洪秀全造乎于时势，孙中山何尝不纯系历史的产儿？同样反清，孙中山所追求和觉悟的，较诸洪秀全无疑贤明甚多，但那显然不能解释为此智彼愚，而是孙中山所可凭借的也比洪秀全丰富进益甚多。在洪秀全当时，他仅仅通过传教士知道上帝、耶稣和天国，这些大致尚属西方中世纪的思想资源，而到孙中山那里，有识之士业已从容知晓资产阶级革命的共和、民权诸概念。就此来论，不论洪秀全存在什么局限乃至陷于悲剧，皆可体谅。在反清图变这条路上，他只相当于咿呀学语的幼婴，换作别人，也并不能更高明。我们既不必把他当作不世出的英才供于历史庙堂，但若怀着后知后觉者的优越，奚落、嘲笑其幼稚简陋，更不可取。对历史来说，他在历史必经之路所踏上的第一步，比他做到什么或做得怎样，重要得多。

太平天国之前，中国农民起义，皆未逾于三种层次。其一，最末等的，只

---

[1]杨树达《春秋大义述》凡例，上海古籍出版社，2013，页11。

图子女玉帛；其二，略有点主张，则"反贪官，不反皇帝"，将不公现实视为统治阶级某些个人品行不端所致，而不能认识是这架机器存根本缺陷；其三，如果最后连皇帝也一并反对，其结果和成功极限，无非是"彼可取而代之"，赶跑旧帝，让自己坐上那张龙床。所以自古以来，没有哪一次农民起义可称"革命"。但在"千年变局"背景下，太平天国却的的确确显出了质的差别。虽然受到各种旧因素深重而致命的缠绕，它在很多地方仍表现出旧农民起义无以克服的宿命，可正如我们业已论证的，太平天国之有"革命"指向无法否认。我们看洪秀全早期所写《原道醒世训》《原道觉世训》，看《天朝田亩制度》，直至洪仁玕的《资政新篇》，对于新型的社会、新型的国家和新型的生产关系，都做出了思考和描述。虽空想成分居多，以至信口开河，间亦夹杂历史沉渣，然若对二千年农民起义史略予稽索，当不难鉴定太平天国所提出的问题、所触碰的层面，史无前例。不要说陈胜、吴广、黄巢、李自成，就算迟上三十来年的义和团运动，我们若就历史观和现实立场两相比较，也明显看出二者的巨大差距。

就这一点来论，洪秀全于历史上自有其一席之地。他虽器局平平，但在历来的农民领袖中，他有个优势，乃是通文墨之人，尽管自其所思所著看学问有限，然跟诸多同侪比，却已高出不少。当然他有个最主要的机遇，是从时代处领得独特馈赠。过去，像黄巢、宋江，也略知书，却没有《劝世良言》可读，亦无罗孝全可访，只能得授什么稀奇古怪的"九天玄女天书"而已。所以，黄巢、宋江都达不到他的悟识。反过来说，他虽然得"天"独厚，器局上终归显窄，英雄气魄根本不比黄巢、李自成。他之能走得比较远，打下半个中国，不得不说世运是到了一个颠倒激荡的关口，各路英豪纷纷自天降至下界，匿于民间，而他以拜上帝教点燃的那把火，将这些豪杰之辈吸引聚拢，跟在他的麾下，各展其能。太平天国，确是一种首领才具庸疏，但左右英雄竞起的现象，洪秀全以下，个个是能人，不要说杨、冯、萧、石，即便后起的青年才俊陈玉成、李秀成，放眼当时中国，都是掐尖儿的大材，乃至品阶更低、资历更逊的谭绍光之辈，纵是敌方、洋人，也视之为一等一的好角色。因得无数好汉追随、辅佐，仅堪村塾先生之资的洪秀全，终至于"天王"之位，在中国呼风唤雨。

过去将洪秀全照着"伟人"风范来描绘来塑造，就比如现今官禄布纪念馆外那尊塑像的仪表，但凡读过一些太平天国材料者，都知道与其本人无甚关系。

洪秀全体肥,"头秃无发"[1],而且为人懒得动弹,即便出门,必乘舆坐船,哪里会是那样一个按剑挺立的雄姿?

反过来,网上坊间对洪秀全的一些丑化、谤诋,也不都有道理。此类笔墨,尤堆集于其性生活方面。其实洪的后宫并不很广,少则数十人,多则不逾百十人。拿历史上多数帝王的后宫来参照,实为"正常";跟有些穷奢极欲的帝王比,甚至得算收敛。

《文献通考》帝系考五后妃条目,引《北史》曰:

> 命妇依古制有三夫人、九嫔、二十七世妇、八十一御女。[2]

这些数字,加上一位正宫娘娘,凡百二十一人。既称"古制",就是自古以来通行之定制,最正常、最标准的待遇。具体如唐代:

> 唐旧制:皇后之下,有贵妃、淑妃、德妃、贤妃各一人,为夫人,正一品。昭仪、昭容、昭媛、修仪、修容、修媛、充仪、充容、充媛各一人,为九嫔,正二品。婕妤九人,正三品。美人九人,正四品。才人九人,正五品。宝林二十七人,正六品。御女二十七人,正七品。彩女二十七人,正八品。以备《周礼》六官之数。[3]

以上总计百二十二人,与《北史》说法相差无几,可见古之后宫确有其常数。

如果碰巧赶上胃口较大的君主,大大突破此常数,并不罕见。洪秀全的老祖宗洪迈,曾在《容斋随笔》里说:

> 自汉以来,帝王妃妾之多,唯汉灵帝、吴归命侯、晋武帝、宋苍梧王、齐东昏、陈后主。晋武至于万人。唐世明皇为盛,白乐天《长恨歌》云"后宫佳丽三千人",杜子美《剑器行》云"先帝侍女八千人",盖言其多也。《新

---

[1] 曾国藩《贼酋分别处治粗筹善后事宜折》,《曾文正公全集·四》,页268。
[2] 马端临《文献通考》卷二百五十四帝系考五,页6858。
[3] 同上,页6867。

唐史》所叙,谓开元、天宝中,宫嫔大率至四万,嘻其甚矣!隋大业炀帝年号离宫遍天下,所在皆置宫女。故裴寂为晋阳宫监,以私侍高祖,及高祖义师经过处,悉罢之,其多可想。[1]

天京后宫百十来人,不逾古制,是不是可目为"正常"?倘若跟晋武帝"万人"、唐玄宗"大率至四万"、隋炀帝"离宫遍天下,所在皆置宫女"比,是不是"还算收敛"?

这样说,并非替洪秀全开脱。历史有变迁,今古不相同。以十九世纪中叶的中国论,男人多妻既是普通现象,又与等级身份相关。不单帝王,民间有权有钱的男人同样多妻。惟皇帝最尊,拥有妻妾也最多。洪秀全既做了"天王",如和"神天小家庭"诸弟一样,只有一二或三五个女人侍寝,是有损他权威的。后来颁《多妻诏》,许权贵们依爵秩纳数目不等的妾,也体现等级身份的尊卑。就此而言,一直以来对洪秀全独享百人后宫的喋喋不休,确实有那么一点大惊小怪。

不过,人们大惊小怪,自有原因。那便是很多主流的太平天国史家,努力让我们把洪秀全当作"革命领袖"来景仰,还说他实行和推动"妇女翻身解放"。你都"革命领袖"了,你都倡导"男女平等"了,却搞了那么多妇女当你性奴,大家自然要愤愤不平。当然,怪罪不应怪到洪秀全头上,而要怪罪于那些给他贴金的史家。洪秀全仍在那时代的观念的束缚下行事,是后世史家将他拔高了。所以,如果人们对于天王后宫的津津乐道可以"休矣",首先得让我们史学所习惯的功利性褒贬"休矣",还历史以客观、原本、如实。

洪秀全的一大苦恼,应该是精神世界的孤独。为什么这么说呢?我们看他对于上帝的信仰,是很沉湎很投入的,但举国上下除他自己,旁人都谈不上真正信上帝。李秀成自述不断写到因为"信实于天"的问题,君臣之间发生分歧和争执。他规定的饭前祷告、做礼拜这些日常宗教内容,大家被迫照办,但我们从所有类似场景的描写来看,全是敷衍了事、应景充数。连他下面的二号人物杨秀清,也明显不信上帝,满脑子孔孟之道,在杖责天王过程中,所谈居然

---

[1] 马端临《文献通考》卷二百五十四帝系考五,页6868。

是一套又一套儒家纲常。可以肯定，上帝信仰并未深入人心，成为太平天国的精神支柱。就此而言，洪秀全内心难免有一些"孤家寡人"之慨。早先冯云山在世时，或许好一些，作为与之筚路蓝缕、同创拜上帝会的同志，冯应该是有信仰情怀的，却早早地牺牲。不过，洪氏如果想起冯云山，恐怕也会暗中愧疚。因为当初在山里，为了笼络杨秀清、萧朝贵一班地头蛇，洪秀全违心承认后者那些神神鬼鬼、明显有"异教"邪风的法术，削弱冯云山地位。后期洪仁玕的到来，一度使其喜出望外，这也是最早的信上帝的同志之一，彼于洪秀全，不单是从宗亲的角度把国家大权付其手中可以放心，想必亦有一番精神上可以琴瑟和鸣的安慰。然而，两人在分别的这几年，一个穿山越岭从紫荆山打到天京，另一个却在殖民地香港待了许久，接触好些洋人，学到不少新思想。当他们重新聚首时，观念上已有明显差别，这从洪仁玕所上《资政新篇》和洪秀全所作批语可以看出。从洪秀全的角度，自己对上帝教义的认识与理解才是正宗，堂弟却不免被洋鬼洗了脑。洪仁玕来天京后，天王只是委以重任，精神、思想方面的交流切磋却似无所闻，对比当年在官禄埗以及两人结伴赴罗孝全教堂问学的情景，颇觉物是而人非。生命末几年，洪秀全推卸政务，一个人锁在深宫，自己去思索信仰问题，更凸显了内心的孤独，死时似有弃世而去、天下事不足恋的解脱感。

尽管洪秀全资禀一般，又是一个耽溺于偏执、浪漫情怀的人，但不等于说他既天真又颟顸，实际上他还是很精明的，对权术颇有一套。该妥协，知道妥协；须隐忍，能够隐忍。1848 年，趁着洪秀全赴广州营救冯云山，杨秀清和萧朝贵瞅准一、二号人物都不在的空当儿，精心策划，表演天父、天兄下凡双簧，以搏出位。等洪秀全归来，其势已成。洪秀全明知其故，也明知杨、萧所为系民间土教杂流，不合大雅，但他审时度势，顺水推舟，因势利导，认可杨、萧天父、天兄替身资格，假以吸聚会众、壮大队伍。此时，他似已忘记当时离开紫荆山，正是为了营救手足一般的得力助手冯云山，与后者渐渐疏淡，转而倚重杨、萧。这是明知涩果，而能强咽的姿态。杨秀清逼封万岁一幕，更显示洪秀全驭权有术的好手段。杨提此要求后，他竟破天荒地离开天王宫，亲至东府，面商褒封日期。为使东王吃定心丸，此举颇有孤注一掷的果决——东王必以为，天王如若心中有鬼，断不敢轻率过府，既然来了，允封万岁便应非有诈，多半又和当年承认自己为天父代言人一样，虽不甘心却也无可奈何——这边杨秀清吃上定心丸，那边洪秀全密诏急就，夤夜征调韦昌辉、石达开勤王。事至于此，心计颇工，但还不是最精彩的。接下来，洪又料定东王既剪、北王必欲独大，遂利用此点，纵容他灭了翼王满门；次而他还料定，无论才力、德望，北之于翼，皆非对手，石在灭门之后必奋起复仇；而达开其人，公忠磊落，不会像韦昌辉那样怀有个人野心，所以一番连环相杀之后，所留下的幸存者将是翼王，但此人危害最小，不妨徐图之可也。果然，乱局既平，达开执政，洪秀全再通过倚信宗亲，捣乱作梗，逼得正人君子石达开无地自容，愤走他乡。此一结果，皆大欢喜。洪秀全倒也绝无害石之意，彼能一走了之，大家各自两便。这就是为何虽然翼王率部出走，天京却一直保持着对他的承认与尊重，从未目作叛逃背主。纵观前后这大半年，洪秀全可谓"乱云飞渡仍从容"，操柄弄权，驾轻驭熟，换作另一个人，也并不能做得比他更佳。

杨秀清之后，终至国亡，再无任何人拈动挑战天王权威的念头，与他在丙辰危机中所施展的出色手段，无疑有很大关系。从处置这一事件时的缜密与深邃看，洪秀全的政治天分颇高，只可惜人格不够健强、心理有残破之忧，妨碍了他真正成为一代之豪杰。罩上天王光环之后，精神旧疾被充分掩盖，然隐患未去，死灰随时可以复燃。与东王决裂之事，虽殚精竭虑，全力敉平，但我们也曾分析过，此事对他自信心的打击绝非小可。1856年明显是个分水岭，随之，他的意志复归消沉，自闭倾向渐强，抑郁心态难禁，益发离群索居，惟思在信仰方面独善其身，对任何实务都打不起精神，不思振作，就是一副听之任之、破罐破摔的架势。天京末日之前，表现尤为明显，忠王一再谈及这种感受，满是无奈口吻。

设若洪氏之躯未曾寄居一颗易碎之心，此人的作为乃至太平天国之运道，有可能会是另一番面貌，那对历史来说，是福是祸、是喜是忧，则并非吾侪所可逆料了。

冯云山其人

太平天国文武双星并峙之情形，前有冯云山、杨秀清，后有洪仁玕、李秀成。说起文武两端，人们易于忽视的是，太平天国虽属农民武装暴动，实则最早却非以武起家，而是以文创业。这当中，冯云山居功至伟。

冯氏所住的村子，有写为"和乐步"[1]的，有写为"禾乐地"[2]的，今作"禾落地村"[3]，与官禄㘵相邻。金田起义当时，据他兄弟冯亚戊供称，"哥子冯乙龙，年三十余岁"，是应与洪秀全年龄相仿。洪、冯年少成交，洪仁玕告诉韩山文，他们是在各自放牛时相遇，结为密友。[4]《天情道理书》讲，冯云山"家道殷实"[5]，然自冯亚戊供词看，"殷实"二字应该谈不上。冯亚戊对兄长实际年龄模糊知之，不能确言，显示他文化程度极低，颇为愚蒙。他还供称，起义前，冯云山从广西派人捎口信来招人入伙，说是"该西省地方贼乱平靖，田地无人耕种，招示徕民承耕，叫小的与伯叔子侄前往垦耕"[6]，这当然是幌子，但从中可以看出，他的兄弟不仅是地道的庄稼汉，且耕地苦少，故以广西有可耕之田相诱。这都说明冯家应是一个普通农户，条件或与洪家相仿，只有供一个孩子念书的能力。

洪秀全发展的最早的两个信徒，一个是洪仁玕，一个是冯云山。此二人，

---

[1]《密查冯云山踪迹并拘讯其弟冯亚戊呈文》，《太平天国文献史料集》，页14。

[2]《冯云山之弟冯亚戊供词》，同上。

[3] 罗尔纲《太平天国史》卷四十三，页1705。

[4] 韩山文《太平天国起义记》，《中国近代史资料丛刊·太平天国（六）》，页865。

[5]《天情道理书》，《中国近代史资料丛刊·太平天国（一）》，页371。

[6]《冯云山之弟冯亚戊供词》，《太平天国文献史料集》，页14—15。

以冯云山意态最决绝。当时，洪仁玕二十岁出头，家中管束尚严，而他本人想必亦乏反抗家庭的坚定意愿，所以既未随洪秀全赴广西传教，后至广州罗孝全教堂问学也是匆匆辞回。冯云山则自从追随上洪秀全，便矢志向前，乃至比洪秀全更坚忍、更顽强。首赴广西，失利灰心，洪秀全自回花县，冯云山反倒芒鞋竹杖，向紫荆山深处探寻。这引起冯家极大不满：

> 迨回抵原籍始知云山仍未归，乃大为失望，而且又极难安慰云山之母及妻，因彼等满以为可从秀全处得知云山消息，但秀全偕其同出共履险途，而不与同归，又不知其概况，乃大为不悦。[1]

冯云山作为长子，上有老、下有小，育有三子，幼者年方七岁[2]，他竟置慈亲于不顾，抛妻弃子，连年远游，任何家庭都不能承受。为了传教，他实际上采取了与家庭决裂的姿态，而家人对他的抉择也极不赞成，冯亚戌供称，那次冯云山口信招其往广西耕田，他随即"携同母、嫂、侄子在家起行"，行至佛山，晚上住店闻之于人，金田地方"聚有千余人，常往抢劫，小的哥子冯乙龙也同伙抢劫的，小的闻听害怕"，冯亚戌遂不肯前往，率先折回花县，翌日冯母和嫂侄也"各自回家"。[3]这本是起义前冯云山搬取家眷的行动，无奈流产，从而给后来全家的惨剧埋下伏笔。

洪秀全自回花县后，冯云山如何在紫荆山凭一己之力，创建拜上帝会，其经过我们业于始末卷中述过。杨秀清、萧朝贵这一干豪杰，都不是洪秀全吸纳的，而由他冯云山发现。所以，太平天国的思想财富虽出诸洪秀全，但若论太平天国事业的基石，则实际是冯云山奠定的。以至于早期拜上帝会，包括洪秀全已到紫荆山以后的一段时间，普通会众误以为冯云山是老大：

> 大头子系冯云山，二头系洪秀全，三头杨秀清，四头子萧朝溃[贵]，五头子韦正，六头子胡以洸[晃]……[4]

---

[1] 韩山文《太平天国起义记》，《中国近代史资料丛刊·太平天国（六）》，页853。
[2]《冯云山之弟冯亚戌供词》，《太平天国文献史料集》，页14。
[3] 同上，页15。
[4]《李进富供词》，《太平天国文献史料集》，页17。

杨、萧取得天父、天兄代言者身份，冯云山地位迅速下降。然而，他们可以排名超过冯云山，却无法取代后者的作用。种种迹象表明，太平天国领袖当中，冯的学问最大。就学历而言，彼与洪秀全半斤八两，同操村塾之业，洪秀全还好歹考取了童生，冯云山则似无此记录，但可能天资不同，冯于百家之学的积累、功底，均在洪秀全之上。太平天国的基本典章制度，几乎悉出彼手。分别论之，计有以下方面。

一、政治组织架构。罗尔纲《太平天国史》认为："太平天国采取以主（天王）和军师构成的政体，君主为最高元首，临朝不理政，政务由军师负责。这种把农民民主主义和君主制独特地结合在一起的政体，从太平天国起义的领导人看来，不是杨秀清、萧朝贵所能想得出的，也不是出自洪秀全的本意，只有这个熟习经史、贯通百家、具有建立新天地宏愿的冯云山才能创制得出来。显然，在云山进入紫荆山区图谋革命之日就以他年建国担任军师自居的。"[1] 言下之意，这个以"军师"为枢纽的组织样式，是冯云山基于自己在拜上帝会中的作用而构设。

二、军队建制。太平天国官书有《太平军目》者，其详细描述了军旗规格、颜色和旗号标识格式，规定了自上而下各级部队的编制、将佐名称和隶属统率关系，是太平军建制的全面结构图。谢介鹤指为冯云山所制[2]，以《周礼》司马法为蓝本而设计。太平军自始至终皆行此制。可以说，冯云山也是太平天国军队的搭建人，他于"军师"之位可谓名副其实。

三、礼法尊卑。和《太平军目》一样，谢介鹤说《太平礼制》亦出冯云山。《太平礼制》逐一命名诸王、国亲、两司马以上官员，以及对其子女亲眷的称法，如天王世子称"万岁"，其余诸子称"王×殿下千岁"，天王长女称"天长金"，其余诸女称"天二金""天三金"……东王世子称"东嗣君千岁"，其余诸子称"东×殿下万福"，"丞相至军帅皆称大人"，"师帅至两司马皆称善人"，"丞相子至军帅子皆称公子"，"师帅子至两司马子皆称将子"，"丞相女至军帅女皆称玉"，

---

[1] 罗尔纲《太平天国史》卷四十三，页1714。
[2] 谢介鹤《金陵癸甲纪事略》，《中国近代史资料丛刊·太平天国（四）》，页669。

"师帅女至两司马女皆称雪",天王之兄称"国兄"、其妻称"国嫂",诸王之兄称"国宗兄"等等。作此规定,盖以别长幼尊卑、明进退之序也,太平天国极为繁琐的森严等级即由此而来。《太平礼制》有元年和八年两个版本,前者由冯云山手订,后者则根据当时新封多王而有所更易。

四、创《天历》。壬子二年正月元旦,太平天国于永安颁其历书,称"天历"。是为中国废阴法、行阳历之始。在我国,历法乃国家权力象征,古时立国必改正朔,武则天以后则改年号不改正朔,一直到太平天国,一千余年来第一次再改正朔,显示其"示从我始,改故用新"之雄心。值得注意的是,《天历》首次进呈时的署名是:冯、杨、萧、韦、石[1],冯云山以"前导副军师"头衔,名列"左辅正军师"杨秀清和"右弼又正军师"萧朝贵之前,原因就是《天历》完全是冯云山的创造,此时他虽班序已居杨、萧之后,但在这样一件制作上署名时,杨、萧却亦自愧不能与之争先。

五、拟旨草诏。据信,冯死以前,太平天国重要文告、天王诏旨、条律、檄文等,都是冯云山操刀,"前出冯云山,后出曾钊扬、何震川诸贼手"[2],是太平天国无可争议的头号笔杆。

以上举其要者五,余不一一,如当时金陵市民汪士铎引其甥吴栗生来信:"《三字经》《幼学诗》,官制礼制,多出其手。"[3]吴时为太平军做事,认识曾天养,上述说法应非他自己信口所云。另外,随赛尚阿广西剿匪的丁守存,于《从军日记》载,官军克复永安后入城查获"万寿诗联考取名次榜一纸,计四十余人,第一名则冯云山也"[4],有人据而认为这是太平天国最早的科举[5],若然此说,想必那也是冯云山的主意。

综上可知,太平天国军政制度、礼乐名器、文教词章,庶几仰冯氏一人之力。有冯云山,实乃太平天国之幸,简又文慨然评之:"其忠勇才德与智谋器度实为

---

[1]《颁行历书(三年)》,《中国近代史资料丛刊·太平天国(一)》,页171。
[2]谢介鹤《金陵癸甲纪事略》,《中国近代史资料丛刊·太平天国(四)》,页656。
[3]邓之诚辑录《汪悔翁(士铎)乙丙日记》卷三,民国二十五年,北平文艺阁排印本,页三十二。
[4]丁守存《从军日记》,《太平天国史料丛编简辑》第二册,中华书局,1962,页310。
[5]例如罗尔纲《太平天国史稿》,不过后来写《太平天国史》时作者纠正了它,认为只是一次诗联考试,尚不能目为科举取士。见《太平天国史》页2304注1。但至今有其他太平天国研究者,仍持此见。

太平天国第一人。"[1] 连敌方人物也惊赞："如此奇才，向非天生，何以至此。"[2]。

云山不重名利。这既可从他耐苦任劳、脚踏实地、一砖一瓦创建太平天国事业的经历中看出，亦可由其排名连跌之后的态度看出。一下从二号人物落至四号人物，没有迹象显示他负气不满，该干什么仍然干什么，丝毫不懈怠，上面提到的很多制作，都是在这种情况下完成的，如果他想较真的话，那些事情照理说应该"正军师""又正军师"担纲，自己只是个"副军师"，尽可以借故推诿。但他很能顾全大局，以革命事业为重。所以，我们虽然很少有他私生活方面的材料，但据而推想，他人品相当不俗，是个肯默默奉献的人。

太平军出广西前最后一役，他竟在蓑衣渡中炮身亡了。简又文、罗尔纲都感叹其若不死，天京时代太平天国的命运将如何如何。我们不加此揣度，倒是不能释怀于一点，即他这一死，太平天国"南王"那根线索就抹得一干二净了。为什么呢？因为整个"神天小家庭"中，只有冯氏从头到尾是"单身"闹革命。他搬取亲眷未果后，便与家人天各一方，再也没能团聚。《太平礼制》规定，诸王配偶子女、近亲及姻亲，都有封称、尊号，但却没有材料提及与南王有类似关系的人物，这好像说明冯云山至死都并没有另外娶妻纳妾。直到后期，才出现"殿前公议前导副军师顶天扶朝纲幼南王七千岁"的封号，据考证，这却是以萧朝贵后人承嗣的结果。[3] 反观其余死掉的诸王，萧朝贵、杨秀清、韦昌辉，其本人虽先后由于不同原因丧命，但太平天国仍有他们许多亲属的踪迹。故而，"神天小家庭"中形单影只闹革命的，惟冯云山一人而已。

亦正因此，冯云山全家所遭遇的惨祸，在太平天国无人可比。弟弟以及母亲、妻子因为害怕，从金田的路上中途折回，当时谁也没料到，西省竟如此大闹，而且云山还是其中那么一个大角色。那边刚出事，这边清廷很快派人"改装易服，迅往花县"[4]，捉拿冯氏全家。英国公共档案局存有此人所写一份呈文，未具姓名及年月，但据行文推知，应在咸丰元年 1851 之初。此人将冯家情形调查清楚："兄弟二人，现住和乐步村。父早故，母胡氏，存。妻练氏，生有三子，俱皆年幼。

---

[1] 转引自罗尔纲《太平天国史》卷四十三，页 1716—1717。
[2] 谢介鹤《金陵癸甲纪事略》，《中国近代史资料丛刊·太平天国（四）》，页 669。
[3] 贾熟村《幼南王考》，《学术月刊》1957 年第 7 期。
[4]《密查冯云山踪迹并拘讯其弟冯亚戊呈文》，《太平天国文献史料集》，页 13。

同居胞弟冯戊科,又名冯亚戊,年约三十余岁,娶妻黎氏,生有一子女。"[1]呈文亦就冯家平时表现,实事求是写道:"平日耕种为生,并无传习邪教、结党拜会、为匪不法情事。"[2]是很本分的庄户。尽管如此,冯母、弟以及次子癸茂还是被抓。妻练氏携长子癸方、季子癸华逃脱;不久,练氏与癸方亦被捕获。这一干人后来如何发落,至今不明,如果不出意外,命皆不保。

小儿子癸华和堂兄亚树_{应即冯亚戊之独子}出亡,流浪至广州,找到罗孝全。后者于1853年将此二人带往上海,拟设法投奔天京。美国传教士晏玛太在沪见到并招待他们,颇有交谈,其情形都被记录于《太平军纪事》一文中。但晏玛太称二人均系冯云山子,是其所误。癸华告于晏玛太,本想去广西找冯云山,但其时太平军已离桂北上而清军蹑其后,只能另作计较。"他们隐去姓名,不让人知其为南王子。他们的目的是要到南京其父处。(简按:此时南王早已阵亡,想他们仍未晓得。)"[3]冯亚戊录供词时说,癸华年方七岁,如此满打满算,1853年他最多十岁。一个十龄之童,颠沛流离,由南至北,满以为到了南京便可投入父亲怀抱,殊不知乃父久已不在人世。此情此景,思之泫然。

这时,上海正闹小刀会,大乱。罗孝全、晏玛太屡屡尝试让冯氏二子搭船去天京,均被拒:

> 其时,我前言之冯姓两青年仍无机会往南京。适有一美国战舰驶往南京,我们以为此两人可趁船前往,及舰上军官得悉其为南王子,则以政治关系不允许其登船。两人大为失望,其年较长者竟至发狂。为防免其落在清军手中计,我挈其入城缚之于教会学校内一柱上。但他逃逸出来,找着一把斧子,把神庙及偶像破坏无存。党人不知其为谁,见其如此胡闹,即逐之出城。其后他走入英国领事馆一间卧室,馆员以其为狂人,捉送石桥清军司令部监禁。在清营中他原原本本将太平军历史说出来,罗孝全牧师乃到清营谋保释之。抚台说:"此人似是很熟悉贼情呀!"罗牧师答:"您看啊!他是疯狂的人啊。"抚台据此释放了他。未几,他心神复得清醒,几不自信曾被

---

[1]《密查冯云山踪迹并拘讯其弟冯亚戊呈文》,《太平天国文献史料集》,页14。
[2]同上。
[3]晏玛太《太平军纪事》(简又文译),《中国近代史资料丛刊·太平天国(六)》,页921。

陷于清营也。他得了些旅费回去香港，后来在彼处染病身故。[1]

这"年较长者"，显系癸华堂兄冯亚树。至于癸华本人，晏玛太说他被小刀会迎了去：

> 不知怎么样，党人认出那年纪较轻的青年是南王冯云山之子。他们迎接他入城，花了五百大元买一骏马让这小王爷骑上，在城内游街，很为热闹高庆。[2]

然好景不长，最后，小刀会起义失败，清军入城屠杀：

> 大多数仍被查获斩首，尸骸惨被摧残，甚为可怖，——弃置城濠中，堆积起来，高与土平。头颅则高悬在城上示众。在被捕杀者之中有南王幼子，但清军究不知其为谁也。[3]

就我们知道的来说，冯云山满门死于非命，并无孑余。

---

[1] 晏玛太《太平军纪事》(简又文译)，《中国近代史资料丛刊·太平天国(六)》，页934。
[2] 同上。
[3] 同上，页938。

杨秀清其人

史上确有寄身草莱，但天资奇异、大才槃槃之人，杨秀清就是其中一个。

彼年幼迭失双亲，孤苦伶仃，未受丝毫教育，烧炭种山为生。一般人若是此等生涯，很少可脱愚呆之困，而秀清之慧黠，竟然远在许多识文断字者以上。他从自己经历中，惟一能接触到的"文化"，便是乡间神道习俗，而他于此的运用达乎极致，借以一跃居于拜上帝会二号人物高位。由此我们便知他聪明过人，对任何事物，一悟能握根本。但凡老天爷对他略微再多垂青一点，使他的成长有稍好的命运与环境，此人将迸发出何等能量，盖不可限。

彼取冯云山而代之，这对拜上帝会的事业，喜忧参半。忧者，是冯的识见学问远非杨秀清可比，而且迄乎冯云山去世前的表现来看，品性心术之正，也明显优于杨秀清；这两点，对于后来太平天国的气质与内部关系，可能具有相当重要之关系。但杨秀清上位，同样明显有很大的好处。一是杨秀清更懂民间，既能投其所好，亦晓控驭之道，所以拜上帝会到了他手里，组织更加深刻，势头更加红火。二是杨秀清心机曲折，长于用计，在军事指挥方面，他的作用无人可及。三是杨秀清有天生强者姿态，统治力、决断力均超强，作威作福，对任何人不假辞色，我们且不说别人，即便是韦昌辉、石达开、秦日纲，他也喝来斥去，说骂便骂，说打即打，此甚有助于太平军纪律之严明，而换作冯云山，则不知如何。

自从有了杨秀清，洪秀全基本上可以说坐享其成。阅《天情道理书》等知，从金田起义开始，所有重大决断、重大危机处置，都是杨秀清一手操办，几乎不劳洪秀全费心，后者似乎只是坐于轿中，在所下州县进进出出，直至驾入金陵，甚至包括定都金陵的选址，也是杨秀清定夺。虽然不能排除杨氏借《天情道理书》等过度为己评功摆好、树威国中的嫌疑，但是我们看清方以及洋人的记载，也都但云"东贼""东王"如何如何，鲜有指述洪秀全行状，以至于人们都不能确言他是否存在。

杨秀清虽然加入拜上帝会，认洪秀全为"二兄"，但两人思想观念有何相通之处，完全成疑。基本上，笔者不认为他对于"上帝"之信仰，存一丝一毫的虔奉。他是土生土长的僻壤之民，不知书，没见过广州的世面，不曾得遇洋人，更不曾面聆罗孝全教诲、受这种心灵洗礼，洪秀全梦中的"神爷火华"，"满口金须，拖在腹尚"，这副容貌，杨秀清只怕连想象也想象不来。他以跳大神的邪教方式，扮演天父下凡，自洪秀全看来，这极可能是忤逆不敬，但杨秀清预先想必浑然不觉，因为他所知道的神灵与凡间沟通的方式就是如此，所幸洪秀全欲成其大事，忍污容垢，接受了他的表演。既在"神天小家庭"中居耶稣、洪秀全之后当上"三弟"，也毫无迹象表明杨秀清开始对上帝信仰用功。洪秀全与其早期同志李敬芳、冯云山、洪仁玕等，都留有宗教方面共修切磋的记录，但与杨秀清之间，难觅一笔。我们很是怀疑，两人就此问题，能否说上半句话。就像当代作家刘震云的小说《一句顶一万句》所主述的那种苦恼，"说得着"还是"说不着"，洪、杨在思想观念上的关系，多半是"说不着"。反之倒很有材料，显示他对儒家兴致颇足。他反对洪秀全彻底禁毁儒家典籍，主张删后可读；他对天王进谏劝诫，所谈也几乎都是儒家话语。这有可能是诚心故意，主动在思想上当一个持不同政见者；但更有可能只是出于对洪秀全信仰及理论的不了解，不知道孔孟之道是异教徒"偶像崇拜"的一部分，不知道天王曾经受过儒家多大的伤害。归根结底，他更属于土著之国人，儒家思想早已经由各种有形无形渠道，氤氲其心田。而贵为东王以来，身边幕客颇汇拢了一些读过圣贤书的文人，逐日所谈，正不知又有多少子曰诗云，作为自幼无学而颇思上进的他，听在耳中，记于心上，不知不觉就与洪秀全渐行益远。

杨秀清贪恋权力，是一定了。个性强硬而又擅威擅福之人，权力欲自然不小。但他这欲望达到何种地步，是否动了要将洪秀全拉下马的念头，还很难说。天京之变既生，那些百般维护洪秀全形象的史家，一口咬定杨秀清是野心家，图谋自己去做太平天国老大；我们理解论者的心情，然而予以现实的理性的考量，却未必顺情合理。其中最重要的一点,在于太平天国权力的由来或权力的合法性,建立在"神天小家庭"的宗教班序基础之上。起初,"神爷火华"膝下二子,长兄耶稣,次子秀全,耶稣在天,秀全被派至下界行使天父、天兄意志,救世除妖,"天王大道君王全"是天父所赐敕书,洪秀全因此正其天王之位;后来,经过洪秀全认可,杨秀清、萧朝贵、冯云山、韦昌辉、石达开等陆续以诸弟身份加入"神天小家庭"。此一班序,定于先天,不能改变和否定,除非抛弃教义。我们暂时还看不出杨秀清有另起炉灶的能力和趋势,那么,起码在此之前,他想踢开洪秀全,是没有可能的。他最多能怎样呢?最多就是架空天王,攫取实权,取得一种类乎"僭主"的身份。就此而言,把杨"逼封万岁"说成是推翻洪秀全,显然过甚其辞;事情其实只涉及杨的权力的进一步扩大,并不涉及殄废洪秀全。

如果他的计划得遂,太平天国会怎样?也同样难说。从洪、杨各自的表现来看,可预见的情形大概主要会有两点。一是洪秀全的一些刻板狭隘政策,或将得到改善调整。比如杨秀清已经做出的男女、家庭团圆解禁的决定,以及他所主张的文化政策放宽、吸纳儒家之治的观点,将能有所体现。客观上,这对于太平天国的政貌,将有改良之效,增加太平天国的生存弹性,而利于国祚的延长。二是杨秀清的个性与精力都胜过洪秀全,一旦全面当国,即便做不到事必躬亲,起码不像后者那般深居简出、懒理俗务,而令国事空乏。其余如杨秀清缺少宗教情结,处事或能更多从现实出发加以应对,以及若有他在,太平天国后期洪氏宗亲涠政这一顽症很难形成等,这些都可以视为好的影响。而在坏的方面,除了洪秀全权力必然日益削弱,将来的动荡隐患难以预估,尤其杨的个人品质在更高权力助推下将演向何方,很不确定。他会不会成为一个古典的独裁者,会不会慢慢生起朱元璋式梦想,以泥腿子而黄袍加身,重新回到王朝周期循环的老路,恐怕是不能排除的可能,毕竟此人脑里所揣,全是地道的老旧思想。

关于他的"个人品质",先要看怎么论。从做大事者的角度看,他天生是当领袖的料,很霸道,很雄独,很敢为,铁面冷情,力排众议,惟我独尊,分毫没有优柔之色。自普通人的角度,感受则截然相反,会觉得他欺人太甚、心狠手辣、睚眦必报、殊非善类。在这种层面,彼之人品如何,大抵见仁见智,有人会点赞,有人会排斥。但在另一层面,其人品优劣,似无须分而论之,而是遽然可鉴，给出惟一的评议。亦即，他毫无疑问是看重一己私利、贪图私欲的自私之人。他对权力不知餍足，为权力时时展现斗犬之姿，根因在于私欲强盛炽热。如果说洪秀全心中或深或浅有一些信仰、理想，石达开、李秀成对权力的理解及运用犹能顾及他人之感受和处境，杨秀清却决然只是从一己利害得失出发，争权用权。他于权力，犹如猛狗护食，是本能性、生物性的。如此形容，会不会丑化他？关键看他自己如何对待权力。天京早期，当很多人还不及脱身因而留下一些闻见记载时，里面最普遍最突出的，就是杨秀清的作威作福。他这种事迹比洪秀全都多，涉及洪秀全的无非是建宫室、选妃嫔，杨秀清则在此类情节以外，独具不少奇技淫巧传闻。如：

> 杨逆造伪府，成于除夕，张灯设宴，男伶女乐数百人纷集，邀各伪王欢饮取乐，忽空中声如霹雳，堕一火毯，迸出火星万点，四散激射，立时烟焰飞腾，连甍数栋，顷刻灰烬。[1] 这是放烟花。

> 杨逆性尤奸恶，困洪逆于酒色以揽其权，尝制龙台一具以献，阔三丈多作窟陷，可容人卧，上排木架，盖卧具也。[2]

> 东贼造大床，四面玻璃，注水养金鱼，穷极奇巧，枕长四尺五寸。[3]

> 贼初言演剧为邪教，继于池州得戏箱数十只，回金陵乃招优伶演剧，东贼在清凉山（腰大树下）试之，喜甚。伪谕搭台于伪府引壁内以备开戏，适贼目疾复发乃止。从后来记载可知，戏禁实未解，此应系东王为自己搞特殊化，同时可见他对天王宗教律规既不赞同，也不放在眼里。

> 出则贼众千余人，大锣数十对，龙凤虎鹤旗数十对，绒采鸟兽数十对，继以洋绉五色龙，长约数十丈，行不见人，高丈余，鼓乐从其后，谓之"东

---

[1] 汪堃《盾鼻随闻录》，《中国近代史资料丛刊·太平天国（四）》，页398。
[2] 沈懋良《江南春梦庵笔记》，同上书，页439。
[3] 谢介鹤《金陵癸甲纪事略》，同上书，页659。

龙"。[1]这是出行的排场。

> 惟东贼必轿，轿制大与洪贼等。夏日创水轿，宽约三尺余，深约五尺，下围用夹板，两面镂云龙嵌玻璃，承以锡底，覆以锡盖，注水养金鱼。围上两旁窗六扇，后四扇制如围轿，顶四方制如窗，其陂如瓦檐，正顶一方，上下皆玻璃不用板，灌水养鱼，表里愈加莹彻。轿中置雕龙黄椅一具，轿帘用黄缎镂云龙帖玻璃，与窗围无异，第单复不同。此轿止洪杨有之，舆夫倍常数，大街路宽始能行，不利于转湾弯处，遂彻通"撤"，去掉、拿掉屋。[2]

为出行而临时毁民房的事情，听上去夸张，但的确不是捏造，因为另一作者同样提到："恐作盘挐嫌路窄，五丈宽街犹拆屋。"[3]

从以上所作所为，人们不难了悟他因何对权力那么喜爱、痴迷，因为他总是从中得到人生优越的体验。

杨秀清的模样，《金陵省难纪略》有一笔描绘：

> 东贼常病目，戴大墨晶眼镜，风帽覆至额，所见惟口鼻，惧人识之也。[4]

虽嫌简略，然亦无从知道更多了，因为他从来架个大墨镜，遮头遮脑，惟露口鼻，后面真容是何样子，只能靠想象。我因这句描画想起姜文在《让子弹飞》中的扮相——当然不全一样，张牧之着西装——主要是气质和格调的相类。张牧之乃一悍匪，而杨秀清虽有"东王"尊号在身，骨子里也仍旧是个悍匪。

杨秀清之于太平天国，颇有"成也萧何，败也萧何"的意味。起义的成功举行，以及从广西一路杀到江南、建都天京，杨都功居第一。有杨秀清与没有杨秀清，太平天国断然是两码事。然而，太平天国从巅峰一落千丈，也拜其所赐。他与

---

[1]谢介鹤《金陵癸甲纪事略》，《中国近代史资料丛刊·太平天国（四）》，页668。
[2]张汝南《金陵省难纪略》，同上书，页714。
[3]马寿龄《金陵癸甲新乐府》，同上书，页738。
[4]张汝南《金陵省难纪略》，同上书，页705。

洪秀全相互攘抑，对后者有纠偏改良之一面，而这纠偏改良者本身，却深受生活赋予他的品质的羁绊，很难突破绿林强人的格局。丙辰之变如他胜出，太平天国最好前景是迎来另一个黄袍加身的新朱元璋，而这种故事，已不合十九世纪中叶以后中国的口味。

洪仁玕其人

太平天国头面人物中,洪仁玕大约是即便诋攻太平天国者,亦将抱有好感的少数几人之一。这主要是由于《资政新篇》所留下的印象。此文之见地,不要说在太平天国内部,纵使放到当时整个中国范围来看,也足称时代之翘楚。后来清朝官场上那批洋务派大员,此时对历史趋势的领悟,都远未及于《资政新篇》的地步,而太平天国的整个文明水准,似乎因这份文件存在,猛然被拔至一个令人惊奇的高度。

一位美国军舰舰长,曾有如下亲身见闻:

> 他得受太平军领袖们的友善的欢迎,称他为兄弟,并告诉他说:将来外国人可以随便使用汽船、铁路、电线及其他西洋机器而无碍。他们对他说:"我们将要同您们一样。咱们同拜一位上帝,而且共同生活如弟兄。"费舰长回上海后,即成为一个太平军热诚的朋友,盖其大受他们的宗教性质和英雄气概之感动也。[1]

反观几十年后京津冀鲁晋义和团,毁铁路、拆电线,我们确乎不得不佩服太平军在很早以前见能及此。也许并非所有太平军人物都有此胸襟,但洪仁玕肯定是其中的杰出代表。

从至今知道的线索论,一百多年来的改革开放思维,第一个由枝节之谈跃

---

[1] 晏玛太《太平军纪事》,《中国近代史资料丛刊·太平天国(六)》,页925。

升于政治方向层面的，就得追溯到《资政新篇》。洪仁玕攫得此一历史地位，跟他一系列独特的身份经历有关。设若他不在殖民地香港前后盘桓七载，交游许多洋人，开阔眼界，应无由形成那样的认识；设若他不是洪秀全至亲的堂弟以及早期拜上帝时元老级同志，他也不会得到后者衷心的倚信，从而甫抵天京即被委以国任，有机会将所知所想拟成政纲，作为治国方略提出。

"改革先锋"四个字，洪仁玕是当得起的。近代以降，这称号，如果他谦居第二，恐怕无人好意思自称第一。只是他这位先锋，一切都停留在纸面上，没有一丝一毫的材料，说明《资政新篇》里的设想和主张，曾稍稍落于现实。洪秀全的嘉许，同样亦止于纸面，在实际政务中，他并没有给予堂弟任何支持。洪仁玕到天京以后，简直一事无成，甚至比这还糟，太平天国的情形非但不见起色，反而是每况愈下。当然，这有很多的原因。洪仁玕自己或明或暗透露的，就包括朝中大臣的掣肘、嫉妒、争权，还有洪秀全对各种势力之间平衡的拿捏。总之，他表面上看起来风光，其实寸步难行。人们不免感叹，原来改革家们的苦恼，今昔是如此雷同。

但是，我们却不可只听洪仁玕一面之辞。头脑新锐，思想开放，的确是他的优点。耶鲁出身的中国首位留美生容闳访天京，与之一席谈，归而述曰：

> 干王乃以予所言之七事，逐条讨论，谓何者最佳，何者重要，侃侃而谈，殊中肯綮，盖干王居外久，见闻稍广，故较各王略悉外情，即较洪秀全之识见，亦略高一筹。凡欧洲各大强国所以富强之故，亦能知其秘钥所在。[1]

富礼赐《天京游记》所记干王府见闻，同样令人印象深刻。博洽、优雅、周身散发学者气息，同时和善、亲子，举手投足透出人性温情，这些都明显不同于太平天国其他显贵。不光洋人会感到他较易接近，类似我们这些远隔着几个时代对太平天国投以目光的普通中国人，也应觉得洪仁玕比较合于我们所理解的"人"的尺度。然而，大家也许都忽视了一点，亦即洪仁玕之所以有被历史谈起的必要，并非因为他作为个人多么令人愉悦，而在于他是后期太平天国的当家人，

---

[1] 容闳《西学东渐记》第十章《太平军中之访察》，转自罗尔纲《太平天国史》卷五十五，页1983。

肩负着一个政权的运作的使命。他在这个方面表现如何，才具几许，成就多寡，才是我们品鉴他的真正依据。就这几点，我们单独、直观来看，很遗憾结论是这样的：没有什么表现，才具也看不大出来，成就则乏善可陈。我们惟一能够佩服的，便是《资政新篇》里面的见地，至于实际作为，干王却拿不出像样的证明。

自古以来，书生治国、纸上谈兵就是中国一种不能不防的陷阱。赵括的故事很有名，"赵王因以括为将，代廉颇。蔺相如曰：'王以名使括，若胶柱而鼓瑟耳。括徒能读其父书传，不知合变也。'赵王不听，遂将之。"[1] 被人枉叹"可怜四十万苍生"。纸面上漂亮，而实干能力不足，这种反差屡屡得见。盖因从纸面到实干，还有一个转化的关系。能将纸面漂亮转化为实干也漂亮，这种能力并非人人都有，在中国实际上很稀少。因为中国的读书人经常脱离现实很远，袖手论道，所谈头头是道，却无动手能力，一旦让他动手，辄水准大跌，所为与所论甚相悬殊。而且除开个人能力在纸面和行动上的悬殊，书生面临的最大难题，还在于中国政坛上关节出奇地复杂，君臣之间，文武之间，派系之间，上下级之间……举凡所有角落，无不暗礁丛丛，稍不经意，便樯倾楫摧，而如何协调，化解矛盾，是很大一门学问，必须老于世故、颇谙厚黑，始能应付裕如。所以，纸面漂亮的书生，在实际现实中，要么头破血流，要么金玉其外、败絮其内。洪仁玕是否纯属一个纸面漂亮的书生，我们材料不多，不便断言，毕竟《资政新篇》改革之不落实，未必都是他个人才干不济所致。但与他存在龃龉的李秀成，明显表达了对他能力的不屑。《亲供手迹》云：

    天王见封其弟初来封长，又有才情，封有两月之久，一事冇谋，已知愧过，难对功臣。[2]

"冇"即粤语"无"之意。"一事冇谋"，说得有些过，洪仁玕还是谋成了一些事的，比如对天朝科举制度有所更易并撰《钦定英杰归真》，己未九年主持订正天历，壬戌十二年修《钦定敬避字样》等，只是在李秀成看来，这些大抵俱属无

---

[1] 司马迁《史记》，廉颇蔺相如列传第二十一，页1876。
[2]《李秀成亲供手迹》，排印文，页39。

补国事的花拳绣腿,真正硬碰硬解决实际问题,干王总是志大才疏。考其事迹,我们发现几次衔命领兵,洪仁玕皆不堪所任。十年夏秋之交,第一次出外掌军,在安徽数月,寸功未立。十一年春,再救安庆之急,连挫于清军。最后于十三年冬,为催督救兵解京重围,辗转苏浙,长达半年,直到洪秀全崩、天京陷落,救兵也未见人影。秀才遇见兵,有理说不清。读书人不谙戎行,似无可责备。但我们也知道,即使是秀才,真正的干才,同样可以娴于兵旅。

1862年年初的一场纠纷,给干王名誉蒙上阴影。天王在广州的师父、现被委为"天朝外务大臣"的罗孝全,愤然出走。抵沪后他在《北华捷报》刊登公开信,声称生命受到威胁。罗简略叙述了事情经过,起因是反对洪秀全:"我并非单纯从个人的角度反对洪秀全,他一直对我非常和善。但我相信他是一个狂人,没有任何有组织的政府,根本不配做一个统治者";"他反对商业。自从我来到南京以来,他已经处决了十余名下属,其罪名仅仅是在城内经商";"他的宗教自由和众多的教堂变成了闹剧——不但对传播基督教毫无益处,而且比无用更坏。它充其量不过是用来推广和传播他自己的政治宗教的摆设,使他自己和耶稣基督平起平坐……"罗孝全不断发出的杂音,令洪秀全恼火,作为其顶头上司,洪仁玕难辞其咎,当警诫不起作用后,1月13日便爆发直接冲突,干王于罗的住处"当着我的面,蓄意手持大刀杀死了我的一个仆人",并"像恶魔一样在死者的头上跳跃,并用他的脚踩死者的头",随后,"他猛然向我扑来,以疯子般的狂暴,抽走了我所坐的凳子,将一杯茶的残渣猛泼在我的脸上,揪住我的身体拼命地推搡,用他张开的手打在我的右脸上",罗孝全说他想起基督的教诲,便把左脸转了过去,"结果他用右手在我的左脸上打了一记更为响亮的巴掌,使我的耳朵再一次嗡嗡作响。"[1]

此事仅见罗孝全一方孤立叙述,加上罗为人向来夸诞的口碑,其情真伪与可信度,存而待考。不过,天王信仰不合基督教正统,罗孝全对此持异论,确有其事;干王作为上司受到连累,应在情理中;两人因而有所对立,似也不可避免,否则罗不会以那种方式出走。另外,我曾见一材料,可以辅证洪仁玕受到了洋人伤害而态度转为厌恶。它来自前英军炮兵纳里斯,此人1864年2月在

---

[1]《罗孝全牧师的一封信》,《中国近代史资料丛刊续编·太平天国(九)》,页304—305。

贩货途中于湖州附近被太平军俘虏，强迫当兵，不久他见到了洪仁玕，后者当时奉天王之旨催调援兵至此；那天，洪仁玕发表训话之后，从台上走下来，用英语缓慢地和纳里斯交谈，当听说对方是英国人，干王回答是，"他从未遇到过一个品性良好的外国人"。[1] 此语足以显示，"外国人"三个字，在他心中唤起的是多么可憎的感受。

这与他原来以"见闻广""悉外情"知著的形象特色，形成反转。显然干王以洋务路线厕身太平天国政治，此一立命之本遭遇严重挫折，在现实中碰壁极苦，以至于心绪和性情都有很大改变。不到一年时间，富礼赐所曾见的那个博雅的干王，与罗孝全笔下凶相毕露的干王，根本不是同一个人。

安庆既失，加上其他缘故，"于辛酉冬革予军师王衔及正总裁之职"[2]，一撸到底，职衔尽夺。洪秀全如此生气，具体原因之外，是否也怀有一点对书生误国的不满或失望呢？忆及此事，洪仁玕颇伤心于天王的疏远，怨后者"圣鉴不爽"[3]。后来，尽管天王又复其爵职，且于癸亥年分别之际嘱以托孤重任，却似乎纯系洪家无人，不得不托付于彼而已。

最终在赣北，幼天王还是自他手上失散，生擒于清军。他说，他当初"恐负圣命遗托"[4]，而事实果然如此。

死前，洪仁玕赋绝命诗二首[5]。其一：

> 春秋大义别华夷，时至于今昧不知。北狄迷伊真本性，纲常文物倒颠之。志在攘夷愿未酬，七旬苗格德难侔。足根跟踏破山云路，眼底空悬海月秋。意马不辞天地阔，心猿常与古今愁。世间谁是英雄辈，徒使企予叹白头。

其二：

---

[1]《纳里斯的声明》，《中国近代史资料丛刊续编·太平天国（九）》，页434。
[2]《干王洪仁玕亲笔文书》，王庆成主编《影印太平天国文献十二种》，页481。
[3] 同上。
[4] 同上，页472。
[5] 同上，页482—483。

英雄吞吐气如虹，慨古悲今怒满胸。獯狁侵周屡代恨，五胡乱晋苦予衷。汉唐突厥单于犯，明宋辽元鞑靼凶。中国世仇难并立，免教流毒秽苍穹。北狄原非我一家，钱粮兵勇尽中华。诳吾兄弟相残杀，豪士常兴万古嗟。

诗才未必出挑，但比之于洪秀全惯常所作打油体，还是工丽不少；再有，颇存儒家色彩，说明他的思想与趣味更偏文人化一些。两诗最突出的内容，一在"攘夷"，尤其第二首，将中华上下几千年历史焦点，归结于夷夏冲突，正好印证了孙中山将太平天国视为一场民族主义革命的观点；二是反复提及"英雄"字眼，可见他这情结很重，认为太平天国乃英雄之所为，而自己即在此行列。

不论从完整意义上能否够上"英雄"，至少生命终结时，他表现从容。沈葆桢上报鞫讯情形，说"洪仁政蠢然一物"，"洪仁玕则老奸巨猾，真群凶渠魁"，答问"颇有条理"。[1] 借之以窥，不知洪仁玕有无他诗里所说的"英雄吞吐气如虹"之慨，但泰然自若四个字，他是做到了。

---

[1]《沈葆桢奏报讯明洪仁玕等供词情形折》，《清政府镇压太平天国档案史料》第二十六册，页218。

李秀成其人

战乱之世，杀气极重。但太平天国却有三个不好杀人的人。一个是石达开，本书因为叙述方向取舍之故，对其事迹未作铺开，然仅从韦昌辉灭他满门，达开回师得胜之后，并不还以颜色这一点，也可知此人非嗜血之辈。第二个是洪仁玕。富礼赐曾赞他宅心悯善，"交战时竭力令其不至如前之惨痛可怕"。虽然罗孝全描绘洪仁玕亲手执刀砍死其仆人，我们却颇疑其构陷，觉得非洪仁玕所能办到。上面纳里斯遇干王于湖州，算是世人所见洪仁玕最后行迹之一，而在此短短瞬间，竟也涉及他不好杀人的笔触；当时，干王正训话，不远处士兵喧哗，传来枪声，堵王黄文金将违规者捉来就地正法，是个十五岁男孩，"干王请求饶他一命，但堵王说这没有用"[1]。第三个不好杀人者，即忠王李秀成。他说他拿下苏州，"兵得五六万众，未杀一人"。这是很让人刮目相看的举止。且不杀之恩，非只施诸清军普通士兵，包括文武官员在内，一体保全，"清朝文武候补大员无数，满将多员，具俱未伤害，各欲回家，盘川无，我给其资，派舟其徃往。"照洪秀全的定义，凡清廷命官，即系"清妖"，格杀勿论。书中我们写到过很多血光蔽日的场景，例如胡以晃之下庐州，"血流遍街"，"尸上堆尸"，"尸将河填满平河埂"，盖常情也。苏州人烟繁庶过庐州甚远，如将李秀成换作胡以晃，这天下名城之浩劫，恐将难以语言形容。这一点，是得到苏州绅民认可的，"发逆屠杀之惨，于苏独轻"，虽亦有大量死亡事件发生，"至于骈首接踵，相与枕藉而亡……实皆自尽以殉，而妇女尤多"，与太平军无关。

[1]《纳里斯的声明》，《中国近代史资料丛刊续编·太平天国（九）》，页433。

不杀人，是普通人都能守的道德法律禁忌。然而在允许或可以杀人的情形下，主动戒杀、敛杀，则惟德元至强至大者能做到。人心中之恶，多是被外部规约强行锁住，规约一旦有变，恶之释放或超想象。如上三人，在可以恣行诛戮的条件下，以不好杀人硁硁自绳，足证他们根性之善。

我阅李秀成材料，留下的最深感受，就在一个"德"字。然而，天王赐予的封号却是"忠王"。"德"与"忠"之间，构成了李秀成平生行状的所有复杂性。洪秀全以"忠"字封他，绝非信手拈来。直接原因有二：首先，洪仁玕抵天京后，久不封王的洪秀全，突然破例将堂弟封为干王，过了些日子，觉得有些"愧对功臣"，便"先封陈玉成为英王"；此时尚无封秀成之意。第二，一方面李秀成功勋极著，不亚于陈玉成，另一方面突然发生了李昭寿率部四万降清之事，他乃秀成部将，"与我有旧日深情"，此时见封陈不封李，以打抱不平为由，"行文劝我投其"，事情当即传入天京，遂"恐我有变，云我同李昭寿旧好，封王不到我，定有他变"，一二十天后：

> 天王降诏封我为"万古忠义"，亲自用黄缎子，自亲书大字四个，称"万古忠义"四字，并赐绸缎前来，封我为忠王。[1]

李秀成知之甚明："我为忠王者，实李昭寿来文之诱，而乐我心封之，恐防我有他心。"此即所以封之以"忠"的缘故，一面用王爵买他安心，一面则以儆诫并晓示之。

谁知一语成谶。洪秀全赐予李秀成的这个字，成了他于后者始终放不下的一块心病；而李死后第九十九年，洪的二十世纪拥戴维护者们所痛斥于李秀成的，也是这个字。1963年第4期《历史研究》登出戚本禹的长文《评李秀成自述——兼同罗尔纲、梁岵庐、吕集义等先生商榷》，第二小标题写作"忠王不忠。历史的事实遮盖不住"，作者裁决，李秀成是一个"投降变节"的叛徒。

抛开戚批李秀成的当代语境及功利目的不谈，单纯就事论事，李秀成对洪

---

[1]《李秀成亲供手迹》，排印文，页39—40。

秀全的忠诚有没有动摇？答案断然是肯定的。当然，情形仅堪言以"动摇"，而不能说他已有"反洪秀全"的意识。那是一种一言难尽的状况。无论对国家的境地还是对洪秀全个人的种种情态、做法，李秀成都感觉到莫大的失望、不满和忧愤，但这些情绪是否已把他带至反叛的门槛，从全部事实看的确没有。他陷在两难、徘徊、犹疑之中。及被清军俘虏，应曾国藩之请，写自供状；此时忠王放下所有顾虑，剖陈腹怀，坦诚之至，不矫不饰，将所有心迹原原本本一一道来。他虽兵败受缚，最终身首异处，却以这样一份光明磊落的自供状，在生命尽头画上完美句号，从而自鉴其仁勇双全的人格。

戚本禹痛斥李秀成，有其现实的政治矛头所向。而戚所攻击的罗、梁、吕诸先生，将供状里的悔沮之语，说成"假投降"，意在保存革命力量，乃至是行反间计，"挑起满、汉统治阶级的内部矛盾"等[1]——相较于戚说，更属文过饰非。他们貌似在维护忠王形象，实则拉低了忠王的境界。忠王写自供状，倾注笔端的乃是从天下公义、苍生万姓角度反思得失，鉴别是非，就十余年历史狂澜，给后人一个中肯交代。如果说他秉笔间胸中仍怀一个"忠"字，那也绝非对任何个人、势力之"忠"，而是对内心良知之"忠"。"忠王不忠"乎？要看论者眼里的"忠"，与忠王眼里是否为一物，在同一层面。

我们观供状末尾剖陈"天朝十误"，细味其笔意，这一番话是为曾氏兄弟而写么？显然曾氏兄弟并不需要。是对太平天国同志、将士们而发么？或许有此寄心，可惜却无人能见。说来道去，当时当地，这些话纯系忠王垂以自见，对此生之憾，认认真真作一番了结。"十误"当中，前四条是他认为的太平军在战略及作战方向上所犯大错，第五至十条，则是国家从胜利走向败亡的六大主因，计有丙辰之变、翼王出走、天王倚宗亲不信外臣、天王倦勤、立政无章和株守天京。可以想见，他于纸上每写一条，心都在滴血；他无疑觉着，这些错误，但凡少犯其一，太平天国下场便不致如今。太平天国失败后，很多人留下供状，从幼天王到石达开、洪仁玕、李秀成，然而真正怀着赤热之诚，痛定思痛，剖切陈述败因者，舍忠王自述还复有谁？戚本禹可以从他的角度，指责"忠王不忠"，但显而易见，"天国"上下由衷为国家败亡而扼腕与不甘者，实际上只有李秀成。

---

[1] 戚本禹《评李秀成自述——兼同罗尔纲、梁岵庐、吕集义等先生商榷》，《历史研究》1963 年第 4 期。

这一点，连洪秀全都不能相比，洪氏之死，就算并非弃若敝屣、自我解脱般的自杀，内心之倦意却无以掩饰。反观忠王，其死前十日左右，于囚笼之内，忍受曾遭菁割的肉体伤痛，奋笔疾书数万言，设若没有一股巨大精神力量支撑，何能至此？通读全文，我们以为支撑着他的，只能是对自己舍命付出而又充满无尽惋惜的事业必须给世人一个交代这种责任感。此副衷肠，若非存心曲解，难道很难体会么？

忠王自述，一片赤诚之外，另一突出的表情，便是极度矛盾，有无以排遣的犹豫萦绕胸间，时而沉浮。对于起义将他由赤贫之子变为当世名将，在历史舞台扮演一个响当当角色，他知恩感恩，无怨无悔："我身视事天朝，自随至今，受其恩重……我今被护获，何悉今日之由？知者谁从？到此为官，军机在手，习久而知；知者避而不及，故惹今日之殃，我亦无怨，皆是自为，非人累我。"[1] 然而同时，却有另一番景象时时触响他心中不同的声音，此尤于天京困紧之际变得格外强烈：

> 京城穷家男妇俱向我求，我亦无法，主又不问此事。奏闻主云："合城无食，男妇死者甚多，恳求降旨，应何筹谋，以安众心。"

> 我主如此，我真无法。城中穷家男女数万余人缠我救其命，度日图生。那时我有银米，可以暂将城内穷家民户以及各穷苦官兵之家，开册给付银米，以求其生。开造册者有七万余人，穷苦人家各发洋钱廿元，要此字疑衍米二担……

> 救至去年十二月又不能了，我亦苦穷无银无米，稣苏、杭又失，京城困紧，力不能持，奏主不肯退城，实而无法……斯时王次兄以及洪姓见我滋慈爱军民，忌我自图害国之心，声言明到我耳，那时忠而变奸，负我辛勤之一世苦楚，不念我等勤劳，反言说我奸。我本铁胆忠心对主，因何言佞臣而言我奸！[2]

---

[1]《李秀成亲供手迹》，排印文，页23。
[2] 同上，页37—38。

忠王反复辩己为忠，然自洪姓诸人看来，其所为难辞奸之嫌疑。为什么呢？这里要害在另一个字：义。忠王所不安者，实因内心不能抛弃这个"义"字。万千士兵，跟随他鞍前马后连年征战，眼下竟至果腹而不得，嗷嗷待哺；国事不济，百姓何辜，挣扎于死亡线上，路有野骨，饲身犬腹。到了外粮不继之时，李秀成"不得已将自己家存米谷，发救于城内穷人"，很快发完，"救过此穷人，亦不资于事"，于是"将此穷苦不能全生情节启奏天王，求放穷人之生命"，被严拒，且斥之："不体国体，敢放朕之弟妹外游，各遵朕旨，多备咁露，可食饱长生，不由尔奏！"忠王实不忍见百姓苦状，终于择"义"而舍"忠"，竟"强行密令，城中寒家男妇，准出城外逃生"。[1] 从1863年末至天京城陷，各门陆续放出合计有"十三四万"之数。这是忠王明目张胆违背天王旨意，所保全的生命数目。

人言忠孝不能两全，其实，忠义每亦如此。从为人臣子的角度，食人之禄，尽人之事，谓之忠。那么何谓义？往大里说，有诸多高论伟说；如果往小里说，从做人最基本的良知来讲，则将心比心，己所不欲勿施于人、推己及人、反求诸己、老吾老以及人之老、幼吾幼以及人之幼，都是天赋人心的最本真最自然的义。人，只要天良未泯，当着弱者无辜遭难之际，必会动其恻隐之心，被一个"义"字所激。忠王此人，如果说天性上有何冥顽根柢，纵观他平生迹状，我们得说就在于宅心仁厚，这有极多的表现可以佐证。眼下，他为着自己之冥顽天性，竟至敢然背"忠"，做出忤旨之事。透过此一情节，我们其实可以更深地窥觑一下他的内心——这个人，倘若"义"的呼声在心中压过"忠"的自徼时，他是有可能弃"忠"而就"义"的。

记住这一点，它将有助于解释《亲供手迹》流露的那些所谓"动摇"和"傍徨_{彷徨}"。

人于英雄，通常喜欢赞其意志纯一与坚定；然而我们却看到，史上所有不凡之辈，那些天钟地秀的人杰，没有哪个心灵是单面的，总是表现出丰富、复杂、多样的精神世界，经历、品尝着内心冲突，并在这样的砥砺中放射耀眼的生命之光。如果你仅能喜欢、欣赏所谓单一、纯净的品质，恐怕将会错过许多真正能给你教益与启迪的灵魂，而难以领略生命真味。戚本禹抑或他所代表的

---

[1]《李秀成亲供手迹》，排印文，页40。

那个时代的思想，不容李秀成，其实也是暗中欲图阻断我们对人性丰富性的认知，让更多的人成为头脑单一之辈。

　　李秀成的"动摇"和"彷徨彷徨"，绝非因为性格心猿意马、品质斑驳，归根到底，恰恰因他心中犹有是非，且不能弃其是非以盲从。他很想对天王尽忠，为此忍谗吞讥、负重含辱，他实有机会效翼王所为，在苏州甚至曾经闪出这一丝之念，但仍然率部回到天京，并在天王死后，最终将幼主护出城去，尽了为人臣者最后之绵力。这当中，有被逼无奈的成分。就连这种无奈，也让人感受着忠王内心的柔软。从苏州诎其兵权起，洪秀全便赤裸裸以其家小为人质，缺乏纵身跳出愚忠心井勇气的忠王，竟拱手顺从；后来，回天京以及株守至终，忠、孝二字，都是羁绊他的绳索，在丹阳，堂弟侍王李世贤劝其"别作他谋，不准我回京。我不肯从。后见势不得已，见我母亲在京，难离难舍，骨血之亲，故而轻骑连夜赶回京"[1]，阅此细节，良善之人唏嘘之余，更会生起一种敬意，觉得忠王为人品质及行事，知爱有爱，始终能舍己而富牺牲精神。他的愚忠，有时颇让人想到岳武穆，天王"一日三诏"追于苏州，与岳飞"一日奉十二金牌"很相像，而两人则同样有机会自保却选择回京面圣。但忠王较岳王有一点不同，是他更加矛盾，更加徘徊。当天王遣使取其家眷为质后，忠王在苏州曾"不理三日政事，不开三日府门"[2]，可见心中之懑闷。动身回京途中，他也一直在犹豫，直到在丹阳拒绝李世贤劝谏那一刻，才最终做下了飞蛾扑火的决定。他这么表述心迹："主不修德政，尽我人生一世之愚忠对天。"[3]此语表明，忠王心中其实已明确判定天京那人君德坠地，他之所以仍决定应命而往，乃是出于对自己一生一世清白、品节的捍卫和保全。他是这样珍惜名誉，努力做到一生为人有始有终。故而"忠王不终"云云，诬之太厚，真要是"不终"，忠王何至于奔回天京，直到终末，全力护主突围而只身匹马就缚于清军？他就是太看重有始有终，方落于这步田地，此凿凿明甚也。

　　忠王自述，是一巨大矛盾体。写者一方面反复表白他对"天朝"的拳拳之心，另一方面，又再三质难洪秀全治政之失，尤其对后期洪秀全，李秀成几乎就没

---

[1]《李秀成亲供手迹》，排印文，页36。
[2]同上，页33。
[3]同上。

有正面的评价。这明显的话语冲突,不要说像戚本禹那种视洪秀全神圣不可侵犯的人,会读解为"投降变节"的表征,就是有些中立的读者,也不免觉得枘圆凿方,格格不入。但我们如果知道,人生在世最大苦痛,往往是面对两难之地,则于忠王的处境将丝毫不难体会。何谓两难?一言以蔽之,并非是非截然分明。有时,此亦是而彼亦是;有时,是亦非、非亦是。发生此种情形,通常都是当主体情智健全、于万事怀有一颗俯仰可随的丰富心灵时,设若情感薄狭、理念孤执,反而不大可能遭逢两难。在太平天国诸人中,李秀成大约是理智与情感都很丰沛、二者之间极为均衡而无偏废的一个。我们拿同样为人颇正的石达开相比,应发现后者理胜于情,故能关键时抽刀断水。李秀成理智并不弱,亦甚强大,否则做不到遇事如此坚忍、抑己、隐让。忠王终生所不能弃者,盖在一个"情"字,而"情"的丰富性、多义性、多向性,撕扯他,拽持他,令他莫衷一是。他对天王知恩图报、护主至死是"情",对部下体念有加、对天京百姓不忍其苦、对天下苍生不欲久遭涂炭,也都是"情"。这不同的"情",交织于忠王胸间,争夺着他。他一生所历的解释在此,供状话语间巨大矛盾的解释亦在此。

有忠,有义,有情。对忠王李秀成,我们可借此三字盖棺论定。如果再加精炼,则可凝于一字:德。此字如今似乎俗得不能再俗,烂得不能再烂,但本来却是至为高远的境界。孔子说:有德者必有言,有言者不必有德。德,是超乎言论之上的善根。忠王出身草莱,天予此赋,非由教化致之。观其所为,为臣则知报恩,为政则施德泽,为上能知体恤,为敌不弃恕矜。他在苏福省所行一系列宽纾民生的德政,前面业已述之以详。另外,像部将李昭寿、苏州诸王先后之叛,他自己虽拒不与从,对部下的去从苦衷却颇能谅解,而部下亦能对他坦言相告,都可见他做人的包容。而尤能体现他德风的,是对待敌人的态度。张国梁,清方悍将,"骁勇无敌,江南恃为长城"[1],实为李秀成之劲敌,"贼中素称两张_{张国梁}和张玉良为'大张、小张',久惮其名"[2]。国梁阵亡,"事闻,文宗震悼,犹冀其不死,命军中侦访,不得。逾数月,乃下诏优恤。"[3]说到对太平军所欠"血债",张国

---

[1]《清史稿》卷四百一,列传一百八十八,页11850。
[2] 汤氏《鳅闻日记》,《近代史资料文库》第五卷,页630。
[3]《清史稿》卷四百一,列传一百八十八,页11850。

梁最深。这样的顽敌死后,李秀成却特意"差官寻其尸首,用棺收埋在丹阳宝塔根下"。为什么?忠王如是说:

> 两国交兵,各扶其主,生其是英雄为敌,死不与其为仇,固敁代收埋之意也。此是恤英雄之心,非我与仇也。[1]

他敬对方是条好汉,虽与我为敌,其人却配得上以礼相待。故而李秀成待人,具有超越敌我的眼光。张国梁"身先士卒,勇略兼优,平素爱惜兵丁,恩待如兄弟,甘苦共尝"[2],这样的人,李秀成认为是个好军人,该给他一番敬重。其破杭州,浙江巡抚王有龄不跑不降,于饷源断绝、援师阻隔之下坚守两月,城破,从容殉节,李秀成也敬他三分:"在其亲兵之内,点足五百人,送其棺木,由省动身,给舟十五条,费银叁千两,路凭一纸,送其回乡。各扶其主,各有一忠,念其忠志之故,惜看英才义士,故用此心。"[3]忠王"在家贫寒","度日不能,度月格难,种山帮工就食"[4],自幼确未经教化,但看他所为与见识,辄深合古道,义薄云天,这只能说是根性上乘所致。

钱仲联先生主编《清诗纪事》"民歌谣谚卷",存有一些太平天国歌谣。不少歌谣,系上世纪五六十年代地方上采集而来,名曰"民谣",但字眼、语气和情感上,时代痕迹历历,比如"杀了土豪和恶霸,领导我伲把田分"[5],"天字旗号当空飘,天国出了女英豪,你若要问她名字,天王妹子洪宣娇,妇女去跟洪宣娇,会打火枪会耍刀"[6]之类,系当代伪作的可能性大。惟独关于李秀成一二首,有民谣原生风味,较可信。如:

> 哥哥去砌报恩碑,妹妹在家做针线;报恩报的忠王恩,针线缝的太平衣。[7]

---

[1]《李秀成亲供手迹》,排印文,页21。
[2] 汤氏《鳅闻日记》,《近代史资料文库》第五卷,页632。
[3]《李秀成亲供手迹》,排印文,页28。
[4] 同上,页03。
[5]《清诗纪事》,凤凰出版社,2004,页4109。
[6] 同上,页4107。
[7] 同上,页4108。

麻雀麻雀好自由，飞东飞西不发愁；你到天京托件事，看看忠王瘦不瘦。[1]

借之以窥，太平天国统治下，忠王在民间的口碑显然是极好的。

2015 年末动笔
2017 年 7 月成稿
2017 年 12 月四改
2018 年 5 月又润色

---

[1]《清诗纪事》，凤凰出版社，2004，页 4109。

附：时间简表

癸酉：清嘉庆十八年，公元 1813
十二月，洪秀全生，于族中排"仁"字辈，名仁坤，乳名火秀。出生日期，一述为十二月初九日，一述为十二月初十日。嘉庆十八年癸酉于公历跨 1813、1814 两年，加以置换，则前者为 1813 年 12 月 31 日，后者为 1814 年 1 月 1 日。

甲戌：清嘉庆十九年，公元 1814
马礼逊汉译新约全书出版。

乙亥：清嘉庆二十年，公元 1815
冯云山生。

己卯：清嘉庆二十四年，公元 1819
洪秀全七岁，入塾读书。
马礼逊、米怜译毕旧约全书。

壬午：清道光二年，公元 1822
洪仁玕生。
中文新约旧约全书出版。

癸未：清道光三年，公元 1823
杨秀清、李秀成生。

丙戌：清道光六年，公元 1826
韦昌辉生。

丁亥：清道光七年，公元 1827
洪秀全十五岁，始赴广州应童子试。

辛卯：清道光十一年，公元 1831
石达开生。

丙申：清道光十六年，公元 1836
洪秀全又赴广州应试，于街头得传教士派发之《劝世良言》。

丁酉：清道光十七年，公元 1837
二至三月，洪秀全广州赴试再失利，悲愤返乡，成疾，梦游"高天"，为己更名"洪秀全"。
陈玉成生。

戊戌：清道光十八年，公元 1838
十一月，以林则徐为钦差大臣赴粤办海口。

己亥：清道光十九年，公元 1839
二月，林则徐谕令洋商呈缴烟土。
四月，虎门销烟。

庚子：清道光二十年，公元 1840
4月，英议会经辩论，决定对华采取军事行动。
6月，英舰队抵于中国海面，鸦片战争开始。

壬寅：清道光二十二年，公元 1842

七月，《江宁条约》（《南京条约》）签字。

癸卯：清道光二十三年，公元 1843

洪秀全于莲花塘设馆，详读《劝世良言》，自行洗礼，撤塾中孔子木主，收首徒李敬芳。当其回抵官禄㘵，向冯云山及洪仁玕传其教义，二人均信之。

甲辰：清道光二十四年，公元 1844

洪秀全偕冯云山等离乡出游传教，直至广西贵县赐谷村，居有三月余。八月，因进展不利拟还乡，遣冯云山先行。冯行至桂平，临时决定自往紫荆山布教。十月，洪秀全因故耽搁后动身东回，抵于花县。

乙巳：清道光二十五年，公元 1845

冯云山继续在紫荆山活动，信从者颇多。洪秀全在乡仍以开馆授徒为生，作《原道救世歌》《原道觉世训》《原道醒世训》《百正歌》等。

丙午：清道光二十六年，公元 1846

冯云山约当是年于紫荆山之平在山，创拜上帝会组织。平在山乃烧炭者聚居地，这批人后在太平天国被称"平在山旧勋"。

丁未：清道光二十七年，公元 1847

二月初，洪秀全偕洪仁玕至广州罗孝全礼拜堂问教。洪仁玕旋自离去，洪秀全独留数月，有谋教职之意。不果，走投无路，得人赠钱百文，于六月去广西寻冯云山。颠沛月余重抵赐谷村，得知三年来冯云山事迹，即由人护送，赴紫荆山会冯。

戊申：清道光二十八年，公元 1848

冯云山因组织会党被举告，捕入桂平县监。三月，洪秀全回广东奔走营救。

四月,杨秀清首以其身托言"天父下凡",代世人赎病。九月,萧朝贵效之,行"天兄耶稣下凡"之事。

己酉:清道光二十九年,公元1849

五月,洪秀全和冯云山后者于去年遣解原籍自花县回归紫荆山。

十月,洪秀全长子洪天贵福生。

庚戌:清道光三十年,公元1850

广西、湖南各处乱炽。

正月,道光皇帝崩,皇太子奕詝即位,以明年为咸丰元年。

二月,拜上帝会决定起义,萧朝贵嘱人曰:"太平事是定,但要紧口。"

四月,进一步确定宜待清军为天地会所疲后举义。

五月,洪秀全遣人往花县搬家眷赴广西。

六月至八月,拜上帝会对会众发动和实施"团营":"将遣大灾降世,凡信仰坚定不移者将得救,其不信者将有瘟疫。过了八月之后,有田不能耕,有屋没人住。"

杨秀清自四月起"发病"。十月初一日,浔州平南官军围洪秀全、冯云山于花洲山人村胡以晃家。是日,杨秀清"忽然复开金口",诸病俱消,即与萧朝贵、韦昌辉等自桂平金田村起兵往援,史称"金田起义"。

辛亥:清咸丰元年,太平天国辛开元年,公元1851

二月,太平军进至广西武宣县东乡,洪秀全于兹宣布即天王位,号"太平天国",立幼主,封军师,后以是日为其"登极节"。

六月至七月,清军向荣、乌兰泰等驱太平军回紫荆山区并围困。

八月,太平军自桂平新墟突出。

闰八月初一日,太平军克永安州,占取首城。

十月二十五日,天王诏令封王,杨秀清东王,萧朝贵西王,冯云山南王,韦昌辉北王,石达开翼王。另诏后宫称娘娘,贵妃称王娘。

十二月十四日,太平天国颁"天历"、改正朔,以是日为其壬子二年正月初一日。

壬子：**清咸丰二年，太平天国壬子二年，公元 1852**

二月，太平军自永安城突围，往袭广西省城桂林。清军俘获洪大泉。

三月，清副都统乌兰泰因伤殁于阳朔。

四月，太平军撤围桂林，转攻全州，拟北上。传檄全国，发布《奉天讨胡檄》《奉天诛妖救世安民谕》《救一切天生天养及中国人民误帮妖胡者谕》等。江忠源督湘勇败太平军于蓑衣渡，冯云山中炮身亡。太平军弃舟登陆，入湘。自永州趋道州，破之。

七月，太平军克郴州，得挖煤工千人，立"土营"。萧朝贵引千人奔袭长沙。

八月，萧朝贵因伤身死，洪、杨闻讯即催全军移赴长沙。

九月至十月，太平军久攻长沙不克，遂撤兵西行，拟自益阳至常德。在益阳，意外获舟数千，临时改由临资口顺流下，出洞庭、到岳州，以趋湖北。

十一月初三日，太平军进至岳州，发现是空城。清湖北提督博勒恭武先数日弃城而逃。城内所贮当年吴三桂炮械，俱为所得，且再获船只以千计。四日后，太平军兵发武汉三镇。十三日，取汉阳；十九日，占汉口，天王、东王驻此。

十二月初四日，武昌城破，清湖北巡抚常大淳等死之。是为太平军所克首座省城。

清在籍丁忧礼部侍郎曾国藩接受帮办湖南团练之命，十二月二十五日自湘乡赴长沙。

癸丑：**清咸丰三年，太平天国癸好三年，公元 1853**

正月初二、初三日，太平军次第出武昌，帆樯如云，顺江扬帆东下。十一日，占九江；十七日，占安庆。沿途官军与大吏，望风而逃。二十八日夜，先锋抵于江宁，次日大队随至。

二月初十日上午，太平军以穴地法轰塌仪凤门城墙，攻入城中，至晚各门皆溃；清江宁将军祥厚等据内城顽抗，次日被攻破，屠之。十二日，太平军全城"搜妖"。十三日东王布告，号召市民"归顺"。十四日闭城门，编查户口，男女分营，各入其馆，至十九日毕。二十日，天王自水西门入城，以两江总督衙门为天王宫，改江宁为天京，正式建都。

二月二十二日，清钦差大臣向荣督军抵秣陵关，绕至城东沙子岗扎营，不久移至孝陵卫，是谓"江南大营"。

三月十二日，清钦差大臣琦善于扬州城外建"江北大营"。

三月二十三日，英国公使文翰访问天京，表达中立态度，探询叛军有无东进意图。韦昌辉、石达开出面接待。

四月初一日至初八日，太平军北伐，先后派出林凤祥、李开芳、吉文元、朱锡锟等部二万五千以往。十二日，胡以晃、赖汉英、曾天养等领战船千余，溯江西征。

八月初五日，刘丽川小刀会占领上海县城，响应太平天国。二十三日，石达开到安庆，建立政权，屏障天京。

九月，太平北伐军逼抵天津展开进攻。

十一月初六日，法国公使布尔布隆访问天京。二十四日，天父下凡，杖责天王。《天朝田亩制度》颁于是月。

十二月十七日拂晓前，胡以晃、曾天养破安徽临时省治庐州府城，清安徽巡抚江忠源死之。

甲寅：清咸丰四年，太平天国甲寅四年，公元1854

正月，太平北伐军因与清军相持久，粮尽、天寒，退却南还，清军僧格林沁、胜保等追击。

二月，太平北伐军在河北陷入苦战，吉文元阵亡。天京张继庚内应图谋失败。

三月，天京所派北伐军救援部队，于山东、苏北被清军阻截击溃。

五月初一日，美国公使麦莲访问天京。

六月初二日，太平西征军再克武昌。

七月十八日，太平西征军主将之一曾天养在岳州城陵矶阵亡。

八月二十三日，曾国藩收复武昌。

十二月末，石达开、胡以晃、林启荣、罗大纲等败曾国藩于九江，曾国藩赴水求死，为所部救起，退避南昌。

乙卯：清咸丰五年，太平天国乙荣五年，公元1855

正月，杨秀清下《给配令》，准男女团聚婚配。十三日，上海小刀会首领刘丽川败逃至虹桥被戮。同日，僧格林沁攻太平北伐军于连镇，擒其主将林凤祥。二十九日，李开芳以残部八百余人自山东唐州突围，南走茌平冯官屯。

二月十七日，秦日纲、韦志俊、陈玉成等夺回武昌。

四月十六日，僧格林沁擒李开芳于冯官屯。至此，太平北伐军全军覆没。

十月初一日，清江南提督和春克复安徽临时省治庐州府城。

丙辰：清咸丰六年，太平天国丙辰六年，公元1856

二月，杨秀清调秦日纲、陈玉成、李秀成等援镇江，十二日夜败清军、解围，二十七日渡江，翌日击破清江北大营。

三月，杨秀清令石达开自江西东回会战。

四月二十九日，秦日纲、陈玉成、李秀成等大破清江苏巡抚吉尔杭阿于镇江高资，致其阵亡一说自杀。

五月初三日，石达开部进至天京大胜关，与秦日纲东西合力，围攻向荣大营。十五日总攻开始，至十八日连陷清军营寨二十余，十九日清钦差大臣向荣、总兵张国梁走句容，退至丹阳，江南大营全溃。

七月初九日，清钦差大臣、督办江南军务、湖北提督向荣，忧愤卒于丹阳。

十五日，天父下凡，召天王至东王府，逼封东王"万岁"，天王佯允，约期天历八月十七日"晋封号"。

八月初四日天历七月二十七日，"天京之变"发作。

九月初，石达开自武昌抵天京，欲调解危难，为韦昌辉所忌，只身逃出，满门被杀。

十月末，天王以韦昌辉"势逼太重""乱杀文武大小男女"，将其与秦日纲并诛，旋召石达开回京主政。

十一月二十二日，清军围攻武昌，守军无心恋战，国宗韦志俊韦昌辉弟、洪仁政等洞开各门逃出，武昌再易手。

丁巳：清咸丰七年，太平天国丁巳七年，公元 1857

五月，石达开不堪洪秀全之忌，携部出走。

闰五月，清提督张国梁克复句容。

十月上旬，参加第二次鸦片战争的英法远征军在珠江集结毕，十三日攻广州，次日城陷，清两广总督叶名琛被俘。

十一月，清钦差大臣和春、提督张国梁攻克镇江、进逼江宁，重建江南大营。

戊午：清咸丰八年，太平天国戊午八年，公元 1858

三月初，英、法、美、俄舰二十余艘，云集天津大沽。

四月，清浙江布政使李续宾复九江。

五月，清廷分与四国签订《天津条约》。

七月，陈玉成再夺庐州府。

八月，陈玉成、李秀成败清钦差大臣德兴阿，破其江北大营。

九月，清提督张国梁复扬州、仪征。滁州、全椒太平军守将李昭寿降于清钦差大臣胜保。

十月，为争夺庐州，清天战于舒城、庐州间之三河镇，陈玉成、李秀成合攻李续宾，李续宾战死。

己未：清咸丰九年，太平天国己未九年，公元 1859

二月，陈玉成破庐州，擒前署安徽巡抚李孟群。

三月，陈玉成、李秀成攻浦口。洪仁玕抵天京，"未满半月，封为军师，号为干王"，至是恢复封王之例。洪仁玕呈《资政新篇》于天王。

五月，封陈玉成英王。

九月，天京开天试，洪仁玕为正总裁。韦志俊、韦以琳等在池州降清。

十一月，封李秀成忠王。

庚申：清咸丰十年，太平天国庚申十年，公元 1860

正月，李秀成与洪仁玕议定东取浙杭，以解京围。

二月，李秀成兵进皖南，中旬入浙，十九日攻杭州武林、钱塘诸门，二十七日占杭州。

三月，清军张玉良自江宁趋杭救援。李秀成经皖南回师解京围。

闰三月，李秀成、陈玉成东西夹击清江南大营，击溃清军，和春、张国梁走镇江、丹阳。天京围解，共议进取，天王从干王、忠王议，命取苏常，限一月回奏，东进战略由此定。二十九日，李秀成督军攻占丹阳，清江南提督张国梁殁，李秀成为其收尸礼葬。

四月初，太平军东进至常州，清钦差大臣和春死于无锡。初十日，李秀成攻无锡，张玉良败，退往苏州。上海吃紧，清江苏布政使薛焕派员商诸英法领事，请援。英法公使誓保租界，以情势各自报告本国政府。十三日，苏州为李秀成所得，清提督张玉良兵溃，江苏巡抚徐有壬等死之。同日，由清苏松太道吴煦支持、上海巨商杨坊出资，美冒险家、职业雇佣军人华尔招募夷人，组建洋枪队。自苏州逃出的清两江总督何桂清，求见英法公使，希望正在上海集结、准备北上攻打京津的英法联军，掉转枪口去打太平军。十九日，何桂清革职拿办，以曾国藩署两江总督。

五月，华尔洋枪队克复松江府。

六月十六日、二十三日，李秀成两败洋枪队于青浦。二十四日，实授曾国藩两江总督，并命为钦差大臣督办江南军务，水陆各军均归节制。二十七日，李秀成发表《给上海百姓谆谕》，宣布即将进攻上海；三十日，英国公使卜鲁士致书李秀成，劝勿攻沪。

七月初二日，李秀成军开赴徐家汇，至初五日，三攻不下，退徐家汇，复经松江、青浦转往浙江。

八月，美国教士罗孝全至天京，受天王礼遇。

十二月杪，英国水师提督何伯率舰自沪西上，探侦太平天国意向。

辛酉：清咸丰十一年，太平天国辛酉十一年，公元1861

二月，天王诏旨："爷降一梦，启示朕妻，命朕自后不应再理庶政。"幼天王乃于本月开始批答本章。

六月，华尔整顿洋枪队，改募华人为兵，由洋人训练。

七月十七日，清咸丰皇帝崩于热河。

八月初一日，湘军攻克安徽省城安庆。

九月，李秀成围杭州。

十月初九日，清皇太子载淳即位，以明年为同治元年。十八日，清廷命钦差大臣、两江总督曾国藩统辖苏、皖、赣三省并浙江全省军务，所有四省巡抚提镇以下各官悉归节制。十九日，清广西提督张玉良战殁杭州城外。

十一月二十八日，李秀成二克杭州，浙江巡抚王有龄自尽。

十二月初二日，太平天国照会英国方面，拒其不侵及上海吴淞、九江、汉口百里之内等四项要求。初八日，李秀成再告上海、松江兵民，即分五路水陆并进，谕令归顺，并劝洋商各宜自爱、两不相扰。十三日，清苏松太道吴煦与英、法领事会商上海防务。二十一日，太平天国慕王谭绍光、纳王郜永宽等率军三万余人进攻吴淞，逼宝山。二十四日，清廷以左宗棠为浙江巡抚。

壬戌：清同治元年，太平天国壬戌十二年，公元1862

正月十五日，英国水师提督何伯、法国水师提督卜罗德等商议上海防务，决定英军守英法美租界，法军守法租界及上海县城。十七日，谭绍光攻浦东，英法军及洋枪队拒之。下旬，英法军、洋枪队大败太平军于浦东高桥。应曾国藩之命，李鸿章募淮勇至安庆，为开赴上海做准备。

二月十一日，英国外相罗塞尔训令在华英军力保上海及其他条约商埠，勿令太平军占领，并以军舰保护长江英国商船。十四日，华尔再获泗泾镇大捷。十六日，江苏巡抚薛焕奏，因屡获战捷，已将洋枪队命名"常胜军"。

三月，李鸿章及其淮军自安庆乘英轮启程来沪。二十七日，清廷命李鸿章署江苏巡抚。

四月十二日，英法军助清军夺回宁波。十五日，陈玉成弃庐州北走，十七日在寿州为苗沛霖所执。

五月，曾国荃逼江宁，扎营于城外四里雨花台。

八月，华尔领常胜军攻慈溪，重伤，二十九日卒。

十一月，李鸿章为常胜军立约十六款，军饷改由江苏巡抚衙门筹措。

癸亥：清同治二年，太平天国癸开十三年，公元1863

二月，英军现役军官戈登少校就任常胜军领队。

四月初，石达开部被困于四川大渡河。二十七日，石达开在洗马姑投降，旋被害。同日，曾国荃克江宁城外雨花台要塞。

五月十五日，曾国荃再克九洑洲要塞。二十三日，李鸿章发兵三路西进，攻苏州、江阴、无锡等。

十月二十四日，苏州太平军诸王杀慕王谭绍光降清，江苏省城收复。二十六日，李鸿章悍然杀降，戈登怒斥之，要求其退出苏州、引咎辞巡抚，否则即攻击鸿章军、夺回常胜军所得城镇，交还太平军。

十一月初一日，上海驻华英军司令柏朗到昆山晤戈登，商定常胜军由其节制，不再受李鸿章调遣。初五日，曾国荃挖地道轰陷神策门城墙十余丈，旋为太平军抢堵。初十日，李秀成自丹阳回天京，自太平门入。本月，洪仁玕奉旨出京，"催兵解围"。

甲子：清同治三年，太平天国甲子十四年，公元1864

正月，曾国荃完成合围，天京遂为孤城；至是"粮道断绝"，阖城断粮，天王诏其众曰："合城俱食甘露。"

二月中旬，淮军骁将程学启重伤，寻卒。二十四日，左宗棠部克复浙江省城杭州。

三月初十日，李鸿章抵常州外，亲督攻城。

四月六日，李鸿章部郭松林、刘铭传、张树声、李鹤章及戈登常胜军，三路进攻，夺取常州，擒太平军护王陈坤书。十八日天历四月初十天王"起病"，二十七日天历四月十九日"死毕"。死前，天王曾诏令"大众安心，朕即上天堂，向天父天兄领到天兵，保固天京"。二十六日，常胜军在昆山解散，留其枪队三百人纳入李恒嵩营、炮队六百人纳入罗荣光营。

五月初三日，洪天贵福即位，仍称"幼天王"。

六月，曾国荃发起最后攻势。十六日，轰毁太平门城垣二十余丈抢入，正午至日夕，各门纷破，完全克复江宁。翌日晓前，李秀成扶幼主自太平门缺口突出，君臣失散。十九日，李秀成单枪匹马在方山被获。二十五日，曾国藩乘船抵江宁，亲讯李秀成。二十六日，洪天贵福自安徽广德入浙江湖州。二十八日，曾国藩发洪秀全尸，验明焚之。

七月初，洪天贵福由堵王黄文金等护送西去。不久，干王洪仁玕来会。

八月下旬，洪天贵福、洪仁玕一行入赣。

九月初九日，干王洪仁玕、昭王黄文英等被擒，洪天贵福只身遁。二十五日，洪天贵福在石城被获。

十月初九日，鄂皖太平军余部七万人降于僧格林沁，扶王陈得才自杀。

乙丑：**清同治四年，太平天国乙好十五年，公元1865**

四月二十一日，福建太平军余部侍王李世贤等，为郭松林败于漳州。

七月初三日，太平军余部在广东镇平内讧，康王汪海洋杀李世贤与其党羽。

十二月十六日，康王汪海洋因战头部中枪，身亡。偕王谭体元领其众。二十二日，谭弃嘉应州逃出，清军追截，偕王中途坠崖被俘，降者四万余。至此，南方太平军余部活动终。

丙寅：**清同治五年，太平天国丙寅十六年，公元1866**

太平军余部遵王赖文光等与捻军合股，转战各地。

丁卯：**清同治六年，太平天国丁荣十七年，公元1867**

十一月二十九日，东捻军在山东寿光覆没，遵王赖文光就擒。

戊辰：**清同治七年，太平天国戊辰十八年，公元1868**

六月二十八日，梁王张宗禹之西捻军被围于山东茌平，遭全歼，捻乱告平。

资料据自郭廷以《太平天国史事日志》、罗尔纲《太平天国史》、

郭毅生主编《太平天国历史地图集》等